绿 宝 石
Fall into your light

云之羽

MY JOURNEY
TO YOU

顾晓声 著

上

北京联合出版公司

这里有你,就是世间最安宁之所。世间难得,最是心安。

目录

297	第十三章	星火渐燃
320	第十四章	衣不如新
342	第十五章	血光再现
364	第十六章	试言之草
387	第十七章	云遮月掩
412	第十八章	云雀断羽
425	第十九章	山雨欲来
447	第二十章	七骨归来
469	第二十一章	困兽之斗
490	第二十二章	四方之魃
513	第二十三章	终焉之战
537	第二十四章	唯云知羽
558	尾声	

云之羽

MY JOURNEY TO YOU

001	第一章	麻雀与寒鸦
021	第二章	魍魅魍魉
049	第三章	白色天灯
073	第四章	主动暴露
099	第五章	月隐之人
127	第六章	三域试炼
152	第七章	清风藏刃
181	第八章	雪落月陨
204	第九章	月桂之味
230	第十章	旧纸融雪
254	第十一章	红玉之人
278	第十二章	掌心之云

第一章 麻雀与寒鸦

晨曦初露，细雪纷飞。

旧尘山谷云烟氤氲，融进黛青色的天幕，只透出空旷深邃的薄影，令世人难以窥视。谷中的街市已有了些熙攘的声响，车马行人的往来和店面摊贩的吆喝让这与世隔绝的山谷生出了人间烟火的气息。

烛火闪动的房间里，光线暧昧，一双纤细白皙的脚从暖阁的锦被里伸出来。身着薄衫的女子缓缓下床，赤脚轻声走到已经快熄灭的火盆前，添了新炭。

床边的软榻上，还有一个正在熟睡的年轻男子。

半晌后，女子才走到软榻边，坐在地上，凑近看他的脸。男子肌肤如玉，轮廓分明，唇色浅而眉色深，即便闭眼沉睡着，模样仍透着一种说不明的暖意。

万花楼是取乐之地，比起夜里，此刻显得冷清、寂寥。门外走廊突然响起脚步声，有人伸手，将门上的牌子翻了个面，恣意绽放的牡丹被换成了含苞待放的花骨朵。

随后，挂在房间角落的一只铜铃被扯动了一下，清脆的铃声在静谧里荡开。这女子正是万花楼里的头牌，名为紫衣。铜铃响，迎来，送往。

紫衣回头看向铜铃，此时，床榻上的宫子羽已睁开了眼睛。

"醒了？"

宫子羽睡眼惺忪，眸色却如子夜星辰般黑亮。他起身，径直走到窗边，纤细修长的手指推开窗，支起窗撑。零星的雪花飘进来，风吹开他的袍子，他冷得皱了皱眉，拉好衣服抱紧双臂，抬头看了看窗外青灰色的天空。

"下雪了……今年的冬天这么早……"

一点碎雪落在宫子羽的眉上，黑白分明。身后，紫衣走过来，把一只装在

001

绣袋里的烫手暖炉放进他怀里。

紫衣轻轻一笑:"你真是白长了这么一副好皮囊,又高又壮,舞刀弄剑的,却这么怕冷。喏,刚添好的手炉,给你。"

之后紫衣又递过来一杯热茶,两个人捧着两杯冒白气的热茶,站在窗前看雪。

宫子羽一笑,目光更暖,像手炉中的热气在流动:"再暖的手炉和热茶,也没有紫衣暖。你不只身体暖,心也暖。"

紫衣脸色有些怅然,她移开眼眸:"别闹了,你该收拾收拾回去了。"

宫子羽下意识看了一眼门外:"怎么,一早就有客人了?"

紫衣调笑道:"别的客人可不像你这样,花了钱却自己一个人睡在榻上。"

"我喜欢和你待在一起,又不是为了……那啥……"宫子羽平日里惯用的那张玩世不恭的脸竟露出几分羞赧,他终究没说出口。

他喜欢来这里,并非为了寻欢作乐,不过是寻一处清静、安心之所罢了。

紫衣转过身去:"今天是宫门迎娶新娘的日子,你还不赶紧回去,你爹又该骂你了。"

听到这句话,宫子羽沉默下来,他抬头看向窗外,一头浓密黑直的头发披散在清晨的逆光里。过了会儿,他才淡淡地嗯了一声。

初冬第一个雪天,总是格外特别和热闹,即便笼罩着阴云,飘着细雪,也是一个宜嫁娶的好日子。

远在山谷之外的梨溪镇,同样雪色朦胧。

一座高门大院在一众白墙灰瓦的民宅中格外显眼。云家算是镇上的大户人家,这几日一直闭门谢客。府中杂役都显得诚惶诚恐,院子里死气沉沉的。唯有一间厢房的窗户上隐约露出一些红绸和"囍"字,可见是东家有喜。

天刚亮,侍女便捧着一套鲜亮的喜服,推开那厢房的门,走了进去。

房间内,一位端庄的妇人正在给女儿梳头。那少女背对门坐着,一动不动,旁人看不到她的模样,只能看见她一头乌黑油亮的头发。

等侍女把喜服放在案几上,那妇人才转头问话。

"是宫家送来的吗?"

"对,今儿天一亮就送来了……"侍女小心翼翼地又答,"还说……说要立刻启程。"

听到这句话,始终背对门的少女终于开口,声音清婉,带着一丝抱怨。

"娶个亲都要这么遮遮掩掩，就不能光明正大吗？"

妇人手里的梳篦轻轻一颤，她表情隐忍，眼睛里有泪水和愧疚，只能一边梳头，一边小声说道："无锋势力太大……谨慎点好，谨慎点好……"

少女的肩沉了下去，寒气逼人的风从门缝里吹进来。

"下雪了……今年的冬天这么早……"

妇人深吸一口气："雪停了，春天就来了。"她像是喃喃自语，"会好的……日子会好的。"

"会吗？"少女青白的手腕拢了拢，认命似的缩进衣袖里。

突然，身后响起一阵呼啸，窗户洞开，寒风灌入。

"啊？！"

母女二人尚来不及转头，一个黑色劲装打扮的男子仿佛鬼魅般蹿入屋内，卷着细雪而至。他的身法敏捷无比，瞬息间就已经点了二人的穴道，然后两指捏起案上的梳子，迅速射出，尖叫着跑向大门的侍女应声倒地。来人肩头的雪都未融化，他就已做好了这一切。

寒鸦肆冷眼低垂，看着已经倒地的三人，利落起身，走向门口，将门闩从内闩上，另一名黑色劲装的女子同时越窗而入。

云为衫沾了满身风雪，抬起头，看向寒鸦肆同样透着危险的眼睛。

两人皆是一身黑衣，话少，神秘莫测，气质非常相似。窗外的灰光透进来，只见云为衫未施粉黛，整个人清冽得几乎与雪色相融，眉目却温润如画，唇色明艳，唯有目光冷如寒星。她看着倒地的三人，略微皱眉。

"放心，没死。"寒鸦肆抱臂而立，他面容冷峻，五官立体，如刀削斧凿，所以睨视着他人时总透着一种迷人而慑人的邪气，"点了穴道而已，一会儿就解了。"

云为衫收回了视线，一言不发，仿若并不在意。她抬手顺势解开自己的束发带子，黑长的发丝飞散，然后她旁若无人地开始脱自己的衣服，准备换上一旁的那套嫁衣。

外衣、腰带，还有里衣，纷纷落地。

寒鸦肆有些意外她如此毫不避讳，讪讪地笑了笑。

"你还真的一点都不避讳，我好歹是个男的。"

云为衫漫不经心地回答："我的身体属于无锋，又不是我自己的，有什么好避讳的？"

纤长的手指解开最后一粒扣子，在云为衫露出白皙的肩膀时，寒鸦肆终究有些不好意思，转过身去。

云为衫换好了新娘的嫁衣，那喜服明艳，削弱了她身上那一丝戾气，衬得她眸色都柔和起来。寒鸦肆上下打量着云为衫，不合时宜地露出笑意，眼睛弯起，似乎对她的表现很是满意。

寒鸦肆点头："我再复述一下你这次的任务。"

"不用。"云为衫拒绝，"寒鸦肆，我记得很清楚。"

"你记得清楚，我也要重复，这是我的工作。"

寒鸦肆的指令不容拒绝，云为衫只觉得耳边的声音飘远了，令她有些心浮气躁，不适地闭上眼睛。

在云为衫的记忆里，那是一个暗无天日的地方。外界很难得知无锋的建筑结构，是因为那里只有连绵不绝的黑瓦，层层叠叠，错乱复杂地构建成无锋的总部。青砖、黑瓦、黑墙，连光在那里都不明亮，显得晦暗、肃杀。

那一日，云为衫和寒鸦肆面对面站在训练室里，清冷的光线从整面巨大的窗户透进来，让云为衫忍不住侧目，然而窗户外视线所及之处只见不见边际的黑色高墙。

寒鸦肆知道她在想什么，知道她目光灼灼中的向往。

于是寒鸦肆开口说道："这次的任务有一些……特别。"

云为衫目不斜视："特别危险吗？"

"对，但也特别……值得。"寒鸦肆又笑了笑，身为无锋冷血残酷的教官，他却总习惯在云为衫面前露出笑容。

云为衫终于转回头，看向寒鸦肆。

寒鸦肆抬了抬眉："你之前问过我，什么时候才可以离开无锋，过上自由自在的生活。"

"记得。但我说的是'双手不再沾血'的生活。"云为衫回他。

寒鸦肆不置可否。

云为衫冷嗤："你当时回答我说，死了，就能离开无锋。"

寒鸦肆忍不住唇角微动："记得。但我说的是，死了，'才'能离开无锋。"

"所以……"云为衫抬眼，目光如炬，"你找我，是因为答案变了吗？"

"没有变，只是多了一个新的答案。"寒鸦肆拿出一个被封印的卷轴，"完成这个任务，你就可以离开无锋，过你想要的日子。"

云为衫心中一动,她看着那递过来的卷轴,沉默着,没有伸手接过,也没有拒绝。

寒鸦肆轻笑了一声,他知道云为衫是不会拒绝这个任务的,毕竟她眼中刚刚亮起的转瞬即逝的希望之光已经代替她回答了。

任务开始之前,云为衫还得接受一系列专属训练。

寒鸦肆同她说话时慢声细语,训练时却绝不会心慈手软。

石室里面有一条长案,案上摆着六个杯子,杯子里的液体色泽各不相同。云为衫被黑布蒙着眼睛坐在一侧,寒鸦肆则坐在另一侧。

云为衫看不见,只能摸索着拿起面前的杯子,放到鼻子前面闻味道辨认。

寒鸦肆悠闲地一边吃着手里油布装着的糖炒栗子,一边慢声与云为衫讲述这一次的任务:"宫氏一族长年隐居旧尘山谷,自成一派,不受江湖规矩约束,视无锋为死敌。旧尘山谷地貌奇险,易守难攻。宫门内部遍布岗哨暗堡,机关暗道四通八达,且常年森严戒备,昼夜换岗,从不间断,族外之人难以进入。"

云为衫听而不闻,只是专心地闻完面前的茶杯,然后问:"这些是茶?"

寒鸦肆答:"一杯是药,五杯是毒。"

她连谜题都不知道。

云为衫又问:"选一杯喝吗?"

寒鸦肆笑了笑,没有回答,继续说:"宫氏家族总共四支嫡系,以宫为姓,以商、角、徵、羽为名。徵宫擅长医、毒、暗器;商宫擅长铸造兵刃;角宫掌管外务,负责家族营生和在江湖中斡旋;羽宫负责内守、防卫、统领宫门上下。"

云为衫选了其中一杯,毫不迟疑地仰头喝下。

寒鸦肆叹了口气:"那杯是毒。"

云为衫轻轻抹掉了唇角的药汁,波澜不惊地回答:"我知道。"

寒鸦肆有些意外,表情值得玩味,他接着讲述任务:"宫门历经百年,收集了很多江湖中失传已久的功法秘术,武功高强者层出不穷,一代又一代,薪火传承。他们高度团结,一致对外,难以瓦解。而现在,我们终于找到了能够进入宫门的最佳方式,那就是假扮成备选的新娘——"

听到此处,云为衫又自顾自拿起了另一杯,利落地喝了下去。喝完,她摘下了眼睛上的黑布,就看见寒鸦肆正意味深长地盯着自己。

寒鸦肆停顿了一下,说:"这杯是药。"

云为衫答:"先饮毒汤,再服解药。"

寒鸦肆饶有兴致地问她:"为何不直接服药?"

云为衫很笃定："不先中毒，直接服药，那药也是毒。"

准确无误，无懈可击，云为衫一如既往地出色。寒鸦肆露出赞赏的目光。

这时，云为衫才接寒鸦肆方才的话："那么，进入宫门之后呢？"

寒鸦肆移开视线，没有故作神秘，反倒有些苦口婆心地叮嘱："进了宫门就是孤立无援、无依无靠的险境，所有人都是你的敌人，只能相信自己。"

他又强调："记住，是所有人。"

云为衫眼神敛了敛，这一点，似乎并不需要寒鸦肆特地提醒。

很快，寒鸦肆就换了下一个训练项目。

同样在训练室里，青灰色的地板上一来一回地排列着两行用白色石灰圈出来的脚印形状。

寒鸦肆靠在柱子上，吃着手里的一捧杏仁，说："每个脚印之间的距离和朝向都非常精准，你踩着脚印行走，就能锁死步态。"

云为衫穿着一身利落的黑衣，听话地缓缓踩了上去，沿着固定的脚印来回练习，但她不解："我为什么要浪费时间练习这种没用的东西？"

寒鸦肆嚼着杏仁："为了让你看起来更像名门闺秀。选婚是为宫门少主宫唤羽准备，他是宫门下一任'执刃'。"

云为衫继续沿着脚印走，没有停下来，很快就适应了那个步伐。

"那我是谁？"

那时候她是这样问的，像是真心困惑地望着寒鸦肆的眼睛。

寒鸦肆答："出身商贾名门，但家道中落，被迫向宫门寻求庇护的云家独生女，云为衫。"

云为衫愣了一下，那竟是与她一样的名字，然而从那一刻起，她就已经变成了梨溪镇的云为衫，忘记来路，连她自己也要相信。

此刻她的脚步一滞，寒鸦肆道："所以，你的言行举止、步态仪容都必须符合大家闺秀的身份。"

说完，他屈指弹出一枚杏仁，打在云为衫无意识垂下去的手背上。

"手低了。"

云为衫吃痛，于是双手重新拢在身前，继续行走。

"你一定要竭尽所能，让宫唤羽选中你作为新娘，被地位越高的权力者选中，就越有可能传递出最真实有用的信息。"寒鸦肆的声音从她身后传来。

云为衫回过头："什么信息？"

"有用的信息，包括宫门内部的结构、岗哨暗堡的分布……同时，最好能弄清楚宫家的毒药制法、解药配方、暗器种类、武功心法以及执刃贴身收藏的核心机密……无锋需要完成对宫氏家族的彻底探查。而少主夫人这个身份能够最有效地帮助你绘制这份宫门云图。"寒鸦肆眼中闪过一道寒光，"知己知彼，百战不殆。无锋为了这最后一战，已经等太久了。"

"明白了。但我有一个问题。"

寒鸦肆颔首："你说。"

云为衫转身，看着寒鸦肆："怎么保证宫唤羽一定会选我呢？"

寒鸦肆没有正面回答。

后来，寒鸦肆端给她一锅药，他小心翼翼地把煎煮好的黑色汤药倒在碗中的滤纸上。云为衫看着面前淅淅沥沥渗透进碗里的黑色汤药，清苦的味道在训练室里弥漫开来。

"宫氏家族选择新娘，和一般选亲的标准有所不同。江湖门派，一般都是强强联姻，以此拓展各自在江湖中的势力。而宫氏选亲并不贪图女方的江湖势力，对宫家来说，任何门派他们都看不上。"

云为衫疑惑："那宫门看重什么？"

"因为某种原因，宫氏家族人丁稀少，香火不旺，因此维系血脉就成了他们最高的共识。新娘是否健康、能不能为宫家绵延子嗣，在宫门眼里就比美貌、家世更加重要。所以，选亲之前会有专门的大夫对所有新娘切脉问诊。"

寒鸦肆示意："你面前的汤药可以强健你的体魄，将你的身体调理成女性最完美的状态。"

滤纸上的最后一滴药汁慢慢落进碗里，云为衫把沾满药渣的滤纸拿掉，抬起头，面无表情地将面前的汤药喝完。

那几日，云为衫不厌其烦地进行训练，直到常年习武的步态开始变得轻盈、婀娜有致。训练室的地板上依然用白色石灰画着一个又一个脚印，只是后来云为衫双眼蒙上了黑布，她赤脚在地板上行走，每一步都精准地踩在白色脚印上。

云为衫一边走，一边发问。

"如果宫唤羽没有选择我做他的新娘，那么是不是意味着我的任务就失败了？"

"至少失败了一大半吧。"

"那失败后的撤出方式是什么？"

"没有撤出方式。"

云为衫停下脚步，回头面向寒鸦肆，她的眼睛蒙着黑布，所以看不到她的眼神。

寒鸦肆宛如在说一件无足轻重的事："失败了，就是死——要么被宫门杀死，要么被无锋杀死，都一样。"

云为衫淡淡地反驳："不一样，死在宫门手里……没那么痛苦。"

说完，她轻松地走完最后几步，然后摘下眼睛上的黑布："过关了吗？还有什么是我要学的？"

寒鸦肆耸耸肩，扯起嘴角戏谑地笑了笑："有哦。"

那是一本红色的册子。寒鸦肆递给云为衫时，像是故意去打量她的表情。云为衫翻开一两页，发现那是一本男女行房的春宫图。她只看了一眼便把册子合上，还给寒鸦肆。

"我不用学。"

不知是满意她的回答还是调侃她的窘迫，寒鸦肆挑挑眉，意味深长地笑了。

"哦，你早就会了？"

云为衫冷冷地瞪了他一眼，起身离开了训练室。

天光开始大亮。

小镇路边，因着雪天，行人稀稀落落的，沿路的店铺只零星拉开了一道门缝。

一家不太起眼的药铺院落里，老板正在清点货品。那是刚刚运到，还没有来得及开箱整理的药材。院子里弥漫着一股陈年的草药味，要防着雨雪天，晒药的簸箕都被翻了过去，药铺看似寻常，却是旧尘山谷之外宫家的前哨据点之一。

一阵刚劲有力的脚步声响起，一个眉目锐利的黑衣男子带着几名随从走进药铺。

老板热情地转过身："哎，这位客官新面孔啊，您想买些什么，可有单子？"

穿着黑衣的寒鸦柒面带三分自负，目光如剑，精壮的体魄隐隐带着攻击之意。他慢悠悠地回道："三分丁公藤、二株九里香、四两金灿子、八钱天南星。"

老板表情微微变化了下，然后又恢复了笑容："哟，客官，您要的这些药，嗯……不好找……您稍等，我去库里看看有没有。"

说完，老板转身，经过一只高大的铁炉时，伸手摸向铁炉上的某个凸起，几声破风声响，几件暗器闪着寒光从铁炉内射出。

嗖嗖嗖——

寒鸦柒仿佛早有防备，侧身躲过，但他身后的几个随从已经应声倒地，他们身上被打中的位置迅速流出了可怕的黑血。

寒鸦柒竖起双指，此刻他的手上戴着一副由细密银丝编制的手套，他看着自己刚刚夹住的一根毒针，那上面闪烁着蓝色的悚人光芒。

老板看看一地的尸体，蔑笑："不是想要毒药嘛，给你了，怎么还躲呢？"

寒鸦柒细细端详："毒针奇重，非凡铁所铸，重量越大，射出的距离越远。针尖暗中带蓝，染夜空之色，这是宫家独门暗器'子时天'，对吧？"

老板呵呵笑着："您还挺懂。"

"此毒色泽发蓝，仿佛午夜子时的天空，而且毒性发作极快，中者来不及发出哭喊就已身亡，寂静子时，无声无息，故名'子时天'。"

寒鸦柒像是十分欣赏这样一种凶险而残酷的毒物，一边点头一边陈述着。

与此同时，药铺围墙、屋顶上已经无声无息地出现了几个刺客。他们悄悄地趴在屋顶，手握弓箭，等待着时机。

老板眯了眯眼睛："哟，没想到还真懂。"

寒鸦柒随手丢掉毒针："看来，我们的情报是对的，这里果然是宫家的前哨据点。"

老板的脸色瞬间变了。

飞箭从半空袭来，因着大门紧闭，这里又不是特别显眼的地段，所以外面的人无从得知里面隐秘而危险的激战。院落中的药材、箱子、簸箕都被打得七零八落，一片狼藉。

药铺老板倒下，嘴角渗出鲜血，他伸手拔下插在肩头的箭矢。

寒鸦柒居高临下地看着他，笑了笑："还要继续反抗吗？"

"呸！"药铺老板将嘴里的血啐在地上，眼神充满蔑视。

一个无锋刺客再次拉动弓弦。

寒鸦柒却摆了摆手阻止："住手！活的才有用。"

药铺老板听到这句话，森然冷笑，唇齿间都是鲜血。他趁着这个空隙，迅速抬手将掌心藏着的一个药丸吞下。

寒鸦柒眉头紧蹙，立刻冲过去掐住药铺老板的牙关，却还是迟了，只见药铺老板的脸色瞬间铁青，双目圆睁，身体瘫软倒地，气绝身亡了。

无锋的黑衣侍从鱼贯而入，开始搜查整个院落。

009

寒鸦柒站在药铺老板的尸体旁边，冷着眼对身后的随从说道："把这个地方彻底搜查一遍，将所有暗器、毒药打包封箱，带回无锋，清点入库。"

随从禀告："已经在整理了。但搜出来的暗器剩余数目跟账本上的收支金额对不上，应该是宫家人为了赶回去参加选婚大典，提前运走了。"

寒鸦柒讥笑道："大典？呵呵，宫家难得一次的喜事，怕是只能办成丧事了。"

随从道："他们选择新娘一向严格、谨慎，出发日期也都是临时通知的，他们绝对想不到，新娘里潜伏着一名无锋刺客。"

"宫唤羽今晚若是真选了她作为新娘，那大家也算是姻亲了吧？哈哈哈。哦，不对，应该说是'阴亲'，哈哈哈——"

寒鸦柒突然想到了什么，敏锐得像突然嗅到了陷阱的豺狼虎豹。他低头，看向已经身亡的药铺老板，很显然，躺在地上的尸体一动不动，连脉象和呼吸都没有。但寒鸦柒还是拔出了身边随从别在腰上的薄剑，干净利落地朝尸体胸口用力扎了下去。

扑哧一声，薄剑刺入。

寒鸦柒十分满意，带着随从撤出药铺，而那把薄剑仍然留在尸体的胸口上。

院落里除了药材味，还充斥着血腥味，地上都是凌乱的血色脚印，等那群人彻底离开，死寂一般的药铺才突然多了一声微不可察的喘息。

躺在地上的药铺老板"尸体"竟然开始缓缓喘气。他挣扎着爬起来，从衣襟里掏出一个小药瓶，倒出两粒药丸，服下，然后又把插进胸口的剑拔出来，丢在地上，重新拿出一瓶药粉，倒在自己胸口的伤口上止血。

原来刚刚那个药丸不过是能让他暂时假死的药罢了，幸运的是，那插进他胸膛的薄剑也避开了要害。然而药铺老板还是因伤势过重，奄奄一息。他嘴唇发白，气息虚弱，只能挣扎着走到院中，牵过拴在马桩上的马，翻身上了马背，用尽全身力气抖动缰绳，策马飞奔，离开了药铺。

雪似乎小了一点，只有冷风吹得窗纸猎猎作响。

寒鸦肆复述完任务，看向已经穿戴好嫁衣的云为衫，他脸上本来挂着的一丝若有若无的戏谑笑容突然收了起来。此刻，他的声音里多了本不应该属于他的柔和："记住，你是云为衫——从小出生在梨溪镇的云为衫。不管发生什么事情，一定要咬死你的身份。"

云为衫从他的话里隐隐听出一丝不安。她转过头看他,低声且认真地问他:"会发生什么?"

寒鸦肆脸上重新挂起轻佻的微笑:"谁知道呢,毕竟我没有进入过宫门,里面的一切都是谜,谜底就靠你揭开了。"

云为衫沉默。

寒鸦肆打开门,外面的风卷着雪,云为衫拢了拢袖子,朝门口走去。

"如果我完成任务——"她的声音融进风雪中。

寒鸦肆听清了,不等她说完就回答道:"完成任务,我一定给你'半月之蝇'的解药,让你得到你想要的自由。"

"知道了。"

寒鸦肆看着云为衫,突然欲言又止。她不知道的是,寒鸦肆在来到云家之前,在无锋总部最重要的首领密室里得到了一个消息。

无锋的最高权力机构由江湖中几大门派各自派出的代表组成。首领室在无锋深处,比外部更静谧、幽深。室内有一面半圆弧状的墙壁,墙壁上凿着数个佛龛一样的洞,洞口前面都竖着一扇用绢纸做成的屏风,让人难以一窥其内究竟。按理说,洞口里面应该有人,但洞里一片漆黑。位于中央的佛龛里也是黑不可测。只有前方站着一个传令者。

天还未亮时,那儿的光线几乎看不清任何东西,寒鸦肆与寒鸦柒毕恭毕敬地站在那里。

传令者的声音仿若鬼魅般在密室里飘荡:"寒鸦肆,今日就是宫氏开放山谷迎娶新娘之日。之前交代的任务,你们可准备妥当?"

寒鸦肆回复:"已经准备就绪,随时可以出发。此次派出的无锋名叫云为衫,伪装代替的新娘也叫云为衫,由我负责训练和接应,位阶乃'魑魅魍魉'中的最下阶魑阶。"

传令者:"寒鸦柒。"

寒鸦柒一步向前:"在。"

传令者:"你负责前往资料上的这个宫家前哨据点,把'有一个无锋刺客潜伏在新娘之中'这个消息泄露出去,你还要想办法确保让他们把这个信息顺利地带回宫家。"

寒鸦肆震惊,猛地抬头,无法相信自己听见的内容。

传令者将一把薄剑交到寒鸦柒手中。此剑剑刃虽薄,却寒光毕现。寒鸦柒笑着接过,锋芒晃过他的眼眸,也透出他眼里的嗜血与杀机,以及那一分狡黠。

云为衫此刻自然不明白寒鸦肆因何迟疑,寒鸦肆只告诉她:"记住我说的话,无论如何,一定要坚守自己的身份。你叫云为衫,来自梨溪镇。保重。"

万花楼内传出阵阵铜铃声,焚香也浓得很,盖过了脂粉味。

宫子羽穿戴整齐,撩开垂挂在万花楼门口的雕花门帘,迎头就看见站在门口,双手抱在胸前一脸怒气的金繁。此刻,他怀里抱着一件厚重的斗篷,手背上一块绿玉非常醒目。他是宫子羽贴身的绿玉侍卫,宽肩窄腰,侍卫服下身姿笔挺,面容清朗俊逸。他早上在宫子羽的卧房中扑了空,才不得不赶来这里,所以此刻十分不悦。

来者不善啊,宫子羽叹气。

金繁脸色很黑,但又遮遮掩掩,躲避着周围行人的视线,羞于让旁人看到自己的脸。他个性内敛,偶尔几个花枝招展的姑娘送客出来,他都脸红。

宫子羽看着他像会变脸一样,脸色黑一阵、红一阵。

"你又跑来这种地方!"金繁劈头盖脸地问。

宫子羽装傻:"你不也来了嘛。这么巧。"

"平时花天酒地、吊儿郎当也就算了,连今天这种日子你也要往这里跑,你不要命了吗?"

宫子羽与他拌嘴:"新娘子们都还没到,你倒挺着急。你是新娘子吗?"

"我要是新娘子,我一定会在洞房花烛夜打断你的腿。"

宫子羽忍不住一哆嗦。

金繁看他脸色苍白,虽然嘴上生气,但还是将手里的斗篷抖了抖,不由分说地把他裹起来。他常年陪伴在宫子羽左右,知道他格外怕冷。黑色斗篷毛料鲜亮,厚重,保暖,宫子羽肩膀一沉,周身传来暖意,他顿时觉得暖和不少。

"怕冷还穿这么少。"见状,金繁又有了别的说头。

宫子羽看着给自己系斗篷的金繁,微笑:"还是你懂我,这大早上的也太冷了——喔去!"

金繁用力拉着带子往他脖子一勒,打了个结,以示不满。

"你想要勒死我吗?"

"想。"

金繁真心这么想的。

宫子羽:"……"

金繁没再搭理他,转身走到已经停在不远处的金顶马车跟前,打开车门,冷冷地说:"上车。"

马车内,金繁的冷脸比外头的冰天雪地还冻人,宫子羽觉得自己直打摆子。

终于,他忍不住开口教育:"你啊,别这么皱着眉头了,好吗?多看尔几眼,感觉今天一整天都会倒霉。"

金繁诚恳地反问:"从做你的贴身绿玉侍卫开始,我哪天不倒霉?"

宫子羽没讨到便宜:"啧啧啧——这么不乐意,调你去夜里巡山好不好?"

"谢公子。听公子吩咐便是。"

宫子羽努嘴:"……你这人真没劲。"

金繁不想搭话,索性把眼睛闭了起来。只听见车轮辘辘作响,平稳地驶向宫门的方向。

沉默了一会儿,宫子羽又撩他:"我哥呢?"

提起这个,金繁就睁了眼:"少主大人天一亮就去部署今日的警戒工作了。十年一次的外来人口入山,不能出错……少主谨慎,识大体顾大局,不像某些人,还在忙着寻花问柳。"

"寻花问柳?你这人用词怎么这么下流?我那叫听曲品茗,与音律、茶道为伴。再说了,我哥那么聪明能干,肯定都安排好了。我就算不寻花——"宫子羽说错嘴,又立即改口,"我不听曲品茗,我能帮他做什么?"

"我说的是某些人,你这么急着往对号入座干吗?"

宫子羽要赖:"你要再这么没大没小的,我发配你去放羊,你信不信?"

金繁重新闭眼:"谢公子。听公子吩咐便是。"

"你——"

两人正说到这里,突然马声嘶吼,车夫握紧缰绳,马车紧急停下,车外一片混乱、嘈杂。

金繁瞬间警惕起来,手摸向配刀,拦着宫子羽,自己先走下马车查看。

只见一人一马此刻正拦在宫子羽的马车前。

那药铺老板趴在奔驰颠簸的马背上,他的呼吸已经很虚弱,胸口深处大团深红色的血迹,嘴唇几乎没有了血色。方才他骑着快马进入了旧尘山谷,在马背上呕出了一口脓血,忽而模糊的视线中看到前面有一辆宫门特有的金顶马车,只能用尽最后一丝力气冲过来拦截。

看见药铺老板因体力不支,从马背上摔落在地,金繁走过去,在他身边蹲下来。药店老板看到金繁手背的绿玉,激动地伸手抓住了金繁的胳膊。

"绿玉侍,你快去告诉……告诉少主……"他的声音被血沫堵得嘶哑,含混不清。

马车上的宫子羽已经走了出来,药铺老板的眼神不再清晰,依稀看见来人,他伸出带血的手,紧紧抓住宫子羽的袖口。

"告诉唤羽少主,新娘里……有一个……无锋的刺客……"

话音刚落,他便昏死过去。

无锋的刺客?两人震惊地面面相觑,金繁紧紧蹙眉,宫子羽呼吸急促,脸色有些发白。但他还是保持着镇定,从贴身的衣袋里取出一个药丸,塞进药铺老板口中,助他服下。

金繁见状有些诧异:"这可是百草萃……"

百草萃极其珍贵,能解百毒,也可百毒不侵。

宫子羽瞪了他一眼:"药比人命重要吗?"说完他起身吩咐,"你立刻将他送回宫门医馆,去找三少爷宫远徽,看看他有没有办法解毒。"

金繁领命:"好……但是新娘中潜伏了一名刺客,这么严重的事情,得先告诉执刀吧?"

宫子羽犹豫了一下:"先不要告诉父亲。无锋在江湖中作恶多端,父亲向来憎恶,如果他知道新娘队伍里有刺客,那估计所有新娘都得遭难……"

"那怎么办?总得说吧?"

宫子羽很快有了打算:"我去找我哥,大哥一定有办法。你快去找宫远徽。"

车轮碾过被染红的雪地,留下长长的两道印子,金顶马车迅速驶向宫门。

无锋首领密室里,因为点了灯,空气有些稠密。

寒鸦肆送走了云为衫,回到无锋复命。他和同样完成任务的寒鸦柒站在首领密室内。此时,佛龛一样的洞口透过火光的照射,不再是漆黑一片,里面分别坐着人。洞口竖着的绢纸屏风上,印着男女老少的各色投影,但只有一个模糊的轮廓,难以打量具体的身形与样貌。

正中的佛龛里也端坐着一个人影,许是穿着披风的缘故,看起来身量更高壮些。

首领室内是小声的窃窃私语,直到正中佛龛里的人出声。

"人已经送到了?"

寒鸦肆上前复命:"是的,已经顺利进入旧尘山谷。"

在正中首领的左边,另一名首领也开了口:"很好。"

正中首领冷冷一哼，道："这才是第一步，有回音了才能说是很好。"

左边那首领立即噤声："嗯……是，是。"

虽说是各大门派共同组成的无锋最高权力机构，但不难看出，其他首领对正中的首领似乎言听计从。

接着，位于正中右侧的首领说："这么多年来，我们往宫门里送进了无数魑魅魍魉，一个活下来的都没有，希望这次不会又是无功而返。"

"不知道这次能撑到什么时候啊。"又一个首领问。

正中左边的首领答："如果顺利的话，新娘里的那个魑应该已经死了。"

寒鸦肆脸色苍白，沉默不语，牙关咬紧。

正中的首领喊了一声："寒鸦柒？"

寒鸦柒立即上前："属下在。回首领，已经按照命令，袭击了宫氏山谷外的一个前哨据点，并且故意将新娘里潜伏有刺客的信息透露给了据点的人。"

正中右边的首领问："那他有否怀疑？"

寒鸦柒胜券在握："药铺老板和我们推测的一样，用看起来像服毒自尽的招式诈死。为了让他相信我们是真的要杀人灭口，我已经按计划用那把专门打造的锋刃极薄的短剑扎进了药铺老板的胸口。看似致命，实际上避开了要害，刀刃极薄，出血不多，不会伤及性命。药铺院落中也特意留下了他们的快马。我想，不出意外的话，他已经骑着快马回到宫家报信了。"

饶是那哨点的药铺老板再精明，也躲不过他的计中计。

寒鸦柒露出一丝得意的神色："刀刃虽薄，但淬有剧毒，毒性两个时辰后发作，按照那匹快马的速度来说，应该刚好够他抵达旧尘山谷。所以，他只能来得及留下他自己深信不疑的这个线索，随后断气，宫家也就无从继续追问细节。将死之人，其言必实。没人会怀疑一个死人的临终之言。"

此言一出，屏风里的各位首领都动了动，正中左边那首领赞道："很好。"

正中那首领也终于满意："……现在确实可以称得上很好了。"

寒鸦肆垂在身侧的手指捏紧，他忍不住低头开口："请恕属下愚钝。云为衫虽是最低等的魑阶无锋，但属下也精心训练数年，耗费了大量资源和心血。这样主动暴露她的身份，属下不明白——"

一声嗤笑传来，寒鸦柒歪头看他："孤掌难鸣，狼行成双，这么重要的任务，怎么可能把所有风险都压在一个人身上？我负责训练的一个无锋也在今天以新娘子的身份进入了山谷。而且，我觉得她成功的概率可能还要大一些。毕竟，她是'魅'。"

寒鸦肆:"可是——"

寒鸦柒笑了笑,打断寒鸦肆。

"别可是了,寒鸦肆,你小时候玩过斗蛐蛐儿吗?"

正中的那首领默认:"暴露身份,就是要让宫门在今天找出这个无锋。一个无锋死了,另外一个无锋才会更加安全。"

"可是,宫门一族一向小心谨慎,如果他们为了万无一失,将新娘全部杀死,那我们的计划不就前功尽弃了?"寒鸦肆隐隐不安。

另一首领笑道:"那不至于,宫门又不是无锋,哈哈哈哈——"

他笑了几声,发现整个石室鸦雀无声,笑声便很突兀地停下了。

寒鸦肆站在原地,盯着眼前屏风上一个个沉默的人影,没有说话。

宫门内,殿廊院壁高低错落有致,各有风格且颇具底蕴。

精致但古朴的庭院里,廊檐交错穿行。廊木皆素雅而色沉,看起来年代久远,庭院里散发着木料的香气,常年被山间的烟气笼罩着。

穿过重重曲折廊檐,宫子羽脚步匆匆地向宫唤羽的房间走去。

宫唤羽此时正站在案桌前,他身材挺拔,儒雅端方,但身为宫门少主,历练多年,眉宇间已有严肃之气。他面前的桌上有一张铺开的地图,一些棋子样的标记分布在地图上各处,他正在琢磨着山谷中的警戒事务。

殿外突然一阵喧闹,宫唤羽忍不住抬头。

门外侍卫阻挡着宫子羽:"公子,少主正在——"

然而宫子羽完全没有理会,直接闯进了羽宫正殿。

宫子羽大喊着:"哥!哥!"

羽宫正殿肃穆、静谧,宫子羽忽而察觉出不妥,立即停下了脚步,他的话也停在了嘴边,随即听到了一阵大声的训斥。

"你真是越来越没规矩了!"音色低沉而威正。

宫子羽走近了才看见房间里的样子,他的父亲竟也在。

宫鸿羽为时任宫门执刃,阔面重颐,峥嵘生威,执刃服下,身姿挺拔如苍松。他负手而立,剑眉入鬓,鹰一样的目光凌厉地盯着宫子羽。

宫子羽被他一瞪,全然没了刚才的急躁之色,只能压低身子:"父亲大人……哥……"

宫鸿羽强势,又一向对他严苛,只冷冷地说:"叫执刃和少主。"

闻言,宫子羽面色难看,他咬着牙,仿佛用沉默抗议。

宫唤羽见两人面色都有些紧绷，只好柔声岔开话题。

"子羽，怎么了？找我何事？"

宫子羽抬起头，打量了一眼父亲严厉的面容，有些犹豫要不要说。欲言又止间，他就听见宫唤羽紧张地询问："你受伤了？"

宫子羽不明所以："嗯？"

"你袖子上有血。"

宫子羽这才意识到自己手上沾了那药铺老板的血，思前想后还是开了口："我回来的路上救下了一个身负重伤的前哨据点的人，他告诉我说……"

"说什么？"宫鸿羽察觉到了他的异样。

宫子羽便没隐瞒："……说进入山谷的这批新娘里有一个潜伏进来的无锋刺客……"

宫唤羽眉头倏忽紧蹙，他与宫鸿羽对视一眼，又问："子羽，你可知道这句话的分量……"

"知道，所以我立刻来找哥……来找少主……"

宫鸿羽并未开口，宫唤羽已有计较："你有没有问是谁伤了他？目的是什么？新娘中有刺客这个信息从何而来？"

问题一连串袭来，宫子羽愣了一下："我还没来得及问他……"

宫鸿羽泰然自若："那个重伤的人现在在哪儿？"

宫门医馆正对一碧浅池，过了栈桥，就能闻到常年浸润的草药味。几乎每一进门的两廊檐壁都有药柜抽屉，无数奇珍异草和珍贵药材置于其中。若是嗅觉敏锐，此刻还能闻出一阵若有似无的血腥气。宫子羽领着父兄两人，快步走进医馆的伤病房。

躺在病床上的药铺老板早已面如纸色，嘴唇死黑。

站在一旁的金繁看见执刃和少主，行了一礼，才低声说："禀告执刃，已经……死了……"

被送进医馆不久，那药铺老板便重伤不治，气绝身亡了。

宫唤羽眉头微动，用旁边的作器具小心撩开尸体的衣襟，能看见胸口上一道细如发丝的伤口，而伤口周围已经扩散开一圈明显的中毒痕迹，呈紫黑色。

宫子羽心头一沉。

宫唤羽抬起头看向父亲，神情有疑："刀刃这么薄……"

宫鸿羽没有说话，似在思量。

宫唤羽深吸一口气，拿定主意："必须把潜伏在新娘里的这个无锋找出来。"

宫子羽犯难："哥，这么多新娘，你可有线索？不然该怎么找啊——"

"不用找。"宫鸿羽冷肃地打断了宫子羽的话。

宫唤羽和宫子羽都有些惊讶，同时抬头看向父亲。

"无须冒险，全部处死即可。"

宫鸿羽鹰隼似的双目深不见底。

听罢，宫子羽脸色大变，果然父亲秉承着"宁错杀，勿放过"，宫子羽并不认同。而宫鸿羽已经转身走出了伤病房，他只好快步疾行跟在父亲的身后。

"父亲！父亲！"

宫鸿羽置若罔闻。

宫子羽着急，质问道："为了一个刺客，就要杀掉所有的新娘，这么滥杀无辜，我们和无锋有何区别？"

宫鸿羽没有停步，也没有回头。

"这个刺客潜伏进来是为了来刺杀宫氏族人，你竟然认为杀人者'无辜'？"

"那其他新娘呢？又不是每一个都是刺客！"

"我一生闯荡江湖，冒险无数，但我从来不拿家人的性命冒险，就算只有万分之一的风险，也绝不可以。"

宫鸿羽的言辞不容置喙，宫子羽一怔之下不由得急火攻心。

"那……那就先把她们关起来，找出刺客就行了吧？如果所有新娘进入宫门就惨死，你让江湖上的人怎么看待我们宫家？"

宫鸿羽虽停步，却是心如坚石："这个江湖在无锋的恐惧威胁之下早已没有了正邪之分。宫氏一族没有向无锋屈服，还能独善其身，安居于旧尘山谷，正是因为我们素来小心谨慎。"

说完，宫鸿羽头也不回地走了，徒留宫子羽在原地。

宫唤羽从他身后走过来，拍了拍他落寞的肩膀，小声说："你先回去，我一会儿去找你。"

看着父兄走远，宫子羽胸口起伏着，若有所思，不一会儿，对一直沉默的金繁开口。

"金繁，跟我走。"

夜幕降临，太阳沉入山峦间。

宫门大门高耸在一面陡峭的山崖之上，大门前面是四通八达的水域，所有到来的货物、旅人和商贸货船都停靠在此处的码头卸货、交易。

四通八达的水系两岸，还有不少贩夫走卒，密织的河网停着各种各样载满货物的船只，上面堆满了布匹、水果、鲜花、蔬菜和肉食。与往日不同，此刻水面上还多了很多装扮着红绸彩灯的花舫，灯笼一晃一晃地飘荡着，灯笼下面坠着随风而动的绣幡。

宫门选婚，大喜之日，那些花舫都是新娘们的嫁船，由远及近纷纷驶来。

夜色渐渐浓稠，两岸灯火闪烁、摇曳，倒映在水面上，波光粼粼。

此刻，云为衫坐在其中一只花舫上，她双手放置于膝头，盖头的穗子随着行船摇摆。她看不见去路，只能任凭船头的船夫撑着船，往码头前进。

终于花舫停了下来，感觉靠岸了，云为衫盖头一晃，始终无法看到船外面的情景，直到一只细白的手伸来，示意要牵她下船。她伸出十指蔻丹，扶了上去。

岸上是坚硬的石板，厚实，层阶递进。云为衫只能看见自己红色绣鞋的脚面，高高的台阶在她眼前延伸，一路往上，就是巍峨的宫家大门。

所有新娘子整齐地排着队列，由宫门的侍女牵引着，陆续往上走。

奇怪的是，原本四周嘈杂嬉闹的声音很快变得越来越细微。前面那一位新娘突然停下了脚步，所有新娘都站到了台阶上。前方就是宫家大门，但此刻宫门森然紧闭着，完全没有开门迎亲的迹象。周围异常安静，这和云为衫料想的完全不同。

没了动静，新娘们都忍不住疑惑。

排在队列前头的新娘上官浅站在原地四处张望了一下，似乎察觉到了不妥。于是，她伸手掀起了盖头，那穗子轻拂过她的脸，一张美艳不可方物的激滟面容出现，唇红齿白，玉质天成。只是很快，那如同娇艳花朵的面容就被恐惧的神色占满。

上官浅看着周围已经披坚执锐的侍卫，数十把弓拉满了弦，箭头全部瞄准自己，箭头闪烁着暗绿色的光芒，一看就涂抹了剧毒。

"啊？！"她的眼里迅速涌起害怕的泪水，尖叫声引起了其他新娘的骚动。

云为衫也从盖头下方露出的视野里，看见了瞄准自己的箭矢。

怎么回事？她深吸一口气，面色沉着、冷峻，飞快地思考着如何应对。随即，她轻轻掀开了自己的盖头，须臾间，她的面容就已经从刀锋般冷静迅速变

019

成了柔弱女子的惊慌失措，她看着眼前的利箭，吓得柔弱地后退两步，跌坐在台阶上。

寒风从江面上吹来，吹乱了新娘们的发髻，吹皱了喜色的灯笼。

云为衫和上官浅在慌乱中抬起头，同时看到了站在远方高处山崖上那个戴着面具的男子。

那男子身着黑衣，披着毛色鲜亮的黑色大氅，几乎与天色融为一体，面具下露出的漆黑眼瞳映着水面的湖光，亮若天星。

此刻，他的身边还站着一个同样高大挺拔的随侍，手背上有一块绿玉。那男子缓缓摘下面具，风吹动他的头发。是宫子羽，他眉头紧锁，看着宫门口被箭矢包围的新娘。他一眼就看见了那张脸——羸弱、无助，却明艳、生动。

宫子羽居高临下，侧着头打量云为衫，两人隔着山崖遥遥相对。云为衫正看着那个清俊的年轻男子，突然身后发出一声惨叫，一个新娘应声倒地。

宫子羽俯视着，远远听见弓弦拉动的声音以及女子凄厉的叫声。一个又一个鲜红的年轻身影陆续倒下，包括云为衫，纷纷跌落在台阶上。宫子羽的眼睛被风吹红了。

第二章 魑魅魍魉

四方形的坚硬石壁围成了一口地下井,四面石壁上方只露出一方灰暗的天空,大雨从上方落下,把脚底的泥土浇得一片泥泞。

七个穿着粗布训练服的少女身形狼狈,伤痕累累,每一个人的呼吸都很沉重。

云为衫目光如炬,警惕地注视着其他所有人,手紧紧抓着一个更为瘦弱的小女孩儿。那女孩儿杏眼圆润,眉间青涩,本是天真纯粹的年纪,却只能在凶险里挣扎,拼尽全力想活下去。

是云为衫的义妹云雀,在那不见天日的地方,她们是彼此唯一的依靠。

站在边上的寒鸦贰不紧不慢地上前,用力将一把剑扔进泥浆里,溅起的泥点哗的一声。一个女孩儿尖叫着跌坐一边,差点被剑刺伤。那把剑分量实沉,没进了泥水里。

随即,寒鸦肆也走进来,朝她们扔下了第二把剑。

女孩儿们的尖叫声越来越大,她们一边叫着,一边退到四周躲避。她们并不知道接下来会发生什么。

直到寒鸦柒扔进最后一把剑。

突然,有一个女孩儿率先反应过来,她直扑过去,抢夺地上的武器。这个动作像有传染性一般,更多的女孩儿扑进泥浆里争抢武器,厮斗起来。

大雨从天井上空倾泻而下,浆色的泥水被一点点染红。女孩儿们身上的伤口混进泥沙,很快又被冷雨冲刷干净,直到变得冰冷、麻木,不知痛觉。

云为衫和云雀抱在一起,蜷缩在墙角瑟瑟发抖,年轻的面容被淋得更加苍白。

有泥浆溅到云为衫脸上，也可能是血，她忍不住，合上了眼睛。

缠斗，像无助的幼兽被困于牢笼，未知生存便先学会了厮杀。

恍惚中，云为衫睁开眼睛，从梦里醒了过来。

原来她又梦到了自己在无锋训练的日子。

此刻她已然不在那个训练井，但身下的石头冰冷、潮湿，并不比那个训练井好多少。

云为衫动了下身子，四周石壁光滑，光线幽暗，眼前是一道紧闭的牢门，显然这里是地牢。那牢门上的老木透着黑色，像被鲜血浸染过一般，透着一股阴森、恐怖的气息。

所有的新娘刚到宫门就被抓进了这个地方，想必宫门已经发现新娘中有人身份异常，然而全数新娘都遭了殃，这说明他们并不知道究竟谁是鬼。

情况尚算好，云为衫思忖着。

和她同样关在同一个牢房里的新娘是郑家二小姐郑南衣，她本来正贴在墙壁上偷听声音，听见云为衫醒来的动静后，突然坐了回去。

云为衫看着她，她也别有意味地看着云为衫。

这人脸上写满了警觉和戒备，却不见半分恐惧之色。

云为衫想起她来之前寒鸦肆对她说过的话。

那时他说："记住我说的话，无论如何，一定要坚守自己的身份。你叫云为衫，来自梨溪镇。保重。"

云为衫走出了云家的屋子，但在走到门口的时候又回头询问。

"你刚才欲言又止，你想说什么？你为什么一定要我咬死自己的身份？"

寒鸦肆犹豫了一下，终于说："以我对无锋的了解，他们不会只派出你一个。新娘里，一定还有另外的无锋。"

"你确定？"云为衫心中一动。

寒鸦肆的眼神移开："不确定。但我猜想，一定会。"

这才是寒鸦肆最后留给她的话。

云为衫稍稍起身，摸了下自己之前中箭的胸口，发现并没有箭伤。

旁边的郑南衣打量了几眼云为衫，开口道："别摸了，箭都是钝箭，只是打了我们的穴位，让我们昏迷了而已。"

她懂得穴位之说？

新娘里或许还有另外的无锋，但绝非来帮助她的。于是云为衫没有接话，只是移动到靠近牢门的地方朝外打量。新娘们被三三两两地分别关在各间牢房内，走廊里有不少守卫看守，十分森严。此时，新娘们华丽的嫁衣已经斑驳、脏乱，鲜红的锦缎和厚重的头饰在这个满是粗石腐木的地牢里显得格外违和。

门口一位守卫对上了云为衫的眼睛，云为衫立刻转开视线。但是那守卫还是起了疑，慢慢踱步向她走来。

眼看他就要走到云为衫面前了，突然，关在对面牢房的一个年轻新娘大声开口。

"你们宫家就是这么对待嫁进山谷的新娘的吗？"

守卫这才停下脚步，转身走过去，背对云为衫，看着那间牢房里面的女子。

说话的是宋家四姑娘，她面容姣好，似来自大户人家。她性子烈，毫不畏惧地继续说道："当初下聘的时候说得天花乱坠，现在我刚离开家几个时辰就被关在这又臭又破的地牢里，太荒唐了！我爹要是知道的话——"

然而她话音未落，守卫已经抬起刀在牢门上重重一击，宋家四姑娘吓得一哆嗦，话立刻断了。

守卫森冷一笑："你想多了，你爹不会知道的。"

宋家四姑娘脸色发白，嘴唇哆嗦着，没再说话。

云为衫余光扫过那些人，脸色凝重，抿紧双唇。

夜色中的山谷雾气弥漫，精致的铜灯零星悬挂，掩映于浓郁树影中的飞檐尖角下。

宫子羽在宫唤羽的寝殿等待着，他盘腿坐在宫唤羽的书桌前，无意识地摆弄着一本本文书，脸色有些急躁，频频朝门外看。以他的性子，这事儿，他可不能坐视不管。

不知过了多久，房门才被人打开，宫唤羽看见宫子羽在自己房间里，颇有些意外。

看见来人，宫子羽立即起身相迎，在宫唤羽面前站立，认真拱手行礼："少主。"

宫唤羽觉得有些好笑："父亲又不在，就我们俩，你就别为难自己了。"

宫子羽这才露出焦虑之色："哥，现在到底是什么情况啊？"

宫唤羽却不疾不徐地走到桌子旁，坐了下来。

"父亲的脾气，唉，我刚费了不少口舌……我说这大半夜的，你等我也不备一壶茶。"

"我哪儿还有心思喝茶啊，你快点……最后到底怎么说的啊？"

"不会死。"宫唤羽先是自顾自地喝了一口茶，又话锋一转，"但也不好活。"

宫子羽脸上刚露出喜色就立刻暗了下来，他的表情中有一丝嫌恶。

"又要用毒？"宫子羽猜到了答案。

宫唤羽点头："嗯，宫远徵研究了一种新药，估计明天就用……"他打量了一下宫子羽的神情，"弟弟，你别这么看着我，我知道你心软，但总得找出刺客是谁吧？"

"宫远徵的毒，谁受得了？这和严刑拷打有什么区别？肯定有人屈打成招或者胡乱栽赃……"宫子羽激动起来。

别说那些手无缚鸡之力的女子，连他听到那人手里的毒都觉得胆寒！

宫唤羽笑笑，没当回事："还是有区别的。严刑拷打总会留下疤痕，新娘子还是漂漂亮亮的好。你不是最喜欢皮肤好的女孩子吗？"

宫子羽脸一红，起身："哥！你这都扯哪儿去了……不行，我要再去和父亲说一说。"

宫唤羽叫住他："胡闹，你也不看看现在是什么时辰，父亲已经睡下了。"

把人喊停，宫唤羽叹了口气，起身走到宫子羽面前，整了整他的衣领。

与父亲宫鸿羽的严厉不同，宫唤羽作为兄长，对宫子羽关怀备至，虽然偶尔也头疼宫子羽的肆意妄为，却从不对他疾言厉色。

"你啊，已经到了婚娶之年还这么莽撞，该成熟一些了吧？宫门的事务，你最好也尽早参与一些……"宫唤羽苦口婆心。

宫子羽皱眉："我不想参与……"

宫唤羽在他额头叩了一下："你这话也就只准在我面前说说，在父亲和别人面前，你可不准提这些……"

宫子羽的声音弱了下去："有什么不能提的？父亲本来也不想我参与宫门的事情吧，大家不是一直都觉得我并非宫家血脉嘛……"

没想到他会提起这个，宫唤羽有些心疼弟弟："你怎么又说起这个了……"

他起身走到里屋，拿出一件皮毛领的斗篷递给宫子羽。那毛又柔又蓬松，针脚精致，看着就十分保暖。

"前几日北边送来了一张野貂皮，我让人赶制成了一件厚斗篷。最近山谷里夜露重了,你从小体寒畏冷,若是晚上出门,你就披上。"

宫子羽张了张口,还打算继续说话,宫唤羽立刻制止了他。

"新娘的话题,到此结束。我要睡了。"

说完,宫唤羽重新转身走进里屋。

房间大门重新打开,宫子羽抱着那件厚厚的斗篷走出来,一脸败色。金繁早已站在门口等待。

金繁追问:"怎么样?少主怎么说?"

"说是明天给所有新娘用毒……"宫子羽顿了顿,"宫远徽的毒……"

金繁的眉头皱了又松开,竟认同地点点头:"如果是宫远徽的毒,那一定能逼问出刺客是谁了……"

"不行,这太残忍了。"提到这个人,宫子羽轻轻磨了磨后槽牙。

"不然怎么办,总比都杀了好吧?"

宫子羽忽然压低了声音:"金繁,你还记得去年父亲罚我禁足一个月的时候,我们为了溜出去发现的那条废弃暗道吗?"

金繁脸色突变:"你疯了?!"他难道还想私放新娘不成?

被金繁猜出了想法,宫子羽脸上露出狡黠但自信的笑容。

金繁立刻严肃地说:"我绝不允许你这么做!"

宫门戒严,夜巡的侍卫以整齐划一的步伐路过。

刚过交更时间,侍卫营里,一群年轻气盛的男子正端着木制水盆,拿着换洗衣物行走在廊檐下。大冬天的寒气中,不少壮硕的年轻侍卫依然赤着上身在中庭练武,他们肌肉分明,拳脚有力。

突然,一个衣着华美的女子身姿婀娜地走进侍卫的集体住所。她所经之处,惊呼不断。年轻男子们的脸都涨红了,特别是那些没穿上衣的,慌乱地一边抓过衣服遮挡身体一边行礼,结结巴巴的。

其中一个侍卫舌头打结:"大……大小姐。"

另外的侍卫纷纷行礼:"大小姐。"

"大小姐,您怎么来了?"

"啊……大小姐。"

来人正是宫家商宫的独女、大小姐宫紫商。只见她的脸圆圆的,眉目间带着一种温润、吉祥的喜色,水灵、生动。她的眼珠滴溜溜地转,目光在年轻男子赤裸的胴体上来回打量,似乎很满意这侍卫营的盛况,眼角都弯了起来,嘻嘻痴笑。

看见所有人都对自己郑重行礼，宫紫商羞涩地摆着手。

"不用，不用……不用穿。"

一个正在套衣衫的小侍卫尴尬地停下来，穿也不是，不穿也不是。

宫紫商冲着众侍卫说完，又害羞又有点娇嗔地问："金繁呢？"

年轻小侍卫回答："金繁哥还没回来。"

宫紫商略怒："成何体统！这么晚了夜不归宿，外面这么危险，你们这些男孩子要学会保护自己，知道吗？"

众侍卫低头行礼："属下一定誓死保护好大小姐。"

宫紫商捂着嘴，喜得眼睛眯起来："我也会保护你们的，放心放心。"

众侍卫不知道如何回答，脸红着低头。

宫紫商又问："有人知道金繁去哪儿了吗？"

之前那个套衣衫的年轻侍卫小声说："我回来的时候好像看见金繁哥在少主门口……"

宫紫商有些意外："金繁不守着宫子羽，跑去少主门口干什么？"

她寻人不得，但好歹饱了眼福，背影很快又消失在廊檐下。

夜逐渐深了，寒露极重。

地牢走道的火把燃烧着，发出闪动的光，结霜的石壁上水渍涔涔。

两种行色匆匆的脚步声往地牢里去。金繁咬着牙跟在满脸自信的宫子羽身后。

地牢里，云为衫原本抱着自己的双腿蜷缩在墙角坐着，听到门口响起微弱的动静，她警觉起来，仔细分辨走廊尽头传来的声音。

外面的守卫也正起疑何人深夜来访，看见是平日里对待下人最宽厚的宫子羽，表情松懈下来："羽公子，你怎么来了？"

云为衫听得胸口轻颤，火把的烈焰映得她眸光轻轻闪动了一下。

宫子羽掏出自己的令牌，举在守卫面前："少主让我把这些姑娘带去徽宫，交给宫远徽试药。"

守卫有些犹豫："这么晚了试药？"

身后的金繁斥责："放肆！早不早、晚不晚，难道你说了算？"

守卫紧张起来："属下不敢！只是少主派下人通报一声就可以了，还劳烦羽公子亲自过来——"

宫子羽故意冷着脸反问:"你是说,少主把我当成下人的意思吗?"

果然,此话一出,守卫的牙齿直哆嗦:"公子息怒,属下该死!"

宫子羽有些装不下去了:"哎呀,金成卫,你赶紧开门。"

守卫赶紧低头默默开门。

走道里的脚步声由远及近,云为衫紧靠着牢门。影影绰绰的火光下,她看清了来人。这个年轻男子身披斗篷,个子颀长,锋利的眉眼符合她对宫家人的想象,但这个年轻男子的眼眸漆黑如点墨,又有着和想象中不太一样的热情和力量,仿佛灼热的炭。

云为衫本来心怀期待,宫子羽快要到达云为衫牢房门口的时候却停了下来,他转身看着云为衫对面的牢房,对里面的人开口。

"别害怕,我是来救你们的。"

对面牢房中的上官浅抬起头,有些散乱的头发轻轻笼着她如烟似画的面容,一双温润的眸子里闪着湿漉漉的泪光,像江南烟雨笼罩下的小小湖泊。她站起来,走向宫子羽,怯声道:"公子,这到底是怎么了……"

云为衫的目光从宫子羽挪到了上官浅身上。

上官浅的声音很明显地带着恐惧意味,但她已经尽量控制自己,表现得体、大气,一看就是名门世家的女子,非常懂得分寸。

宫子羽如实相告:"你们中间混入了一个无锋的刺客……"他边说边扫视了一圈新娘,有的人脸上现出惧色,有的则一脸茫然。

云为衫沉下眼睑,呼吸略微急促,果然有消息泄露了。

一名新娘嗫嚅地问:"无锋是什么……"

宋四小姐回她:"这你都不知道?!无锋是已经称霸江湖几十年的杀手组织,谁敢反抗他们,必定招致灭门之灾。好多门派都已经归顺无锋了,唯有宫门可以与之抗衡,所以我父亲才把我送来选亲,说这里是无锋唯一无法染指的安宁之地。"

说到后面,宋四小姐看向宫子羽,表情里有些讨好和期盼。

宫子羽点头:"没错,无锋残暴无道,所以执刃大人得知你们中藏有无锋刺客之后,为了保护宫家万全,决定将你们全部处死。"

上官浅震惊,再次泪眼婆娑:"怎么会这样……"

周围传来女子们断断续续的惊呼和哭泣。宫子羽转身,面对各间牢房中的红衣新娘们,话锋一转:"现在不是哭的时候!你们跟我走,我放你们出去。"

云为衫诧异地抬起头。

郑南衣警惕地看着宫子羽："刚才他们叫你'羽公子'，你是羽宫的少爷、执刃的儿子？"

宫子羽看着这个尚算中气十足的女子，面露审视，点头。

郑南衣思路清晰："你爹要杀我们，你却要救我们？这么好心？我不信。"

这也是云为衫的疑惑，她趁机观察着宫子羽的神色。

"我不是执刃，也不是少主，所以才会怜香惜玉。"宫子羽说。

另一边，金繁已经拿着钥匙陆续把牢门都打开了。

"要不要跟我走，你们自己决定。"

宫子羽微微一笑，脸上的暖意就荡开，让云为衫一时间辨不出其言语的真伪。

宋四小姐突然擦了一把脸，站了起来："我跟你走，我要回去见我爹！"

以宋四小姐为首，其他新娘纷纷站了起来，抓紧这仅存的一线生机。

牢门一道道被拉开，云为衫不发一言，把自己掩藏在幽暗里，尽量不惹人注目地起身走出地牢。她并不相信宫子羽，但意欲接近，所以等她走到宫子羽身后，才试图开口问话。

"羽公子……"

然而宫子羽听而不闻，似完全没有听见这话也未看见她，亲自伸手拉开了上官浅的牢门。

上官浅低头走出来，轻声道谢："谢谢。"

宫子羽的目光看起来很温柔，似乎让四周的寒冷都散去了，但他看的是上官浅。

云为衫没有再说话，等她转过视线，正好对上了上官浅的眼睛。

那张脸无辜，对方轻轻地朝她点头示意，礼数有加。

随即，宫子羽带着一群新娘朝地牢出口走去。过道的烛火拉长了人群的碎影。金繁断后，对门口的几个守卫吩咐。

"外面有少主的人接应，你们不必跟过来了。去牢房里面，把每一间牢房都仔细搜索，看看有没有什么异样的物品，比如她们藏起来的暗器。"

"是。"

几个守卫应声，低头走进牢房，开始搜查每间牢房。

这个消息很快传到了羽宫。已经换好睡袍正准备就寝的宫唤羽突然听见门外传来侍卫金简有些慌乱的声音。

"少主……少主!"

绿玉侍卫金简慌张地跑进来,低头行礼,他的声音略微颤抖。

"禀报少主……羽公子……羽公子把新娘们带出了地牢……现在,正在朝宫门外走去……"

宫唤羽深吸一口气,面色凝重起来。

山谷里一片漆黑,树影暗沉,恰逢明月被乌云遮挡,夜色更浓。

树林中响起一阵细碎且急促的脚步声,一行人疾步行走在宫门内的道路上。

云为衫混在队伍的末尾,跟着其他姑娘匆匆小跑,她不动声色地观察着四周环境。抬起头,她看到一座很显眼的高塔,拱顶飞檐的四角挂着橙色灯笼,灯笼在夜雾中发出非常醒目的光芒。

她忽然想起,在宫门大门口,她揭开盖头,发现自己被侍卫包围的时候曾悄悄抬头,看见了城门后不远处的高塔。此刻,她注意到他们一行人离高塔越来越远。于是她面露狐疑,停下了脚步。

前方带路的金繁和宫子羽很快带着其他姑娘走进了一条狭窄的回廊,云为衫低头思考了一下,她谁也不信,也不能陷入被动,于是转身脱离队伍,朝灯塔方向奔去。

结果她没走几步,突然,身后人影带风,她闪避不成,被身后追来之人抓住了手腕。

手下升温,云为衫回头,果然,宫子羽站在她面前,她立即收起神色。

两人靠得极近,宫子羽眼里有疑惑。他看着云为衫的脸,苍白而生动,眼睫垂着,月色红衣下显得脆弱易折。她虽然擅自逃离,但那双眸清透,似无半分隐藏与城府。这令宫子羽十分好奇。

"姑娘这是做什么?宫门四处都有岗哨,你再多跑几步就要被乱箭射死了。"

云为衫并没有欺瞒,而是坦言道:"我不信你的话。"

宫子羽松开手,笑着说:"那你跑,我要看着你变成刺猬。"

一句半带玩笑的话,反而让云为衫露出了畏惧的神色。

"我是不相信你真心要带我们出去。"她说得诚恳。

宫子羽问:"哦,我看起来哪里不真心了?"

云为衫看向高塔:"停船靠岸之时,我抬眼就看到了高塔,我记得高塔在城门附近。现在,我们离城门越来越远了……"

宫子羽打量她："你疑心这么重啊？"

云为衫对答如流："母亲告诉我，进入山谷之后，对谁都不要相信。更何况，羽公子违背父亲命令，放我们出去，本就奇怪。"

宫子羽笑意晏晏，但很快就收敛起来，盯住她明澈的目光。他缓缓靠近："这么说，姑娘你一进宫门就开始记忆塔楼的位置，不也很奇怪嘛……"

气氛凝固，云为衫正欲解释。

忽然，身后有人喊了一声："谁在那儿？"

紧接着，一连串脚步声响起，巡逻的守卫跑了过来，齐齐亮出武器。

情急之下，宫子羽立刻把自己的斗篷脱了下来，他身量高，斗篷又宽又大，直接将云为衫的红色嫁衣完全罩了起来。然后，他从腰后拿出面具，盖到了云为衫脸上。

宫子羽在她耳边小声短促地说："扶好面具。"

云为衫下意识地听话，抬起手按住面具，却摸到了宫子羽修长、骨节分明的手，他的手年轻有力，而且温暖。不易察觉的是，云为衫迅速缩回手，把脸掩到了面具后。

守卫举起火把，看清楚面前的人："啊……羽公子？"

宫子羽朝巡夜守卫微微点头。

守卫询问："这么晚了，羽公子这是……"

宫子羽指了指身边的人："紫商姐姐脸上被小虫叮咬了几处，有些红肿、破皮，她心情郁闷，叫我陪她散散心。"

守卫打量了一眼那人，披风与面具下看不出端倪，立刻收起武器，对"大小姐"行礼。

"原来是大小姐。今夜宫门全范围警戒，还请不要到处走动，早些回屋歇息。"

宫子羽替她回答："知道了，退下吧。我们这就回去。"

巡逻的守卫退下后，宫子羽松了一口气，侧过脸瞥了一眼身边的云为衫。她放下脸上的面具，神色已经柔和了许多，脸上多了一丝红晕。

宫子羽问："现在信我了吗？"

云为衫没有回答。

"我若不是真心想放你们出去，刚刚就可以把你交给守卫。你若还是不信我，就继续往前冲，然后变刺猬吧。"

说完，宫子羽脱下云为衫身上的斗篷："真想出去，就跟我走。"

眼前的人看起来真挚、实心，不似作伪。云为衫捏了捏手里的面具，犹豫了一下，小跑着跟上了他。

面具被云为衫系在腰间，她跟着宫子羽走进巷子，却发现尽头是个死胡同，其他姑娘正聚集在墙根小声议论着，惶惶不安。

金繁看见两人回来，迎上去，压低声音："你跑哪儿去了！我一回头你就不见了，你真是乱来！这里面可是有刺客在，万——"

宫子羽打断他："你想多了，无锋刺客好不容易潜进来，怎么可能是来杀我的？为了干掉我这么一个游手好闲之人而暴露自己，无锋血亏！"

这颇有几分道理，金繁无法反驳。

宫子羽走到墙边，举起双手将两块深色的砖一起按下，墙面轰然朝一边退开，一条幽暗的密道出现在墙后。

这竟是进出宫门的暗道？云为衫暗中观察着墙面的结构。

宫子羽转身，看着新娘们说道："这条密道可以通往旧尘山谷之外，只是其中机关重重，你们自己小心了——"

他话未说完，一个清冷带着挑衅的声音就在众人身后响起。

"宫子羽，你不是送人给我试药吗，怎么带到这儿来了？"

金繁面色发白，对着那方行礼："徽公子……"

所有新娘诧异地闻声抬头，墙道上方，一个清瘦的少年身影站立在屋顶之上。

宫远徽背手站在屋顶上。不知何时乌云散开了，朗月繁星在他身后，夜风撩起了他黑色的锦缎长袍，上面金色的刺绣仿佛黑色潭水里游动的数尾金鳞，在夜里透出碎光，他腰上还系着一个暗器囊袋。

这少年是宫门徽宫的三少爷，年纪小，地位高，一身的盛气凌人。只见他肤色很苍白，眼尾狭长，眉眼间带着一种厌世而阴沉的冷漠，和他年轻稚气的面容格外违和。

宫子羽似与那人不对付，冷言冷语道："我只是奉少主命令行事，不需要向你汇报。"

宫远徽也不与他客气，反讥道："你是奉命行事还是假传指令，你自己心里有数。"

说着，宫远徽不可一世地冷笑，从屋顶跳下，看得出他轻功很好，金光流灿的衣袂甚至没拂起轻尘。

宫子羽脸色一变，立刻冲新娘们大喊："进去！"

言毕，宫子羽腾空而起，朝空中的宫远徵而去。

还不待新娘们跑进密道，宫远徵一摸腰间，轻轻一弹指，一件暗器从他手中飞出，击中了墙面的一块深色砖，打开的墙面立刻合了起来。

轰隆一声，所有人脚步骤停，发出惊呼。

宫远徵凌空借力，再次掏出一件暗器，掷向新娘们。伴随着爆炸的声响，空中扬起了一片毒粉。

云为衫捂住口鼻，小声提醒："小心！"

上官浅、云为衫和郑南衣同时抬起衣袖遮盖面容，屏住呼吸，其余的新娘则完全没有反应过来，发出阵阵尖叫。可惜，就算遮盖了口鼻也是徒劳，毒雾扩散很快，新娘们笼罩在诡异的毒粉中，开始咳嗽起来。

另一边，宫子羽与宫远徵交手，然而加上金繁，两人都不是宫远徵的对手。几个回合下来，宫子羽一直在挨揍。

衣袖甩得猎猎作响，宫远徵动作干脆而迅疾，又一次拳背打在宫子羽的胸口上。宫子羽趁势拉住宫远徵的衣领，把他拽向自己。

宫子羽用新娘们听不见的声音在他耳边说："我没有要放她们走，设的局而已！"

宫远徵往后退了半步，迟疑了一下，看了看宫子羽坚定而认真的眼神，笑了。

"设局？有意思。我还以为宫门内最有名的纨绔只会牌局。"

随即，宫远徵手上更凌厉的招式朝宫子羽攻去。

"那我就陪你演得更逼真些！"

宫子羽脸色突变："你别弄错！"

"我没弄错，我只是将错就错而已。"

宫子羽感受到宫远徵在借机下狠手，对自己毫不留情。

金繁站在宫子羽身前提醒："公子小心。"

眼前缠斗的三道人影变得越来越模糊。云为衫虽然屏住呼吸，用袖子掩面，然而毒粉可以透进皮肤，她发现自己裸露在外的手背皮肤开始发紫，视线也变得不清晰。

云为衫心里一沉，她抬眼看了看郑南衣，只见郑南衣的目光牢牢地盯着宫子羽。

宫门出口被封堵，所有新娘都缩到墙角，都已经呈现中毒的症状，有的更是摇晃着倒地。上官浅看着自己发黑的手背，在角落瑟瑟发抖，害怕得不断落泪。

云为衫飞快地思考着应对之策。

宫远徽的手刀快如闪电,快切到宫子羽的喉结的时候,被金繁用力震开了。这让宫远徽有些惊讶,他停下了凌厉的攻势,得以喘息的宫子羽眼睛扫过一片惨状的新娘。

宫子羽怒意翻涌,瞪向宫远徽:"她们可都是待选新娘,你这么做,也太不计后果了!"

宫远徽啧啧两声:"果然是最怜香惜玉的羽公子,可她们中间混进了无锋刺客,就该全部处死。"他抬眼看向新娘们,"她们已经中毒,没有我的解药,就乖乖等死吧。"

新娘们听见宫远徽这么说,纷纷露出绝望的表情,哭泣声不断。

云为衫看着皮肤越来越严重的中毒迹象,皱了皱眉。她不能坐以待毙,于是悄悄摘下头上的一支发簪藏在衣袖内,转向得意的宫远徽,悄然向他身后靠近。

她正准备出手,一只发黑的手突然伸过来,扯住了她的衣袖,将她拉得跌坐在地。

受惊的云为衫回头,发现竟是蜷缩在墙角正哭得梨花带雨的上官浅。

上官浅似是无意而为:"我们真的都会死吗?我害怕……"

云为衫隐隐觉得有些不对劲,还在犹疑,突然看见郑南衣边哭喊着边从人群里起身,不管不顾地冲向打斗中的宫子羽三人。

郑南衣哭道:"我还不想死啊!救救我!救救我……"

宫子羽心里一软,扶住跌跌撞撞的郑南衣,他还没反应过来,原本一脸惊恐的郑南衣瞬间出手,动作诡谲,迅猛无比。错愕之下,宫子羽已经被她扣住了喉咙。

突如其来的变故让所有人一时间停止了惨叫和纷乱。

金繁大喊:"你干什么?!"他提刀在手,满怀戒备地看着郑南衣。宫子羽一动不动。

果然,郑南衣是暗鬼。

而宫远徽则露出了毫不意外的表情:"恭喜你设局成功,虫子入网了。"

闻声,云为衫甚是侥幸,原来这是一个局。

郑南衣露出真面目,碧玉似的笑容早已变成了刺客的杀戮气势。她半挑眉眼,手指牢牢掐住宫子羽,厉声对宫远徽说:"拿解药来换他的命。"

宫远徽不疾不徐:"你可以试试,是他先死还是你先死。"

033

郑南衣不解:"你说什——"

还不待她话音落下,宫远徽手指一动,宫子羽和郑南衣的膝盖同时被一颗小石子打中,两人吃痛得跪下。郑南衣被这意外打乱,手下意识地松开了宫子羽。

与此同时,一个人影从屋顶飞身而下,黑影带着压迫之势上前,掠过宫子羽,将他推到金繁身边。

等宫子羽看清来人,便高兴地叫道:"哥!"

郑南衣并不甘心,从地上一跃而起。宫唤羽武功高强,招式凌厉,打得郑南衣难以还击,几招之内就将郑南衣制服,一掌震飞。

云为衫看着那一抹红衣在森然的月色下被击落,身躯无力地倒在一旁,嘴角渗出鲜血,睁着不肯屈服的眼睛,最后昏死过去。

宫唤羽看着昏迷的郑南衣,命令道:"带走。"

他带来的侍卫一拥而出,将郑南衣拖了下去。

人群安静了下来,新娘们遭受连番变故,还中了毒,大部分已经东倒西歪,只剩下一些恍惚之声。云为衫的气息不稳,但她心里松了一口气,既然宫门抓住了郑南衣,想必此刻她们已经安全。她不由得侧目看向宫唤羽,这人与宫子羽和宫远徽都不同,气定神闲,指挥若定,脸上虽温润、平静,而眼底深沉,可见锋芒。云为衫不敢在他面前露出任何端倪,装作体力不支,倒在人群里。

宫唤羽一眼看见了人群里的云为衫,只见她腰后别着宫子羽的面具,这让他略有疑色,可并未说什么。

然后,宫唤羽看了看地上击中宫子羽和郑南衣膝盖的那两颗石子,转而面向宫远徽:"远徽弟弟,你莽撞了。"

宫远徽行礼:"少主,我只是救子羽哥哥心切。膝下穴位连通手肘,手肘发麻的情况下,子羽哥哥应该会平安无事的。而且子羽哥哥设局心切,我不能白费了他的苦心啊。这不成功抓到了吗?"他精通穴位与药理,明明夹带私人恩怨,却让人挑不出错处。

宫子羽最讨厌这一点,瞪着宫远徽:"胡说!你刚明明对我下了杀手!"

宫唤羽打断两人:"远徽弟弟,下次不要这么鲁莽。"

宫远徽面上的得意之色一闪而过,他笑着低头应道:"是,少主。"

一夜过去,天渐渐亮起,山谷中的浓雾在日照下变淡,鸟叫声从古林中传来,一个仆人用竹竿挑着一只红色灯笼往屋檐上挂。

宫子羽睡了个安心觉，醒来后推开房间大门，走到庭院里。早晨的空气冷冽但清新，带着山谷森林的百年木香。

金繁已经早早站在庭院里等候了。

"早。"

宫子羽一边走下台阶，一边揉了揉胸口，昨晚被宫远徽打了那一掌，胸口还在隐隐作痛。

金繁语带关切："还在痛吗？"

宫子羽喃喃道："有点。"

金繁恨铁不成钢："让你昨晚逞能，明明打不过宫远徽，还非要——"

宫子羽却倒打一耙："要不是因为有你这个拖油瓶，我说不准和他五五开好吗？！"

"你梦里的五五开。"

"闭嘴吧你……我要去找个人，你不用跟来，就在这里等我。"

金繁心有余悸："你又要干吗？"他真的是真心实意的不理解，昨夜闹了这么一场，这人还不安生，今天还要去找人。找什么人？

宫子羽嘟哝一句："要你管。"

"我摸着良心说一句，我真的不想管。"金繁放弃道。

"良心？你有吗？"

"我有，但被狗吃了。"

宫子羽冷哼一声，径自走开，头也不回。

昨夜之后，剩下的新娘们便被安置进了宫门的女客院落。

几片金色的银杏叶纷落，庭院古朴、典雅，平日里十分清静，但此时院里喧哗了不少，想必因为昨夜的变故，没人能安心睡觉。

宫子羽走进大门的时候，周围的仆人、侍女以及廊檐下两三个惊魂未定的待选新娘都忍不住窃窃私语，因为这儿是女客的临时住所，按道理，宫子羽不应该来。她们担心还有事生变，忍不住探头观察着。

门口的掌事嬷嬷看到宫子羽，惊了："哎哟，我的小祖宗，你来这里干什么？"

宫子羽："我来看看。"

掌事嬷嬷："胡言乱语，这里是女客院落，你看什么看，要看去万花楼看……"

宫子羽被噎了一下，自己风评不好，也没法反驳，于是没理她，径直往里面走去。

掌事嬷嬷痛心疾首，转身拉住一个下人："来，跟我去门口守着，别让人发现小少爷来这里了……不然他麻烦大了，我的麻烦就更大了……"

宫子羽穿过大门，来到后院。那儿有一方小池，三三两两的待选新娘原本坐在那儿，看见来人都忍不住交头接耳起来。

宋四小姐疑惑道："他到这里来干吗？"

想到一进宫门就遭遇变故，宋四小姐发怵的心尚未平静，好在现在安生了，她才有实感，迎接随之而来的选婚。可这公子贸然前来，的确是于理不合的。

她身边坐着的是姜家姑娘姜离离，面若芙蓉，容貌极美。

姜离离也好奇："羽公子，他怎么来了？"

宫子羽装作没听见，上楼梯，走到云为衫房间门口。

众人侧目。

云为衫坐在房中，一夜未眠，眼下有些乌青，绷紧的神经放松了些许，眉头不再紧锁，看起来只是略带疲色。听到敲门声，她有些意外，打开门，看见站在门外的人是宫子羽，意外很快变成了了然。

不等对方开口，云为衫轻声说："你等一下。"

这回换宫子羽意外了，她知道自己的来意？

云为衫转身回到屋内。不一会儿，云为衫拿着昨夜那副面具来到门口，递给宫子羽。

"昨晚多谢羽公子。"

宫子羽接过面具："不用叫我'羽公子'，我叫宫子羽。"

云为衫："……"

云为衫不能确定的是，面前的人是否真的如同他看起来那般毫无心机，毕竟昨夜他引出了无锋的刺客。她不禁又多看了他一眼。

宫子羽发现云为衫呆住了，有点傻气地问："不好笑吗？"

云为衫不置可否，只回他："我叫云为衫，云朵的云，衣衫的衫。"

"以云为衫……"宫子羽跟着念了一遍，见她着白衣，在熹微的光线下如浮云流转，宫子羽不吝赞美，"真是个诗情画意的好名字。"

云为衫没说话，只是微笑着低头，表达了客气的谢意。

宫子羽这时才问："你怎么知道我是来要回这副面具的？"

"这副面具上的颜料并不是普通的油彩或者色膏,而是一层非常轻薄的釉,普通工匠难以烧制,应该是巧手名匠所造,价格不菲。我要是主人,弄丢了也会心疼。"

云为衫缓缓道来,她此刻未施粉黛,清淡的面容透出几分玲珑的心思。宫子羽觉得这姑娘不只是有几分小聪明,还见多识广。

"倒是和价格没关系,主要是买不到了。"

云为衫不由得问:"工匠去世了?"

这人不是她的目标,原本可以不多费唇舌,云为衫还是忍不住与他多说了几句。

宫子羽眼神里掠过一丝低沉,但很快恢复了:"嗯……也可以这么说吧。你的毒解了吗?"

云为衫轻轻挽起袖子,露出洁白的肌肤,黑色毒痕已经消失。

"昨晚少主给我们所有人都送来了解药,已经没事了。"

这时,有下人端着药碗过来,看见宫子羽,急忙行礼。

宫子羽闻到汤药的味道,轻轻皱起了眉头。

云为衫正准备接过汤药,却被宫子羽拦了下来。

宫子羽察觉不对:"这药是?"

下人说:"白芷金草茶。"

宫子羽伸手:"给我吧。你先退下。"

下人应:"是。"

云为衫有些不明所以地看着宫子羽,他的注意力却在手里的汤药上。

云为衫问:"这个白芷金草茶,昨晚入住的时候就已经喝过一碗了,说是从外面来的人都要服用,以抵挡旧尘山谷里的雾气、毒瘴……羽公子,有何不妥吗?"

"没有不妥,白芷金草茶是一定要喝的。这里山谷深处遍布奇珍异草,剧毒植株也很多,山谷长年都被毒瘴笼罩……所以,居住在山谷中的人……"宫子羽似乎有些支支吾吾,没再说下去。

云为衫听了觉得有些奇怪:"那你们为何不搬离山谷,寻一处安宁之地?"

宫子羽垂下眼睫:"无锋肆虐猖獗,江湖风雨飘摇,哪有什么真正的安宁之地呢?我们守在这里,还能护一护这旧尘山谷里的百姓,除了宫氏的远亲,还有很多被无锋迫害逃难至此的江湖门派后人。"

云为衫沉默了。

宫子羽继续说:"而且,因为毒瘴的关系,女子在这山谷里的时间久了……"

"怎么……"

宫子羽有些脸红:"……就不太容易生育。"

云为衫有些诧异,但很快就明白过来,她看着宫子羽问:"所以,宫门才要从山谷外面迎娶新娘?"

"嗯。但你放心,这白芷金草茶正是为女子抵御毒瘴、养护身体所熬制。只是这碗药,云姑娘还是先别喝了,等会儿我让人送一碗新的过来。"

云为衫不安:"这药怎么了?有问题吗?"

宫子羽状似玩笑道:"里面掉进了几颗老鼠屎。"

云为衫:"……"

宫子羽看着云为衫尴尬的脸,微微弯起唇角,拿着汤药转身走了。

云为衫问他:"……你认真的吗?"

宫子羽没有回头:"你猜。"

云为衫看着宫子羽的背影消失在转角处,心中生疑,神色复杂。

这时,她听见身后传来脚步声,回过头,走廊另一端,端着汤药的下人敲开了另一个房间的门。那是上官浅的住所。

上官浅昨夜吓得不轻,此刻走出来,样子倒不怎么萎靡。她转过头,看到云为衫,还笑意盈盈地与她打招呼,像朵重新绽开的花,看上去没事了。

下人递过白芷金草茶,上官浅接过来,准备转身回屋,就被下人叫住了。

下人说:"上官小姐,您可以现在就服下汤药。"

上官浅有些疑惑:"现在就要喝吗?"

"现在喝,喝完,我把药碗带回去。"

上官浅看着下人,又看了看云为衫,她略微迟疑了一下,但也没多说什么,仰头把汤药喝下,然后把药碗递回给下人。

宫子羽端着那碗药回到了羽宫。

庭院里,他迎面看见金繁,两人面面相觑。

金繁见宫子羽拿着汤药,有些诧异:"你会不会太娇气了点?一点小伤也要喝药?"

宫子羽白他一眼:"这是白芷金草茶。"

金繁瞳孔骤震:"你为什么要喝白芷金草茶?!"那不是女人……

宫子羽打断他的联想:"……你脑子是不是有病?"

038

"我有什么病都不会喝白芷金草茶!"

宫子羽深吸一口气,不由得把那碗汤药递到金繁鼻尖,压下怒火:"你闻闻看。"

金繁这才意识到不对劲,低头闻了闻,清苦的味道一下散开,他脸色微变,有些明白过来。

"这味道不对。有毒?"

宫子羽不敢肯定:"还不确定。但这味道肯定不是原来的白芷金草茶了……"

金繁又问:"谁做的手脚?"

宫子羽咬了咬后槽牙:"还能有谁?整个山谷里最会用毒的人呗。"

"宫远徵?"

说话间,身后传来沉稳的脚步声。

"子羽。"宫唤羽进了庭院,喊了他一声,朝两人走过去。

宫子羽应声:"哥。"

宫唤羽刚才已经听人禀报过了,却没指责什么,只问:"去女客院落找云为衫姑娘了?"

宫子羽有些惊讶:"哥,你怎么知道……"

"昨晚我就看见她身上系着你那副狐狸面具了。你那么宝贝的东西,一般姑娘家,你可舍不得给她用。"宫唤羽知道那副面具于他的重要性,又想起人群里格外显眼的那名新娘。

宫子羽脸有些热:"我是说,哥,你怎么知道她的名字。"

"这次是为我选亲,来的新娘什么家世、什么性格、什么名字,我当然清楚了。"宫唤羽笑笑,"你放心,我不选云姑娘。"

宫子羽脸更红了:"哥,你在说什么……"

这时,一个侍卫上前:"少主、羽公子,执刃大人有请。"

宫子羽不知父亲为何找他,不敢耽搁,端着那碗汤药前往执刃殿。

等他进了大殿,才发现宫远徵竟然也在。这两人见到彼此都没有什么好脸色,昨夜还动了武。宫子羽自然不正眼看他,只朝父亲行礼:"父亲。"

台阶之上,宫鸿羽端坐执刃之位,他神色凌厉,隐约透出一丝不满:"我听他们说,昨晚刺客身份暴露了……"

宫子羽有些心虚:"是,原本我和哥哥……我和少主商量想用那条密道里的机关引出刺客——"

然而不等他说完，就被宫鸿羽厉声打断。

"我没想到你竟学会撒谎了？"

宫子羽噤若寒蝉，宫鸿羽拍着扶手站起来："少主怎么可能和你一样蠢？你自作聪明，还想把少主拉下水？从我说要杀新娘开始，就是一场局了，我和唤羽早已经商量好了。"

宫子羽诧异地看向父亲。

原来，昨日从医馆出来，宫鸿羽早就有了对策，除了宫唤羽，他还找了宫远徵。

宫鸿羽告知两人："那些新娘自然是不能全杀，否则在江湖中宫门再无立足之地。"

宫唤羽问他："那父亲为何对子羽那样说？"

"他从小最是心软，又怜香惜玉，他若知道我要杀掉那些新娘，一定会想办法救她们。"

宫唤羽细细一想，就明白了宫鸿羽的打算。

"父亲是打算利用子羽引出刺客？"

宫鸿羽点头，看向宫远徵："远徵，我唤你来，是需要你的帮助。"

宫远徵行礼，想到瞒着宫子羽，他眼中就露出兴奋之色："执刃尽请吩咐。"

只有他加入，这场戏才够逼真，无锋刺客才会真的上当。

宫子羽得知自己是局中最傻的那枚棋子，心生不悦，看着哥哥，喃喃着问："所以……你们都知道这就是个局，却不告诉我，我还傻傻地要当英雄……"

宫唤羽有些不忍，刚要说话："子羽——"

宫鸿羽的呵斥打断了他："若是提前告诉你，就你这性子藏得住事儿吗？成事不足，败事有余。"

父亲嫌他无用，他一直是知道的，宫子羽咬着牙："你就这么不信任我吗？"

宫鸿羽毫不掩饰自己对他的失望："你看看你自己，整天不务正业，只知道朝万花楼跑，从头到尾、从前到后，哪里值得我信任？"

宫子羽被当众这么说，立刻红了眼眶，拿着药碗的手有些颤抖。

宫鸿羽见状："你手上拿的又是什么？"

宫子羽深吸一口气,压下方才的情绪:"……父亲,我今日发现,这批送到女客院落的白芷金草茶有问题。我怀疑宫远徽擅自更改了配方,用新娘试药!"

宫远徽闻言,转过头来看着宫子羽,挑衅地微笑:"我确实是更改了配方……"

宫子羽抬起视线,和宫远徽对视,两人的目光都没有任何退让。

宫鸿羽不置可否,只问:"子羽,你可知道白芷金草茶的功效是什么?"

"当然知道,用来抵御山谷内的毒瘴。"

"那你可有察觉,旧尘山谷里的毒瘴近日越来越重了?"

宫子羽被问得有些意外,愣了愣:"……是吗?"

宫鸿羽冷哼:"你每日游手好闲,对宫门事务从来不过问,你当然没有觉察!"

宫远徽在旁边发笑,眉目中又多了一分得意之色。

宫鸿羽继续道:"因为毒瘴日益严重,往日汤药的作用越来越弱,所以我才让宫远徽研制新的配方。你说他擅自?你以为所有宫门子女都像你一样喜欢自作聪明、先斩后奏吗?"

宫子羽的目光暗淡下去,内心十分挫败,还是一如既往,他再如何积极也是无用的。

这时,门口守卫跑来:"启禀执刃,角公子已入山谷,马上就到宫门外。"

宫远徽一听到这句话,眼睛顿时亮了起来,与宫子羽的针锋相对立即被抛诸脑后,他只对着宫鸿羽行礼:"执刃,我想去迎接哥哥,容我先退下了。"

看得出他与哥哥关系十分亲近,宫鸿羽刚点头,他便已经迫不及待,兴冲冲地离开了。

宫鸿羽看着沉默的宫子羽:"你也退下吧,回去闭门思过。你年纪也不小了,你最好考虑清楚,如果你想继续当一个整日无所事事的废人,那你就没必要待在宫家——"

宫子羽不等父亲说完,就赌气地打断:"我也不是很想待在宫家。"他把药碗一甩,面色黑沉,转身就走。

宫唤羽叫住他:"子羽,你去哪儿?!"

宫鸿羽冲着宫子羽的背影说:"不要拦他,让他走!现在半句都说不得了,那就走得越远越好,最好今晚婚宴都不要出现!"

宫唤羽左右为难:"父亲……"

宫鸿羽背着手："你不去选你的新娘，还待在这里干什么？下去。"

"是。"宫唤羽轻轻叹了口气，低头告退。

宫唤羽走出执刃殿，一名美艳的妇人婷婷袅袅地走上高阶，捧着一盅汤走近。

这妇人罗裙素雅，青丝绾起，即便只是淡扫蛾眉，容色间也温婉、贵气。她正是现任的执刃夫人，也是宫唤羽和宫子羽的继母雾姬夫人。

二人迎面对上。

宫唤羽恭敬行礼："雾姬夫人。"

雾姬夫人心思缜密，见宫唤羽脸色不大好，问："我刚见那位小祖宗气冲冲地跑走，他是又惹执刃生气了？"

宫唤羽苦笑一下："还麻烦夫人劝解一下父亲。"

雾姬夫人点点头，迈步进殿内。

宫鸿羽仍旧端坐在主位上，低头沉思。

雾姬夫人平日里不少维护两人的父子关系，看上去驾轻就熟了，她上前一边伺候执刃喝汤，一边关心："少主选亲这样的大喜日子，你怎么还能和子羽红脸啊？子羽已经到了可以成婚的年纪，不比小时候随你打骂，你多少给他留点面子——"

宫鸿羽打断她："臭小子小时候听教听训，可爱多了，长大了却越来越逆反，看着就心头火起。你瞧瞧他整天那不务正业的样子，像我宫鸿羽的儿子吗？"

雾姬夫人进退有度："你这句话也就在我面前说说，可不能当着别人讲，特别是宫尚角、宫远徵两兄弟面前。你知道的，子羽最在意这个了——"

雾姬夫人意有所指地止住话，叹了口气。宫鸿羽似乎也想到了什么，面色柔和下来。

宫鸿羽叹息："自从阿兰过世，我和他之间的父子情就像冬日里的寒冰，越来越冷，嫌隙也越积越大。"

兰夫人是宫鸿羽的原配，宫鸿羽对她用情至深，虽说后来续了弦，但与雾姬夫人更多的是相敬。雾姬夫人不是宫子羽的亲生母亲，然而这么多年来对他视如己出，呵护备至。

提及此，雾姬夫人只是笑着劝慰："要我说，他才真像你的儿子，都是一个脾气，心里的真心话都不愿意说出口，明明彼此关心，见了面却总是嘴硬。"

找个机会,好好和子羽把话说开。你也一把年纪了,退一步吧。"

宫鸿羽板着脸:"我是他老子,要退也是他退。"

雾姬夫人看着要面子的老父亲,不由得失笑:"好好好,你先把这汤趁热喝了。"

地牢里,透不出外界的光,分不清昼夜。

昏迷不醒的无锋刺客郑南衣被一盆冷水泼下,寒气如同渗入骨髓,让她猛然间清醒过来,脚下是铁链碰撞的声响,她缓缓抬头,看到了坐在自己面前的宫唤羽。

不知道宫唤羽是什么时候来的,此刻,他正拿起木桌上的酒壶,倒了一杯酒,黑眸微冷。

郑南衣忍不住微微发抖,瞳孔剧烈颤动着。

选婚的时辰快要到了,女客院落内,所有的新娘都被召集到大堂里。

银杏叶落得越来越密,台基上点着熏香,烟雾缭绕,一群素衣的姑娘款步走出,分成两列,跪坐在房间两侧。她们按照规矩,只能穿着洁白的贴身薄丝水衣,披散着头发。

所有人素面相对,少了脂粉与穿戴,更突显了参差。这是宫门选婚的规定。她们面前有个小方几,侍女们端着托盘走到每个新娘跟前。

云为衫接过面前递过来的一个白瓷小碗,里面深褐色的草药散发着刺鼻的辛辣味。她不知这是什么,不问缘由便仰头喝下,然后把托盘里其他两个小碗里的汤药也一并喝了。

所有人喝完草药,侍女们退下。掌事嬷嬷带领一群上了年纪的嬷嬷鱼贯而入,在每个新娘面前站定,开始查看每个新娘的牙齿,拿绳子测量其头发、胸部、腰臀……嬷嬷们在自己手上的记事簿上不停地书写,记录数据。云为衫名字后面的每一项都被打上了"甲"。

云为衫面色有些冷漠,她并不喜欢这样被当作牲口检查。她的视线扫过对面,看见上官浅打开双臂,嬷嬷们正在抚摸、揉捏她的腰身和大腿。上官浅面色害羞,涨红,却只能闭上眼睛。

新娘们被检查完毕,嬷嬷们退下之后,所有新娘拿起面前的绢纱,戴在面上。

之后,一群大夫提着药箱进来。

新娘们伸出手腕，大夫们开始为每一位新娘诊脉，根据每个人的脉象，做出评估。

不知道哪里传来浑厚但音色颇具穿透力的钟声，林间飞鸟偶尔飞起。

很快，检查就结束了。侍女们端着托盘重新走进来，将托盘放在每个待选新娘面前，只见每个托盘上盖着一块红布。

所有人都有些紧张，掀开了那块红布。

云为衫深吸了一口气，看见红布之下是一块金制的令牌。她并不意外，抬起头，发现对面上官浅拿到的是一块白玉的令牌，她身边三个女子拿的也都是白玉令牌。

按等级分，这金制令牌应是最高级别的，白玉次之。

"凭什么！"

云为衫突然听见宋四小姐的声音，她看过去，发现宋四小姐只拿到了一块褐色的木制令牌，她捏着令牌的手在发抖，生气地把令牌丢回托盘里。

云为衫拿起自己的金制令牌，沉甸甸的，她竟一下子怔住了。曾几何时，她也得到过这样一块令牌。

还是无锋的训练井，天顶的雨还是没有停。

所有人在泥浆里抢夺武器，互相厮杀，遍体鳞伤、满身污泥的云为衫搀扶起同样浑身是伤的云雀。在她们身后，满是污秽的泥浆里血迹斑斑，四处横陈着少女尸体和破败战损的断裂兵器。

云为衫战胜了其他人，用充满血色的目光看着前方的寒鸦肆。

寒鸦肆轻轻地笑了笑，说了句："恭喜。"然后他伸出手，把手中两块黑铁锻造的令牌递给云为衫和云雀。

她们用布满伤痕的手接过令牌，正面是一个"無"字，翻过来，令牌背后刻着一个"魑"字。

云雀靠在云为衫肩头，没有力气了。

而云为衫脸上湿淋淋的，不知道是泪水还是雨水……

"真羡慕你，少主大人肯定选你了。"

一个声音拉回了云为衫的思绪，她回过神来，看见远处宋四小姐正酸溜溜地对拿到金制令牌的姜离离说。

原来不只是她，姜离离也拿到了金制令牌。

只见姜离离羞红了脸:"哪有……云姑娘也是金制令牌啊。"

云为衫没接话。

倒是身边的上官浅柔声说:"以我对宫唤羽少主大人的了解,他一定会选你,不会选姜姑娘的,云姑娘不用担心了。"

云为衫试探她:"你很了解少主大人?"

宋四小姐抢过话头:"都是冲着少主来的,能不提前了解吗?你们都别装了,好吗?云姑娘,你也别担心了,就算少主选了姜姑娘,那还有宫家的宫二先生呢。宫尚角年纪也到了,不会等到下一次选亲。宫二先生的威望可不比少主低哦。"

"云姑娘肯定是要做少主夫人的,对吧?"上官浅脸色微变,下意识地摸了摸腰间,只见她腰带上悬着一块玉佩,能看出玉质不似凡品。

云为衫不露声色:"我无所谓。宫二先生也很好啊。"

上官浅微微笑了:"不可以哦。"

云为衫:"为何?"

上官浅坚定地答道:"因为我喜欢宫二先生。"

众人都有些惊诧。

一双黑色绣纹的靴子朝地牢的方向走去,腰上的暗器囊袋透着森然,一路无阻。宫远徵闪身进入地牢时,便看见了桌上摆放着的毒酒。

他皱了皱眉头,低声喃道:"有人来过了?"

宫远徵拿起一碗水,泼醒了倒在地上的郑南衣。

只见郑南衣的眼神已经有些迷离,不知是因为伤重还是被困囚牢,她早已失去了求生意志。

宫远徵开始盘问:"魑、魅、魍、魉……听说你们无锋的刺客分为这样四个等级?以你的能力和武功而言,估计应该是最低的魑吧……"他低低嗤笑,蔑视地盯着地上的人

郑南衣没有反驳。

"如此难得的机会,竟只派了一个魑……是派来送死的吗……"

郑南衣这才冷笑道:"无锋的人不怕死。"

宫远徵拿起桌面上的那杯酒,摩挲着,面带微笑:"很多人都不怕死。但那只是因为,他们不知道,有时候,活着比死可怕多了。"

他鲜少发出温柔的声音,仿佛这才是一件极兴奋的事。

说完，宫远徽端起刚刚那杯酒，举起来，意有所指地给她看。

郑南衣冷哼："你就是他们口中最会用毒的宫远徽吧？我就算死，也不会开口喝你的毒酒。"她徒劳地咬紧牙关。

宫远徽走到郑南衣面前，慢慢解开她领口的衣扣。

郑南衣眼里蓄满泪水，但她依然抿紧双唇，不发一言地闭上眼睛。

地牢本就幽深，她眼底只剩下黑暗。这种黑暗她并不陌生，甚至从小与黑暗为伴。这让她恍惚想起，那一日在无锋的训练室，她穿着魑阶的衣服走进去，寒鸦柒在等她。

郑南衣笑着，让寒鸦柒将自己抱进怀里，然后他用最温暖的身体说出最冰冷的话："我要让你帮我做一件事情。"

郑南衣沉溺在那转瞬即逝的温柔里："我愿意为你做任何事情。"

寒鸦柒："我要你帮我保护一个人。"

郑南衣愣住了，她离开寒鸦柒的怀抱，有些疑惑地看着他。

寒鸦柒笑着，目光充满深情。

郑南衣记得自己走出训练室时，外面常年森冷的光变成一道道的，许是她眼里带着泪水，才让那些光线变得模糊起来。之后，她便看见远处一个穿着魅阶服饰的无锋朝她走来，和她擦肩而过。

郑南衣忍不住回头看向那个魅，那个魅似乎感应到了她的目光，回头与她对视。对方冲她莞尔一笑，容貌昳丽，笑容纯真又妩媚⋯⋯

而那个魅在这里有了新的名字，叫作上官浅。

郑南衣从黑暗里睁眼，宫远徽的脸已经贴近她。

"这杯毒酒，不需要你开口，也可以的哦。"他的声音都仿佛淬了毒。说完，他拉开郑南衣的衣领，将毒酒倒了进去。

宫远徽微笑着走回桌前，继续从药瓶里倒出新的毒酒，他的微笑，在身后郑南衣的惨叫声中，显得又天真又疯狂。

不知哪里来的杂声惊扰了丛中的飞鸟，日头斜了斜，被云层挡住了。

宫子羽手里提着一壶酒，一边喝，一边朝宫门大门走去。

他脸色非常不好，冷冷地对一个正在守门的人说："开门。"

守卫面色紧张，但没有动作。

宫子羽提高了声音："把门打开，我要出去。"

守卫为难："羽公子⋯⋯今日少主大婚，所有岗哨、城门都已经戒严了，执刃有令,只能进,不能出……"

突然一声洪亮的声响在门外响起:"角公子到!"

紧接着,门内的声音也响起:"角公子到!"

然后,宫门内此起彼伏的声音依次逐渐向内传递:"角公子到!"

刚才的两个守卫立刻打开大门,一匹毛色油亮的高头大马昂然而进。马上之人身披黑衣刺金斗篷与长袍,领口装点着价值连城的宝石,下摆一圈黑色的狐狸毛显得华贵而内敛。他一头漆黑的长发披散在身后,马上身姿挺拔、威赫,侧脸轮廓英挺,眉眼间带着傲视一切的冷漠和俊美。

他是宫家目前子辈一代中在江湖里最负盛名的宫尚角。

此刻,他的身后跟着几十个侍卫,他们挑着一箱箱满载而归的珠宝和货物,浩浩荡荡、延绵不绝地走进宫门。

台阶两边值岗的侍卫纷纷整肃队伍,给宫尚角行礼。

宫尚角没有下马,而是骑着马走上了台阶,目不斜视。

宫子羽轻嗤,他和宫远徵不对付,与宫尚角之间更似有很深的嫌隙。于是他兀自喝了一口酒,在台阶边坐下来,心情复杂地看着骑在马上的宫尚角。

宫尚角目视前方,从宫子羽身边昂然路过,只有那么短短的一瞬间,宫尚角斜着视线,轻轻地俯视,眼神毫无波澜地扫过宫子羽。

执刃殿里,完成评级的新娘们一起站在大殿中。

云为衫和同样拿了金制令牌的姜离离打扮得最为隆重,红衣金饰,站在正厅的最前排。拿白玉牌子的姑娘则稍逊之,而拿褐色木制令牌的不过是略施粉黛,站在最后。她们呈矢形排开,等待宫唤羽选亲。

云为衫听见身后传来缓慢但稳定的脚步声,她知道是宫唤羽来了。

吉时已到,宫唤羽从最后一排,缓缓地走到第一排,他兀自打量着每一个新娘。

新娘们低垂着头,默不作声,内心都很紧张,但眼神里满是期待。

然后,宫唤羽在第一排,也就是云为衫面前,站定了。

宫唤羽像感觉到了什么,于是身体倾斜,微微靠近云为衫。

云为衫对着宫唤羽露出了笑容,她笑得动人,眉梢、眼角皆是娇媚之意。

宫唤羽直起身子,目光有些闪烁。

云为衫的脸变得微微涨红,她低垂着眼睛,本来素然如氤氲水墨的她,在经过精致妆容的修饰之后显得格外美艳。

宫唤羽心里一动，说："就她吧。"

　　云为衫心跳得很快，她听见宫唤羽充满磁性的声音后，娇羞地抬起了头。

　　然而在她面前，宫唤羽目光温柔地看着云为衫身边的另外一个女子。她是拿着金制令牌的姜离离，宫唤羽轻轻地拉起了她的手。

　　云为衫脸上的笑容凝固了，她的瞳孔颤抖着，呼吸都乱了。

　　在她身后，上官浅也变了脸色。

　　云为衫落选了。

第三章 白色天灯

暮野四合，很快入夜，山谷间的薄雾使得月影朦胧。

执刃房间里，灯火如星，书桌上铺着一封文书，宫鸿羽手上拿着执刃印章，正悬停在文书落脚的地方，将落未落。

嘎吱一声。开门声让他从思考中抬起了头，看清楚来人后，宫鸿羽紧皱的眉眼就舒展开了。

宫尚角已经脱去厚重的斗篷，此刻穿着修身的黑衣，精致熨帖的剪裁和绲着金边的手工刺绣使他整个人显得更加利落、修长。他眸光幽邃，身上有一种他这个年纪少有的深沉和神秘，看起来像一只苍鹭，生人勿进。

宫鸿羽落下了印章，盖在文书的左下角，留下了一个大大的"刃"字，然后看向宫尚角。

"我刚好看完你送回来的文书，尚角，你坐。"

他是宫门最出色的子辈，宫鸿羽对他，比对其他人都要宽和许多。

宫尚角的视线轻轻扫过被执刃盖上印章的文书，恭敬地低头："不用了，执刃大人。"

宫鸿羽起身走向旁边的茶案："没事，你坐会儿，我沏一壶茶。"

"夜深了，若再喝茶，怕是睡不好了。"

"那正好，前些日子我睡不好，让远徽帮我调配了一味助眠的药茶。你也试试？"

宫尚角听到弟弟宫远徽的名字，无声地弯了唇角，带着笑意："远徽弟弟调配的药茶，那就不能错过了。"

两人入座，宫鸿羽刚要拿起茶具，宫尚角就不着痕迹地接了过来。

"执刃，我来。"

宫鸿羽把茶壶递给了他，茶香袅袅，宫尚角屈着修长的手指，动作利落如行云流水。

等他把茶泡好，宫鸿羽才说："浑元郑家和凤凰山庄迟迟不愿向无锋低头，但无锋已下最后通牒，他们想要求得宫门庇护，只是……"

见他话有犹豫，宫尚角接过："我明白执刃的为难，自十年前宫门变故之后，宫氏一直独善其身，韬光养晦，对于两家的求助，确实爱莫能助。郑家掌门郑忠义和我略有交情，此次出去，我也已经向他述明情由，他很理解。但为了给郑家留存一点血脉，郑家送出女儿郑南衣参与今年的选婚。这会儿她应该已经在宫门住下了。"

宫尚角性沉内敛，处事有度，宫鸿羽满意道："辛苦你了。"

宫尚角："应该的。"

茶已泡好，宫尚角倒了两杯，将其中一杯递给宫鸿羽。

宫鸿羽喝了口茶，思索片刻，低声说："这次回来，本该让你先休息几日，深夜传你过来，是有件事想跟你讲。"

"执刃，请说。"

宫鸿羽看着宫尚角："这十年来，宫家的财力稳定增长，远超上代执刃时期家族的财富积累，而家族营生的筑基和拓展都是你在负责，你的功劳，大家都看得到……"

角宫主外，宫尚角又精明能干，在外手眼通天，所以这些年无数金银珠宝、绫罗绸缎和珍奇异物都是一箱箱往宫门里运。

宫鸿羽赞赏有加："这些年，江湖纷争也都是由你代表宫家在外斡旋。江湖各派都有共识，认为你是宫门年轻一代中武功和谋略最强之人……"

最让无锋闻风丧胆的也是宫尚角。任何阴谋在他面前，他通常能够一眼识破，一招制敌。

宫尚角谦道："江湖虚名，不必在意。"

宫鸿羽："无锋害怕你，江湖尊敬你。"

宫尚角却认为："但这江湖，大多数时候，害怕比尊敬好用。无论是害怕还是尊敬，都是对宫门，而不是对我。商、角、徵、羽，四宫各司其职，商宫负责兵刃锻造、新武器研发……徵宫制作各类毒药、解药，与暗器搭配……"

若非有商宫提供的兵器、暗器以及宫远徵研制的毒药，他或许也不能如此游刃有余。

念及此处，宫尚角又道："有商宫、徵宫的支持，我才能顺利地游走于外，赚取那些金银财帛。"他话锋一转，看向宫鸿羽，"当然，最重要的是羽宫对宫门的执守和统领，我在外才没有后顾之忧。"

宫鸿羽却轻轻叹了口气："你向来最识大体，当年我的决定委实对不住你，本来这执刃之位——"

提起这句，宫尚角不由得轻声打断："执刃大人，夜已深了，我也有些疲倦，你有什么话，就直接说吧。"

"这件事，我已经考虑一些时日了——"宫鸿羽正欲开口。

忽而，大门被推开，惊扰了这一分凝滞。原本房门外有守卫，宫鸿羽因为要见宫尚角，特地吩咐守卫不许打扰，所以此刻颇有些意外。

两人同时抬头，看见宫唤羽走了进来。

"父亲。"宫唤羽行礼，瞧见宫尚角，也微微示意。

宫鸿羽不动声色地问："这么晚……你选好新娘了？"

"选好了。"

"那你还不去早点休息，明天你的大喜日子——"

"我还不累，父亲。"

宫鸿羽有些不满："你进来的时候，门外守卫没有说我现在不方便见客吗？"

"说了。但我有急事需要禀告父亲——需要禀告执刃。"

宫唤羽话里有话，目光幽微地扫过宫尚角，却见他岿然不动。

宫鸿羽知他所指，说道："二公子不是外人，你但说无妨。"

"新娘中混进来的那名无锋刺客，已经查实了身份……"宫唤羽看了一眼宫尚角，表情有些微妙，"……是浑元郑家的二小姐郑南衣。"

短暂的沉默。

只见宫尚角方寸不乱，他自然明白宫唤羽话里的意思。郑家与他略有交情，郑家送女儿进宫门选亲之事，想必也是经过他的首肯。如今查出混进的刺客正是郑家女，他这位置委实尴尬。然而他并未做任何解释，只是缓缓站起来，眸色沉静："夜深了，想必少主还有要事向执刃禀报。我就先回去了。"

说完，宫尚角转身离开。

宫鸿羽不发一言，喝完杯中茶，才发现宫尚角面前的那盏茶茶水满溢，一口未动。

地牢里漆黑一片，冷风从墙的缝隙处灌进来。

郑南衣被绑在刑架上，筋疲力尽地垂着头。此时此刻，她的脸已经毫无血色，气息奄奄。

牢门外有响动传来，郑南衣虚弱地睁开眼睛。

一个人举着火把走了进来，不知是何人，奇怪的是，沿路的守卫都不见了。

随即，忽明忽暗的火光落在郑南衣脸上，她强装镇定，但被绑住的双手用力挣扎着发出颤抖的声音。

那人越走越近，火光也把她惊恐的面容越照越亮。

刺耳的惨叫声后，一切重新归于黑暗。

遥远的夜色里，像有某种野兽在嘶吼。鼻尖是檀香的清冽之味，略带脂粉气，被夜风一吹就有些醉人。

宫子羽从梦中惊醒，床榻嘎吱一响，他坐了起来，额头上一层细密的汗水。

紫衣此刻正站在窗边，转过头，眼里深情款款："夜里下了点霜，我怕你冻着，正想把窗户关上。"

她刚准备拿下窗撑，就看到一队人马从下面的街道上路过，看方向是准备出山谷。快马疾驰而过，踢踏出不小的动静，她有些疑惑地皱了皱眉头。

紫衣小声念叨："马上大婚了……这个时候还要出去？"

宫子羽缓了缓气，觉得奇怪："谁要出去？"

那队伍浩浩荡荡的，排场甚大，为首那人巍然坐于马上。宫门里还会有谁如此行事？

于是紫衣回答："宫尚角，宫二先生。"

宫子羽垂眸，有些没好气地说："管他呢。"

紫衣关好窗，走回来，往火盆里添加炭火。还在房里盘旋的冷意这时候才让宫子羽觉得发寒，他起身坐在床沿，没有说话。他本就是和衣而睡，睡得并不深。

紫衣察觉出他心情不好，想也知道是什么事，便说："你啊……总是和执刀大人针锋相对，一对亲父子，有什么话不能好好说吗……"

每次父子俩一争吵，宫子羽就会跑来这里，然后露出这副表情。

宫子羽没回答她，伸手烤了烤火："我方才梦见我娘了。"

"那一定是个美梦了。"

"人们说，梦都是反的，越美的梦，醒了越让人难过。"

紫衣不解："为何？"

"因为之所以是梦,就代表你'得不到',或者'已失去'。"

他的梦里是比这还冷的雪天。母亲的背影总是离他忽远忽近的,她撑着一把伞站在羽宫大雪皑皑的庭院里,孤独地等待着什么。

宫子羽叹道:"现在的我,只能在梦里见到我娘了,所以美梦或噩梦没什么区别。"

他的声音沙沙的,像夜里已经烧完的炭火,带着所剩无几的温热。

月色沉沉。

窗外传来更夫敲更的声音,已至深夜了。楼下店小二收拾着一片狼藉的酒桌,所有的声色犬马和柔情缱绻都转移到了更高的楼层和更幽秘的房间。

二楼房间的楼梯入口处,金繁把刀抱在怀里,一脸正经地守着。宫子羽非要来这里,自己也非要守着他的安危,金繁尽量维持着脸色。

今夜总归是情有可原的。

突然,一阵叮叮当当的声音响起。金繁警觉地探过头,从窗户里看见河岸摇过来一艘船,一个打扮得非常富有异域风情的女子从船上下来,款款走进万花楼。她带着金箔敲打成的半副面具,身上挂着铃铛、碎玉、流苏、珠链,婀娜地沿着楼梯而上。

待她来到跟前,金繁当即伸手拦下:"私人区域,请勿打扰。"

女子无声地捂嘴一笑,将手轻轻地搭在金繁的手臂上,水蛇一样缠绕,另一只手里的丝巾拂过他的脸。

一阵若有似无的脂粉气让金繁当场僵住。

女子嘻嘻笑着:"有多私人?有多打扰?你和我说上一说……"

金繁闪躲不及,最后不再客气,直接用刀柄拍掉女子再次伸过来的手。

女子吃痛地叫出声:"金繁!"

这声音于金繁宛如晴天霹雳,他眼明手快地摘下她的面具,女子这才露了馅儿,与他打了个招呼。

"这么巧,你也在这里啊……"

竟然是宫紫商,笑得眉眼弯弯,嘴唇微嘟,看起来十分有活力。

金繁脸色又青又白,只能低头行礼,双手呈上面具:"大小姐,你来这种地方干什么?"

她自然是来见金繁的,眼神里毫不掩饰对他的恋慕。

宫紫商接过面具,却没有明说:"我还没问你来这里干什么呢!"

"我是来——"

宫紫商嘬着嘴唇打断："啧啧啧啧——没想到你这种老实人啊，没想到你这浓眉大眼的金繁啊，你也管不住自己的……"说着，视线便如同实物一般，顺着金繁高大的身躯往他身下扫去。

"……腿！"宫紫商说出最后一个字。

金繁看着宫紫商那丝毫不避讳的视线，脸唰的一下红了，支支吾吾，不知道该说什么。

"我……"

宫紫商又问他："我今天的打扮看起来怎么样？够异域吗？"

"挺抑郁的……"金繁不敢细看。

宫紫商扬扬得意，面若桃花，正想进一步发挥，就听到身后传来一阵骚动，一大群带着兵器的宫门侍卫拥进万花楼。他们脚步匆匆，神色凝重。金繁看到领头的侍卫手上佩戴着一块黄玉。

金繁脸色一沉，低声自语："黄玉侍？"

宫紫商看了看金繁手背上的绿玉，脸更绿了，黄玉侍是比绿玉侍更高一阶的侍卫。她扶着栏杆皱着眉头，看起来虚弱极了："搞什么啊？宫子羽天天来这里都没人过问，我第一次来就派黄玉侍抓我回去？太用力了吧？"

金繁略带愠气地说："可能是因为宫子羽没有穿成大小姐你这样。"

卫队队长走到金繁面前，正声道："奉长老急令，速带羽公子回宫。"

长老？

宫门的长老院可是轻易不出动的，两人面面相觑。

一阵鸟鸣，树丛里不知惊动了什么，发出窸窸窣窣的响声。

女客院落里，选婚已经结束，有人欢喜有人愁，庭院里没有了白日的喧闹，安静得连银杏叶落入池水都不起涟漪。

云为衫独坐在桌边。她落选了，此刻正看着手里的金制令牌陷入沉思。

她想起那日在无锋的训练室她问寒鸦肆的话。

"若是我没有被宫唤羽选中，那该如何？"

彼时，寒鸦肆正在为云为衫的指甲涂抹着鲜艳的蔻丹。

寒鸦肆的话意味深长："那就要靠你自己想想办法了，相信你心灵'手'巧，会想出办法的。"

云为衫回过神来,她的眼睫仍垂着,但看的已然不是手里的金制令牌,而是被金制令牌衬得越发显眼的指甲,红色的蔻丹像摧折不败的毒花。她收起令牌,从书台上拿出一张信笺,铺平,从头上摘下一支钗子,用钗尖轻轻地把指甲上涂着的蔻丹表面刮了些下来,只见白色的纸张上很快积累出一小撮红色粉尘。她又把纸张对折,将粉尘倒进长长的指甲缝里,用钗尖塞紧。从外打量她的手,看不出任何异样。

随后,涂着蔻丹的指甲轻轻叩响了另一间房的木门。

云为衫来到姜离离的门口,喊道:"姜姑娘。"

房间里没灯,也没人应答。

这时,云为衫看见走廊一排房间的灯都熄灭了,唯独上官浅的房间还亮着幽幽的烛光,并且隐隐传来低语交谈的声音。

云为衫便朝上官浅房间走去。

叩叩叩——她敲门,房门很快就打开,上官浅笑意盈盈地出现了。

云为衫目光往门内一看,姜离离竟然也在。

正合她的意,云为衫福身道:"抱歉这么晚打扰,我有些睡不着,正好看到上官姑娘房间灯还亮着,就过来和你说说话……是打扰到你们了吗?"说着,把目光移向了房中的姜离离。

姜离离摇头:"哦,那倒没有,我也是睡不着,来和上官姑娘聊天呢。"

云为衫一边走进屋子,一边试探着说:"白日里还没来得及和姜姑娘说声恭喜,能够成为少主的新娘,真是叫人羡慕。"

姜离离听了,脸上并没有露出喜悦的表情,反而有些哀愁。

上官浅的眉眼在昏黄的光线下有些暧昧,她似话里有话:"进来坐吧,我还以为只有我睡不着,没想到,云为衫姑娘也睡不着。"

三人在纱帘笼罩的低案边围坐,云为衫闻到一阵沉郁的芳香,她撇过头,看见香炉正在冒着淡淡的青烟。

那气味有异,云为衫若无其事地抬眼看向上官浅:"房间这熏香味道真好闻。"

上官浅正在倒茶,听到她这样说,笑着接过话头:"这熏香名叫秋蝉眠,是我老家很有名的一款香料。姜姑娘说夜里睡不着,我就点了这个,可以助眠安神。云姑娘要是喜欢,我那里还有一些。"

上官浅十指纤纤,端起茶盏,分别递给云为衫和姜离离。

姜离离浅浅喝了一口:"上官浅姑娘大半夜的,非说要给我尝尝她们家乡的

055

老茶，我这觉怕是又睡不好了。呵呵，不过正好，三人聊聊天也放松一下。"

云为衫心里一紧，听到这里，刚凑近嘴边的茶杯，又被她不动声色地放下了。然后她岔开话题问："你们刚才在聊什么？我怎么见姜姑娘似是哭过的样子。"

上官浅："我们在聊姜姑娘的心上人。"

云为衫诧异道："心上人？"

姜姑娘点头，欲要开口，但泪先掉了下来。

上官浅幽幽地叹了口气，替她说："姜姑娘在老家有个心上人，所以并不想进宫门当新娘……"她转了转眼睛，别有深意地看向云为衫，"你说我们有什么办法能帮帮她吗？"

说完，上官浅拿起茶杯，掩口而饮，仪态优雅。

云为衫注意到，上官浅拿茶杯的手同她一样，指甲上的蔻丹鲜艳欲滴，微不可察的是，上官浅的指尖轻轻地在杯壁上轻点了三下。

上官浅喝完茶，手笼回袖子里，又问："云为衫姑娘不爱喝茶？"

云为衫巧妙防备着："我和姜姑娘一样，也是夜里觉浅。看这茶颜色颇深，估计是浓茶，这一杯喝下去，我怕是要天亮才能入梦了。"

云为衫手指顺势轻轻一抖，巧劲儿之下，指甲里的蔻丹粉末掉进茶杯里，不多但已足够。云为衫很自然地将茶盏递给了姜离离。

"给姜姑娘吧。姜姑娘也不要太过忧愁，伤了身子。"

上官浅目光对着云为衫，话却是对姜姑娘说的，话音微妙："是啊，少主只是暂时选中了你，婚宴没办，说不定还有变数。"

姜离离还是眉头紧锁，似乎只把这当成安慰的话，她看向同拿金制令牌但落选的云为衫："若当时选的是云姑娘就好了，说不定我就能被送回去了……"

"唉——"上官浅轻叹，"被送进宫门的新娘，真是少有姜姑娘这样心思在别处的了。都说宫门好，能嫁进来就是福气。等明日羽宫来接走姜姑娘，我们这群落选的人怕是就要被送出宫门，打道回府了。"

姜离离见勾起两人的伤心事，又连忙安慰道："不会打道回府的。宫门选亲的规矩，就算没有被少主选中，也会让每一个待嫁新娘都有一个好人家作为去处。一来这些新娘都是宫门在江湖中的盟友之女，不能伤了彼此面子；二来也是宫门小心谨慎，来了的，就尽量留下。所以，以云姑娘和上官姑娘的明珠之姿，宫门一定会给你们一个好的归宿。"

上官浅撑着脸道："希望如此吧。"

姜离离又道："而且宫尚角宫二先生和宫子羽宫四少爷不是都还没有婚配

吗？两位姐姐不用担忧。"

上官浅盈盈笑着："姜姑娘人真好，快尝尝我家乡的酱花茶吧，也祝姑娘你心想事成。"

姜离离宽了宽心，低头饮完了杯中的茶水。

云为衫抬起视线，正好撞到上官浅的目光，她们两人正说着话，上官浅却似笑非笑地看着自己。

姜离离："喝完这茶，我也要休息了。"

上官浅嗯了一声，回应她："我们也该休息了。"

深夜的街巷已无行人，一辆马车疾驰而过，急促的马蹄声在寂静里显得格外刺耳。

马车内，被黄玉侍从万花楼半请半抓回去的宫子羽正和宫紫商四目相对。

下一秒，两人几乎异口同声："是不是你又犯什么事儿了？"

宫紫商白了宫子羽一眼："当然跟我没关系了！他们指名道姓说长老要'羽公子'，你看我是羽公子吗？"

得知要找的人是宫子羽，她简直松了好大一口气，忍不住揶揄起来。

金繁却心情沉重，一直抱着刀沉默不语。

宫子羽思来想去："算了，伸头一刀缩头也是一刀，去了再说吧，又不一定是坏事。"

最差也不过就是"不务正业""游手好闲""顶撞执刀"之类的苛责，老生常谈罢了。

宫紫商被他气笑："你房间是不是没镜子啊？没有你就多喝水，然后往地上那啥了照一照啊。宫尚角和宫远徽去长老院有可能是受赏，我们俩？我上次被点名去长老院，脱了一层皮才出来。"

宫门庞大，关系盘根错节，宫门自建立以来，长老院就已存在。长老们德高望重，行事神秘，小辈们不常得见，但也清楚，但凡长老院出动，就绝无小事。

宫子羽被她说得绝望："你穿着这身去长老院，估计还得脱层皮。"

宫紫商听他提到这个，忽然就跑题了："你懂什么，这是今年江南那边传过来的秋冬最新样式，高级混搭。"

"是很混搭，但并不高级，而且我看着都替你觉得冷。"

"你自己体弱多病，就不要觉得全世界都和你一样怕冷。你一个六月酷暑里吃冰都会被冷哭的人，没有资格替别人觉得冷。"

"我那个时候才七岁——"

"三岁看小,七岁看老……哎,别扯开话题,今天都怪你,不然我这么高级的人怎么可能去那种不高级的地方!你天天就知道把金繁往烟花柳巷带,他迟早被你带歪。"她担心的不是宫子羽,而是担心外面的乱花迷了金繁的眼。

宫子羽知她心思:"被我带歪了你才能有机会吧?天地万物,皆有裂缝——"

宫紫商叹道:"那是弱点,是遗憾,但也是那光照进来的地方……"

"那是你乘虚而入的地方……"

宫紫商心悦金繁,明眼人都能看出来,于是两人一人一嘴,你来我往,没完没了。

金繁头疼,也不是没有道理。

半晌,一直闭眼的金繁终忍不住开口说话,让气氛倏忽收紧:"我有种不太好的感觉……"

宫子羽和宫紫商闭了嘴,齐齐看向金繁。

金繁音色沉重:"黄玉侍卫只接受来自长老的命令……看来这次来头不小……"

宫子羽怔住,心下也隐隐不安,与宫紫商交换了一个眼神。

宫紫商严肃起来:"人活得久,什么事情都能见到……搞不好有生之年我还能见着红玉侍卫呢。"

宫子羽问:"真的有红玉侍吗?"

他倒是听说过宫门里最高一阶的侍卫是红玉侍,但仅仅是听说,甚至连谣言都不知是何时、从哪里传来的。

宫紫商咂咂嘴:"我觉得是老人家们骗我们的。红玉侍对我来说跟女娲、伏羲差不多,都是传说里的人……你别转开话题了。我和你说,一会儿进宫门就把我放下来,我绝对不会陪你去长老院的,他们指明要你,我和你就此割席,抱歉!"

马车里无人说话了,只有车轮疾行的声音。

回到宫门,前方已有侍卫等候,宫子羽和金繁随着侍卫快步走上台阶。

一抹红光在静夜里尤为打眼,宫子羽抬头,只看到圆月下高塔原来橙色的灯笼竟变成了红色的。他面露疑虑,心口微微一滞。

金繁惊讶:"高塔的灯笼……变红色了。"

红灯，意为危险、警戒。

宫子羽皱眉："红灯警戒，已经好几年没有出现过了……"转头一看，身后已不见了宫紫商的身影。

"宫紫商呢？"

金繁："刚一下马车就溜了……"

宫子羽不敢拖延，快步朝台阶上去。两人行至高处，陆续看见一些仆人小厮拿着白色丧事用具匆忙奔走，也有穿着白色丧服的人在忙碌，他们行色匆匆，面如死灰。

宫子羽心里咯噔一跳："谁的丧仪？出什么事了？"

但侍卫们没有停下来，催促着他们继续往前走。

女客院落里，窸窸窣窣的响动不再只是来自草丛，仿佛来自整个宫门。

云为衫回到了自己的房间，她在窗户边上看见远处挂起的红色灯笼。那颜色如同血光，来势汹汹。

宫门示警，肯定有秘密，也说明此刻宫门内一片混乱。

云为衫想查探发生了什么事，然而宫门禁止随意行走，新娘们更是不能离开女客院落。她低头思考了片刻，从衣柜里将那套红色的嫁衣拿出来，将下摆一扯。她拆开缝线，红布里露出一片黑，原来内有乾坤，把夹层翻出来，里面有一套轻薄的黑色夜行衣。

云为衫吹灭了房间里的蜡烛，潜行而出。

一道狭长的人影穿过小道，行如鬼魅，无人察觉。

角宫内，宫远徵正一脸失望地往外走，宫尚角的贴身侍卫金复跟在他身后。

宫远徵原本来找宫尚角，意外得知他又离开了宫门，觉得很是奇怪："哥哥为何这么紧急地离开？"

金复回答："这次的任务直接由执刃发布，属下无从知晓。并且，沿路也没有任何据点有权限汇报角公子的行踪。"

宫远徵脸色有点复杂，低声琢磨着："单独出行，连你都没带……"

他边说边走到门口，望着高塔上的红色灯笼，心里不安，小声喃喃自语："哥，你去哪儿了？快回来吧，宫门，要变天了……"

约莫过了半个时辰,夜阑人静的女客院落忽然掌起了灯,庭院都亮了起来。

一群侍卫不由分说地冲了进去,喧闹、嘈杂声四起。

侍卫高声重复着:"所有女客从房间出来,清点人数。"

姑娘们原本正沉沉睡着,突然被叫醒,都不明所以。

上官浅从自己的卧床上坐起来,听着院落里的动静,拉开门走出去。只见姑娘们纷纷打开房门,探出头来张望究竟,怎么大半夜的要清点人数?

姑娘们怨声载道,极不情愿,但只能照做。脚步声此起彼伏,人差不多都露面了,唯有云为衫和姜离离的房间没有动静,灯也未点,漆黑一片。

很快,大量侍卫走向这两个关着的房间,上前拍门。房内毫无反应。虽然不知道发生了什么,但所有人都明显紧张起来。

上官浅的表情凝固在脸上。

姜离离的房间最先被破开,侍卫拥入房间。

月影色的窗纱隔绝了外面的视线,只听到房间里侍卫连续几声惊呼。

"啊?"

"快、快!"

片刻后,姜离离被抬了出来。她之所以不应门,是因为她早已失去了知觉,面色惨白地躺在床上,生死未知。

侍卫首领探了探她的鼻息:"还有气息,快送往医馆!"

没人知道姜离离怎么了,这位未来少主夫人睡前还好好的。突遭变故,周围气氛重新凝重起来,眼下只剩下唯一没有灯光也没人响应的房间,正是云为衫的。

侍卫们已经拔出了刀,随时准备破门而入。

上官浅站在廊道上看着这一切,突然听见瓦片的声响。她抬起头,对面屋檐上立着一道苗条轻盈的黑衣身影。

云为衫回来时已经看到此刻房檐下的情景,她根本来不及回到自己的房间。余光一转,她与底下的上官浅对上了目光。

上官浅发现了她,但并没有声张,而是伸手示意她自己的房间。

神色交锋间,云为衫已经会意,犹豫片刻后按照上官浅的暗示,从屋檐下另外一边的窗户翻进了上官浅的房间。

与此同时,侍卫破门而入,云为衫的房间里空空荡荡的。

侍卫首领发出命令:"搜!"

上官浅果断地朝云为衫的房间走去。

杂物、衣笼都被翻了出来，侍卫们在大肆搜查，但遍寻无果。

上官浅走到门口，朝着里面柔声问："各位大人是不是在找云为衫姐姐啊？她在我的房间休息呢。"

领头侍卫甚是奇怪，厉声质问："你刚才怎么不说？"

上官浅像被他一吓唬，拔高了嗓门，急哭了似的："因为……云为衫姐姐好像吃坏了什么东西，满脸红疹子，她说了不想让大家看到……而且，看起来好吓人，怕传染给别人……"

云为衫隔着窗户偷听。她听觉灵敏，听上官浅那样说，立即心领神会。随即拿过桌子上的那壶茶，把指甲里残留的粉末抖落进杯里，一饮而尽。

蔻丹刮下的粉末，能让人脸上瞬间起红疹。

她刚喝完，走廊上密集的脚步声就已经到了门口。

云为衫动作利落，翻身上床，拉起被子盖住了全身。

门砰地被推开，侍卫进入的时候，就看见床上果然有一个背对着他们的人影。

上官浅见那被子高高隆起，还有桌面上倾倒的茶杯，嘴角不易察觉地弯起。

侍卫上前："云为衫姑娘，把脸转过来。"

云为衫把脸从被子里探出来，她脸上此时已经起了很多密密麻麻像水痘一样的红点，白皙的脸颊红了一片。这症状甚是古怪，担心会传染，侍卫们不禁后退了一步。

领头侍卫生疑，询问上官浅："你说害怕传染，那为何云为衫姑娘不在自己房间休息，却要来你房间？"

上官浅一愣："……为什么要来我房间？"

领头侍卫："是啊。问你呢。"

上官浅故弄玄虚地反问："你连这个都不知道？"

领头侍卫："什么意思？"

上官浅淡定地抿了抿唇："你难道不知道上官家世代名医，我们家的紫蕴祛毒膏是出了名的千金难求吗？"

她这话不似作伪，毕竟这些女子都有头有脸，出身于名医世家不足为奇。

领头侍卫无话可说，回头打量一眼房间，依然对侍卫们下了命令。

"搜。"

搜查一番，无果。

正要放弃的时候，领头侍卫察觉到云为衫自始至终都只露出半张脸，身下盖着密不透风的被子。

"云为衫姑娘，请把被子掀开，让我们检查一下。"

云为衫与上官浅脸色同时一变。

上官浅故意挡在云为衫前面，对领头侍卫说："你们胆子也太大了，闯进闺房就算了，竟然要掀被子？你们知道我们将来有可能是你们的谁吗？"

领头侍卫面不改色，一把推开上官浅。

"得罪了。"说完掀开被子。

下一秒，他就像被蛇咬了一口一样，飞速地缩回了手，整个人后退了好几步。

被子下面，云为衫肌肤如雪的胴体蜷缩在一起，披散的长发遮住了后背。

其他侍卫也都迅速低头，转身不敢看。

上官浅眼眶含泪，受了极大委屈似的："你们有完没完？我们嫁进宫门，是来受屈辱的是不是？你们这群侍卫等着砍手砍脚挖眼睛吧。"

领头侍卫理亏，只能低头："属下冒犯了，两位姑娘请在屋内休息，在没有通知之前，请不要外出。"

侍卫撤走，外面的嘈杂声已经渐渐平息。

夜风从窗隙吹进来，云为衫赤裸着背，通体生寒，脸上的红疹也被风吹得痛痒难耐。

上官浅从容地从发间拔下一支发钗，把珠花拧开，将里面的粉末抖落到杯子里，倒了些水溶解。她们方才配合得天衣无缝，与上官浅料想的一样，云为衫很机敏。

"把这个喝了，再耽误久一点，你脸上就要留疤了。"她显然十分清楚云为衫喝了什么、会有什么样的症状。

云为衫手下摸索，把刚刚在被子里脱掉的夜行衣穿好，起身走到桌子前面。事已至此，她没理由再怀疑上官浅，于是喝了下去。

云为衫放下杯子，盯着上官浅的眼睛："天地玄黄。"

上官浅笑意盈盈地回答："魑魅魍魉。"

这是无锋的暗号，云为衫："你也是魑？"

上官浅却笑着摇摇头："不是，我是魅。"

长老院路远，沿途青石铺地，曲径通幽。

两列守卫齐齐站在通往议事厅的道路上，宫子羽只觉得今夜的守卫们对自己格外尊敬，每路过一支队伍，他们都齐齐行礼。这让宫子羽忍不住心里嘀咕："今天为啥对我这么客气？"

"往常见我也没见你们这么毕恭毕敬啊……"他念叨。

庭院严整，高树夹道，不知是山烟还是焚香，雾气中都带着肃穆庄严的味道。宫子羽每次来这里都格外紧张，他心跳如鼓，深吸一口气才走进议事厅。

此刻高台上正端坐着雪、月、花三位长老。老者们雪鬓霜髯，身姿苍劲，目带威严的光芒，俯视着来人，

宫子羽心虚地停下脚步，屈身行礼："见过三位长老……"

雪长老倏忽起身，没有多余的话语，只朗声宣布——

"仇者入侵，执刃和少主两人殒难。按宫门家规，长老院一致决议，紧急启动'缺席继承'，继承人为羽宫次子，宫子羽即刻即执刃位。"

宫子羽双眼无神，呆立当场。他脸上的血色肉眼可见地褪去，露出有点迷茫无措的表情，原本黑如深潭的眸子像被沉入了巨石，汹涌的情绪从中裂开。

他的父兄，死了？那一瞬间，他觉得像听到了一个谎言，像惩罚他不服管教而众人合谋的一个严惩。但说出这话的是长老，他们肃杀的目光摧毁了他，他无法这样欺骗自己。

他浑身冷透了。

缺席继承是宫门家规，执刃离世，由继承人当即继任执刃；若第一顺位继承人缺席，则依次顺延，宫门不可无主。

后背被人轻轻推动，宫子羽脚步如石沉，被三名长老带进了一个密闭无窗的房间。

房间不大，光线幽暗。没有一个侍卫跟随，只有他们四人。房间中有一张软榻，上面摆放着刺青所用的大量工具，一本经书摊开。软榻前方有两个蒲团，其中一个上面正盘腿坐着赤裸上身的宫鸿羽。

宫子羽找回了一点体温，他既诧异又侥幸地渴望着，缓缓抬起眼睛。

宫鸿羽浑身肤色苍白，唇色灰沉，手指尖呈黑紫色，似中过毒，早已经没有了呼吸。尸体低着头，双眼紧闭，仿佛一个安静着圆寂的高僧。

宫子羽终究有了实感，眼睛逐渐泛红。热泪模糊了他的视线，再也看不清四周的光，他步履艰难地走过去。长老们让他在另一个蒲团上坐下来。

宫子羽如同被扯线的木偶，迟钝地、听话地坐在父亲的尸体旁边。他不由得侧过目光，父亲就在他身边。

宫鸿羽的背后铺满刺青，那是一段经文，但因为失去了体温和血色，那些

青灰的痕迹正在缓缓暗淡。

宫子羽的眼泪骤然滑落,他低头呜咽之时,雪长老打开了一个小箱笼,里面放着各种器具,看上去都有些年月。月长老把几滴药水滴到一盘黑色的颜料里,花长老则是拿起一根长针。针尖露出银色锋芒。

月长老拿起一碗黑色的汤药,递给宫子羽。

"子羽,把它服下。"

宫子羽木然接过汤药,靠近鼻子:"醉见血?"

那是一种麻醉汤药。

雪长老点头。

宫子羽木然地仰头喝下,药汁顺着他的喉咙进入脏器与经络,麻痹的感觉从四肢百骸传来,不知是药物导致的麻木,还是他的心钝痛后失去知觉。

一支香被插在香炉中,宫子羽按照指令,脱去上衣,半裸上身,跪在宫鸿羽的尸身前。

后背传来针刺的触觉,密密实实的,刺破他的皮肤。

等一炷香已经燃到尽头,月长老点燃第二炷香。

"摩逻喻艺,婆那者吉,伊醯卢利,他呼菩弥……"

雪长老念一句宫鸿羽背上的经文,花长老就在宫子羽的背上刺一句。他们正把宫鸿羽背后的那篇经文原样刺在宫子羽背上。

虽然已经喝了醉见血,宫子羽依然满头大汗,他疼痛难耐,紧紧咬着牙坚持,眼里含着泪光,却不是因为痛。

他恍惚地想起了自己小时候,一幕幕画面往他的脑海袭来。那时他与父亲的关系还未这么恶劣。

大概是五岁时,他与父亲共浴。泡澡桶冒着腾腾的热气,他淘气地玩水,父亲却不责怪,他抢过父亲手里的巾帕,非要给父亲搓背。

"爹爹,我来给你搓背。"

小手举着手帕绕到父亲背后,和他光洁的背不同,父亲后背布满了密密麻麻的经文。

他便好奇地问那是什么:"爹爹,你背上怎么有字?这些字是什么呀?"

父亲只告诉他:"这是身为宫门执刃需要背负的责任。"

彼时还小,他不知那些经文代表什么,不知父亲后背承载的重量,如今针尖同样刺进了他的皮肤,原来竟是这样沉痛。

转眼,又一炷香燃到底。

雪长老的声音拉回了宫子羽的思绪。

"糟了!"他低呼一声。

雪长老愁眉不展,紧盯着宫鸿羽的后背,原本铺满后背的经文此时已全部消失。

月长老道:"这些刺字深至皮下,全靠气血维持显形,人死之后至多维持两个时辰就会消失。"

花长老自责道:"还剩最后两行,我原可以刺得再快些……"

"事发太过突然,我们已用最快的时间将子羽找来,没想到还是……"雪长老不禁摇头惋惜。

月长老怅然:"难道,宫门真的气数已尽了吗……"

就在三位长老丧气之时,宫子羽突然开口。

"那啰谨墀,悉陀啰耶,哆啰夜耶,撒帛吉帝。"

三位长老齐齐看向宫子羽,神色震惊。

宫子羽微微侧头,咬着牙说:"父亲背上的最后两行刺字,就是这个。"

雪长老问:"你怎么知道?"

"我见过,就记下了。"

雪长老难以置信:"你居然记得?"

宫子羽笃定:"全记得。"

花长老问:"那第五行刺字是什么?"

宫子羽很快回答:"罚娑苏嚧,室蟠啰耶。"

月长老惊讶不已:"子羽……"

"只要看过一眼的,我都能记得。"说着,他的声音又沉了下去,"和爹有关的一切,我都记得清清楚楚。"

花长老赶紧拿起刺笔,准备把最后两行字刺在宫子羽背上,这时月长老却按住花长老的手,语重心长地说:"子羽,此刻你或许还不清楚刺这些密文意味着什么、以后要面对的是什么,但我必须告诉你,经文刺完,你便终生不能离开旧尘山谷,往后余生只能居于此处,为宫门生,为宫门死。"

宫子羽表情震惊而紧张,像失去了护翼的鸟,只能独自穿过前路未知的晨光。他看向父亲的尸身,呼吸急促起来。

过了一阵，月色下的薄雾散去了一些。

房门终于打开，月长老走到长老院外，已经跪在门口等候多时的七名侍卫整齐地起身，月长老将手中七个蜡封的竹筒递给他们。

"立刻将新执刃的继位消息传给所有的前哨据点，昭告江湖。"

侍卫众人领命："是！"

很快，侍卫持着灯笼，骑着七匹快马飞骑出了旧尘山谷。夜色中，七个光点往四面八方而去。而山谷夜空，无数白色的天灯升起。

夜色冰凉如水，宫门一片死寂。

羽宫的正厅已经被仆人布置成了灵堂，香火缭绕，祭烛摇曳。白色的挽联高悬，两具没有封上的棺椁摆在正厅中央，里面躺着的正是前执刃宫鸿羽和少主宫唤羽的尸首。

宫子羽不知道自己是怎么回到羽宫的，背上的麻木胀痛仍旧隐隐袭来。路过的行人一色的白衣，直到他自己也穿上了麻衣素服，膝盖沉沉一跪，面如死灰地跪在灵堂前。

雾姬夫人头戴白花暗暗在一旁啜泣，宫紫商想上前安慰，却发现自己也哭得失了声。金繁守在门外，时不时回头，身后的灵堂透出沉重的苍凉气息。

这时，门外传来急促的脚步声，把这动静扰了。几人转头看去，是宫远徽。

宫远徽跑进灵堂，看到了棺材和尸体，一时间愣住了。

宫子羽本来安安静静地跪着，看见他进门，浑身的气力上涌，怒气翻腾，他起身一把抓住宫远徽的衣领。

"宫门嫡亲一直服用你制作的百草萃，理应百毒不侵，我父兄却中毒而亡！你们徽宫在干什么？！"打从看见父亲的唇色，他就猜到父亲应中过毒，才会遭此害。

花长老很快呵斥住他："快住手！"

宫远徽甩开手，冷冷地看着宫子羽。

月长老沉声呼唤："徽公子。"

宫远徽抬起目光，脸上虽然依然是桀骜的表情，然而很快就变成了慌乱和震惊，因为他听见雪长老对他说："不得对执刃无礼。"

宫远徽不可思议："执刃？他？"

月长老怒喝："远徽！"

"荒唐！宫子羽为什么是执刃，我哥哥宫尚角才是第一顺位继承人。"宫远徵难以接受。

容不得他反对，因为这是宫门的家规。

月长老回道："宫门初代执刃定下两条家规：其一，宫门不可一日无主，执刃一旦身亡，则继承人必须第一时间继位；其二，如若执刃和继承人同时死亡，则必须立刻启动缺席继承。宫尚角不在旧尘山谷，按照祖宗规矩，符合条件继承执刃的，只有宫子羽。"

宫远徵欲再争辩："可是宫子羽——"

花长老提高了音量，脸上已经有了怒意："够了！老执刃和少主这些年忧思劳顿，万事以宫门为先，不幸遇害，宫门上下哀痛。现应全力安排丧仪之事，尽快恢复宫门秩序，不可自乱阵脚，让外敌伺机发难！有任何争议，等尚角回来再说！"

此言一出，宫远徵无话可说，只得离开。

白色灯笼悬挂在各处飞檐亭角，惨白的亮光使整个山谷更显森然、瘆人。

灵堂已经恢复安静。夜深后，人群已散去，只有金繁还守在门口。

门口的台阶上，宫子羽独坐在檐下。

雾姬夫人面色苍白，眼底掩映不住伤痛，她抱着一件斗篷朝宫子羽走去。天忽然飘起了微雪，她把斗篷给宫子羽披上。

宫子羽感受到身体一暖，终于绷不住了。脑海里全是往昔的回忆，如同那些纷乱的雪花，落在他的眉上、肩头，一碰就化了。

他想起自己四五岁时，父亲把小小的他抱进怀里，抓着他的手，教他在自己宽大的手掌心里写下他的名字——宫子羽。那时，父亲总是和颜悦色的，威正的眉宇在他面前会不自觉地渐渐柔和。

再后来，他又大了点，左不过十岁，母亲离世。他已懂事，如闻晴天霹雳，在母亲常常待着的花园里抱着母亲的灵牌，悲伤地询问哥哥。

"唤羽哥哥，你和爹爹也会离开我吗？"

哥哥比他高出了不少，哥哥的手总是很暖，轻轻地拍着他的肩膀，向他承诺："不会的，哥哥会一直陪着你。"

哥哥在他心中如山般巍然，所以他坚信，哥哥的承诺一定是万山难阻。

再后来，他到了习武的年纪，父亲陪他练武。那时父亲对他严厉了许多。为了在父亲面前好好表现，他从不喊累，然而当他精疲力竭地放下刀，摊开手掌，上面都是流着血的泡，父亲却视而不见，只竖着眉毛冷着脸，继续监督他学。他只能擦掉眼泪，日复一日地提刀练习。

夜晚，他摊着手睡觉，迷糊中只感觉到一双更为浑厚的手拉起他的手，温柔地帮他上药。他不知道那是不是错觉。

成年以后，他和父亲争吵的事情越来越多。他不知排解，整日买醉，时常顶着蒙蒙亮的天光醉醺醺地瘫倒在羽宫门口的台阶上，母亲留给他的面具掉到了地上。

遥遥地，他听到有人在叹息，最后那人还是命仆人把他扶了进去。

他醉眼蒙眬中看不真切，似乎是父亲正拿着那副面具小心翼翼地擦拭。

有时候他想，他不了解父亲。

唯独哥哥待他一如既往。哥哥的声音言犹在耳，他说前几日北边送来了一张野貂皮，让人赶制成了一件厚斗篷，又说最近山谷里夜露重了，知道他从小体寒畏冷，若是晚上出门，就让他披上。

他披上了，此刻却还是觉得心冷。

鼻里呵出白气，让他分辨不出遥远的光晕是因为冷，还是因为他的泪光。

宫子羽十分后悔，他与父亲最后一次对话是他们在执刃殿里争吵，父亲骂他："你年纪也不小了，你最好考虑清楚，如果你想继续当一个整日无所事事的废人，那你就没必要待在宫家。"

他原意是想让父亲看到他的努力，看到他荒唐任性的背后比谁都想要得到父亲赞许的努力。明明想要告诉他的是这些，可他说出口的却是："我也不是很想待在宫家。"

不是这样的。

宫子羽抬头望着漫天飞雪，脸上已经挂满了泪痕……

天际射出了一道曦光，天色亮起。山谷中连鸟鸣声也变得比平日少了。

羽宫寂静无声，金繁走进灵堂，发现宫子羽还在灵堂里。

"你是在这里守了一夜，还是一大早就来了？"

宫子羽的眼睛里满是红血丝，肩头沉沉，整个人像被下了一夜的雪压垮了。

金繁不忍："你现在已经是执刃了，接下来会有很多事需要处理，别熬坏了身体。"

宫子羽才喃喃地开口："执刃……我从来就不想当执刃。"

金繁知他伤心欲绝，不知道如何安慰："但是——"

"但是……"宫子羽接过他的话，心念一转，"但是我改变主意了，既然我是执刃，那代表我现在想做什么都可以了，没有人可以拦我。"

金繁愣了一下："你要做什么……"

宫子羽深吸了一口气，冷凝的空气让他精神为之一振。

他不置可否，只问道："父兄的尸体，是谁发现的？"

"是雾姬夫人。"

宫子羽朝雾姬夫人的房间走去。

天空再次飘起雪花，仆人清扫着院落的纸钱。

房里，雾姬夫人穿着素服，脸带倦容，也一夜未睡。她为宫子羽倒了杯热茶，不等他开口，先从身后拿出一件红色狐狸尾巴样子的挂饰，递给了他。

"这是你父亲要我转交给你的。上个月他得了一张上好的红狐皮，给少主做了件外袍，剩下的部分，特意给你做了这个，说你向来喜欢这些精巧的东西，但他又不好意思亲手给你，就托我转交。"

宫子羽一怔，不知是不敢还是迟疑，倒是雾姬夫人直接塞进了他手里。

狐狸尾巴柔软、蓬松，拂过他冻僵的指尖，仿佛生出温热。宫子羽下意识地轻轻抚摸着，眼眶渐渐发红。

雾姬夫人心中郁结，幽幽叹气："你父亲从来就是嘴硬心软，其实那天抓女刺客的事，他后悔说了重话，只是不好意思向你道歉。你别怪他……"

宫子羽听到这里，泪水再难自控，但他还是强忍着。

"可以告诉我您看见的一切吗？"

雾姬夫人点点头，娓娓道出昨晚的经历。

那时宫鸿羽在正厅里看文书，她便如往常那样在旁边温茶。后来宫唤羽押着女刺客郑南衣进来。毕竟是宫门要事，所以她起身回避。

过了些时候，她给二人准备了夜宵，可刚走到院落里就听见房间里传来激烈的打斗声。她依稀能见窗户上有三人打斗的影子，但很快烛火被灭，屋内变得漆黑一片，没了动静。

宫子羽和金繁听到此处，不约而同地皱眉。

"夫人当时为何不喊侍卫？"

"我喊了，但当时院落里没有任何值岗的侍卫。"

雾姬夫人在发现屋内的情况后，第一时间大声呼叫侍卫。

结果偌大的院里无人应答。

金繁不解："这很奇怪。玉侍理应寸步不离，守护主上。"

雾姬夫人摇头："我看见烛火熄灭之后立刻跑过去推开了书房门，就看到了执刃、唤羽和那个女子的尸体……"

宫子羽回忆起那个刺客郑南衣，她身手虽然敏捷，当时擒住了他，却被宫远徽用两粒石子破解，在宫唤羽面前更是不堪一击。

他不禁怀疑起来："我见过那女刺客，以她的武功，要说父亲和哥哥都死在她手里，我不信。"

雾姬夫人猜测道："那女刺客是用了毒，应该是趁你父兄不备，偷袭得手。"

宫子羽交叠的手指微微收紧，他把茶杯放回桌上，起身道："夫人先休息。"

他似乎想到了什么，离开雾姬夫人处便对金繁说："走，去查一查那两个侍卫。"

宫子羽和金繁找到了宫唤羽的绿玉侍卫金简，还有执刃贴身绿玉侍卫金誉，进行盘查。

金誉说："当晚执刃先是见了角公子，然后羽少主突然来了，说要紧急见执刃……"

金简则道："三人在房内待了一会儿，角公子就很快出了宫门。"

金誉又说："角公子连夜离开了旧尘山谷，而羽少主则去地牢提审女刺客，带来见了执刃，并命令我和绿玉侍先行离开。"

金简的说法与其如出一辙："羽少主交代有要事和执刃相谈，命令我和金誉先行离开。"

两人口径一致，宫子羽并没有看出什么问题。

金繁问宫子羽："不知道他们俩会不会说谎……"

"但有个人一定不会说谎。"

不知道他说的是谁，金繁有些错愕。

只听见宫子羽沉声道："死人绝对不会说谎。"

两人又立即前往医馆。

郑南衣的尸体平放着，尸体上盖着白布，露出一点的手臂惨白如纸，旁边的一个托盘里放着一支发簪，显然是重要的证物。

宫子羽伸手欲拿起那支发簪，金繁赶忙阻止。

"执刃当心，发簪可能有毒。"金繁的顾虑不无道理，"既然执刃父兄服用的百草萃出了问题，那你服用的百草萃也不一定安全……"

宫子羽嗯了一声，然后从旁边的箱笼里拿出试毒专用的麂皮手套。

他拿起发簪观察，细小的咬齿引起了他的注意，上面还沾着不明的粉末。

"发簪上的珠花乃空心，毒就藏在珠花内部的暗槽中……可是，我父兄是如何接触到的呢？"

金繁有些不解："接触？"

宫子羽想起在长老院刺字的时候父亲尸体呈现的现象，回道："父亲右手指尖呈黑紫色，明显是接触过毒物所致。"

"会不会是发簪暗槽内藏有东西，被执刃和少主取了出来，也许是在取出来的过程中，执刃父兄沾染了剧毒。"

宫子羽沉思："暗槽内的东西找到了吗？"

金繁摇头，昨夜已经有侍卫彻底地搜查过，没有发现任何有用之物。

"没有，有可能是被外出的角公子带走了。"

宫子羽听到这里，露出怀疑的表情，然后放下发簪，掀开盖着尸体的白布。郑南衣已经死去多时，尸首露出僵色，隐约可见她衣襟下露出的糜烂伤痕。

金繁检查了一番，说道："尸体上有毒药腐蚀的外伤，但并不致命……"

大概是宫远微曾找郑南衣问过话，用毒所致。

宫子羽皱眉，扯开尸体的领口，露出那更为明显的血洞。

"胸口有一处对穿刀口，这才是致命伤。"

金繁点头，又疑惑道："她是怎么混进待选新娘里的？"

宫子羽冷声道："她是浑元郑家送嫁的女儿郑南衣，但这郑二小姐的身份是真是假，就不得而知了……"

谷外也落了细雪。

山庄之中，一匹骏马缓缓停步，描金的披风下摆扫过枯萎的落叶。宫尚角抬头看着门匾上"浑元郑府"四个大字，眉头在日光里微微皱起。

整个郑府一片萧条，门廊积灰，透着晦暗。

过了一会儿，进门查看的侍卫从里面出来，回报："宫二先生，整个大宅已经人去楼空，所有财物也都已不见了。"

宫尚角白皙的面容像罩上了一层寒霜。他翻身上马，疾驰而去。

与此同时，无锋首领室内，烛火明灭，位于正中的佛龛前屏风上映出了微弱的人影。

那首领徐徐出声："宫门执刃被杀，消息确定吗？"

寒鸦肆站在前方，目光仰视："已经核实，确凿无误。"

"是我们的人？"

"还不清楚。"寒鸦肆顿了顿，"但……以我们派出的刺客的能力而言，应该没有机会在这么短的时间内得手，而且我们交付给她们的任务也不是刺杀执刃。"

这时，身后传来寒鸦柒的声音

"也有可能是身份暴露后不得已刺杀。"

寒鸦柒缓步上前，俯首道："收到消息，郑二小姐郑南衣身份暴露，宫尚角已经前往浑元郑家探察究竟。"

首领沉吟片刻，说："收拾干净了吗？"

寒鸦柒咧嘴一笑："敬请放心，已经'安排'妥当，完全抹干净了。"

"那就好。剩下的魑和魅应该已经成功混入宫门了，我们就静心期待她们的表现吧。"

寒鸦肆看着满脸笑容的寒鸦柒，完全没有因为郑南衣的死亡而有任何悲伤之色。

医馆停尸房，四周弥漫着幽微的血腥气。

尸体被重新盖上了白布，宫子羽和金繁查了半天，始终找不到有用的线索。

宫子羽想了想，问道："昨晚事发时，女客院落查过吗？"

金繁回答："第一时间就派了侍卫前去查看，所有女客都在院中，没有外出。"

"嗯……"很快，金繁话锋一转，"不过，有两名新娘中毒了。"

"哦，哪两位？"

"恰好就是拿到金制令牌的两位新娘——姜离离和云为衫。"

宫子羽的瞳孔轻颤了一下："走。"

第四章 主动暴露

挂满寒露的银杏叶粘在青石板上,侍女们清扫落叶的声音沙沙作响。

上官浅听见推门声的时候正在饮茶,头都不回就知道来人是谁。

云为衫从身后把门合上。

"这么早就来看我?喝茶吗?"

两人都是白衣素裹,上官浅端着茶杯,神清气爽。

云为衫却用怀疑的目光打量着茶杯里面的液体,宛如看见毒蛇似的避之不及。

上官浅知道她在想什么,扑哧一笑:"你想多了。"又问,"找我有事?"

明透的窗纱下,上官浅显得温顺无害,面带无辜。云为衫心里很清楚,虽然上官浅帮过她,但对方绝不能称为自己人。

云为衫压低声音:"既然我们的身份一样,我想,有些事情,说清楚一点比较好。"

上官浅认真地纠正了她:"哎,不一样哦,昨天就说过了……我是魅,比你高一阶,在无锋里,'位高半阶压死人',你应该听过吧?"

云为衫脸色发白:"听过。我只是没想到,无锋还派了魅阶无锋一起潜入宫门。"

上官浅慢条斯理道:"万事皆有代价,有代价就有牺牲,如果不是郑小姐暴露身份,那么牺牲的就是你了。"她盯着云为衫,弯起了眼角,原本黑白分明的眼睛变得难以捉摸。

云为衫避开视线,问:"她也是魅?"

上官浅戏谑地笑了:"她那么蠢,怎么可能是魅?"

听着她不屑一顾的语气,云为衫顿了顿,说:"之后只有我们两个一起执行任务了,是吗?还有其他人吗?"

"你又错了,鸦雀成群,孤鹰在天。"上官浅的声音既轻又冷,"我和你之间,不存在'我们',也不存在'一起'。"

"嗯,清楚了。"说完,云为衫准备转身离开。

"等等,"上官浅突然叫住她,换她问起,"你昨晚潜行外出,打探到什么消息了吗?昨晚我救你一命,你至少告诉我到底是谁死了。"

"你怎么知道有人死了?"

上官浅手指朝过窗外:"那么多白色天灯升空,仆人端着蜡烛、法事器皿朝外面跑……我又没瞎,怎么会看不出来?"

"执刃和少主,"云为衫深呼吸了一口气,"两个人都死了。"

这次轮到上官浅脸色苍白了,剪水双眸睁大,她难以置信地打量着云为衫,一字一句地问:"你……杀了他们?!"

转眼间乌云密布,天上落下大雨,小镇上行人稀少,天光暗淡。

一个穿着黑色油布雨衣的高大男子低头走进药材铺,当家的笑脸相迎。宫尚角抬起压低的帽檐,露出一张冷漠的面容。

看见来人的脸,当家的立刻惊惶,一边说着"关门谢客",一边匆忙招呼伙计把药材铺的门关上,挂上了暂停营业的标识。

这里,是宫门的另一处据点。

当家的关上了房门,光线更昏暗了,他即刻向宫尚角行礼。

"你这里可有宫门信鸽?"宫尚角狭长的眼尾打量四周。

当家的点头如鼓:"有。"

"好。帮我发回一封密报。"

"是!"

宫尚角一摆衣尾,抖落一些水渍,俯身在桌前,提笔写字。

纸上苍劲有力的字迹写着:"浑元郑家已人去楼空,应是提前接到风声撤离。另外,少主命我追查之事,暂无外泄迹象。"

书写完毕,宫尚角从腰间的坠子里拿出自己的印章,盖上了"角"宫的家徽。

信纸已经卷起,用蜡封好,宫尚角递过去给当家的。

"以最快速度送回宫门。"

当家的恭敬收下,令仆从迅速从后门离开。

这时,另一名仆从进来,手上拿着一个竹筒,汇报道:"宫门送来重要通报。"

那当家的接过来,取出密信查看。片刻后,就见他脸色骤然苍白,声音颤抖。

"角……角公子……"

宫尚角起疑,看着眼前一脸慌张的下属,皱了皱眉。

"念。"

当家的有些不敢:"这……这……"

宫尚角面色一冷:"念!"

当家的把心一横,念出了密信上的字:"天命不可辞拒,神器不可久旷,群臣不可无主,万机不可无统……谨任命……宫……宫子羽……"他停顿片刻,不敢抬眼,"即……即执刃位……"

宫子羽即执刃位?

宫尚角嘴唇紧闭,瞳孔颤动,方才还烁亮的眼眸顷刻如数九寒冰。

当家的看着面色森然的宫尚角,犹豫着开口:"当年立少主一事,时至今日,属下心中仍有不平……未料如今宫门易主,竟是此人。在我心目中,角公子才是宫门执刃的不二人选……"

宫尚角回过神来,目光严厉地看了当家的一眼:"你不关心宫门发生了何种变故,不关心老执刃为何身故,你竟然关心的是谁做新执刃?从今往后,你如果再有这种妄言……"

当家的脸色发青,立即低头:"是。"

宫尚角的食指微微摩挲:"我的马已奔波数日,疲乏、困倦,你去帮我找一匹最快的马来。"

"是!"

大雨冲刷着泥泞的路面,留下深深的一串马蹄印。

上官浅的房内传来一声轻笑。

"执刃父子当然不是我杀的。"云为衫道,她很意外上官浅竟然这么高估自己,"首先,你把宫门想得太简单了,我没有这个能力,你也没有。"

上官浅不置可否:"那其次?"

"其次,刺杀执刃不是我的任务。"

"那什么才是你的任务?"

云为衫沉默,过了会儿,才淡淡地回答:"我们彼此之间应该不能交流各自的任务吧？"

"话是没错。但我也是好心，怕你回头又像昨日一样鲁莽行事，最后还是要我帮你收拾烂摊子。"上官浅做惋惜状，"如果能提前清楚你的任务，我也许能更好地配合你，帮你打掩护。毕竟，你如果暴露了，郑姑娘不就白死了吗？我是好意，姐姐，你不要多想。"她说得诚心实意，停了停，更温柔地笑着，"应该是叫姐姐，没错吧？"

云为衫却一眼洞穿了她的意图："你不是可惜郑姑娘，你是怕我暴露，自己也就不好藏了。宫门会意识到，既然有第二个，也就可能有第三个……对吧？"

上官浅只是微微敛起笑容，没有任何被拆穿的窘迫。

"你看，我和你之间，还是有'我们'，所以，最好也'一起'。"云为衫道。

上官浅摇头："我都说了，我们的任务不一样。"

云为衫看着她那张永远笑意盈盈的姣好面容："你给姜姑娘喝的茶里下了毒，你想取代她，对吗？所以，我们的任务应该是一样的。"

上官浅无辜地反问："姜姑娘满脸红疹，难道不是因为你指甲上的蔻丹吗？"

云为衫："你看见了？"

"这还用看啊？无锋的基本训练，不是吗？本来我毫无痕迹就能让姜姑娘变成别人眼里的失心疯，但你突然跑来自作聪明，结果弄巧成拙。我如果没有猜错的话，很快，我又要帮你收拾一次烂摊子了。"上官浅自顾自地轻叹。

云为衫不解："什么意思？"

"我给姜姑娘喝的茶里没有毒。"

云为衫思索："那就是熏香……"

"熏香也没有毒。"

云为衫沉默下来，上官浅顿了顿，才话锋一转："但是，喝完茶再吸入香就不一样了。起初只是精神恍惚，数日后就会喃喃自语仿佛得了癔症……"

上官浅见云为衫脸上露出不忍的表情，笑意更甚："作为一个无锋的刺客，你这个表情未免有些不合时宜，你这么心软，早晚有一天栽在这上面。"若是只出红疹，是没有用的，她必须保证一击即中。

云为衫坦言："我不伤害无辜之人。"

"姐姐，你真有意思……"上官浅用手指捂着嘴，"说回我那熏香和茶，单独来看，两者皆无害无碍，就算有人追查，也无从查起。但姜姑娘脸上的红疹和你指甲的蔻丹都是铁证，如果宫家还有几个聪明人的话，应该很快就会追着这条线索查过来了……"

上官浅的目光晃过云为衫,她半带取乐地提醒:"我要是你,我现在就去把指甲洗干净……"

云为衫低头,指甲上的蔻丹透出艳丽明亮的色泽。

医馆的诊疗房里,大夫正在忙碌,药锅里煎着药材,白气四溢。

宫子羽和金繁来找姜离离。然而经大夫诊治了一夜,姜离离仍躺在床上,还未清醒。

病床上那人闭眼沉睡,气息微弱,脸上浮出一片红疹,看起来有些瘆人。

宫子羽见状,皱着眉问一旁的医馆大夫:"她中的是什么毒?"

大夫也很犯难,如实相告:"有些复杂,感觉像是同时中了好几种毒……"

好几种?

宫子羽愣了愣,他凑近观察:"她脸上的红疹也是因为中毒吗?"

丈夫点点头:"对,是一种烈毒,发作很快,但姜姑娘昏迷时又胡言乱语,感觉又像中了伤神攻心的寒毒……"

宫子羽问:"有生命危险吗?"

大夫不确定地摇摇头:"暂时不好说……脸上的红疹好说,几服清毒汤药下去就可以缓解。倒是让姜姑娘胡言乱语的那种伤神寒毒暂时还没有头绪,不知道解法,可能回头需要问微公子了……"

正在这时,一个仆人进来,大夫指了指旁边已经备好的药,吩咐他:"药准备好了,送去吧。"

金繁看着仆人路过自己,问:"这药是给谁的?"

大夫回答:"是给另一位也领了金制令牌的云为衫小姐。她的脸上也出现了这种红疹。"

宫子羽与金繁交换了下目光:"走。"

正要离开时,宫子羽忽然又想起什么,回头询问大夫。

"这两位姑娘中的毒和执刃所中之毒,是同一种毒吗?有关联吗?"

大夫肯定道:"没有关联。"

云为衫正在铜盆里清洗自己指甲上的蔻丹,清水微微变了颜色。

上官浅坐在窗边,非常有耐心地等着她。

窗外鸦雀无声,穿过庭院远远看去,各处挂着的白绸随风飘舞。

隔了一会儿，上官浅才若有所思道："既然执刃和少主同时遇害，那宫家一定启动'缺席继承'了。"

"缺席继承？"云为衫抬起手来，抖了抖水渍。

上官浅好奇："你的寒鸦连这个信息都没有告诉你吗？"

云为衫转身，用手帕擦干净手，青葱似的手指已经光洁，看不出任何痕迹。

"我只是魑阶，你不用高看我。"云为衫自嘲道。

上官浅一愣，很快又眉开眼笑："你这句以退为进倒是有点噎到我了。"

她告诉云为衫："'缺席继承'是宫家为了应付极端危机而立下的家规，简单来说，就是宫门不可一日无主、山谷不可一日缺首。如果执刃和少主同时意外死亡，那么宫门山谷内拥有继承资格的第一顺位就会立刻无条件地成为新的执刃。虽然我也不懂为何会有这种荒唐的家规，但似乎宫门对此格外坚持。"

上官浅垂眸，长长的睫毛落下两片阴影，不知想到了什么，此时身着白衣的她笑容看起来格外明媚，像雪地里初绽的桃花。

"所以，现在宫门的执刃应该就是宫二先生宫尚角了。"她轻轻吐气。

云为衫却浇了她冷水："不是。"

上官浅有点没反应过来，脸上还挂着刚才的笑："嗯？"

"现在的执刃是少主宫唤羽的弟弟宫子羽。"

上官浅面若桃花的脸彻底冷了下来。

关于宫家人的信息，云为衫知道的不多。

那日在无锋的训练室，寒鸦肆只给了他一张薄薄的纸，上面寥寥数字。

寒鸦肆告诉她："这是我们收集到的宫唤羽的信息。"

云为衫看了一眼："就这些？"

"就这些，尽力了。"

消息闭塞，能拿到这些已属不易。

云为衫认真看纸上的内容，默默记在心里。

寒鸦肆想到了什么，提醒她："还有一些无关紧要的信息没有写在上面，比如宫唤羽还有个弟弟叫宫子羽。"

那是云为衫第一次听到这个名字。

"有宫子羽的资料吗？他是个什么样的人？"她不由得问。

寒鸦肆无所谓："他不重要，你把精力放在宫唤羽身上就行了。宫唤羽是宫门的少主，也就是未来的执刃，他身上才有你需要的东西。"

这就是云为衫得到的关于宫子羽的唯一信息。

云为衫收回思绪,继续对上官浅说:"宫尚角昨晚连夜出了山谷,并不在宫门之内。所以按照顺位,由宫子羽继承执刃。"

"果然,不愧是'缺席'继承……宫门氏族真是一家子死脑筋,迂腐可笑。"上官浅了然,似笑非笑地嘲讽了一声,"这宫子羽既然当上了执刃,就必定要重新选婚。看来他就是你的下一个目标了,失去了宫唤羽,你可不能再失去宫子羽了。"

方才那错愕的表情已经烟消云散,上官浅重新柔和下来:"希望姐姐好运。"

云为衫奇怪地问:"你呢?不需要好运吗?姜姑娘一时半会儿不会恢复,你不为自己争取一块金制令牌吗?"

上官浅睁着眼睛,漫不经心道:"我要那东西干吗?"

"有了金制令牌,宫子羽不管选你还是选我,我们都更容易完成任务吧?"

上官浅不以为意:"我又不需要宫子羽选我……"她缓缓凑近云为衫,"而且,你以为我没有金制令牌是因为我拿不到吗?"

她瞬间嫣然一笑。

原来她不是落败,而是故意为之。

选新娘前一天,掌事嬷嬷给她们宣读了第二天的规则。所有女客用清水沐浴、早起,勿施粉黛,不可熏香,保持素玉之身、冰洁之气,静候通传。

然而翌日清晨,当掌事嬷嬷带领所有新娘去往院落集合的时候,上官浅偷偷摘下路过树丛的一片叶子,在指尖揉碎,涂抹在腕间、耳后。

大夫检查新娘时,刚搭上官浅的腕脉,就闻到了她身上那若有似无的气味,于是在卷上一边写,一边轻叹。

卷中字:"气带辛香,体质偏寒,湿气郁结。"故而不是最优异的体质。

上官浅看着大夫,目光楚楚可怜,侧过头却面露微笑。

在嬷嬷们检查她们的身体时,一排新娘里,所有人站姿挺拔,唯独上官浅有些驼背,脖子前倾,气衰神颓。

掌事嬷嬷依次记录站姿,走到上官浅面前,看着她的体态摇了摇头。而当嬷嬷走过之后,上官浅便立即恢复了挺拔的身姿,风韵出众。

"所以……"云为衫明白过来,有些意外地试探着问,"你是故意不要金制令牌的？"

上官浅面带精明之色："不然呢？"

云为衫好奇："你的目标不是执刃？"

上官浅冷眼旁观着窗外的银杏叶落，眨了眨眼睛。

从诊疗房出来，宫子羽和金繁一边走，一边交谈。

金繁叹息："既然姜姑娘所中之毒和执刃、少主之死没有关系，那我们还要去女客院落吗？你现在已经是执刃，还未选亲，贸然前往不太合适吧？"

"人正不怕影子斜，况且，我连影子都笔直，你有什么好担心的？"

宫子羽义正词严，正说着，路过药房时瞥见宫远徽竟也在，正与药房管事在里面低声私语。宫远徽手里正拿着一瓶药，神色有些激动。

"徽公子也到医馆来了？所为何事？"宫子羽生疑，走了过去。

药房管事姓贾，看见来人后，恭敬行礼："执刃大人。"

宫远徽眉毛一动，对他的问题置若罔闻，随手将把那瓶药放好，谁也没有搭理。

金繁见他态度如此，忍不住开口："徽公子，按照规矩，您看见执刃大人，应当行礼。"

闻言，宫远徽冷冷的目光斜来："你是谁？你也配和我说话？"

宫子羽扬起下巴，故意道："金繁，徽公子不愿行礼，自有他的理由。我虽不解，但也不强求，交由长老院评判即可。"

宫远徽垂在身侧的细长手指捏了捏，似厌恶又似忍耐，这人居然拿长老院压他！沉默片刻，他还是不得不低了头，喊了一声："执刃大人。"

宫子羽一本正经地回复："徽公子不必客气。"

宫远徽紧咬牙关，少年倔强的眼神里透出凶狠的锋芒。

没理会他的怒意，宫子羽走到一旁，拿起他刚才放下的药瓶，药瓶上写着"百草萃"。

想到父兄服用百草萃后依然中毒，而百草萃又向来由宫远徽负责，宫子羽便觉得有诸多疑点，不禁问："徽公子向来专精炼毒、解毒，你负责剖验父兄遗体，有结果了吗？"

宫远徽早已有了答案："执刃和少主所中之毒是宫门自己的毒药'送仙尘'，此毒发作极快，如果没有及时解毒，必定身亡。"

"那就还是有方可解？"

"有，但很难。"

"哦？"

宫远徵继续说："从这味毒药研制成功以来，几乎没有成功解救的先例。送仙尘是扩散性剧毒，会随气血迅速流遍全身，留给解毒者的时间近乎苛刻。"

"有多苛刻？"

宫远徵抬起指尖，预估："心跳两百次。"

宫子羽又问："如此烈性的毒药，难获取吗？"

"看来执刃大人对宫门事务不怎么了解啊……"宫远徵用不屑的目光看了看他，"送仙尘在旧尘山谷内外的各个宫门据点都有贩卖，只要出得起价。"

"送仙尘之毒难解却易得，嗯，了解了。"宫子羽转念又问，"那这毒难防吗？"

宫远徵脸色微变："我不懂你此问之意。"

宫子羽终于说到重点："那我换个说法，请问徵公子，每日服用百草萃的人会不会中此剧毒？"

宫远徵沉默良久，用余光打量一眼身旁的药房管事，只能咬牙承认："不会。"

宫子羽冷笑道："那每日按时服用百草萃的执刃和少主都因送仙尘而死，我是不是应该对制作百草萃的人问责呢？"

见他咄咄逼人，宫远徵镇定自若，充满了和他年龄极不相称的沉着。

"宫门上至长老、下至夫人，多年来一直服用徵宫研制的百草萃以及其他丹药与膳食，从未出过半点差池。刚刚你问我何事也来医馆，其实我正是为了检查药房里的百草萃是否有问题……"

"是吗？那检查后的结果是？"

"没有问题。"

宫子羽微眯双眼："那就又绕回来了，我父亲和兄长怎么会中毒呢？"

"百草萃虽由我负责研制，但送到各宫府邸之后都由各自的仆人伺候服用。执刃大人不如好好查查你们羽宫的下人，也许会有惊喜。"宫远徵游刃有余地推了回来。

宫子羽压下心头的怒气："羽宫的下人，我自然会查。"

宫远徵反唇相讥道："你确实该查。而且，执刃大人位子还没坐热，就无凭无据空口栽赃我们徵宫，也是厉害。"

"证据会找到的……"宫子羽静静地盯了他一眼，铿锵地留下两个字，

081

"放心。"说完，便带着金繁离开了。

宫远微看见宫子羽走远了，敛起了方才针锋相对的神色，目光一沉，重新抬起头时冷得吓人，他吩咐贾管事："把之前所有的百草萃全部销毁，之后宫门上下都服用熬制的新药。"

贾管事吃惊："微公子……这……"

少年目光微斜，瘦削的下颌仰着，写满了不容置疑的阴郁。

贾管事低头瑟缩了一下，只能应是。

房内突然沉默下来。

云为衫见上官浅不再说话，继续道："不管你的任务是什么，如果你要离开这个院落，务必注意警戒路线，我可以画一份给你，看完记得烧掉。"

警戒路线？听她这样说，上官浅心中沉吟。她独具慧心，很快分析得出："怪不得你大半夜的要外出，你的任务也包括要弄清楚宫门内部警戒体系吧？"

云为衫怔了一下："你很会猜测人心，比我想象中还要聪明。"

"姐姐客气了，我毕竟是魅啊。不过你比我想象中也聪明很多就是了。"

"是吗？"

"是啊。我本来觉得你刚到宫门，对环境生疏，第一天就莽撞地夜行刺探，非常不妥。但现在想来，你其实都是算过的吧？"上官浅兀自推断，"宫子羽带我们离开地牢的途中，其实你就已经基本掌握了宫门夜晚巡逻的路线。大婚前晚，所有的女客都会早睡，谁都不会打扰新娘，是夜行刺探的最佳时机。如果不是当晚执刃遇害，你的行踪绝对不会暴露。"

看似鲁莽，实则成算在心。

云为衫刚要接话，上官浅突然想起了什么，轻轻"啊"了一声。

"对了，你当时故意从新娘队伍里逃脱，也是为了引起宫子羽的注意吧？因为他第一次来地牢的时候，眼里可只有我……"上官浅忍不住啧啧称赞，"你假意逃脱，让他来追你，又拿走他的面具不还，让他再次来找你，姐姐真厉害。"

上官浅用手撑脸，洞穿的目光把云为衫看得透彻，她很难相信，眼前的人只是个魅而已。毕竟刚进入宫门，她就计算了这么多事，是自己低估她了。

云为衫移开视线，不算承认也不算否认："我也没有你想得如此聪明，精于算计。上官姑娘不用太过高看我。我只是不想'半月之期'到来时两手空空地去见寒鸦而已。"

听见"半月之期"的时候，上官浅的表情凝固了。

"谁都不想。"她的声音低沉下来。

云为衫说："是谁都不敢。"

她们都知道那意味着什么。

仿佛躯体反射一般，云为衫脑海里冒出了那些不堪回首的记忆，脊背泛起一阵恶寒。

无锋训练室里，寒鸦肆拿来一碗浓黑而黏稠的药汁给云为衫。那药单单气味就令人发怵。

可寒鸦肆告诉她："喝掉这个，你就是魑阶了。"

真正的魑。

云为衫没有多余的问话，接过碗，仰头饮下。但很快她就停了下来，脸上失了血色，嘴里咬着什么东西。

"别嚼……直接喝下去。"寒鸦肆要求她。

云为衫感受着嘴里不适的触感："药里面这些……是什么？"

寒鸦肆答道："虫卵。"

一阵恶心，让她的胃里翻腾，但她还是咬紧牙，没有把药吐出来。

后来寒鸦肆告诉她，那是跗骨之蝇的虫卵，也叫作半月之蝇。

"用它制成的毒药名为'死誓'，意思是誓死效忠无锋。这是魑魅魍魉的专属毒药，喝下它，跗骨之蝇会在体内寄生，平日里没有任何影响，只是每隔十五天就需要服用解药。"

所以半月之期来临之前，她必须拿到有用的情报。

在云为衫失神的同时，上官浅也陷在自己的思绪里。身为魅，她自然也受半月之蝇的控制。

她在出发来宫门之前，曾问过寒鸦柒："这次一去宫门，也不知多久才会归来，你是否得把死誓的解药多给我一些？"

寒鸦柒却回答她："每隔半个月，无锋会有人在旧尘山谷的镇上和你们接应，有收获，就有解药——"

上官浅打断了他，胸有成竹地微笑，说："后面的话，你就不用说了，我一定会拿到解药的，放心吧。而且，从魑到魅，我受过的折磨还少吗？这些蚊虫鼠蚁，我才不会放在心上，多可怕的痛苦，我都受得了。"

"你受不了。"寒鸦柒反驳她，目光里竟然有些心疼，"相信我，你受不了。"

她从寒鸦柒的目光里看出了沉重。

吱呀作响的开门声把上官浅从回忆里拉回现实，她抬起头，看见云为衫已经站在门口。

云为衫告诉她警戒的路线："如果晚上想要出去，尽量不要走东边那条路。"

她正准备动身，上官浅突然叫住她："云为衫。"

云为衫略微回头。

"谢谢你。"上官浅恢复了柔和的神情，面上带笑。

"不用谢我。我也是怕你暴露了给我带来危险而已。"

上官浅看着她的背影："你要去哪儿？"

云为衫目视前方，那里是女客院落的大门："把到目前为止得到的情报和信息送出去。"

上官浅看着云为衫，欲言又止。

沿着潺潺的溪流往上游走，那里是女客院落的方向，高扬的廊檐在山雾中若隐若现。

宫子羽的步伐不快不慢，他没有和身边的金繁说话，而是目光凝重地垂着头，若有所思。

耳边是涓涓的流水声，这时，他看见河面上飘过来两只竹草编织的河灯。

"河灯？"

宫子羽心生疑窦，与金繁对视了一眼。顺着流水的走势看向上游，那是河灯飘来的方向。

"大白天的放河灯？"

这无论如何都说不过去。

他想到什么，转身吩咐金繁："金繁，你把河灯捞起来后，往上游去找人，如果没找到，就来下游找我。"

金繁不明所以："下游？"

明明是从上游放的河灯。

"为什么要去下游追？！"

话还没说完，宫子羽已经几步轻掠，跑远了。

溪岸边密林丛生，枝丫被风吹得弯腰，露出一抹白影。

远远地，一个白色素衣的女客低头疾步行走。

"停下。"宫子羽发现了她。

女客听见声音，没有回头，反倒加速朝前飞奔。

宫子羽快步跟上："等一下，姑娘！"

那背影清瘦、单薄，发如泼墨，系了一条简白的绸带，一闪而过的侧颜清素而分明。

宫子羽一眼就认出了她："云为衫姑娘！"

女客愣了愣，并未回应，反而施展出上乘的轻功身法，朝前方逃走。宫子羽一惊，随之衣袍舞动，行走如飞，速度比她更甚。

黑色的人影袭来，对方趁势转身，竟和宫子羽动起手来。只是，她一只手忙着掩面，似乎不想让人看见她的脸，于是只能单手进攻。不过几招，宫子羽就将她制服。他捉住她纤细的手腕，精巧的力道反身一带，她的手就被压到了身后。她试图用力挣扎，只听见一声清脆的脱臼声，她喉间发出痛苦的呻吟。宫子羽有些慌张，手上的力道忍不住卸掉三成。

他将她另一只挡住面容的手拿开，果然是云为衫。

宫子羽虽诧异，但心里更多的是好奇："云姑娘不在房间里休息，却往宫门大门方向走，所为何事？"

云为衫额上冒出细密的汗水，不知道是因为紧张还是因为痛苦，她咬着牙，声音里带着一丝委屈："我想出去。"

她毫不遮掩的目光对上宫子羽，让他更意外了。

"第一天从地牢里将你们带出来的时候，你就独自离开，想要闯出去，我当时想，你可能因为害怕，想要逃走。如今刺客已经抓到，风波平息，你还要出去，这是为何？"

云为衫冷冷地垂下眼睛："我本就不想嫁进来。是我母亲逼我的。"

宫子羽没想到是这个答案，有些愣住。

还未开口，这时身后传来急匆匆的脚步声，宫子羽侧过目光，金繁已从身后赶来。他的手上提着两只刚刚捞起来的河灯，其中一只河灯已经被拆开了。

金繁将手上那只拆开的河灯递到宫子羽面前："执刃大人……河灯里……有字！"

云为衫眼睛轻轻一怔。

女客院落，云为衫刚离开不久，上官浅就出了房间。

执刃和少主去世的压抑气氛笼罩着整个院落，平日里仆人成群的庭院此刻分外冷清。

上官浅手上拎着一个黑色竹编的篮子，她看了看周围没有人，于是从大门堂而皇之地走了出去。

门口没有守卫。

她看了看西边，又看了看东边，两边都空旷，没有戒严的样子。

云为衫提醒过她，如果要出去，尽量别走东边的路。

上官浅露出莫测的眼神。

"云为衫，你最好没有骗我。"她暗自嘀咕，不急不慢地，竟朝着东边那条路走去。

宫子羽接过金繁手里的河灯，定睛一看，展开的部分果然密密麻麻地写满了字。

想通前后，他的声音不由得冷了三分："云为衫姑娘，在河灯里写了这么多字，是想让河灯漂流而下，将这些信息送出宫门吗？"

云为衫感受到身后擒住她的手暗中加大了力度，她指尖发白，缓缓闭上了眼睛。

果然暴露了……她早已料到这个结果。

然而看似千钧一发的时刻，云为衫的瞳孔微微一动。

云为衫回忆起方才与上官浅的对话——

"你要去哪里？"

"把到目前为止得到的情报和信息送出去。"

听到她的计划，上官浅语中带着嘲讽："你怎么传出去？"

云为衫便想到了这个对策。

"我可以试着放几只河灯。"

上官浅摇头："你把宫门的人都当傻子吗？送出去之后，谁来接应？河灯一旦被捞起，里面的信息必定暴露无遗。"

转念间，云为衫却用坚定不移的目光看着上官浅。

"对……一定会暴露。"

上官浅看着云为衫的表情，有些莫名其妙："你不是没喝我的茶吗？你怎么和姜姑娘一样，脑子也变傻了？"

"不是。"云为衫暗示，"我的意思是'主动暴露'……你也训练过的……"

几乎是一瞬间，上官浅就听懂了她的意思，她既出乎意料，又不由得赞许地一笑。

"我明白了……主动暴露……在遇到有暴露身份的危机之前，先主动暴露某种并非致命的信息，借以隐藏真正的计划和身份……"

云为衫点头："不管宫家的人多么聪明，但这是所有人的心理惯性盲区……"

人可以避过险恶用心，可以拆穿诡谲算计，却难逃过形成的习惯和内心的弱点。

上官浅喃喃道："就像郑小姐主动暴露一样……一旦宫门内部形成'刺客已经被找到'的潜意识，真正的刺客——我和你——就会安全……"

提到这个，云为衫突然有些心酸："郑小姐也许并不是自己主动暴露的，只是对无锋来说，她的死正好就是无锋想要的'主动暴露'而已……我们任何一个人的死，对无锋来说都是主动暴露……"

"也不好说，也许郑南衣就是这么伟大，愿意牺牲自己呢？"上官浅笑容里藏着意味不明的东西，似乎有些得意。云为衫并未理会。

即将出发前，上官浅再次开口提醒她："山势很陡，水流很快，放完立刻回来。"

云为衫分外冷静。不，她要往下游走……

云为衫重新睁开眼睛的时候，光线映出她眼里的水光。

她已沉默了良久。这时候宫子羽看见她双眼变得朦胧，很快涌出了泪水，宫子羽心生恻隐。手下传来她皮肤的触感，单薄、生冷，骨架瘦削，宫子羽手指微动，依然没有松开她。

"河灯是你放的吧？"宫子羽的声音低了一些。

云为衫眨眼间绞落热泪，她咬着嘴唇点了点头。

"是……"

宫子羽思及前后，警惕地说道："云姑娘真是聪明，知道如果有人看见河灯,一定会往上游追去,查找放河灯的人。所以你故意往下游跑,绕个远路再回去。可你知道这沿路的岗哨、暗堡有多少吗?你随时可能……"

随时可能变成刺猬。同样的话,他提醒过她。

云为衫否认道:"不是。"

宫子羽有些意外:"嗯?"

云为衫的声音陡然升高:"我不想绕回去。我真的想出去!"她目光朝向空中,恰好有只飞鸟循着蓝天飞远了,她哀道,"羽公子,求求你,放了我吧!"

她泪流满面,看上去楚楚可怜,正中宫子羽的软肋。

宫子羽不知道内心被什么轻轻扎了一下,有些奇怪,目光突然黯然:"这宫门对你来说,这么可怕吗?"可怕到宁愿冒着生命危险也要逃离。

云为衫只剩下低泣,满脸泪痕,沾湿的睫毛抬起时,发现宫子羽正静静地看着她,且他眉间的愁意更深。

上官浅的话,再次在云为衫的耳边响起。

"我知道了,你的目标自始至终都是执刃,而不是宫唤羽。此时此刻宫门的执刃已经换成了宫子羽……"

得知她的计划是往下游走时,上官浅笑了。

云为衫也不掩饰自己的目的,说道:"宫子羽平日里看起来游手好闲,但从我短暂的接触来看,他远比别人看起来要聪明,他一定会顺着姜姑娘中毒的线索查到女客院落,而且一定会重点调查同样中毒的我,沿河而上是来这里的必经之路。我要让他觉得自己和我是偶遇。"

"你是想要让他觉得你命中注定吧……你这么聪明,怎么才是个魑?"上官浅由衷地欣赏。

云为衫不回答,转开话题:"只是我之前获取的所有资料都是他哥哥宫唤羽的喜好和脾性,对于宫子羽,基本一无所知……"

上官浅是魅,她得到的信息自然比云为衫的多。想了想,她还是告诉了云为衫:"宫子羽早年丧母,因此性格乖戾,不学无术,长大后整日饮酒作乐,难成大器。而且宫家一直有传言,说宫子羽并非宫家之子,说他母亲兰夫人嫁入宫门之前就已经有心上人了,日夜思念,一直想要逃离宫门,直到郁郁而终……"

云为衫听到这句话的时候终于有些明白,为何他看起来和宫门的其他人不一样,为何他温暖的笑意里总透着几分落寞。

上官浅没察觉到云为衫片刻地走神,继续说:"根据有限的信息,宫子羽和父亲的感情不好,他似乎一直都得不到父亲的认可,父亲几乎将所有的爱和期望都给了武学和智慧都出类拔萃的宫唤羽,所以宫子羽也就更加自暴自弃……"

"不过,宫唤羽很疼爱这个弟弟……"上官浅对着云为衫,轻轻眨了下眼睛。

云为衫心中悸动:"我知道河灯里应该写什么了……"

肩膀上徒然一重,痛楚令云为衫闷哼出声,也让她从思绪中回过神来。

金繁接过云为衫,继续锁住她。宫子羽展开手里的河灯,看着河灯内细密的字迹。

他刚看了几句,脸色就有些异样,忍不住抬头打量云为衫,此时她眼睛里的泪水正大颗地往外涌。

"这是你写给父亲的?……"宫子羽诧异。

云为衫低声答道:"嗯……"

宫子羽看向金繁:"松开她。"

"啊?"

宫子羽急道:"快点松开!"

金繁一脸茫然,不甘心地松开,但他把手放在刀柄上,随时准备刀出鞘。

云为衫垂着有些失力的手腕,哑着嗓子说:"家父原本行商,经常坐船出海,有一次遇到了海难,就再也没回来……"

面前的云为衫白衣素裹,一脸泪痕,娓娓说着过往。父亲意外去世之后,她只能与母亲相依为命,可少了庇护,母女俩孤苦无依,只好飘摇度日。

云为衫回忆着梨溪镇的青砖院落,冷冷的天光穿透窗棂,照着一个穿着新娘嫁衣的年轻女子的背影。

镜前,头发花白的母亲正在为自己即将出嫁的女儿梳头。

女子听着窗外的风声:"这天色,看起来怕是要下雪了。"

那母亲没有接话。

"下雪了,这日子就不好过了。"

"瞎说。今天是良辰吉日,一定阳光普照。"

"母亲,我还能再见到你吗?"

母亲的眼里涌出一些眼泪,她不动声色地擦去,声音里完全听不出哽咽:

089

"为娘只希望你能过上好日子。"

"会有好日子吗……"

"会的。嫁进了宫家,就再也没有人敢欺负你了,也没有人敢对我们家不好了。"

女子沉默片刻,轻声说:"可我不想嫁进宫家。"

母亲想要说什么,最终轻轻叹了口气……

云为衫也跟着轻叹出一口气:"今天是家父忌日,我们老家有个说法,海上丧命的人看到飘荡的小船,都会想要登上船去看一看,是不是家人来接自己了……"

宫子羽翻开河灯的油纸,那上面娟秀的字体笔锋细腻——

"父亲,女儿已经出嫁了,他们给的聘礼很多。我想,母亲应该不用再辛苦地做那些手艺活儿艰难养家了……"

原来她不想嫁,但为了让母亲过上好日子,她别无选择。宫子羽翻到另一面,那上面的字仿佛被泪水浸过,几处笔迹模糊——

"父亲,我知道你一直遗憾没能有一个儿子光宗耀祖。你总是对我说,一定要嫁个好人家,让镇上的人都看看,云家的女儿是好福气的……但爹爹,我没有被执刃大人选上,可能要让您失望了……"

宫子羽心里复杂,没有成为父母期许的样子,所以她才会如此伤心。宫子羽小心翼翼地收回手里的信,按着折痕恢复成河灯的原样,生怕碾碎这一份心意。

他看着眼含热泪的云为衫,像对她说,又像对自己说:"你父亲不会失望的……这世间,哪有父亲会真的对自己的儿女失望呢……"

云为衫抬头,他这句话说得很轻,似乎并未意识到自己神色里露出的悲伤。

宫子羽把手上的河灯递给金繁:"把这两只河灯都放回河里。"

他与父亲最后的争吵让他懊悔,许多话也没有能说出口。那么,就让面前这个女儿的思念顺流而下吧。

金繁皱眉,冲宫子羽做了一个"你疯了?"的表情,还没调查清楚,就让这两只河灯流出宫门?

宫子羽只是瞪他,仿佛在回应"你管我"。

于是金繁只好闭嘴,讪讪地拿着河灯朝河边走去。

宫子羽回头看了一眼来路:"云姑娘,我送你回女客院落吧。"

云为衫一动不动，落寞的肩膀垮着，眼睛里都是哀求。

翱翔的飞鸟再次低掠而过，宫子羽叹气："抱歉，我只能送你回去。"

除了潺潺的流水声，四周分外安静。

两人并肩走着，谁也没有说话，云为衫低着头沉思。她不确定宫子羽是否完全信了自己的话，或许他心中仍有怀疑，会继续向她细细盘查。

果然如她所料，此刻宫子羽缓缓朝她倾身。然而他什么也没问，反而从怀里掏出帕子递给她。

"把脸上的眼泪擦一擦吧。"他有些笨拙地道歉，"对不起，把你弄伤了。"

阳光从树冠的罅隙透过来，他站在逆光里，朦胧、沉静，斗篷上黑亮的毛料拂过他白皙的俊脸，温柔的眼睛镀上了鎏金的颜色。

云为衫愣了好一会儿神，才小心翼翼地接过那方手帕，但她没有擦，只是紧紧地捏在手里。

"没事，不要紧。"她淡淡地回应。

"怎么可能没事？是我不对，我武功这么高强，你一个弱女子，别逞强了。"

云为衫看着他一副"我武功高强"的样子，哭笑不得，忍不住扬起嘴角。

宫子羽见她笑了，才安下心来："我一会儿通知医馆的人过来为云姑娘正一下骨，然后喝几天舒活经络的汤药，你的肩膀应该就没事了。"

云为衫点点头："多谢羽公——多谢执刃……"

宫子羽一边继续往前走，一边自嘲："你还是叫我羽公子吧……'执刃'两个字，我自己都不习惯。"

云为衫听成了"不喜欢"："不喜欢？"

"我是说，不习惯……"宫子羽平视前方低声说，"但也确实不喜欢……"

云为衫看着不远处露出女客院落的廊檐："马上就到女客院落了，羽公子留步吧……你现在是执刃，和我一起出现……怕是会给公子引来是非……"

宫子羽脱口而出："你是不是很不想和我一起出现啊？"

看云为衫有些为难的样子，宫子羽不由得猜测。

见她不答，宫子羽又道："不用担心，我不怕是非，而且，我本来就要去别院。"

云为衫不禁紧张，心想这也在意料之中："公子为何要去别院？"

这时宫子羽放慢脚步，侧过头，云为衫感受到他有些炽热和审视的视线。

"公子为何一直盯着我的脸？我是不是……说错话了……"云为衫作势低头。

宫子羽低了低头："话倒是没说错，只是你的脸……"

云为衫被盯得有些不自在："公子为何这样看我？"

宫子羽看着她光洁白皙的脸，犹疑道："听说昨日你也中了毒，满脸红疹，但今日见你面容完好，已经恢复了？"

结果云为衫露出吃惊的表情："中毒？怎么会？"

宫子羽皱眉："你昨夜没有中毒？"

云为衫认真解释起来，看不出异样："我只是昨夜满脸突发红疹，听闻上官姑娘家是世代名医，就去找她要了一些祛毒的药膏，兑水化开喝了一小碗，果然有用，睡了一夜就全消了。"

"你发红疹之前吃了什么？"宫子羽心里闪过某些念头。

"什么也没吃……只是去姜姑娘那里小坐了一下，姜姑娘请我喝茶……"

"姜姑娘也是昨夜喝过茶后就身体不适，被送去了医馆。大夫查看后，证实她是中了毒。"

云为衫眼睛一怔，就像刚刚闻得这个消息似的，露出难以置信的表情。

宫子羽继续问："这茶是姜姑娘的？"

云为衫没回答，宫子羽以为她没有听见，就又重复了一句："我说，这茶是姜姑娘自己的吗？"

云为衫犹豫了一下，深呼吸一口气，轻轻地说："茶是上官姑娘的家乡茶，我和姜姑娘本来觉得夜深了喝了茶会睡不着，但她执意要泡给我们喝。"最后那句像是不经意说出的，云为衫神色迷茫，看不出一点异样。

"哦？"

脚下已经露出了通向女客院落的青石板路，宫子羽抬起头，远远地望着庭院的匾额。

女客院落门口聚集了很多侍卫，又是浩浩荡荡的架势。

领头的那侍卫问掌事嬷嬷："所有人都在吗？"

掌事嬷嬷刚刚已经清点了人数，如实禀报："除了云为衫、上官浅两位姑娘，其余的姑娘都在。"

领头侍卫立即转身对身后的侍卫们发令："封锁整栋别院，在执刃到来之前不许任何人出入。"

掌事嬷嬷闻言一惊："执刃要来？"

院落里稀稀落落聚首的女眷们听说执刃要来，纷纷面露兴奋期待之色，有些甚至忍不住从袖子里掏出铜镜开始对镜修整，或者拿出胭脂开始补妆。

掌事嬷嬷看了一眼，面露难色："执刃来这里……符合规矩吗？"

领头侍卫："执刃说的话就是规矩。"

掌事嬷嬷越想越不妥帖，犹豫着："可是这也太——"

话未说完，宫子羽笑嘻嘻的声音从大门外传来："富嬷嬷可是对我的命令有意见啊？"

所有人都整齐划一，低头行礼。

掌事嬷嬷立即迎上去，笑脸相迎："没有没有……可是，我的小少爷啊，你这——"话到嘴边就断了，因为她看到了走在宫子羽身边的云为衫。

两人挨得很近，显然是一起回来的。

不只是掌事嬷嬷，其他人看到这一幕都心生好奇。

宋四小姐原本就站在人群中央，抻长脖子等着执刃大驾光临，见状忍不住开口："云……云姑娘，你怎么……和执刃大人在一起？"

她说出了所有人想说但是不敢说的话，院落里一片死寂。

宫子羽轻咳一声，谎言说得面不改色："我有一个秘密任务，交给云姑娘去帮我完成。"

这样一来，饶是再怀疑，也没人敢在执刃面前多说什么。

人群窃窃私语。

宫子羽不关心女眷们的腹诽，他侧身，对一旁那领头的侍卫耳语了几句，声音很轻。云为衫离他很近，也听不清他说了什么。

领头侍卫听完，抱拳领命，招呼身后的侍卫："走，跟我来，搜查院落以及每一个房间。"

其他人都不知道发生了什么事，只得耐心等。宫子羽好整以暇，闲适地负手站着，唯有云为衫不易察觉地悄悄抬眼，望着走廊里那一排房门。

片刻之后，两个侍卫手上捧着什么东西朝宫子羽走来。

正好放好河灯的金繁也赶到了。

金繁汇报道："河灯放好了。"

宫子羽点头，低声对金繁说："嗯。好戏马上开场了。"

金繁有些莫名其妙，不知道他又要搞什么鬼。

两个侍卫是从女客们的房间出来的，此刻手上都托着一张纸，其中一张上面铺着零星茶叶，另一张白纸上是一些看起来十分奇怪的粉末。

那是什么？众人交头接耳起来，虽然看不清楚，但未知的粉末状东西不免让人惶恐不安。人群里唯有云为衫敛住了心中的紧张，神色淡然自若。

领头侍卫回禀："禀告执刃，茶叶是从上官浅小姐房间里搜出来的。另外的那些粉末……"说着，他举起手中的一个蓝色瓷瓶，"是从宋四小姐房间搜到的，装在这个药瓶里。"

宋四小姐的脸一下子就白了："这是……这是……"

宫子羽回头示意金繁，无须多言。金繁立刻心领神会，从腰带里掏出一根银针，试了试那些粉末，银针迅速变黑。

"粉末有毒。"金繁警惕道。

宋四小姐额上冒出冷汗，难以置信，不断地摇头："怎么会？这是……这是我带进来治我喘鸣之疾的药，这不是毒啊……"

金繁倾身过去，横刀向前，质问："进入宫门之人都会被彻底搜身检查，任何药物都不允许携带，你是把这个小瓶子藏在哪里带进来的？"

宋四小姐脸上迅速飞起一抹红霞，低头支支吾吾："我放在……我放在……"

金繁突然明白过来，一张英气勃发的脸瞬间变得通红。

宫子羽看他那样，低声训斥："你有点出息，好吗？"

说完，宫子羽抬头看着宋四小姐："姑娘说是药，不知道可否当面服用。"

为证自己的清白，宋四小姐连忙答应："可以！当然可以！"

侍卫取来一碗清水，宋四小姐倒了些粉末，融开，水变得浓稠，像一碗茶。宋四小姐皱了皱眉头，隐隐觉得有些不对劲。

"这颜色……这颜色不对……"宋四小姐犹豫了。

宫子羽问："怎么，不能喝吗？"

宋四小姐没办法，只能一咬牙，仰头喝了下去。

无人察觉的地方，云为衫轻轻闭上了眼睛。她知道那究竟是什么——

在上官浅房里时，云为衫正要把手浸入水盆，清洗掉指甲上的蔻丹，上官浅却拦住了她。

"等一下，洗之前，把剩下的那些刮下来。"

云为衫把剩余的蔻丹刮到一张白纸上，上官浅把白纸折叠起来。

然而云为衫奇怪："你不是怕被找到证据嘛，留着干吗？把这些粉末扬掉就好了。"

"找不到证据,宫门的人就会继续追查,没完没了,得把这个事情做个了结。"

"怎么了结?"

上官浅狡黠一笑:"给这东西找一个合理的主人。"

只有让人背了锅,事情才能结束。

云为衫虽不想承认,但她说的的确是唯一彻底根除麻烦的办法。于是她想了想,说:"你给我,我知道放在谁那里了。"

上官浅来了兴致:"哦,谁?"

"宋四小姐。"

云为衫告诉上官浅,那日新娘评选,宋四小姐就坐在她隔壁。

大夫依次为新娘号脉检查的时候,她听见了大夫同宋四小姐的谈话。

"小姐,您这是患有喘鸣之疾啊,若是有喘症,那绝不适合长久待在山谷内,会加重你的病情。"

"没有没有,只是昨夜伤了风寒,有些咳嗽罢了。"

大夫做不了主,只好说:"那我先写着,晚点再去为小姐单独看诊。"

等大夫挪到下一位姑娘,云为衫看见宋四小姐悄悄从袖子里拿出一个蓝色瓷瓶,倒了一些粉末在掌心,偷偷服下。很显然,她为了中选,隐瞒了自己有喘症一事。

所以,私自藏药进宫门的宋四小姐就是最好的人选。

于是,趁着宋四小姐正在廊庭和几个姑娘聊天,云为衫悄悄潜进了宋四小姐的房间。

云为衫回过神来,见女客院落的人正屏住呼吸等待结果,她低着头,没人知道她刚才在想什么。

此时宋四小姐已经喝完那杯药,药效奇快,她自己却未察觉出什么异样。

宫子羽看着宋四小姐的面容,轻轻叹了口气:"果然。"

宋四小姐有些疑惑:"什么意思?"她并不知道,此刻自己的脸上已经出现了几颗红疹。

那片红晕越来越明显,周围的其他姑娘都吓到了,忍不住后退几步。

宫子羽皱眉道:"可惜了这样漂亮的脸蛋,心肠却如此恶毒。"他对侍卫挥手,"带下去,把她送出山谷,遣回宋家。"

"不是我……不是……"

宋四小姐难以置信，她哭喊着冤枉。但私自带药已是水洗不清，更何况现在还担了个恶意竞争伤害他人的罪名。宋四小姐无从辩解，于是只能眼睁睁地被拖走。

等那哭声彻底远去了，宫子羽才接过另一名侍卫手里的白纸，上面的茶叶看起来很是寻常、普通，他若有所思地说："本来也想让上官姑娘亲自服用，但她本人不在……"

宫子羽正想把茶叶仔细包起来："有趣。那就先把这些茶叶带回医馆，让大夫们研究吧。"

从头到尾一直沉默不语的云为衫突然上前一步，开了口："我来试吧。"

宫子羽非常意外："嗯？"

云为衫正色看着所有人，坚持说："上官姑娘当晚和我们一起喝茶，她自己也喝了，我可以做证。所以，我相信这些茶叶没问题。而且，确实是上官姑娘用她们家祖传的药膏治好了我脸上的红疹。我来吧。"

片刻后，热气腾腾的茶壶被仆人提了过来，一个小小的茶碗里，茶叶已经泡开了。那茶水色清透，茶气飘香，闻起来都觉得是好茶。

云为衫举起茶碗正要喝，就被宫子羽打断了。

"等等。"他弯起嘴角看着她，"云姑娘既然说得这么坦荡，那就不用喝了。"

周围的人都在窃窃私语。能看得出，宫子羽似乎很信任云为衫，不由得腹诽两人的关系。

掌事富嬷嬷为人心直口快，认为这无论如何都说不过去，于是小声提醒："执刃大人……这不太好吧……你一碗水得端平吧……"

宫子羽十分坦然："这是一碗茶，又不是一碗水。"

富嬷嬷噎住："……"

宫子羽从云为衫手里取过那碗茶："虽然茶不用喝了，但我还是想要审问一下上官小姐。"

云为衫愣住："为何？"

宫子羽恢复了认真的样子，一本正经道："刚刚云姑娘可能没有注意，金繁刚刚说所有进入宫门之人都会被全身搜查，不可携带任何药物或者武器进入山谷……云姑娘说昨夜用了上官姑娘给的药膏才缓解了红疹，所以，我想问问上官姑娘,她这个药膏是哪里来的。"

云为衫心中微微涌起波澜,她看着面前的宫子羽。他沐浴在一片余晖里,云为衫突然意识到,也许眼前这个人并不像他此刻散发出来的光那样澄净,他比自己想的更深沉。

宫子羽抬头,看了眼渐渐暗下来的暮色:"天色也不早了,我就在这里等吧,上官姑娘应该很快就会回来了吧?不然,天黑了,可能就回不来了……"

医馆前的小池里,锦鲤甩尾,溅起一小片水花,声音在幽静的庭院中更显突兀。

拎着黑色篮子的上官浅走在进入医馆的走廊上。

暮色已经降下,四周亮起了暖暖的灯笼。

正逢晚膳时间,医馆大部分人都吃晚饭去了,只有上官浅一个人的脚步声。她在昏暗安静的环境里小心打探着四周,试探着轻声呼唤:"大夫?周大夫?"

无人应答,只有一阵微不可察的响动。

她察觉到昏暗的角落里似乎有一个身影,不等她反应过来,人影闪动,无声无息,仿佛鬼魅一般就到了她身前。

视线聚拢清楚之后,一把薄薄的刀刃已经举在自己眉间。上官浅一声惊呼,手上竹篮掉落,里面掉出许多首饰和发钗。她下意识地蹲下,想要伸手去捡那些首饰,突然听见一个少年稚气而冷漠的声音。

"别动。"少年举着薄刃,双手出乎意料地稳定,刀刃在空中纹丝不动,"站起来,别碰任何东西,把你的双手放在我看得见的地方。"

语气中带着压迫人的力量。

上官浅只能举起手缓慢地站起来,抬头,看着面前的少年。她在心中暗笑,果然,只有经过警戒的范围,她才能主动暴露,引起猎物的注意。

宫远徵目不转睛,背后是医馆常年的药气,上官浅却觉得在那少年身前仿佛闻到了剧毒。

"你是谁?"宫远徵刀锋逼近,询问道。

上官浅先是受了惊的样子,很快恢复了正色:"上官浅。"

"新娘?"

上官浅点头:"新娘。"

"你不该来这里。"宫远徵不由得怀疑这女子踏着夜色而来的用意。

"我知道……"

"知道还来？你来这里干什么？"

上官浅姿态柔弱："替我诊脉的周大夫说我气带辛香、体质偏寒、湿气郁结。不知道是不是因为这个原因，我只拿了一块白玉令牌……我来找他，想问问看，有没有什么方子可以治一下我这偏寒的体质……"

宫远徽轻蹙眉头："你就这么想被执刃选中？"

上官浅坦言："之前想，现在不想了。"

"不想还来？"

"大夫说，身体湿气郁结不利于生孕。"

宫远徽追问："那你说之前想，现在不想，又是何意？"

上官浅抬起头，看着面前的少年，突然反问道："你应该是宫远徽少爷吧？"

宫远徽沉默不语，但是刀尖稍稍往后退了一寸。上官浅敏锐地捕捉到了这个信号，她脸上立即堆起憧憬般的笑容，眼里带着光。她本就美艳不可方物的面容，在这样的神态下，连宫远徽这个未经世事的少年都忍不住动容。

上官浅眉目传神地诉说着："现在的执刃宫子羽，在我眼里，根本不配。最有资格做执刃的是……宫二先生宫尚角。"

宫远徽的刀突然放下了，桀骜少年的嘴角若有似无地勾起一丝弧度。

然而，她话音刚落，就听见身后传来一个充满磁性但是极度冰冷的声音。

"你很了解我吗？"

上官浅转过身，便对上一双深邃如墨的眼瞳。宫尚角冷若刀锋的面容凉薄而淡漠，浑身黑袍，散发着夜凉如水的气息。

那声音把她带得远了，她恍惚想起云为衫问她的话——

"你的目标不是执刃？"

"我的目标比执刃难对付多了。"

上官浅看着眼前的男人，他的身上有着生人勿近的寒意。上官浅感受到胸口剧烈地跳动着，心脏几乎快要跳到喉咙口。很快她双手合拢，侧身半蹲着，恭恭敬敬地行礼，双手无意间触到了腰上悬挂的那块玉佩，轻轻一晃。

第五章 月隐之人

月色如华，一道娉婷人影被廊下的光拉得朦胧、细长，上官浅手上拎着暖色的灯笼，缓缓走进了女客院落的大门。

她身形婀娜，却脚步精准，腰间一块玉佩晃来晃去，脸上带着一种满载而归的笑意，只是这种笑意在她走进院落大厅，看见满院的侍卫后顿时消失了。

大厅正前方的主人位，巨大精美的画作前方，宫子羽背身而立，听见她进来的脚步声才转过身。大厅里还有其他人，云为衫站在人群中间，抿着唇，只看着地面。

"上官浅姑娘？"

上官浅愣神了片刻才行礼："执刃大人。"目光不动声色地投向云为衫，但云为衫只是规规矩矩地站着，没法给她任何暗示。

宫子羽上下打量了她一眼，见她手里拿着竹篮和灯笼，不由得询问："上官姑娘这是去了何处？"

上官浅真诚地回答："去往医馆。"

"哦，姑娘身体可有不适？"

上官浅用同样的说辞："前日替我诊脉的周大夫说我气带辛香、湿气郁结。所以我只拿了一块白玉令牌……因此我前去找他，想求个方子……"

说完这句，上官浅停了停，然后似乎鼓起勇气，脸上泛起红晕。

"这样也许就能够拿到金制令牌，被执刃大人选中，成为新娘。"

如出一辙的是，她露出娇羞的笑容，明亮的瞳光华流转，很是绮丽。

果然，宫子羽对她如此直白的话语颇感意外，其他人也不觉得奇怪，若说是为了成为新娘而擅离女客院落，那无可厚非。宫子羽反倒有些脸红，轻咳了一声，忍不住悄悄看了一眼云为衫，但云为衫只是把头低垂，没有过多的表情。

宫子羽正色道："不过，上官姑娘，宫门内地形错综复杂，你是怎么找去医馆的？而且父兄遇害后，宫门内高度戒严，你竟然可以一路畅通无阻，有来有回？"

上官浅微微皱眉的样子楚楚动人："确实很复杂，把我都绕晕了，幸得遇到一个去医馆取药的姑娘，跟在她身后才找对了地方。回来也花了好多工夫，天都黑了。"

说完，上官浅轻轻跪下。

"小女子不知道宫门规矩，如果有任何逾矩之处，还请执刃大人责罚。"

宫子羽沉吟了几秒，说："责罚倒是不必了，不知者不罪。以后多注意就行，不懂的规矩，记得问富嬷嬷。"

众人听到上官浅如此轻松就过关，都窃窃私语。

其中一名新娘忍不住与人耳语："这么轻松就过关了？"

富嬷嬷办事严明，叹了口气，无奈地咂咂嘴。

上官浅起身，轻声回道："多谢执刃。"

其他人都当她脱身了，唯有云为衫等着宫子羽说到重点。

"不过，还有一件事情想要向上官浅姑娘求证。"果然，宫子羽话锋一变。

"执刃请问，知无不言。"

宫子羽问道："姜姑娘和云姑娘昨夜脸上突发红疹，姜姑娘更是中毒昏迷。云姑娘说，昨夜她们两人都喝了你从家乡带来的酱花茶，所以我想问问上官姑娘——"

上官浅接过话茬："执刃大人是不是想问，这酱花茶是怎么带进宫门的？"

宫子羽轻笑着，耐心等着她的回答。

上官浅幽幽道："茶叶放在随行嫁妆里，经过彻底检查，才送回到我们房间。执刃大人如果不放心，可以问一问负责检查新娘嫁妆的人。"然后不卑不亢地补充道，"而且，这茶我也喝了。"

宫子羽侧头道："是的。这一点，云为衫姑娘已经为你做证了。"

上官浅转身向云为衫，不咸不淡地开口："多谢云姑娘。"

云为衫这才抬起头，不等她说话，宫子羽又道："云姑娘也说多谢你。"

上官浅脸色微微一变："嗯？云姑娘，此话怎讲？"

宫子羽替她回答："云姑娘说感谢你，是因为她服用了你们家祖传的药膏，所以才迅速消退了红疹。茶叶作为嫁妆，只要被验明无毒无害，当然可以送进来。但有两种东西是绝对不可能允许带入宫门的，那就是武器和药物。药膏作为严格控制的药物，不知道上官浅小姐是怎么带进来的呢……"

上官浅状作脸红地别开脸，低声说："贴身……贴身带进来的。"

宫子羽沉默片刻，了然道："那一会儿就麻烦上官浅小姐把剩下的药膏交给侍卫，他们拿回医馆研究一下。如果真是无害的救人良药，那倒是无妨，只是希望以后不要再犯。如若药膏有异，到时候我再来找上官浅姑娘。"

一旁的掌事嬷嬷忍不住开口："就算是无害的良药，也是宫门的大忌，不可无妨……"

宫子羽："我说无妨，就是无妨。"他言辞不严厉，只是冲掌事嬷嬷挤了挤眼。

掌事嬷嬷无奈叹气，纠结着："哎哟，小祖宗……"

云为衫见她脱身，脸上神色不明。

上官浅赶紧行礼："多谢执刀大人宽宏大量。"

夜里，此事告一段落，侍卫们撤去，女客院落万籁俱寂。

上官浅房间的门突然开了，她还未睡下，显得格外精神和好兴致。

看见来人，她坐在桌边轻声问："有事？"

云为衫露出怀疑的眼神："你今天当真去了医馆？"

"对。"

"真是去找大夫？"

上官浅轻笑出声："那倒不是。体寒气郁本就是编出来的。我和你一样，在无锋的时候就已经喝了好几个月的药，身体早就调理好了。我去医馆，是要找宫远徵……没想到，歪打正着，碰上了宫尚角。"

云为衫原本就料到一二，此刻抓住重点："歪打正着？所以你的目标是宫尚角，对吧？"

"你还挺聪明的。宫门子弟里，宫二是最难对付的一个。"上官浅眼神露出一丝犯难，但又夹杂着跃跃欲试的期待。

云为衫坦言："宫门里每个人都难对付。"

上官浅回忆起刚才宫子羽对云为衫的行为举止："是吗？宫子羽看你的眼神已经直勾勾的了，有把握了吧？"

"有。"云为衫顿了顿，又说，"应该有。你呢，有把握宫尚角会留下你吗？"

上官浅笑吟吟的，容色淡定、自信："我也有。"她仿佛在回味着什么，

101

"特别是今天，见到宫尚角之后，更有把握了。"

说完，上官浅轻轻拿起腰间系着的那块玉佩，放在桌子上。白玉色清，温润得仿佛自带暖意，上官浅的指尖轻轻摩挲着。

"宫尚角看到我带着这块玉佩，虽然什么都没说，但我知道他一定被勾起了好奇心。"

她意有所指，云为衫不明白她话中的意思。

上官浅也未解释，只是兀自回忆起了医馆那一幕。

男人周身的华光胜过月色，因为比她高出不少，他低头睨视。而她双手合拢，半蹲着行礼，双手离那块玉佩很近。

宫尚角顺着她的手，看到了那块玉佩，他的目光像寒潭，停留在那里……

云为衫不知道上官浅此刻在想什么。过了好一会儿，上官浅才回过神来，伶俐地一笑："好奇心，就是最大的诱饵。他不会这么简单放我走的。"

方才期待的神情已然多了几分笃定。

云为衫忍不住问："这玉佩有什么来头吗？"

上官浅没有回答她。

见她不愿多说，云为衫起身准备告辞。临走前，她开口提醒："下次你要有什么行动，最好告诉我，否则，就像今天这样，我不知道怎么照应你。"

上官浅的声音变冷："照应我？告诉宫子羽我身上有药膏，然后让宫子羽查我？"她微微前倾，当不再用那副娇艳的笑容时，眼神闪过一瞬蛇蝎般的叵测，"这叫照应？"

面对上官浅的拆穿，云为衫没有退缩。

"以我们两个的身份来说，你觉得，在宫门众人眼里，我们的关系是亲密无间更好，还是我们彼此敌对、恨不得将对方杀之而后快更好？"

上官浅愣了愣，以她的聪慧和谨慎，自然不担心云为衫的背刺，但她没想到云为衫会这样说，于是面色缓下来："敌人的敌人……"

云为衫："……就是盟友。"

上官浅轻轻笑着，看着云为衫："你这是刀尖舔血。"

"但也是目前最好的方法，不是吗？我的目标是宫子羽，你的目标是宫尚角。要赢得他俩的信任，首先一点就是得认同他们的敌人，和他们站在同一边。"

"看来，你拿到的资料也很多啊……"

云为衫答道："不需要什么机密资料也能知道，宫尚角一直是呼声最高的执刃继承人，而且他对宫子羽的血脉、身份一直存疑。所以，他和宫子羽必成水火之势。如果我顺利被宫子羽选中,你也被宫尚角留下的话——"

上官浅接过她的话继续说:"宫子羽不会轻易放过新娘这边的线索,所以他一定会对我严查。同样,宫尚角反过来,就一定会对你下手——"

"所以我和你就必须死咬对方,斗得越狠,他们才越信任我们。"

上官浅好整以暇,声音如同带着少女的纯真:"那就斗吧。手下留情哦。"

"我们有吗?"云为衫突然问。

无锋的人,能有什么情谊?

"有什么?"

"情。"云为衫突然有些说不出的悲伤,"你说让我手下留情,可是,我们有吗?"

"云为衫……"上官浅叫住了她,"如果我们各自被他们选中了,以后的路就难走了。"

云为衫没转身,看不清楚她的神色,只留下两个字:"保重。"

清晨,夜露洗得草茵清新,山间的烟雾散去了不少,光线大盛。

金繁步伐矫健地朝羽宫大门外走去,他有要事在身,行色匆匆,然而半路抬头就看见前方一个女子婀娜的背影在等他。

女子缓慢回眸,露出羞涩的微笑……是宫紫商。

金繁瞳孔震动,如临大敌,他立即转身朝另一个方向走去。可他还没走出两步,就被宫紫商叫住了。

"金繁!"

金繁只能行礼:"大小姐。"

宫紫商见到他,心中甚是甜蜜,掩面而笑,然而金繁见到她,总是回避。

"你要去哪儿?"可她从不气馁,此刻像一尾锦鲤,在他周身绕来绕去。

金繁眼花又头疼,还是如实告诉她:"医馆。"

因为老执刃和少主服用的百草萃有问题,所以他必须彻查清楚。

宫紫商指了指自己身后:"大门在这儿,你朝哪儿走?"

"没事,我绕一下,不打扰大小姐。"

宫紫商翘起嘴:"堂堂男儿,真没出息,前路遇到一点困难——"手指指着自己,"哦,不,遇到一点惊喜,却不迎难而上,哦,不,迎头而上,你白长一副好皮囊了。"

金繁硬着头皮道:"这和我的皮囊有什么关系?"

宫紫商本就是胡说八道，趁着金繁迷茫之际，一把上前，拉着他一起往医馆的方向走。

金繁被他拉着："大小姐，你要去哪儿？"

宫紫商媚然一笑："医馆。"

金繁："……"

医馆的药房有三进门，每一个隔间都有整面墙高的药斗，书卷、药材分门别类。

金繁在第一个隔间找到了装百草萃的抽屉，一瓶瓶用蜡封了口的百草萃整齐地排列在内。他拿起其中一瓶，挑开封蜡，打开瓶口的油纸倒出一粒。然后，他从腰间拿出药盒，里面装的正是老执刃和少主平日服用的百草萃。他将两种药丸进行对比，仔细观察。

宫紫商从他身后探出头来。

"怎么样，怎么样？"

金繁把两粒药丸都放在掌心，很快得出结论："这两粒药丸乍看之下并无二致，但刚取出的药丸表面光滑，泛着光泽，而前少主和老执刃所服用的百草萃稍微暗淡、粗糙一些。"

宫紫商突然牵起金繁的手掌，轻轻抚摸，缓缓感受。

"光滑……粗糙……"

金繁被呛了一下："咳咳……"

宫紫商乘胜追击，手下一握，和金繁十指紧扣起来，把两粒药丸扣在两人的掌心。

金繁瞪大了眼睛："什么操作？"

宫紫商一本正经："加热一下看看。"

金繁本想缩回手，奈何宫紫商牢牢抓紧，他动弹不得。

掌心的手很温暖，金繁脸色通红，正要开口，宫紫商及时抽回手，把金繁手里那粒粗糙的药丸取走，举在眼前端详着。

宫紫商引开了金繁的注意力："这是少主之前吃的？"

不等金繁回答，宫紫商就利落地将药丸塞进嘴巴，仰头咽下。

金繁震惊道："你！"

宫紫商淡定地摆了摆手："既然用眼睛看不准、用手摸不清，那就只能毒药穿肠过、真相心中留。吃得毒中毒，方为人上人。"

"吐出来！"

宫紫商咂巴了一下嘴："味道还行，跟我平日里吃的一样，又苦又涩。"很快又干呕起来，"你快去给我找杯茶……"

金繁无奈地摇摇头，叹了一声，转身倒茶去了。

一缕白烟若有似无地飘来，后院无人的角落里，一个下人正在炭火盆里烧东西。他将一袋草药一点点往火里扔，草药的麻袋上贴着一个标签，隐约能看见一个"神"字。奇怪的是，这袋草药看着鲜亮，不像无用之物。

下人身边，医馆的贾管事背手而立，监督着他焚烧。

热气炙烤得那下人满头大汗，他不由得抹了额头的汗珠。

"真的不会被人发现吗？……进错药材可不是小事啊……"

贾管事小声喝止住他："闭嘴！"他小心翼翼地朝周围看了看，"嘴巴关严实了。烧干净些……袋子也烧了。"

说完，他就便走了，临走前还在催促他手脚快些。

下人顿时脸色苍白，低声应了："是。"

金繁倒好茶水，端着杯子回去时，发现宫紫商的嘴还在不停地咀嚼。

他再次惊诧道："你又在吃什么？！"

宫紫商吞咽了几下，回答说："既然从外表难辨真假，那就试试药性如何！我在药斗里胡乱挑了一些毒草，随便吃吃……"

金繁心中一紧："你也太随便了！"

宫紫商分析起来："如果我没中毒，就说明少主和执刃的百草萃没有问题；如果中毒了……"她突然含情脉脉，满脸弥留之态，"你要记得，我是为你而死……"

金繁惊骇，猛然伸手去掐宫紫商的嘴巴。宫紫商趁机把嘴嘟起来，像索吻一样闭上了眼睛……

"我——"

面对她的胆大妄为，金繁招架不住，只得丢开了宫紫商，满脸通红，看得出他心里生气。

见他真的动怒，宫紫商有些慌张，忙解释道："真生气了？骗你的，我吃的不是毒药。宫门的毒药不会放在药房里，这前厅一般都只放一些功能性药丸罢了。百草萃不仅能避毒，也能让一些功能性的药物失去作用。"

105

金繁松了一口气，宫紫商一抬眉。

"你紧张我了？"

金繁恼道："我紧张你死！"

宫紫商羞涩地一笑："你紧张死我了，我懂。小嘴真甜。"

"你要死在这里，我怎么跟宫流商老爷子交代！"

宫紫商的表情突然有些不自然，很快又恢复了娇羞："口是心非……"

一张嘴，她的声音竟变成了极其尖厉的细声。

金繁："？"

宫紫商："？"

两人愣在原地，你看我，我看你，面面相觑。

怎么回事？

宫紫商问："我的声音怎么变成这样了？"

那声音细若稚童，她吓得捂住嘴。

金繁走向刚刚被宫紫商打开的柜子，只见柜子外贴的标签是"百哳千声"，他在里面掏了一下，找到了她所食药丸的说明，念了出来。

"此药丸会影响声带变化，令音色变窄变尖，持续一个时辰……男子乔装易容时搭配使用，女子慎服。"

宫紫商继续用滑稽得类似孩童的声音说："那是不是证明了，少主和执刃所食的百草萃确实被人换成了无效的假药！"

金繁眼睛亮起，猛点头。

宫紫商趁机扑进金繁怀里，发出孩童般的哭声："呜呜呜——我的牺牲是有价值的。"

金繁没来得及推开，突然眉头一皱，鼻尖幽幽地闻到一阵有别于药材的气味。他警惕地抬起头，吸了几口气。

"你有没有闻到一股——"

然后下半句，金繁和宫紫商异口同声。

宫紫商："——我的体香。"

金繁："——刺鼻之气。"

两人瞬间松开怀抱。

宫紫商："？"

金繁："……"

循着气味走到院中，金繁轻手轻脚地走在前面，宫紫商躲在他身后，抓着他的腰左闪右避。

"停！"

金繁闪身到一根柱子后面，举起拳头，示意宫紫商停步。

宫紫商学着金繁的样子举起拳头，却问："这是什么意思？"

"……就是停的意思。"

"你都说了'停'，为什么还要做这个手势？你做了这个手势，为什么还要说'停'？"

金繁不想再和她纠缠，一把捂住宫紫商的嘴巴，宫紫商如愿以偿地露出羞涩的笑容。

这时，金繁偷偷看向院落，院中用架子和簸箕晾晒着很多草药的原料，没什么异样，只是角落里一个下人正快速焚烧着什么，火堆冒出白烟。

气味就是从那里传来的，草药烧焦后十分刺鼻。

为防危险，金繁低声对宫紫商说："你在这里等我。"

随后他走进院落，上前正声询问下人。

"你在做什么？"

金繁武功高强，脚步无声，下人恰好往火里丢下最后一捧草药和麻袋，不知他何时就来到自己跟前，神色慌乱地解释道："我……我……在烧些过期的草药。"

金繁起疑："过期或失效的草药会由专人运送出去销毁，怎么会无缘无故在医馆内部点火焚烧？"

下人吞吞吐吐说不出完整的话，只待盆里的东西快点烧尽："我……这草药是……"

金繁立刻踢翻了炭盆，灭了明火，随手拿了一根树枝，在灰烬里翻了翻。所幸里头还有残留。他从灰烬里挑出已经烧得残破的麻袋，麻袋上面有个焦了一半的标签，显出个"翎"字，还有一小块没完全烧毁的根茎。

金繁从怀里掏出绢布，将那块根茎包好，收入衣襟内。

一边的下人已经一头冷汗，但金繁碍于没有证据，只能查证后再做打算。

金繁回到羽宫，把从医馆带回来的药丸、烧毁的根茎摆放在桌上。

宫子羽听他说完了来龙去脉，便翻看着医书图册，对比着桌上的半截根茎。

"照医书上，这确实是神翎花。"宫子羽得出结论。

107

尽管那根茎只剩半截，但无论气味还是形态，都与书中记载无异。

宫紫商不解："那为何医馆的下人鬼鬼祟祟，像在毁尸灭迹？"

她从宫子羽手里拿过那块根茎，对着光线认真端详，一会儿皱眉一会儿恍悟的样子。她是商宫的大小姐，商宫负责研制兵器，所以宫子羽觉得有些奇怪。

宫子羽："我怎么不知你除了兵器，还会药理？"

宫紫商放下那根茎，淡淡地回答："确实不会，但重在参与。"

宫子羽："……"

金繁："……"

宫子羽放下书册："我们都不擅长药理……宫门的制毒和解毒一直都是由徵宫负责，但是宫远徵绝对不可能帮我……"

想到此处，线索又要断了。

金繁欲言又止了一会儿，还是忍不住开口："我认识一个……很擅长药理的人……"

宫紫商和宫子羽同时转过头看着他，非常好奇。

金繁竟认识他不知道的人？宫子羽心下一惊，正要开口。

这时，门口侍卫禀告。

"执刃大人，三位长老有请。"

浑厚的钟声回荡在山谷内。执刃殿内，三位长老已经端坐在殿上，神情都很肃穆。

宫子羽心中忐忑地走进去。父兄骤然离世，他又匆匆继任执刃，短短时间内，他的脸庞已坚毅许多，唯有眉间还露着淡淡的愁意和忧伤。

"见过三位长老。"

他抬起头，见宫尚角也在殿中，正背着一只手，看到他的一瞬间，原本平静的面色涌起一分微不可察的森冷。

月长老先开口说话："子羽，按照礼数，父母离世，守孝三年，不可娶亲，不可饮酒欢庆，本应该将所有选亲新娘遣返归乡，赔礼致歉——"

花长老接过话茬："但念及此次变故，无锋已经掌握这个进入宫门的方法，我们认为未来很长一段时间都不再适合从山谷外迎娶新娘。所以大家商议，希望执刃大人就从这次进入宫门的姑娘中选出一位心仪之人，留在身边暂作随侍，另寻良辰吉日正式迎娶。"

宫子羽有些意外，但大局为重，他很清楚，于是点点头答应："好。"

少顷，雪长老忽然转过身，对一旁的宫尚角说："念及尚角也到了婚娶之年，不如也一并选了吧。"

宫尚角也没有反对，且更有远虑："也好。此次选亲本是为前少主而设。近年来宫门事务繁重，我本无意娶妻。但近日变故让我不由得重新思量。宫门血脉一直薄弱，而且，从近期种种迹象来看，无锋对围剿宫门已经开始了谋篇布局……"

花长老微微点头："嗯，这是好事，好事成双吧。"

宫尚角转过身，询问宫子羽的意见："子羽弟弟，意下如何？"

他没有喊出"执刃"二字，心平气和的一句话就否认了他的身份。

宫子羽知他的用意，忍下心中的不快，说："尚角哥哥想要娶亲，当然是好事。只是你历来眼光独到，要求甚高，不知道，'我挑剩下的'姑娘里能否有哥哥愿意将就的。"

他故意加重后半句话的语气，宫尚角丝毫没有被激怒的样子，不疾不徐道："子羽弟弟，我对任何事情，从来不会将就。"不等宫子羽先说，就留下一句，"帮我把上官浅姑娘留下。"

宫子羽咬了咬牙。雪长老看他面色有异，试探着问："执刃，你不会也想要选上官姑娘吧？"

女客院落大厅内重新下了纱帐，之前所有的待选新娘此刻都跪坐在大厅两侧。

得知重新选婚的消息，所有人都紧张不已，但在这严肃的氛围中，她们不敢开口议论，只能端庄持重，期待中选。

只见宫尚角的侍卫金复从门外走进来，扫了一眼所有女眷，然后朗声说："有请上官浅姑娘前往执刃殿。"

此话一出，其他人忍不住窃窃私语起来。

一名新娘不由得失落地问："执刃选中上官姑娘了？那我们这些人怎么办？"

另一名女客回应她："别傻了，你看这个侍卫，很明显不是执刃身边的金繁。"

众人正奇怪着，金繁便从门外走了进来，他看了看金复，然后目光落向云为衫。

"有请云为衫姑娘前往执刃殿。"

新娘们都露出惊讶的表情，有沉默的，有不甘的，无论如何，心里已然得知不再有指望。在她们哀怨的视线里，云为衫和上官浅同时跨出了门槛。

香炉中被仆人换上了新的香料，青烟柔柔地飘散开来。

金繁和金复护送着云为衫和上官浅，走进了执刃殿。

上官浅一抬眸就看见了宫尚角，他的目光深不可测，打量人时总令人感到无所遁形。若是寻常女子，即便家世、教养再好，也会生出畏惧。唯有上官浅，只是低头娇羞。

相反的是，宫子羽看见云为衫，白皙的脸颊微微变红，有些不好意思地避开了她的目光。

当长老问起宫子羽要选谁做新娘时，他的脑海里就浮现了那张脸。

此刻，云为衫就站在光影交界处，与他对视，让他想起树林里那束明媚的光，柔和而不刺眼，如同面前的人。

隔了一会儿，花长老挥手："侍卫们先下去吧。"

金繁和金复领命："是。"

宫子羽敛神，冲金繁轻轻点头，暗中交换了眼色。金繁很快心领神会，退了出去。

金繁提着铜灯，走向宫门深处一条未知的小路。

那里人迹罕至，树影幽暗。前方出现一面石壁，石壁内嵌一扇高大的铜门。铜门正紧闭着，不知门后通向哪里，挡得严丝合缝，十分神秘。

铜门前站立着两个面容严肃的侍卫。

金繁走到他们面前，亮了一下他手背上的绿玉侍标志。

侍卫认出来人，却提醒道："金侍卫，您不能进入宫门后山。"

"我知道。麻烦将这个信物带给月公子，告诉他，说有一位绿玉侍在这里等他。"

金繁递出手中一枚玉石雕刻成的残月书签。

执刃殿上，新娘已经选好，月长老宣布："既然执刃和角公子都已经选好了自己未来的新娘，那么，云为衫、上官浅，两位姑娘从今晚开始就作为随侍入住角宫和羽宫吧。"

能成为新娘，她们的神情自然是惊喜的，然而还不等她们行礼，宫尚角突然开口:"不必如此匆忙。"

声线低沉,仿佛让大殿骤然冷却,云为衫和上官浅的脸色同时一变。

宫尚角又说:"此次选亲被无锋之人利用,以致杀手潜入宫门,导致执刃和少主身亡。虽说已经找到一名刺客,但难保没有第二个。"

这番话大有深意,他审视般眯了眯眼睛。

宫子羽却道:"我早就想到这一点了,所以我才选了云姑娘。"

雪长老好奇道:"哦,执刃大人此言何意?"

宫子羽打量了一眼云为衫,目色坚定:"我之前假意试探,带所有新娘离开地牢那晚,云姑娘就想要逃出宫门。昨日,我又遇见她乔装成仆人,再次想要逃离宫门。一个费尽心思想要逃走的人绝不会是处心积虑想要潜入宫门的无锋细作。就是不知道尚角哥哥是如何挑选新娘的,不会是因为上官姑娘的美色吧?"

宫尚角语带暗讽:"你不说,我都没注意到,看来子羽弟弟一直留意上官姑娘的容貌、身姿。"

他这番话是看着云为衫说的,这倒打一耙让宫子羽哑然,脸瞬间就红了。

宫尚角不再理会,冷声继续道:"三位长老,不管我和子羽弟弟各自的理由是什么,为了万无一失,我安排了画师稍后为两位姑娘画像,然后连夜派人前往云为衫姑娘的老家梨溪镇和大赋城的上官家,向当地邻居街坊亲友一一求证,验明正身。正好梨溪镇和大赋城离得很近,一个来回就好。"

听到他的话,宫子羽显得有些吃惊,但无法反对。

宫尚角的视线扫过众人,最后停留在面前两位并肩站立的新娘脸上。

在他的注视下,云为衫和上官浅神色平静,没有什么变化,端得起大家闺秀的样子,而她们此刻内心剧烈动荡。

"各位长老,以及子羽弟弟,我想,在这样的非常时期,再小心谨慎都不为过吧?"

花长老从善如流道:"当然,当然。"

宫子羽不语,显然是默认了。

"所以,这些日子里,就委屈两位姑娘暂时留在别院,我会派更多的侍卫守护两位姑娘的安全。毕竟,不出意外的话,你们就是家人了。"

宫尚角说着温暖的"家人"二字,但他的眼睛里不露一丝温度。

云为衫的手不由得捏紧,骨节有些发白,她轻轻屈膝行礼:"多谢宫二先生。"

上官浅未跟她一起行礼，只是轻声询问："大赋城离这里有些路程，看来，我们还要在别院继续住上十日半个月。新娘进山时没有带任何生活用品，不知道我们可否出宫门，去镇上买些日杂——"

宫尚角打断她："两位姑娘需要任何物件，只须盼咐下人采买即可，一个时辰之内必定准备妥当，不用亲自奔波劳累。况且……"他顿了顿，看着她们俩，语气充满了试探，"况且，我已经备好最快的人马，还带上了最快的信鸽，三日之内，必有消息。"

听到这个时限，云为衫抬头，瞳孔忍不住微微颤抖。上官浅也不再说话了。

两人被送回女客院落，刚到正厅，就看见画师已经在等待。

上官浅和云为衫分别坐到凳子上，由两位画师用精细工笔技法描绘出她们的容貌。

宫尚角处事雷厉风行，说一不二。云为衫脑海里反复回放着方才宫尚角冷漠的面容和鹰隼般的眼神，以及他那一句"三日之内，必有消息"。

云为衫不经意地看向上官浅，发现上官浅也在看自己。

一阵不知名的鸟叫声，让沉思中的两人心中一跳。

飞鸟穿过女客院落，又向着宫门更远的地方飞去。

等金繁回到执刃殿门口时，正好碰上了前来的宫远徽，金繁不动声色，默默回到一旁侍卫的位置上。

宫远徽对待宫子羽和宫尚角的态度简直判若两人，此刻进了内殿，他径直走到宫尚角身后，只用不屑的目光打量了宫子羽一眼。

原本三位长老已经安排妥帖，正起身准备离开，宫尚角却突然叫住了他们。

"远徽弟弟到了，三位长老还请留步，我有要事和大家商议。"

他的音量不高，却莫名地有很强的震慑力，像是控制住了整个局面，让宫子羽有些胸闷。

宫子羽不满道："三位长老年事已高，让他们休息吧，有什么要事，和我说便是。虽然我资历尚浅，而且年幼，但毕竟我已是执刃，还请角公子注意分寸。"

宫尚角却冷冷地弯唇："我要商议的，正好就是此事。"

宫子羽的面色很快沉了下来，而一旁，宫远徽正不怀好意地看着自己。

宫尚角继续道："你应该也意识到了，从我走进来到现在没有开口叫过你一声'执刃'吧？想要让我对你喊出这声'执刃'……子羽弟弟，不容易。"

宫子羽自然明白他的意图，冷哼一声，说："也不难。"

宫尚角背起手，幽深冰冷的眉宇竟然难得地带了一分笑意。

可他一笑，殿里的气氛反而变得凝重起来。

宫尚角再次仰头时，笑意已不复存在："今日长老都在，我想说的事情是，我宫尚角不认可并且反对宫子羽成为宫门新的执刃。"

宫尚角说得声轻意淡，但全场人都如闻雷声，整个大殿鸦雀无声。

宫子羽脸上已经出现了明显的怒意。他是老执刃的儿子，还是按照缺席继承的家规即位的，也算是名正言顺。即便对于其他人来说，宫尚角才是众望所归的继承人，但家规如此，容不得他反对和挑衅。

这时，月长老开口："子羽成为执刃已经由我们三位长老达成共识，尚角，恐怕不是你说一句'不认可'就可以推翻的。"

这话入情入理，就连金繁都忍不住说道："反对执刃，总要有理由吧？执刃大人符合缺席继承的所有条件，你难道要公然反对祖训家规吗？"

宫尚角连看都没看他一眼："你是什么身份，这里是你说话的地方吗？"

一句话让金繁无话可说，咬着牙，呼吸起伏。

宫远徽虽从头到尾都没有开口，但他笑得很愉悦，宫子羽铁青着一张脸，大殿一时间陷入了诡谲的平静。

宫尚角朝月长老行了一礼："我并没有质疑三位长老决策的意思。宫氏祖训，任何人都绝对不可违背。但是，宫子羽当真符合吗？"

面对他的质疑，宫子羽忍无可忍，家规祖训，他可是烂熟于心，于是咬着牙出声："缺席继承者须行过弱冠成年之礼，这一点，宫远徽弟弟不符合；第二，继承者必须为男性，这一点，紫商姐姐不符合；第三，继承执刃位者必须是身在宫门内部的宫门后人，这一点，事发当时在山谷之外无法联系的你不符合。"

待到宫子羽说完最后一句，宫尚角终于有了表情，嘴角扯出一丝笑意："你自己也数过了，要符合四个条件。"

宫子羽："哪有四个？弱冠之礼、身在宫门、男性，一共三个条件，我哪个不符？"

宫尚角意有所指："第三个条件的重点并不是身处宫门内，而是'宫门

113

后人'。"

三位长老也意识到他想说什么了,脸色顿时有些凝重,彼此互相看了一眼。

宫子羽感觉气血上涌:"你想说什么?"

许久不说话的宫远徽像来了兴致一般,替宫尚角说道:"哥哥想说,如果你不是宫门后人,那这继承资格可就荒唐了……"

一阵沉默,留给众人细细咀嚼。

宫门早有宫子羽非老执刃亲生子的传言,虽然从来没有搬上台面证实过,但种种可疑的猜测并非空穴来风。这么多年,就连宫子羽自己偶尔也质疑过自己的身世。当这一质疑被人当众说开时,宫子羽内心不免摇和震颤。

宫子羽怒瞪向宫尚角,还未开口,金繁已经怒不可遏。

"远徽少爷,你怎么能说这种话!"

宫远徽抱起手臂,继续不紧不慢地提出质疑:"我想,在场很多人都知道宫子羽怀胎不足十月便早产。兰夫人在嫁入宫门之前就一直传闻有一个难分难舍的心上人,所以,宫子羽是真早产还是足月而生……还真不好说。"

宫子羽暴怒,对宫远徽出手,然而宫远徽眼明手快,手腕挡下了宫子羽的掌击。两人谁也没有让着彼此,继续出招。

一时间,大殿上两人大打出手,只有衣袖破空的风声。

长老们见势,发出怒斥的声音。

雪长老:"执刃!"

月长老对向宫尚角:"大殿之上公然斗殴,尚角,你就任由你的弟弟们胡闹吗?"

宫尚角闪身到两人中间,他内力浑厚,两人当即被隔开。宫尚角抬起手,给了宫远徽一耳光,力气很大,丝毫没有因为他是自己弟弟而手下留情,打得宫远徽偏过头去。然后他又迅疾转身,反手想打宫子羽,可他停顿了一秒,下个瞬间,见宫子羽双目怒视,宫尚角本已停住的手掌一耳光毫不犹豫地打了下去。

啪的一声,在空旷的大殿上尤为响亮。

宫子羽被打蒙了,耻辱、羞愤瞬间涌上心头,他呆立当场。

宫远徽摸着脸,站回宫尚角身后,但他没有一丝恼怒,反倒幸灾乐祸地看着被激怒的宫子羽。自己接了这一巴掌,顺带也让宫子羽挨了一巴掌,值得。

花长老拍案而起,气得发抖:"够了!荒唐!"

宫尚角教训两人:"你们平时蔑视家规、无法无天也就算了,今日三位长老在场,你们也敢公然动手。宫远徽还未成年,莽撞无知,不和他计较。"他转过头去,目光冷淡如冰,"但是你,宫子羽,你现在口口声声自称执刃,却对自己的家人动手,你连身份、能力、德行一样都不占,凭什么觉得自己可以担得起这个位子?"

宫子羽漆黑的眼瞳里都是怒火,宫尚角说得义正词严,但宫子羽听来只有冰冷的嘲弄。他没有理会宫尚角的咄咄逼人,瞪着宫远徽:"毒害我父兄的人,我迟早要杀了他!"

花长老意外他的说辞,立刻出声:"执刃如果没有证据,不可说此重话!"

宫门谋逆可是重罪,宫远徽不敢相信宫子羽这样张嘴就来。

宫尚角严厉地盯着宫子羽:"无凭无据就血口栽赃,你不配做执刃!"

宫子羽心中冷静了一点,他一字一句道:"证据,我当然有,"又看向宫尚角,"还有你,你也并非毫无干系。"

宫尚角反问道:"我怎么了?"

宫子羽将心中疑惑宣之于口:"当晚我父兄最后见到的人是你!你们聊了什么?为何要走得如此匆忙,以至等不及天亮,必须连夜离开?你去了哪里、做了什么,有人知道吗?你说得清楚吗?"

宫尚角毫不让步地直视宫子羽,逼近他:"当然说得清楚,自然也有人知道。但这是机密,由执刃亲自下达的命令,我没必要向你汇报。"

宫子羽说:"我就是执刃!我命令你现在就向我汇报。"

宫尚角突然笑了,有些轻蔑地扬起了下巴。

宫子羽被他的笑容激怒:"不向我汇报的话,你和宫远徽都是密谋杀害我父兄的嫌犯!"

面对宫子羽的失控之举,宫尚角反而收起了剑拔弩张的神情,整个人恢复了冷静和漠然:"若我真有谋害篡权之心,当晚我必定会留守宫门,我要是在这宫门里,执刃的位子怎么可能轮得到你坐?"

宫子羽恍惚中怔住了,有了片刻的迟疑。

宫尚角冷哼一声,说:"行有不得,反求诸己。你自己担不得执刃之位,就不要信口编派他人谋逆。"

宫子羽暗暗咬着牙,他没有反驳。宫尚角姿态高高在上,带着威慑的胁迫力,一向冷郁的神情总是让人退避三舍。宫子羽扪心自问,自己平日里见到的他也是如此。然而,此刻他的目光丝毫没有退缩地迎向宫尚角。

"我一定会让你看看,我到底担不担得这执刃之位!"

说完，宫子羽拂袖而去。

宫尚角面无表情，不发一言地看着那个离去的背影，奇怪的是，那个从来一无是处之人，那一刻脸上竟少有的满是坚定和顽强。

女客院落里，屋外的天光渐渐昏暗，侍女在房间里添上了两只灯笼。

光线亮起来的时候，两位画师面前的画像基本上都快要收尾了，只见画像上的两位姑娘眉目非常传神，栩栩如生。

两人坐了很久，都有些精疲力竭，画师放下笔："有劳二位姑娘，已经画好了。"

云为衫起身时，脚微微发麻，她还是端庄地欠了欠身："多谢大人。"

上官浅看着面前展开的画卷，莞尔一笑："有劳大人了，把我画得这么美。"

画师离开后，那两幅画像自然也被送去了该去的地方。

云为衫和上官浅并排走进后院，此刻人去楼空的院落显得格外冷清。

上官浅不禁感叹："几个时辰之前还热热闹闹的，一转眼就只剩下我们两个。"

新娘人选尘埃落定，其他人自然全数被送离了宫门。

"对了，"上官浅又补充道，"姜姑娘也已经痊愈，被送出宫门了。"

她听下人们说了这件事，以为心软的云为衫会在意，结果云为衫却默不作声，仿佛事不关己，上官浅笑道："我以为你会关心。"

云为衫没说话，是因为她正在观察。她抬起头，四处打量着，察觉到别院周围的树梢和屋顶都增加了很多暗哨和盯梢的人。宫尚角的安排自然是滴水不漏。云为衫给了上官浅一个眼色，等上官浅抬起头，正好看见自屋顶悄悄隐去、藏进阴影里的一个人。

下一秒，为了避嫌，上官浅故意说："坐了那么久，腰都要断了，我先睡了，姐姐也早点休息吧。"

音量不高不低，正好让四周那些藏着的人影听到。

云为衫却没有顺势为之，突然提高音量说："可是我还想找妹妹聊会儿天呢，这么大的院子，连个说话的人都没有，有些害怕。"

上官浅心中一怔，有点吃不准她想干吗，只能若无其事地笑了笑，拉起她的手："那就再好不过了。"

两人走向房间，上官浅关上门，转过身，脸色已经从刚刚的笑靥如花变得冷若冰霜。

上官浅问："你想干什么？"

云为衫难得看到她这样的反应："你这么紧张？"

上官浅想到眼前的情势："你我已成水火之势，你属于宫子羽，我属于宫尚角。这么多人看着，你我聊什么天？"

云为衫反问道："你打算怎么办？"

上官浅不明所以："什么怎么办？"

云为衫看着她，眼神有些锐利："三日之后，当宫尚角带回关于我们身份的消息时，我们怎么办？"

她回想起宫尚角的眼神，以他的为人，必定不会让她们有机可乘。

没想到，上官浅只是满不在乎地一笑："等着他们无功而返就好了啊，有什么好怕的？难道你不是云为衫？"

云为衫脱口而出："我当然不是云为衫。"

她说完当即有些后悔，看着浅笑不语的上官浅，有了一丝警惕。

寒鸦肆曾经提醒过她，无论发生任何事，一定要坚守自己的身份，她就是云为衫。这情况自然也包括在同为无锋的上官浅面前。

但话已出口，云为衫只能顺势继续："我和寒鸦肆在梨溪镇袭击了云家小姐，冒充了她。"

上官浅似乎没有将她暴露一事放在心上，只是收起了脸上无所谓的笑容，带着一丝为难回应道："那你麻烦了。"

云为衫不解："那你呢？难道你真的是上官浅——大赋城的上官浅？"

上官浅淡定地点点头："对啊，我就是上官浅啊。"

她的语气并不像隐瞒，也不是在坚持某个谎言，而是真有堂堂正正的身份。

云为衫深呼吸一口气，继续问："那你怎么会是无锋的魅？"

上官浅面容松懈下来，眼神中多了一些同情："作为无锋，你对陌生人的信任真的多得有些愚蠢……"

"陌生人？谁？"

上官浅指了指自己："我。"

云为衫被她戳中，眸色一变。

上官浅没有继续讥诮她，娓娓而谈："我从小就被家里送进无锋训练，但

117

是逢年过节或者庙会、灯市，我都会回家，在众人面前露面，顺便趁着这几天，再安排几次与城里的大户人家相亲。平日里家人都会安排一个身子虚弱的丫鬟假扮成我，隔着帘子，让不同的大夫上门号脉问诊，各种药方子也是不断送进我家，然后大堆大堆的药渣从家里丢出去。因此我可以凭借体弱身寒不宜外出的借口，长期待在无锋训练……"她从容不迫地抚了抚额上的发丝，笑得荡漾，"宫尚角就算拿着我的画像满城打听，得到的结果也就只有一个……我，就是上官浅，一个体弱多病、不爱出门的上官浅。"

云为衫明白过来，难怪上官浅可以这样镇定，但她不能冒险。

"那你留下，我必须走。我不能冒险。"

上官浅讶异道："你是想单方面终止任务吗？你疯了？"

云为衫脸色瞬间变得有些苍白，她来不及细想终止任务意味着什么。

上官浅提议道："我要是你，我就赌。"

"赌什么？"

上官浅倾身朝她耳语："赌无锋把宝压在你身上还是压在那个已经暴露身亡的郑二小姐身上。"

云为衫似乎听明白了，目不转睛地看着上官浅，等着验证她接下来的话。

"你的意思是……"

上官浅分析道："以郑二小姐的身手和她那蠢到极致的脑子来判断，她和你一样，最多就是个魈……"

云为衫听出她也在讽刺自己："……你真行……一句话骂两个人。"

上官浅掠过了那句，继续道："我的任务是接近宫尚角，而郑二小姐的任务应该和你是一样的……如今郑二小姐已经死了，所以，接近执刃的任务只剩下你可以完成。如果无锋不希望这条线断掉的话，我想，他们会想办法在梨溪镇坐实你的身份……对无锋来说，只有他们不想做的事，没有他们做不到的事。"

云为衫再次想起了寒鸦肆的话——无论如何，一定要坚守自己的身份——如今想来，大有深意。

上官浅的声音把她从思绪中抽离："赌吗？"

云为衫下定决心，点点头："赌。"

上官浅笑了："我是你，我也赌。反正留下来是死，叛逃也是死，都一样。"

云为衫露出一丝悲凉的眼神："不一样。"

她选择留下来，不完全是赌，而是……

"留下来,死在宫门手里至少没有那么痛苦。"

上官浅微微一愣,听见她清冷的声音。

"所以,我才赌。"

月夜,皎白的光辉带着淡淡的孤寂,似乎空气中尚有一丝香烛气味还未消散。

宫子羽在房间里一杯接一杯地喝着闷酒,薄醉,可脸上并不见红晕,反而苍白一片。因着内心苦闷,喝了酒他也不觉得暖和,反而觉得周身冷冰冰的。

换作以前,或许大哥会进来关心他两句,又或者父亲指责他一番,也是好的。但眼下谁也没有,只有他一个人,自斟自饮。

金繁站在门口,很少见他这么颓丧的样子,不敢进去惹他。

不一会儿,宫紫商来了。她见着门口的金繁,刚露出笑容就看见了房间里黑着一张脸的宫子羽。

宫紫商小声嘀咕:"我都听说了……那两兄弟太过分了……我劝劝他……"

说着,宫紫商在宫子羽身边坐了下来,给自己倒了一杯酒。

她一本正经地安慰道:"你别气了,从小到大,你又不是不知道那两兄弟的臭德行……大的死鱼脸,小的死鱼眼,哼!"

宫子羽学着她:"哼!"

宫紫商咂咂嘴,品味了一番嘴里的美酒滋味,发出享受的声音:"嗯——"

正说着,门口一个侍卫走过来,悄悄低声和金繁说话,样子神神秘秘,金繁有些紧张地进了房间。

"执刃,"金繁顿了一下,禀告道,"我之前说可以帮我们辨别药材的人马上就到……"

宫子羽放下酒杯:"嗯。"

在医馆药房得到的那块烧毁一半的神翎花根茎,他们始终不得要领。要找精通药理的人帮忙,才能知道背后有无猫腻,想到这是父兄中毒的关键,宫子羽有些急切。

但金繁原地不动,想了想,有些迟疑地开口提醒:"一会儿你不要问他是谁,也不要管是我从哪儿找来他的……但他的话一定能信,而且肯定不会害执刃。"

宫子羽看金繁犹犹豫豫,忍不住奇怪地说:"还能从哪儿来的,宫门就这么大,他不是来自医馆,就是来自宫远徵的徵宫。赶紧让他进来。"

119

金繁叹了口气，转身去接人了。

宫紫商在他背后喷喷两声。"我第一次发现他说话这么啰唆。"她抚着胸口，"突然感觉对他有点下头了。"

宫子羽回应她："你多去侍卫营偷看两次金繁洗澡，保证你很快再次上头。"

宫紫商恼羞成怒："你真的是血口喷人啊你！我明明只偷看过一次！"

两人正你一言我一语地斗嘴，一个悦耳好听的声音在门外响起。

"执刃大人。"

宫紫商回过头，四目相对，她突然脸红心跳。

金繁带进来的男子一身清雅长袍，步履优雅，鬓角灰白，却长着一副年轻俊秀的面容。门外的月色在他周身泛出柔光，长袖翩然，宛如谪仙似的带着空灵的气息。他不动声色地站在那里，除了低头行礼，什么都没做，却让人感觉像清潭那样深不可测。

宫子羽一下子怔住了，他从未在宫门见过这个人，显然忘了金繁的提醒："你是？"

金繁使劲儿使眼色，小声嘟囔："说好不问的呢？"

那男子并未在意，声音斯文地回道："执刃大人，我姓月。"

"三山五岳的岳？"

"风花雪月的月。"

宫子羽颔首道："月公子。"

宫紫商娇滴滴地说："月哥哥。"

月公子笑容温润如玉："我恐怕比你哥哥的年纪老多了。"

他没有丝毫拘谨，看上去性格十分和善。

宫紫商的脸红得像要滴水的苹果："月公子，你看起来比金繁都小，怎么可能老？你再说自己老，我可就叫你'月老'了哦！"说完，掩面痴痴发笑，故意挤出一串银铃般的笑声。

金繁心里不是滋味，他反应过来自己因何事郁闷，不由得耳尖微红。

"月公子，"宫子羽虽然不知道对方是谁，但既然答应了金繁，便不再询问对方的身份和来历，他拿起手帕里包好的那半截根茎，小心地递过去，"麻烦你看看，这可是制作百草萃最重要的原料神翎花？"

月公子安静地观察，看他专注的眼神，其他人下意识地屏住了呼吸。

半响，月公子伸手从腰间掏出一块白帕，拿起那根茎轻轻在白帕中碾了一下，上面沾染的汁液很快晕染开来，由深变淡。

"这并非神翎花，而是灵香草。"月公子得出结论。

宫子羽和金繁互看一眼，露出吃惊的表情。宫子羽猜测，大概是两者外形相似，但可以从汁液的颜色上区别。于是他神情一动。

"如果制作百草萃的原料里的神翎花被换成了灵香草，百草萃可还有效？"

月公子很肯定地回答："自是无效，神翎花是百草萃的核心，如果核心药草被调换，那药效也就基本没有了。"

果然跟徽宫脱不了干系，宫子羽神色沉了下来。

宫紫商愤怒地捶了捶手："果然是徽宫搞的鬼！"

月公子见此情形，不便再听他们议论，拱手道："既然已经解开执刃大人的疑惑，那我先回去了。"

"等一下。"宫子羽叫住他。

月公子回头："执刃大人，还有什么吩咐吗？"

宫子羽还是忍不住问："你说回去，你回哪儿去？"

金繁挤眉弄眼低声嘟囔："说好不问的，你这个骗子！"

月公子看着宫子羽，笑容还是淡如月色："执刃大人，我想，我们很快会再见面的。那时，你一定就会知道我是谁。告辞了。"

这让宫子羽对他更为好奇了，审视着那个背影单薄翩然的人。

宫紫商突然探出头去："月老？要我送你吗？"

无人回应，宫紫商一路小碎步，追着月公子出去。

金繁小声冷哼了一声，方才耐着性子收敛的醋意，此刻一股脑地嘟哝出来："水性杨花，书里写得果然没错，女人没有一个好东西。"

宫子羽接话道："你最近都在看什么书……"

金繁："……"

片刻后，宫紫商有些失落地走回来，不时回头，恋恋不舍。

宫子羽问："你回来了？"

宫紫商看见房中两人，奇了："你们还没走？"

"去哪儿？"

"去长老院说清楚啊！"

宫子羽摇摇头："证据还不够。"

"还不够？神翎花被换成了灵香草，是铁证，好吗？够够的了！"

宫子羽反驳她："我看你才是够够了的！我问你，如果宫远徽质问你，你亲眼看见他换了吗？医馆进进出出的下人这么多，你能保证不是别人换的吗？"

宫子羽了解宫远徵，见识过他的狡猾和善辩，他会说什么，宫子羽几乎都能猜到，忍不住咬了咬后槽牙。

宫紫商思索道："宫远徵应该没我这么冰雪聪明吧……"

"我不懂你为什么要假设所有人都和你一样蠢。"

宫紫商龇牙："你有事吗？"

宫子羽不再搭理她，闭目养神。所幸的是，此刻已经有了新的线索。

金繁这时突然想到："是不是先把那个可疑的下人找来审问一下，也许能问出什么……"

宫子羽眉头一皱，心中生起不好的预感，他睁开眼睛："金繁，你快去找他！"

"现在去？这么晚了……"

宫子羽忧心忡忡："我担心已经晚了……"

金繁恍悟，立刻转身出去。

夜色已深，羽宫大部分房间的灯都灭了，但宫子羽的房间依然亮着。

宫子羽和宫紫商目瞪口呆地看着面前被绑住双手、嘴里塞了布条的药房贾管事。

"不是让你找那个下人嘛，你把贾管事抓来干吗啊？"宫子羽诧异道。

金繁有些尴尬地挠头："我……我去的时候，那个下人已经不见了。我看药房贾管事鬼鬼祟祟，也很可疑，索性把他抓来了……"

宫紫商眼神关注着门外："你准备怎么严刑逼供？给他上十八般酷刑？还是去偷一点宫远徵的毒药用用？"

宫子羽吸了一口气，说："让他说话。"

金繁拿掉了贾管事嘴里塞着的白布。

宫子羽拿出那块灵香草根茎，逼问贾管事："贾管事，你也是宫门的老人了，今日我念你体面，徵宫到底干了什么事情，你自己交代。"

贾管事装作听不懂的样子："老奴不懂，执刃有事大可传唤，为何要将老奴绑来？"

"是谁指使你将神翎花换成灵香草的？"

贾管事仿佛有备而来，临危不乱："执刃痛失至亲，情绪无处发泄也情有可原，但也不能张口就污蔑徵宫调换药材啊。"

122

一句话就把问题推回宫子羽身上，说他是找人撒气。

宫子羽没有生气，相反的是，他默默地摸了一下鼻尖，一脸的误会："看来是我们冤枉了贾管事。金繁，给贾管事松绑，好生护送出去。"

宫紫商和金繁包括贾管事，都惊讶地瞪大了眼睛。

"什么？"宫紫商难以置信。

宫子羽冲金繁厉声道："愣着干吗，还不快松绑！"

金繁摸不着头脑，但看宫子羽的表情不似玩笑，于是硬着头皮给贾管事松绑，扶着他准备往门外走。

宫紫商急道："宫子羽，你有事吗？！"

宫子羽气定神闲地对宫紫商摆了摆手，示意少安毋躁，眼睛看向贾管事。

"无妨，一会儿所有人都会看到金繁礼数有加地把贾管事送出羽宫大门。明天开始，我会找人放出风去，说贾管事为前执刃中毒一事提供了关键线索，再带上奖赏隆重登门拜访。"

宫紫商明白过来，发出赞许的啧啧声。这句话分明是故意说给贾管事听的。

果不其然，贾管事往外走的脚步停住了，他转身跪下。

"执刃，高抬贵手啊，这消息若是传到宫远徵耳中，老奴定是没有活路啊。"

宫远徵的手段，也是尽人皆知的。

宫子羽掌握了贾管事的心理，眼神这才露出锋芒，他已是执刃，此刻的神情有区别于从前的魄力。

"贾管事，现在摆在你面前两条路：要么你将你知道的全盘托出，我作为执刃，定保你一条性命；要么你就继续在这里打马虎眼，那我们就各自凭本事，天亮见分晓。"

贾管事低估了面前这位新执刃，仿佛权衡了一番，才犹豫着开口："执刃英明，老奴罪该万死。老奴也是被逼无奈，受人威胁，才调换了神翎花……老奴愿替执刃做证。"

宫子羽眸色一沉："对你下命令的人是谁？"

管事抬起头，嘴唇哆嗦着："……宫远徵。"

隔日，暮色四合，角宫庭院掩在阴影里，显得毫无生机。

宫远徵轻轻地走进宫尚角的书房。书房内照例一片昏暗，没有点灯，但宫远徵还是驾轻就熟地走到宫尚角身边。书案前有一方黑池，任何风吹草动，都会在其中泛起涟漪。

宫尚角此刻正站在书案边，微动的波纹没有引起他的任何关注。

宫远徽见他专注，询问："哥哥在看什么？"

宫尚角手指在桌面上轻敲："信鸽提前把云为衫和上官浅身份的调查结果送回来了。"

宫远徽忙问："和哥哥预想中一样吗？"

"不一样。"宫尚角不急不躁，眼神比池水深邃，"暗器带了吗？"

宫远徽的表情露出兴奋："带着。"

宫尚角看向书案上的两个女子的画像："走。"

云为衫坐在房间里，听着窗外乌鸦的叫声，因着夜色已深，看不见鸟兽的踪影，只有声音——交叠着开门的嘎吱一响，不易察觉，上官浅进了房门。

没有回头，云为衫就听见了上官浅的声音。

"明日一早，宫尚角的信鸽应该就会带着情报飞回宫门了。"

时间已到，云为衫淡淡地嗯了一声，说："我知道。"

"准备好了吗？"

"等结果，不需要准备。"

反正避无可避，不如静待结果。

上官浅问她："如果结果和你预想的不一样呢？如果赌输了，怎么办？"

"好像也没有什么别的办法了。"

"有。"上官浅的脸色亮了起来，她来，正是因为有了计划。

云为衫转身，等待她接下来的话。

"挟持一个人质，全身而退。"

听着简单，却无从下手，云为衫摇摇头："宫门里每一个人都深不可测，就连我们平日里看到的没心没肺的宫紫商大小姐，我们也不一定是她的对手。"

"那就挟持一个最有把握、一定可以成功的人。"

"谁？"

上官浅笑了笑，手指朝向自己："我。"

云为衫初始有些疑惑，但很快语气里就有了些嘲讽："你？你为什么会觉得宫门的人愿意为了你而放过无锋的刺客？你觉得宫尚角选了你就真的爱你？"

她的话没有错，宫门不会因为一个新娘而冒险。上官浅心里清楚，十分赞同地点点头："他不爱我，宫尚角只爱他自己。但你知道他为什么选我吗？因为我腰间系着的那块玉佩本就是他的东西……"

上官浅的表情很笃定："他一定会好奇我为什么会有这块玉佩，所以，在得到答案之前，他不会轻易让我死。"

"你这是在赌。"

"你难道不是？我们都在赌。"

"万一赌输了呢？"

上官浅一步步盘算着："就算宫尚角不在乎我的生死，我相信，你也不会真的伤我。第一，杀了我，对你没好处。第二，以你的本事，你杀不了我，顶多伤我。如果你伤我，那就更好。你伤我就立刻逃，逃出去之后能活下来算你的本事；如果死了，那就更好，更能证明我和无锋毫无瓜葛。"

"你都算计好了，是吧？"

上官浅嫣然笑着："两只狼装扮成狗混在羊群里，其中一只狼暴露了，而另一只狼就要立刻死咬它，剩下来的那只狼就会被永远当成狗，活在羊群里，一天吃一只羊。没有人会怀疑这只假冒的狗，因为它曾经咬死了狼。"

她形容得十分生动，仿佛那些嗜血的画面、残酷的交锋在她眼里不过一个有趣的故事。

云为衫不由得感慨："你真的很厉害。"

"如果你已经暴露身份了，那临死前保护一下妹妹，不好吗？就当姐姐送给我的最后一份礼物。而且，这只是最坏的假设。如果无锋早就把你的身份安排好了，那么这些根本不会发生。"

她眉眼弯弯。若非知道她真实的身份，只会觉得这番话是一个少女在撒娇而已。

云为衫又深刻地觉得："你真冷血，我本来以为你有感情。"

上官浅面带惊讶："我们来宫门做什么？交朋友吗？我们每天'姐姐''妹妹'地叫来叫去，你就真觉得我们是姐妹了？清醒一点吧。"

少女般俏丽的面容，很快又化成了蛇蝎美人的。

"你们魅阶的人，都这么残忍吗？"

上官浅莞尔："那是因为你没有看过魍和魈——"

突然，门外传来脚步声，两人立即停止谈话。

下人进来通报："云为衫姑娘、上官浅姑娘，请前往执刃殿。"

云为衫心里有不祥的预感："已经入夜了，这么急着传唤我们，是有什么事情吗？"

下人回道:"听说是两位姑娘的身份信息已经提前被信鸽送回山谷了。"

云为衫的脸色变得苍白,信息竟然提前送回来了?上官浅看着她,眉头轻蹙,仿佛在提醒她刚刚说过的话。

云为衫和上官浅走进执刃殿的时候,感受到了极其强烈的诡谲氛围。

宫尚角的目光冰冷得像刀刃,扫过两人的脸。云为衫心跳很快,她忍不住抬起眼睛看向宫子羽,正好迎上他的视线,他的眼里有一种坚定和安抚般的温暖,莫名地让她感觉到有些安心。

侍卫已经拿着快马赶回的文书,照着上面的字宣读。

"经核查,大赋城上官浅小姐的身份属实,没有任何异常。"

上官浅轻轻点头,没多说话。

然而,侍卫没有继续念下去。

那片刻的凝滞,让云为衫感觉心跳已经乱了。

侍卫短暂停顿后继续宣读:"经核查,梨溪镇云为衫姑娘……身份不符。"

云为衫突然一阵耳鸣。她下意识转过头,看见上官浅急促地用唇语对自己说:"动手!"

然而,她一动也动不了,所有人的目光都会聚到她身上,包括宫子羽的,炽热的视线让她如被灼烧,耳边除了越来越响的蜂鸣声,已听不见任何声响了。

第六章 三域试炼

大殿之中,众人仍在为云为衫的身份对峙。

云为衫心里清楚,但凡出了一个错漏,她都将万劫不复。她像踩在悬崖的一根丝线上摇摇欲坠,尽量维持着自己慌乱的呼吸,脑海里飞快回闪着寒鸦肆对她的叮嘱。

无论发生什么,都要咬死自己就是云为衫。她极力让自己冷静下来,抬起头迎着宫尚角冰冷的目光。

云为衫反问:"宫二先生,请问我的身份有何不符?"

宫尚角却回避这个问题,只说道:"有几个问题,想先问问云姑娘。"

云为衫点头:"你问。"

"姑娘离家当日,家中可遇到歹人?"

云为衫在听见这个问题后松了口气,她的表情明显松弛下来。

那日在云家,原本密闭的房间窗户突然洞开,寒风灌入,寒鸦肆蹿入屋内,瞬息间已经点了那母女二人的穴位,侍女也被射出的梳子砸晕。

等那母亲再次醒来后,替换新娘的云为衫已经穿好嫁衣,头上盖了红色的方巾,看不见模样。面对待嫁新娘,没有人会随意掀开她的盖头。

她安抚妇人说,只是遇到了歹徒打劫,虽丢了些东西,但还好人都没事。

妇人听后十分后怕,喃喃说着世道不安全,要女儿尽快嫁入宫门。

云为衫就这么被顺利地送出云家。

宫尚角查到这一点,并不奇怪。

此刻，所有人的目光都转向云为衫。

云为衫镇定道："……有个盗贼行窃，家中丢了些金银首饰，万幸家中无人伤亡。"

宫尚角问起："那因何从未禀报？"

云为衫露出为难的样子："送嫁当日遇到恶人歹事，本就有些触霉头，我怕宫门嫌晦气，而且家人并未受伤，不算大事，也就隐了下来。"说着，转向了宫子羽，她知道那是唯一能帮自己的人，故意微微欠身请罪："还请执刃治罪。"

宫子羽立即安抚："人之常情，我能理解。"说完，转向宫尚角，神情略有些不满："就查到这个？这点小事，就可以说她身份不符？"

宫尚角眯起眼睛，危险地盯着云为衫："宫门侍卫去了姑娘的家乡梨溪镇，拿着画师的画像向云家的下人打听，然而，没有人认出你的画像。"

他的绿玉侍金复出列，手举着那幅人像。

梨溪镇上，他拿着云为衫的画像询问了云家的一个老妇人。可那老妇人皱着眉，摇了摇头。

金复和其他随从面面相觑，都有些吃惊。

宫子羽听了这句话，不可思议地看向云为衫。

云家下人认不出她这件事，无论如何都解释不通，云为衫的脸倏忽苍白。

宫尚角冷冷的声线逼过来："子羽弟弟，这可就不是小事了吧？"

殿内气氛瞬间凝重。

见云为衫哑口无言，上官浅一脸不敢相信地走到云为衫身前，抓起她的手激动地说："云姑娘，你骗了我们大家吗？……"她一边说着，一边不经意地让云为衫的手指扣在自己的脉门上，轻声低语，"动手！"

云为衫看着近在咫尺的上官浅，她明白，只要现在动手，就可以立刻挟持上官浅，那便还有一线生机……但犹豫了片刻，她不动声色地甩开了上官浅的手。

上官浅倒吸了一口气，心中意外，反倒是云为衫重新镇定下来，看向宫尚角，眼里竟微微涌起一些泪光。

"我自小在梨溪镇的云家长大，画师的画像我看了，样貌神态都是精工细笔，街坊邻居、家中下人不可能认不出那画像中人是我，我不明白下人为何那样回答。除非你们拿去询问的是另外一张画像……"她一口咬定，没有任何松懈，"宫二先生要是认定我的身份存疑，那直接杀了、拘了，我无话可说。我就是梨溪镇云家长女云为衫。"

虽然她表面镇定,实则手心已有虚汗。

面前斜来一个人影,黑暗覆盖了她,云为衫心跳如鼓,咬紧牙关。宫尚角缓缓地走向她,一时间所有人都紧张起来,而他刚动,宫子羽也动了,不动声色地移动两步,挡在云为衫面前,护住她。这是他选的人,饶是有问题,也应该由他来询问,何况他将云为衫的模样看在眼里,只看出了她被逼入墙角的无辜眼神。

宫尚角的脚尖停下,他对宫子羽的行为有些不屑:"你紧张什么?"转而看向云为衫,改口道:"云姑娘的身份已查探无误,刚才只是一番试探,还请谅解,毕竟你是被子羽弟弟选中的新娘,自然要更加谨慎。"

原来是试探。

云为衫像被海水淹没,已经窒息的她突然一瞬间浮出了水面,空气重新涌回胸腔。仍在发寒的脊背贴紧衣衫,上面已被冷汗浸湿了一片。

一旁的金复已经收起手上的画卷,他得到了宫尚角的一个眼色,默默退回旁边。

那日在梨溪镇,老妇人摇着头表示认不出画像中人,金复正准备将消息送回宫门。

随后,老妇人的身后走来一个年轻女人,她看见画像后笑了起来:"这不是云姑娘嘛,嬷嬷年纪大了,眼神越发不好使了吗?这画得真好啊……"

老妇人听她这样一说,再次靠近那画像看了两眼:"哎哟,果然是衫丫头啊……"

金复这才对着随从点头,确认了云为衫的身份不是作伪。

此刻,云为衫松了一口气,眼里绷着的泪终是掉了下来,看上去楚楚动人。看来跟她猜测的一样,无锋不愿意损失她这枚棋子,所以想办法坐实了她的身份。

只有一旁的上官浅藏在垂落的发丝下却闪烁着微光的眼眸中满是复杂的神色。

宫尚角顿了顿,似又想起什么:"哦,对了,云姑娘,你离家后,令堂十分惦念。我手下已转达,说姑娘在宫门一切都好。云夫人有句话带给你,她说,你能够平安地进入宫家……"他看一眼宫子羽,"还被子羽选中,福大命大。

云姑娘跟在羽公子的身边，要尽心服侍才是。"

云为衫只是眼含着泪，没有说话。

宫子羽的目光移来，他将她委屈的样子看在眼里，心中竟隐隐泛出酸楚，忍不住开口安抚："已经有结论了，云为衫的身份没问题。"

无锋，一群乌鸦掠过黑色的廊檐，叫声肃杀。

寒鸦柒站在昏暗的过道里，悠闲地抱着手臂。寒鸦肆路过他面前时，他直起身。

"听说宫门又派人去梨溪镇打听了。"

寒鸦肆面色笃定："他们不会查到什么的。"

"哦？"寒鸦柒有些好奇。

寒鸦肆没做解释，他继续走向过道深处，地面被漏窗割出了一道道线形的光线。他被那稀薄的光笼罩住，思绪飘得很远。

想起在梨溪镇的云家，云为衫穿着新娘嫁衣，盖着盖头顺利离开了屋子。他看着云为衫消失的背影，然后抱起那个昏迷的真正的新娘，将她带走。

一间无人的暗室里，密不透风，他解开对方的穴道。只穿着水衣的女子苏醒后抬起头，只见她竟长着一张和云为衫一模一样的脸，惊恐地看着寒鸦肆……

执刃殿上，尘埃落定。

"两位姑娘的身份都没有问题，新娘的事，到此为止。"

宫尚角背起手，神情恢复了淡漠。

宫子羽闻言，心中无名怒火生起，也该轮到他算账了。于是，他突然意有所指地说道："她们没有问题，但你可未必。"然后转头向金繁："去把贾管事带来。"

很快，药房贾管事被带上大殿，跪在中央。

宫远徽看着贾管事，脸色铁青。宫尚角注意到弟弟的神情，皱起眉意识到了什么。

宫子羽面对着贾管事，却眼也不眨地盯着宫远徽："贾管事，你把之前与我说的话再和所有人说一遍吧。"

贾管抬起头，和面带杀气的宫远徽对视，不敢看他，于是低头，咬牙承认："是……宫远徽少爷……命老奴把制作百草萃需要的神翎花换作了灵香草……"

满堂震惊。这不亚于指证徽宫用假的百草萃谋害老执刃。

宫远徽怒斥道:"混账狗东西,你放什么狗屁!"说完朝贾管事扑过去,手上寒光乍起,他竟掏出了随身佩带的短刀。

宫子羽早有防备,快速拔刀,铮然一声,用刀刃格挡宫远徽的进攻,同时,刀锋继续朝宫远徽刺去。

利刃破空,宫尚角突然出手,他的手上不知何时戴上了一副非常薄的由金属丝线编制而成的手套。他空手迎刃,握住宫子羽的刀锋,手腕翻转,刀刃在他手里顷刻间四分五裂,残片叮叮当当掉了一地。

宫子羽被巨大的内力震退,眼看就要摔倒,金繁突然闪身到宫子羽背后,扶住他。

"住手!"月长老呵斥道。

宫尚角收手,不经意地将宫远徽护在自己身后。

殿中一时鸦雀无声。

云为衫和上官浅互相对过眼色,静观其变。

宫远徽气结,指着贾管事:"是谁指使你栽赃我?!"

花长老见兹事体大,站起来俯视:"贾管事,说清楚!"

贾管事用一种被宫远徽胁迫的表情,唯唯诺诺地说:"少爷下命令的时候,老奴只是以为徽公子又研究出了更精良的药方,有所替换……但老奴不知道老执刃和少主会因此丧命,否则,借老奴一万个胆子,老奴也是万万不敢!"

宫尚角冷静的脸露出沉郁而审视的目光,落在宫远徽身上。

宫远徽发现连宫尚角都怀疑他,急忙向哥哥解释:"哥,我没做过!宫子羽买通了这个狗奴才诬陷我!"

三位长老面面相觑,一时不知如何定夺。

宫尚角转向三位长老:"远徽弟弟和贾管事各执一词,不可偏听偏信。事关重大,不如先将贾管事押入地牢严刑审问,看是否有人栽赃陷害。"

说到最后一句,宫尚角冷不丁地瞥了一眼宫子羽。

宫子羽打断道:"人证物证俱在,还有什么好审的?而且,你自己说不可偏听偏信,那要审也两个人一起审。"

"可以。"宫尚角回答得十分干脆,毫无偏帮,将身后的宫远徽拉出来。

"远徽弟弟交给你,你尽情审。"

长老们面露难色,宫子羽显然也没有料到宫尚角会同意。

最意外的是宫远徽,他抬起头看向哥哥,眼圈已经发红。既然哥哥把他推出去，他就绝对不会后退。脸色苍白的少年紧紧咬着牙关，愣是一个字也没说。

宫子羽冷哼一声，说："徽宫有太多让人生不如死的毒药。屈打成招，颠倒黑白，不是没可能。"

宫尚角淡淡地回应道："我们用什么刑、什么药，你也可以同样用什么刑、什么药。没有的话，我让徽宫送过去。"抬起头，挑衅地看着宫子羽被彻底难住。

就在事情陷入僵局的时候，跪在一旁的贾管事突然瞪大眼睛，身形一动，衣袖一挥，两件暗器从他袖口里飞出，朝长老们射去。

其他人尚未反应过来，只有宫尚角眼明手快，从腰间抽出配刀，挥刀打中暗器，殿堂内瞬间炸出浓厚刺鼻的烟雾。

手下一动，金繁抓着宫子羽朝没有烟雾的梁上飞掠而去，刚在梁上站稳，就看见对面蹿上来的宫远徽。

梁下一片混乱，上官浅靠近云为衫，本能地与她转成背对背，抬起袖子掩住口鼻。

上官浅意识到空气的颜色不对劲："浓烟有毒。"说完，她看向没有被掩盖的殿内上方，对云为衫说："上去。"

上官浅刚要动，就被云为衫拉住了，云为衫摇了摇头，上官浅随即明白了她的意思。

两人很快放下衣袖，呼吸几下之后发出惊呼。云为衫呛入毒烟，剧烈咳嗽起来，很快她就头脑发沉，晕倒在地。

所有人的视线都被一片白茫茫的烟雾遮挡了。

梁上，宫子羽突然意识到下面还有人。

"糟了。"

说完，宫子羽不顾一切飞身往下，进入浓烟中。

金繁来不及抓他，大叫："执刃！"

对面的宫远徽却冷笑了一声："蠢。"

入眼一片模糊，宫子羽摸索着，在地面找到已经昏迷不醒的云为衫。他轻轻抬起她的头，往她嘴里塞了一粒药丸，然后摘下腰上挂着的狐狸尾巴，给她垫在脸颊下面。

这时，金繁已从梁上飞身而下。宫子羽看着他，突然想到了什么，回头看向长老们的方向："糟了，长老们！"

殿内，浓雾中一只手突然出掌，宫尚角内力翻涌，白色浓烟瞬间从大门口汹涌而出，殿内恢复清明。

宫尚角身后，三位长老安然无恙。

众人追出殿外，只见贾管事已经趴在庭院台阶上一动不动，后背上是三件发亮的暗器。他嘴唇发紫，七窍流血，已经气绝身亡。

云为衫渐渐恢复知觉，她睁开眼睛，伸手摸到自己枕着的东西，茸毛轻柔，仿佛在她心里轻轻拂了一下。

殿门外，贾管事的尸体旁边，宫远徵安静地站立。

宫远徵看见众人已经过来，淡然地耸耸肩："我怕他逃跑，出手重了些。"

他善暗器，出手快、狠、准，贾管事难逃一死。

上官浅此时也醒转了，从侧卧的视角看去，目光落在宫远徵腰间的暗器囊袋上。

宫子羽恶狠狠地盯着宫远徵："我看你是故意趁乱下此重手，想死无对证！"

"你好歹也是宫家的人，这种话说出来也不怕让人笑话。我这件暗器上淬的是麻痹之毒，只是让他经脉僵硬，无法行动，他是自己咬破齿间毒囊而死。"

"一面之词。"

"你把尸体送去医馆验一验就知道了。"

"我自然会验。真相查明之前，你脱不了干系。"

"他刚刚畏罪而逃，难道还不足以证明我的清白？"

三位长老还想斟酌一番，宫尚角却直接开口道："既然现在宫远徵嫌疑最大，那便先将他收押了吧……"

宫远徵愣住了："哥——"

宫尚角抬手阻止宫远徵继续说下去，转而向三位长老行礼："后面还请长老们派出黄玉侍卫进行调查，若真能证实是宫远徵所为，必不轻饶。"他往前两步，抬起手放在宫远徵的肩膀上，"如果查明有人设计陷害远徵弟弟，或者严刑逼供甚至用毒迫害，那我必定会让他拿命来偿，无论是谁。"

不重不轻的语气，看似没有偏袒，却处处透着威慑力。

宫远徵声音低下来，他轻声但坚定地说："哥，听你的。"

宫子羽下令："押下去。"

金繁上前，宫远徵挣脱他，傲慢地说："地牢的路我认识，我自己走。"

走过宫子羽身边的时候,他眼里满是挑衅,"需要什么药吗?我派人送给你。"

所有人离开后,大殿里空荡荡的一片。

唯有宫子羽还未走,坐在殿前的台阶上,看着刚刚贾管事倒下的地方发呆。台阶上还有一些未干的血迹,充斥着腥气。

身后一双脚走了过来,金繁在低两级的台阶坐下,他脸色发红,看起来像在生闷气。

宫子羽问他:"你在气什么?"

"宫尚角太盛气凌人了,无论如何,你都是执刃,他完全……完全……"

宫子羽接过他的话:"……完全没有把我放在眼里。"

金繁抿着嘴,不知道该如何回应,眼角有些湿润。

殿外突然下起了细雪,仍是寒冬,雪一来,冷风轻易就能把人冻住。

宫子羽抬脸,也不管冷不冷,让一点雪花落在他分明的眉间。

"其实不只是他,在长老们眼里,我这个执刃也是比不上宫尚角的。他说得对,从身份、能力、品行,我都没有资格做执刃……如果不是缺席继承的家规不可违背,我相信长老们都会选他……"

金繁不知他为何突然灰心:"执刃大人……"

宫子羽感受到了冷意,吸了吸鼻子。

"……今天毒烟爆炸时,是宫尚角第一时间站在长老们面前……在他心中,家族血脉永远都是第一位的。再论武功,我根本没有足够的内力驱散殿堂内的毒烟、今天如果宫尚角不在,后果不堪设想。我身为宫门执刃,竟保护不了他人……"

他与宫尚角水火不容,但也明白,在能力上,他望尘莫及。

金繁安慰道:"长老们都服用了百草萃,毒烟没事的……"

"我父亲和哥哥也服用了百草萃……"

金繁沉默。

"别再给我找借口了,可能我真的不配……"

雪仿佛又大了一些,呼呼的风声灌入他耳中。殿前的空地很快被雪覆盖了。

宫子羽回忆起来,自己十岁的时候也是跪在这样的冰天雪地里,举着刀认错。

父亲站在他面前,严厉地责骂他:"每次练功你都偷懒,你不配做执刃的儿子!"

他冻得瑟瑟发抖："爹爹，下雪了，真的好冷……"

父亲却反问："那唤羽为什么不冷？"

宫子羽回头，看见白雪皑皑的庭院里，十八岁的宫唤羽赤裸上身，浑身冒着热气，认真练习刀法。他试图学着哥哥的样子露出坚强的表情，可下一刻，他又恢复了可怜羸弱的模样。太冷了。

看着父亲一脸冷漠、失望的表情，他终于意识到，父亲智勇双全，是名震四方的宫门执刃，而他没有半分父亲的样子，所以被嫌弃是应该的吧。

回忆十分绵长。

长大后他仍然怕冷，裹着厚厚的皮草斗篷坐在庭院的台阶上，身旁放着长刀，还是不想练功，躲懒地看着化雪滴落的水珠发呆。

身后有人走来，和他并肩坐下，将一把暖手的铁壶放到他手心里。他这才暖了，说："哥，我不喜欢舞刀弄剑，整天打打杀杀的，让人心烦。"

"可你总得保护自己吧？"

"无锋真有那么可怕吗？"那时，他还不解。

宫唤羽在他身旁沉了脸色："有。"

"但唤羽哥哥一定会保护我的吧？"

"当然。那你呢？你没有想保护的人吗？"

他垂下眼睛，很慢很慢地摇头："没有。"

"连家人你也不想保护吗？"

他看着比自己高出一截的兄长："家人都比我厉害，不需要我保护。"

"那喜欢的女孩子，总要保护吧？"

"我没有哦。"

宫唤羽笑了："以后会有的。"

宫子羽也不好意思地笑了。

"走，哥哥带你练功去……"

回忆里的笑声已然远了。

冬夜静谧，宫子羽在台阶前静静地听着风雪声，他一动不动，一粒雪化在他的睫毛上。他轻轻一闭，不知是水还是泪，滑落他的脸庞。

雪下得迅猛，医馆的管事房内，房门破开，侍卫们此刻正在房间各处仔细搜查。

宫尚角信步走了进去，不露声色地打量房间的结构，最终他停在窗前矮柜旁，抽屉都已经被拉开，里面空空荡荡。他看着抽屉露出怀疑之色，思索了一会儿，然后把整个抽屉抽出来，放到桌面上，对齐边缘，很显然，抽屉比桌面短了明显的一截。

宫尚角说："抽屉里有暗格。"

金复抽刀，伸进抽屉，刀尖挑拨几次后，一块黑铁锻造的令牌"咣当"一声掉落在地上。

宫尚角戴上麂皮手套，小心翼翼地捡起来，用指腹细细摩挲。令牌通体黝黑、冰冷，上面刻着一个"魅"字。

他微微皱眉，小声自语："魅？"

消息不胫而走，上官浅的房间里，茶盏轻轻合盖，清脆地一响。

"魅？"

上官浅喃喃自语，伸手接住窗外飘进来的一片雪花。此刻她神情愉悦，不仅是因为顺利成了新娘，还因着与云为衫身份坐实，门外暗处的盯梢已经撤走。

云为衫点点头："对，听说宫尚角在贾管事那里搜到了无锋的令牌，已经递交给长老们了。"

贾管事是无锋的魅？

"魅有这么蠢？"

还是这么会骂人。云为衫："……"

"好不容易打进宫家潜伏，却非要随身带一块无锋的令牌？巴不得别人都知道你是刺客吗？干脆在额头上刺四个字'无锋刺客'好了。"上官浅重新打开杯盖抿了一口，由衷地难以置信。

她说得不无道理。潜进宫门本就九死一生，还收藏着令牌，等同于自掘坟墓。

"但令牌总不会有假吧？想要糊弄宫尚角可不容易。"

上官浅话里有话："令牌虽然不是假令牌，但管事不一定是真无锋。"

"你想说什么？"云为衫抬眼。

上官浅神色不变："我不确定，只是这一切让我想起了传说中的一个人。"

"谁？"

"一个没有名字的人。"

没有名字的人……

云为衫突然明白了上官浅的意思，虽然这个猜测有些荒谬，她却忍不住那样想。

在无锋,云为衫曾经问过寒鸦肆。

"这么多年来,有人成功过吗?"

寒鸦肆说:"没有。过去二十年,所有潜入宫门的人都有去无回,没有音信,也找不到尸骨,仿佛凭空消失一般。除了……"

云为衫表情悲哀:"除了云雀……"

彼时云雀已经不在,寒鸦肆问她:"你还在为云雀的死难过吗?"

云为衫说:"她是我唯一的妹妹。"

"那你就更要为她向宫门复仇。"

那时候云为衫不解:"既然知道潜入宫门毫无胜算,为什么还要不断派人前去送死?"

在云为衫分神的时候,上官浅也思考着是这个人的可能性。

"本来我们也认为毫无胜算,但有人成功了,他的成功改变了一切。"

无锋走廊上,光从窗外照在一侧墙壁上,上官浅和寒鸦柒并肩而行。

那时寒鸦柒说:"二十二年前,他成功地潜进了宫门,随后音信全无。就在无锋默认他暴露、身亡时,却收到了他传回的信息。这是无锋成立以来第一次有刺客从宫门内部把信息传递出来。而传这个信息花了整整两年的时间。"

上官浅诧异道:"花了两年的时间才送出第一封信?"

"也是唯一一封信。"

花了这么长的时间才送出第一封信,可见那人在宫门内举步维艰。

云为衫心口有莫名的呼之欲出的紧张感。

当时寒鸦肆神秘一笑:"那封密信,改变了一切。"

云为衫猜测道:"选婚?"

"对。宫门选婚动静不小,但其行事低调,江湖中闲言碎语也都是捕风捉影。但无名的密信证实了所有的猜测,并且提到了最重要的一点,那就是宫门下一次的选婚是在二十年之后。"

云为衫瞳孔一怔:"我进入无锋刚好快要二十年……"

上官浅轻轻闭上眼睛,想到了同样的事。

寒鸦柒说:"也就是那时候起,无锋新培养的成员全都变成了女人。"

上官浅问他:"这个人还活着吗?"

"不知道。从那之后,就再也没有收到过他的消息。宫家没等到二十年,就突然提前选婚……因此我们推测,这个人可能已经暴露了……"

"这个人是谁?"

寒鸦柒的身影笼进无锋森寒的黑暗里:"因为太过特殊,所以他的身份、年龄、性别、名字都被严密封锁了,保密权限极高,可能整个无锋也没有几个人知道。"

寒鸦肆的话,回荡在云为衫耳边。

"所以大家都称呼这个人无名。"

雪扑簌簌落下,吹来一阵风,冻得人收紧了思绪。

上官浅已不似刚才沉闷,她感叹道:"没想到无名竟然在宫门里活到了现在……"

她不得不诧异,这么多年,那个人是怎么生存下来的,步步为营,如履薄冰,二十年如一日地过着刀尖舔血的生活。

云为衫垂下眼睫:"活得再久,现在也快死了。令牌既然暴露,宫门就一定会追着这条线索查下去。我们能想到,宫家也一定能想到。"

二十载时光匆匆流逝,真相或许也会浮出水面,可即便倒下了一个无名,还有其他……

执刃殿中,众人神色各异。

花长老放下手中的黑铁令牌,与其他长老交换眼神后,像是有了决断。

"看来,这个无锋奸细已经潜伏多年,在选婚前夕找到机会调换了前执刃和少主的百草萃,与混进来的无锋细作郑二里应外合,完成了这次刺杀。"

最终以贾管事之事为无锋定案。

雪长老点头:"既是无锋搞鬼,那便不能中了他们的挑拨离间之计。"

月长老说:"宫氏一族一向以血脉为先,眼下新旧执刃交替,不免动荡,我们更不该血脉手足之间彼此妄疑,伤了和气,中了无锋下怀。从现在开始,宫门不许再出现家人内斗的丑态,一切到此为止!"

按理说,长老们发了话,其他人不应该再有异议。

宫尚角却半眯着深邃的眼睛，沉思一会儿，说："宫门换了执刃已昭告天下，现在撤换确实不免儿戏，但是……"他的目光很直白，落在宫子羽身上，"让一个纨绔无能之人坐上执刃之位，只会让宫门沦为江湖笑柄。"

宫子羽顿时被激怒了，咬牙道："你说谁是笑柄？！"

他的暴躁显得宫尚角更为平静，宫尚角有理有据道："历届执刃都是从宫门最优秀的继承者中选出，即便是我和前少主宫唤羽，也是成功通过后山的三域试炼才最终获得少主候选人的资格。论武功、才智，论江湖威望，宫子羽根本德不配位，不过是依着祖训家规，仗着突发变故钻了空子。长老们，既然我们要讲规矩，那继任者需要通过后山三域试炼这条规矩是不是也该讲一讲了？"

三域试炼也是宫门家规之一，只有通过三域试炼才能有资格成为继任者。这一点，长老们都清楚，面对宫尚角的质疑，他们沉默下来。

雪长老叹息："当时事急从权，无法顾及……"

"可如今时间很充裕。"宫尚角神色轻蔑，似乎肯定宫子羽做不到，所以不带温度地说，"若是子羽能在一个月内通过三域试炼，我就认他这个执刃。"

所有人脸色一变。

宫子羽胸口剧烈起伏，目瞪口呆："一个月闯三关？你干脆直接说撤去我的执刃之位算了，何必恶意刁难？"

宫尚角冷冷地抬起唇角："通不过三域试炼，便是名不正言不顺！而且江湖凶险，无锋迫切想将宫门斩草除根，一个弱小的执刃怎么保护宫门血脉？让你通过三域试炼理所应当，怎么变成我恶意刁难了？"

月长老此时开口："但一个月确实有些为难人了。"他看向宫尚角，语气里多少有替宫子羽说话的意思，"尚角，你那个时候参加三域试炼，我记得用了三个月的时间吧？"

"那就三个月，免得让月长老觉得我心怀恶意。"

同为三个月，也算公平，若是提出做不到，岂不是让人有更大的非议？宫子羽即便脸色黑，也只能默认。

月长老叹了口气，说："子羽，你——"

宫子羽松开咬紧的牙关，打断道："三个月就三个月！"

宫尚角有些诧异，他在宫子羽脸上看到了决心，那不是被他激怒后意气用事，而是没有任何退缩和逃避的表现。于是他没有继续接话，分神片刻后，转向长老："三位长老，可还有异议？"

另两位长老互相看了一眼，唯有雪长老有些犹豫。

"从来没有在任执刃参加三域试炼的先例,万一过程中出了什么意外……"

宫尚角夹杂着几丝冷笑道:"怕什么,不过是再启动一次缺席继承罢了,宫家又不是没有人。"

三位长老无话可说了。

宫尚角往前两步,眼睛斜向宫子羽:"希望你顺利。"

"别希望了,你一定会失望的,因为我一定能顺利闯关。"宫子羽虽然面色还是沉的,但眼睛很亮,犹胜雪光,没有丝毫动摇。

宫尚角恢复了冷漠的面容:"这话,等你到了后山再说吧。"

宫子羽离开后,宫尚角和三位长老还留在殿中。

此时,气氛死沉而压抑,寂静无声,空气如同被门外霜雪冻结。

很快,一阵惊呼打断了这种凝滞。

"什么?无量流火?!"

月长老一向沉肃的目光涌出一丝前所未有的惊恐和不安。

宫尚角的声音小而低,眉毛也紧紧蹙着:"嗯,无量流火。"

这是少有的出现在他脸上的象征危险的表情。

顿了顿,宫尚角继续讲述老执刃和少主遇害那一夜的经过。

那一夜,宫尚角正在老执刃房间内谈话。不多时,宫唤羽走了进来。

"新娘中混进来的那名无锋刺客,已经查清楚了身份。"宫唤羽看着宫尚角的表情,有些微妙,"她是浑元郑家的二小姐郑南衣。方才,儿子亲自审讯她,发现了一点异常——"

宫鸿羽打断他:"直接说结果。"

宫唤羽压低着声音,谨慎地说:"父亲,从郑家二小姐身上发现了一封密信,信上提到了……无量流火……"

听到这四个字,宫尚角脸色震惊,宫鸿羽也瞪大眼睛,沉下脸色:"你确定?"

随即,宫唤羽从衣袖里掏出一支发簪,呈在宫鸿羽面前。

发簪头部的碧玉宝石可以旋开,内部中空,他从空心的碧玉宝石里拿出一张字条。

宫鸿羽看完字条,瞳孔瞬间收紧。

宫尚角有所怀疑,谨慎地问:"无量流火是宫门的至高机密,怎么会外泄？"

"若落入无锋之手，世间恐怕再无宁日。"宫唤羽叹息。

"除去三位长老，宫门前山知道无量流火秘密的人，除了执刃，也就你我……"宫尚角看着宫唤羽，脸色渐渐泛起一抹黑沉。

"你在怀疑我？"

"但凡有可能的人，我都怀疑。"

宫唤羽突然笑了："那你的嫌疑也并不比我小。"

见两人争执，宫鸿羽厉声发话："够了！宫门血脉，互不猜疑，祖宗的训诫，你们都忘了吗？"

两人同时沉默，一种难以言喻的紧张感扩散着。

宫鸿羽又说："必须立刻彻查，而且……暂时不要让其他人知道！"

"郑家底牌都在角公子手里……"宫唤羽提议，"如果尚角亲自前往郑家调查，应该会看出端倪。"

宫鸿羽点头，很快有了对策："唤羽，你负责清查山谷内部。尚角，这山谷外部，你威望最重，手段和办法也最多，就辛苦你前往郑家一趟吧，"然后叮嘱，"快去快回。"

宫尚角微微向执刃低头："尚角领命。"

临走前，他听见宫鸿羽对宫唤羽说："你去把那女刺客带来，我亲自审一审她……"

三位长老听完了来龙去脉，气氛依然紧绷。

雪长老叹息一声，说："竟是这样……"

月长老摇摇头："但我还是想不明白，一个刚刚进入山谷的新娘，如何能够知晓无量流火……"

宫尚角沉默，显然也没有答案。

雪长老深吸了一口气，说："好在密信中对于无量流火甚少提及，想来无锋获取的信息还不多……危机并不是很大。"

"不。"宫尚角并不这样认为。

雪长老疑惑道："嗯？"

"无量流火的威力如何，我想，长老们应该很清楚。光是让无锋知道无量流火的存在，就已经是宫门百年来最大的危机……"

三位长老彼此对视，忧心忡忡，一层挥之不去的阴影笼罩在他们身上。

眼下讨论无果，沉静了片刻，宫尚角问起："对了，既然贾管事的身份已经确定，我可以把远徽弟弟从地牢里接出来了吧？"

"当然，当然。"花长老点头。

宫远徽穿着单薄的贴身衣服从地牢里走出来，门口端着托盘的侍卫双手托举，上面盛放着之前从他身上搜下来的各种小物件。

他的睫毛长而密，被关了这么久，沾了些地牢的水汽，湿漉漉的眼睫却没有显出半分与他年岁相符的脆弱，仍然是阴沉沉的。直到抬起头，见到不远处等待他的宫尚角，他才露出了笑容。

"送到我房间去。"他冷冰冰地对着侍卫说。

宫尚角将挂在臂弯上的厚袍给他披上。

"到我那里坐一会儿，有些话和你说。"

宫远徽点头："走。"

案上，茶具齐全，一壶新茶正在炉火上煮着，旁边一长排小碗，盛放着各种颜色形状的药材、草叶、花苞。宫尚角用煮茶的夹子夹取了几味，放到壶中。

他刚要盖上盖子，宫远徽轻轻说："再加一些石斛。"

宫尚角如他所言，取了一些石斛放到壶里。

宫远徽修长的手指轻轻点了一下桌面："哥，那贾管事真是无锋的人？"

"你和他共事多年，心里还不清楚？"宫尚角专心煮茶，反问他。

宫远徽咬牙道："我当然清楚……"

如果贾管事真的是无锋细作，隐藏在他身边这么多年，他不可能没有察觉。

"所以才奇怪……但那无锋令牌确实是在他房间里发现的……难道哥哥为了救我，做了块假令牌？"宫远徽打量他的神色，猜测道。

宫尚角瞪了他一眼："说什么胡话？无锋令牌自然是真的，但应该是有人故意放在贾管事那里……"

"这人是谁？"

"查不到。"

宫远徽惊了："他为什么要帮我？"

壶里很快冒出腾腾的热气，沸水翻滚，宫尚角抬起眼："帮你？……我觉得他是在害你。"

羽宫，风雪停了。

宫子羽和金繁从房间里出来，抬眼就看见宫紫商迎了过来。

宫紫商笑得像朵开在冬日里的花，极有生命力。

"你们这是去哪儿？"

"随便逛逛。"

"别骗我了，你是要去找云姑娘，对吗？"知道他刚选了新娘，宫紫商很快拆穿了他。

"知道了你还问？"

宫紫商口无遮拦："啧啧啧，这么饥渴？"

宫子羽瞪了她一眼："我现在身上戴孝，无心谈婚论嫁，但也不能一直把云姑娘留在女客院落里。如今她的身份已经确认，我打算先将她接回羽宫，比较放心。"

"孤男寡女，未婚同居，世风日下，恕难苟同！"宫紫商说完，一把钩住身旁无辜的金繁，抱紧他的胳膊，"你说，是吧，金繁？"

金繁满脸通红，暗自使劲儿想要挣脱，但没能成功。宫紫商越抱越紧，金繁堂堂男儿，正在奇怪为何越来越吃力，却发现宫紫商几乎双脚离地，整个人挂在他的胳膊上。

宫子羽看不下去："你脑子里装的都是什么脏东西……"

宫紫商把脚放下来，正声道："我不许你这么说金繁。"

"嗯？"两人同时疑惑了一声。

宫紫商用手抚额："我满脑子装的都是金繁。"

金繁倒吸一口冷气。

宫子羽敲了敲宫紫商脑门："你心里只想着金繁，完全不担心我这个马上要去闯关的弟弟会不会失败、有没有危险，你的良心被狗吃了。"

"你怎么又骂金繁？"

"……"

金繁一张生无可恋且麻木的脸，额上青筋直跳。

茶香四溢，混杂着淡淡的药气，令人清心凝神。

宫远徵还在咀嚼着刚刚那句话，茶已煮好，宫尚角冰冷修长的手指扣住茶杯倒茶。

见宫尚角不发一言，想了想，宫远徵心有不满地说："这次被宫子羽先发制人，太可气了，一想到日后要对他行执刃之礼我就恶心。"

宫尚角将茶杯推过去："大丈夫能屈能伸，不要急于一时。我看他也过不了三域试炼，只是可惜原本想逼他一个月内就交出执刃之位，但月长老替他求情，我就不多说了。"

"这月长老总是偏帮宫子羽，着实可气。"

三位长老德高望重，平日里公正无私，不知为何月长老总是替最无用的宫子羽说话，所以宫远徽心有怨言。

宫尚角看了弟弟一眼："不可妄议长老。三位长老里，月长老最是心软、好说话，他只是怜惜宫子羽失了父兄，又临危受命当了执刃，所以愿意多扶持他。"

宫远徽闷头喝茶。

"一个月也好，三个月也罢，没区别，只要结果如我们预料的就行。"

宫远徽勾起唇角，不屑地一笑："那必然。哥哥当年那么艰难才通过三域试炼，宫子羽估计第一关都过不了，就等着看他的笑话吧。"

宫尚角喝完了杯中的茶，将杯子置于桌上，突然说："远徽弟弟，有件事，我不方便去做，但交给别人，我又不放心。"

"哥，你尽管说。"宫远徽直起身。

"我想让你去把上官浅从女客院落那边接回来，在角宫暂住。"

宫远徽的笑容立即沉下来："这么快？"

"已经定了的亲事，快也好，慢也好，有什么差别？"

宫远徽被噎了一下："没……"

宫尚角喝了口茶，淡淡地应了声："嗯。"

"哥，你说你不方便去接，我能理解。但你说交给别人不放心，我就不懂了。有什么不放心的？大家都知道哥哥选中了她，那在这宫门里，还有谁敢为难她不成？她能有什么危险？"宫远徽奇怪道。

宫尚角的嘴角不禁抬了抬："我是怕，别人有危险。"

去女客院落的路已经轻车熟路，宫子羽背着双手，一脸忧心忡忡。

"宫门后山的三域试炼本就等同于少主之争，历年来都是困难重重，伤者无数，能够一次顺利闯过三关的人凤毛麟角……"他长长叹了一口气。

要说决心，他有；要说信心，他却不多。

金繁道："上一次通过三域试炼的人是你哥哥宫唤羽和宫尚角。"

宫子羽没来由地有些烦闷，尽管心里不愿意承认，但他还是说道："我听父亲说，当时是宫尚角先一步闯完三关的。"

"嗯。"金繁点点头。

宫紫商加入他们的话题，奇怪地问："最后是唤羽哥哥被选为少主？这我倒是第一次听说。"

金繁回应道："因为执刃和长老们都认为他更适合继承执刃之位。"

"宫尚角就这么同意了？没有不满？"宫紫商吃惊，怎么想这都不像那个死人脸会做的事，不禁咋舌。

金繁哼了一声，说："他的不满都直接写在脸上了吧，你还看不出来？你的眼力真差！"

宫紫商趁机伸出手指，抵着他的唇边："我不许你贬低自己……"

金繁："……"

没理会金繁的脸又慢慢变红，宫子羽打定主意："不管怎样，我必须闯过这三关，让所有人不再质疑。"

宫紫商握拳："姐姐我支持你。不过，你怎么突然对当执刃这么有热情？之前我们俩一起逃练功课的时候，你可不是这样的……"

"宫尚角这么不想我当执刃，我就偏要当执刃。我一定要查清父兄之死的真相，为他们报仇。"宫子羽目视前方，满脸的冲劲儿。

宫紫商奇怪道："不是已经有了定论，是无锋的人……"

宫子羽闷声一哼，对于这件事，他并不完全信。

"你不觉得那块无锋令牌出现得太过'合时宜'了吗？藏了这么多年，现在就发现了？发现的人还正巧就是宫尚角？而且，无锋细作为什么要带一件给自己添麻烦的东西？"

言之有理，宫紫商脖子一缩："我被你说得后背有些发凉……"

"不过，眼下没有更多线索，我得先专心应付三域试炼。"宫子羽也知道没法操之过急，叹了口气，又转念道，"姐，你知道三域试炼的第一关是什么吗？"

宫紫商"啊"了一声，一脸的不可思议："我只是一个弱女子，我连参加试炼的资格都没有。你问我真是问对人了，就跟问池塘里的一条鱼说'你好，请问怎么爬到那座山顶上去'一样。"

"完全不知道？"

"完全不知道。"本不是光彩的事，宫紫商却堂堂正正地回答。

突然，旁边一直沉默的金繁的声音传来："我知道。"

宫子羽和宫紫商同时愣住了，回头看着那个已经被他们忽略许久的人。

炉火烧得正旺，宫远徵觉得哥哥的话有些难以捉摸，连茶也不喝了。

宫尚角漫不经心地解释道："越漂亮的女人，越危险。"

"她漂亮吗？"宫远徵心里有些酸涩，他似乎从未听过哥哥夸赞谁漂亮。

他毕竟未经情事，从前只知道暗器有多锋利、毒药有多剧烈，却不知何为漂亮。不过，他仔细想来，那夜在医馆，来人长发白裳，提着篮子大胆擅闯，在黑暗中抬起脸，的确可以称得上惊艳不可方物。

宫尚角看着刚刚开始懂得男女之情的弟弟，笑了："问你个问题：上官浅和云为衫，谁比较漂亮？"

宫远徵愣了愣，脸微微红了起来："都挺……漂亮的，各有各的漂亮。"

宫尚角眯起眼睛："没错，所以，各有各的危险。"

炭火被宫尚角浇熄了，宫远徵起身，朝门外走去，走了两步，回头看着宫尚角。

"哥，除了漂亮，你还看中上官浅什么了呀？"

宫尚角沉默不语，笑着喝茶，没有回答。

女客院落里，上官浅把那块玉佩系到腰上，起身拉开房间的门，看见楼下庭院里的宫远徵。

隔着阶梯，宫远徵目色冷冷地抬头："好了？"

"好了。"

她没想到宫远徵会来接自己，由此猜测宫尚角对她的重视程度，无论是何种原因的重视，都让她春风得意。

宫远徵黑亮的瞳也在打量她，想起哥哥说她漂亮，从她一出来，他就不由得多看了两眼——肤洁如雪，只略施粉黛，已千娇百媚。少年的眉毛皱着，竟奇怪地生出几分不悦。

"走吧。"

上官浅跟在宫远徵身后，穿过女客院落的大厅，朝院落门口走去。

她步态盈盈，环佩叮当，稍落后一步，看着宫远徵矫健的背影，然后目光落在他别在后腰上的那个麂皮囊袋上。

那一夜，在执刃殿上，宫远徵追杀贾管事的时候，正是使用了那个囊袋里的暗器。

神无影踪，三步夺人性命。

她很清楚，那里面装的应该是宫门最精密最高级的暗器，出自宫远徽之手。

上官浅突然开口："徽公子，多谢你来接我。"

宫远徽没有回答，甚至没有回头，只轻轻动了动眼皮，表情有些微妙。

"徽公子平日是不是不太说话？刚刚院落的侍女们看见徽公子，都有些害怕呢。"

"让别人害怕，总比害怕别人要好。"

上官浅笑了笑："好像是。"

她再次看了一眼他腰间的那个麂皮囊袋，突然提高了声音："徽公子，我想问——"还没说完，突然被脚下台阶一绊，往前摔去。

快要着地的时候，她被宫远徽托住了。

上官浅的手不经意地放在宫远徽腰间，轻松地解开那个囊袋，然后装作狼狈地站起来，飞速把那个囊袋藏进袖子里。

宫远徽松开手，没察觉这一瞬间的异样："你想问什么？"

上官浅收紧心弦，正了正袖子，若无其事地说："我想问角宫离这里有多远，我怕宫二先生等太久了着急。"

"哥哥倒是不急，我看是你比较着急。"

急得脚步都不稳了。宫远徽斜了斜嘴角，转身继续朝前面走去。

上官浅掌心微微冒汗，小心地在袖子里捏着那个麂皮囊袋，心跳如雷。

正当她调整好自己的呼吸和神态，准备跟上去的时候，突然听到了前面一声响亮的招呼。

"上官姑娘。"

迎面是走向女客院落大门的宫子羽三人，上官浅微微愣住了。

宫子羽问："上官姑娘这是要跟徽公子去哪儿？"

上官浅刚要开口，宫远徽就接过话头："我来接上官姑娘，去角宫安顿。宫子羽，你呢？"

金繁在一旁不满地提醒："徽公子，按礼数，你需要称呼'执刃'。"

"哦，他三域试炼这么快就过了？"宫远徽话带讥讽。

金繁一时语塞："还……还没。"

宫远徽得意道："那抱歉了，这声'执刃'，我叫不了。"

"现在是执刃，之后也是。"宫子羽无视他一贯的无礼之举，反而生出信心。

宫远徵满不在乎地笑了："别逞口舌之快了，云为衫等急了吧，你还不快接她回羽宫？"

宫子羽故意道："本来没这个打算，毕竟还未举行婚礼，孤男寡女提前同居未免不合规矩。不过看起来，宫尚角现在也不太在乎宫门规矩了，那我有样学样，接走云为衫也未尝不可。"

宫远徵知道他存心歪曲，便不与他多费唇舌："你要学的多着呢。"

他冷着脸，两拨人擦肩而过。

宫远徵的背影越走越远，溪岸的潺潺流水声传来。上官浅的速度很缓，忽然，她定住了脚步，故意叫道："哎呀！"

"又怎么了？"宫远徵转过头看她。

上官浅露出着急的表情："我竟忘了一样重要的东西，得回去拿一下。"

宫远徵有些嫌麻烦地微微蹙眉："角宫那边什么都有，不用麻烦，走吧。"

"角宫可真没有——"

"什么东西这么稀有？"宫远徵好奇起来。

上官浅略微害羞地低声："是我准备送给宫二先生的礼物。"

宫远徵抱起手臂："我哥什么都不缺，送他礼物的人太多了。"

"那不一样，儿女情长，弟弟你年纪还小，自是不懂。"上官浅媚然一笑，一句话让宫远徵再难拒绝。

宫远徵有些不甘，也有些脸红，讪讪地说："罢了，我在此处等你，你快去快回。"

宫子羽走进院落。

宫紫商敲着手掌，有些愤愤不平，抱怨道："宫尚角真是，每一次行动都在我们前面，像是算好了。接新娘子也要比我们早一步，真是晦气！"

她刚说完，就看见上官浅折返回来。

宫紫商："咦？"

宫子羽回过头："上官姑娘？"

上官浅微微欠身："执刃大人。"

"为何返回？"

"有东西忘记带了，真是不好意思。执刃大人是来接云姑娘的吧？我上去帮你叫她。"说完，上官浅准备上楼。

宫子羽叫住她："不用，如此小事，就不劳烦上官姑娘了。"说完，转头对不远处一个侍女说："帮我去叫云为衫姑娘。"

上官浅有些局促，小声说："多谢执刃大人，是我考虑不周。"

门嘎吱一声紧闭，隔绝门外所有的声音。

上官浅原本平和的面容瞬间冷却，她动作迅速地拿起桌面的笔和纸，并且将房间内点着的蜡烛倾倒，滴下蜡油来，用蜡液将自己的手指包裹住。她眼中因烛火熄灭，失去光泽，黯然、冷寂，脑海中飞速而过训练时的记忆。

无锋训练室里，寒鸦柒拿着一个陶杯，里面盛着蜡油，一根灯芯燃烧着。他将蜡油倒在自己手指上，蜡液迅速凝固成薄薄的一层，将手指皮肤包裹起来。

他拿起一件闪烁着蓝色幽光的暗器，对上官浅说："宫门的暗器淬有剧毒，他们随身都带着经过特殊浸染工艺制造成的手套，不会直接接触暗器。"

上官浅讶异道："没有伤口也会中毒？"

寒鸦柒点了点头："宫门毒药毒性剧烈，可以通过皮肤表面的毛孔和汗腺渗入。而蜡是最简单也最容易获取的能够用来临时隔绝皮肤气孔的东西。"

蜡油未冷，烫得皮肤幽微刺痛，上官浅用裹上蜡的手指小心翼翼地把刚刚偷来的暗器囊袋里的暗器取出，对着光线，仔细研究着暗器的结构。

而此时宫远徽正站在河边，看着波光粼粼的水面，对此一无所知。

很快，上官浅在纸上描摹出了暗器的结构图。那些金属做工精密，机关细微。她把图纸对折，塞进腰带里，并将暗器全部放回囊袋，再次藏回衣袖里。

院落里，落叶都被打扫干净了，只剩下小池里的几片浮萍。

宫紫商低头盯着那方鱼池，脸色有些羡慕："你看，它们在水里游得多么欢乐。"

金繁无语："鱼只是在游，你从哪里看出它们欢乐了？"

宫紫商幽幽地说："俗话说，鱼水之欢……"

金繁呛到了，猛地咳嗽，脸变得通红："这词……不是这么用的！"

"哦，是吗？……我很久不去诗词先生那里上课了。"

话音刚落，已经收拾妥当的云为衫朝他们走过来。

149

她白衣简洁，随身只带着一个小小的包袱。

宫子羽的目光闪烁了一下，但很柔和："这么快就收拾好了？不用太着急，我可以等你，别落下什么东西。"

云为衫笑了笑："我本来也没有什么东西……"

宫子羽沉吟一会儿，打量两眼："是缺了点，明天我让下人给你添置几身衣裳。羽宫里应该也有一些珠宝首饰，有喜欢的你就挑一些去，缺什么你尽管开口。"

宫紫商探头过来："云姑娘，你千万不用跟他客气，你就把羽宫当成自己的家，反正你很快就要变成执刃夫人了，有什么需要，你随便吩咐下去就是，除了金繁。尽量别找他，因为他没什么定力，面对你这种美人，他容易抵抗不了诱惑——"

金繁大叫："你在说些什么！"

两人的聒噪让宫子羽心中难以言喻的害羞减轻了几分。他轻咳一声："只是现在还未成婚，只能委屈你先以随侍的身份住在羽宫了。"

"怎么会是委屈，执刃特意来接我，我开心还来不及。"

原本让侍卫或下人来通传就行的事，她没有料到宫子羽会亲自来说。宫子羽的鼻尖冻得微红，眉宇却温暖得不可思议，透着一种亲近的关心。云为衫突然觉得心头未知的位置被暖了一下。

"我还是比较喜欢听你叫我'羽公子'，叫'执刃'，感觉生分了许多。"宫子羽笑着说。

宫紫商自来熟，又继续补充："以后啊，在宫门里受了什么委屈就跟宫子羽说，万一是宫子羽欺负你，你就跟我说。我嘛，虽然治不了宫子羽，但我能烦死他。"

宫子羽白她一眼："胡说八道什么！"

宫紫商捂嘴笑："哎呀，我开个玩笑活跃一下气氛，你没看云姑娘很紧张嘛……不过，他接下来估计所有精力都要耗费在三域试炼上了，应该也没时间欺负你了。"

云为衫听见"三域试炼"，微微动了动神色，她淡淡地问："三域试炼？那是什么啊……"

宫紫商突然觉得自己有些多话，笑容僵硬在脸上。

她支吾半天，宫子羽换了话题："云姑娘，如果收拾好了，就随我走吧，带你去羽宫。"

"多谢执——嗯,多谢羽公子。不过,羽公子确实不必亲自来女客院落接我,派人通知我一声就行了,我怕别人又说些闲言碎语,给执刃添麻烦。"

一转头,原来院落此刻有不少婢女正纷纷侧目,似乎此举确实有招惹是非之嫌。

宫子羽视若无睹,又对条条框框有些厌烦:"若敢有人乱嚼舌根,我自会教他们规矩。而且,我来接我未过门的妻子怎么了?……"他倔着一张脸,表情格外认真。

云为衫怔了怔,不再说话。

宫紫商合不拢嘴:"啧啧啧。"

正好,上官浅从他们身后走了过来。

宫子羽看向她:"上官姑娘东西拿好了?"

上官浅颔首,对云为衫说:"嗯,云姑娘也检查一下,不要像我一样,半路忘了又折返回来,太耽误事儿了。你看,天都快黑了。执刃大人,我先告辞了,微公子还在等我。"

离开前,上官浅给了云为衫一个怪异的眼色。正觉得有些奇怪,云为衫盯着她的背影。突然,上官浅在身后伸出三根手指比了一个手势。云为衫的眼神震动。

转过头时,她却平静地看着宫子羽,轻声说:"这样的话,我也再检查一下吧。"

第七章 清风藏刃

云为衫没有回自己房中,而是潜入了上官浅的房间。她四处搜索着,眼睛飞速在地面每一个角落扫视,却一无所获。

她知道那个手势代表着什么,不由得开始紧张,急促的呼吸使她胸口起伏不定。

河岸边,反光的水面让宫远徵眯了眯眼睛,他用手在眼前一拢,看见上官浅朝他走来。

上官浅微微欠身:"徵公子久等了。"

宽大的衣袖轻轻拂动,宫远徵好奇地看向她的袖口,上官浅下意识地把手往后藏了一下。

宫远徵问:"拿了什么?"

背在身后的手下意识收紧,上官浅神色如常,只是有点害羞地笑了笑:"没什么特别的。"

宫远徵不动声色地绕到上官浅身侧:"给我看看。"

她犹豫了一会儿,发现宫远徵的表情非常认真而凝重。

于是她把左手递到身前,一个红色的锦囊出现在她手心里。宫远徵伸手去拿,上官浅却缩回了手。宫远徵眉间冷郁,俯身往前,将那红色锦囊拿了过去。

与此同时,上官浅趁宫远徵倾身过来的时候,想趁机将右手袖口装着的暗器囊袋放回他腰间,结果宫远徵动作太快,拿走了她手里的红色锦囊就移开了身子。

手下一空,上官浅不得已,只能把右手收了回来,将囊袋重新藏回袖中。

宫远徽拉开红色锦囊的束口，朝里看了看，然后又把束口扎紧，抛回给上官浅。

"我哥从来不带这些金灿灿的浮华之物。"

上官浅神色有异，没有将暗器囊袋放回去让她有些心急，不过她还是装作失落。

"我只是想让宫二先生开心。"

宫远徽转身："我不知道这礼物能不能让哥哥开心，但如果天都黑了我还没有把你送过去，他一定不开心。"

上官浅捏了捏袖中的麂皮囊袋，平复了一下自己的呼吸，跟了上去。

天色渐沉，云为衫从房间出来，宫子羽还在原地等着她。

她耽搁许久，他没有一丝不耐烦，正惬意地接住一片银杏叶，柔声问："有东西忘记带吗？"

云为衫摇摇头："让执刃久等了。我们走吧。"

宫紫商和金繁走在前面。身后静悄悄的，宫紫商偷偷回头瞄他们，发现两人都有些拘谨。

"啧啧啧啧，光天化日，鱼水之欢。"宫紫商咂巴嘴。

金繁头疼："真不是这么用的！"

宫子羽在云为衫身边默默地走路，也不多说话，只偶尔让云为衫留神台阶。

宫紫商看着，一脸的意味深长："真是好一对金童玉女，我竟然有点伤感，怎么说呢，有一种儿大不中留的感觉。"

金繁说："我觉得你在占执刃便宜。"

"你说什么呢！宫子羽虽然帅，但他是我弟，不行的！而且，我只会占你的便宜。"

宫紫商一边说着，一边将小碎拳头砸在金繁健壮的手臂上。

金繁快步朝前走去，宫紫商紧追而去，两人吵闹着跑出了女客院落的大门。

宫子羽想着要说点什么，他看着前方打闹的背影："紫商姐姐说话向来口无遮拦，你不用介意，她为人很好，心地善良。"

然而云为衫低着头，似乎没有听见。

宫子羽问："云姑娘？"

云为衫抬起头，有些局促地笑了笑，接过宫子羽的话："大小姐性格挺好，没有架子，与谁都亲近，我喜欢听她说话。"

"那你完了,被她缠上,你以后有的烦了。"

云为衫继续低下头,若有所思。

昏暗的暮色照着一条深邃而绵长的走廊,宫远徽带着上官浅来到角宫。

别的地方已早早点灯,唯独这里不同。上官浅沿路留意,发现偌大的庭院空无一人,门廊下暗沉一片,安静、幽寂,和宫门里其他地方人头攒动之景非常不同。

宫远徽看着她的表情,似乎明白她在想什么:"是不是觉得人很少?"

上官浅讶异道:"徽公子真厉害,能读懂人心。"

宫远徽继续往前走:"哥哥喜欢清静,除非召唤,平日里下人都不会主动出现。日常清扫打理也都是挑选哥哥出门的时候。"

面前露出紧闭的门,窗户也合着,在很快黑下来的天色中,连一丝阴影也不露。

"哦,这样……宫二先生在正殿吗?我想,是不是——"上官浅探头打量,正欲往前走。

宫远徽突然上前一步,拦在她面前。

"这么急?"

上官浅不免觉得好笑:"初来角宫,理应要先跟宫二先生问安才是,基本礼数还是要的吧?"

宫远徽依旧没有让开的意思:"我哥待你真好,怕你在女客院落里受冷待,早早地让我接你回来。我还从未见过他对哪位女子如此上心。你迟一点去打招呼,他也不会怪你。"他的语气带着连自己都察觉不到的愠气。

上官浅微微红了脸:"宫二先生眷顾,小女不胜感激,也就更不能失了礼数。徽少爷为何拦我呢?"

"我就是好奇,你究竟有什么魅力,能让我哥突然起意,与你定亲。"宫远徽眯起眼睛,半开玩笑半认真地说道,"漂亮的女人会哄人,也会骗人。"

"多谢徽少爷夸奖。"上官浅微微一笑。

宫远徽愣住了。

"不过,"上官浅继续说,"我和云为衫的身世,宫二先生已经派人核查过了。"

"他们查的方法和我查的方法不太一样。"

少年促狭地一笑,边说边从腰间悬挂的短嘴壶里倒出一只有些恐怖的黑色虫子，两指轻轻捏着，突然举到上官浅面前。不知道什么时候，他的手上已经戴上了一副非常薄的手套。

"这是什么……"上官浅受惊，往后退了一步。

宫远徽英气逼人，眉间没有完全褪去少年的稚气，所以此刻那只黑虫在他手里扭动，让他显得更是兴奋："刚刚你不是说我能读懂人心吗？那我就查查你的心……"

他拿着黑虫靠近，上官浅眼神一凝，本能地做出闪避的动作，迅速退开三步。

下盘很稳，脚步轻盈。

宫远徽怔然："你会武功？"

"我没说过不会啊。"她面带无辜。

宫远徽咧嘴一笑，脚下一步步逼近："这么害怕？"

上官浅却说："我不是怕你查，我是天生怕虫子……"

"把虫子放手心里，你若是说谎，它的毒牙就会毫不留情地扎进你皮肤里，一个时辰便会肠穿肚烂。"宫远徽舔了舔唇，"敢吗？"

上官浅闻言，脸色有些僵硬。

"你不敢？"

那黑虫被捏着身躯，弯曲的肢体和毒牙若隐若现。顿了顿，上官浅深吸了一口气，毫不犹豫地伸手拿起那只黑虫，放在自己的右手心里。

离开桎梏的黑虫开始扭动，上官浅的手不停颤抖着，但她仍然哑着声音说："我对宫二先生真心实意，绝无二心……"

那黑虫在上官浅手里只是微微蠕动了一下，就没有别的反应了。

宫远徽冷眼看她，她明明很害怕，脸色苍白，捧着虫子的手还在发抖，但是为了证明自己，眼神是那样倔强和果敢。

上官浅眼眶发红，已经隐隐有些泪光。

宫远徽沉默下来。

"徽少爷不信我，也应该信宫二先生看人的眼光。"上官浅的声音带着几分哽咽。

这句话似有奇效，宫远徽被她说动了："说得也是，来日方长。"

他拿回上官浅手里的黑虫，放进自己的短嘴壶里。

见那可怕的黑虫被收，上官浅松了一口气，若无其事地问："这虫子究竟是何物，竟然能够识人谎言？"

宫远徽有些顽皮地笑了笑，冷冷的脸上突然恢复了难得的少年气："骗你的，这不过是一味药引罢了。世间怎么可能真有能窥探人心之物，如果有，早就被人摧毁了。"

"不是应该视若珍宝吗，怎么还会摧毁？"上官浅觉得奇怪。

"世人皆称追逐真相，却总是逃避面对。世人皆称鄙视秘密，但每个人都有秘密。深渊有底，人心难测。这人心啊，是天地间最经不起试探的东西了……"

少年的话让他看上去多了几分老成和深不可测。

上官浅敛起神情："我可以去见宫二先生了吧？"

"哥哥晚上从不见客。我先送你去客房休息，稍后下人会把晚饭送到你房间。"

"多谢徽公子。"

入夜后，烛光幽微，仿佛这里的主人喜好寂静，连光都不太能穿透晦暗。

宫尚角坐在桌边，独自一人吃着晚餐，明灭的烛光把他的眉眼映照得更加孤独。

上官浅回到她的房间，显然房间已经被安排和打扫好了，桌子上摆满菜肴，但她没有动筷子，而是先拔下头上的银发钗，放到食物里测试。无毒。她十分谨慎和敏锐，在房间里四处查看，打开抽屉，抚摸床面，推开窗户，观察窗外的方位……

宫远徽回到徽宫，脱下外袍，摘下手套，把一小杯冒着雾气的茶盏放到一个温箱里。里面有几朵白色的莲花一样的植物含苞待放。他房中的植物比寻常的都要绮丽而诡异一些，浇灌和栽培方式也大有不同，他盯着它们发呆。比起鼓捣暗器和毒药，他对待这些脆弱的花草异常地小心翼翼和温柔。

与之不同的是，羽宫光线明亮，炭火也烧得旺。

云为衫的厢房陈设典雅，看得出花了几分心思。她取下头上的发簪，稠密漆黑的头发披散下来，眉宇间那股清冷的气息减弱了几分。

门外有些嘈杂，宫子羽正在庭院里看着下人将他的私人物品搬进从前宫唤羽的房间。有仆人拿着宫唤羽的衣服过来问他："执刃大人，前少主的衣物……"

宫子羽抚摸着哥哥的袍子："都好好地收纳。"

他经过云为衫的房门。

云为衫刚好在脱外衣,听见门外的脚步声,悄无声息地拿起桌上切水果的小刀,藏在手心里。宫子羽看着窗上映出的剪影,见那影子脱下外袍,他有些脸红,别过脸去,匆匆离开。

打开门,云为衫只见到宫子羽走远的背影。

徽宫里,宫远徽起身,习惯性地反手摸向腰间的麂皮囊袋,然而,空空如也。少年锐利地抬眼,脸色变得极其难看。

砰的一声,正在吃饭的上官浅突然听见门猛地被撞开,数个侍卫强闯进来,开始在房间里翻查东西。他们身后是一脸阴沉而面露怒气的宫远徽。

上官浅起身,震惊道:"徽公子,你这是做什么?"

"我身上的暗器袋不见了。"少年用怀疑的目光盯着她,他的凶险只藏在眼里,语气算得上心平气和。

上官浅摇着头:"我不明白——"

"你不用明白。给我搜。"宫远徽下令。

很快,一地狼藉。

上官浅咬着唇,声音急促:"徽公子?!你!这样不合规矩吧?!"

"没做贼就别心虚,否则,你就有问题。"宫远徽似笑非笑的模样让人心中发凉。

上官浅面若寒霜,厉声道:"我没问题,但我有尊严!"

夜色被惊动,长廊里都亮起了灯,门外传来一声接着一声下人们的声音。

"角公子……"

"角公子……"

话音未落,门口,一身便袍的宫尚角出现了。他的黑衣上带着外面夜色的冰凉,发带微乱,森然的目光扫视了一圈。

"发生了什么事?"扰了他的安静,他的声音隐隐带着不悦。

宫远徽看向了哥哥,再转过头时,他的脸色倏忽变了。

刚刚还一脸寒霜的上官浅竟然转瞬间热泪盈眶,双眼通红。她咬着唇,似乎连嘴角都在颤抖:"徽公子的暗器袋弄丢了……他说要搜我的房间……"

宫尚角皱起眉头,显然也觉得不合理。

宫远徽急道:"哥哥,我去接上官浅的时候,暗器袋还在我腰上,但现在

157

不见了。"他早已想通，"在女客院落时她突然摔了一跤，伸手抓了我的腰一下，我当时没反应过来。现在想来，就是那个时候，她偷走了我的暗器袋。"

"我偷你的暗器袋干什么，我又不会用。"上官浅反问。

宫远徽却不理她，一脸兹事体大："哥，我的暗器和宫门对外出售的那些不一样，构造、毒性全然不同，如果被别人拿去研究，这些暗器的威力和秘密都会暴露……"

宫尚角依旧平静，问："上官姑娘到房间后出去过吗？"

门外仆人立即禀报："回角公子，没有出去过。饭菜都是送到房间里的。"

桌面上还摆着动了一半的膳食，宫尚角看向四周："那就再搜一下。"

侍卫们开始继续搜查。

里里外外都被翻了个遍，任何角落都没放过。

片刻之后，侍卫们无功而返，其中一个侍卫禀告："角公子、微公子，没有搜到暗器袋。"

上官浅低声地吸气，擦掉眼眶里的眼泪，抿着唇，没有说话。

宫远徽转向她，声色俱厉："那就在她身上。搜！"

侍卫朝她靠近。

上官浅委屈地抬起头，但倔强地说："角公子，你挑选我做新娘，是真的想和我成亲吗？"她眼里含着泪，坚持忍着不让它掉下来。语调可怜，眼神单纯而无辜，几乎把示弱发挥到了极致。

一向杀伐果决的宫尚角竟然有了片刻的犹豫，直到宫远徽给了他一个斩钉截铁的眼神。

这个女人会变脸，她的无辜都是装的，宫远徽内心笃定。

宫尚角目视前方，有些无情地说："上官姑娘，委屈你了。"

他说完，一个侍卫走过去，手伸进上官浅的衣襟里。

上官浅闭上眼睛，两行眼泪掉了下来。

很快，侍卫停下了动作："找到了。"

宫远徽的嘴角微微扬起，宫尚角的目光随即变得冰冷。

侍卫转身，抬起手，只见手心里放着一个红色的锦囊，一块白色的玉佩已经被拿了出来，摆在锦囊之上。

宫尚角看着锦囊和玉佩，脸色变了。

"不是这个……"宫远徽有些慌神，像落入了某个隐秘的圈套，"而且，这个锦囊里本来不是这块玉佩……是——"

"够了！"

黑衣下伸出修长的手指，宫尚角抬手冷声打断他。

"哥！"

突然，门外传来侍卫通报的声音。

一个侍卫跑进来，低头行礼，双手把麂皮囊袋托在手上，平举到宫远徽面前。

宫远徽瞪大了眼睛。

"徽公子，执刃大人在河边捡到了您的暗器袋……"

房内烛火明灭，照出了上官浅脸上那一汪楚楚可怜的水光。

一个时辰前。

上官浅离开女客院落，在其他人视线的盲角，在背后给云为衫比出了"三"的手势。

云为衫在上官浅的房间地面上四处搜看，却没有发现任何标记。

河岸边，宫远徽倾身去拿上官浅左手的红色锦囊，上官浅企图将暗器囊袋放回他腰间，却没有成功。她趁宫远徽转身离开，迅速将袖里的暗器囊袋丢进了路边的草丛，然后捡起路边的石子，摆出了一个三角形，最尖锐的那个角指向了暗器囊袋的位置。

这是无锋的信号标记。

无锋训练室，寒鸦肆给云为衫上课。

寒鸦肆比画出"三"的手势，然后在面前的桌子上摆出三颗围棋棋子，其中，两颗棋子挨得很近，一颗棋子离得很远。

寒鸦肆说："三角标记，用来给同伴留下信号，指示方向或藏匿物品的所在。"

云为衫侧过目光，朝着尖角指向的方向，找到了地面放着的鲜艳苹果。

云为衫跟着宫子羽走出女客院落，她低着头，沿路乱石嶙峋，她没有留意宫子羽和她说的话。

宫子羽问："云姑娘？"

脚下突然踩到一颗尖锐的石子，硌得有些生疼，云为衫突然抬起头，有些局促地笑了笑："大小姐性格挺好，没有架子，与谁都亲近，我喜欢听她说

159

话。"她露出笑容。

宫子羽转身之后，云为衫移开脚面，脚下三颗尖锐的石子指向一旁的草丛。

云为衫抬起手，叫住宫子羽："羽公子，你的东西掉了。"

宫子羽转身，看着云为衫手里的囊袋，本来还在微笑的他脸色凝重起来。

冬夜的寒风刮过，让胶着的氛围松动了几分。

侍卫战战兢兢地汇报："我刚去了徽宫，下人们说您在角公子这里……执刃大人吩咐我一定要送到徽公子手上……"

脸色已经涨得通红的宫远徽拿过囊袋，抬起手飞快地给了侍卫一个耳光："你下次再在我面前叫宫子羽'执刃大人'，我就把你的舌头割下来做药。"

宫尚角的声音突然提高了音量："都下去吧。"

一种令人不寒而栗的气息突然散开，所有人都自觉地退避三舍。

房间里只剩下宫远徽、上官浅和宫尚角三个人。

"远徽弟弟，给上官姑娘赔个不是。"打发了所有人，宫尚角给宫远徽留足了面子。

宫远徽咬牙切齿道："哥！我——"

宫尚角突然转头，冷冷地看着宫远徽。

宫远徽不再说话了，他憋得面红耳赤，最终还是低下头："上官姑娘，错怪你了，抱歉。"

宫尚角又说："你先回去吧。"

宫远徽想分辩，但是他看着宫尚角没有表情的侧脸，还是转身走了。

剩下两个人的房间里，上官浅的手轻轻地抓着自己的衣领，刚刚被侍卫搜身的委屈依然停留在她脸上。

宫尚角把手中的锦囊和玉佩递给她。

上官浅抬头，想观察他看到这两样东西的反应："角公子不用还给我，这本来就是我想给角公子的礼物。"

两人面对面，如今已经有了开门见山的机会。

宫尚角的表情莫测："我一直想问你，这块玉佩从哪儿来的？"

"原来宫二先生已经不记得了，这本就是你的玉佩。"上官浅露出淡淡的失落。

宫尚角靠近她："我自己的玉佩我当然记得。我问的是，这块玉佩从哪儿来的？"

噼啪一响,是烛火迸出了一点火星,两个人同时顿了一顿。

长廊穿堂而过的寒风凛冽。

宫尚角从上官浅房间出来,走了几步,在转角看见了抱着双手、依然面带怒意的宫远徽。显然,他还是气不过,在等宫尚角出来。

宫远徽急于证明:"哥,我的暗器囊袋不可能会那么——"

"——不可能会那么轻易松脱。"宫尚角几乎异口同声地接下了他的话。

宫远徽愣住了。他很快看见宫尚角眼底蔓延着一层寒冰,但嘴角仍然挂着少许未知的笑意。

"但刚刚你也看见了,你拿她一点办法都没有。就算我愿意相信你,其他人也不可能相信你。"

宫远徽低下头:"你相信我就行了。"

"我当然相信你。可是,弟弟,刚刚那一局,你确实输了。"

这句话让少年愤怒急躁的情绪很快冷静了下来,在喜怒难辨的哥哥面前,他意识到:"嗯,我太草率了……"

宫尚角屈起手,指尖令人不易察觉地摩挲了一下。

"你知道狮子靠什么捕食吗?"

"尖牙利爪。"宫远徽盯着他冰冷修长的手指。

"不对。"

"靠群狮齐心?"少年又试图回答。

"靠耐心。"

"耐心?"

"狮子在没有绝对的把握之前会卧于草丛中静如磐石,没有百分百的把握,绝对不会行动,否则一旦惊动羚羊群,就会一无所获。如果有一只狮子像你刚刚那样草率的话,那它当天就只能饿肚子了。更糟糕的是,它可能会被其他狮子孤立、放逐。"

宫尚角语调平和,慢条斯理,仿佛在告诉面前的人如何才叫耐得住性子。

宫远徽点头:"明白了,哥。"

"你明白什么了?"

"事情比我想象的更加复杂。"

宫尚角低喃:"也比想象中更加有趣。"

声音很低,宫远徽没有听清,而宫尚角已经恢复如常:"对了,你回去把暗器囊袋里的所有暗器仔细检查一下，若我没猜错的话，你的暗器已经被人动过手脚了。"

"哥哥的意思是？"

寂夜里，他留下一句，如同金石激起巨浪："宫门之内，还有无锋。"

房中焚着香，热茶已经凉了。宫尚角坐在桌前，借着烛光，看着手中的玉佩。

清玉润手，仿佛还带着女子隐隐约约的香粉味，上官浅的声音回荡在他耳边。

"原来宫二先生已经不记得了，这本就是你的玉佩。"

"我自己的玉佩我当然记得。我问的是，这块玉佩从哪儿来的？"

他闭上眼睛，神情在朦胧的光影中难以分辨，像是出了神。

回忆里，同样的冷夜，一条狭长的小巷里，上官浅蜷缩在墙角瑟瑟发抖，她的面前，一群欺负她的人影乱晃。

宫尚角打马而过，挥舞鞭子，鞭声响亮，伴随着周围四五个流氓发出的惨叫。

流氓们挣扎着逃跑。

宫尚角面无表情地低头，只看了上官浅一眼，然后一骑绝尘而去。

一块玉佩遗落在地上。上官浅捡起了地上的玉佩，看着那个黑色的人影消失在夜里。

刚刚在上官浅的房间内。她低眉顺目："四年前的上元灯会，我半路遇到歹人，恰好宫二先生路过、解救，这块玉佩就是你当时掉的。我一直都想报答这救命之恩……"

"不用报答。"宫尚角听完没有什么反应，陈述事实一样平淡如水，"我只是解决挡路之人，并非专门救你，碰巧罢了，上官姑娘无须挂心。"

上官浅试图一点点靠近他，像捧着幽微冷寂的火把走进风雪中。

"就算宫二先生是无心所救，对我来说，是保全了女子最重要的清白。我本就心属宫二先生，只是以前不敢奢望，觉得与你是云泥之别，没想到现在能与宫二先生成亲……"

面前的女子衣着单薄，但她的体温和眼神是暖的。

宫尚角依旧冷漠，他纠正道："是定亲。"然后用余光看她，意有所指地提醒，"宫门很大，不要乱走，记得待在自己该待的位置——正确的位置。不要选错路。"

上官浅眼里有什么熄灭了，她低下头："都听角公子安排。"

宫尚角用手指抚摩了温润的玉佩，然后把玉佩系在腰间。

夜深人静。

宫子羽躺在床上，眉头紧锁，额上有些细密的汗，明显睡得很不安稳。

另一间房内，云为衫小心地打量着房间四处，用手抚摸床被。她推开窗，看向窗外，院落里有侍卫提着灯笼持刀巡逻。

远处的树梢上还有隐蔽的木台，上面有人背着弓箭，注视着一切。

云为衫低头，默记于心。

宫子羽浑然不知，还在睡梦中，他的呼吸渐渐变得急促，梦里人影纷乱。

他的梦里，是七岁的自己捧着糕点跑到小宫远徵面前。

那时候宫远徵更小，小人儿噘着嘴，一脸的嚣张、高傲。

他有些讨好地说："这是紫商姐姐给我的糕点，特别好吃，我给你这个，你把你的小蝴蝶给我看看，好吗？"

那半大的小人儿恶狠狠地拒绝他："我不要。"

"爹爹说，我们是兄弟，兄弟之间就是要给对方最好的东西呀。"

小宫远徵转身就跑："我才不和小野种做兄弟。"

他只是想要看看小宫远徵的小蝴蝶，小宫远徵却骂他是"小野种"。

跑远的小宫远徵突然被一块糕点砸中了后脑。

七岁的他也学会了气势汹汹："我不是！我哥说了，我不是！"

已经记不清天气有多冷，他小小的脸上都是泪痕，他委屈地跑回去，一头闯进母亲怀里。

然而母亲的身上并不是暖的，他还是执拗地紧紧抱着母亲，哭着说："娘……他们说我……说我是……"

母亲的脸在梦里已有些朦胧了。依稀可见她面容秀丽，头上的钗环素雅却难掩端庄的气质，就是眉宇间有一丝清冷，神情淡漠，似乎对任何事物都漠不关心，只望着窗外沉思。

母亲没有低头安慰他，只淡淡地说："男孩子怎么可以动不动就哭？"

见他还在抽抽搭搭地啜泣，母亲拿来一副面具，戴在他脸上。面具的彩釉明亮，油光水滑，上面勾勒的线条精致、用心，把他的小脸盖得严严实实。

这时，母亲才注意到他手背上有擦伤。

"受伤了，要记得去医馆。"

"我才不要去徽宫，宫远徽说我是野种，我不想和他玩。"

母亲听了，精致漂亮的眉眼恹恹的，她没说话，起身走开了。

他听不到面前人的声音了，于是摘下面具，喊着："娘！娘！"

没有人回应，似乎是下了雪，那个纤弱的背影始终没有停下，他哭得更伤心了。

终于，气氛缓和了一些，原来是一双大手抱起他，年轻的父亲温柔地把他揽入怀里。

"谁惹你哭的，爹爹狠狠责罚他。"

他早就不记宫远徽的仇了，只是奇怪地看着母亲的身影消失在雪中。

"爹爹，娘为什么不理我？"

他的父亲苦笑道："这个爹爹就帮不了你咯，因为你娘亲啊也不理我。"

后来，他长高了些，坐在羽宫大殿门口的台阶上，身上披麻戴孝，泪眼汪汪。

母亲离世了，好像就是香消玉殒在某个稀松平常的雪天里。

哥哥宫唤羽在他茫然无措的目光中坐下来。

"唤羽哥哥，我没有娘了……"

他咬住嘴唇，不让自己哭出声，但眼泪还是不争气地流出来。于是他从怀里掏出那副油彩还很鲜亮的面具，乖乖地给自己戴上。

哥哥好奇地看着他："这是什么？"

他的声音闷闷地从面具下传来："母亲说，男孩子不可以动不动就哭，哭了会让别人知道你很软弱，会更爱欺负你。想要哭的时候就把它戴上，这样就不会有人看到我哭了。"

哥哥心疼地握住了他的手。

"哥，你和爹爹也会死吗？"

他在比他的脸大上一圈的面具后窒闷了几分，他害怕，恐惧，不肯钻出来呼吸。他生怕哥哥和父亲也在他面前消失。

"不会的，哥哥和爹爹都身强力壮，我们会一直陪着你、保护你。"

手背上的力量很坚定，轻柔而温暖地拍着他。

然而，倏忽之间，一抹血色模糊了那些画面。宫唤羽和宫鸿羽浑身是血地倒在地上……

宫子羽满头大汗，从睡梦中惊醒。

多少次了，他睁开眼还沉浸在梦里，情绪汹涌得可怕，眼里都是泪。

不知几更，蜡油浅了一些，烛芯烧得很长。

云为衫伏案在纸上书写着什么。写完，她迅速把纸叠起来，贴身藏好。

她低头琢磨了一下，悄悄走到门口，仔细听了听门外的动静，确定无人。然后，她拉开门，小心翼翼地走了出去。

然而她刚走了几步，就听见有人叫自己。

"云姑娘。"

云为衫愣住了，只能停下，转身看着宫子羽。

"这么晚了，云姑娘怎么还不睡？"

他并没有奇怪她半夜出门，只是带着关切的语气问。

云为衫神色自如地反问："执刃不也没睡？"

台阶上，宫子羽和云为衫并肩坐下。

花圃里的花被风摧得折了腰，依然有香气，氤氲在冬夜里，久久不散。

"是不是换了新地方睡不习惯？我可以让下人给你准备点安神汤药……"

云为衫莫名地轻轻一笑。

宫子羽有些尴尬，他强忍着，问道："我是说错什么话了吗？"

云为衫看着宫子羽额上未退的冷汗："执刃明明自己也睡不着，却还操心是不是要帮我准备安神汤药。"

宫子羽突然沉默了。

"我是说错什么话了吗？"云为衫学着他刚才的样子。

看云为衫模仿自己，宫子羽原本皱在一起的眉眼稍稍舒展开来。

"我睡不着，也是因为换了新的地方。"

云为衫奇怪道："你不是一直住在羽宫吗？"

"他们说我现在已经是执刃了，让我搬到之前哥哥住的房间。"他笑起来，但笑容里又带着忧郁，"但里面都是哥哥过往的痕迹，布置、陈设完全没变，感觉他并没有离开……"

人留下的痕迹或许很快就会消失，衣服会陈旧，物件会损坏，在岁月里被更替，然而一个人留在心里的回忆和念想又需要多久才能被抹去？

云为衫心中一个看不见的角落同样跟着颤动了一下。她看着宫子羽年轻的脸庞，然而他的肩膀上已经扛起了超越他年纪的责任。

见宫子羽额际的汗久久没被冷风吹干，云为衫拿出了手帕。

"入冬了，夜里很凉，执刃大人却满头是汗……做噩梦了？"

云为衫伸手，手帕却在空中悬停了一秒。她恍惚中反应过来，这个举动并非故意接近他而为，而是下意识的。她把手帕递给了宫子羽。

宫子羽却不知道在想什么，愣着没有动。

于是云为衫顿了顿，抬起手替他擦掉额头上的汗，动作十分轻柔。宫子羽的脸很快透出一抹薄红，两人挨得极近，似乎能看清彼此眼中自己的倒影。

"看来执刃大人是被伺候惯了。之前也是别人帮你擦汗吗？"云为衫用半开玩笑的话打破了这个氛围。

"没有没有哦……除了我娘。"他方才下意识地停顿，只是想起了一些本以为已变得很久远的过往，"我娘会帮我擦汗，但是她不会帮我擦眼泪。"

"你小时候很爱哭？"

"每个人总有些伤心事吧……但我娘说，男子汉不要哭。后来我就渐渐不哭了。"

宫子羽沉吟着，看见眼前那被风吹得有些红的手指，他顺手接过云为衫的手帕。两人的指尖轻触，云为衫缩回手，宫子羽自己擦起了汗。

"我以前也常常做噩梦……"云为衫想起了什么，轻轻开口，"睡不着的时候，妹妹就会唱歌给我听……"

不知道多少次，她浑身冷汗地从噩梦中惊醒。呼吸和心跳难以平静，直到一只手伸过来。有人一边轻轻地拍打着她的背，抚慰她入睡，一边吟唱着温柔的歌谣。她安心地躺着，闭着眼睛，身边的歌声还在继续，软软的、甜甜的，她的表情慢慢平静下来，嘴角轻轻抿着，像一个受了委屈的小孩子。

翻开了很久不敢触碰的回忆，云为衫很快回过神来，轻笑了一下："我只要听着妹妹的声音，就不会再回到噩梦里了。"

看见云为衫眼睛有些湿润，宫子羽不由得问："你和妹妹感情很好吧？你离开了梨溪镇，入了宫门，她一定很想你。"

云为衫没有回答，只是抬起头望天，一只飞鸟在夜幕下飞过，她的眼睛便追随着看过去。宫子羽没有再问。

四下静谧，夜风轻拂，两个人就这样肩靠着肩坐着。孤独的庭院里，连树叶的婆娑都能听见。

"谢谢你。"

半响后,云为衫开口。

宫子羽奇怪道:"谢我什么?"

"我没有答,你也就没有再问。"她以为他会好奇的,但他选择了无声的安慰。

宫子羽说:"有时候,没有答,就是答。"

云为衫有些意外,她转过头,看着宫子羽清俊的侧脸,脸上的表情有些复杂,然后从衣袖里拿出那件狐尾佩饰。那夜大殿出事,他把这个东西垫在了她的头下。

"一直想把这个还给你,都没找着合适的机会。"

那狐狸毛油光水滑,柔软得能安抚人心。宫子羽沉默地接过来,重新挂到腰间。

"我看这个挂件,执刃大人日日挂着都不离身,想必是你的珍视之物吧?"

宫子羽嗯了一声,说:"是父亲送我的。"

云为衫神色自若地说:"以前爹爹行商,我也见过各种皮料。这条狐狸尾巴色泽纯净,花纹对称,如此上等的狐狸毛,必定是你父亲花了很多心思才寻到的吧?"

宫子羽怔了怔,连她都看出来了,自己却从未留意过那些细节。他有些懊悔地低下头:"父亲做事向来用心,总有他的深意……只是我年少心浅,从未懂过……"

云为衫附和道:"三十而立、四十不惑,执刃这么年少,怎么可能事事看清?"

宫子羽心里的愁意很快淡了不少,许是夜风让人冷静,许是因为身边人的话。

过了半响,他才说:"又叫我'执刃',不是说了私底下叫我'羽公子'吗?"

"那公子也别叫我'云姑娘'了。"

"行,那我叫你什么?"

云为衫转过头,看着天,月光照出一些云的形状,朦胧却镶着银色的边。

"怎么不回答?"

云为衫又学着他的样子:"有时候,没有答,就是答。"说完,轻轻地笑

167

了，眼睛弯弯的，星光、月光仿佛同时落进她的眼睛里。

宫子羽低头，他自己都没有发觉，嘴角竟然出现了一丝淡淡的笑意。他也顺着云为衫的视线，看着天幕。月光下，他的侧脸棱角分明，月亮的清辉把他的面容勾勒得仿佛象牙雕刻般精致。

云为衫避开了视线，她的眼睛突然暗淡下来。她想起了上官浅的话。

"你真有手段，宫子羽现在满眼都是你。"

云为衫如实说："可我最终还是会负了他。"

"负了他？你会把他的人生彻底毁掉。宫门血流成河的时候，我真想看看宫子羽看你时的眼睛。"

云为衫感受到宫子羽此刻的眼睛流动着的不似冬日的灰光，而是温暖得如同春天来临时的光晕，他看着自己，那些光芒也就照拂在她身上，于是她再也不敢转头。

冬日的天亮得晚，一大清早，天色还暗沉沉的。

厨房里，腾腾的热气在灶台前冒着，弥漫着各样的香气。

云为衫把酒壶和蜜饯放到随身带过来的托盘里。这时，上官浅推门进来了。上官浅拿起一个篮子，从柜子里取出一些新鲜的水果。从外面看，两人只是在厨房里各自忙活，没有任何异样。

而在柜门挡住的地方，上官浅的脸埋着，她低低地开了口："宫子羽什么时候进后山？"

云为衫折着手里包蜜饯用的油纸，头丝毫未动，只有声音传来："应该快了，我试着问问。"

身后的门关上了，几颗鲜果颜色欲滴，如同上官浅笑得娇艳的面庞。她看着四下无人，倾身过去，在云为衫耳边低语。

"你的任务是绘制宫门云图，对吧？"

不知道她是什么时候猜到的，云为衫没有说话。

"一直以来，江湖中只知道宫、商、角、徵、羽，这后山却是第一次听说，神神秘秘的。我问了好多下人，他们都不清楚。你若是能调查到后山的情况，寒鸦肆应该会很高兴吧？"

云为衫不置可否："不用你说，我肯定会查。"

上官浅重新转身,轻笑着,有些不信:"后山重地,可不太好进。"

连零星半点的信息都难以打听到,更遑论进入后山,她丝毫不觉得云为衫有这样的能力。

云为衫见她带着一丝轻视,只是淡淡地说:"我有办法跟踪他。"

"怎么跟?"上官浅有些意外。她等着云为衫往下说,但对方此刻像是有所隐瞒,没有继续说。

"无锋的追踪术不外乎几种,痕迹测写、易容尾随、目的预判、换岗接续……"

上官浅逐字逐句地试探,无锋的追踪术,她们都熟烂于心,然而云为衫还是没有任何反应。

"哦,对了,还有一种……"上官浅打量她的眼睛,"香术追踪。"因为难度太大,她方才没有直接列举出来。

没想到云为衫的眉头明显动了一下,上官浅立即明白自己猜对了。

"看来我猜对了。不过香术追踪可是最难的一种……我怎么没听说魑里面有人会这个啊……"上官浅有些诧异。

云为衫包好了蜜饯,托盘上的酒壶被她端得稳稳当当,她不以为然地说:"无锋里你没听说过的事儿多了。"

"行。祝你好运。"上官浅没有不快,一脸期待地说。

云为衫顺着她的话:"多谢。"

两人沉默片刻,云为衫又道:"你是不是也应该多谢我?"

上官浅立刻会意,抬起手比画了一个"三"。

"你胆子真大。"

云为衫震惊于她的胆大妄为,在宫远徽眼皮底下偷东西,若非她找到了那个囊袋,恐怕宫门又会掀起一场腥风血雨,她们都无法幸免。

"兵行险着,才会绝处逢生。"

"收获大吗?"

值得她冒这样的风险?云为衫忍不住问。

"够了。"

"够什么?"

"够应付马上到来的半月之期了。"上官浅反问她,"你呢?应该也查到什么了吧?"

云为衫的眸色沉沉:"我不担心这个,我担心的是,半月之期到了,我们

169

要怎么出去。"

上官浅悄悄摸着篮子里的水果,神情复杂,而云为衫已经端起蜜饯和酒壶走出了厨房。

宫子羽的房间内,此刻刀光剑影。

金繁咬着牙,脸色惨白。他的喉结前一寸的地方正顶着锋利的刀尖。他咽了咽口水,喉结滚动,差点被划破。

宫子羽举着刀的手都有些累了,他狠狠地说:"金繁,你不要逼我啊,你到底说不说,你个王八犊子。"

然而金繁还是咬着牙,一副视死如归的样子。

宫子羽急了,把刀放下来,在他脑袋上敲了一下,然后瞪着金繁:"谁都知道三域试炼危险重重,你明明知道些什么,却不告诉我,你不是我的绿玉侍吗?你怎么回事你?"

金繁脸色比哭还难看:"执刃大人,我发过重誓,后山之事,只字不提。你别逼我了!"

后山,深入谷腹,与世隔绝。

不知活了多少百年的参天大树高耸入云。密不透光的树冠下,弥漫着一种沉重的寂静,光晕偶尔穿过树间的罅隙,照亮空气中飞舞的浮尘和一些充满凝重气息的建筑檐角。不知多少年了,那些若隐若现的古老建筑群看上去比那些古树还要历史久远。

花宫的门楼屋顶上,一个玄衣男子正鼓捣着手里的一个器具。他眉目英气,丰神俊秀,立体的五官却带着几分稚态,所以显得洒脱、有活力。眼下,他似乎遇到了瓶颈,正皱着眉,气得将手里那怪异的器具扔到了地上。

他斜躺在屋顶上,闭起眼睛,紧锁眉头思考,兀自呢喃道:"唉,一筹莫展。"

这时,两个黄玉侍从下方路过,正谈论着什么。

"最近前山的商宫一直传来爆炸声,还以为是无锋攻进来了。后来发现只是宫紫商大小姐在搞研究,可算是虚惊一场。"

玄衣男子不由得睁开眼睛,侧耳去听。

"什么研究?"

"不知道,好像是把火药和兵器搞在一起。"

"火药和兵器?那不是徽少爷早就搞出来的暗器嘛。"

两个侍卫的声音越来越远。

玄衣男子眼神发亮,喃喃自语:"火药和兵器?有意思。我要去前山看看。"

宫子羽丢了兵器,闷头倒了一杯茶,烦躁得一口喝掉。

"算了算了,你不想说,我也撬不开你的嘴;你不想走,我也不能打断你的腿。我去试炼的时候,你记得盯紧宫尚角和宫远徽。"

他一脸的视死如归,还不忘叮嘱。

金繁点头,然后他的目光里充满担忧:"执刃大人,请你务必小心啊……而且,千万别逞强。"

宫子羽暴怒道:"你这人!又咬紧牙关又欲言又止,你可太烦人了!我本来没什么,现在被你搞得异常紧张!"

他还未骂完,这时,两人听见了门外的脚步声。

云为衫从门外进来,手上拿着一个已经整理好的箱笼。

宫子羽接过箱笼,比他预想的沉多了,他好奇地问:"都是什么东西,这么重?"

金繁不由得感叹:"云姑娘真是细心,已经替执刃打点好行装了。"

"我听金侍卫说公子在完成第一关试炼之后才能离开后山,已经入冬了,后山湿冷阴寒,紫商姐姐说执刃从小怕冷,所以我就多带了几件厚重衣物。"

云为衫有条不紊地准备好了,既然现在她是随侍的身份,理应做这些。

宫子羽翻看着,拿出一个小酒壶:"还带了酒?不过我这次就自己去,有些没良心的人不肯陪我,这酒怕是要独自苦饮了……"他一边说,一边对着金繁阴阳怪气。

云为衫笑了笑,语气带着关切:"这可不是普通的酒。后山瘴气重,湿气也重,之前上官姑娘体寒,医馆开了方子给她,我去求来做成了药酒,可以驱寒辟湿。我还担心公子吃不惯后山菜肴,所以又放了几包糕点。"

一切都安排得妥妥当当。宫子羽心中一暖,拿出酒壶闻了闻,酒香四溢,那几包糕点也用油纸包着,保持干燥。

"对了,还有这个……"云为衫从贴身衣袋里掏出一个精致的荷包,"我缝了一个荷包,里面是驱逐蚊虫的草药。我老家梨溪镇沿河而建,蚊虫蛇蚁都多,小时候我娘总让我随身带着。"

171

那荷包绣得不算精致，但模样倒是小巧，云为衫递给宫子羽。

宫子羽不由得觉得有些好笑："你怕不是忘了这里是宫门，你觉得蛇虫鼠蚁能近得了身？"

云为衫听完，讪讪地收回手，正准备把香囊放回箱笼里。

下一秒，她手里一轻，宫子羽立即伸手拿了过去。

"做都做了。"他低头将香囊随手系在腰间，和狐狸尾巴并列，脸上有一丝不易觉察的红晕和喜悦，但他依然掩饰着，淡淡地说，"你才来几天就忙上忙下的，准备这么多东西，太辛苦了。"

云为衫脸上泛起几丝酸楚："父亲去世后，家里光景就不如从前，下人们遣散了很多，我在家也操劳惯了，不算什么。"

果然，听她这样讲，宫子羽显得有些心疼："以后可以不用做了。"

"我做这些理所当然，毕竟我也是执刃大人挑选的……挑选的……"云为衫的脸有些羞怯，让她难以开口，声音小了下去。

宫子羽自然明白，但忍不住逗她："你是我的什么？"

金繁自顾自地检查着箱笼，很不识趣地突然插嘴道："执刃，你还缺什么吗？"

宫子羽原本含情脉脉地等着云为衫回答，突然被金繁打断，难受至极，只能用力瞪他。

金繁挠头："你眼睛咋了？"

宫子羽："……"

云为衫也没想到方才自己竟然愣了神，于是转开话题："公子什么时候出发？"

"三日后，初八，忌耕种，宜出行。"

"要不要我随公子一起，也好照顾公子？"云为衫露出担忧的表情，趁机说道。

然而宫子羽笑了，摇了摇头："这怕是不行。参加试炼的宫门子嗣，只能带自己贴身的绿玉侍卫。"想起了什么，看着金繁咬了咬牙："哼。"

云为衫点点头，低声："嗯。执刃大人，万事小心。"

商宫，精致玲珑的院子里，一间屋子颇为奇特、粗犷，屋外假山怪石，木廊四通八达。

那是商宫大小姐的研究室，此刻发出轰的一声巨响，冒出了一阵浓浓的黑烟。

浓烟散去后，宫紫商一张黑脸现出来，眼珠滴溜转动，表情介于神机妙算和神神道道之间。

"怎么会这样？到底哪儿出了问题？"

研究室内满地器械，一片狼藉，各种材质的精密工具散落一地，有些还冒着火星。

宫紫商几乎挠破了脑袋也不得要领，走到角落坐下来，有些颓废。

这时，一个人影从窗口翻进了研究室，来人神采奕奕，正是花宫那个玄衣男子。

只见他不知何时偷偷换上了仆人的衣服，素衣布袍，掩盖了身上几分神秘的气质。他并没有发现角落里的宫紫商，一双炯炯有神的眼睛打量着桌面上的各种器皿，又用手指拈起桌上的一些粉末端详。

他陷入思考，不由自主地念叨起来："硝石燃烧时放出的烟太大，木炭和硫黄的分量显然太多了，燃烧得太快，极易膨胀——"

身后一个幽怨的声音飘来。

"这里不用打扫。"

男子一愣，反应过来，赶忙俯首帖耳："是，小的这就走了，不打扰大小姐。"

宫紫商眯起眼睛，狐疑地打量他："站住。你刚刚说什么？"

那男子便重复了一次："硝石燃烧时放出的烟太大，木炭和硫黄的分量显然太多了，燃烧得太快，极易膨胀……"

宫紫商哑巴着嘴思考了几秒，说："你叫什么？"

男子迟疑了片刻，然后看着她被熏得一脸黑，忍不住偷笑了一下，道，"小的叫……小黑。"

宫紫商指了指桌面："你哪个宫的？怎么会懂这些？"

小黑胡编乱造了一番："我爷爷是做烟花的，可出名了。我家做的烟花，还被送去王城放过呢。"

"那你留下。"

小黑惊奇地问："打扫吗？"

"不，"宫紫商摆摆手指，"一起玩玩儿。"

那天，研究室神鬼莫测的黑烟更浓郁了。

三日之后，是宫子羽出发的日子。

天气还算晴朗，温度也暖和了一些，一行人从羽宫出来，给宫子羽送行。

宫紫商忽然吟道："送君千里，终须一别。"然后假装用手指抹了抹泪，故作伤感地呜呜了两声。

宫子羽嫌弃地皱眉："行了，你们两个没良心的，别演了。"

"你骂金繁可以，扯上我干吗呀？"宫紫商眉毛一挑。

金繁眼睛红红的，看起来似乎一夜没睡："执刃，记住啊，真的不要逞强啊……"

出了羽宫不远，几个人都停下了脚步，云为衫看着他身后的路，突然开口："我送公子到后山入口吧？"

宫紫商与金繁异口同声道："不可。"

金繁严肃道："后山重地，外人免进。"

一句"外人"让云为衫不免尴尬，她低下目光，神色看起来有些失落。

"后山重地，闲人免进。啊，闲人免进。闲人。"宫紫商赶紧打圆场，"我们女孩子，平日里比较清闲，后山机关重重，老吓人了，让他们男孩子去闯吧。"

云为衫点头，将行囊通通交给宫子羽："羽公子，保重。"

宫子羽敲了敲宫紫商的头，又转过头看了云为衫一眼，欲言又止，最终只说了一句："等我回来。"

"嗯，我等你。"云为衫给了他一个和煦的微笑。

宫子羽独自一人背着行囊，渐渐走远。

脚下的路越来越不平坦，不知何时起了雾。宫子羽向着山谷深入，很快来到一面石壁前，石壁内嵌的一扇高大铜门紧闭着。

石门前站立着两个侍卫，侍卫见宫子羽前来，打开了铜门。

巨大厚重的铜门缓缓开启，连地面都发出一阵隆隆声，未知的深处被林间的瘴气覆盖，光照不透，视线所及连轮廓都模糊不清。

宫子羽心里有些忐忑，抬脚走进了幽暗冗长的隧道。

羽宫外，送别了宫子羽，三人往回走，一路同行皆沉默不语。

特别是金繁，眼里是藏不住的担忧，他的脸色越来越苍白。

"金繁，你是不是吃坏东西了，脸色这么难看？"宫紫商关切地盯着他的脸。

云为衫却从中看出了不对劲:"金繁,你是不是知道什么?跟试炼有关,对不对?"

金繁深吸了一口气,点点头。

云为衫暗自思索,然后猜测道:"你这么紧张,是不是知道羽公子会有危险?"

金繁下意识点了点头,然后又猛地摇头。

宫紫商见状急了起来:"哎哟,你烦死了!哑巴都没你这么烦!你倒是说点什么啊!"

金繁只是眼睛通红,死活不说话。

"金繁,我知道你立过誓言,对后山情况只字不提。你无须开口,只要点头、摇头,这样也不算违背你的誓言。"

那日在房内,宫子羽用刀尖顶着他他都不肯说,云为衫知道他有苦衷,就想办法让他透露。

金繁憨厚,脑子一根筋,琢磨了一下,似乎觉得她的话有道理,于是点头答应。

云为衫开始问话:"三域试炼,有生命危险吗?"

金繁点头。

"你知道第一关试炼是什么吗?"

又点头。

"是考验心智?"

金繁摇头。

"考验武功?"

还是摇头。

"考验轻功身法?"

摇头……

这样问下去不是办法,云为衫不知道该问什么了,为难起来。

这时金繁突然向前走开两步,在庭院里站定,瞬间他全身内力暴涨,一股强风迎面而来。

云为衫发丝浮动,她反应过来:"考验内力?!"

金繁猛点头。

既然试炼会有危险,云为衫当机立断,神色恳切地看着面前两人:"金繁、紫商姐姐,我要你们帮我一个忙?"

宫紫商问:"什么忙?"

"帮我进入后山。金繁,我代替你,保护执刃大人。"云为衫垂下的手攥紧,目光透着灼人的温度,似乎不能眼见宫子羽一人只身犯险。

宫紫商和金繁同时说:"那怎么行?!"

云为衫黯然道:"后山重地,外人免进,对吧?"

宫紫商讪讪地:"闲人……闲人免进……"

"我不是闲人,更不是外人。"云为衫说得情真意切,"我是执刃大人挑选的妻子,虽然我还没有和他正式成婚,但是在我心里,他已经是我的……是我的夫君了。金繁,你刚刚说三域试炼会有生命危险,如果羽公子死于试炼,我也不会再苟活于世;如果闯关成功,他就是名正言顺的执刃,执刃夫人有没有资格进入后山?"

听罢,金繁左右为难,但见她一脸执拗,还是念叨着:"有……"

宫紫商着急道:"哎哟,好妹妹,你真的别闹了。就算你不是外人,你一个弱女子去了又能怎样呢?金繁去了好歹还能舞刀弄剑保护宫子羽,你去了——"那不是送菜嘛。

云为衫打断她:"我要是能胜过金繁呢?"

金繁和宫紫商同时愣住了。

午膳时间,角宫仍旧冷冷清清。

宫尚角站在屋内的桌子前,脸色更冷。他身边的宫远徽看到满桌子的好菜,琳琅满目,一时间有些目瞪口呆。

宫远徽奇怪的伸手指了指:"今日怎么——"

门外,上官浅恰好端着一盘切成段的松鼠鳜鱼进来,擦过宫远徽,将鳜鱼放置在桌上。

"饭菜正热,二位公子来得刚好。"

宫远徽好整以暇地抱臂道:"这都是你做的?"

"献丑了。"她盈盈地娇羞一笑。

宫远徽幸灾乐祸起来:"是真的献丑了。哈哈。"

上官浅有些疑惑地看看宫远徽,她不知道宫尚角的口味,就每种菜式都做了一些。

宫尚角不动声色,坐下来,但是并没有动碗筷,看着离他最近的一道菜:

"这是什么?"

见哥哥行动了,宫远徵跟着坐下,挑起一边眉毛:"像是……野鸡。"他一边说,一边自顾自动了筷子,夹了一块吃起来。

"特地吩咐厨房去山里打的野鸡,去皮剔骨,炸一遍之后,再下锅煎炒……"上官浅复述着做法,看上去相当用心。

宫尚角不经意地问:"上官家是大赋城望族,你是大小姐,还会这些?"

上官浅脸色不变,点点头:"我娘说,女子会做菜,才能留住人。"

她笑得有些春风得意,只当他那句话是夸奖。

宫尚角不置可否,迟迟没有用膳。

见宫远徵在一旁吃得开心,上官浅问:"远徵弟弟不用等等角公子再吃吗?"

宫远徵有些显摆和挑衅:"我哥宠我,从小到大,好东西都让我先吃。"

"宠归宠,礼数总要讲的吧?"她脸上露出一丝不乐意。

一直不说话的宫尚角突然开口:"兄弟之间,何须礼数?"

"但我看执刃大人好像挺在乎礼数的。"

气氛骤降,宫尚角的目光悄然落在她脸上。

宫远徵冷笑道:"因为他不是我们兄弟。"

上官浅有些意外:"什么意思?"

宫远徵不屑地撇了撇嘴:"而且他也不是执刃。"

在她问出更多的问题之前,宫尚角打断了她:"吃饭。"

说完,宫尚角终于动筷,夹了一块鸡肉,但没吃,而是放进了宫远徵的碗里。

上官浅说:"角公子自己吃吧,远徵弟弟碗里还有。"

宫远徵有些不悦:"不要叫我'远徵弟弟',只有我哥才可以叫我'弟弟'。"他讥讽道,"你不是很爱讲礼数嘛,以后记得叫我'徵公子'。"

上官浅的表情变得委屈,她紧紧抿着唇,拿起一个小碗,沉默地盛汤。

看起来倒像是两个人在争风吃醋。

宫尚角原本淡漠的脸有了些波动,淡淡地说:"成亲之后,就可以叫'弟弟'了。"

手上的小勺一顿,汤洒了一滴到瓷碗的边缘,有些烫手,上官浅似乎没料到宫尚角会说这句话,有些意外地怔住了。

宫远徵轻哼一声,说:"哥哥向来食素,荤菜也只吃炖汤,你这一大桌,

177

怕是要浪费了……"

上官浅来到角宫后，也观察到了他的饮食习惯，便说："正因如此，角公子才脾胃不好，食欲不振。你和宫二先生从小一起长大，日日见他只食一餐，都不觉得心疼吗？"

两人还在暗暗较劲，宫尚角突然放下碗筷，容色微沉。

上官浅立即紧张地低下头："小女知错，还请公子责罚。"

宫尚角问她："哦，你错在哪里？"

"错在擅自揣度公子心事。"

"你揣度到什么了？"

"角公子平日只食炖汤，却不食完整鸡鱼，我猜，是因为它们的眼睛。"

宫远徵也好奇起来："什么？"

"爹爹曾经告诉我，常年征战沙场的士兵很少吃鱼，因为鱼眼和死人的眼睛一样。角公子这些年为宫门出生入死，经历过太多血腥场面，即便嘴上不说，心里也难免有芥蒂……"

宫尚角晦暗不明地盯着她："你知道得倒挺多。"

捧着碗的手指微微一顿，上官浅默默闭上嘴，汤满了，她拿回汤碗。

宫尚角道："不给我吗？"

上官浅看向他："嗯？"

"你盛的这碗汤，不是给我的吗？"

上官浅的眼角弯起，她心满意足地递到宫尚角面前。

宫远徵插嘴道："我也要。"

上官浅只好起身，又给他盛了一碗。

羽宫里，刀已经出鞘，冷光掠过云为衫平静的眼瞳。

她接过金繁递过来的刀，有些沉，刀刃锋利，通体寒锋毕露。

金繁说："这是我们侍卫用的刀，对姑娘家来说，可能有些沉了。"

云为衫却道："无妨。"

既然云为衫提出她能赢，两人就准备比试一番。金繁提醒道："君子比试，点到即止。"

云为衫点头。

语毕，两人刀刃对抗，一时间寂静的庭院发出兵刃相接之声。云为衫身姿轻盈，金繁进攻猛烈，转眼已过了数招，本来以为很快可以分出胜负，然而，金繁竟然迟迟无法占上风。

庭院里的落叶被两人的内力和刀法激荡得飞舞起来。

边上的宫紫商直接看傻了。

终于，一阵气势催动，云为衫的姿势如行云流水，手里的刀轻盈得宛若无物，倏忽顶到了金繁的脸面前，横在他颈侧。

云为衫说："我赢了。"

角宫，午膳快要结束，一桌子菜只动了不到三分之一。

宫远徽放下筷子，用手帕擦拭着嘴，突然说："哥，宫子羽已经去后山了。"

宫尚角看着他愁眉不展的表情，淡然回答："这也值得发愁？"

"哼，但凡有点自知之明，他就应该早早放弃，不见棺材不掉泪。"

"他若是没这点'自知之明'，我们就点一点他。"

宫远徽一听，表情立刻放松，眉眼舒展开来。

一边正乖巧低头喝汤的上官浅动作也不易察觉地停了一瞬。

宫远徽问："他那见不得人的身世，哥哥已经知道从何处入手了？"

宫尚角没有回答，转向上官浅："上官姑娘，我想喝一碗甜汤，不知道厨房有吗？"

上官浅若无其事地站起来："有。"说完，她转身朝着厨房的方向去。

看着她渐远的背影，宫尚角才冷声提起："兰夫人。"

"兰夫人？她不是早就死了吗……"

"死人没法说话，但是还有活人可以替死人说话。当年服侍兰夫人待产的贴身丫鬟一定比我们知道的多。"宫尚角冰凉的眼神透出深意。

最后一片落叶打着旋儿落下来，与此同时，云为衫收刀入鞘。

她将刀递给金繁："承让了。"

宫紫商跑过来，觉得有些不可思议。金繁作为宫子羽的贴身绿玉侍，武功高强，就算是因为切磋保留了实力，她也没想到云为衫这么快能赢，于是惊呼道："云为衫姑娘，你也太厉害了！你没说过你会武功啊！"

金繁的表情却有些凝重，他慢慢地接过刀，突然将宫紫商护在身后，随即出其不意地拔刀闪进，云为衫反应再快也来不及了。

云为衫跌倒在地上，金繁的刀刃就在她喉咙前方一寸处。

宫紫商大叫："金繁？！"

金繁的面容像笼罩着一层寒霜，他看着云为衫，冷冷地说："你虽然用刀和我比试，但全部招式皆为刺剑突进，而且你用的剑法，我正好知道。'清风九式剑'，这是清风派秘而不传的顶级剑法，而正好清风派已经归顺无锋。说，你是清风派的什么人？！"

第八章 雪落月陨

刀尖就在眼前,能轻易划破脆弱的皮肤,云为衫眼里没有丝毫畏惧之色。

"我不是清风派的人。"她否认道。

金繁的刀刃又近一寸:"清风派嫡传弟子顶多精通三四式,能够掌握全部九式剑法的人屈指可数,你说你不是清风派的,一派胡言!"

宫紫商同样忧思深重,戒备地看着云为衫。

云为衫垂眸:"我母亲只是寻常妇人,父亲一生经商……"

刀锋再近一寸,云为衫被迫扬起脸,金繁厉声道:"别来这套!你放河灯的时候已经用过一次了!"

她要进后山,就必须显露武功,同样,也需要一套令人信服的说辞。

这一点,云为衫早有准备,她临危不乱地抬起眼:"……父亲一生经商,走南闯北。十四年前,他走水路运货,发现一位女侠藏身于船下暗舱,她就是清风派一直追捕的叛逃之徒,被誉为五十年难遇的剑术天才拙梅……拙梅跟随父亲回到家中,隐姓埋名。为了报答救命恩情,拙梅认我为义女,传授我清风九式……"

拙梅叛逃多年,早已在江湖销声匿迹,若说她是藏身在普通人之家,隐姓埋名,所以才能躲过追杀。这个说法也有几分可信之处。

金繁的心中依然存有疑虑,毕竟这件事鲜为人知,难以求证,只是他指着云为衫的刀锋后退了几分。

他疑惑道:"救她一命,她就授你清风九式?"

"义母传我剑法其实也有私心,她希望我为她复仇……当年拙梅对一名年轻男子动情,触犯门派戒律,被当时的掌门、她的同辈师姐点竹严刑惩戒……

当年这件事震动江湖，你们应该也知道吧？"

前半段自然是骗他的，但后半段掺杂了真事，已让人难辨真伪。

宫紫商听罢，有些动容。这个传言，她听说过，于是眼神里竟然有了些同情："知道，听母亲讲起过……好像拙梅的那位爱人被斩了手脚、封了喉舌，奄奄一息地放于拙梅面前……后来听说是拙梅受不了那个刺激，发疯了一样杀了十几个人，浑身带血，逃出了清风派……"

金繁心中动摇，已有八九分信了云为衫的话，只因她拧着的眉目之间焦急无措，似乎真的一直心系宫子羽的安危。她态度坦然，寻不到丝毫说谎的迹象。

于是他缓缓收回了手里的刀："原来从江湖上消失的拙梅一直藏在你家……你嫁入宫门，是为了利用宫门向清风派报仇？"

云为衫摇了摇头，眼里氤氲着一些热泪："不是……义母前几年就去世了……这些年她一直心绪郁结，死前她对父亲说，如果这世上还有一个安宁之地，那就是宫门……"

拙梅竟然已死，听到这里，宫紫商没来由地有些感慨。她心软了，扶云为衫起来："好了好了……快站起来吧。"

云为衫踉跄着站好，但目光坚定："可以让我去后山了吗？"

宫紫商犹豫着问："金繁……如果试炼真的如你所说那么危险，那宫子羽身边有个人照顾总归更好吧？"

见金繁举棋不定，云为衫又开口道："有件事情……我不知道该不该说……"她言语为难，欲言又止，下意识避开两人的视线。

宫紫商急了："哎呀，都是一家人了，还有什么该不该说的，你快说吧。"

"我听上官浅说，角公子和微公子听说执刃已经入山，很是高兴，然后商量着要做一件事情……具体是何事，不太清楚，但他们说羽公子一时半会儿很难闯过第一关试炼，他们有足够的事情完成……"云为衫意有所指，长睫落下阴影，宛如被阴谋笼罩的假象。

宫紫商心下震惊："天哪！那准没什么好事儿！"

金繁脸色突变，这样一来，宫子羽不仅试炼有危险，还会因此腹背受敌，他的脸色凝重起来："此话当真？"

云为衫点头。

宫紫商说："看来我们要抓紧了，晚上我们碰面合计合计，然后想办法，明天一早，就把云为衫送进去找宫子羽吧。"

云为衫脱口而出："不行！"

她打算利用香术追踪，然而上官浅也提醒过她："不过香术追踪可是最难的一种……而且，最持久的留香也就十二个时辰，时间越久，气味越淡，越难追寻，你可得抓紧哦……"

话一出口，宫紫商有些疑惑地看向她，云为衫自知说漏了嘴，正在想着如何回答，就听见身后金繁说了一句："不行！"

宫紫商转向金繁："为何不行？"

"要进后山找执刃，就必须今晚连夜进去……明天一早，就很难再见到执刃了……"金繁转瞬而逝的恐慌让人难以捕捉。

不知为何，云为衫的心有些收紧。

密道的风不是流动的，阴暗潮湿，只有脚步声擦过宫子羽的耳畔，在空灵的回音里透着一股混沌之感。

宫子羽呼吸沉重，在密道中走了一小段，眼前突然亮起了一个光点。他发现前方有人在等，明灭的火光破开了幽寂，他隐约看见了一张熟悉的脸。

"子羽。"

宫子羽走近，发现提着灯等待自己的是一脸和善的月长老。

他很是意外，亲切地喊道："月长老，您为何在此？"

月长老背着手，长袍威严，但他对宫子羽露出了慈眉善目的笑容："我担心你初次闯关会有些紧张不安，所以特意来带你走一段。子羽，按照规矩，你得把眼睛蒙上。"

说完，月长老伸出手，用一块黑色的布蒙住他的眼睛，他眼前很快陷入彻底的黑暗。

空气的窒闷和脚下仿佛无休止的通道，令人惶惶不安，但宫子羽感觉到一只温暖的手伸了过来，他握住了月长老的手，被带领着往前走。

羽宫里，风中飘来一阵幽微的兰香，缥缈怡人。雾姬夫人手里拿着一个花篮，在一个侍女的陪同下，款款走进庭院。

老执刃出事后，她便清瘦了不少，在冬寒里，衣裙扶风，温婉眉间露出一丝憔悴。

她打眼看去，就见云为衫刚好转身离开，庭院里只剩金繁和宫紫商二人。

雾姬夫人走上前："这么热闹，你们三个聊什么呢？"

金繁行礼道："见过雾姬夫人。刚刚送执刃进入后山，我们有些紧张和担心。"

"不用担心，子羽一定会成功的。"雾姬夫人看着方才云为衫背影消失的方向，又问，"云姑娘怎么走了？"

宫紫商嘴快："她去准备晚上——"

差点就露馅了，金繁立即打断她："她去准备晚饭了，刚聊到她的故乡，云姑娘说晚上做几道她老家的菜肴给我们吃。"

宫紫商连忙转了话题："雾姬夫人，您在做什么啊？"

雾姬夫人指了指自己手上的花篮："摘了些兰花。"

她素来清闲，平日也多与花草为伴，最喜爱兰花。

金繁拱手道："那就不打扰雾姬夫人了，属下告退。"

见他走了，宫紫商连行礼都顾不上，立马"哎哎哎"地喊着金繁的名字，追了上去。

雾姬夫人看着两人的背影，有些无奈地笑了笑，然后目光里露出一种很复杂的神情，羡慕、伤怀、失落……逝水难追的韶华倒映在她不再年轻的眼睛里。

金繁快步走着，宫紫商的声音在他身后追来。

"金繁，你喜欢红色还是金色？"

声未落人先至，她从身后探头过来，映入金繁眼帘的是一张充满活力的笑脸。

"金色、红色，我都不喜欢，我只喜欢我黑色的侍卫服。"金繁又加快了脚步，"宫紫商大小姐，我有任务在身，没时间陪你了。"

他身姿挺拔，武功高强，走路速度飞快。

宫紫商吭哧吭哧地追着，一点都不抱怨。

"任务？你常年守着宫子羽寸步不离，他现在去后山了，这就是你的假期啊，假期就应该花在美好的事情和美好的人身上。"说着，指了指自己。

金繁总算停下，眼神中有逃避和无奈："执刃临走之前让我盯紧宫尚角和宫远徵。"

宫紫商嘟囔道："他们这么重要吗？"

"他们不重要，但执刃重要。"

"那我和宫子羽谁重要？"她不知气馁为何物，眼睛重新亮了起来，在脑海里翘首期盼，说完还认真拉起金繁的袖子晃了晃。

她本是高不可攀的大小姐。金繁不知如何面对她，也就不露心底百结的思绪，他后退一步，低头正经行礼，斩钉截铁地说："宫子羽重要。"

宫紫商愣住了。风里又徒留她一人，连他一片衣袖都握不到。她望着金繁离开的背影，许是风里还夹着细沙，眼睛有些酸涩，红了。

密道里，宫子羽牵着月长老的手，跟着他徐徐前行。

走了一段路，宫子羽察觉到不了不对劲，迟疑道："月长老，你可是在绕路？"

月长老慈祥地问他："子羽何出此言？"

"我们已经连续三次左转了，每一次行进的步数都差不多，所以，我们应该是回到了原地……"从不久之前开始，他心中就已有计算，他验证了这一点才开口。

月长老幽幽一笑："子羽的确聪颖，但还是错了。"

"哦，不对吗？"

"前一半对了，后一半不对。我们并没有回到原地，我也没有刻意带你绕路。"

宫子羽有些不明白："是吗……"

"如果密道高度一致，确实如你所言，连续三次左转或者右转，就会回到原地……"月长老耐心地解释，"但是你有没有发现，地面并非平直，而是一直往上吗？……你应该看过沿着井壁一圈一圈盘旋而上的石梯吧……"

宫子羽恍然大悟："长老，我有些明白了。"

因为蒙着眼，他看不见月长老的表情，只察觉他的声音仿佛变得有些感伤。

"子羽啊，他们都说你顽劣、叛逆，但我一直都觉得你天资聪慧、心地善良、平易近人，你能够叫出宫门里所有下人的名字，他们也都偏袒你、疼爱你。但你太过年轻，有时难免因为过于自信而做出轻率的判断。身为执刃，这种轻率有时候是致命的。"

月长老的教诲，宫子羽认真听着，他虽然没有说话，但铭记于心。

除了月长老，再也没有人会这样循循劝诫自己，他感觉到牵引着自己的手已然苍老了，可是还是如同父亲的一样，宽大、坚定、温暖而有力量。

"在你往后的人生里，像此刻这样在黑暗中摸索前行的经历会有很多，而且可能那时已经没有领路之人了。孤身于黑暗之中，即使再艰难，你也必须做出正确的决断，因为你肩负的不是自己的命运，而是整个宫门、全族人的未来……"

宫子羽暗暗用力："子羽一定谨记在心。"

月长老又重新笑了起来，黑暗里，他的声音和煦："你一定可以通过三域试炼，我期待看到你真正当上执刃那一天，那时，我来帮你把执刃服披上……"

宫紫商坐在石凳上发呆，她的眼睛看起来湿漉漉的，一向神采飞扬的脸也垮着。

她丝毫没有听到身后靠近的脚步声，一朵新鲜的兰花被一只手捏着，轻轻地别在她耳边的头发里。

宫紫商欣喜地回过头："金——"

然后她的目光暗淡下去，在她面前是拎着花篮的雾姬夫人，她手中的花篮已经装满了兰花。

雾姬夫人在她身边坐下来："堂堂的宫家大小姐、商宫宫主，却成天追着一个绿玉侍卫跑，像什么样子。"听起来像埋怨，但她脸上温柔笑着，满目的心疼、怜惜。

宫紫商用手撑着下巴："他说他有任务，不能陪我……"

堂堂大小姐又如何，商宫宫主又如何，还不是换不来一个人的青睐？

"他说有任务，那必然不是儿戏，你若总是妨碍他，只会让他心生厌恶，对你更加疏远、客气。"

雾姬夫人拿起剪刀，开始剪兰花，枝叶折断，香气变得馥郁，可兰香伤怀。

宫紫商鲜活的眉眼低垂着："我懂……我只是想陪他……"

"你有没有听过宫门下人之间流传的一个笑话，说，商宫之主每日三事——吃饭、睡觉、找金繁。"雾姬夫人漫不经心地提起，却是有意敲打。

宫紫商的眼睛又红了一圈，满是委屈："我也想担起作为一宫之主的职责，但没人搭理我呀……而且父亲……父亲只是在等年幼的弟弟长大，我这个商宫宫主，大家都知道只是暂时的……"

都是徒劳。宫紫商眼睛暗淡下去，神情比刚才还要灰心。

雾姬夫人叹了口气，摸了摸宫紫商的头。

宫紫商突然很认真地询问她："您说，金繁为什么就不喜欢我呢？……"

在她眼里，雾姬夫人温柔、玲珑、心细如发，一定知道答案。

"天下之大，几乎所有事物都能理出因果、辨出前后，唯有感情啊，说不清道不明，强求不来的。"

竟然连雾姬夫人都无法告诉她答案，也不知道她想到了什么，眼底有像她一样的悲戚。宫紫商咬咬牙,不肯放弃:"那我偏要强求,偏要金繁喜欢我呢?"

她赌气地拿起花篮里的剪刀,开始胡乱地修剪花枝,花叶零落,馨香乱窜。雾姬夫人没有阻止她,竟一下子有些出神。

她的回忆里,同样是一室兰香。

一个蓝色身影坐在窗前,她身怀六甲,眼里却没有任何为人母的喜悦。倩影如兰如玉,眼神却茫然、空洞。

冬雪摧折兰花,也折磨着她。

于是雾姬朝那人影走去,手里捧着一大簇新鲜兰花,放到桌上:"兰夫人,你看,这已经是今年第三次开花了,执刀真有心啊!"

兰夫人却连眼眸也没有抬起,淡淡的,没有理会。

"我去拿剪刀来修剪一下,插到花瓶里。"

"不用了,丢掉吧。"兰夫人不近人情地说。

"夫人不是向来最喜欢兰花吗?"

"用尽手段,有心为难,勉强开出来的花,闻着也是苦的。"

有一瞬间,雾姬夫人看着同样纷乱的花瓣,分不清今夕何夕。

"啊!"

一声尖叫,宫紫商不小心剪到了手,破了个小口,指尖汩汩地冒出了血。

雾姬夫人回过神来,有些嗔怪地皱眉,拉起宫紫商的手指,从身上掏出一块绢帕把她的伤口缠起来。

宫紫商疼得龇牙咧嘴。

雾姬夫人说:"偏要强求也没什么,就怕你伤了别人,也伤了自己。"

宫紫商举着自己手,耷拉着脸:"强不强求,好像都挺伤人的。"

"傻孩子,有时候,以退为进比步步紧逼要管用。特别是在感情里面,有一天,也许你不喜欢他了,他就开始喜欢你了。到时候,就是金繁天天追着你跑了。"

宫紫商似懂非懂地看着雾姬夫人。

出了密道,不知何时,天地间已经飘起了飞雪。

依然是峡谷飞瀑,却白雪皑皑,所有树木银装素裹,漫山遍野透着星屑般的雪光，仿佛已经换了天地。

宫子羽天生怕冷，他忍不住有些发抖，望着前方的入口，耳边响起刚刚月长老的声音。

"子羽，你可以摘下黑布睁开眼睛了，前面就是雪宫入口，也是你将面临的第一域。你如果带着厚衣，就在此处换上。霜叶飞雪，注意保暖。前方有人接应，我就不送了。子羽，保重。"

就剩下他自己了。宫子羽裹紧披风，独自走进那个挂满冰凌的门楼。

眼前出现一个将冻未冻的湖，湖水清澈见底，湖上有一块巨石削成的石台。只见石台上放着一些茶具，平日里似乎有人在这里饮茶。

宫子羽一阵恍惚，不知是不是错觉，他喃喃自语："我怎么感觉我来过这里……"

石台吹雪，松柏清香，竟是如此熟悉。

他再往前走，到了一个院落的前庭。院中种植了很多松柏，枝丫上都压着雪。松柏自然生长，完全没有人工修剪过的痕迹，浑然天成，庭院也生趣盎然，看起来像天然长成，但又似乎自成章法。

院落旁边正生着火，铁锅在煮茶，旁边还有一口敞口锅在煮着一堆雪块冰块，炉火旁边的石台上放着各种茶叶、香料和器皿。

宫子羽幽幽感叹："新茶煮酒，棠梨煎雪……这里的主人似乎很有诗意。"

雪越落越大，只听得见呼啸的风声。

原来不远处有一个少年仆人，他正低头专心致志地煮水，似乎宫子羽的到来对他来说无关紧要，煮水才是他最重要的事情。

庭院正中有一张石桌，却只有两条石凳，看来平日里没什么宾客到访。

石桌上摆着一盘还没有下完的围棋，白子多，黑子少。下棋的是一个年轻优雅的男子，他正低着头，指尖如瓷，把一枚黑子轻轻放进一列白棋中间。

听见宫子羽的脚步声，年轻男子抬起头，色若琉璃的眼眸澄澈、精致，白衣墨发，气质润泽，眉间一点朱砂，仿佛冰雪世界里唯一的亮色。

眼前棋局错综胶着，他却神态慵懒，对宫子羽微微一笑："羽公子请坐，哦，或者说，我应该称呼你'执刃大人'？"

宫子羽在另一条石凳前坐下来："叫我宫子羽就行，过了你这关试炼，再叫我'执刃'不迟。"

黑子继续动，覆手之间，棋局瞬息而变，年轻俊雅的男子笑得更温柔了："只过我这一关可不行。"

宫子羽皱了皱眉："怎么称呼你？"

"我姓雪，风花雪月的雪。执刃大人可以叫我'雪公子'。"他拂过衣袖，人如其名，带着霜雪清冽的气息。

"你是雪长老的后人？"

"是。"

宫子羽暗暗称奇："过去从未听雪长老提过。"

"宫门祖训，后山雪氏族人除长老以外，不得踏出后山半步。我们长年居于此地，自是不用提及。"雪公子隐秘地一笑。

宫子羽环顾四周，见一片孤清，杳无人迹，说道："那你的其他族人呢？为何就你们两个在此？"

那少年仆人自始至终都未抬头。

雪公子答道："他们不用参与公子的试炼，自是无须出现。"

宫子羽对后山了解甚少，继续打听："我从小在前山长大，竟不知宫门后山如此辽阔。你是第一关试炼的守关人，那是不是意味着，其他两个家族也深居在宫门后山之内？"

雪公子不置可否："羽公子真是才思敏捷。待执刃大人闯关完成，后山全貌，你自会知晓。"

宫子羽轻笑道："看来这后山秘密还不少。"

"天色不早了，羽公子先去休息，明天一早，我们就正式开始。"

宫子羽摇摇头："不用等明天了，就今天吧，我也不累，不需要休息。"

雪公子了然，眉眼一动，额间殷红的朱砂记破冰似的带着些许生气："我听说羽公子和人做了约定，要三个月内闯关完成……"

宫子羽抿了抿唇："和那个无关。"

雪公子又笑道："羽公子还是先休息吧，不急于这一时。"

说完，他转头对着煮茶的少年喊道："雪重子，麻烦你啦。"

煮茶的少年一言不发，星星点点的雪花落入他面前的火堆里。轻烟消散，少年在白雾里露出脸，年岁不大，一头如银的灰发，白色的发带闲闲地束起。他瞳仁灵动，色淡如水，同样是眉间一点朱砂，看似仆人，但一举一动皆风姿特秀。他走过来，递给宫子羽一杯茶，然后随手拿起宫子羽放在一旁的箱笼。

宫子羽看他年纪小，阻止道："这箱笼很重……"

少年却毫不费力，轻而易举地背起箱笼，转身朝院落的大门里走去了。

宫子羽看着他轻盈流畅的背影，若有所思。

入夜，羽宫房门紧闭。

云为衫脱下衣衫，换好金繁送过来的黑色修身劲装，扎好袖口，显然行动自如了很多。

她拉开门，见金繁和宫紫商正等在门口。

宫紫商之前愁眉苦脸的样子已然不见，眼下多了分神神秘秘。

金繁问："衣服还合身吗？"

云为衫点点头："金侍卫费心了。"

三人按计划行事。

金繁已安排妥当："我和宫紫商负责引开驻守通往后山密道门口的侍卫，你伺机进去。密道里面应该有机关，你自己小心。"

宫紫商拉起云为衫的手，显得有些紧张地东张西望："走吧走吧。"

刚走两步，金繁在身后叫住云为衫："等一下。"

他抬起手，手背上那块玉佩在月色下泛着光泽，那是代表他身份的绿玉。

"在进后山之前，有一样东西，我要交给你。"

金繁郑重其事，取下自己手上的绿玉佩，目光有些不舍，但还是交给了云为衫。

后山夜路难行，踩着崎岖路面，枯枝落叶发出窸窸窣窣的响动。

石壁内嵌的高大铜门紧闭着，石门前站立的两个侍卫岿然不动。

金繁很快走到门口，他先是交给其中一位侍卫一个包裹，又小声对那个侍卫耳语了几句。只见那侍卫犹豫了一下，转身打开了密道的门，身影很快消失了。

金繁在门口耐心地等着。

片刻后，万籁俱寂的夜色下，突然传来一声怪叫。

不远处的宫紫商不断发出叫声："救命啊……我的天哪……"

金繁故作大惊失色，对门口另外的那个侍卫说："好像是大小姐的声音。"

侍卫侧耳倾听，觉得奇怪："大小姐？"

金繁反问他："大小姐的声音你还不熟悉？"

侍卫越说越小声："我……怎么可能……熟悉……"

远处，宫紫商的声音像打配合似的，更加惨烈："救命啊……我宫紫商今天不会要葬身此地了吧？"

侍卫脸色变了，果然是大小姐。

"还不快随我去救大小姐！"金繁说完，连拉带扯，把侍卫拉走了。

侍卫一离开,一个蒙着黑布面纱的身影鬼魅一般悄无声息地走进了密道大门。

等金繁和侍卫赶到宫紫商所在之处,就发现她整个人站在假山上扭着腰,用手拢在嘴边,对着天上明月引吭高歌:"救命啊……"

侍卫:"……"

金繁:"……"

侍卫不敢以下犯上,只能认真询问:"大小姐是害怕月亮吗?"

宫紫商看到金繁赶来,可见计划成功,忍不住挤眉弄眼了一下,然后装作惊慌地大声说:"救命啊!好大的蜘蛛啊……"

密道昏暗而幽深,云为衫拉下了脸上蒙着的黑纱,空气不流通,只有回音震荡。

她深吸一口气,闻了闻残留在空气里的余香,那是她给宫子羽的那个香囊的味道,只是此刻已经十分幽微了。

云为衫低声自语:"香味已经很淡了……"

余下的时间不多,云为衫一路前行,努力辨别着空气里微弱的气息,然而越往里走,周围火把燃烧散发的焦油气味越是浓烈,几乎完全掩盖了香囊的气味。

"都是火把的焦油气味……"云为衫紧紧皱眉。

没办法,她只好随便选了一个方向。刚走两步,她突然停了下来。她极其敏锐,所幸停得及时,她的眼前,一根细得几乎看不见的银丝线横在她鼻梁前方一寸的地方。

于是云为衫小心翼翼地退回来。她拿起了墙壁上的火把,蹲下来,朝着前方的通道照去,好几根高低错落、细如发丝的阴线横拉在通道里。她把火把往前丢,火把掉落在地,照出更远的空间,丝线更多更密了。

没想到还有这么多暗藏的机关?

半响,云为衫把长发绾起,盘在后脑上,然后弯腰、低头,身形柔软轻盈地穿过丝线障碍。然而她的脚刚落地,脚下突然下陷,然后就听见清晰的机关触发的响动声。

竟然还有机关?云为衫大骇,下一秒,眼前一片黑暗。

191

雪宫，雪未歇，夜里风声大作。

雪重子将宫子羽带进一个房间，陈设朴素，但是很讲究，雕花窗糊着明纸，屏风古朴，就连烛台的老木都沉淀着岁月的痕迹，变得毫无光泽了。

雪重子将宫子羽的箱笼放下之后，默不作声地等在原地，似乎在等他的吩咐。

宫子羽反应过来："你可以下去了，我一个人就行。"

雪重子紧闭着唇，只比画了一下手势，竟是哑语。

宫子羽一时间愣住了："你不会说话？……可是，我看不懂手语……"

见他左右为难，雪重子走到房间角落里。那里有一只小小的火炉，一口锅正在炖煮着什么。雪重子打开盖子，香气四溢，锅里熬着粥，看得出粥里有鸡肉和菌菇。

雪重子转身看向宫子羽，拿手在嘴前面做了个吃东西的手势。

这下谁都看得懂了，宫子羽一笑："这个我看得懂。"应该是让他吃东西。

雪重子颔首，行礼后转身出去。

房门被关上，宫子羽打量着房间，没有什么异样，除了房间其中的一面几乎是整面粗糙的岩石。

看得出，这个房间似乎是依着山崖而建的。

此刻岩壁上有一扇石门，门扉上有两个圆形凹洞，其中一个凹洞里有一个铜镜一样的东西，另一个洞则空着。宫子羽尝试着推了一下，石门纹丝不动。

一夜过去，大雪覆盖。

清晨，天微微亮起，雪宫庭院里还有些雾没有散去。

雪公子蹲在院落外湖中的一块石头上，湖中央开着一朵一朵的白色莲花，绿色的莲叶上积着新雪。他挑出一朵已经有些萎靡的雪莲，连声叹气："今年的雪莲越来越少……看来这后山的瘴气越发重了。"

然后，他拿着刚摘下的雪莲回到煮茶的地方，对正在专心煮茶的雪重子说："我来吧。"

他亲自动手，雪重子竟也没客气，转身径直走到石凳旁坐下来。雪莲稀有、珍贵，外界难寻一株。他面无表情看着雪公子把刚刚摘下来的雪莲整个丢进茶里煮。

很快，茶香四溢，带着雪水的甘冽以及矜贵雪莲泡开的幽光。

煮好的茶被放到石桌上，雪公子拿起茶壶，倒了一杯，先递给了雪重子。

"这瘴气不知何时才会减弱……若新执刃能早日继位,希望他能有所作为……"

之前一直不说话的雪重子突然开口,他的声音竟然沙哑、低沉,有别于他的外貌,仿佛少年的身体里住着一个苍老的灵魂:"你对他抱有期待?"

雪公子问:"你不看好他吗?"

抿了一口茶,雪重子音色老成地问:"当初宫尚角被困了十二天,出来时气若游丝,元气大伤。宫二尚且如此,你觉得宫子羽会怎样?"

"让他试试吧。"

"嗯,该叫醒他了。"

说完,雪重子从身上掏出一块圆形玉佩,递给了雪公子。

房间里,宫子羽起床,穿好衣服,把云为衫送的香囊别到新的外套腰带上,香囊的幽香让他打起了精神。

雪公子和雪重子推门而入。

"我准备好了,走吧。"宫子羽拍拍袖子。

"不用走,试炼就在这里。"

雪公子拿出那块圆形玉佩,放进石门空缺的那个圆洞里。

那是一把钥匙。沉重的石门被缓缓打开,汹涌的寒气瞬间从里面漫进房间。

里面的构造和地形极为奇特、罕见,宫子羽跟着雪公子和雪重子往里走,眼前豁然开朗。是一个巨大的密闭石穴,洞穴里简单放置着一些日常起居用的东西,除此之外,原始、粗狂、浑然天成。

洞穴的尽头是一个白雾弥漫的水池,不知深浅,池中开着莲花,此处的莲花看起来似乎比院外湖泊中的更加晶莹剔透,仿佛一碰就碎。

雪公子转身介绍道:"羽公子,此处便是三域试炼第一关的所在地'寒冰莲池'。"

如名字描述般,此处透着恶寒,那白色的寒气汹涌得几乎铺天盖地。

宫子羽忍不住抱紧衣服,有些发抖:"寒池……"

好巧不巧,他最怕冷了。

"我听前山的人说,羽公子好像从小体寒,天生怕冷。"雪公子看着他开始冻红的面颊。

宫子羽自嘲地笑了笑:"没错,大家都知道我畏寒,你们这关是故意针对我的吗?"

雪公子笑吟吟的："执刃自我感觉这么良好啊……"

宫子羽的脸更红了。

"寒冰莲池历来是试炼者的第一关，百余年来，一直如此。这里的水冰冷刺骨，极寒无比，却终年不冻。池底有一个玄铁打造的匣子，里面是雪氏家族的刀法秘籍'拂雪三式'。只要潜入寒冰莲池，拿到秘籍，就算闯关成功。"

潜入寒冰莲池？他站在外面都觉通体发寒，空气中的那些冰霜仿佛能透进他的骨髓里，带着刺痛，普通人掉进去，瞬间就能被冻结。然而宫子羽没有说话，脸色极为难看。

雪公子看出了一切，淡淡道："若执刃觉得自己不行，离开雪宫，放弃便是，不用为难，也不必受苦。"

角宫，比起往日的一片死寂，今日多了些热闹和生气。

宫尚角和宫远徽正准备出门，路过庭院时，看到上官浅正在院子里和下人一起整理院落。除了修整，终年死气沉沉的花坛还被翻了新。

上官浅的脸上沾了点泥土，袖子挽起，露出一截玉臂，笑容灿若艳阳。

原本单调的庭院多了很多花苞，花圃里种了不少新鲜的花草，气味清香，五彩斑斓。

院子里腾起阵阵尘土，宫尚角停下脚步，有些皱眉。

"这是在做什么？"

下人们原本在专心忙活，突然听见他的声音，都吓得停下了动作。

离得最近的一个下人赶紧行礼，紧张地回答："种……种花。"

宫尚角脸色变得更难看："种花？"

下人唯唯诺诺地答："上官小姐说羽宫的兰花开了，很是好看，所以张罗大伙儿一起种上了杜鹃，说等到春天，杜鹃开得定会比羽宫的兰花更美更艳……"

不远处的上官浅放下手里的东西，向他跑来。她兴致盎然，但还没开口说话，宫尚角便厉声质问："你又在擅自揣测我的心意了？"

上官浅原本笑意盈盈的脸突然愣住了。见他神色不悦，眼神里一片冰冷，连映在瞳孔里的花都仿佛失了颜色，所有人都惶恐起来，纷纷跪下，大气不敢出。

唯有上官浅还站着，垂在身侧的手指有些无措，如瓷的指尖泥泞一片。

宫尚角问："你为何不跪？"

上官浅咬着牙，委屈得低下了头，忍了忍，还是屈膝跪了下去。

她刚跪到一半，就被宫尚角伸手扶住了，宽大的手掌稳稳地托着她的胳膊。她跪不下去，也站不起来，愣是僵着身子，很是难受。

好在宫尚角很快松开了手，她重新站直了身，到底没有跪下去。

宫远徵在一旁幸灾乐祸，告诉她："哥哥没有叫你跪，只是问你为何不跪？"

上官浅心底酸楚，眼睛里很快泛出泪光："远徵弟弟善于读懂宫二先生的心，而宫二先生擅长折磨人心，我跪也是错，不跪也是错。"

宫远徵说："我从小和哥哥一起长大，我都不敢对哥哥的心意妄加揣测。"

本以为她抱怨那句，宫尚角会生气，然而宫尚角喜怒不形于色，只是淡然地从怀里掏出手帕，递给上官浅。上官浅怔了怔，才用稍微干净的那只手接住了手帕。

然后她听见宫尚角说："把脸擦干净，年轻姑娘最重要的就是干净——家世干净、面容干净、手脚干净。"

上官浅脸上的委屈早已消失，带着少女般的俏丽，乖巧地点头："角公子教训的是。"

宫尚角面色如水般平静，说完转身离开，背影远远抛来一句："把那些乱七八糟的东西都拔了……只要白色的。"

这句话是说给上官浅听的，不知为何，宫远徵的脸色突然沉了下来。

等到两人的身影消失，大家都纷纷松了一口气。

上官浅把手帕捏在手里，抬起手背擦掉了眼角流下来的泪水，没用手帕去擦，然后转过头对下人们表示抱歉："抱歉了，大家。"

因为她擅作主张，害得他们被牵连，上官浅露出愧疚的表情。

但下人们纷纷窃窃私语，上官浅看着大家的神色，有些不明所以。

上官浅问："大家……怎么了？"

一个下人不可思议地忙问："角公子刚才说，他要白色的杜鹃？"

上官浅有些心灰意冷："是啊，害得大家白忙活了一早上……"

那个下人瞪大眼睛："不是啊，上官姑娘，这很了不得啊……"

另一名下人也念叨起来，啧啧称奇："我在角宫待了这么久，只听见过大人说'不要''不行''不可以'，这是第一回听他说'要'啊……"

"上官小姐才来几天，公子就连鸡、鱼也吃了，也知道'要'了，这要是正式成了亲可不得了……"

两人一人一嘴,并非恭维,而是真的惊奇不已。

上官浅害羞地一笑:"快别取笑我了,公子定是看到你们辛苦,才于心不忍。是我太冒失了,我去厨房给大家熬点糖水喝。"

她入了角宫,虽说是未来的女主人,但毫无架子,对待下人们都不错,短时间内就得到了不少人的拥戴。上官浅走到庭院尽头,一只手晃着宫尚角丢给她的手帕,一只手轻轻拂过刚种上的杜鹃花的花骨朵,脸上露出一抹愉悦而得意的笑容。

在上官浅消失的庭院尽头,树影背后,盯梢的人露出脸来,金繁的面色有些沉重。

寒冰莲池边上,那腾腾的寒气几乎把整个洞穴遮蔽。

宫子羽把箱笼里最厚重的那件斗篷翻出来穿上。石室里已经只剩他一人。雾气涌动的池水边,宫子羽哆嗦着伸手碰了一下水,又立刻缩了回来。

雪公子方才临走前提醒过他。

"试炼一旦开始,公子如果觉得吃力或者受伤,抑或是想重新思考闯关之法,随时都可以退回房间。何时重进、进入次数,都没有限制。若是中途离开雪宫,即意味着试炼失败。羽公子,多多保重。"

宫子羽紧了紧自己的衣领,双手揉搓,呵出一口白气:"唉,就算阿云帮我准备了冬衣,也不能穿着衣服下水啊……"

他有些颓废地坐回边上的木榻,温度这么低,人容易失温,头脑也变得昏昏沉沉的。他看着水里飘着的几片莲叶,又想起院外湖泊中的那些莲花,脑海中突然浮现出一个画面。那画面竟与眼前所见意外重叠。

许多年前,他还小,误入一个无人之境。在湖泊边上,他紧紧抱着自己,瑟缩着靠在山石中间哭泣,周围白雪皑皑,风急雪骤。

突然有声音传来:"别哭了,省点力气,不然更冷。"

他抬起双眼,泪眼模糊中,只见一个不到十岁的白衣少年向自己走来。他的身边还站着一个灰衣少年,身材略高,看起来不过十七八岁。

灰衣少年看着已经冻得快要昏迷的他,拉起他的手腕,手指放在他的脉搏上。

"他的脉络异于常人,天生阴寒体质,所以才如此怕冷。"

随后,他的耳边是两人絮絮叨叨的说话声。
"那带回去帮他调理一下脉络?雪莲还有的哦……"
"调理什么,他是前山之人,而且一看就不是来试炼的,误闯误入这里罢了。送他出去就好……"

声音远去,记忆里的景象与眼前如出一辙,宫子羽一阵激灵。
宫子羽睁开双目,哆嗦着站了起来。
他喃喃自语:"原来我真的来过这里!"

庭院里,雪公子和雪重子坐在石桌前悠闲地喝茶。古朴的石头桌上,那盘棋还是保持着之前的样子。石桌上的香炉里,一炷香似乎刚刚燃断了一截。
一个仆人走过来,手上拿着一张纸。
仆人道:"这是里面那位公子给我的,让我按照这上面的药材抓药。"
雪重子接过药方看了看,嘴角有一丝笑意:"都是些暖血护脉的药材……他很聪明,也懂医术。"
雪公子抿了一口茶,有些奇道:"不是说他整日寻欢作乐、胸无点墨、身无功法嘛,看来前山的传言也不一定可靠啊。"
"也许他以前都是藏巧于拙,骗过众人……"雪重子想了想这个可能性,毕竟比起传言,眼见的更加真实。
"也可能只是他单纯运气比较好。别忘了,很多人连铁盒都没有摸到过哦……我竟然对他有些期待了。"雪公子一脸的拭目以待,优雅地品着茶。
雪重子笑了:"期待?我记得你也摸过那池里的水吧?"
"摸过。这辈子再也不想摸了。"杯中的热茶突然冷了三分,雪公子仿佛心有余悸。
雪重子容貌稚气,却少年老成,幽幽叹气:"那你还期待什么呢?必败无疑……"
"对了。"雪公子想起正事,正色起来,"密道里抓住的那个女的,怎么处理啊?要通知前山吗?"
听他询问意见,仿佛在等着自己做主,但雪重子只是喝茶,没有作答。

羽宫里,雾姬夫人捧着一盆兰花回到了自己的房间。
纱帘里露出两道端坐的人影,宫尚角和宫远徽不知何时进来的,正静静地等待她。

雾姬夫人将兰花摆上桌，面露不悦，但仍然客气："二位公子到我这里怎么都不通报一声？我连杯热茶都没法招待，真是太失礼了。"

话虽在说自己，但最后一句意有所指，是看着两兄弟说的。雾姬夫人毕竟是曾经的执刃夫人，她心思玲珑，面面俱到，脸上挂着温柔的笑，让人挑不出一丝错漏，目光却很冷。

宫远徽在雾姬夫人面前也得恭敬，于是起身行礼："冒昧之处还请夫人见谅。"知道这位夫人的脾性——从不拐弯抹角，下一句话就直接开门见山，"我们这次来，是为了宫子羽的身世。"

雾姬夫人隔着一点距离，自顾自地整理着兰花："你们是不是忘了，我是羽宫的人，虽然不是子羽的生母，但宫门上下都知道我是宫子羽名义上的母亲。"

宫远徽却道："这不妨碍我们合作。"

"合作？"雾姬夫人连头都不抬，神色不明。

这时候，宫尚角才开口，比起弟弟，他的话更有说服力："公平合作，各取所需。"

雾姬夫人剪断了一片杂叶："这些年在宫门，我想要的，都有了……"
她没有直接拒绝，只是困惑，仿佛尚有机会让人开出合适的筹码。

宫远徽暗示道："上元灯节马上就要到了，雾姬夫人不想到镇上看看花灯、随意走走吗？"

他提到的仿佛只是一件稀松平常的小事，但雾姬夫人修剪花枝的手停了下来，她愣了愣，然后才淡然地拒绝："年纪大了，人多热闹的地方，就不想去了，不看也罢。"

看见她眼神里掠过一二息的迟疑，宫尚角明白那意味着什么，于是又道："天下之大，自然也有清静、人少的地方，雾姬夫人，不想自由地走走吗？"他故意把"自由"两个字咬得很重，意味深长地看向雾姬夫人。

兰花剪好了，花繁叶茂，姿态骄矜，不媚世俗。可它们应该生在有阳光雨露之地，长于疾风劲草中间，不应该在盆里供人赏玩。

雾姬夫人放下剪刀，宫尚角知道她被触动了，承诺道："我助你离开宫门，承诺你一生无忧，宫门族人永不追扰。"

宫尚角一言九鼎，雾姬夫人知道他能说到做到。

片刻后，她沉吟一声，说："宫子羽的身世对你来说这么重要？"

"他的身世，我不关心。但他如果要做这个执刀，我就必须查清楚。"

见雾姬夫人的目光变得复杂，内心如同在拉扯，宫尚角留给她时间考虑，只说道："时隔久远，很多细节需要仔细回忆。若是雾姬夫人想起什么，随时来找我。"

太阳落山了，稀薄的云层让天地看上去灰蒙蒙的。

雪公子抬起头，看着暮色四合的庭院，放下茶杯："那些药材已经取回来了，不如我煎煮成药，一并给他送去？我听下人说，他试了好几次，已经元气大伤了……"

宫子羽已经待在寒冰莲池边一整天，性子还执拗，情况并不乐观。

见他面露担忧，雪重子说道："撑不住了随时可以退回房间，整理好思绪和体力，再进也不迟。这么担心干吗？"

寒冰莲池的试炼，最忌急躁。

雪公子直觉不太好："他要是能这么随机应变能屈能伸就好了，如果按照前山的传言，他性格倔强，必定是要逞强的。"

"你不是说前山传言不可信吗？"

见他总是拆台，雪公子咂咂嘴："唉，我说不过你。"

看似漠不关心，但雪重子还是道："药材取好就别煎汤药了，苦楚难咽，帮他煮一锅药粥吧，顺便摘两朵雪莲，一并煮到粥里。"

见他嘴硬心软，雪公子笑了一声："看来你对他印象不错，哈哈。"

"我是怕他死在我雪宫。"雪重子一本正经地否认。

于是雪公子起身："我摘雪莲去。不过，是普通雪莲还是？"

雪重子不正面回答："你能问出这个问题，证明你才是对他印象不错，连寒冰莲池里的雪莲你都舍得。你自己决定，我去看看密道里抓到的那个人。"

角落的一间厢房里，房门紧闭，无人进出，雪重子端着一碗汤药走了进去。

床上，云为衫正沉沉地睡着，不知沉睡了多久，听到了窸窣的响动，她才终于缓缓醒来。

眼睛刚惺忪着睁开，柔和的光线让她立即警觉，显然，她此刻已经不在那个昏暗的密道里。

"这是哪儿？"听到身旁有动静，云为衫不由得问出了声。

有一个人回答："这是你不该来的地方。"

听声音，略微低沉、沙哑，本以为是一个成年男子，云为衫坐起身，视线中却是一个银发少年，面若荧雪，眉间一点朱砂，神色平和。她环顾四周。

一个陌生的房间，古朴、简洁，厚重而古老，与宫门气势恢宏的宫苑截然不同。想必这里是后山，面前的少年正是后山中人。

云为衫一时间不敢开口。

见她警惕着不语，雪重子先问："你可是前山之人？"

云为衫点头，如实回答："我是羽宫的人，因为执刃大人走得匆忙，忘带了些东西，所以我前来找他，但在密道中迷路了，不小心触发了机关。"

"密道中的火把燃烧的是特殊灯油，油中有轻毒，长久不出就会四肢发软、失去意识。"雪重子边说，边递过手里的汤药。

云为衫犹豫了一秒，既然在密道中毒，估摸着这是解药，于是她仰头喝下。

雪重子突然冷冷地说："你前面说的这些，我都相信，但你告诉我，你为何穿着一身刺客的夜行黑衣？"

被子下，云为衫一身黑色劲装，她的面色突然紧张起来。

石门后的房内，炉火烧得旺，石门已重新关闭，寒气被驱赶了不少。

雪公子在锅炉边煮粥，沸水腾腾地冒着，他不时回头看一眼坐在床边炉火旁裹着厚衣瑟瑟发抖的宫子羽。他的头发也有些湿漉漉的，没有完全干透，面色、唇色都苍白如纸，看起来吃了不少苦。

雪公子轻轻叹了一口气，说："粥马上就煮好了，我帮你加了雪莲，这可是我们雪宫才有的好东西，能帮你恢复内力、强身健体。"

刚说完，门外飒飒几声，竟传来了激烈的打斗声。

云为衫的劲装衣摆掀起了飞雪。

白色雪地上的脚印很快变得凌乱。她和雪重子在庭院中缠斗，劲风抖落松柏上的积雪，扑簌簌地往下落。雪重子身法极其敏捷，一招一式都如暴雪凌风，汹涌澎湃，云为衫始终处于下风。

这时，宫子羽和雪公子从房间里冲出来。

宫子羽看清楚大雪中那个人影，震惊无比："云姑娘！"

他不知道云为衫为何会出现在这里，眼下她步步退守，雪重子的掌风几次擦过她的面门，十分凶险。宫子羽下意识就要上前出手，然而身旁的雪公子拦下了他，白色的衣袖横在身前，不肯退让。宫子羽击退一招，他还有一招，于是两人也扭打在一起。

云为衫抄起庭院里的一根木柴,雪重子掰断一根屋檐下的冰凌,脆弱的冰凌在他的内力驱动之下游刃有余。云为衫也不甘示弱,所握虽非兵刃,却也打得铮铮作响。

宫子羽依然被雪公子缠着,无法脱身去营救云为衫。

突然,云为衫脚尖一顿,急急向后滑了一步,她腹部传来一阵剧痛。

面前人影再次来袭,她的脸色骤然变白。

同一时间,角宫中,上官浅的腹部也传来一阵剧痛,额头迅速冒出汗珠。

上官浅俯身在床榻边,小声喃喃自语:"半月之蝇……这么早就开始发作了吗……"

此刻,她耳边回荡着寒鸦柒的声音。

"你受不了。"

"相信我,你受不了。"

"所以,在半月之蝇期限到达时,你必须拿到关键情报,或者,做出一些让无锋满意的事情。"

上官浅这时候才意识到当时寒鸦柒沉重的表情是因为什么。

半月之蝇的发作令人生不如死,腹内灼烧,四肢百骸如同支离破碎。上官浅忍着腹痛,连擦掉头上汗水的力气都没有,呼吸开始急促起来。

入夜,无星无月,唯有宫紫商的研究室灯火通明。

宫紫商在专心致志地研究着什么,面前一堆奇怪器皿,空气中的味道异常刺鼻。

小黑看着她忙碌的背影,又看了看窗外的夜空,竟然不知不觉忙活到了大半夜。

"都三更了,你每天都这么晚吗?"小黑不由得打了一个哈欠。

宫紫商头也没回:"一寸光阴一寸金。"

小黑嗤笑道:"那你白日里又不务正业,整天追着金繁跑。"

宫紫商来劲了:"所以我才说一寸光阴一寸金啊,金就是金繁的金。跟他待在一起的每分每秒都是非常珍贵的,所以我才在夜里埋头苦干啊。"

小黑:"……"

见小黑憋着没说话,宫紫商瞥了他一眼:"想笑就笑,不用憋着。"

201

小黑装深沉，摇头："别人会笑你，但我只会心疼你。"

"有没有一种可能，你话说反了？"

小黑认真起来："你这样真的太累了。"

宫紫商迅速地放下手里的东西，挺直腰杆，也跟着一本正经起来："你看过宫尚角喊累吗？你看过宫远徵喊累吗？一宫之主，从来不会轻易喊累。"

"可你只是个女人啊……"

宫紫商抿着嘴角，严肃地看着他："女人怎么了？我可是立志要重振商宫的女人，宫、商、角、徵、羽，商宫排第一，只是后来……"她没说下去，甩掉脑海里的前尘往事，只着眼于眼前，"反正，终有一天，我一定会让父亲觉得，有我这个女儿，是他的骄傲。"

向来眉开眼笑的眼睛里露出几分倔强，坚定不移认准的事，就一步也不会退让，越挫越勇。对金繁是如此，重振商宫也是如此。她眼睛瞪圆，虽非绝色佳人，但那股执拗让她看起来有种独特的生命力，活泼、漂亮。

小黑怔了怔，收回视线，感慨起来："夜黑风高，连只老鼠都没有，谁看得见你的努力？他们只会觉得你每日追着金繁跑，是个沉迷于男子美色的大小姐……"

"我才不管他们怎么想，我自己心里清楚就行。人活着，是为自己而活。"

说着，她哼唧了两声。

小黑听过不少商宫的传言，不禁问："你是在为自己活吗？感觉你在为你父亲活。"

宫紫商鲜活的表情忽然平静下来。

"对不起……"小黑自知失言，连忙道歉。

宫紫商却没有计较，摆摆手道："无所谓啦，在没有成果之前，我默默努力就好啦，然后等着有一天，嘿嘿——"

见宫紫商停顿下来，小黑接着说："等着有一天一鸣惊人？"

"是惊天动地！我们在做的那可是'天雷地火'的事儿！"宫紫商叉着腰，说完又开始埋头苦干。

宫门屋檐的铜灯照着静谧的夜。

一个人影缓步而行。

月长老正走在屋檐下，手上提着厚厚的书卷。

驻守侍卫低头："月长老，这么晚了，还出去啊？"

月长老将手里的书卷递给侍卫，认真嘱咐："我去一下议事厅。对了，这些书，你送到羽宫去。子羽和我说，他之前问我要的那些医书都看完了，这些都是新的，他还在后山闯关，等他出关就可以看了。"

侍卫领命，接过书离去。

月长老的笑容在灯下显得慈祥、和蔼，他看着后山的方向，念叨了一句："子羽啊，希望你一切顺利。"

后山雪宫里，呼啸的雪声中，云为衫忍着腹痛，继续对抗雪重子。

但她很快就败下阵来，手里的柴火棍被折断，雪重子冷笑一声："你用的是剑法，不是刀法，你不是宫门的人。"说完，他抬起一脚。

云为衫本就剧痛难忍，顿时失力跌跪在地。

雪重子起手，尖锐的冰凌朝云为衫的脖子用力刺下。

宫门岗哨的钟声猛然在夜里响起，夜鸦尖锐的啼叫使钟声听起来像丧钟，格外瘆人。

长老议事厅里空空荡荡，深夜冷寂，一具死状恐怖的尸体被吊在议事厅内部上方。尸体在地面投下漆黑恐怖的影子，尸体下方滴滴答答，鲜血凝聚成血泊。

那具被高悬的尸体，竟是月长老的。

议事厅的高墙上，杀人者留下鲜血写就的诗句，猩红而张狂——

> 执刃殇，长老亡，
> 亡者无声，弑者无名，
> 上善若水，大刃无锋。

第九章 月桂之味

冰凌冒着寒气，在月色下泛着幽蓝的光泽，异常锋利、尖锐。

眼看冰凌就要刺中云为衫的脖子，宫子羽一掌击退缠着他的雪公子，闪身上前，睁着眼睛大喊了一声："等一下！"

冰凌堪堪停住，尖刺停在离云为衫喉咙不过一丝的位置，逼得她仰起了头。她一身黑衣，漫天飞雪落在她脸上，如同坠入雪地的黑羽。她此刻使不上一点力气，神情痛苦，眼眶微微发红。

雪重子见她已经失去了反击之力，转过头，哑着嗓音问："羽公子有何吩咐？"

他一开口，宫子羽便震惊了："你会说话？"这人竟然会说话？明明之前还跟自己打着手语，他从未怀疑过他不是哑巴。

雪重子没有回答这个问题，手上的冰凌也没有松开分毫。

云为衫坐在地上，不知是因为冷还是因为穿得太单薄，她脸色苍白，长发散开，眉眼垂着，显得沉静、单薄。宫子羽没有去想她为什么会在这里、她是怎么进来的，看见她的那一刻，所有念头都是她有没有受伤。

什么都还来不及问，宫子羽急中生智道："她是我的绿玉侍，之前我吩咐她去准备一些东西，所以来晚了……"

他面不改色地走过去，扶起云为衫，避过了那根锋利的冰凌："宫门祖训规定，可以携带贴身绿玉侍一同闯关。"

话是没错，但雪重子道："可你的绿玉侍卫是金繁。"

这是众所周知的事。

宫子羽正色起来："执刃有权对绿玉侍进行任免，云姑娘就是我最新的绿玉侍。宫门没有规定女子不能为侍卫吧？"

这分明是临时起意，目的是替云为衫开脱，他却说得义正词严。

雪重子未与他辩驳这一点，他看起来年龄小，心思却缜密，幽幽说道："女子可以为侍……"见宫子羽松了一口气，他很快话锋一转，"但我想看一下云姑娘的绿玉。"

宫子羽的脸色腾地变了，连忙寻找借口："因……因为要进入后山试炼，任职匆忙，我还没有来得及……"

他正支支吾吾着，身边的人突然开口了。

"在这里。"云为衫从容不迫地从怀里掏出那块绿玉。

润玉无瑕，绿光通透，如假包换的绿玉，代表绿玉侍的身份。

所有人都有些惊讶，就连宫子羽也难以置信。

云为衫默不作声。

在她出发去后山之前，金繁在身后叫住她——

"在进后山之前，有一样东西，我要交给你。"

金繁将一直佩戴在手背上的那块绿玉交给了云为衫，有了这层身份，在后山遇到任何险境，后山中人都不会为难她。

金繁提醒云为衫："如果被人问起，就说你是执刃大人的绿玉侍卫。"

云为衫接过绿玉，紧紧握在手里，向他承诺："你放心，我定当舍命保护执刃。"

然而金繁思虑重重，云为衫问："你信不过我？"

"人心最不可信。"

"那私心呢？可信吗？从私心来说，我也一定会舍命保护执刃。没有了他，我也再无立足之地……"

有绿玉为证，雪重子和雪公子自然无法再说什么。

雪重子收回了手上的冰凌，轻轻丢掉。

雪公子见天色已晚："我去安排一间客房，云姑娘，请跟我来。"

她刚要走，宫子羽突然阻止了："不用，云姑娘和我住一间屋子即可。"

他见云为衫苍白、憔悴，刚才又打了一架，若是无人照顾，夜里恐怕会不好。她既然来了后山，那自己就是她唯一的依靠，不能单独置她于不顾，所以他态度坚定。

众人皆有些惊，云为衫的头安静地低下。

雪重子有些迟疑："这不合规矩吧？"

宫子羽回道："云姑娘是我指选的未婚妻，只是父亲去世，我当守孝，所以推迟了婚期而已。"他哪里还管得了规矩？

见他说得如此坚决，云为衫不由得转过脸去看。宫子羽身上沾染了雪宫松柏清冽的气息，却没有掩住他眼里的暖意。他对她没有丝毫怀疑。

云为衫的腹部还在如火烧似的灼痛，刚才手掌撑着雪地，抓起一捧雪，寒气触到她的皮肤，进入她的体内，才稍稍压制了一些。此刻，她看着宫子羽认真的表情，心里仿佛突然被什么燎了一下，重新让她热了起来。

石门紧闭着，房内冒着热气。

宫子羽拿着那块绿玉摩挲，绿玉背面用金丝刻着一个"繁"字。

"这是金繁的绿玉。"他很肯定。

金繁一向视绿玉为私物，从不离身，没想到竟然给了云为衫。

云为衫坐在床榻边，脸色好了不少，她坦言道："公子离开之后，金繁就一直魂不守舍……最后在我和宫紫商的逼问下，他才透露，三域试炼极其凶险，于是我和大小姐逼他协助我偷偷来后山找你……"

宫子羽有些哭笑不得："我能想象到宫紫商是怎么逼迫金繁的……"

转念一想，她是听到三域试炼凶险，才奋不顾身地闯进来，宫子羽心里没来由地一阵高兴。

"金繁本来死活不愿意违背宫门祖训家规，但我绝不允许你在后山遇到任何不测，所以我逼迫金繁和我比武打赌，证明我能够保护羽公子……"

宫子羽撑着头歪着脑袋，故意问云为衫："为何不能允许我遇到不测啊？"

云为衫脸颊微微一红，不知道是突然从冰天雪地里回了温还是别的原因，她故作嗔怒："你说呢？"

"好好好……"宫子羽放下那块绿玉，坐到她身旁，笑意更加温柔，心中了然道，"所以你比武输了，联合宫紫商一起耍赖，逼迫金繁——"

"不是，我赢了。"

听到这句话，宫子羽敛了敛笑容，非常意外："你赢了金繁？"

看着面前的人唇色发白，一副摇摇欲坠的模样，很难想象她竟然打赢了金繁。

云为衫解释道："可能他本就内心有愧，再加上碍于我的身份，所以对我手下留情吧……但他始终不认我是执刃夫人，觉得我没有资格进后山，最后想了这个下下策，将他的绿玉给了我，让我代替他以绿玉侍的身份进来。"

原来如此。明白了来龙去脉，宫子羽心里有一丝窃喜，忍不住逗她："那你现在到底是执刃夫人还是绿玉侍呢？"

云为衫脸颊透出红晕："还没正式拜过天地，当然不是执刃夫人了。"

宫子羽假装失望地弯了弯唇角："那这位绿玉侍大人，能否把那边已经冷了的药粥热一下呢，我的执刃夫人有些饿了……"

云为衫一声不吭地起身，把炉火点旺，将已经冷掉的粥热了起来。

宫子羽找来两支新的蜡烛，把屋内装点得更为亮堂。

"我想把这个屋子照得更亮一些，"蜡烛灯芯很长，交叠点燃，那一面粗糙的灰色石壁倏忽映出如漫天霞光，让宫子羽的目光更为温柔。

云为衫的心突然跟着烛火轻轻跳动了一下。

"这样才能把你看得更清楚。"宫子羽一边说，一边拿起一盏灯，走过来放在灶台边，然后倚靠在一旁，温柔地看着她，也不说话。

他踽踽独行，一个人来闯关，原本以为要在他最害怕的雪天里熬着，没想到，在他面临困难、茫然无措的时候，竟然还有一个人冒着风霜踏雪而来，陪伴在他身边。

云为衫被他看得有些不好意思了，手上的动作也有些无措。

宫子羽接过她手里的勺子："你去坐着，我来。"

云为衫缩手："那怎么行？"

"我怕冷，靠近灶台暖和。"

"胡说……"

分明只是个借口，但宫子羽没再多说，自顾自地把药材、作料往粥里放，用勺子搅拌着。云为衫只好在一旁坐下来，静静地看着高大的年轻男子煮粥添柴。他脊背宽阔，动作轻柔，而且意外地熟练。

锅碗被他敲得有些响，平添了一股人间烟火的气息。炉火很旺，火光落在云为衫的眼底，那一抹亮色里却多了一份哀伤，像冬日天空中一动不动的灰色云絮。

三餐烟火，四季安然，她曾经也是向往过的。

在无锋的时候，训练的日子格外漫长。

她们连一间房都没有，女孩儿们打着通铺在幽冷的走廊里睡觉。

黑夜也漫长，就算是天亮，那里也是见不到天光的。

那时候，她和义妹云雀并排挨着，侧身凑在一起悄悄聊天。

云雀问她："姐，你有什么心愿吗？"

"没有。"

"什么想做的事情都没有吗？心里总要有点念想，才能熬过现在的苦吧？"

没有未来，没有希望，无尽的杀戮日夜折磨着她，若是连微弱的念想也没有，那太苦了。

云为衫的目光柔和下来，她在黑暗里憧憬："我就想过寻常人家的日子，为心爱的人洗衣、煮粥，在大雪封山的隐世角落，点一盏灯，守一炉火，没人打扰地和他厮守一生。"

这只是奢望。

她明明是为了任务而来，带着蓄意、欺骗，不怀好意地接近，她的心残酷又冰冷。然而当过往铺天盖地向她袭来时，曾经的痴妄和朦胧希望竟与眼前重合了。

窗外飘着雪，米粥咕嘟咕嘟冒着泡，烛火照着静默的两人。

宫子羽用勺子盛了一些，吹凉了，送到云为衫嘴边。

云为衫空荡荡的心被烫了一下，许是因为半月之蝇，许是因为别的，她张嘴吃了一小口。

那里面加了药材，宫子羽认真地问她："苦不苦？"

"不苦。"

比起那些不堪回首的日日夜夜，一点都不苦。

宫子羽继续熬粥，他像是自言自语，轻轻说："嗯，以后不会让你吃苦的。"

云为衫眼里涌起泪光，但她不想让宫子羽看见，于是把脸转开了。

门外有脚步声掩藏在风雪里。

雪公子身后跟着三个黄玉侍卫，他原本晶莹的眼眸此刻暗沉一片，背影在风雪里看起来有些阴森。他步履匆匆地朝宫子羽所在的房间走去。风雪吹开他的长袍，吹开他的眉眼，朱砂氤氲，眼里全是森然的恐惧。

宫子羽和云为衫还在吃粥，被他突如其来的开门声音惊到了。

雪公子面色沉重道："羽公子，前山传来急报，需要执刃大人您立刻返回。"

"开什么玩笑,试炼还没结束,现在返回,岂不是等于失败?"宫子羽大惑不解,又疑心是有人搞鬼,"谁传的急报?宫尚角还是宫远徵?"

宫子羽冷冷笑着,心里揣测这是那两个人的圈套。

"执刃大人!"雪公子却语气凝重,没有半分开玩笑的样子。

宫子羽这才意识到不对劲,心里咯噔一跳,认真地问:"到底发生了什么事?"

云为衫心中生起不祥的预感,直到他们听到雪公子一字一句地道:"月长老……月长老遇刺身亡。"

宫子羽震惊地瞪大眼睛,瞳孔一瞬间收紧了。

宫门里,尖锐的钟声响彻天际。

金繁身后跟着一群侍卫在道路上疾走,他脸色严肃,走过一列正在值岗的守夜侍卫。跟在他身后的侍卫端着一个木箱,里面是整齐堆放的药瓶。

金繁向所有人安排任务:"淬毒。"

侍卫们轮流从里面拿出一瓶,将瓶子里的毒液淋到自己的刀刃上。

角宫、羽宫、长老院、执刃殿门口……每个地方都有一个侍卫手持白色天灯,点亮后放飞到空中,星星点点的火光破开夜的静谧,飘向远处。

此刻,正穿着玄黑睡袍的宫尚角看着天空中飞起的白色天灯,一个人站在空旷的角宫庭院里,身处黑暗,他的脸上有方寸的阴寒透骨,眼眸如深渊,一点光都照不透。

宫远徵身后跟着两个黑衣打扮的侍卫,一边朝着前方极速奔走,一边戴上薄薄的金属丝编织的手套,而他的表情看上去有些嗜血的兴奋。

幽暗的宫门山谷,白色天灯像鬼火般游荡在密林里。

宫子羽和云为衫刚走到门口,就看见了在门外站着的雪重子。

雪重子也面色凝重,但仍然开口提醒宫子羽:"执刃可要想清楚,离开雪宫就是试炼失败。"

云为衫眼神急切,反对道:"宫门紧急召唤,非去不可,又不是执刃大人自己要放弃,怎么能算作失败呢?"

雪重子沉默,没有回答。

这是宫门家规,谁也没办法改变。

宫子羽眼睛里噙着热泪："雪重子，让开。"

眼见雪重子还想再说什么，宫子羽已经怒吼出声："宫门执刃的存在是为了守护家人周全，亲人逝去，还让我专注试炼……我做不到，就算成功了，意义何在？如果连族人的生死都不管不在乎，这种执刃，我不做也罢！"

雪宫庭院门口，远远地，只能看见宫子羽的背影依稀消失在雪中。

回过头，雪重子叹息着默默念叨："宫鸿羽生了一个和自己一样重情重义的儿子……"

"希望他最后不会落得像他父亲一样的下场……"雪公子可惜地说。

雪重子又看了看前方："我留在这里，你和云姑娘去送他，务必护他周全……"

宫子羽双眼通红，泪水滚落，他独自快步朝雪宫大门走去，大雪吹乱了他的头发和长袍。

他想起月长老在执刃殿上每一次都为自己辩护。明明是他顽劣，明明是他不对，可月长老还是一而再再而三地给予他宽容。

月长老在黑暗的隧道里，牵着他前行，他年迈、略显佝偻的背影在火光里看起来温暖又和蔼。他不知道的是，月长老还让侍卫转交了他精心挑选的书，让他学习，鼓励他努力。只是书他还未收到，月长老已不在。

呼啸的暴风雪里，仿佛夹杂着一声又一声月长老温柔的呼唤。

"子羽。"

"子羽啊……"

宫子羽的喉咙哽咽，发出和寒风一样嘶哑的声音。

幽深的长廊外，快步疾行的金繁见到不远处的宫紫商正在独行。

金繁立刻跟身边的人说："你们先去，我随后就来。"

他几步赶上宫紫商，抓着她的肩头，神色中有怒气："你的护卫呢？月长老刚刚出事，你们商宫的人怎么这么不知道轻重，敢放你一个人在夜里独行？"

宫紫商看到是金繁，原本愁闷的表情似乎有了丝光彩，她一把抱住金繁。

"都什么时候了！"

金繁原本想挣开宫紫商的手，但见她眼眶微红，泪水滚滚而出，不由得停下了挣扎的动作。月长老出事，她心里肯定难受，一开口，他的声音柔和了许多："你是要回商宫吗？"

宫紫商点点头。

"我护送你回去。"

黑暗的廊桥里,宫紫商和金繁并排而行。

宫紫商向来聒噪好动,此刻她只是默默地擦着眼泪,脚步很沉重,金繁不时转头看她。

"你知道吗?从我懂事起,长老们就已经很老很老了,这么多年,他们好像一直没有变过,我小时候还在月长老的膝盖上吃过糖葫芦……"眼角的泪滑到下巴上,被她轻轻拂去,"那时候,我以为他们都是神仙,是永远都不会死的。"

金繁的安慰失了力气:"是人,都会死的……"

"但不该死于非命……"

金繁脱下自己的斗篷,披在宫紫商身上。

月宫里,滴答一声,传来扰人清梦的滴水声。

这里水影憧憧,波光粼粼。

月公子身着月牙白的外袍坐在桌前,他的眼神一如既往,如月朦胧而苍凉。他深情地凝视着手中的镯子。灯光下,那银镯闪着淡淡的光芒。月公子的拇指摩挲着镯子上的图案,轻抚上面的一只云雀。

他轻声呢喃:"身有云雀清风翼,心如磐石埋深林……"

黄玉侍卫的声音在门外响起:"公子,前山传来急报。"

"进来。"

黄玉侍卫脸色苍白地汇报:"月长老遇刺身亡。"

月公子从无波澜的脸猛然怔住。

宫子羽走入议事厅时,第一眼就看到了地上已经盖上白布的月长老尸体,以及墙上的一片血字。血腥之气浓郁,红字凌乱、阴森,让人莫名脊背发凉。

长老议事厅里,此刻已经有很多人,包括穿着睡袍的宫尚角,还有穿戴整齐、戎装戒备的宫远徽。两个人的反差如此之大,未免有些异样。

宫子羽看着墙上的血字皱眉。

"弑者无名……大刃无锋?"

是无锋!宫子羽怀疑的眼神凌厉地从宫尚角和宫远徽身上扫过:"早就和你们说过,无锋细作另有其人,贾管事是被刻意栽赃,然后杀人灭口。"

211

宫远徽一听就表情不悦,想要反驳,但被宫尚角截住了。

"谁说宫门只有一个无锋细作?"

雪长老站在血字下面,一脸忧思:"无锋行事向来小心谨慎,若非有万全的把握,不会仓促出手。尚角说得没错,若真是势单力薄,无锋定不会轻易暴露。留下血字,点名无锋,更像是一种示威、宣告……"

是公然对宫门挑衅。

羽宫里,云为衫被两个侍卫护送回来。

"有劳侍卫送我回来。"

侍卫提醒道:"宫门今夜不太平,云姑娘勿要四处走动,还请早些休息。"

云为衫点头应道:"好。"

等侍卫离开,她回到自己房间,关上房门,一转身却看到上官浅坐在她的书桌前。不知她是何时来的,月色下,眉眼的乖巧和俏丽早已不见,眼神幽冷。

不多时,医馆的大夫来到长老议事厅。

一番简单的检查后,他很快得出了结论:"月长老除了脖子上一道薄如蝉翼的剑伤之外,全身上下再无伤口。"

伤口甚异,虽为剑伤,但形如丝线,可见锋刃极薄。

下人上前,抬走月长老的尸首。

若论外伤,确实只有脖子上一道肉眼可见的伤,至于其他内伤或者中毒,则需要详细查验。于是宫子羽交代道:"让医馆的人再仔细查验。"

宫子羽在脑海里飞速地分析。月长老遇害的时间是深夜,往常这个时候长老们早已睡下,至于是什么原因让月长老独自一人前往议事厅,他始终疑惑不解。

所以宫子羽询问:"月长老为何深夜独自来议事厅?"

雪长老和花长老对视一眼,摇了摇头。就连他们也不知道,这一点就更加可疑。

"值岗的守卫没有发现任何异常吗?"宫子羽问。

宫远徽先是朝着宫子羽一番冷笑,然后才回答:"你到得太晚了,我们已经仔细盘查过了。今夜议事厅的守卫是月长老自己吩咐撤掉的,直到浓烈的血腥味从议事厅传出,侍卫们才发现月长老被害了。"

宫尚角背着手,眼眸漆黑慑人:"而且,月长老把自己贴身的黄玉侍留在了侍卫院。"

撤掉守卫，孑然独行，就连贴身的侍卫都没有带，宫远徽不由得猜测起来："月长老如此神神秘秘地单独赴约，倒像是要会见什么了不得的人……"

宫子羽看着墙上的血字喃喃："'弑者无名'……"

对方留下了字——无名。

凶光过后，夜显得更为死沉，云为衫挪动凳子的声音有些刺耳。

她坐到上官浅对面，而上官浅面前正放着几张图案不同的刺绣。

"这是什么？"

上官浅不以为意地回答："从你衣柜里找到的几块刺绣帕子，挺喜欢的，一会儿我带回去。"

"以后不要乱翻我的东西。"云为衫皱眉，打量一圈，房内并无其他被搜掠的痕迹。

见她紧张，上官浅笑了："姐姐是藏了秘密怕我翻出来吗？"

云为衫没有接她的话，而是盯着上官浅的眼睛，问她："月长老遇害了，和你有关系吗？"

没想到上官浅也反问："我还想问你呢。"脸上没有一丝古怪和破绽。

云为衫坦言："我在后山，和宫子羽在一起。"

上官浅有些惊诧，没想到她真的说到做到了，眼底的笑意散开："姐姐真有本事，这后山还真的说去就去了，看来你不用受半月之苦了。"

"月长老到底是怎么回事？"云为衫不与她闲话，说回正题。

上官浅的眼神透出意料之中的神色："现场留了字，'弑者无名，大刃无锋'……"

无名……云为衫很快会意："又是无名？"

上官浅的眼睛明亮起来，这与她猜测的并无二致，所以她有些得意："看来贾管事并不是真无名……无名还在宫门里，没死。"

云为衫不解："无名潜伏了这么多年，一直沉寂，为何突然开始行动了？"

"感觉不太像无名自己的意愿……像是被人胁迫了……"上官浅也不知道为何会有这样的直觉，仿佛这是唯一能解释无名为何突然有所动作的原因。

"他在宫门里如此肆无忌惮地杀人，必然引起宫门高度戒备，我们之后的行动就会变得非常麻烦，你我作为外来客，更加脱不了嫌疑……"

云为衫心里一沉，前路本来就困难重重，眼下更是寸步难行。

上官浅反对道："不一定，我感觉宫门这次会把矛头对准自己人。"

长老议事厅内，气氛仍在胶着。

宫尚角目光从那血字上收回，议事厅内空荡荡的，如何几步之内直取要害，他不由得分析道："月长老仅有喉咙处一道剑伤，伤口很窄，干净利落，死于近距离的一剑封喉。能够让这个人走近自己而不做任何防备，月长老一定非常信任他。"

他的分析有条有理，宫远徵似笑非笑地看着宫子羽，补充道："或者说，非常偏爱他。"

这句话矛头指向很明确。宫子羽的眼睛有些充血，他咬牙压下自己的愤怒。

雪长老心里暗忖，若真的是信任的人所为……不禁沉吟："恐怕这个人已经在宫门处心积虑谋划多年，地位更在贾管事之上。"

只有身居高位者，才能轻而易举地接近长老院。

"他能蒙骗我们多年，定是手段非凡，我们更要加倍小心。"花长老阴沉着脸。

老执刃和少主遇害，月长老也接着出事，不祥的血光笼罩在每个人脸上。

然而宫远徵突然不屑地笑了："一只无锋养出来的狗而已，不敢正大光明，只会暗中潜伏，兴鬼祟之风，行猥琐之事。"

"那你可别把狼误看成了狗。掉以轻心的话，月长老的死就是前车之鉴。"宫子羽看了一眼宫远徵。

听出他话里的意思，宫远徵与他对视："你这是威胁我还是诅咒我啊？怎么，下一个就轮到我了？"

宫尚角下意识地摩挲了一下手指："不管是狼是狗，总归他露出了爪子。"

云为衫起身关起了窗，白色天灯已经飘远。

"宫门上下已经戒严，找出无名只是时间问题……"

她看了一眼寂夜里藏身的侍卫。

"宫门越乱越好，我们更方便趁乱完成任务。"上官浅说完，靠近云为衫，"宫门出了这么大的事情，宫子羽的试炼还能继续吗？你不如陪我在前山一起——"

云为衫并不打算与她为伍，打断道："我的事情，不用你操心——"

还没说完，云为衫突然一阵腹痛。

上官浅抓起云为衫的手,指尖触到的皮肤有些烫手:"你的身子好烫……"

"你也开始了?"

寒鸦肆曾跟她说过,跗骨之蝇的虫卵也叫作半月之蝇。虫卵在体内孵化,会让宿主体温逐渐升高,如不及时服用解药,五脏六腑都会被慢慢烧完。所以她们才会烧得如此难受,伴随着深入骨髓的剧痛。

上官浅坐回桌子前,倒出茶壶里的茶:"这是加了寒水石和紫花地丁的茶,我去医馆讨来的药材,解不了毒,但能让身体不那么难受。"她善解人意地递给云为衫,眼里并不像看起来那般不近人情,"我走了,你喝吧。"

云为衫怔了一下,问她:"你过来是给我送这个的吗?"

上官浅没回答,把杯子放在桌上。

她正准备离开,云为衫突然开口:"龙胆草。"

"什么?"

"再加一味龙胆草。"

上官浅盈盈一笑,说道:"谢谢姐姐。"

所有人表情沉重,就连向来主持大局的长老眼下都有些六神无主。

宫尚角却很快有了主意,沉着冷静地道:"月长老位高权重,不会单独接见身份低微之人,所以当务之急是对宫门内所有管事以上的人进行彻底排查。虽然管理内务向来是羽宫的职责,但此刻羽公子正在进行三关试炼,调查无名之事就交由我来负责吧。"

"这……"雪长老和花长老沉默片刻,面色都有些为难。

宫子羽一脸冷然之色:"上次你们调查完,说贾管事就是无锋细作,这次还怎么放心交给你?"

若不是他们草率地将贾管事当作无锋细作结案,恐怕也不至于让人掉以轻心,让这个无名还有可乘之机。他心里愤恨,紧紧咬着牙关,看向宫尚角的眼神又多了几分怀疑。

宫远徵立刻抢话道:"宫子羽,你是不是知道自己试炼过不去,又不好意思承认,所以就想以调查无名为由逃避试炼啊?"

宫子羽怒意翻涌,心想,这人竟然倒打一耙?

他正要理论,宫尚角突然与他四目相对,眼底充满兴致,咄咄逼人道:"子羽弟弟此刻出现在这里,想来第一关试炼已经顺利通过了吧?"

他分明是故意的。宫子羽一口气憋在胸口,小声道:"还没有,但因为事态紧急——"

"宫门祖训，试炼一旦开始，中途停止视为放弃，试炼失败。"

雪长老这时接过宫尚角的话茬："守关人已经把事情经过转述与我，按照规矩，确实应该视为失败……"

宫子羽早知他会这样做，奈何宫门祖训难以撼动，他无法反驳，脸色发白，唇几乎没有血色，而一旁的宫远徽脸上挂着满意的笑容。

雪长老迟疑了几秒，又转念道："但是，执刃知晓月长老遇害，在得知会被视作试炼失败的前提下依然毫不犹豫地选择回到前山处理宫门事务，这恰好说明子羽时刻把族人安危放在首位。"

峰回路转，宫子羽眼前一亮，宫尚角和宫远徽则神色各异。

"所以我代表后山雪宫，破例允许执刃回去继续闯关试炼……花长老，你同意吗？"雪长老询问花长老意见。

花长老陷入思考。

宫远徽皱着眉，正等着哥哥反驳，不想宫尚角竟然同意："既然雪长老这么说了，我也就不再多言。但请各位记住，今天，宫门上下为宫子羽更改了祖训家规，以后遇到事情也有了参照。宫门规矩，不再是不可撼动的铁律，只要对族人有利，那宫门的一些陈旧家规该改就改、该破就破！"

众人沉默。

片刻后，雪长老叹了口气，说："宫门突然发生变故，我在想子羽的试炼要不要先停下……"

宫尚角却有条不紊地说道："正因为宫门变故频发，山雨欲来，才必须尽快定下执刃人选，统领大局。"他目不斜视，看向宫子羽："相信子羽弟弟完成三关试炼不会花费太多时间，在此之前，我会带领角宫部下全力追查无名，与后山的羽公子、我们未来的执刃里应外合，共同守卫宫门安全。兄弟同心，其利断金，对吧？"

见他话中并没有暗含他意，他也一脸正色，宫子羽只能点头："对。但是角公子给我闯关设下了时限，那你这次查案最好也能设下时限，否则无名一日不除，宫门上下都不得安宁……"

"十天。"宫尚角胸有成竹。

宫子羽有些意外地看向宫尚角，十天之内找出无名？

"十日为限，我必能查清无名身份。"宫尚角用坚定的口吻承诺，"如若失败，那以后角宫上下皆听从执刃命令。但十日内，我若破了无锋之谋，而宫子羽依然没有突破第一关试炼,那我希望宫门上下所有族人一起在我和宫子羽之间重选执刃。就像长老所言,宫门族人利益高于一切。执刃之位,能者居之。"

他抛出了交换的条件,雪长老还是迟疑:"可是宫家门规从来没有重选执刃一说……"

"宫门祖训家规既然可以为了宫子羽而改,那么,也就可以为我宫尚角而破!"宫尚角面色冷凝,言辞间隐隐有威慑之意,不容人置喙,"如若长老们厚此薄彼,执意偏心,那我离开宫门便是。江湖之大,自有我宫尚角容身之隅。"

一句话,语调不轻不重,但他人若是再反对,显然就是担了偏心的罪名。

宫远徽也朝两位长老行礼,附和道:"我还未满二十,不及弱冠,本也是没有资格争选执刃。但宫门规矩可以为宫子羽而改,那也可以为我宫远徽而破。按照长老所言,一切以宫门族人利益为先。尚角哥哥早已通过试炼,如果又能在十日之内清理无锋细作,那我肯定支持尚角哥哥。我绝不会与他争抢,人活着毕竟还是要些脸面,我知道我不配。"

话音未落,议事厅的门突然打开了。

议事厅门外,两排侍卫站立两侧,月公子清俊的身影出现在庭外。他在冷清的月光下,缓缓走进了厅内。一双眼睛带着怆然,如月如雾,又透着空灵和一丝悲悯。

宫远徽面露疑色,宫子羽也有些惊讶,淡定的只有宫尚角。

雪长老见到来人,表情戚戚,叹息着对月公子说:"事出突然,只能一切从简了。"

议事厅还充斥着血腥之气,这里是月长老遇害之地,月公子的眸沉着,一派怅然之色,然后他静默着点了点头。

宫远徽好奇地小声问:"哥,此人是谁?"

雪长老缓缓开口解释:"几位宫主都着实年轻,长老更迭应该是初见。"

花长老宣布:"月长老亡故,按照宫门规矩,由月氏族人继承长老之位。"

众人注视着眼前这位新任的月长老,虽然这是一张年轻俊秀的脸,他整个人也透着温润如玉的气质,但当他的眼睛凛然地扫过厅内的诸人时,包括宫子羽和宫尚角在内的所有人都感受到了威严冷厉之气。

宫子羽不禁张嘴:"啊……月公子。"

月下长廊，宫尚角和宫远徽走在回角宫的路上。

宫远徽想起刚才那一幕，忍不住问："那个月公子看着也大不了我几岁，居然就当上了长老！执刃都有年龄限制，长老就没有吗？他到底是什么人？"

"是你必须敬重之人。"

宫远徽耸了耸肩。

这时，前方一个提着灯笼的人影出现，款步而来。

宫远徽眯着眼，看清来人后，放下按在腰间暗器囊袋上的手，微妙地说："雾姬夫人，真是稀客。"

他与宫尚角对视一眼，都心知肚明雾姬夫人为何深夜前来。

雾姬夫人走到他们面前，止住步子。

宫尚角虽心明如镜，但在对方还未开口前，他不露声色，只是提醒道："宫门刚出意外，夜里已经全山戒严，雾姬夫人若是没事，还是不要——"

雾姬夫人低声开门见山道："宫子羽的身世，我记起来了。"

说是"记起"，实为倒戈。

果然……宫尚角不易察觉地勾起嘴角，做了一个请的手势。

"夜露霜降，屋外寒冷，请雾姬夫人随我回角宫详谈吧。"

雾姬夫人却摆手："耳目众多，人言碎杂，我随公子走走就好。"

宫尚角会意："那我送雾姬夫人回羽宫。"

说完，宫尚角转了个方向，三人缓步在夜色里并行。

廊亭曲径，夜深空寂，方圆几里无人。

雾姬夫人提着灯，映出脚下斜长的影子，她回过神来，语调轻缓："每位夫人从怀胎至产子，都会从医馆调配专属大夫全程看护，医馆也会留有档案记录。"

事关宫子羽的身世，这一点，宫远徽早就调查过。

他道："兰夫人的医案我早就看过，上面清楚记载了早产。"

雾姬夫人却轻笑，低头不语。

宫尚角眯起眼，立即反应过来："医书是假？"

"医书是真，但老执刃偷天换日，改了几页。"

早产不能说明什么，被换掉的那几页才是最关键的证据。

宫尚角异样地抬眸："我明白了。那几页应该在雾姬夫人手上吧？"

雾姬夫人心口微跳，她只说一半，对方就猜到了关窍，于是点头："角公子聪明。"

"但我想，雾姬夫人肯定不会轻易给我。"宫尚角重新目视前方，语气冷了几度。

宫远徽的手放到暗器囊袋上："我自有办法让她交出来。"

"宫远徽精通毒药，说实话，我还是有点害怕的……"说着害怕，雾姬夫人脸上却露着毫不畏惧的神色，"我作为死去执刃的侧室，本就只算是半个宫家人，我的命，不值钱。但要凿实宫子羽的血脉与身份，光凭几页旧纸，恐怕不够。到时候我如果能做人证、医案做物证，定能助角公子成事。"

这一点与宫尚角不谋而合。见雾姬夫人表明了态度，宫尚角恭敬道："远徽弟弟少年顽劣，不懂礼数，雾姬夫人不要介意。你突然记起过往，自然是好，只是我很好奇何事让你改了心意，毕竟你待子羽亲如己出。"

虽为继母，但雾姬夫人这么多年从无错漏，对宫子羽亦是真心相待，除非诱惑足够大，才能与这么多年的感情相抗衡。难道宫门女人一心为了自由，能做出任何事？宫尚角不免怀疑，心里多了几分探究。

雾姬夫人看着天边的月色，天地宽大，衬得她的身影渺小、孑然。

她幽幽叹气，目光还落在远处："我在这里待得太久了，久到已经厌倦了这里的一切。老执刃身故，宫门又逢多事之秋，待在这里只有日夜惶恐。我想远离腥风血雨，在世间找个安宁之地度此余生。"

她说得辛酸而坚定。眼前露出羽宫的门廊，她停下脚步，转身欲把手上的铜灯递给宫尚角，宫远徽却抢先一步接过了。

雾姬夫人看着宫尚角，目光里充满深意："前方就是羽宫范围了，角公子留步吧。夜路曲折，角公子，不要走错路才好……"

说完，雾姬夫人转身隐进夜色中。

宫远徽明白雾姬夫人的事哥哥自有主张，他唯独担心另外一件事。

"哥，你说十日之内查出无锋细作，有把握吗？你打算怎么办？"

宫尚角默而不语，十天期短，但他有把握，就是不知道宫子羽有没有把握。

角宫，一灯如豆。

宫尚角坐在桌前，正细细翻看着宫门的管事名册，选出其中身居高位者，一一细查他们能否轻易接近月长老、有无可疑之处。他眉头紧锁，狭长的目光笼罩在阴影里。

夜已深，紧闭的房门突然被人打开。上官浅推开门，一缕幽香随着夜风穿过门缝吹进来。她端着茶，走到宫尚角桌边，把茶放下的时候，斜眼看了一眼宫尚角手中的名册。

察觉有动静，宫尚角不动声色地把名册合上了，上官浅识趣地悄悄地退到一边。

宫尚角喝了口茶，没有抬头："有事？"

"没有。"

"但我有。"

很明显的逐客之意。通常这种时候，谁都不敢再打扰，可上官浅还是不走。宫尚角失去耐性之余，竟莫名多了几分好奇。他放下茶杯，好整以暇地抬起眼睛打量。

上官浅壮起胆子，眼神闪烁："我想陪着公子，有什么需要你都可以吩咐我去做。"

宫尚角不为所动，低头拿起毛笔，但到底没下逐客令。

见状，上官浅心里一喜，兀自走上前给宫尚角磨墨。她掏出一个小瓶，从瓶里滴了几滴精油到砚里，随着研磨，香味从墨里晕染开来。

宫尚角闻出了气味："月桂？"

上官浅观察入微，细声细气地说："嗯。我看公子爱在房间里点月桂熏香，就去药房领了些月桂花叶，熬制了精油。我爹爹是文官，总爱在墨里加入上官家特殊调配的香味，用来辨别文书的真伪。所以我想着也帮公子加一些，可能没什么功用，但公子闻着心神愉悦，清净思绪，也是好的。"

她善解人意，见微知著，巧妙地在细枝末节处下功夫，语气乖巧而不邀功，让人很难拒绝。

宫尚角执笔安静了一阵，不知在想什么，然后笔锋蘸了墨，算是默认了她的做法。

隔了片刻，他低声问："你可知道我为何喜欢月桂？"

"教我礼乐的先生也曾教我辨识花草、粗通药理。他说，月桂是一种既恐怖又有魅力的植物，它代表的花意是蛊惑。"

上官浅抬起眼睛，笑得旖旎，仿若蛊惑。

宫尚角看着那张水光潋滟的脸，顿了一下，用笔在名册上写画起来："世人常将桂树和月桂弄混，桂花的花意是蛊惑，而月桂代表的是胜利。"

上官浅俯了俯身："啊？小女不才，让大人见笑了。"

"月桂一直是传说中的长生之药、月中至宝，难以摘折，如果有幸可以寻到吴刚在广寒宫种下的月桂新枝，不管挂上何物，铜钱也好、金玉玛瑙也罢，都可以无限采摘，富裕满盆。能够折到月桂新枝，绝非易事。所以世人把才子中举称为折桂。而西北方的一些蛮族则会把月桂花枝编织成环，做成头冠，送给凯旋的将军。所以月桂代表胜利。"

所以，他才喜月桂。

至高无上，势不可当，如同月桂赋予的胜利的力量。

宫尚角难得与她多说了几句，他眼中的光亮了一些，只是仍如寂月般幽冷。上官浅对着这张冷冰冰的脸，却张开眼笑起来。他一向心思难测，喜怒不形于色，这是他第一次向她袒露喜好。

"那看来我是误打误撞了……"

"我还以为上官姑娘只会做饭种花，没想到也精通文墨。"

上官浅磨墨的动作顿了一下。

"厨房之事，你不用费心了，按照我以前的习惯来就好。"宫尚角转向她，"待在厨房，对你来说，有些委屈。"

"公子若是不喜欢鸡、鱼，我可以换些别的……"

"我确实不喜欢。我不喜欢鸡、鱼，也不喜欢满院子的花草。"

上官浅有些局促："那公子为何任由我……"

宫尚角放下笔，无论是她对下人宽容，还是极力做好女主人的分内之事，他早已看穿一切："你初到角宫，急于建立威信，我自是不便驳了你的面子，你是我亲自指选的新娘、未来角宫的夫人。但是，我希望你懂分寸、知进退、远是非。"

上官浅抿嘴："……什么都逃不过公子的眼睛。"

"嗯，你说得没错。"宫尚角话锋一变，"你方才是不是去了羽宫？"

不知是有人通报还是他察觉到了什么，上官浅被突如其来的发问弄得有些愣住了，但她很快调整好了表情，不露痕迹地道："云姐姐之前说要教我几个女红图案，我学了几种，正想给公子看看喜欢哪个……"说着就从衣襟里掏出几张刺绣图案，正是在云为衫房中拿到的那几张，她笑得滴水不漏。

"不必看了，你先休息吧。"宫尚角挥手。

上官浅低头退下，语气谦逊："是。"

窗外花叶婆娑，暗香充盈，宫尚角又突然叫住她："你在院里只种杜鹃，不种其他花草，你可知道杜鹃的花意？"

上官浅脸红，轻声回答："知道。"

那日她在庭院指挥着仆人种花,那些仆人也感到奇怪。

一个侍女问她:"上官姑娘为何只选杜鹃呢?"

"因为杜鹃的花意代表的是'永远属于你'。"

"哎呀,姑娘心思真细啊,好浪漫,但愿角公子能懂姑娘的心意。"

上官浅面露羞涩:"宫二先生满腹诗书,必然能懂。"

永远属于你,即为忠诚。

宫尚角看着眼前勇敢、坦然和自己对视的上官浅,突然改变了主意。

"一会儿再走,帮我再多磨一些墨。"

后山,祠堂。

大殿前方整齐地列着一排排灵位,供台上点着香,悬挂的香圈燃了一截又一截,香灰的余烬使空气中尽是肃穆和悲戚的气息。

尘埃未定,但逝者已矣,总要入土为安。

侍卫和仆人捧着蜡烛等祭物和一块崭新的灵牌,穿过祠堂大门,朝里走去。

"将月长老的灵位放进宫门祠堂。"

月公子低语着,看着远山夜色,目光凝重。

"山雾流动,冬日更深了。"

雪宫的庭院内,石台上,茶香四溢,因着风雪太大,茶水不一会儿就冷了。

雪重子和雪公子面对而坐,雪公子的指尖触到正在冷却的余温。

"山雪厚实,冬日更深了。"

雪重子问:"你在等他吗?"

"我觉得他一定会回来。"

雪重子没说话,目光看着前山的方向,飞鸟眠空,竟是连一丝生机都没有了。

羽宫里,让后山人惦记的宫子羽此刻正在他的房内,灯火彻夜通明。

房门打开,有下人不停地提着木桶进进出出,木桶里装着水和冰,下人们不断地把冰倒进房间内放置的大浴桶内。

四周的温度在夜里骤降,宫子羽缩了缩脖子,裹紧衣服,继续和金繁交谈。

说起月长老一事,宫子羽摇了摇头:"我还是不信有那么多无锋细作。"

金繁思考片刻，说："但令牌不假，也有血字为证，贾管事也确实死了。"

死了贾管事一个无锋细作，又出来一个"无名"，这不正是说明宫门内部至少有两个无锋细作？

宫子羽却不这样认为："金繁，假如你我皆为无锋细作，好不容易混进了宫门，潜伏多年，难道我们不应该好好隐藏自己，互相包庇、彼此掩护吗？怎么可能杀了人还堂而皇之地写下血字，昭告众人？"

宫子羽深思一层，怎么想都说不过去。

金繁疑惑道："那他的目的是？"

"威慑。"宫子羽幽幽地丢下两个字。

"威慑？"

"让我们害怕，让宫门自乱阵脚。父亲曾经对我说过，有时候虚张声势、擂鼓击锤、策马扬尘只是为了让敌军感觉声势浩大而已……"

"你的意思是？"

宫子羽轻抚下巴，他意有所指："我感觉，其实对方从头到尾就只有一个人，但对方想让我认为有很多人。你仔细想想，是谁第一个强调无锋细作不止一个人的？"

是宫尚角。他当时的说辞是"谁说宫门只有一个无锋细作"。

金繁意会道："宫尚角？"

"没错。"

说完，宫子羽警惕地看了看进进出出的下人，然后对他们说："差不多了，你们先下去吧。"

众仆人行礼告退。

等所有人都离开后，宫子羽又道："他就是故意虚张声势，混淆视听，把贾管事的事情掩盖过去，顺便制造强敌压境的紧张气氛，让宫门内部动荡……"

金繁问："他想干吗？"

"他都堂而皇之地说出来了，你还不知道他想干吗？他想重新选执刃啊！"

宫尚角想当执刃，司马昭之心昭然若揭，明眼人都能看出来。

金繁沉吟一会儿，说："但他也不至于疯狂到为了当执刃而杀长老吧？"

宫子羽嗯了一声，似乎无法反驳。毕竟他也不相信宫尚角狼子野心到这种程度，他的目光暗淡下去。

金繁看他伤神，讨论无果，于是换了话题："对了，你让下人弄这么多冰来是要做什么？"

宫子羽伸手探了一下桶里的水温，冻得他指尖瞬间苍白。

他甩了甩手上的水珠："第一域试炼的雪家刀法被置在寒冰莲池的最下面……"用余光瞟了一眼金繁，看见他装模作样地东张西望，宫子羽撇撇嘴，"你别演了，你又不是不知道，我正好要问你——"

不管他要问什么，也不管他要冰块来做什么，金繁连忙站起来，打断他："不行不行，我不能违背誓言，而且闯关试炼本就需要执刃你自己独立完成！"

宫子羽怒骂道："你个狗！"

金繁抱拳道："告辞！"

说完，金繁脚底抹油，大步离开。他到门口的时候，还是不忍心，于是别扭地丢下一句话："我要是你，我就去问云为衫。"

等云为衫进宫子羽房间的时候，宫子羽把金繁的话告诉她。

"问我？"云为衫也有些云里雾里，把手上的姜汤放到宫子羽面前的书案上。

宫子羽抱臂道："是啊，我被金繁搞得莫名其妙。"

金繁要他问云为衫什么？

云为衫低头沉思，最后摇了摇头："他只告诉了我第一关考的是内力，其他就没了。"

"内力？"

"嗯。他暗示得很明显了。"

那日她用点头或摇头的方式套出了金繁的话。金繁不仅驱动内力暗示了她，还在她询问是不是考验内力的时候猛地点头。这说明，第一关试炼考验的正是内力无疑。

她说得明白，但宫子羽还是不得要领："但那个寒冰莲池怎么看都像在考验水性啊……"

"既然闯关试炼是为选拔继承人而设，那考验水性不太合理吧……"总不能要求宫门执刃水性要好。

宫子羽挠挠头："对哦……"

他叹了口气，索性先不去想，然后看着面前的汤药："这是什么？"

"我方才去医馆抓药，想起羽公子在雪宫应该也受了风寒，所以让医馆的大夫帮忙配了暖身的姜草药茶，公子趁热喝了吧。"

宫子羽的第一反应不是她给自己送汤药，而是她怎么了。

"你为什么要去医馆抓药？身体不舒服吗？"

半个时辰前，云为衫去医馆拿药。医馆的大夫看了她的药方，忍不住提醒："云姑娘，这几味药可都是大寒之物啊，你虽说虚火燥热，但也切记不要多吃……"

云为衫满额头都是汗珠，她抬手擦了擦汗，忍着腹部里灼烧的痛苦，点头道："多谢大夫。"

然而，她不是一般的虚火旺盛，而是体内的半月之蝇正在发作，需要大寒药物镇压、缓解。

云为衫回过神来，找了个借口："最近虚火燥热，问大夫配些降火气的凉茶。"

"是在为我担忧、焦虑吗？"宫子羽看她一脸担忧，许是为了自己的事，忍不住挑了挑眉。

云为衫没理会他，看了一眼房间中央的浴桶，里面的冰还未融化，看上去彻骨地冷。

"方才看到下人往屋里送冰，说是公子要练功？"

想来是要用冰水模拟寒冰莲池，找到潜入水中的方法要领。

宫子羽叹了口气，说："别提了。"

云为衫关切地道："公子闯关心切，我能理解，但也别操之过急，身体吃不消的。"

"放心，我没事。"

"那我下去了。公子记得把药喝了。"

见她这么快要走，宫子羽张嘴把人叫住："阿云，你不多待一会儿啊？"

"阿云……"

这是云为衫第一次听到他这样叫自己的名字，有些羞赧，又有些茫然地抬眸看他。

宫子羽睁着黑白分明的眼睛，竟露出孩子气的一面，讨赏似的问她："不好听吗？"

"像小猫的名字。"

宫子羽温柔地笑了，看来她不是不喜欢，便嘴里碎碎念起来："小猫多可爱啊。阿云……阿云……嘿嘿，喜欢。"

云为衫怔了怔："喜欢什么？"

"喜欢阿云。"宫子羽不知不觉地就接了话，很快一脸通红，然后低头闷声喝药，补充道，"……这个名字。"

药入口清苦，心里却一阵微甜。

角宫，上官浅房间悄无声息，看似已经沉沉睡去。

然而，她此刻坐在窗前，窗户大开，寒风吹进来，她却浑身燥热，只穿着单薄的水衣。

夜风往里灌，她身上大颗大颗的汗珠不断滑落，眉头紧锁，那汗水连风都吹不干。

上官浅调整着自己的呼吸，一遍遍提醒自己："不要运功……不要运功……"

云为衫回到了自己房间，房门缓缓合上。

她把手上的那碗大寒汤药喝下去，然后坐到床上，闭上眼睛运功。

很快，她的额头也渗出细密的汗水。

心绪杂乱无章，难以凝神。

她想起在无锋训练室寒鸦肆说的话。

"如果灼烧之苦太过折磨……可以用这几味药煎煮成茶，服下后练功运气。你的内功心法'云锦心经'本是一种自噬性很强的极阴心法，运转内力就会让身体发寒，恰好能够对抗半月之蝇带来的灼烧之苦……"

本意是用极阴心法运功压制体内灼热，下一秒，云为衫突然睁开眼："我想到了！"

与此同时，宫子羽房间里，他整个人哆嗦着进入半人高的浴桶。牙关因为寒冷而下意识咬紧，碰到冰水的瞬间，全身肌肉骤缩，但他还是强忍着，一闭眼，屏住呼吸，整个人沉到漂满冰块的水里去。

耳道里灌满了水，隔绝了外界的声音，只剩下哗哗的水声和一些嘈杂回荡的噪声。

皮肤发木，脊背像电流蹿过，不知过了多久，他的四肢早就冻僵了，整个人昏昏沉沉，很快就失去了知觉……

"爹……爹……别再逼我下水了……水里冷……水里冷……不要！！"

宫子羽在床铺上如噩梦般惊醒，梦里是父亲逼他练功的场景。清醒过来后，他盯着床顶愣神几许。身下的床铺柔软、温暖，让他冷彻骨髓的身体恢复了不少。

很显然，他已经不在那浴桶里了。

怎么回事？他正疑惑着，云为衫的声音从耳边传来。

"公子。"

宫子羽转头看去，云为衫正坐在自己床边，握着他的手，手掌包裹着他的，细细地焐热。他注意到自己身上盖着层层棉被，手下是软和的指尖，细腻、温暖，让他几乎失去知觉的手掌感受到了传导过来的温度。

"我睡着了？"

他不是在水里练功吗？

云为衫带着一丝责备回应道："你是冻晕过去了。都叫你不要逞强、不要心急，结果你还是胡来。要不是我半夜赶过来，没准你就在那个冰桶里冻死了。"

宫子羽直起身，倚靠在床头，心里有些感动。他的手心越来越热，身上也终于缓过来了，他下意识贪婪地握紧云为衫的手。

"你的手怎么这样烫？"

见他面色好转，已经不再像刚才那样苍白，云为衫缩回了自己的手："我自小就有个外号叫'小火炉'。"

宫子羽听了忍不住一笑："都说小伙儿是小火炉，你一个姑娘家怎么还有这个外号啊……"

"家里老人说，娘怀我的时候，足月了却一直没有动静，又过了十多天才把我生下来，他们打趣说我熟得比较透。"

她难得开玩笑，宫子羽眼底笑意更胜："巧了。我是因为早产，所以体质偏寒。我们一个似冰一个如火，倒是天生……天生……"

那"天生一对"的"一对"二字突然有些羞于开口，宫子羽脸颊微红，轻咳了一声。他掩盖着自己的紧张，起身穿衣，但衣服穿到一半，看到自己裸露的胸膛，似想到了什么。

宫子羽面色一凝："……刚云姑娘说……是你把我从冰桶里捞出来的？"

"是啊。"

云为衫若无其事。

方才她急匆匆赶到宫子羽房间，就看见趴在浴桶边缘昏迷的人影。她从水里拉起宫子羽，突然看见他的贴身衣服滑落后露出满后背的刺青经文。

227

青灰色的刺青透着神秘、森然，云为衫心头颤抖。她将宫子羽放到床上，正准备拉开他的衣服查探他的后背，他突然醒了。

宫子羽顿了顿，试探着问："那你看到了？"

仿佛不明白他究竟在问看到了什么，只是表情有些不对劲，云为衫如实回答："看到了。"

宫子羽神色凝重，想起长老们的叮嘱和身负的重任。

然而云为衫紧接着道："看到胸膛而已，男子汉怕什么，而且已经嫁给你了，不是吗……"

听到他这样说，宫子羽心里松了口气。想来衣服贴身，她没有看清什么，于是裹紧了外衣，装模作样扯开话题："这不是还没嫁嘛……"

云为衫淡定地起身，拿起姜汤递给宫子羽："你怎么不问问我为什么大半夜来找你？"

"我哪儿知道……"

"你在想什么呢……"

云为衫见他突然脸红，也不由得跟着尴尬，脸上染上红晕。

"你自己说你大半夜来找我——"

云为衫轻轻打断他："我是想到了顺利通过第一关的办法！"

宫子羽眼睛一亮："真的假的？"

两人坐在桌边，烛火幽幽晃动，照在云为衫脸上，她一脸正色。

"天下武功心法有数百种，但大致都分为金、木、水、火、土五种……"她一边说，脑海里一边闪过寒鸦肆曾经教导过的话，"……五种心法又可以大致分为阴、阳两类。其中金、火为至阳心法，比如昆仑派的'裂阳心诀'和苍山派的'金语术'……"

上官浅的房间里，窗扇被吹得嘎吱摇动。

浑身的灼热难以忽视，原本已经平和的呼吸再次急促起来。

她思绪飘忽，恍惚回到了在无锋训练的时候。

那时她在寒雨的训练井里练功，寒鸦柒在旁监督，她的衣服都被雨淋湿浇透了，理应寒冷无比，而她浑身冒着热气……

她的心法至阳，炽烈的内力让她此刻连吐息都变得格外沉重，所以她不能运功，只能再次静下心来调整呼吸。

宫子羽听得认真。

云为衫继续说道："水、木则为至阴心法，比如清风派的'云锦心经'、黑水门的'避水诀'……比如易筋经，则五行属土，阴阳兼具，融会贯通。所以，如果你们宫家的武功心法正好是金、火两派的话，那寒冰莲池就自然可破，这正好印证了金繁的话，第一关考验的是内力！"云为衫道出答案。

宫子羽越听越兴奋，但他突然意识到一个问题："可是……宫门的武功心法不止一种……我们有好多种……"

云为衫愣住了："什么？"

第十章 旧纸融雪

宫门心法不止一种，云为衫听了神色有异。

宫子羽看着面前有些茫然的脸，解释道："单单我们宫门自创的内功心法就有三种，再加上祖辈浴血江湖多年，收获的顶级心法也很多，甚至有一些武林大派早年间失传的心法秘术，宫门内部也有收录，只是我们不被允许修炼而已……"

云为衫问："那公子修炼的是哪种？"

"融雪心经。"说着，宫子羽的眼睛低了下去。

"从未听过这门心法……"

宫子羽黯然："这是宫门独创心法，就算在宫门里，练的人也很少……"

他十岁的时候就开始练习这门心法。

那年他根基不稳，怯怯地在白雪皑皑的庭院里蹲着马步，身上只穿着单薄的春衫。

等到他实在忍不住了，开口道："爹爹……太冷了，我快要冻死了。"

父亲站在一旁，告诉他："不想挨冻就按照口诀运功……"

明明是可以抵御寒冷的心法，但他还是很迷茫："口诀我早就记住了，可……可还是不会……我冷……"

"这么娇气，不配做我宫鸿羽的儿子。你看看哥哥是怎么练功的。"

父亲的责骂声入耳。他侧头，不远处，哥哥穿着单薄的衣服在庭院里练刀，他悟性高，进步神速，丝毫不惧寒冷。很快宫子羽的鼻头和眼睛都冻红了，眼中冒出了泪水。

可父亲还是很严厉："不准哭，继续练。"

他便颤抖着尝试运功练习："寒……寒气云霄入，收发当自如……合和汇丹田，雪落心不减，双落风门穴，气脉三分悬……"

宫子羽一边回忆，一边将心法喃喃出来："……双落风门穴，气脉三分悬……"

听他说完，云为衫一脸惊喜："那太好了！说明这个心法就可破寒冰莲池！"

"不好……"宫子羽却沉着脸，苦恼道，"我的内功连冬日寒风都抵挡不住，更别提潜到寒冰莲池底了……"

他底子不好，根基也不足，想到这里，宫子羽浑身都有些难受。云为衫看着他失落的表情，收起了心底的雀跃。

宫子羽坦言："母亲去世后，父亲对我就变得严苛、冷酷，明知道我畏寒，却总强迫我在冰天雪地里练功。所以，对于融雪心经的修行，我一直都很抵触……后来就半途荒废了……"

云为衫听罢，看在眼里，没有多言，只是无声地拿起姜茶。

"姜茶有些冷了，我去帮你热一热。"

宫子羽拉住她，接过已经冷掉的姜茶，一饮而尽："这一点冷，我还是不怕的。"

云为衫本应该顺着他的话说下去，或者继续询问关于心法的事，而这一刻她读懂了他眼睛里的落寞，一开口就变成了安慰之词："公子是不是认为老执刃对你太过无情了……"

宫子羽一声轻轻的叹息，算是默认。

他们父子关系不好，宫门尽人皆知，这却是宫子羽第一次跟她提及原因。

云为衫顿了顿，问他："你还记得我同你说过我父亲遭遇海难吗？"

"当然记得。"宫子羽回忆起什么，嘴角重新带笑，"当时还误会你了，以为你要用河灯传什么消息出去呢。"

云为衫躲开宫子羽直视的目光："父亲去世后，母亲独力撑起了整个家，从那个时候开始，曾经对我宠爱有加的母亲也变得严苛起来……"

宫子羽的表情微微一动，他也是母亲过世以后，一向温厚的父亲就开始变得严厉。这么多年来，他始终不明白原因，以为是他长大了，越来越顽劣，功底越来越不足，父亲才开始对他嫌弃。又或者是因为母亲，父亲心里不为人知

231

的惆怅难以宣泄。

他认真听着云为衫的每一句话，仿佛她的故事里也藏着自己的影子。

"是不是跟你的处境很像？年少时候的我，可以跟着义母拙梅学剑、练武、骑马……飒爽得像个男儿……而之后，母亲就开始逼迫我学习女德，每日钻研女红绣功、琴棋书画……"

云为衫呢喃着，她嘴里的过往都是假的，是为了安慰宫子羽编造的谎言，然而眉间的动容很明显，那些真正的记忆，随着她的话，开始不受控制地涌现。

那是她在无锋没日没夜训练的日子。

她们是无辜天真的孩子，被迫争夺、缠斗，在寒风冷雨灌入的训练井里厮杀。

寒鸦肆站在一边看着她和另一个女孩儿在泥浆里扭打，她们赤手空拳，近身肉搏，拳拳到肉，苦不堪言。

云为衫强忍着翻涌的思绪，絮絮叨叨地道："母亲说，拙梅剑法超群却凄苦一生，学武不能自保，但嫁户好人家可以庇佑全族……我母亲每日对我灌输，女人活着，没办法只靠自己……后来，我就渐渐放弃了，接受了自己就是母亲攀龙附凤的工具人。"

眼前，云为衫的面容变得麻木，如同回忆里那样。

她从一个稚童成为无锋的杀人工具，如今正是豆蔻年华。

不知从什么时候开始，她也放弃了挣扎，甚至不愿再去看一眼初升的太阳，变得麻木不仁。

她气喘吁吁、满头大汗地坐在石室冰冷的地上，无锋的细剑跌落在旁，身上的伤口早就没有知觉了，只有心脏还在机械地跳动。

直到云雀跑来找她，两个人坐在一起，云雀悄悄从衣服里捧出一手心漂亮娇艳的花朵给她看，花朵带着露水，芬芳而鲜活。

她们看着花朵，才终于觉得，黑暗之下、苦寒之处原来也是有生机的。

那时她见云雀在笑，被冷雨冻得僵硬的面颊也跟着笑了，仿佛训练的苦楚暂时得以缓解。

宫子羽安安静静地听着，云为衫的声音细缓而轻柔，殊途同归的故事让他眸色灼灼。

云为衫下意识轻抚了一下胸口，仿佛那里突然空了一块，让她带着悲怆的神色："但人生只有一次，就应该活成自己喜欢的样子。一只云雀，就应该在空谷中啼叫，听雨声，闻花香，而不是在铁笼里承欢而歌。所以我对母亲说，我只想为自己而活，我不想成为任何人的附属品……"

为自己而活吗？

云为衫这样说，却看不见自己的表情讽刺得可怕。

在无锋时，她出过错，也反抗过。寒鸦肆转身扫腿，剑鞘狠狠打在她的膝盖后窝处。她立刻跪地，表情痛苦，嘴角带着血。

寒鸦肆的剑贴在她的脸上。

"你有什么资格说'不'？"

她恨道："既然我没资格说'不'，那我苦练这些干什么？"

"你现在的苦练，就是为了有一天你可以对别人说'不'。"

隔着遥远的过往，此刻她的眼里早就没了那时候的不甘和恨。

她表情的异样不过是一瞬间的事，宫子羽没有捕捉到，听到她说想为自己而活，他只是叹息："所以你才一直想要从宫门逃走……"

云为衫的眼睛闪烁了一下，她继续说道："可是后来我明白，母亲不过是担心我们一家只剩女子，再没有替我们撑起一方天地之人。母亲怕我以后受人欺负……"

本不忍再掀开那些看似早就愈合的伤疤，但某些冰冷的话语、残酷的真相还是狠狠扎在她心底，像一根看不见摸不着却能感受到的细微木刺，一触即痛。

寒鸦肆对她冷酷地说："你的命是无锋给的，一身本事也是无锋给的，活着，就必须对无锋有用，死，也必须对无锋有用。"

那时她冷眼以对："我不能按照自己的心意而活，但我至少能按照自己的心意去死。"

"你可以，但你不敢。"

"我有什么不敢？"

"因为你还有云雀……只要这世间还有你所爱之人，你就不敢。如果想要没有软肋，就必须谁都不爱。"

没有爱，就没有弱点。

只有强大，才能活下去。

角宫里，上官浅房间的窗户合上了，不知何时，风已经停了。

冷汗终于干透，薄薄的水衣贴着皮肤，有些黏腻和冷。

上官浅觉得体内的灼热好了一些，怔忪着一看，手掌因为攥得太紧，掌心被指尖戳破了，冒出了血珠。眼前的鲜红与回忆重叠。

寒鸦柒帮她包扎一双带血的手掌。

不记得是第几次胜利，她满手鲜血、满目红光，她说："这世间早就没有我所爱之人了。所以，我没有软肋。"

寒鸦柒却道："你有。"

她疑惑不解地抬起头，寒鸦柒用手擦掉她嘴角的血，抹在她的嘴唇上，鲜红的唇冶艳得惊心动魄。

寒鸦柒说："你爱你自己。"

风变得柔和，让人也重归平静。

云为衫眼睛微红，终于露出了一丝希望，她说："在母亲眼里，刀光剑影的纷争江湖对一个弱女子来说太过艰难，而宫门就成了她眼里最好的依靠。"

宫门，同样是她最后的机会。

寒鸦肆曾经承诺她："现在有一个任务，你只要完成，就可以离开无锋，得到你想要的自由。"

云为衫抠了抠手指，如同一个竭力抓住什么的动作，再也不肯放手。

她终于笑了，只是笑得有些苍凉："其实父母的关怀是春夜细雨，润物无声。严苛的母亲看我日日苦闷，也会想方设法给我搞一些外面时兴的小玩意儿，让我开心，但她从来不说。"

她何尝不知道，在她伤痕累累的同时，有人给予过她帮助。

心里的伤口很难得到抚慰，但是身体的伤口容易愈合。

在无锋走廊里，寒鸦肆交给云雀一个药罐。

她躺在训练室的地上，身上的伤痕还渗着血，双唇龟裂，是云雀把她抬起来，用那个药罐里的药涂抹她的伤口。

云为衫指节一痛，原来是攥得太紧了，她轻轻松开手指，表情也温和下来，仿佛那些沉痛稍纵即逝，很快就消散在此刻的夜风中。

她说完，看到宫子羽捧着脸出神地望着自己，正色起来："父母逼迫我们长大，并非他们本意，只是希望在他们离世之前，我们能够学会更多的东西，能够平安地立足于这个世间,在他们心里,其实希望我们永远做一个小孩……"

面前的人还是极其安静,云为衫怔了怔:"我是不是又多嘴了?"

宫子羽心中的愁绪早就烟消云散,他笑笑:"没有……我喜欢听你说你之前的日子,听你讲外面的世界……"

"你是不是从来没有出去过?"

宫子羽的目光低低的,像是有些自卑:"嗯。"

"那以后有时间了,我陪你去外面看看。"

"好。"他不假思索地答应,然而下一秒他像是想到了什么,眼里的光突然熄灭了,后背有些刺痒。

"但我背上……"

云为衫疑惑道:"嗯?"

宫子羽目光躲闪着改口道:"但我背上了执刃这个重担,可能没那么自由了……"

沉默了好一会儿,云为衫想着宫子羽之前的话,突然回到正题上。

她正襟危坐起来:"我想到了!公子方才说老执刃总是让你在冰天雪地里修习融雪心经,我猜想,其实是为了让你事半功倍!"

宫子羽一愣。

"我不敢妄自揣测老执刃的想法,但是我确实听义母说过,至阳功法就要在至寒之地修行,而至阴之力则应当身处灼烧之所……"

"这我还第一次听说……"

"嗯,我当时也不懂。义母和我解释,说不会武功的常人在遭遇寒冷时就会忍不住跑跑跳跳,让身体发热流汗,抵抗严寒……而会内功之人则会不自觉地催动内力不停运转,以抗击寒意,日积月累,功力自然大增……"

宫子羽"咝"了一声,看着房间里早已融化的冰桶:"你这么一说,想要过寒冰莲池这一关,我这泡冰水的主意还歪打正着了?"

云为衫若有所思道:"公子不日就要再次出发,想要靠这点冰水之寒激发出你的内力,恐怕不够……"

宫子羽突发奇想:"那我今晚就去雪宫庭院的湖里睡怎么样?"

云为衫:"……"

宫子羽讪讪地笑道:"我就活跃一下气氛……"

"冰水只是体外之寒,泡冰水是皮毛之功,况且短短数日根本无法让内功突飞猛进……"

"体外之寒？那怎么办？把冰嚼碎了吃进肚子里去吗？"

宫子羽有些丧气。

刚要开口，云为衫突然一阵腹痛，让她脸色瞬间苍白，半月之蝇那股灼烧之痛又来了，她额头上很快就冒出了汗珠。

宫子羽看着大汗淋漓的云为衫，有些意外："云姑娘，你很热吗？我这屋子放了这么多冰块，不应该啊……"

云为衫摇头："没事……"

勉强压制着死誓在体内呼之欲出的灼痛，闭了闭眼睛，下一秒，云为衫意识到了什么。

半月之蝇让她承受烧灼之痛，属于至烈之毒……

等她重新抬起头看向宫子羽时，目光有些激动。

"冰块、积雪确实都是体外之寒，但如果是体内之毒呢？至烈之毒，人服下会如同身处炼狱之中，承受灼烧、痛苦，而至阴之毒则会令人感受到砭骨刺髓之寒。公子本就是难得一见的极寒体质，若配合至阴之毒，就等于把你的身体变成一个冰窖，坐卧行立，昼夜晨昏，时时刻刻都在运行功力以抵抗寒毒，短期内功力一定大增……"

她的分析很准确，然而宫子羽听完，表情却有些复杂。

"怎么了……我说得哪里不对吗？"

"你说得都对，这种至寒之毒，宫门里少说也能找出三五种来……但是……"

他犹豫得五官像是拧在一起，云为衫有些不解："但是什么？"

"但是我长期服用百草萃，毒药对我无效……"

百草萃是宫门之药，百毒不侵。

云为衫下意识脱口而出："那就暂停服用，闯过第一关再继续呢？"

然而她说完，空气陷入久久的死寂，宫子羽眉间纠结，目光转向别处。

云为衫起初不解，但很快她明白过来，立刻低头："对不起，是我考虑不周了……"

宫子羽坦言："宫门刚刚——"

云为衫接过他的话说下去："宫门刚刚发生变故，月长老遇刺，老执刃和前少主也是死于中毒，而我却在这个时候让你断然停服百草萃……我太蠢了……"

见她两眼垂下，宫子羽忙道："别这么说。"

转念一想，就算他决定一试，也未必能轻而易举地做到，他继续说："宫门所有毒药、解药都由宫远徵统一管理、分配、领取、使用、消耗存余都会被严格记录在案，他断然不会让我无理由地领取一味至寒之毒……"

就算他说明缘由，事关他的试炼，宫远徵巴不得他失败，又怎么会不诸多阻挠？

云为衫突然张了张口，但欲言又止，最后还是选择了闭口不言。

"你想说什么，你说。"

她还是摇头。

"我相信你，你有任何话，都可以和我说。"

云为衫这才迟疑着出口："我义母拙梅这几年练功的时候急于求成，导致怒火攻心，她就常年配制一种大寒之毒用来控制她体内的虚火浮气，说是以毒攻毒。"

话音刚落，宫子羽就急切问："你会配制吗？"

"羽公子……"云为衫轻轻抿唇。

"你只要告诉我你会不会配制就行。选择相信你，是我自己的决定，你不用担忧。"

她肯定地点点头："会。"

"那走，我们一起去医馆。"

云为衫起身，抓住他手腕："你不能去，你去了，这至寒之毒就配不成了。"

"为何？"

"公子现在贵为执刃，走到哪里都太过惹眼，何况公子正在试炼之期，宫门又是动荡之际……医馆是宫远徵的权职所在，若公子现身，必然引起揣度和阻力……"

她的话不无道理，宫子羽为难起来。

云为衫从容道："如果公子相信我，那我替公子去。"

"好。"

宫子羽没有一丝犹豫，等云为衫正要出门，他又叫住她："等一下。"

"怎么了？"

宫子羽走上去，他信任云为衫，却不能让她涉险。

弯起眼角，他笑了一下："我还没交代完呢。你知道入夜之后宫门的警戒有多严吗？你看不见的地方，暗哨暗岗星罗棋布，树影墙后的毒箭毒针可不长眼睛。"

说完，宫子羽起身走向书案，从一堆图纸里找出一张绘制精细的地图："这是从这里到医馆的警戒路线和暗哨布局图，你尽量避开，不要引起麻烦。"他把图纸卷起来，递过去，"拿着，自己当心。"

云为衫看着手里的宫门机密，这么重要而清晰的地图就轻易地交到她手里，心跳突然变快，又重重地一沉。

悬月当空，云为衫疾步行走在夜间的宫门内。暗哨隐匿在各处，看似平静，实则一触即动。她按照地图所示，走过廊桥，医馆已经出现在前方不远处。

突然，一支锐利的铁箭从看不见的地方突然射出，钉在她的脚前方半寸之处。

黑暗里，看不见任何人影，但可以听见人声厉声询问："何人夜行？！"

云为衫缓慢举起手，亮出右手所持的绿玉。

"执刃新任绿玉侍卫云为衫，奉命前往医馆，取些安神的汤药。"

黑暗里的男声低沉："今夜宫门警戒，你取完东西速速返回。"

云为衫低眉敛目："是。"

历史久远的木桥在寂夜里随着她的脚步嘎吱嘎吱地响，云为衫走进了医馆，来到了药材库。

药材库非常大，三进院子，周围是顶天立地的药柜，药材毒株分门别类，整理严谨。

云为衫看着柜子上的药名，一个一个找过去。

脑海中闪过一丝思绪，她想着寒鸦肆曾经告诉她的话。

在无锋训练室里，寒鸦肆指着桌案上一排盛放在白纸里的药材——

"如果半月之蝇的灼烧之痛太过难熬……你可以用这几味药煎煮成茶……"

"在这个配方上，再加棕心的山栀、发芽的炙甘草和内有冬虫的琥珀作为药引，放上朱砂和硝石，用半熟之水煎煮，就可以得到一剂极寒之毒……"

此刻，云为衫手持一根蜡烛，在放草药的暗格里仔细翻找，一边喃喃自语，一边不断取出药材。

她低声道："棕心的山栀、发芽的炙甘草、内有冬虫的琥珀……"

医馆的另一边，诊疗室里，存放医案的隔间露出微光。

此刻，一个侍卫正提着铜灯站在宫远徽身后帮他照明。宫远徽在存放医案的书架间穿梭寻找着，看上去那些架子上的物品有些久远了，扬起簌簌灰尘。

宫远徽伸手拿下一本医案，医案封面写的是"姑苏杨氏"，只见封面底部的小角落画着一株细小的兰花。

那正是宫子羽生母兰夫人的医案。

宫远徽面色一喜，翻开医案，照着上面久远的字迹，小声念了出来："姑苏杨……有晕症，所以导致早产……"

他翻到最后一页，找到医案的签字大夫落款。

宫远徽低声自语，读出那个大夫的名字："荆芥。"

他拿着医案的手捏了捏，笑了笑："不愧是老执刃，确实能以假乱真……"

刚说完，他的表情很快就变了，仔细闻着空气里传来的气味。

"有人在煎药？"

说完，他弹指，侍卫手里的铜灯灭了，屋内只剩下清冷的月光。

宫远徽示意侍卫留在原地，而他轻声移步，戴上金丝手套，朝药房走去。

煎药的地方冒出热烟，云为衫煎好了药，又把锅里熬至只剩少许的药水倒进一个瓷碗。瓷碗的碗口有个漏嘴，她拿起碗，往随身带来的瓷瓶里倒。

就在这时，一把冰凉的刀刃突然从身后搭在她的脖子上。

云为衫丝毫没有察觉那人影是何时形如鬼魅般到她身后的，不禁心里惊骇。

"放下药瓶。"宫远徽冷冷地说，"不然，刀刃无眼。"

云为衫停手，脖子上的刀刃也随之松开，她转过身，刀刃还是横在她眼前。

看清楚来人，宫远徽讶异地一笑："原来是云姑娘，三更半夜，你在药房里鬼鬼祟祟的，所为何事？"

云为衫泰然自若道："我奉执刃之命前来医馆，何来鬼祟之说？沿路侍卫全都知情，并且为我指路，如若不信，徽公子可以前去询问。"

"他们知道你来医馆，但知道你来干什么吗？"

"我来帮执刃大人配一些安神的汤药。"

说着，她示意了一下旁边倒了一半的药汁，药锅里还冒着未散的余烟。

宫远徽逼近她："未经允许就擅自闯入药房者，徽宫可以斩于刀下。你可知道？"

云为衫反问道："执刃的允许，不算吗？"

宫远徵被噎住了，不甘心地收回了刀刃。

他走上前，拿起药瓶，又靠近云为衫闻了闻："衣服上有朱砂的痕迹，汤药里有硝石的气味……"他直接上手拿起煎锅里的药渣，将残余药材捏起来看了看，很快得到答案，"还有山栀……呵，云姑娘，这几样东西，可不是什么安神之物啊……你是在配毒。"

宫远徵的目光如野兽般游移：她竟然敢在宫门制毒？

云为衫扫一眼宫远徵，从容对答："宫门族人皆服用徵公子亲自调配的百草萃，毒药能有何用？除非你的百草萃有问题……"

宫远徵脸色微怒："伸出手来。"

云为衫淡然地伸出掌心。

腰间的壶口打开，宫远徵放上一只黑色的虫，说道："在你手心的蛊虫，诚实之人不会被它所伤，但若你说出谎言，它就会毫不留情地用毒牙扎进你的皮肤……告诉我，你弄这毒药是要害谁？是我，还是我哥？……"说着又突然冷笑，"又或者说，是想毒死宫子羽？"

云为衫目色平静地看着宫远徵："都说徵公子是百年难遇的药理天才，没想到心智如此幼稚。这世间若真有蛊虫，在贾管事和你对质那天，你早就拿出来自证清白了，又怎么会沦落到被长老们关进地牢？"

宫远徵一愣，云为衫已经把手上的虫子轻轻丢到地上，丝毫没有上当。

"你没有上官浅漂亮，但好像比她聪明一些。"宫远徵没在意她把他的虫子丢了，只是忽然想到了这件事。

见云为衫不说话，宫远徵的目光重新冰冷："但对我来说，漂亮和聪明都没有用。"

他把那药瓶端起来，递给云为衫："喝一半。"

云为衫拒绝："这是帮执刃大人准备的汤药，我不能喝。"

"安神之物，你怕什么？"

药瓶直接推到了她嘴边。

云为衫脸色微变："我没有资格喝执刃大人的汤药。"

宫远徵森然冷笑："我这里药材很多，再帮你原样煎一份送去羽宫就是。这医馆是我徵宫管辖，从这里出去的东西万一把羽公子喝坏了……可就说不清楚了……"

听罢，云为衫只好接过药瓶，张嘴喝掉小半，她轻轻擦掉嘴角的药汁："可以了吗？"

见她毫无异样，宫远徵无声无息地思索着。他不再阻拦，只是静默。

于是云为衫把瓷瓶盖好，转身准备离开。

突然，云为衫感觉到身后传来刀刃破风之声，她立即闪身后退，险些避过这突如其来的攻击。

"徵公子，你想干什么？我好歹也是执刃夫人！"

宫远徵的刀刃散发寒光，他张狂地一笑："执刃夫人？哈哈，我连执刃都不认，何况你这个夫人，你也配！"

来了他的医馆，就没有轻易出去的道理，羽宫的人，他一个都不想放过。宫远徵不由分说就要进攻。

云为衫急了："不管我是谁，若真在你手上出事，你说得清吗？！"

"有什么说不清的？月黑风高，无灯无火，我在医馆中发现一个盗窃毒药之人，将其斩杀，其后才发现盗药之人乃羽宫的准新娘，我何罪之有？如果再在你尸首上搜出些许毒药，那就更加没人可以怪我先斩后奏。毒药嘛，我身上多的是。"

宫远徵挥刀突进，云为衫被逼到角落，就在宫远徵下死手的前一刻，突然听见了厉声的呵斥。

"放肆！"

刀刃相接，内力迸射，两道人影迅速分开。

宫子羽快步走过来，身后还跟着金繁，宫远徵不得不停手。宫子羽扯过面前的人，把云为衫护在身后，与宫远徵四目相对。

宫子羽怒气冲冲，盯着宫远徵的目光像燃烧着烈火："宫远徵，你可知道你在做什么？"

宫远徵不怒反笑："宫子羽，你可知道她在做什么！"

"我若不知，就不会赶来护她。"

"好，真好。你告诉我，堂堂执刃，派自己尚未成亲的妻子半夜潜入医馆，暗中制作毒药，是要给谁用？"

"我是执刃，不需要和你交代。"

宫子羽全然不顾宫远徵的追问，拉着云为衫走出医馆。见宫远徵还想往前阻拦，金繁早已抢先一步，挡住他的去路。

宫远徵看着远去的二人，不甘心却无可奈何，只能狠狠地咬牙。

回羽宫的路上，宫子羽提着灯走在前面，但他的灯照向身后的云为衫。

241

云为衫看着他挺拔的背影，有些出神，走在他的背后，有种安全感，心里会轻松许多。

"羽公子。"她轻轻叫住他。

铜灯散发出的柔和暖光在夜色里勾勒出他清晰的面容。

"公子刚才是一直在医馆外等我吗？"

宫子羽点了点头："嗯，还是不太放心你一个人，所以就跟了过来。近日夜里戒备森严，怕你遇到什么麻烦……听到里面传出了打斗声，我就带着金繁冲进去了。"

幸好他跟来了，否则后果不堪设想。

云为衫心里涌起一阵暖意："多谢公子。"然后从衣兜里拿出了药瓶，"公子，药已经配好了，只是剂量有些不够，我明日再去配些……"

宫子羽觉得奇怪："是库房药材不足了吗？"

"宫门药房储备应有尽有，只是刚刚宫远徵为了让我自证这不是害人的毒药，命我喝下了一半。"

宫子羽的眉心皱起，宫远徵竟然逼她喝药？这可是极寒之物，她怎么承受得住？

他细细打量云为衫的脸，唇色明显有些发白，像是为了不让自己担心，强忍着装作若无其事的样子。宫子羽心里刺微地疼，他从怀里掏出一个瓶子，咬掉塞子，说道："伸手。"

云为衫听话地伸过手掌，他倒出三粒药丸在她手心。

"这是？"

"百草萃。"

云为衫非常意外："这么贵重的东西，公子，你给我——"

宫子羽打断她："江湖传言，说一颗宫门秘药百草萃价值黄金十两，然而有价无市，从来没人可以买到真正的百草萃。但对于我们而言，这是从小就熟识的寻常之物。你现在服下，应该可以清除你刚刚替我承受的极寒之毒。虽然百草萃最好的药效是每日服用，在中毒之前抵御毒性侵袭，但是，中毒后如果能及时服下，也可以发挥大部分的效用。"

云为衫的表情有些异样："这毒虽然令人极寒、煎熬，但并不致命，难受一晚上也就过去了。这百草萃，公子还是自己留着吧。如此贵重的东西，不要浪费在我身上了。"

"用在你身上，任何东西都不浪费。"宫子羽说得认真，目光灼灼地望着云为衫。

她自是听得明白他话里的真挚,不由得觉得面颊有些热。

宫子羽轻咳一声,略微拘谨起来,英俊的脸在夜色里也看得出微微泛红。

他清了清嗓子,说道:"而且,按照我们的计划,本来就需要停服几日,与其浪费、丢掉,不如给你。哎呀,别再说了,快些服下吧。"

云为衫抬手将药丸送到口中,却趁着宫子羽转过身继续往前走时,将手中的药丸停在嘴边,她做出假意吞服的动作,实则将药丸藏进了衣服里。

没走两步的宫子羽突然回身,看着云为衫,他没有说话,只是朝他伸出了手。云为衫心里一紧,以为他看到了自己藏药的小动作,手在后背紧张地捏了起来。

"怎么了?"她虚虚地问了一声。

宫子羽柔声说:"天色昏暗,我带你走。"

云为衫怔了怔,感觉到心里一阵软绵绵的酸楚。

树影横斜,风声在夜色里低语。

错综复杂的重门深院里,宫子羽牵着云为衫,一灯二人,在夜色中安静地前行。

光影暗淡处,他没有看到身后的云为衫眼眶被风吹得发红。

角宫,下人又换过一支蜡烛,房内更亮了。

宫尚角仍在翻看名册,宫远徽阴沉着脸推门而进。

"怎么了?"看他一脸郁闷,宫尚角问。

宫远徽怒气未消,胸口起伏:"我在药房撞到了云为衫,抓她制毒抓个现行,结果宫子羽冲我耍执刃的威风,生生把她带走了。"

听他这样说,宫尚角的眼睛微微一亮,他合上名册,抬起头:"云为衫?制毒?"

"没错,我看了她的药渣,有山栀、炙甘草、冬虫琥珀……煎煮时还配了朱砂和硝石,这分明就是要配极寒的至阴之毒啊。"

"煮成黑乎乎的一团药渣了,你还看得分明原来的药材?"

宫远徽有些得意:"哥,别人当然分不清楚,对我来说,小菜一碟。"

"宫子羽知道云为衫在配制毒药吗?"宫尚角放下了手中的名册。

"那个蠢货,不知道也会说知道。哥,你是没看到他护着云为衫的那个样子,呵——"想到宫子羽方才与自己兵刃相接的样子,宫远徽嘴角露出讥讽。

宫尚角心念直转，不经意笑了一下："云为衫是想要帮宫子羽过第一关的寒冰莲池。"

"过寒冰莲池？这又是什么？"宫远徽有些愣住。

"寒冰莲池是三域试炼的第一关。"

宫远徽没想到这事儿跟试炼有关，突然笑了起来，似乎有些开心："哥，按照宫门规定，你好像不应该透露给我吧……"

"你犯的宫门家规还少吗？而且我也没透露什么啊。"宫尚角略带纵容地看他一眼，重新垂下眼睛。

"嘿嘿，哥，你对我真好。"宫远徽看起来还是很雀跃，"哥，那寒冰莲池是什么来头啊，听起来有些神秘。"

宫尚角放下手里的名册："这你就别打听了。等到你及冠之后，前往后山闯关试炼，到时便知。"

"简单，我肯定不会像宫子羽那个废物困在里面三四天都出不来。"

宫尚角嘴角虽然含笑，但目光有些严厉："我当初在里面困了十二天。"

"嘿嘿——嘿嘿——"宫远徽尴尬地低头喝茶，"不过，哥，我又不想做执刃，你做就好了。所以，这后山试炼，不去也罢。"

"你必须去。如果想要日后不被人欺负，就得去。"

宫远徽似懂非懂，但还是点了点头："嗯，听哥的。"

想了想，宫远徽总觉得可疑，觉得不吐不快："对了，哥，云为衫配药的药方非常复杂，并非寻常人家能够掌握，而且我刚刚和她交手了，她的功夫并不差，我感觉她不像梨溪镇的云家小姐。"

一个大家闺秀，不仅习武，还懂配药，怎么想都很可疑。

宫尚角却早有所料一般："她当然不是云家小姐。只是目前她的身份没有任何破绽，加上宫子羽死命护她，没有真凭实据，很难动她分毫。"他目光隐隐流动着不易察觉的森冷，"不过冬日里霜露重，夜路走多了，自然会湿鞋。"

宫远徽同样露出了莫测的笑容。

宫子羽房间的桌面上摆着那个装药的瓷瓶，此刻已经空了，这药起效很快，宫子羽盘腿坐在床上，身上裹着厚厚的被子，但还是瑟瑟发抖。他紧闭着眼睛，一动不动，但可以看到他的周身散发出运行内功的气息，头顶若有若无的白雾像寒气，又像热气。

一炷香之前，他和云为衫在回来的路上牵手而行。

宫子羽感受到手心里的温度，不由得说："我的手是不是有些冷啊……我自幼怕寒，身体温度一直比旁人低一些。倒是云姑娘双手炙热，让我很是羡慕。"

云为衫笑："这有什么好羡慕的。"

"老人们都说，手心手心，手热的人，心也热。"

"羽公子面冷心热，我能感觉到，和我正好相反，我反倒有些羡慕羽公子。"

宫子羽玩笑道："相反？那你是面热心冷吗？"

云为衫忽然抿起唇，看着脚下延伸而去的路面，眼中闪过一丝寒意。

宫子羽见状，把云为衫的手抓得更紧一些，他轻轻地说："能焐热的。"

无论她的心冷不冷、有多冷，都可以焐热的。

宫子羽收回思绪，专心练功。

另一个灯光幽微的房间里，云为衫还未睡下。

她摊开手掌，看着手心里那三粒百草萃，耳边同样回荡着宫子羽的声音。

"能焐热的。"

云为衫心里一悸，合上手掌，把百草萃放在一张油纸里包起来，连同宫子羽给她的那份地图，一并放到衣柜里的衣服下面。

翌日，天蒙蒙亮，碎云朵朵，扇状铺开，空气清新，隐约是个好天气。

宫子羽抖擞精神，打开房门。金繁和宫紫商已在外守候许久。

金繁看见宫子羽脸上一改昨日的消沉，双眼透着坚定，心里一阵欣慰："执刃看起来精神很好，感觉应该对寒冰莲池很有信心了吧？"

宫紫商眉飞色舞道："那当然，云姑娘昨晚在你房间待了大半夜，功不可没啊。"

见她故意挤眉弄眼，宫子羽双颊一烫："我从你的眼神里看出了龌龊。我和阿云只是单纯地谈心，聊聊理想，说说人生。"

"我也没说你们干别的啊，啧啧啧，看把你急的。"

宫子羽被堵得无语，转身就走："我去后山了。再见。金繁，我交代你的事儿，别忘了！"

他给金繁使了个眼色，金繁使劲点头，两人打着哑谜。宫紫商一头雾水，不知道他交代了金繁什么任务。

安静的庭院里，落叶萧萧。

宫子羽去了后山，羽宫冷清了不少，光线照在空荡荡的院子里。

突然，雾姬夫人的房间内传来细微的响动，一扇窗户从屋内被轻轻关上。

宫远徵朝外打量了一眼，伸手关上了窗户。他是偷偷进来的，无人察觉，他小心翼翼地回身扫视着屋内环境。

恰好这时，金繁路过雾姬夫人房间窗外。

屋内的宫远徵看见窗纸上的人影，立刻蹲下，动作很轻，但还是发出了几乎弱不可闻的衣服布料摩擦的声响。

金繁听觉敏锐，耳朵一动，在窗前停下来，本能引发了警觉。

他拉开窗户，间屋内空无人影，他对屋子里说话："雾姬夫人？"屋内无人应答。

金繁又询问了一声："雾姬夫人？"

还是没有声响。

于是金繁放下窗户，朝门口走去。

他推开门，屋内静谧得极不寻常，他的手轻轻地放在腰间的刀柄上，步履很轻，神色戒备。宫远徵早已闪身避开，躲在金繁看不见的一个死角，他戴着蝉翼手套的手上拿着几件发着黑光的暗器。

查探了片刻，金繁的身子突然僵硬了一下，因为他从书案上的铜镜里看见了藏身在高柜背后的宫远徵，而宫远徵手上的暗器正蓄势待发。

金繁摇摇头，若无其事地说："看来雾姬夫人忘记关好窗户了。"

说完，他轻轻地走到窗户前，把窗子闩好，然后自然地离开了。

半晌，宫远徵移动到窗前，稍微挑开一道缝隙，从缝隙里，看见金繁的背影已经走远。

他眼角露出蔑视，轻轻笑了笑："算你命大。"

接着，他从怀里抽出一本册子，只见册子封面上同样写着"姑苏杨氏"，同样地，封面的角落也画着一片花瓣，只是年代久远，墨迹晕染开了，看不真切。

宫远徵翻看了一下，册子上面同样记录了一名孕妇从怀孕至生产期间的各项信息。

"孕妇身体康健，足月生产……"

他暗暗念出上面的字，然后翻到最后一页，看着大夫的签名落款。

"荆芥……原来这才是兰夫人真正的医案……"

宫远徵把医案收好，暗自欢欣："藏木于林，隐水于海，确实聪明。"

拿到了想要的东西，宫远徵心中满意，他拉开门出去，迎面却听见有人喊了一声。

"徵公子！"

宫远徵侧头，看见持刀的金繁，这才明白他根本没走，而是一直等在门外。

阳光穿透云层，窗户像睁开了眼睛，瞬间一亮。云为衫伏在案上，精心绘制着宫门地图。

她在宫门前山的一整块地方后面圈出了另一大片地域，写上"后山"二字。

忽然，她听到外面庭院传来打斗声。

宫远徵和金繁过招，异常激烈，衣袂翻飞起舞，落叶四处翻飞，刀光闪闪，呼呼生风，每一招奔向对方要害。

宫远徵的武功不俗，令人意外的是，金繁更胜一筹。只见金繁的长刀舞得密不透风，完全压制住了宫远徵。

宫远徵显得有些狼狈："区区一个绿玉侍卫，竟敢对徵宫宫主下杀手？你反了你！"

金繁持刀步步紧逼："你擅闯羽宫，私自盗窃，我身为羽宫护卫，当然有资格捉拿你！"

不知道对方偷来羽宫有何目的，但看他鬼鬼祟祟的样子，定然不是好事，金繁心里警铃大作。

宫远徵冷笑："就凭你？"

锋芒毕现，刀刃相击，金繁再次出招，快如闪电的交手中间，金繁突然一个旋身，转到宫远徵身后，用刀背击倒他，那一下用了死力。宫远徵吃痛倒地，怀里医案掉落出来。

金繁注意到掉落的东西，正要伸手去拿，却被宫远徵先行一步拿起，金繁只拽住了一角。

两人一左一右扯着医案，谁都不愿松手，金繁一边挥舞手中的刀，一边捏紧医案。宫远徵飞身离开，只听"刺啦"一声，医案被撕成了两半。

失了力，宫远徵和金繁迅速弹开，手中各有一半。

趁着金繁分神的瞬间，宫远徵也知道继续纠缠无益，便拿着那一半医案跑了。

"金繁！"

金繁刚想去追，余光瞥见跑过来的云为衫，只好停下了脚步。

云为衫的目光落到金繁手中的残页上："发生什么了？刚刚那是——"

金繁把手里的半截医案快速放进怀里："没什么，云姑娘，请回房间，外面不安全。"说完，他就脚步匆匆地转身走了。

雪宫里，天空飘着零星细雪，原本被雪覆盖的地面露出几个清晰的脚印。

雪公子和雪重子此刻正站在院落门口，迎接着从远处走来的宫子羽。

"我就知道你一定会回来。"

等人走进了，雪公子的目光透着欣然。

宫子羽颔首道："还要多谢雪公子网开一面，再给我机会。"

"同意让你继续试炼是长老院的决定，并非我们网开一面。"

雪重子背起手，有些老成地咳了一声，打断两人的嘘寒问暖："别客套了，执刃已经耽误数日，还请抓紧。"

比起雪公子露在脸上的喜悦，他表现得更显淡然、漫不经心。

宫子羽刚朝前走了两步，突然回头，看着雪重子眨了眨眼，了然于心地说了一句："其实你才是雪公子，对吧？"

雪重子忽然愣住了，只有雪公子在旁边低头憋着笑。

宫子羽没有再多说什么，像是拆穿了一个有趣的谜题，然后留下两人，有些得意地走了。

回到寒冰莲池旁，寒气刮着耳边而过，宫子羽在寒池边蹲下来，目视着寒气萦绕的池面，心情有些凝重。

他又想起了当年练功的时候抗拒的声音。

"爹爹，太冷了，我受不了了。"

"不是都教过你了吗，不想挨冻就按照口诀运功。"

"可是，可是这么冷，我记不住……"

"这么娇气，你不配当我宫鸿羽的儿子！……宫子羽，你给我回来！你跑去哪儿？！"

宫子羽此刻有些懊悔，要是当年认真一点、坚强一点，听父亲的话好好练功，是不是现在情况就会完全不同？

248

寒冰莲池表面的莲叶和雪宫庭院湖泊里的莲叶重叠在一起。

宫子羽脑海里的回忆渐渐清晰起来——

当年他误入过雪宫，摔倒在湖边，冻得直打寒战。他想走却无论如何都走不出去，没有路，只有漫天大雪。他只好找了个避风的角落蜷缩起来，抱着双腿哭："这是哪里啊……我想回家……娘，救我……娘，我好想你……"

哭声越来越小，他也越来越冷，直到意识逐渐模糊起来，他忍不住开始背诵爹爹教他的口诀："寒……寒气云霄入，收发当自如……合和汇丹田，雪落心不减，双落风门穴，气脉三分悬……"

突然有声音传来："别哭了，省着点力气，不然更冷。"

他抬起双眼，泪眼模糊中，就看见了那两个少年，一个白衣，一个灰衣，灰衣服的少年看起来年纪大一些。

白衣少年惊讶地说："他会融雪心经啊？"

灰衣少年也看着他："看来是羽宫的小孩……"

后来，他被他们带进了温暖的房间，那里有炉灶有柴火，亮堂而温馨。

他暖和不少，乖乖坐在桌子边。灰衣少年在灶台旁忙碌着，白衣少年则坐在他旁边，很快房间里飘来阵阵米粥的香味。

他不知道这里是哪里，除了冷，感觉还像是在一个与世隔绝的仙境。

他奇怪地问："你们一直都待在这里吗？"

白衣少年回答："是啊。"

"这里一直下雪吗？你们不怕冷哦？"

"你会融雪心经，你还怕冷？"

见白衣少年这样说，他便不说话了，转开话题："那你知道宫门外面的山谷里有花市、有街市、有灯市吗？"

是啊，这里虽然白雪皑皑、美不胜收，但比起外面少了很多乐趣和鲜活。

白衣少年眼睛亮起："这些是什么，听上去很有意思。"

他如数家珍："这都不算什么哦。我之前听母亲说，出了山谷，外面还有大海，有火山，有沙漠，有很多很多没见过的东西！"

白衣少年露出向往的神情，还想要询问更多，这时候灰衣少年端着两碗粥走过来，拍了拍白衣少年的脑袋，他便低下了头。

见两人不再说话，那时的他还颇有义气，一边喝粥一边说："我爹爹是执刃，我哥哥是少主，都好厉害的！等我长大了，我带你们去看海，看花灯，看大漠孤烟……"

灰衣少年的心智比他成熟许多,听着他稚气的话,认真地看着他:"宫门在这江湖里经历风风雨雨,偏居一隅,一代又一代,守护的究竟是什么、坚持的又是什么,你长大了就会知道了。"

宫子羽从记忆中回过神,但闭着的眼睛始终没有睁开。

角宫,没合紧的门缝里发出一阵闷哼。

宫远微背上青一块紫一块,他坐在床上,宫尚角在给他涂跌打药。他紧紧握着床边的柱子,药酒擦过瘀青处,他疼得咬紧牙关,引得青筋暴起。

金繁那几招都是死手,让他几乎内伤,宫远微咬着牙道:"区区绿玉侍怎么会如此厉害?"宫远微一方面是疑惑,一方面怕哥哥笑话,"按他的实力,至少也是黄玉侍!"

"我回头查一下金繁。"宫尚角涂好药,把宫远微的衣服拉好。

宫远微目光里有些愧疚:"哥,医案我只拿到一半,要怎么指证宫子羽——"

话还没说完,他就看见宫尚角突然做了个噤声的手势,然后目光凝重地转向门口。

门虚虚地掩着,宫远微闭上嘴巴,看向地面的缝隙,那里露出一个虚虚的影子,两人脸上均闪过一丝异常。

房门被迅猛地推开,宫尚角闪到门外。

门外庭院保持着一如既往的静谧,日光大亮,空无一人。

人影虚晃,宫尚角再度闪身,贴近了站在门口的上官浅,一把扣住她手腕。托盘和瓷碗摔落,里面的汤汁洒了一地。

"宫二先生,你把我拽疼了。"

宫尚角的眼神既冰冷又危险,手依旧没有松开。方才他与宫远微说到医案的事,门口的人影悄无声息地出现,竟是上官浅。

"你偷听多久了?"说完,他看到上官浅手上握着一个瓷瓶,"这是什么?"

上官浅的眉头扭曲,她忍着手里的疼回答:"药油。"

宫尚角眼睛一眯:"你果然在偷听。"

上官浅委屈地弯下唇角:"方才微公子来的时候,我看到他身上带伤,就想着拿瓶药油过来,不想在门口无意中听到了一些……"

宫远徵走过来，满脸不悦："哼，无意？"

她没有继续解释久久站在门口的原因，只是话锋一改，突然说："角公子，我有办法把东西拿回来……"

宫尚角幽幽地问："你听到了多少？"

他的面色依然冷峻，但手已经松开了。

门猛的一下打开，外面一个人都没有。

宫紫商探出脑袋，小心翼翼地观察一番屋外，发现没有什么奇怪之处，才重新把门关上。她担心有人偷袭，显得格外紧张，然后忧心忡忡地回到金繁身边坐下，拿起半截医案。

"这么重要的东西，你第一时间来和我分享，我很感动。"

金繁指了指房间里面挂上的一把铁锁："但你也用不着在房门里面上锁。我一会儿还要出去的——"

宫紫商用手指比画比画："我和你，今晚，锁了。"

金繁瞳孔震动，猛地站起来，但身上的伤势立刻让他皱眉，忍痛发出一阵闷哼。

宫紫商一把将他按回凳子："你浑身是伤，还要折腾！快点，把衣服脱了……"

"什么？"

"我帮你涂药……"宫紫商装得坦坦荡荡。

金繁捂住胸口："我受的是内伤。"

宫紫商眼前一亮："是吗？那就让我由内而外——"

金繁站起来，打断她："我要走了！"

宫紫商立即正襟危坐，讪讪地把桌子上大大小小的药瓶推到一边，拿起放大镜，对着那半截医案装模作样地研究起来。

"这纸张看上去倒是有些年月了。"说完，她随手翻开医案，念了起来，"怪不得你要来找我，大夫写的字都很潦草，还好我学富五车，胸藏文墨虚怀若谷……"

说完，宫紫商还挺了挺胸。

金繁立刻把目光挪开，有些无语，但又重新坐回位置上。

宫紫商逐字逐句念起来："……脾肝同调，以疏肝为主，孕晚期少食滋补，以清淡为宜……这是谁的医案啊？姑苏，姑苏……哎呀，旁边的字被撕

251

掉了。"

"能让宫远徵这么上心的,还有谁?"金繁眼神闪过一丝凝重。

宫紫商恍然大悟的表情:"我?"

金繁极力控制自己,但还是忍不住翻了个白眼:"是执刃!"

宫紫商把医案拍在桌子上,正色道:"我有一个大胆的猜想……"她看了金繁一眼,有些慎重地说,"这不会是宫子羽娘亲的医案吧?!"

金繁思索着,点点头:"我也有此怀疑,他母亲的确是姑苏杨氏……"

宫紫商歪着脑袋想了想:"但不对呀,兰夫人明明因病早产,宫门尽人皆知,这上面却写的是足月产子,这东西是他们捏造的吧?你从哪儿搞来这医案的啊?"

"是宫远徵从雾姬夫人房里偷出来的。"

宫紫商的脸色倏忽变白了:"他竟然敢偷……"

金繁喃喃道:"执刃大人进入后山试炼之前就发现了宫尚角和宫远徵几次暗中接触雾姬夫人,因此吩咐我暗中监视。他们平日从不与羽宫的人来往,所以此事必有蹊跷。"

原来这就是宫子羽交代给他的任务。平日里大大咧咧的宫子羽竟然也能心细如发。但雾姬夫人明明是向着羽宫和宫子羽的,又怎么会与他们牵连在一起?

金繁暗忖着,一旁的宫紫商拍案而起:"他们必然是想要拿执刃大人的身世来做文章……太下作了……我们必须把另一半医案拿回来。"

回廊深处,越靠近雾姬夫人的房间,越能清晰地闻到一室兰香。

此刻,雾姬夫人正站在房间的书架前,看着那个有些蒙尘的角落,似在观察什么。

突然有人敲门,这个时间鲜少有访客。

来人竟然是云为衫,她站在门口,喊了一声:"雾姬夫人。"

"请进。"

雾姬夫人回过头,看向走进来的云为衫,有些惊讶。

"云姑娘,你找我有事?"

云为衫转身关上门,雾姬夫人还站在书架前,架子上有一个位置空了。

然后云为衫轻声询问:"我想问一问,夫人是不是丢了什么东西?"

雾姬夫人面容怔住,下一秒,她猛地出手,身形很快,瞬息间,她的手指已经掐住了云为衫的脉门。

两人距离很近,几乎看不清雾姬夫人是怎么出手的,任凭云为衫反应再快,也难以躲闪。雾姬夫人紧紧扯住云为衫的手臂,眼中射出精光:"你怎么知道我丢了东西?!"

云为衫手下一痛,脸上露出痛苦的表情。

雾姬夫人厉声问道,捏着云为衫脉门的力道又重了几分:"是不是你偷了?说!"

云为衫忍着痛苦,从嘴里轻轻说出两个字:"无名……"

雾姬夫人蓦然变了脸色。

第十一章 红玉之人

云为衫闭着眼,仿佛脉门处的指节再紧一寸就能夺走她的全部力气,脑海里的思绪稍纵即逝。

那一瞬,她想起了在无锋训练时她与寒鸦肆过招。

当她手中的剑要刺中寒鸦肆的时候,寒鸦肆脚下步伐变快,侧过身子,避过她的剑,瞬间掐住了她的脉门。然后她的手一痛,手中的剑落下,被寒鸦肆的另一只手稳稳接住……

寒鸦肆与雾姬夫人方才突进的动作几乎重叠,一模一样。

云为衫心中一骇,但片刻之后,雾姬夫人的脸色已经恢复了平静。

她看向云为衫,仿佛没有听清楚她刚才的话,淡然地问:"你说什么?"

云为衫紧紧盯着雾姬夫人的脸,不放过她一丝的表情变化。

"无凭……"云为衫一字一句地回答,"……无据。"

雾姬夫人眉目微微扭曲。

云为衫试图挣脱自己的手,重复道:"我说,无凭无据,雾姬夫人何出此言?"

原来她说的是"无凭无据",那一句"无名",难道是她听错了?雾姬夫人温婉的面容恢复如常,嘴角重新噙笑,眼神却凌厉:"若不是你偷的,你怎会知道我丢了东西?"

"是金繁和宫远徽。"

雾姬夫人扣住云为衫的手终于轻轻松开了,长袖低垂,从容、平静,与方才的样子判若两人。

云为衫继续道:"他们一路从你的房间打到院里,金繁大声斥责宫远徽偷了雾姬夫人的东西,仆人们都听到了。"

雾姬夫人缓缓坐回到椅子上,目光牢牢地盯着云为衫,静默不语。

"我虽然来宫门时间不长,但也能看出角宫和羽宫一直有冲突……这次宫远徵私闯夫人房间,恐怕来者不善。"

雾姬夫人作为前执刃夫人,为人处世皆有魄力,她提醒道:"宫家内部的事跟你无关,不要过多猜忌。"

云为衫却并不认同:"夫人,我既入羽宫,未来就是执刃之妻,我与执刃一荣俱荣、一损俱损。"

雾姬夫人看出云为衫心思缜密:"宫远徵到我房间偷东西,怎么就被你扯到执刃身上去了?你心思倒是挺密。"

云为衫向雾姬夫人凑近了问:"真的和执刃无关吗?"

雾姬夫人没有回答,眼里闪过一丝警惕之色。

角宫,宫尚角和上官浅还在对峙。

上官浅已经听到了他们的谈话内容,但眼下不是认错的时候,她容色决绝,迎向宫尚角的目光:"角公子,入住之后,我一直都在想方设法讨你欢心,做了很多不合你心意的琐事,但我想真真切切地帮到公子,这样才对得起我的身份。"

宫尚角挑眉:"口气不小。"

"我方才约莫听到金繁抢走了徵公子的东西。如果这个东西很重要,他一定会随身携带。金繁会提防徵公子,却不会提防我。"

"如果失手,后果可没你想象中那么轻松。"宫尚角冷冷一瞥。

她想得太简单了,宫远徵对上金繁尚且没捞到任何好处,互相落了一身伤。

上官浅依然坚定地说:"赴汤蹈火,在所不辞。"

"这么上心?"宫尚角反倒奇怪地审视起来。

上官浅反问道:"夫之命大于天,不是吗?"

她的眼睛里没有任何退缩,眼底露出一丝不遗余力的深情。

宫尚角心念飞转,最终移开了目光。

宫远徵却在背后轻哼了一声,端起杯子阴阳怪气地喝茶,并咂咂嘴:"好茶啊。"

宫紫商房间,她两掌一拍,很快有了主意。

"你把医案放在我这儿,我不信宫远徵还敢来偷。"

料他胆子再大,也不敢到商宫撒野。

金繁却沉吟一会儿,说:"宫远徵我不怕,大不了再打一次……我害怕的是宫尚角……"

宫紫商默默地把那半截医案拿起,准备塞进衣服里,很快被金繁拦住,拿了过来。

"还是给我拿着吧。"

宫紫商大惊:"你竟然不信任我?你个没有良心的东西,我这么多年对你死心塌地——"

"我怕你有危险!"金繁红着脸打断她,"放在我这里,就算有事,也不会威胁到你,还是让我来应付吧。"

宫紫商愣在原地,反复回味着他那句话,再转头时,金繁已经红着脸溜走了。

雾姬夫人房内的兰香沁人心脾,却缓解不了此刻凝滞的气氛。

云为衫再次开口,打破沉默:"金繁和宫远徵的打斗不是儿戏,出招凶狠,两个人都负了伤。暂且抛开宫远徵不提,金繁如此倾力维护,必定是和执刃有关。"

"你倒是看得透彻。"雾姬夫人走到云为衫旁边,看了一眼门外,确认四下静谧,然后小声说,"宫远徵拿走的确实是可以威胁到子羽执刃之位的东西。"

云为衫眉头一紧:"和执刃身世有关?"

雾姬夫人反问道:"你也听信了那些传闻?"

见她不置可否,雾姬夫人突然叹了一口气:"为了宫子羽,你愿意冒任何险,是吗?"

云为衫的目光往上抬,她没有立刻开口回答,但眼中已透露了夫人想要的答案。

寒气呼呼地冒着,仿佛牛喘,寒冰莲池旁,宫子羽急促地呼吸。

宫子羽将手伸进池水,池水冰冷刺骨,肌肤如同被针刺,他立刻缩了回来。

他已徘徊许久,终于他咬了咬牙,脱下身上的外衣、鞋子,只剩单衣单裤。他站在池水边,犹豫着,还是没有勇气跳进去。

他从贴身衣服里掏出一个小的皮革囊袋,里面是切好的参片,还有几簇深褐色的植物根须一样的东西。这些都是可以提气的东西,他放进嘴里咀嚼好服下,缓缓地运气。随后,他把脚伸进寒冰莲池,剧烈的刺痛感让他几乎断了呼吸,他本能地想要收回脚,但还是用力控制着自己。

他的表情陷入痛苦之中,周围只剩下水声和呼吸声,耳膜鼓着,仿佛有无数尖刻的声音在他耳边响起——

"这么娇气,一点都不像我宫鸿羽的儿子。"

"他真的跟执刃和少主一点都不像呢……"

"别指望羽宫那个纨绔子弟,他只会寻欢作乐……"

"我才不和小野种玩。"

这些嘈杂的声音让宫子羽的表情越来越痛苦,也敲碎了他心里的最后一分迟疑,他紧紧地咬了咬牙,猛地扎进池水里。

刺入骨髓的冰水很快包裹了他,流动的触感变得模糊而缓慢。他奋力下潜,但是刺骨的寒冷让他的身体越来越僵硬,他很快就透不过气来。

这时,另一道声音在他耳边响起,温柔轻抚,有别于冰水的和煦水流拥着他,渐渐地让他周身都没那么冷了。

那是云为衫的声音——

"父母逼迫我们长大……只是希望我们能够学会更多的东西,能够平安地立足于这个世间……"

听到云为衫曾经跟他说过的话,更深处的回忆侵蚀着他。

小时候,他和父亲也曾有过其乐融融、亲密无间的时光。

那时父亲没有逼迫他,只哄着他说:"那爹爹先教你口诀,你先背起来?"

宫子羽跟着回忆里的那个声音,一句一句地默默念出口诀。

"寒气云霄入。"

"寒气云霄入。"

"收发当自如。"

"收发当自如。"

"合和汇丹田。"

"合和汇丹田。"

"雪落心不减。"

"雪落心不减。"

……

然而，口诀变得嘈嘈杂杂，回忆里父亲的声音也很快远去……宫子羽的意识越来越模糊。朦胧中，他幽幽睁开眼睛，似乎看见了池底闪闪发光的盒子。

那匣子由玄铁打造，在幽蓝的冰水里熠熠生辉，里面装着雪氏家族的刀法秘籍，他只要拿到那个匣子，就算闯关成功。可惜的是，他分明已经接近了，那个匣子却在他视线里变得越来越模糊，也越来越远。

宫子羽本能地呛了一口水，忍不住在水里蜷缩身体，抱紧自己……

雪宫庭院，石台上喝茶的两个人影看上去有些寂寥。

"你似乎很担心？"雪重子放下茶盏，不小心磕到了盖子，显出他有一丝心神不宁。

雪公子默了默，坦言道："我担心他逞强。"

"他生来怕冷，从小又娇生惯养，根本吃不了苦，随便下潜几米，就会受不了，哇哇乱叫着浮出水面了，他的性格就不可能经得住这份考验……"

"是吗？"雪公子色如琉璃的眸子却亮了一些，"我和你的想法正好相反……也许之前他确实是一个游手好闲的纨绔子弟，但现在他眼睛里多了很多执着的东西。"

"光有执着没用，得有本事，才会被人认可。"

"执着和本事，我们想要考验的不就是二者其一吗？"

"希望他的执着比得过他的本事。"雪重子喃喃道。

雪公子听出了他话里有话："你说的'他'，是两个人吧？"

"没想到，你还是听出来了。"

他一向了解他，自然能听出他话中真正的意思。

雪公子复述他的话："希望宫子羽的执着比得过宫尚角的本事。"

雪重子轻轻地嗯了一声，不由得叹息："我倒希望，他不要太执着……"

"哦？"

"他身上那股不服输的劲头一定会让他坚持下潜到'分流线'，分流线之下的池水就不再寒冷，甚至是温热舒适的……但是，他没有强大的内力可以将呼吸控制精准，肺里剩余的空气只够他立刻上浮，如果他执着地选择继续下潜到池底……"

雪公子有些担忧了："他会怎么选？"

"所以我才说，希望他不要过于执着……"

雪重子眉间朱砂殷红，面色却黯淡下来。

周身的流水开始涌动，寒冰莲池中的宫子羽继续下沉，他冻得几乎失去了意识，脑海里一片空白，越来越模糊。他保持着蜷缩的动作，一动不动，似乎昏迷过去了，身体仿佛石头一样下沉。

突然，皮肤的刺痛缓和了，僵硬的四肢舒展开，宫子羽猛然睁开了眼睛。他惊讶地发现自己已接近寒冰莲池底部，而他似乎已感觉不到池水的冰冷，周遭的寒气温柔地在抚摸着、包裹着他。

水……竟然变暖了？

他渐渐恢复了知觉，下意识地抬头看了看头顶的光亮，再看看下方不远处闪光的盒子……他突然意识到一个严峻的问题，此刻，他面临着一个煎熬的抉择。他下潜了许久，中途又分了神，肺里已经没有多余的空气，他很快就要窒息。然而距离那玄铁匣子还有一截，若是继续下潜，他恐怕会来不及上浮，将有生命危险。若是回头，他好不容易才潜入这里，又将会功亏一篑。

应该上浮保命？还是完成试炼？

宫子羽犹豫了。

但容不得他多想，挣扎了片刻，漆黑分明的瞳仁一动，他毅然继续下潜。他憋红了脸，朝那玄铁匣子猛冲过去，迅速抓起了匣子，转身朝水面游去。然而还是没有抵达寒暖流分界线，他就没有力气继续上浮了。他胸腔里的空气用尽了。

窒息的感觉包围着他，惊恐和无措让他不自觉地手脚晃动。他挣扎了一下，几个气泡从他嘴里冒出，气门一开，水流灌进他的口鼻，流向他的肺部。

极其强烈的濒死感传来，宫子羽闭上了眼睛，很快失去了知觉，身体缓缓下沉，然而他的手倔强得自始至终都没有松开那个匣子……

眼前的光幽蓝、澄澈，似乎是水面的白光折射进来，波纹晃出细细的碎影。

不知什么时候，胸口有气度过来，让宫子羽突然活了过来。

一双手拉住了他，那手在冰水里依然温柔，充满坚定的力量，一道人影贴着他的脸，印上了他的唇，大量的气泡从两人的唇齿之间冒出来。

宫子羽感到气息从对方身上尽数导入自己体内，他缓缓睁开眼睛，看见那道人影潜在水里，周身散发着光芒，纯净得如圣洁的光。

眼前的人竟然是云为衫。她不仅来了后山，还跟着他跳进了极度冰冷的寒冰莲池。

宫子羽不敢相信，只有唇上柔软的感觉是清晰的。

很快，两人分开，宫子羽的四肢渐渐有了力气。云为衫指了指水面，示意他立刻上去。然而她将自己肺里所有的空气换给宫子羽之后，很快就脱了力，身躯一软，面朝着他，朝池底沉下去。

宫子羽表情痛苦，但最终抛下了她，飞快地往水面游动。

哗的一声，宫子羽破出水面，脸色苍白，大口呼吸。

云为衫被水流带走，宫子羽松开她的那一刻，她就浑身没有了知觉，脑海逐渐模糊，失去意识的她嘴边已经没有了气泡。然后，她缓缓合上了眼睛……

云在低处，风压枝头，雪宫无息的雪也带着松柏的清香，一如最平凡的人间。

等云为衫醒来的时候，视线里尽是柔和暖黄的火光，不远处有柴火燃烧发出的噼啪声，烟火裹挟着暖意，仿佛她曾经憧憬过的画面。她犹豫着坐起来，感觉有些不真实。

房间炉灶旁，雪重子在熬粥。案台上排开几个瓷碗，里面是不同种类的中药材，还有一些新鲜的食材，有鸡肉、松茸、银杏……炉火旁边有一个紫檀木支架，雪公子正把宫子羽换下来的湿答答的衣服摊开来烤，此刻衣服还在淌水。

寒冰莲池池底的那个玄铁匣子，此刻正安静地放置在桌面上。

脚步声响起，宫子羽拿起自己一件厚厚的衣服，走向云为衫。

他的声音很柔，散在这冬日暖光里。

"你醒了。"

云为衫接过衣服，发现衣服已经被烘热了。

"好暖和……"她不禁握得更紧了。

宫子羽笑道："这是箱笼里你帮我准备的衣服，我只是烘热了而已。"

雪公子探头过来，插嘴道："我很好奇，你们是怎么突破寒冰莲池的？"

不知怎的，宫子羽低头看着云为衫，两颊像被炉灶烤得很热，云为衫的脸也有些红，两个人都忍不住露出了默契的笑意。

一个时辰前——

寒冰莲池池底，云为衫将自己肺部的空气换给宫子羽之后，朝上面指了指，示意宫子羽上去。

可宫子羽坚决地摇头，伸手去拉云为衫。就在这时，云为衫指了指自己腰间。他才发现，云为衫的腰上缠着一根绳子，她把绳子的一头塞到宫子羽手里，再次指了指水面。

宫子羽立即会意，这一次他没有犹豫，咬着牙，转身朝水面游去。

宫子羽破出水面，大口呼吸，没有任何耽误，立刻上岸拉动绳索，直到云为衫也从水底被拉出。

云为衫呛了水，已经昏迷不醒，唇色苍白，眼睛紧紧闭着。宫子羽感受到她的气息很弱，抱着她的手有些颤抖，眼中尽是茫然无措。

他把云为衫平放在池水边，深深吸气，吻上她的唇。

云为衫紧闭的眼睛微动，意识还未清醒，但渡向她的气息渐渐让她回温。

慢慢地，氧气重新充斥肺部，云为衫醒转过来。她缓缓睁开眼睛，对上一张惊惶的脸，那个人似乎太害怕她醒不过来，动作热烈，唇上的温软带着几分急促。

宫子羽不断地给云为衫渡气，此刻见她终于睁开眼，俯身的动作一停，本应该松开她，然而他还是执拗地拥着她。心头终于一松，好在她没事，好在她醒了过来……他眼神热切，像捧着失而复得的珍宝，目不转睛地再次亲了上去。

或许是窒息过于痛苦，或许是那气息过于缠绵，云为衫几乎是下意识轻微地回应他。

两人的脸此刻印在火光里，变得橙红，只剩下一些星火。

倒是远处在熬粥的雪重子说话了。

"你管别人那么多？无论怎么通关的，那都是人家的本事。"

雪公子才无趣地别过脸去。

宫子羽给云为衫披好衣服，走到桌子旁，有些激动地拿起那个匣子，那可是他拼了命从池底捞上来的。他郑重地把匣子打开，猛然愣住了，里面竟然空空如也。

雪宫的秘籍呢？！

宫子羽大惊失色："你们雪家的秘籍是隐形的吗？我可是差点连命都没了，你们怎么还骗人呢？！"

雪重子放下手中的活儿："不是差点，如果云为衫不救你，你确实就没命了。"

宫子羽头微微低垂："原来你知道我们是两个人合作才成功的……你不是一直很严格的嘛，怎么突然开始破坏规矩了？还是觉得用空匣子骗我这个善良的年轻人良心受到了谴责，过不去？哼。"临了，他还不满地抱怨了一声。

雪重子道出实情："我没有破坏规矩，试炼过程中不允许任何外人插手干

261

预，但你确实到达了水底，也拿到了匣子，按照试炼规定，成功取得匣子就算试炼通过。你通过之后，云为衫不救你，我也可能会救你，我救不救你只是看我的心情，和宫门规矩没关系。"

雪公子在一旁小声说："其实你进入寒冰莲池之后，他就等在旁边了，随时准备救你。"

这人就是刀子嘴豆腐心，雪公子弯起嘴角。

"那我还得感谢他的好心情咯……"宫子羽还心有余悸，下一秒忽然怔住，"等一下！"

宫子羽突然意识到什么，抬起头看向雪公子："试炼……通过了？我这算是试炼通过了？"

雪公子笑着点头，如水的眸子充满了柔光，如化开霜雪似的。

宫子羽顿时语塞。

雪重子解释道："千年寒冰莲池的极寒除了让试炼者体能崩溃、内力飞速耗损之外，还会因为极寒而惑人心智，潜入之人若心志不坚，必定中途放弃，内心坚定强大者才能死守本愿，坚持潜到池底。寒冰莲池下方有地脉暗流，所以下半段水流温热，试炼者只要有强大的决心，坚持过了前半段的极寒就能够成功，而往往内心摇摆的人中途就返回水面了。这个试炼本就是考验试炼者的执着或本事，二者中有其一就可以突破这个试炼。池底没有什么所谓的秘籍，秘籍就是突破你自己。"

原来如此。宫子羽难以置信地看着雪重子，眼光一瞥，又看了看他身后，欲言又止。

以为他还有问题，雪重子微笑道："你有什么话就直说吧。我知道，你现在一定有很多感慨，不妨直言。"

"你……你的……"

雪重子故作深沉，微笑着摇摇头，接过他的话："我的救命之恩，不提也罢。"

宫子羽伸出手指："我是说，你的粥，煳了。"

雪重子的脸抽搐了几下，他转头弄粥去了。

趁着他们说话的空隙，雪公子悄没声儿地从箱笼里拿出一盒蜜饯，自己先吃了一个，赞不绝口道："好吃哎！"

宫子羽冲过去："喂喂喂，那个是云姑娘给我准备的！"

雪公子撇嘴："小气。"

碗盘被放进一个小托盘里，雪重子把粥端过来："明天云姑娘需要先回前山，因为有些事情要向执刃大人单独交代。"

宫子羽正有些疑惑，但云为衫很快点头应道："好。"

窗外风声小了些，只剩下一些碗盘磕碰声，香味飘到空气里，一缕缕消散。

第二天一早，云为衫回到了羽宫。

清晨幽静，她推开房门，就看到了垂帘后的那道人影。

不知上官浅等了多久，原本笑意盈盈的脸看起来十分担忧："你怎么了，脸色看起来这么不好？"

云为衫淡淡道："刚从后山回来，受了些风寒。"

"这个时候受寒多好啊，我巴不得受寒，我五脏六腑都快烧起来了。"

她指的是半月之蝇的发作之痛。说完，她婉约地一笑。她来的时候看到了云为衫留在桌上的一些画，不明白她怎么还有闲心作画，画中有宫门里的花草景色，还有人像，而好几幅人像都可以看出画中人的轮廓，正是宫子羽。

上官浅拿着那些画卷，笑着说："画得倒是惟妙惟肖。不过，你有这功夫，不应该多画点宫门地图和岗哨分布吗？"

云为衫上前，眉头一皱，伸手抢夺。

上官浅不以为意地松开手，将画卷归还给她。

"说来，宫子羽对你这么上心，你跟金繁的关系应该也不错吧？"

云为衫收拾起画卷，冷冷地道："跟你没关系。"

见她不为所动，上官浅很快收起笑容："以前没有，现在有了。"她倾身靠近云为衫，以命令般的语气道，"我需要你去接近金繁，帮我拿到他身上的一样东西。"

云为衫拒绝："我帮不了你，你自己去拿。"

上官浅见她一副拒人于千里之外的样子，也不恼怒，只是悠悠地说："你是帮不了，还是不想帮？"

"帮不了，也不想帮。"

她如此坦诚，上官浅倒是忍不住笑了："上次你欠下我一个人情，怎么，不打算还了吗？"

"还人情可以，但你这是要我还命。"云为衫直视她有些压迫感的目光，"我去偷金繁的东西，搞不好连命都搭进去。你不是刚帮宫远徽送过药吗，那金繁的身手如何，你不可能不知道。"

263

"我知道,所以金繁这个人一定不简单。作为一个绿玉侍,他的本事高得过头了。"

"我和他交过手,我虽然胜了他,但我能感觉到,他和我交手的时候连三成的功力都没有用到。"

很显然,金繁掩藏着实力,若不是金繁手下留情,她根本没有任何胜算。

上官浅幽幽地看着她:"既然他能让着你,那你偷起来不是更方便吗?"

"你以为我不知道你要的是什么吗?"云为衫冷哼。

上官浅怔了下,但立刻嘴上说道:"哦,你的消息倒是灵通得很。"

"你想要金繁手上的一半医案。"

云为衫十分肯定,眼光将她洞穿。

那一日,在雾姬夫人房间里,雾姬夫人已经道明一切:"我丢的东西,正是子羽母亲兰夫人怀孕时期的医案。"

于是此刻云为衫拆穿道:"我若是偷给了你,帮助宫尚角将宫子羽拉下执刃之位,我在宫门的任务岂不是满盘皆输?"

"我明白了。"上官浅眼角含笑,云为衫虽然没有明说,她却从话里话外得到了答案,"宫子羽的身世一直成谜,这医案可以证实宫子羽非宫鸿羽亲生,确实事关宫子羽的执刃之位。"

上官浅神思飞转,想起了宫尚角对她说的话——

"你要去拿的东西是半份医案,至于它的内容和用途,不该问的不问,不该看的不看,知道吗?"

原来如此。医案的内容如此神秘,竟然事关宫子羽真正的身世。

上官浅略微回神,凝神盯着云为衫,见她并没有反驳,且脸上露出一丝紧张,她立刻笑了起来:"我本来不知道这医案的内容,谢谢你为我答疑解惑。这么说来,我更要拿到手了。"

"你到手了,我就输了。"仿佛自知说漏了嘴,云为衫拧紧眉头。

上官浅讥笑道:"我的任务比你的优先级高。魑阶刺客,输了就输了吧。"

"同为无锋做事,任务没有高低。"云为衫反驳道。

上官浅倏地收起了脸上的笑容,她一下凑近云为衫,出手锁向她的喉咙。云为衫迅速闪身反击,两人在狭窄的房间里猛地出手。

几招之下,云为衫不敌,最终被上官浅扣住了喉咙。

上官浅翻脸无情。此刻她目露凶光,似有杀意,她凑近云为衫的耳朵,一字一顿地说:"和我没有高低?魑本就是棋子,帮我做事是你的福气。"

云为衫胸口起伏,冷冷地看着上官浅,但喉咙被锁住,她无法开口。

凝滞肃杀的气氛很快被打破,上官浅忽而一笑,擒住云为衫喉咙的手突然松开,她仔细理了理云为衫的衣领,重新恢复温柔娇媚的声线。

"云姐姐,你如果助我成事,我再助宫尚角成事,得到他的信任,离成功就更近一步。日后我若大功告成,回无锋领赏,定会为你多说几句。但今日如果你不助我,那就别怪我手下无情了。"

张弛有度,威逼利诱,上官浅用真诚温柔的语调说着凌厉直白的威胁,云为衫一时无语,怔在原地。

晨露还挂在树梢,羽宫大厨房里冒出腾腾的烟雾。

云为衫身围襜衣,在厨房忙活。灶台上摆着整齐洁净的碗碟,还有几根苦瓜和一些桑葚。

掌事嬷嬷没想到她还亲自下厨,忙进来问:"云姑娘做糕点呢?"

云为衫点点头:"是啊。"

掌事嬷嬷瞧了眼灶台前的东西,有些稀奇,哟了一声,道:"苦瓜和桑葚,这什么搭配啊,别吃坏肚子。"

"老家菜,给大家尝尝新鲜。"

云为衫查看锅里自己新做好的糕点,正准备盛出,一名下人跑了进来:"给金侍卫留的饭在哪儿?他忙完回来了,我得给他送去。"

掌事嬷嬷把带有"繁"字的食盒递给下人:"在这儿在这儿。"

云为衫漫不经心地从锅里拿出几块糕点,笑着说:"金侍卫最近劳累得很,新糕点也给他送过去几块吧。"她一边说,一边自然地把几块糕点放进金繁的食盒。

还不到晌午,就传来了一个令人不安的消息。

通往侍卫住处的路上,几名侍卫护送着宫紫商和云为衫,两人一脸焦急地赶路。

宫紫商急得额上都冒出了汗,越跑越快:"这是怎么回事啊,金繁身体一向很好,像牛一样壮,怎么会无缘无故地上吐下泻呢?"

云为衫跟在她后面,也露出了担忧的表情:"是啊,我也觉得蹊跷,之前他和徵公子交手,不知道是不是中毒了而不自知。"

听到这句,宫紫商更是生气,怒道:"气死我了!如果金繁有个三长两短，我就去把羽宫炸了！哦，不对，说错了，我就去把徽宫炸了！"

"大小姐切莫激动，关心则乱。"

宫紫商理顺气息："我这心可太乱了。不过也没事，我带了我自己那份百草萃，一会儿给金繁服下就行了。"饶是什么毒都能给他解了。

云为衫听到这里，脸色微微一变。她在送给金繁的糕点里做了手脚，倘若服用百草萃，极有可能会迅速解毒，扰乱她的计划。

刚到侍卫住所，宫紫商穿过走廊，一个箭步直直冲进金繁房间，猛地一把推开房门。

轰的一声，原本躺在床上的金繁正要起身，还来不及反应，就一下子被宫紫商扑回床上。他还没说一句话，宫紫商就要动手解他的衣服。

胸口衣襟被扯住，金繁瞬间慌张："你干什么？！"

跟在后面的云为衫过来后见此情形，立刻低头缩在门边，不好意思打扰。

宫紫商上下其手，拉扯着金繁的衣服："快让我看看是不是被那小毒物的毒虫给咬了！"

自从怀疑他中毒，她就想亲眼看看，不验证一番是不肯罢休的。

金繁一边拉着自己的衣襟，一手撑住宫紫商的手臂，想制止她的动作，结果宫紫商吃了痛，低叫一声。金繁心里一紧，赶紧松开手。

云为衫环视四周，搜寻线索，从门边往里望，正看见金繁的外衣挂在不远处的一扇屏风上，口袋半撑，成卷筒状。她眼睛一亮：金繁谨慎，极有可能随身携带着。

床上，金繁抓紧自己的贴身衣服说："你这分明就是别有用心……我真的没事！"

宫紫商一边掰开金繁的手想要解开他的里衣，一边说："你都吐了，还说没事！我们认识那么久，你连个喷嚏都不打的！"

云为衫趁着两人还在纠缠，悄无声息地靠近那扇屏风，把手伸进金繁的外衣里仔细翻找。

"你才是被宫远徽的毒虫毒傻了吧？"金繁叫了一声，终于把宫紫商推开了。

宫紫商百折不挠，手被拍开又继续伸手，去扒他的中衣："我不管，我要确定你没事才行！宫远徽那种卑鄙小人，阴谋诡计那么多，跟他交手，被他吃了都没感觉。"

很快，云为衫终于在外衣里摸到个册子，正是那一半医案。

云为衫悄然将半份医案收起，藏了起来，回到门边，然后趁机朝里说："大小姐，你细细察看，我……我去外面帮你……守着。"

金繁刚要说话，一分心就被宫紫商逮到了机会，一把扯开了里衣，露出了壮实的胸膛。

"这是在干什么？！"金繁满脸通红。

宫门小巷中，四下无人。

一袭飘逸的裙摆摇曳生姿，上官浅盈盈走在路上，目光却没有平视，她低敛着眉眼，留意着线索。

终于，她发现脚边看似不起眼的三块小石子摆成了特别的形状，其中最尖的一角指向路边一片草丛。

上官浅脸上露出满意的笑容，她见四下无人，然后蹲下，从草丛中取出医案的残页，迅速回到角宫。

宫尚角接过上官浅拿到的那半份医案，轻轻与另一半医案对接好，两份残卷刚好匹配。

上官浅嘴角含笑，低头轻轻行了个礼："公子没有别的吩咐，我就先退下了。"

她刚后退一步，宫尚角就开口道："等等。"

他没想到，上官浅这么快且顺利地就从金繁身上得回那半份医案。

打量完上官浅垂低的眼眸，宫尚角指着案前的棋盘，问她："会吗？"

"略知一二。"

"来。"

两人对坐，熏香在四周散开。上官浅手执白棋，她斟酌了一番，放下了一子。

宫尚角举着一枚黑棋，干脆地落下。他目视着棋盘，问道："说说看，你是怎么拿到的。"

"智取。就像下棋一样，靠蛮力可不行。"上官浅五指纤纤，将棋子夹在手里，似运筹帷幄。

棋局交锋，两人神色也在交锋，虽没有刀光剑影，却是一番闪转腾挪。

"靠蛮力你也不弱。远徽弟弟和你交过手，说你厉害。"

267

"那是徽公子让我，故意拿虫子出来吓人，和我闹着玩儿呢。"

"说说你是怎么智取的。"

黑子再次落下，比起上官浅需要斟酌、思考，宫尚角落子更勇猛一些。

上官浅拈起一子，喃喃道："金繁这么棘手的人，我自然是接近不了的，所以就交给了能接近他的人。"

"宫紫商？"他想到能轻易接近金繁的人便是整天追着他跑的宫紫商。

上官浅神色不变，淡定地继续把白棋放下："云为衫。"

"云为衫和金繁已经这么亲密了？"

"不算特别亲密，但要拿医案的话，够了。"

"那你和云为衫是什么时候变亲密的呢？"宫尚角停顿下来，棋子握在指间，泛起一阵凉意，眼神扫过大片阴影。

上官浅不慌不忙，专注于对弈："要让人办事，不一定要多亲密。"

"哦？"

"掌握着她不愿被人知道的秘密也行。"

上官浅粲然一笑，不知是笑棋子的局势，还是笑她口中的秘密——

老执刃出事当夜，侍卫们夜搜女客院落。为了查明云为衫是否有异，侍卫们强行掀开她的被子，以至看到了她赤裸的胴体。

宫尚角盯着上官浅，还在思考她的话。

上官浅眉梢弯弯："我和云为衫说，如果她不帮我，我就把她衣衫不整被侍卫们看了个遍的事情告诉宫子羽，再添油加醋几句，云为衫就说不清了。事关清白与名节，她要是还想做执刃夫人，就只能帮我。"

听完，宫尚角漫不经心地继续落子："倘若云为衫知道她帮你拿到医案后，别说她执刃夫人之位，可能宫子羽的执刃之位也没了，她估计会后悔死。"

上官浅故意装作什么也不知地问："这个东西竟然事关执刃之位吗？"

宫尚角的手在棋盒里摩挲着，他转移话题："你帮我做成了此事，想要什么奖赏吗？"

上官浅垂首："不敢，公子愿意让我帮你已是我的荣幸，况且我只是将功补过而已。"

"何过之有？"

上官浅小声说："先前，自作聪明之过。"

宫尚角琢磨了一会儿，放下黑棋后，忽而抬眼，如眼前棋盘，双眸黑白分明。

"你不是自作聪明，你是真的聪明。"

面前的人可不像她看上去那般柔弱、娇艳，可以轻而易举地被摧毁。她身上反而有着令人毫无防备而危险的东西，比如漂亮花叶下锋利的刺、美丽蝴蝶带毒的翅膀，只要不受控制地靠近，很容易变得万劫不复。

上官浅眼角的笑容溢开。

宫尚角从棋盘里拿出被围困的几枚白色棋子："但有时候聪明反被聪明误，不要得意忘形。"

"是……"

话语间，上官浅落下白棋，把宫尚角更多的黑棋拿走。宫尚角下棋果决，而上官浅却肯牺牲，看似一直在弃子……在宫尚角意味深长的目光中，上官浅笑脸盈盈："公子，承让了。"

侍卫住所，鸦雀无声，气氛微妙。

宫紫商坐在椅子上，看着屏风后面金繁穿衣的影子，绞着手指摆弄衣角，自言自语道："都看过了，确实完璧无瑕，没有一点伤口……"

说着，她又伸头，提高音量："金繁，你皮肤保养得可真好，教教我。"

金繁在屏风后一哆嗦。

宫紫商不依不饶："教教我呀。"

"天生的！"金繁咬着牙，忍着气。

宫紫商唉声叹气起来："唉，穿个衣服还要假惺惺地把人家赶开，装模作样……你们侍卫训练营里面每天不都光着膀子跑来跑去吗？"

就在这时，金繁套好外衣，伸手一摸，心中一凛，声音都变了："不好！"

他从屏风后走出来，面露急色："医案不见了。"

宫紫商大惊："啊？"

两人立即在房间里翻箱倒柜寻找医案，然而一无所获。

金繁皱眉，思量几许，突然想到了异常的地方。

他问宫紫商："对了，我和宫远徽交手的事情，我没有告诉任何人，你怎么会认定我被宫远徽伤到了？"

"云姑娘说看到宫远徽用毒虫攻击你了，还跑来告诉我你上吐下泻，我就猜想你一定是中毒了。"宫紫商还在试图寻找医案，她爬到桌子底下，什么也没看到，又爬出来。

金繁皱眉："云姑娘？"

269

回想起刚才听到了云为衫的声音,只因为宫紫商在纠缠他,所以他没有在意。

"她刚刚是不是和你一起来的?"

"是啊,她不是说守在门外吗?"

随着宫紫商话落,金繁打开了房门,只见门外空无一人。

"走,跟我去找云为衫。"金繁道。

羽宫,金繁推开了云为衫的房门。

云为衫面容淡然地坐在桌前,看见两人进来,正要起身,宫紫商已经黑着一张脸,二话不说,把一碟吃剩的糕点放到桌上。

"云为衫,这糕点可是你送给金繁的?"她质问道。

云为衫点头:"嗯,是啊。怎么了?"

宫紫商嗓音高了三度:"还怎么了?你一个姑娘家有没有一点羞耻之心啊,偷做甜品,暗送秋糕,太不要脸了。金繁还是一个未婚男子,你竟然毫不避嫌——"

金繁额头一跳,立即打断她:"喀!这不是重点!"

宫紫商叉着腰:"这才是重点!气死我了!"

金繁没继续理会宫紫商,拿起一块糕点掰开,露出了里面的桑葚粒。

他问道:"桑葚和苦瓜,双寒之物,云姑娘也是精通药理,怎么会以这两样东西为馅儿?"

宫紫商拧着眉头。来羽宫之前,他们已经去了一趟早上送点心来的厨房。于是她道:"我们去厨房问过嬷嬷和送饭的下人,他们都说是你做了糕点放进金繁的食盒里,你别想狡辩!"

云为衫依然镇定自若,拿起剩下的其中一块点心放进嘴里,轻嚼着咽下。

"这是我家乡的甜糕,我从小吃到大,我之前也给执刃大人做了一些带去后山,也未见他用后有任何不适。我只是听闻金侍卫受伤,胃口不好,好意给金侍卫换口味。我确实是好心,你们错怪我了。"

宫紫商有些犹豫了,她见云为衫说得坦荡,还当着他们的面吃下了点心,顿时就怀疑是不是错怪了云为衫。她不知所措地抬起头看向金繁,然而金繁的目光依然坚定。

"我和你交过手,你修炼的内功心法是极阴属性,吃下双寒之物自是融洽。而我修炼的乃……乃极阳心法,和寒物冲撞,加之我本就受了些内伤,所以你吃下无事，但我吃下会伤身。"

云为衫反问道："金侍卫，我和你并不熟识，我怎么可能知道你炼的是什么内功心法？"

"我们交过手，你当然知道。"

云为衫站起来，正色道："金侍卫，我一直敬重你为人正直，平日里也对你客气，但你要这么诬赖好人，我就直说了。你我交手有没有用内力，你自己心里明白。我本以为你是为了让我，怕伤到我，所以才只用招数，不使内力，我还在执刃面前说你故意让我赢了赌局，好到后山保护执刃。没想你布这样一手棋，你到底要干吗？"

金繁口拙，说不过云为衫："你巧舌如簧，我说不过你！"

"你说我修炼的是极阴心法，那行，执刃大人修炼的融雪心经总归是至阳之法了吧？那我们等执刃大人出来，你问问他吃了我做的糕点有事没事！"一向性子谦和的云为衫难得执拗起来，仿佛真的受了极大的冤枉。

气氛剑拔弩张，宫紫商夹在两人中间，一时间摇摆不定，不知道该帮谁。

金繁毫不动摇，认定这是云为衫设的局，冲着她伸手："把医案拿出来。"

宫紫商本来为难，见金繁如此坚决，她还是选择相信金繁的猜测，她面向云为衫："宫子羽对你那么好，我们也把你当自己人，你却联合外人设局欺骗我们！你不问心有愧吗？"

面对两人的质疑，云为衫怔了一下，沉默下来。

金繁吸了吸气，冷静着思考，然后慢条斯理地说："你之前三番五次接近执刃，我就知你并不简单，但我只是认为你是被送进宫门的新娘，想攀上高枝。你进了羽宫，大家就风雨同舟，只要你对执刃好，纵使你有七窍玲珑心，我也不计较。不承想原来我们都看错了你，你只是同舟之人，却经不了风雨，只会见风使舵。不过，云姑娘，未见终点就提前跳船，不担心太过草率了吗？"

云为衫眼神闪烁了一下，否认道："我不知道你在说什么。"

"既然云姑娘不愿辩驳，那我们也无须耗费口舌，一切等执刃出来再定夺。"

金繁拉着宫紫商出去，关上门。

云为衫听见门外传来一声上锁的声音。

很快，一群侍卫围住云为衫的房间。金繁站在门前叮嘱众人："执刃归来之前，不准任何人靠近，也不准任何人离开。"

侍卫齐声道："是！"

雪宫，宫子羽已经换上了新衣，看上去神清气爽。

他跟着雪公子和雪重子来到庭院里。雪落了一夜，但湖里的雪莲没有被雪覆盖，仍然晶莹剔透。宫子羽有些好奇，走近湖畔。

"你们雪宫真的有好多稀奇东西啊，这雪莲在前山可是珍贵无比，医馆里经常断货，能不能给我几朵？"

"不能。"

人都要回去了还想顺走雪宫的雪莲，雪公子看他一脸打算盘的表情，摇头拒绝。

"呵，小气。"宫子羽嘟哝了一句，"我都没问你要那寒冰莲池里的极品雪莲，这湖泊里的普通雪莲你都不肯给我？你把我的糕点都吃完了！"

雪公子撇撇嘴："糕点随便做做就有了，这雪莲我可要养好几年才开花……"

一听这话，宫子羽就不乐意："这糕点可不是随便做做就有了，这是阿云亲手做的家乡糕点，你花钱也买不到。哼。"

听见两人在旁边吵嘴，雪重子开口说道："你已经是通过第一域试炼的人，能不能拿出点执刃样子？我们要传授你雪家刀法了。"

宫子羽意外道："我以为你们骗我，原来真的有刀法秘籍啊……"

雪重子手上捧着一本经书。

他认真地看向宫子羽，义正词严道："宫子羽通过寒冰莲池的考验，宫门雪族承认其心定、神凝、气聚、意坚，现将雪族刀法'拂雪三式'即'新雪''霜冻''大寒'传授予宫子羽。新雪起手、霜冻牵制、大寒猛攻，望宫子羽勤加练习。族灵见证，佑我山谷。"

雪公子在一旁补充道："刀法虽只有三式，但招式诡谲，能否学会全看你自己的悟性了。"

"要学很久吗？"宫子羽眼见两人神色凝重，好奇地问。

雪公子望天思考了片刻，答道："还行吧……"

这样说，不用多久他就能学会？宫子羽一听立刻放松了表情。

紧接着，雪公子的声音又打破了他的想象："我学了七年。"还行吧……也就七年。

宫子羽的脸立刻垮下来："七年？！"

"你天生畏寒，实则是因为你的奇经八脉与常人迥异，天生完美适合宫门的内功心法融雪心经。如果能再学会拂雪三式，那你就不再是空有执着却没有本事之人了。"

听雪重子这么夸自己，宫子羽有点不好意思。

"我有这么厉害吗？"他突然想到什么，忍不住问雪公子，"对了，我哥哥宫唤羽和宫尚角他们两个也都通过了寒冰莲池的考验……你说执着和本事两者其一，那我想问一下……宫尚角是靠什么通过这一关的啊？"

他想到宫尚角，心里莫名沮丧。宫子羽自己也知道他有多么在意。

雪重子淡淡地回答他："他既有执着，又有本事，通过此关，理所当然。"

宫子羽沉默下来，心绪复杂，一时间五味杂陈。

雪公子接话："他凭借坚定的意志力下潜到了池底，同时用强大的内力将呼吸控制得极其精准，他拿到铁匣浮出水面之后，整个人依然无比清醒，只是受了一些皮肉冻伤。宫尚角无论是品质还是能力，都足以通过考验。"

宫子羽淡淡地应了一声，然后又问："那你们是不是也教他拂雪三式了？他练会了吗？"

"那就不知道了。"雪公子道。

宫子羽不服："等我学会了，我去会会他。"

"真没想到，当年那个爱哭鬼竟然当上了执刃，担起了宫门的责任。"雪公子脑海里想起了什么，不由得发笑，嘴角高高扬起，很快又变成了感叹。

宫子羽笑嘻嘻地回他："好说好说。"

两个人对视一笑，宫子羽回忆起当年的事："那日出了后山，我被雪长老领回羽宫，父亲足足关了我三个月的禁闭，日日逼我练功……"

雪重子回应他："那是老执刃对你寄予厚望。"

宫子羽的笑里带着些许苦涩："是啊，可惜，我现在才明白。"说完，他看向雪公子，"你有没有怪过我走了之后就再也没来找你？我还承诺说我会要求父亲带你去看海，看花灯，看大漠孤烟。"

"你那时才多大，我本也没把你的话当真……"雪公子声音低沉。

"可我是认真的。"宫子羽又说，再次向他承诺，"待我坐稳执刃之位，宫门安定后，我一定带你们去外面看看。这后山冰天雪地的，你在这里守了这么多年，想想，多寂寞啊。"

雪公子没想到他会这样说，愣了一下，看了一眼雪重子，然后摇了摇头，道："我既是雪氏一族的守宫人，外面的繁华热闹自是和我没有半点关系。"

这下换宫子羽愣住了。

雪公子继续说道："执刃亦然。你既已接过守护宫门的任务，肩负整个旧尘山谷的重担，也应当端正态度。你予我的承诺，不过是童言儿戏，但执刃给予宫门的承诺誓当一诺不移，九死无悔。"

明白了他对自己寄予的期望，宫子羽突然有些伤感，他说："或许你们都对宫门充满感情，可我只是一个从小到大都被众人看轻的小角色。我看到了宫门女子被困住的一生，虽然她们也有可能觉得自己很幸福，但依然是笼中之雀、池中金鳞。我也看到了宫门男子明明有能力与无锋对抗，却只能龟缩在这一方山谷，只顾自身的岁月静好，却不理山谷之外的风雨飘摇。所以……"

宫子羽看向雪公子："我对宫门其实并没有太深的感情……"

雪重子默默走到一棵雪松前，拿起剪刀，替它修剪枝叶。枝叶零碎地落在雪地里，很快就被雪覆盖了。

雪重子一边修剪一边说道："执刃已经不再是九岁的孩童，但满嘴还是稚气之言。无锋势力庞杂，岂是一时冲动和满腔热血就可以撼动的？江湖虽大，这旧尘山谷不也在这江湖之中？我们守这一方天地，不也是为江湖守住了一份光明和希望吗？在旧尘山谷的普通百姓眼里，宫门是让他们能够安家乐业的底气。而在旧尘山谷之外，我们尽力为还在与无锋抗争的侠义之士提供医药和武器，又何尝不算他们的后盾？"

他虽然容貌是少年，但心境通透无比，目光如炬，有一种超越年龄的深沉。

宫子羽静静地听雪重子说话，心里五味杂陈，从来没有人和他说过这样一番话。

雪重子剪下一截干枯变黑的松枝，放在宫子羽手里。

"一叶障目……看到一片枯叶就觉得整棵树都凋零了，这是狭隘。执刃自小就对宫门排斥，这份偏见就是挡在你眼前的枯叶。执刃大人从来就没有好好了解过宫门吧？"

宫子羽喃喃道："了解宫门……"转念他又愣住，"你刚刚叫我'执刃大人'？"

雪重子微笑道："我说了啊，你通过试炼之后，在我心中，你自然就是执刃大人。"

"这才第一关，后面还有两关……"

"他们和我无关，在我心中，你已经足够担得起'执刃'二字了。"

宫子羽目光有些热切，似乎预料不到对方能给他这样坚定的认可，不由得看向雪公子："你呢？你也认我这个执刃吗？"

雪公子不禁笑了："他认可你了，我当然认可啊，这还用问吗？"

宫子羽眉眼舒展，心重重地一跳，像是激动，又像是数九寒雪中胸口被一股赤诚的温暖包裹着，鼓动着。

半晌后，宫子羽又变得有些疑惑，他的目光在两人身上来回打量，终于忍不住问出了口："我一直想问……你们两个，到底谁才是雪族的守宫人？谁才是那个真正的雪公子？"

他曾经怀疑过两人的身份，然而没有切实求证过。

雪重子闻言，皱着眼皮，奚落他："当然是我。过了这么久你才问这个问题，眼力见儿也是不怎么样。"

宫子羽微微愣住。果然，他才是真正的雪宫守宫人。

回忆一瞬翻涌，雪重子看向远处的山岚，他仰着头："你说过要带去外面的世界看海、看花灯、看大漠孤烟的人也是我。呵呵，男人的嘴。"

宫子羽："……"

身旁的雪公子理了理袖子，粲然一笑："我只是从小陪他一起长大的书童而已，不然你以为我怎么学拂雪三式需要学七年那么久……"

宫子羽又想到了什么，指着雪重子问："那他呢？他学了多久？"

雪重子："四年。"

宫子羽嘲讽道："那也不快啊，我还以为他天资多么惊人呢。"

雪公子接过话茬："他花了四年，创造出了这套拂雪三式的刀法，取代了之前旧的雪家刀法。"

听罢，宫子羽彻底说不出话了。他没想到雪重子的成就如此高，面前那张年少的脸看上去变得更加深不可测。

"宫子羽，"雪重子忽然喊他名字，他才是真正的雪宫公子，此刻语气带着郑重和严肃，"你已经身居执刃之位，别辜负你父亲对你寄予的厚望才是……"

宫子羽却敛下眉眼，心中摇摆，不自信起来："我父亲从来就没有对我寄予厚望，他的期望都在哥哥身上，我成为执刃，也只是因为……因为宫门的突发变故而已……"

雪重子却坚决地否定道："你错了。你父亲对你，用心良苦，寄望至深，金繁就是证明。"

宫子羽疑惑道："金繁？"

这时，一旁的雪公子开口了，忍不住要点醒宫子羽："你就不奇怪吗？宫门之中，唯有执刃、一宫之主、长老以及继任少主才有资格身边配备贴身的玉阶侍卫。你之前是何身份，怎么可能让金繁从小跟随你左右？"

"可能父亲只是想要放一个绿玉侍卫在我身边盯着我，别在宫门外给他惹麻烦吧……"宫子羽犹豫了片刻，幽幽猜测道。

雪公子摇着头："你真的认为一个普通的绿玉侍卫就能够知晓三域试炼的全部内容吗？"

"什么意思？"宫子羽隐约猜到了什么，但还是有些难以置信，没有把怀疑说出来，只说，"在前山活动的都是绿玉侍，只有在长老院和后山的侍卫才是黄玉侍啊……"

雪重子道："当年老执刃是顶住长老们的压力，好不容易让他们同意把金繁调到你身边。老执刃把你的安危看得和宫门乃至整个山谷同样重要。"

所以……宫子羽心里一颤，才把他的想法说了出来："金繁……竟然是黄玉侍卫？"

雪重子和雪公子互相看了一眼，欲言又止。

看他们的神情，宫子羽并没有猜对。

最终，雪重子缓缓开口。

"他是红玉侍卫……宫门有史以来最年轻的一个红玉侍卫……"

宫子羽内心大震。

那一年，大雪漫天，千里冰封。

白茫茫一片的雪宫庭院里，围着很多人。

彼时，年少的金繁跪在院里，他齿白眉青，满眼含泪，然后慢慢摘下自己手背上的红玉，放在额头贴了一下。少年的面容带着稚气却刚毅，眼泪忍不住掉下来，他不肯抬手去擦，紧紧咬着牙沉默，双手捧着，把红玉上交。

然后，他接过了雪长老递给他的那块绿玉。

雪路难行，他的脚步却格外坚定。

宫鸿羽带着少年金繁来到羽宫，他第一次出现在宫子羽面前。

同样是少年的宫子羽正在庭院里和宫紫商追逐玩闹，一旁的宫唤羽正在练习刀法。宫子羽见了这个意气昂扬的陌生伙伴，兴冲冲地跑过来，把手上正在玩的球递给他，拉着他的手要一起玩。

而那时的金繁冷冷地甩开他的手，走到庭院边上，握刀站岗，一语不发，身姿挺拔。

从那一刻起，那个最年轻也最有前途的红玉侍卫就成了宫子羽贴身的绿玉侍卫，立誓一生尽忠，守他平安，护他安危。

不知不觉，雪下得跟当年一样大了。

雪重子告诉宫子羽："你父亲让金繁放弃了自己好不容易经过试炼获得的红玉资格，降低为最次等的绿玉侍，从小侍奉你左右，这还不能证明你父亲对你寄予厚望吗？"

黑夜来临，灯火亮起，又是幽邃的无月之夜。

云为衫的房间点起了烛火，来回走动的人影映到窗上，显得孤独。

房间门口，数个持刀侍卫严肃地守着，房门依然被锁。

侍女和仆人从窗口把饭菜递进去。

庭院的高树上，幽黑的树影里，金繁蹲在树上，一动不动地监视着云为衫的房间。

冷风吹过，他毫不动摇，看着廊檐下仆人端送给云为衫的饭菜。他滴水未进、粒米未沾，此刻已经饥肠辘辘，但目光依然坚定地驻守着，看着屋内人影的一举一动。他不允许宫子羽犯险，所以一刻都没有松懈。

雪宫深处，宫子羽辗转反侧，脑海里回荡着雪公子后来说的那句话。

他说——

"为了衬得上你那个一等一的侍卫，宫子羽，你也要做个一等一的执刃啊。"

第十二章 掌心之云

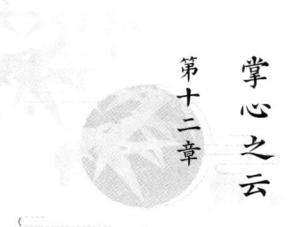

雪宫，雪公子和雪重子面对面持刀而立，站在平整的雪地里。

随后，两人开始对招拆招。

一套新雪刀法。

雪重子："气运随身，新雪起手。细落粗和忽复繁。第一式，新雪，动势迅捷，出其不意，攻其不备，抢占先机。"

招式华丽，在飞雪中如傲雪的寒梅，劲风不摧，疾雪不折。

紧接着是一套霜冻刀法。

雪重子："风压威慑，霜冻牵制。万木经霜冻易折。第二式，霜冻，凝聚内力，牵制对手，用酷寒减慢对手动作，形成牵制。"

随着雪重子绵密的刀法施展开来，周围的草木树叶上都笼罩上了一层寒霜。

最后一套动作名为大寒。

雪公子："最后一式，大寒。最是寒雪冻天地，茫茫一片斩空寂。刃如寒风，无坚不摧。"

刀气震得松柏抖落积雪，露出常青的颜色，破开一片空茫。

一套拂雪三式练完，宫子羽看得眼花缭乱，目瞪口呆。

雪公子和雪重子分开，转头看着一直在旁边观摩的宫子羽，目光里充满期待。随后，宫子羽迫不及待地照猫画虎一遍。雪公子和雪重子摇头直笑。宫子羽紧接着练习第二遍、第三遍……直到鬓角见汗。

他再回头时，见二人脸上的笑意为肃然替代，这才收了招式，恢复了嘻哈常态。

学完拂雪三式，宫子羽回到洞里的寒冰莲池。雪重子与雪公子站在池边，看着宫子羽龇牙咧嘴地从池里捞出一小块千年寒冰。

雪公子问："你都要走了，还专门折返回来拿块千年寒冰，是要做什么？"

宫子羽把寒冰放到他事先准备好的一个木头盒子里，盒子里有一块金黄色的厚厚的锦缎。

宫子羽脸上是掩藏不住的快要溢出来的幸福和得意："做纪念。"

雪宫院落门口，雪公子把宫子羽之前背来的箱笼递给他，雪重子站在一旁。他们目送宫子羽离去。

宫子羽走出半路，回头。

"雪公子，你喜欢吃的糕点，我都留在房间里了，给你。"

雪公子笑笑，眼里竟像有了些泪花。

"雪重子，我答应你的事情，一定作数。等着我哦。"

雪重子冷冷地哼了一声，但面容柔和下来，有些不舍。他从怀里掏出一本册子，手上用了些内力，册子笔直飞向宫子羽。

宫子羽接过，打开一看，是一些手绘的招式图谱。

雪重子说："礼尚往来。你送我们糕点，我送你册子。里面是我创造拂雪三式时对雪族刀法的缺点批注和优点强化，世间唯此孤本，还请执刃妥善保管，好好珍惜。"

雪公子在旁边小声叨叨："那糕点明明是留给我一个人的……"

宫子羽转身离开，雪公子和雪重子站在原地，看着宫子羽的背影远去。

雪路漫漫，只留下一串不回头的脚印。

宫子羽想起那一年，他误入雪宫，后来被大人牵着离开，但他不断回头对两位少年说话。

他承诺说："等我长大了，我带你们去看海，看花灯，看大漠孤烟……"

雪公子和雪重子相视一笑。

宫子羽的身影渐渐缩小，他背对着雪公子和雪重子用力晃了晃手中的册子。

宫子羽大喊："我不会给你们丢脸的，来日再见！"

雪公子看着宫子羽远去的背影，轻声说："伏久至，飞必高！希望他不负这执刃之名。"

雪重子："他这么倔，肯定会做到的。"

出雪宫的密道里，火把照着宫子羽的脸，他在密道中前行。他手中捧着那块金黄色的厚厚绸缎，用手用体温用哈气，小心翼翼地抚摸着那块寒冰，寒冰一点一点融化成圆润的形状。

雪宫又剩下两个人了。

雪重子遥望远方："希望我们再见之日，他已经学会拂雪刀法，那时候院里的雪莲应该开得更多了，我摘几朵，再和他煮茶共饮。"

雪公子点点头："执刃的悟性出乎意料，前路艰难，希望他能一往无前。"

宫子羽走进羽宫的大门，老远就看到了金繁和宫紫商，不由得紧走了两步。

已经在门口等待多时的金繁快步过来，接过宫子羽的箱笼，背在身上。

宫子羽拍了拍金繁的肩膀："哈哈，我是不是比你想象中快得多？紫商，你们两个挺高兴吧？"

金繁点点头，抿抿嘴，却没说话。

宫子羽往周遭看了看，眼神里未来又有点失望："怎么，就你们两个？阿云呢？"

金繁看着他，表情凝重。

宫紫商说："云为衫，暂时被看管起来了……"

宫子羽闻听，不由得一怔，脸上的笑容渐渐消失了。

"我先去看看姨娘，顺便问一下情况。"

宫子羽独自走在去往雾姬夫人房间的路上。院内萧萧落叶在风的吹动下，铺了一地。冬天已经很深了。

宫子羽脑海里一直回荡着刚刚金繁和宫紫商的话。

金繁："执刃大人，我知道你相信云为衫，相信雾姬夫人，但这件事情，你只能亲自去问她们俩。"

宫子羽抬起头，发现自己已经站在雾姬夫人门前了。

站在门外的侍女看到宫子羽，立刻行礼："执刃大人，夫人要我向你祝贺，恭喜你完成第一关试炼。"

宫子羽往前走了一步，却被拦住了："执刃大人，雾姬夫人身体有些不舒服，吩咐说今日不见客了。"

宫子羽看向下人："我是客吗？"

下人立刻下跪，但是并没有让开的意思。

"雾姬夫人特别叮嘱，任何人都不见。"

宫子羽驻足原地，望着雾姬夫人紧闭的窗门。

雾姬夫人在屋里，素颜，没有佩戴任何发饰，一袭素衣坐在梳妆台前，听见屋外传来宫子羽的声音。

"那就请夫人保重身体。大事从心，无论夫人做何选择，子羽都没有怨言，盼您早日康复。"

暮色降临，冬天的夕阳单薄地挂在天边，羽宫内大大小小的房间陆续点亮了灯。

云为衫房间里没有任何灯光，桌上、床上都没有人，房间里寂静无声。她伏在地板上。半月之蝇发作，她蜷缩着捂紧肚子，额头上是密密麻麻的汗水。

突然，门口响起侍卫的声音："执刃！"

云为衫挣扎着坐起来，看向门口。

门外响起门锁被打开的声音。

听见声音后，云为衫试着拉了下房门，还是关着的。

她轻轻唤了一声："羽公子？"

宫子羽的声音从门外传来："嗯，我在。"

"恭喜公子。"

宫子羽说道："雪公子和雪重子把我留下来是为了传授我拂雪三式，但我还没学会。"

"公子悟性高，应该很快就可以练成，公子无须担心。"

云为衫语气平淡，宫子羽有些失望，语气低沉下来："你知道吗，刚刚那些话，我从后山回来的路上就一直在心里念叨了。我有好多好多话想第一时间告诉你，但你没有在后山门口等我……"

宫子羽想听到她的抱怨，但没有，云为衫低头沉默了。她的沉默，或许是一种默认。

宫子羽道："我想进去，我想看着你，当面告诉你你不在的时候我在后山发生的每一件事。但我现在推不开这扇门。"

云为衫说："门上有锁。"

"门上已经没有锁了，"宫子羽停了停，"但我心里有……"

云为衫的眼睛有些湿润了。

"钥匙在你手里，你愿意打开吗？"

云为衫依然沉默着。

"金繁告诉我的时候，我就一直在想，你和雾姬夫人为什么要这么做……我猜想，宫尚角应该是许了夫人送她出宫门，还她自由。我母亲死了，父亲也死了，宫门里已经没有什么值得她留恋的了。"宫子羽说着，苦笑了一下，"夫人自是不必在宫门里蹉跎岁月……但云姑娘，你呢，宫尚角是不是也许了你某样东西？"

"执刃大人……"

"可以告诉我是什么吗？……我给得了吗？"

宫子羽的声音听起来有些卑微和心碎。

云为衫的眼泪掉了出来，她很快就擦掉了，心里像吞了一把剑。

"还是说，你和夫人一样，也想离开宫门。只要你说，我可以放你自由……"

云为衫低声自语："'自由'两个字，对我来说，太奢侈了。"也不知宫子羽能否听见，云为衫提高了些音量，继续说，"羽公子，在你心里，是不是已经认定我背叛了你？我如果说，请执刃大人再相信我一次，你会信吗？"

宫子羽没有回应。

"你愿意相信我吗？"

门内的云为衫迟迟听不见回答。她再次拉了一下门，这次门开了，但门外已空无一人，满庭枯叶，被风吹得四散。

门口的地上放着一个木盒子，盒子里铺着厚厚的金黄色锦缎，里面有一个白色丝绸包裹的小玩意儿，像手心那么大。

云为衫捡起来，打开黄布，是用千年寒冰雕成的一朵小小的云。她愣愣地看着手里的冰雕，心突然空了。

这朵寒冰雕成的云朵，宫子羽倍加呵护。

出后山的路上，怕冷的宫子羽在昏暗的密道里独自走着。他背着重重的箱笼，双手捧着寒冰哈气，用自己的体温慢慢抚摸着那块千年寒冰，逐渐使它融化成云的形状。

他看着自己掌心里的云，没有意识到自己嘴角的微笑和眼睛里闪烁的光。

在寒冰莲池的时候，雪公子问他："你到底要拿这个做什么啊？"

宫子羽说："做一朵我掌心里的云。"

商宫，宫紫商穿着睡袍，拿起衣架上一件很厚的斗篷披在身上，把桌上的灯罩拿掉。光线变亮，她继续在案前挑灯夜读。案上铺展着很多张图纸，隐约可以看见各种奇形怪状的兵器。

宫子羽在羽宫的庭院里，一身单衣，练习拂雪三式。周围的空气迅速降温，刀风带起一些碎雪四散纷飞，周围的草叶上渐渐凝起了寒霜。

金繁持刀静默地守卫在不远处，他侧头回望，看了看庭院里沉默不语兀自挥刀的宫子羽，露出了欣慰的笑容。

云为衫捧着手心里的那朵冰雕的云，那云在掌心温度下渐渐融化，变成水从她指缝里流走，她把还剩一点点的云丢到脸盆里，抬起手，擦掉了眼角的泪水。

角宫，宫远徽把两份医案拼到一起，看着面前的宫尚角，两个人低声讨论着什么。宫远徽的嘴角忍不住露出一个得意的微笑，而宫尚角的表情依然深不可测。

宫尚角："寒色孤村幕，悲风四野闻。"

宫远徽："溪深难受雪，山冻不流云。"

宫远徽意味深长地说："山谷里的冬天已经来了哦。"

"加件冬衣，别伤着了。"

宫远徽笑了："不用，怕冷的人不是我。"

清晨的鸟鸣穿透浓雾，宫门院落里，有零星的仆人端着热水走过。天还没彻底亮起，还有些房间亮着灯。

兰夫人房间里，雾姬夫人站在画像前发呆，一盆兰花摆在桌子上，开得正艳。

雾姬夫人回头看向门口，陷入了回忆。

那一年，她推门跑进房间，兰夫人从椅子上站起来，抱住她，又惊又喜。

"雾姬，你怎么来了！"

"是那个执刃说小姐想念我，把我接过来陪小姐。"

兰夫人看着雾姬，眼睛里满是愧疚："你傻啊，这个地方，只要进来，就出不去了。"

雾姬夫人抬手，抚过眼角的泪，往昔的画面不停地从她脑海里闪过。

那时，雾姬带着江南书生打扮的小宫子羽推开兰夫人的房门，兰夫人看到小宫子羽的打扮一愣。

雾姬道："这就是你娘小时候在家乡乔装打扮成男孩子的装扮，让你娘看看像不像。"

小宫子羽蹦蹦跳跳地走到兰夫人面前，转了个圈："娘亲，你看。"

兰夫人脸上露出若隐若现的微笑，她定睛打量着小宫子羽，然而很快，她的眼神暗下去，把小宫子羽推向雾姬。

兰夫人："快去换回来，被旁人看到，又不知会议论什么。"

雾姬："执刃才不会信那些鬼话……"

兰夫人："他不信，总有人会信，信的人多了，就变成真的了……"

黄玉侍卫的声音突然从门口传来，打断了雾姬夫人的思绪。

"长老院传令，请夫人立即前往议事厅。"

雾姬夫人回过神来，应了一声："知道了。"

云为衫拉开门，看见金繁站在门外，脸上带着七分疑惑、三分遗憾。

"昨晚羽公子已经帮你把门打开了，你为什么不走？"

"是执刃大人让你来找我吗？"

金繁避开她的问题："跟我走吧，快。"

说完，金繁转身离开。

雾姬夫人走进议事厅，她看见，包括宫子羽在内，宫门所有长老和宫主都已经在议事厅内。

雪、月、花三位长老坐在一边，宫子羽坐在执刃的位子上，宫尚角右手边空着一把椅子。宫尚角做出一个请的动作，雾姬夫人移步坐在宫尚角旁边的空位上。

宫子羽从雾姬夫人踏进来那一刻起，就没有把目光从她身上移开，而雾姬夫人一直没有看宫子羽。

雾姬夫人落座后，宫尚角拿起放在自己手边的那份拼粘完整的医案，开口说道："刚刚你们说没有人证，现在人证到了。"

宫尚角目露精光地看向高位上的宫子羽，宫子羽没有看他，目光一直落在雾姬夫人身上，眼神里闪动着痛色。

宫尚角开门见山道："我们可以好好讨论一番，宫子羽是否还有资格坐在执刃之位上了。"

云为衫跟在金繁身后，走在宫门的道路上。路过河边时，云为衫停住了脚步，她和宫子羽在河边相遇的回忆涌上心头。

金繁见云为衫停下来，催促道："云姑娘，不要耽搁时间了。"

云为衫自嘲道："金侍卫就这么急着要把我投入地牢吗？"

金繁冷冷地回答："我没想把你投入地牢。"

云为衫愣住了："那你这是带我去哪儿？"

金繁突然激动起来，语气格外急切："执刃交代我，天一亮就把你送出宫门。"

云为衫想起夜里宫子羽问过她的话——

"云姑娘，你呢，宫尚角是不是也许了你某样东西？"

"可以告诉我是什么吗？……我给得了吗？"

"还是说，你和夫人一样，也想离开宫门？只要你说，我可以放你自由……"

云为衫收起思绪，突然盯着金繁："金繁，你告诉我，羽公子是不是遇到难事了？"

议事厅的氛围极其凝重，宫子羽和宫尚角对视着，剑拔弩张。

宫远徽倒是跷着二郎腿，一副等着看好戏的样子。

雪长老道："角公子，事关重大，不可肆意妄言……"

宫尚角说："三位长老，宫门里关于宫子羽身世的闲言碎语从来就没有断过。如今医案清楚地记录他并非早产，证据确凿，同时还有雾姬夫人作为人证，这也能被您说成是肆意妄言？"

宫尚角一边说，一边看着雪长老，他脸上的表情不怒自威。雪长老在他的威压之下，竟然没有继续说话。

宫尚角看了一眼身侧的雾姬夫人，继续说道："就算雪长老认为我肆意妄言，那雾姬夫人当年是侍奉兰夫人待产的丫鬟，自小和兰夫人熟识，情同姐妹，我们不妨听听雾姬夫人怎么说。"

众人齐齐看向雾姬夫人，她淡定地站起身来，向三位长老行了个礼。

雾姬夫人道："三位长老，雾姬虽说已在宫门二十余年，但我一介女流，不知在这议事厅说的话能否算数。"

花长老说："你照实述说就好，我们自有论断。"

雾姬夫人终于转头看向宫子羽，这是她踏入议事厅以来第一次与宫子羽对视。片刻之后，雾姬夫人转而看向三位长老，抬手护心，做出发誓的动作。

"我雾姬在此对天起誓，宫子羽，确实是宫鸿羽和兰夫人的亲生儿子！"

宫远徽听了，立刻从位子上站了起来："你！"

宫尚角一怔，像被人打了一个耳光，表情登时变得有些难看。

连宫子羽都有些意外，耳膜里轰鸣一下。

雾姬夫人继续说："自兰夫人怀孕之日起，我就寸步不离地贴身照顾。兰夫人身体欠佳，还有晕症，一直服药，因此导致了早产，这些在医馆的医案里都有明确的记录。"

月公子已经继位成了月长老，此刻他淡淡地把目光从雾姬夫人身上移到宫尚角身上："这就是角公子所说的人证？"

宫尚角刚想开口，雾姬夫人就抢先一步开口："几日前角公子来找我，打听兰夫人待产时的细节，当时我已隐约猜到角公子的心思。只是那时子羽正在后山潜心闯关，我一个孤弱妇人，只能受迫于她，假装与他共谋。但我想着，等到在长老们面前陈述之时，我必不能颠倒黑白、指鹿为马。"

宫尚角恢复了冷静："三位长老，雾姬夫人念在母子情深，舍不得揭发宫子羽，我能理解。"他转而把医案递到三位长老面前，"人言可改，但白纸黑字做不得假，兰夫人的医案上清楚地记录着宫子羽并非早产，而是足月而生，对照兰夫人进入宫门的时间，足以证明兰夫人嫁入宫门之前就已怀了身孕。这份医案是远徽弟弟在雾姬夫人房间内取得，她将医案隐藏多年，偷梁换柱，鱼目混珠。"

花长老接过医案，只见医案的封面上唯见"姑苏杨氏"几个大字。花长老翻看起医案，雪长老也凑过头去看。

这时，雾姬夫人气定神闲地对三位长老说："这本医案可否让我看看？"

雪长老把医案递给雾姬夫人，觉得有些奇怪："夫人没见过这本医案吗？"

雾姬夫人翻了翻医案："这并非兰夫人的医案，我没见过。"

宫远徽气得厉声说："你胡说！这是从你房间拿的，怎么会不是？！你亲口说老执刃偷天换日，改了兰夫人的医案！"

雾姬夫人一脸茫然:"微公子何出此言?兰夫人的医案只有一本,一直放在医馆。"

宫尚角看向雾姬夫人:"口舌之争就免了吧?各执一词,没有结果。但白纸黑字总不会撒谎。"他指了指雾姬夫人手里的医案,"这本医案,无论是字迹还是印章,都是当年给兰夫人看诊的荆芥先生的笔墨和落款。"

雪长老点了点头:"确是荆芥先生的笔迹,是他爱用的徽州墨,印章也是真的……"

花长老道:"可惜荆芥先生已经病故,无法找他做证。"

雾姬夫人却看了看宫尚角,笑了:"角公子说笑了,当年宫门之内夫人众多,荆芥先生也不只给兰夫人一人看诊,又如何证明这本就是兰夫人的医案?"

宫尚角皱眉,似乎意识到了什么。

而宫远徽还不明所以地表示:"这医案上写了孕妇来自姑苏,不是兰夫人是谁!"

宫尚角这时已经意识到了陷阱,变了脸色。

雾姬夫人说:"长老可以派人去医馆查找一下所有夫人的医案,看是否缺了哪位夫人的医案,被角公子拿来诬陷兰夫人!"

一队黄玉侍卫已经领命,前去医馆翻找所有的医案。

宫子羽看着雾姬夫人,他的眼神里有些感动,虽然雾姬夫人没有看他,但他心中已经明白雾姬夫人的苦心。

没过多久,侍卫首领就走了进来,向长老们行礼。

侍卫首领汇报道:"禀告长老,医馆内泠夫人的医案不见了。"

他的话刚落下,所有人的目光齐齐看向了宫尚角,而宫尚角仿佛已经预料到了这一切,只是冷冷地回视着雾姬夫人。

二十多年前。

雾姬陪着怀孕的兰夫人在医馆等着取药,遇到了同样大着肚子正在看诊的泠夫人。

荆芥老先生正在医案上写方子,边写边说:"……孕晚期少食滋补,以清淡为宜……"写完之后合上医案。

兰夫人看到医案上的"姑苏杨氏"四字,问:"泠夫人竟与我同姓?也是江南人氏?"

泠夫人笑道:"我们还真是有缘。"说着泠夫人看向荆芥:"荆芥先生不会把我们的医案搞错吧？"

大夫荆芥听了之后瞪眼睛："我是老了，可我还没糊涂呢，早已给你们做了区分。"说着，他指向医案右下角，只见那里画着一片小小的花瓣。

泠夫人说："花自随水飘零去，荆芥先生真是有意趣。"

这时走进来一个七八岁的少年。

荆芥说："哟，角公子又来接母亲和弟弟啦？"

泠夫人说："还不知是男是女呢。"

"荆芥先生说是弟弟就是弟弟。"

"好，给你生个弟弟。"泠夫人说着一把拉住小宫尚角，"快，尚角，给兰夫人行礼。"

雾姬夫人回忆完，对宫尚角说："你母亲泠夫人与兰夫人都姓杨，都来自姑苏，当年也都是由荆介大夫看诊，所以医案上的字迹、墨迹完全一样，你认错也情有可原。可若是拿此医案来伪造证据，行不义之举，实在有失角公子威名。"

宫尚角咬着牙说："雾姬夫人真是好算计。"

雾姬夫人面对三位长老，突然跪下："宫门之中流言蜚语传了二十多年，宫子羽也受了二十多年的委屈，今天还请三位长老做主，为子羽正名！希望从今以后，勿再让有心之人拿此事兴风作浪。"

宫子羽看着低头叩拜的雾姬夫人，眼里泛着泪光。

宫门大门口，云为衫从高高的台阶上往下走，在台阶的尽头，她忍不住回头望，高耸入天的台阶像是没有尽头。

云为衫问："真的……就这样让我走了？"

金繁说："走出这门，姑娘就自由了。"

云为衫犹豫了一下，刚转身，宫子羽的声音就从她身后传来："云姑娘！云姑娘！"

云为衫和金繁同时回头，只见宫子羽向两人直直地奔跑过来。宫子羽奔跑的速度很快，似生怕再迟一秒云为衫就离开了。

云为衫的脸上现出了复杂的神色，似是高兴，又似是失落，或许她也不能完全理清自己现在的心情。

宫子羽转眼就到了云为衫面前，还没等云为衫开口，他就紧紧地抱住了云为衫。

那一刻，连风都像是停住了。

云为衫的呼吸里全是宫子羽身上的气息，是冷冽但又温柔的少年气。

天地间，仿佛只剩下他们两个拥抱在一起的人。

金繁站在一边，持刀而立，无比尴尬，嗓子发痒，要咳不咳的，别提多难受了。

云为衫挣扎了一下："你先放开。"

宫子羽情急，越发抱紧："那不行，放了，你就走了。"还未等云为衫开口，他又说道，"虽然是我下令让你离开宫门的，但我现在立即收回，你不准走了。"

云为衫又挣扎了一下，有些害羞地打断宫子羽："公子，我让你放开，还有人在。"

金繁额角冒冷汗，又不好意思说什么，只能扭过头去。

宫子羽无所谓，依然没有松开云为衫的手："金繁不算。"

金繁嘴角扯歪了："我……不算……人？"

宫子羽总算松开了云为衫，开心地说："走，带你回羽宫。"

云为衫又笑。

宫子羽问："笑什么？"

"这句话，公子之前也说过。"

"是去女客院落接你那次吧？"

云为衫点头："嗯。"

"不会再说第三次了。不管以后发生什么事，我都不会再让你走了。"

云为衫没有说话，回头望望大门，表情有些复杂。

宫子羽回头看向金繁："你先走吧。"

金繁气得一跺脚："告辞！"然后抱着刀气鼓鼓地先行离开了。

雾姬夫人的房间里，她给围坐在桌边的宫子羽、宫紫商、云为衫倒茶，金繁站在边上。

宫紫商握着云为衫的手："不好意思啊，云姑娘。"她嬉皮笑脸，试图拉近彼此的关系，"原来你是在配合雾姬夫人帮助宫子羽。我就说嘛，云姑娘横看竖看都不像叛徒……虚惊一场，虚惊一场。"

雾姬夫人点点头："不错，云姑娘的确事先知道，若非她故意将那半份医案给了宫尚角,又怎么会有今日反咬他一口的机会?"

宫子羽说:"是我错怪云姑娘了,不过,你为何不直接告诉我?"

雾姬夫人说:"是我让她瞒着你的,你为人不够沉稳,喜怒全写在脸上,宫尚角老谋深算,就你那毛毛躁躁的性子,一眼就会被他看出破绽。"

宫子羽接过茶壶,给雾姬夫人倒茶,郑重行礼道谢:"这次幸亏有姨娘维护,子羽心胸不宽,竟然怀疑起您来,于公于私,感激不尽。"

雾姬夫人喝了一口茶:"我当然会全力维护你,不然怎么对得起你父亲?"

听她提起父亲,宫子羽说道:"不过,姨娘,我心中还有一个埋藏多年的疑问。"

雾姬夫人了然:"关于你母亲?"

宫子羽点头:"娘亲从小就待我冷漠、疏远,我都一直觉得——"

雾姬夫人打断宫子羽:"这世间哪有娘亲不爱自己亲生儿的,只不过兰夫人她执念太深。"

语毕,雾姬夫人似乎想说什么,然后看了一眼云为衫。

宫子羽说:"云姑娘不算外人,姨娘但说无妨。"

雾姬夫人重新拿起案几上的茶盏,抿了一口茶,陷入回忆。

"这上好的龙井,倒让我怀念起江南的风光了……"

兰夫人的故事,在她的回忆中徐徐展开。

当年,江南风景,吴侬软语,烟雨朦胧。

画亭里,一个书生模样的人正在石桌上摆弄画具,一旁挂着三四幅他的写生画作。

宫鸿羽无意走入画亭歇息。书生正在绘制手中的丹青,宫鸿羽顺着书生的视线往前方看去,只见圆窗的另一端,一个女子静坐沉思,容颜清丽。

宫鸿羽被那女子吸引,与此同时也听见了身后跟踪者的脚步声。

宫鸿羽回头,一个黑衣人迅速隐藏身形。

那是宫鸿羽第一次遇见兰夫人。那时他只是宫门少主,他发现身后尾随的无锋刺客后便往旁边去了,他怕吓着那名女子。

竹林里,很快就多了四五具无锋刺客的尸体。

宫鸿羽用手擦了擦脸上的血,又想法擦掉刀刃上的血,收刀入鞘,从竹林里走了出来。他没走几步,突然一旁的草丛里传来窸窣之声。宫鸿羽心生警惕,闪身来到草丛前,迎面撞上了一名女子。

兰小姐受惊,直接跌倒在地,看见宫鸿羽浑身是血,害怕得想要尖叫。

宫鸿羽上前捂住了兰小姐的嘴。

天意弄人,兰夫人误打误撞,又遇上了宫鸿羽,或许这就是命中注定。

兰小姐眼眶通红,绝望地闭上了眼睛。

宫鸿羽犹豫了一下,没有杀她,低声道:"我不杀你,但你需要忘掉今日之事,忘记见过我。"

兰小姐点头,宫鸿羽松开手,起身离开了。

兰小姐惊魂未定,瘫软在地上。

宫鸿羽让兰小姐忘记他,结果他自己对兰小姐一见钟情,念念不忘。只是当时兰小姐早已心有所属,尽管对方出身寒微,但彼此两情相悦,早已订下山盟海誓。

造化弄人。没多久,宫门的人就找上了兰府的大门。

几个宫门侍卫走进兰府,领头的那个手里捧着一整套新娘服。

大门拐角不远处,一个年轻人还在痴痴地看着,等着心上人出来。

一个老仆路过,对他说:"别等了,你已经在这里等了两天了,自己去吃点东西吧。他们家是不会让你见小姐的……"

兰小姐的家里嫌弃他只是一介穷酸书生,且家主一直想要攀附宫家,所以兰小姐就这么被父母安排进了宫门。

很快,进宫门选亲之日到了。

宫鸿羽的房间里,墙面上挂着一幅画,正是当时画亭书生画的那幅丹青,只不过已经被宫鸿羽买下来,装裱之后悬挂起来。

下人进来禀报:"执刃,吉时已到。"

宫鸿羽望着画中人,意兴阑珊。

"知道了。"

后来,宫鸿羽在待选新娘里见到本以为再也无缘见到的意中人时,便认定这一定是天赐良缘,是老天爷将自己喜欢的人送到了自己身边。

所以宫鸿羽定定地站在兰夫人面前,冲她微笑。兰夫人穿着新娘的服制,抬起头,难以置信地瞪大眼睛。

过了一些时日，兰小姐成了执刃夫人。

彼时，兰夫人盘着发髻，站在院子里看着落英发呆。

下人搬进来一箱又一箱珍奇古玩、绸缎、珠宝和民间小玩意儿。

"兰夫人，这是执刃大人送来的礼物。"

兰夫人看都不看，淡淡地说："放起来吧。"

下雨的时候，兰夫人坐在自己房间窗边，伸出手去接屋檐下的雨滴。

下雪的时候，兰夫人一个人撑着伞站在羽宫大雪中的庭院里，孤独地等待着。

兰夫人进入宫门后，终日郁郁寡欢。

宫鸿羽起初以为她背井离乡，觉得人生地疏，心里寂寞。为了讨她的欢心，他便派人把从小和她一起长大的雾姬接进了宫门。雾姬是兰夫人的贴身丫鬟。宫鸿羽本想，有个贴心人在身边，兴许她就能高兴一些。只是他倾尽心力地对她好，兰夫人依然无动于衷。

那一年，羽宫的兰花都开了。

雾姬刚进入羽宫不久，兴高采烈地走进院子里："夫人，执刃在院子那边种了夫人最喜欢的兰花，去看看吗？"

兰夫人没有回答，转身回了房间。

雾姬无奈，回头看向院子里挽着袖子忙碌的宫鸿羽。

房中烧着炭火，但兰夫人开着门，坐在门口台阶上，看着院子里的落雪。

宫鸿羽站在远处看着兰夫人，没敢走近，他头上和肩头都落满了细雪。

宫鸿羽身旁递过来一把伞。他回头看见了轻声叹息的雾姬。

宫鸿羽并不是一个擅长表达自己爱意的人，几次碰壁之后，他反倒不太敢主动示好了。因此兰夫人也以为他选中自己只是一时兴起，传宗接代之后，他对自己就不会关心了。两人之间的隔阂便越来越深……

再后来，宫子羽出生。

兰夫人精疲力竭地躺在床上，身旁传来婴儿的啼哭。

雾姬抱着婴儿："恭喜夫人，是个健康的公子！眉眼都像夫人呢……执刃还在外面等着，产婆已经出去传消息了，执刃一定会很高兴的……"

正说着，宫鸿羽进了房门，在兰夫人床边坐下，眼睛红红的，柔声说：

"夫人辛苦了。"

雾姬把婴儿抱到宫鸿羽身前："执刃大人，要不要看看小公子？"

但宫鸿羽眼里只有兰夫人："一会儿再看。"

然而兰夫人侧过头，眼角有一滴泪水滑落。

两人虽然有了孩子，可兰夫人心里的恨和遗憾始终没有消减，看着自己唯一的孩子也是宫家血脉，她的内心也越发矛盾、煎熬、支离破碎……

一转眼，小宫子羽长大了。七岁时，他一手举着扑蝶网，一手抓着一只大蝴蝶，兴奋地往兰夫人房间跑。结果，他在院子里摔了一跤，膝盖上都是泥，但手上的蝴蝶始终没有被他放开。

小宫子羽站起来，举着手里的蝴蝶对着窗边的兰夫人说："送给娘亲……送给娘亲……"

窗边沉思的兰夫人看了看宫子羽，起身走开了。

院落中，七岁的小宫子羽坐在宫鸿羽的膝上。宫鸿羽拿出手上的糖葫芦，哄着他。

小宫子羽把蝴蝶放到父亲手上。

窗里的兰夫人看着父子情深，心情复杂。

宫子羽越来越大，也越来越淘气，还动不动就哭。

兰夫人在房间里，手里拿着一副面具，她亲手将两根系带缝好，仔细比画着松紧和大小。

小宫子羽抽泣着跑进来。

兰夫人看着他，拿出面具，戴在小宫子羽脸上。

"眼泪代表脆弱，脆弱的人是会被欺负的。以后想哭，就把面具戴上，这样别人就看不到了。"

宫子羽十岁那年，兰夫人卧病已久。

宫子羽怀里抱着面具，站得远远的，不敢靠近床边。

床上，兰夫人满脸病容，如一朵快要枯败的花朵般。

"雾姬，你还记得我们在江南老家的日子吗？春水碧于天，画船听雨眠……可惜……可惜再也看不见他一蓑烟雨中撑着油纸伞等我赴约的身影了。"

雾姬哭了："夫人，你怎么还念着他？"

兰夫人的眼角滑下一滴泪:"不念了,不念了。"

一只大手牵起了宫子羽的小手,把他带出了兰夫人的房间。小宫子羽抬头,看到是父亲宫鸿羽。

宫鸿羽拉着小宫子羽,一起坐在门口的台阶上。

宫子羽突然把那副面具递给父亲,因为他看到父亲眼里都是泪水。

父亲愣了愣,笑了笑接过面具,挡在自己面前。

宫子羽看着父亲埋头颤抖的肩膀。

兰夫人最终郁郁而终……

故事说完,案几上的茶水也凉了。

宫紫商叹了一口气,说:"没想到兰夫人的故事竟是这样……太难受了,比我前几日看的话本还令人难受……"

宫子羽深受触动:"我一直不知道母亲在心里究竟如何看待我……"

雾姬夫人说:"有爱,亦有不甘,更多的是挣扎和自我矛盾,兰夫人原本蕙质兰心,终是执念太深,困住了自己。"

宫子羽沉默不语。

"兰夫人死后,你父亲就娶了我当填房。我知道,他娶我,只是因为担心你还年幼,失了母亲会害怕,我毕竟是你母亲身边的人,由我来抚养照顾你,不至于让你孤单。"

"但父亲为何也对我那么冷漠……"

"你啊,少不更事,不懂你父亲对你的良苦用心。兰夫人过世之后,你整日哭哭啼啼、胆怯、软弱,你父亲就觉得不能再对你一味宠溺、放纵,想让你学会独立、坚强,将来成为有担当的继承人,所以才会开始对你严厉。"

宫子羽沉浸在回忆中,紧锁着眉头。

宫紫商说:"子羽弟弟,老执刃……你父亲是爱你的。现在总算弄明白了,就别再整日念叨叨长吁短叹的了。"

雾姬夫人轻叹:"你父亲他……信任我,我又怎能辜负你的父母呢?你虽然不是我的亲生骨肉,但我早就将你视为己出。"

宫子羽望着夫人,一脸感激:"是,子羽还记得,从小摔跤、生病、任性耍赖,都是姨娘耐心安慰和陪伴,子羽真心感激姨娘,也早已把姨娘当成真正的家人。"

雾姬夫人语重心长道:"若你真要感激我,就应该堂堂正正地坐上执刃的位子，然后凭自己的本事领导宫门，不要让你父亲失望，也别再让进入宫门的女子……"雾姬夫人别有深意地看了一眼云为衫，"受你娘的苦楚，我也相信你有这样的能力。"

雾姬夫人说着，递过来一个匣子。

宫子羽在迟疑之中接了过来："这是……"

雾姬夫人说："这个匣子里是下人整理的老执刃的一些旧物，之前没有给你，是怕你睹物思人，心里难受。如今，该交给你了。"

宫子羽握紧匣子，步履沉重地走回自己的房间。

他轻轻打开匣子，看到了父亲平时佩戴的玉佩、扳指、经常用的毛笔……他含着泪一一拿起，仔细端详了一番又放下。

突然，他注意到匣子里有一个精致的锦囊。他打开锦囊，从里面抽出一张字条，展开，两行清秀隽永的字映入眼帘——

新雪倚太渊，尺泽破霜冻，大寒结云门。
冰封终化春，鱼跃伏千里，鹏翼登九重。

宫子羽默念着"太渊、尺泽、云门……"，皱起眉头思考了一会儿，很快眼睛一亮——这是拂雪三式的诀窍。他立刻起身，跑到庭院里练习拂雪三式。

"新雪起手，在太渊穴发力，手腕最灵活，动势必然最迅速。霜冻在尺泽穴发力，手肘牵制效果最强。大寒在云门穴发力，可以带动上半身所有气血，增加刀风的压迫之力。"

宫子羽边思边练，最后一招大寒发挥出了极强的威力。

正步入庭院的金繁看到宫子羽进步神速，有些吃惊。

"你这是被高人指点了，还是醍醐灌顶自己悟出的？"

宫子羽得意地笑笑："高人指点。"

"雪重子为了让你带他出去玩儿，果然徇私舞弊。"

宫子羽笑着擦了擦头上的汗："其实……这是父亲的指点。"

金繁吃惊："老执刃？"

宫子羽没再言语，从怀里掏出父亲的锦囊，握在手心里。

角宫里，一声茶盏碎裂的声音传来，下人诚惶诚恐地离开房间。

宫远徽气愤道："竟然上了那个老女人的当！不能就这样放过她，我一定

295

叫她吃不了兜着走！"

宫尚角脸色晦暗："这次，我们自己没有吃不了兜着走就已经算是万幸了。仔细想想，我也有疏忽之处。"

宫远徽急了："哥！难道就这么算了？"

宫尚角冷冷地反问："事已至此，你还想怎么'不算'？输了就是输了。"

宫远徽脸色阴沉："我咽不下这口气！"

"别说是一口气，今天就是一把涂了毒的刀子，你也得把它咽下去。不甘心，就要长记性，没有十足的把握，就别鲁莽行事，也别轻信他人。"

宫尚角眼神沉下来，宫远徽本想再说什么，突然发现宫尚角的神色不对，表情有些黯然。

"哥，你怎么了？"

宫尚角沉默，脸色发沉。

"是不是医案的事让你想起了泠夫人和朗弟弟——"

宫尚角打断宫远徽："你先回去吧，我想一个人静一静。"

宫远徽没有再说什么，起身离开了房间。

宫远徽在门外碰到了等在门口的上官浅。

"我要是你，我现在就不进去。"宫远徽冷声说道。

"我看宫二先生从长老院回来脸色就不太好，就想过来看看他。"

宫远徽冷笑着扫她一眼："我哥现在想一个人静一静。"

"我陪他一会儿吧，也许有个人和他说会儿话，他心情会好些。"

宫远徽伸手拦下她："我哥连我都不想见，你算老几？"

上官浅脸色有些难看，但还是没打算离开，她看着宫远徽。

"那你告诉我发生了什么。"

宫远徽冷哼一声，说："云为衫给你的医案有问题，你被她算计了。你这次把我哥害惨了。"

上官浅脸色发白，嘴唇也接连抖了几下。

云之羽

MY JOURNEY TO YOU

顾晓声 著

下

第十三章 星火渐燃

角宫里，一片沉寂，墙角檐下，似无声地飘着一层黑雪。上官浅轻步走到窗边，透过窗户，看着房间内沉默不语的宫尚角。

一向老谋深算的宫二先生在雾姬夫人面前栽了跟头，不难受是假的。上官浅觉得越是此时，他就越需要安慰，但安慰的距离与火候需要合理拿捏，在窗外注视两眼最适宜。

此刻房间内，宫尚角的冷峻眉眼中少有地流露出一丝柔情。他安坐在椅上，端详着手上的一块老虎刺绣的手帕，陷入回忆中。

那一年，泠夫人怀孕已有八月，正在房内缝制婴儿的肚兜，七岁的他陪在母亲身边。泠夫人拿起一个小老虎和小兔子的刺绣图样给他选。

泠夫人轻声问："喜欢哪个？"

他抬眼看了下母亲，说："小老虎。"

泠夫人摸着肚子，开心地笑着，他也跟着笑。

泠夫人摸着他的头："你这个哥哥以后可要好好照顾弟弟呀。"

他点点头，提高了声调："那当然！"

后来他十四岁，正在院子里练功，七岁的弟弟宫朗角跑过来，他赶紧停下动作。

弟弟指着他腰间的短刀，说："哥哥，我也要练刀。"

他摇着头，学着长辈的模样反对："你年纪还小，会伤着自己。"

"哥哥、哥哥……这把短刀好看……"

无奈之下，他只好把短刀的刀鞘给弟弟玩。他笑着，满眼喜爱疼惜地看着弟弟。

注视着宫尚角的上官浅，突然感觉自己也在被人注视，便转身从楼梯上走下来，看到了停留在庭院里的宫远徽。

上官浅欲笑未笑，问："你怎么还没走？"

"这里是我家，我为什么要走？"不知道为什么，一向说话硬气的宫远徽此刻竟显得底气不足，语气中莫名多了一分孩子式的委屈。

"那——角公子为何一直看着手上那块老虎刺绣如此出神？"上官浅直接抛出问题，她直觉那块刺绣手帕连着宫远徽的软肋。

"那是他弟弟的……"

"就是刚才徽公子提到的那个'朗弟弟'？"

宫远徽一皱眉，他瞥了一眼上官浅："你怎么每次都能听到我们说话？没事儿就趴墙角，是吗？"

上官浅面对责问，非但无愧，反倒夸张地点了点头："那你应该问问自己是不是来角宫有点太勤快了。你自己的徽宫不舒服吗？我找未来夫君天经地义，倒是你，天天缠着你哥。马上就要成年了，赶紧娶个媳妇儿吧。"

宫远徽被噎了一下，说："少管我！"

"没关系，你不告诉我，我回头自己问他。"

"你别去问！问了就又勾起哥的伤心事……"宫远徽少见地服了软，语气里带着迟疑。

"什么伤心事？"

宫远徽想了想，还是道："哥哥曾经有个亲弟弟……疼爱的弟弟……"

"角公子最疼爱的弟弟不是你吗？"

宫远徽的眉心皱了一下，上官浅第一次在这个乖戾少年脸上看见一丝脆弱和悲伤："在哥哥心中，没人比得上朗弟弟。"

"我怎么没见过朗弟弟？"

宫远徽露出愤恨而悲伤的表情："十年前，他与泠夫人都被无锋杀了。"

上官浅有些意外，不说话了。

宫远徽回过神来，语气变得严厉："总而言之，你别胡乱打听了。"

宫紫商停止了自己的武器试验，回到自家府邸。人未进院，便听到一阵叫喊声,料想是同父异母的弟弟宫瑾商在玩闹。

果然,她刚进庭院,便见一个七八岁的小男孩儿举着一个拨浪鼓急匆匆地跑了出来,身后还跟着几个丫鬟,前呼后拥。

"瑾商小少爷,您慢点。"

话音刚落,宫瑾商就撞到了宫紫商的腿,宫紫商腿一疼,哎哟了一声。

小少爷摔倒,拨浪鼓滚落地上。身后的丫鬟大惊失色,连忙扶起宫瑾商,紧张地检查起来:"小少爷,您没事吧?"

宫紫商捡起地上的拨浪鼓,拂了拂上面的灰,笑着递给宫瑾商。

丫鬟确定宫瑾商没有受伤,这才看了一眼宫紫商,敷衍地行礼道:"宫主。"

宫瑾商一把夺过宫紫商手里的拨浪鼓:"小偷!还给我!"

"明明是你撞到我的。"本来宫紫商是不想与孩子计较的,但看到丫鬟们的态度,她立即就明白宫瑾商的娘亲又在父亲面前诋毁自己了,父亲肯定又当众表达了对自己的不满,便蹲下来,平视宫瑾商,"而且我是你姐,你不可以对我这么没有礼貌。"

宫瑾商不屑道:"哼,你才不是我姐呢,娘亲最讨厌你了。"

宫紫商语塞,又道:"因为你娘不是我娘啊……但你父亲总归是我父亲吧,所以我们还是姐弟。"

宫瑾商噘着嘴:"但是父亲也说不喜欢你呀!"

宫紫商感觉有些难受,说不出话来。

丫鬟拉着宫瑾商走了,他一边走一边哼哼道:"她算什么宫主呀,我才是商宫的宫主!父亲说,等我长大了,她就得把宫主之位还给我了!哼!"

不知怎的,宫瑾商突然原地膝盖一软,又摔倒了,哇哇大哭。

丫鬟吓到,赶紧抱起他来,一边哄一边说:"哎哟,小少年,不哭不哭,我现在就带你去医馆……"

宫紫商身边,一个小厮打扮的下人突然冒了出来,是小黑。他眼睛亮得出奇,嘴角带着一丝坏笑。

小黑问:"大小姐还满意吗?"

宫紫商疑惑道:"什么满意?"

小黑指了指刚才离开的宫瑾商:"我让他下跪道歉了啊。"

宫紫商恍悟,捂着嘴笑起来:"原来是你搞的鬼。"说完又微微叹息,拍了拍小黑的肩膀,"还好有你,小黑。"

299

小黑趁机抱怨:"那可不,我可是时时念着为大小姐鞍前马后哈。但大小姐你最近都把我忘了,也不来和我做研究了。哎,老是追着那个男人跑……叫金繁是吧?呵呵,我可记住他了。"

宫紫商两手一摊:"你刚才也看到了,我虽然现在负责商宫事务,但大家根本都不重视我,就算我研究出了更好更厉害的武器,有用吗?父亲还是不会多看我一眼……还不如对金繁好呢,至少金繁对我是真心实意……"

小黑耸耸肩:"有吗?反正我没看出来,我只看到你对金繁穷追猛打。"

宫紫商叹了口气,陷入回忆中。

那一年,她生病,倒在研究室的榻上,发着高烧。她睡得迷迷糊糊,不时咳嗽几声,嗓音十分嘶哑。

金繁这时候提着一篮水果从二楼的后门下来,他一边下楼梯一边说话。

"大小姐,羽公子说,这是今年的山梨,他知道你喜欢吃,让我拿了一篮给你。"

金繁走下楼梯,发现了躺在榻上的她。

金繁一愣,用手探她的额头,微微皱眉。

"你发烧成这样了,怎么没个人照顾啊?下人们呢?"

她虚弱得不想说话,咳嗽了两声。

金繁顾不得礼数,直接抱起她,往医馆的方向奔去。

"我带大小姐去医馆。"

她在金繁的怀里,看着金繁着急的脸,有些感动。

从医馆回来,金繁端来了药。她看了一眼那漆黑的汤汁,又闻到那清苦的味道,眉头直皱。

她说:"实不相瞒,我已经好了。"

金繁把药推到她面前:"话不多说,你把药喝了。"

"恕难从命。"

"命不由你。"

"我命真苦……"说完,她双手交叉抱胸。

"你不是应该挡嘴吗?你这是在挡哪儿?"

她一手捂嘴一手捂胸,换了个姿势。

金繁叹了口气,说:"那你等我一下。"

很快,金繁用小刀切开一个梨的上半部分,削果皮,去果核,极薄的梨皮如长带，细腻洁白的梨肉如脂玉，梨盏做成，香气飘溢。

金繁把盛放着药汁的梨碗递给她："想吃你最爱的山梨吗？那顺便把药也喝了……"

她看着金繁的巧思，有些触动，她喝了一口药，看着金繁笑："苦中带甜、甜中带苦，原来，这就是话本里说的爱之甘苦、情之滋味……"

金繁眉头一紧，笔直地站起来："告辞！"

宫紫商从回忆里回过神来，对着小黑摆摆手，挺了挺腰身："哎，你年纪还小，男女之情岂是三言两语能够说清的……"

"又乱说，我明明比你大。"

"你除了胆大，哪里比我大？你一个厨房管杂事的下人，又偷偷跑来这里，被人发现你完蛋了你。"

"你这么久不找我，那只能我来找你啦。"小黑丝毫不吃这套。

宫紫商摆摆手，长叹一口气，道："最近宫门里乱得很，发生了好多可怕的事情，我且惊且怕且烦躁。"

小黑的表情严肃起来："那你和我说说，我帮你压压惊。"

宫紫商看看四周无人，这才点点头，抬起一条腿放在花坛栏杆上，一边像个老年人一样弯腰压腿压筋，一边说："好，一边压一边说。"

小黑一边无语，一边很顺从地抬起腿，跟着压腿。

"事情是这样的……"

暮色四合，羽宫的仆人亮起院落的灯。灯光初透绢纱，先闪出橘红，之后才散发出银黄色的光芒，由朦胧变得清晰。

宫子羽自从悟到用刀要领后，练习更加勤快。此刻，一套刀法结束，他伸手下意识地摩挲着腰间的狐狸毛沉思着。

不远处，金繁持刀而立，在暮色里一动不动。他背对着宫子羽，眼观六路，耳朵却在听着刀风，丝丝分明地感受着宫子羽突飞猛进的内力，直到他长刀入鞘，宝刃嗡鸣。

宫子羽盯着金繁的背影看了一会儿，突然开口："金繁。"

金繁缓缓回头："执刃大人。"

"雪公子和我说了，你曾是红玉侍。"

金繁片刻惊讶之后，又恢复面无表情的样子，目光看着地面："都过去了。"

夜色已深，灯火微漾。金繁低头无语，脑海里却浮现出了过往。

那一年，他被从后山带到羽宫。

宫鸿羽看着站在面前的他："金繁，从今日起，你正式成为前山的绿玉侍卫。"

他点头："是，执刃。长老们已经让我立下重誓，不再踏足后山半步。"

宫鸿羽轻轻叹息，叹息中带着惋惜与重托："你可后悔，放弃红玉侍的尊贵身份，甘愿成为我儿子羽的贴身侍卫？"

"不后悔。我从小就是孤儿，漂泊无依，是宫门给了我安身之所，不管红玉侍、绿玉侍，都是为宫门效忠。"

"好，我果然没有看错人，那么，我也让你立下重誓，你可愿意？"

他举起手发誓："金繁发誓，此生竭尽全力守护羽公子，不惜生命，不死不终……"

金繁很快回过神来，重新打量着眼前的宫子羽，心里泛起一阵暖意。他觉得值，他未曾背叛誓言，子羽也未辜负期望，甚至刚才在他挥刀刹那，他看到了老执刃的身影。

宫子羽看着金繁，眼神里备受触动。

"我心里本来一直怨恨我爹……"

"解开误会也好，老执刃对你一直都是寄予厚望，别让他失望了。好好闯过三域试炼，坐稳执刃的位置，宫门需要你。"

宫子羽郑重地应了一声："一定。咱们回屋，看看宫门地图。"

回到房间，宫子羽走到书案前，看着摊在他面前的宫门地图，仔细研究着。自从他被任命为宫门执刃，研究地图成了常态，他忽然觉得自己对偌大的宫门并不熟悉，他想借助这份地图思谋重托，理清思路，辨别忠奸，掌控全局。

门打开，云为衫端着一壶茶水和一盘精致点心走了进来。

宫子羽的笑意仿佛一股溪流涌入眼眸，光华闪烁："云姑娘，你怎么来了？"

"听下人们说，公子晚饭吃得很少，我怕你饿了，所以做了些糕点，也泡了汤茶，有助于安神。"云为衫一边说着，一边走去书案边，"本想去医馆拿几味安神的药材，自从宫门戒严之后，远徽公子对医馆的药材领取限制了很多，所以只能在厨房找些现成的食材，泡了几朵合欢花给你。"

云为衫刚准备把东西放下来，就瞥见了书案上摊开的宫门地图。

她还没来得及细看，宫子羽就接过她手上的托盘，拉着她往桌子那边走："别忙活了，过来一起吃，陪我聊聊天。"

云为衫坐下后，先摆好茶盏，倒了一杯茶放到他面前，观察着宫子羽的表情："公子还在想兰夫人吗？"

"自小我总以为自己察言观色、善识人意，但我始终都没有看透父母的内心，还有我去世的哥哥……我好像从来没有真正了解过他们，就像这宫家地图，我身在其中，以为了然于胸，实际上并不熟识……"

云为衫安慰道："公子骤然失去父兄，成了执刃，又需要短时间内通过三域试炼，宫门内还不断出现血光凶案，压力自是很大。"

"压力再大，也不能说累，不能怨苦，不能让人看出我力有不逮，否则那些躲在影子里的人就会乘虚而入。"宫子羽话语虽苦，语气却稳重、坚定。

另一边，宫尚角房间里，黑暗依然。他没有点灯，一个人坐在角落的一把椅子上，整个人笼罩在阴影里，只有一双眼睛在月光下发出刀刃般的锐光。

此刻的他，像一只雕鸮，高居林上，明察秋毫，既观察着猎物的一举一动，又体察着内心的风吹草动。雾姬夫人、宫子羽、金繁、云为衫、上官浅……如棋子般依次从他脑海中一一闪过。

一阵无来由的懊恼袭来，宫尚角浑身一颤，终于没能控制住自己的情绪——在对待雾姬夫人这件事上，自己谋算不周，太过轻信。而且，他总觉得有什么地方不对劲，可就是找不到，无能为力，无可奈何。他抓过一只茶碗，狠狠地摔到地上，瓷与地板撞击，发出粉碎的声音。

羽宫里，云为衫和宫子羽对坐着。他品着汤茶，吃着糕点，像个安静的孩子享受着难得的夜宵，因为吃得投入，偶尔会咀嚼出声。每逢此时，宫子羽还不好意思地看一眼云为衫。

"那公子的累和苦，可以跟我说。虽然我笨嘴拙舌，不知如何安慰公子，但可以安静地听你倾诉，或者给你哼曲儿。"

宫子羽突然一笑："你还嘴笨？分明是伶牙俐齿。不过，你就算是解语花，我也不想让你徒增烦恼。"

云为衫侧头看他:"既然公子都说我是解语花,哪有花儿嫌弃倾诉之人烦的?"

宫子羽被她这句玩笑逗笑:"这你就不懂了,养花养草是门学问,若是对着它们一味抱怨,它们可没法茁壮成长。"

"当真?"

"当然。你对着一杯水一直说不好听的话,水也会变得不清澈哦。"

"骗人的吧……"

"不骗你。所以呢,养花也一样。"

"那对花要说些什么呢?"

"要夸她漂亮、懂事、乖巧,夸她善解人意,夸她的眼睛像星星一样……"

"花哪有眼睛……"

宫子羽低头吃着糕点,小声低语:"我不是在说花哦……"

云为衫明白过来,他口中的"花"指的是自己,脸微微红了。随即,一股熟悉的热火从心口烧起来——那是体内的半月之蝇的灼痛。

宫子羽只道是云为衫害羞了,打趣道:"你的脸怎么这么红?"

云为衫感到自己浑身像火烧一样,心跳剧烈,呼吸困难,腹痛难忍。她按住肚子,怕被宫子羽看出异样,立刻起身。

"夜深了,公子早些休息吧。"说完,她立刻转身跑开。

宫子羽看着云为衫跑远的背影,用手指挠了挠额头:"真害羞了?"

宫子羽听着关门声苦笑,低头吃手上剩下的糕点,嘴角挂着自己都没意识到的笑,他喃喃自语:"好甜……"

角宫,宫尚角门前,上官浅站在房门外先敲了敲门,等了一会儿,门内并没有回应。她想了想,还是推开门,走了进去。

屋子里没人,也没有开灯,月光从门外照进来,影影绰绰。

上官浅小声试探:"宫二先生?"

她刚走了两步,觉得脚下有异物。

上官浅弯下腰,捡起了碎片。

"放着。"

黑暗里突然传来宫尚角的声音。声音沉冷,犹如一把裹了霜的寒刃。

上官浅吓了一跳,手臂一颤,手指竟被碎片划伤了。但她没说话,只是站起来,看向声音传来的方向。

宫尚角坐在角落里一把椅子上，整个人陷在黑暗里。刹那间上官浅产生了一种错觉：不似他坐在黑暗中，而仿佛这黑暗是从他身上散发出来的。

宫尚角往前俯了俯身子，月光照亮了他半张脸。

"你来做什么？"

"下人们听到摔东西的声音，都不敢贸然进来，怕惹怒了角公子。"

"那你就敢来？"

"我也害怕，但我想着公子再生气，房里也不能没人伺候。而且我知道，宫二先生看着吓人，其实很温柔。"

上官浅说话间，宫尚角已经无声无息地走到她面前，他手上拿着一个药瓶和些许纱布。

"把手伸出来。"

"角公子怎么知道我划到手了……"上官浅话未说完，便把手从袖子里伸出来，指尖的血已经流了一手。

"气味。"宫尚角淡淡地说，"我在江湖走动多年，对血腥味最是敏感。"

说完，他将药瓶里的药粉撒在她手上。

"疼……"上官浅忍不住要缩回手，但宫尚角抓着她，让她没办法挣扎。

上官浅红了眼睛，任由他抓着。他仿佛虐待她般，不断往她伤口上撒药，然后用力用纱布包扎她的伤口。

"还觉得我温柔吗？"宫尚角语带戏谑。

"一点小伤而已。"上官浅眼尾泛红，"十指连心，疼就是疼，总要说出来的。"

"说出来就不疼了吗，说出来就能不药而愈吗？"

"不能。只是我小时候每次摔破了膝盖，母亲都会一边用嘴吹气，一边帮我上药。她说，浅浅疼的话就告诉娘亲。每次我听到母亲这么说，我就觉得伤口没那么疼了。被人关心的感觉不好吗？"

宫尚角幽幽地说道："小孩子的世界，和大人的世界不一样。江湖中，幸福和威望可以用来展示和分享，而痛苦和秘密则不可告人。所以人们经常陪他人一起欢笑，但很少有人陪着一起痛哭。"

"很少，但不是没有。"上官浅的语气依然倔强，"若是伤口掩埋在心底，自己一遍遍描摹，一遍遍触摸，只会变得伤痕累累。"

宫尚角盯着她问道："你看过受伤的野兽吗？它们不会把伤口展示给别人，因为族群里容不下弱者。它们只会独自找一个阴暗的山洞，悄悄舔舐，等

305

待康复，或者死去。"

"可人不是野兽。"上官浅看着为他包扎的宫二先生，边吸着冷气，边喃喃说道，"野兽没有心，但人有。心，总归要有一个栖息之地，倘若有人相伴，煮雪暖酒，即便不够光明、炽热，也足以度过心底的寒冬。"

"不是你心里的每一个人都会帮你温一壶酒。也可能，他会在你心上划下一道伤。"宫尚角包扎完上官浅的伤口，放开她的手，"明日去医馆。"

"这点小伤不要紧。"上官浅心头一阵欣喜。

宫尚角缓缓道："我不是说这个。"

"嗯？"上官浅一时间不明白宫尚角所指。

"你的手很烫，不像正常人的温度，要么生了病，要么中了毒。"

上官浅愣了一下，表情微微变了变，又恢复了甜美："前几日受了风寒，有些发热。"

"吃药了吗？"

"没有。自从月长老遇刺，出入医馆都需要徽公子的手令，领取药材更是严格。"

宫尚角取下腰间的一块令牌，递给她："拿我的令牌去，让大夫按你的需求取药。"

上官浅说："这块令牌——"

宫尚角接过她的话："在宫门内畅通无阻。"

上官浅心跳有些快，她慢慢地低头："多谢大人。"

夜色沉沉，山间传来兽叫声，显得更空远、寂寥。

宫远徽在自己房间里，他从架子上拿起一个匣子，珍而重之地从匣子中取出一把短刀，正是回忆里宫尚角给朗弟弟把玩的那把短刀。

只见华丽的刀鞘熠熠闪光，每一道纹理都擦得锃亮，一看就知道是被精心呵护的物件。

宫远徽反复摩挲着这柄短刀，脸上流露出些许落寞的神情。

在商宫里，宫紫商感受到的落寞比宫远徽更甚。她端着饭菜走进父亲房间，便感觉到气氛不对。待她刚刚把饭菜放到桌上，就看到一个托盘朝她丢过来，汤汤水水洒了一地，瓷盘碗盏乱飞。

宫紫商一阵恐慌，赶紧捂着头，脸色惨白，神情僵硬，显得极为害怕。她虽然在外人面前大大咧咧，满不在乎，却很是惧怕半残的父亲宫流商。

宫流商声音苍老、低沉，语气却极为凌厉："你每天忙这些干什么？这是下人做的事情！你能不能有点出息！"

宫紫商忍着眼泪："他们说父亲还没有吃晚饭……"

"出去——"宫流商的声音里夹杂着太多的失望与愤懑。

窗户开着，深夜的冷风吹进云为衫的房间。

房间内的浴桶里装着冷水，云为衫穿着衣服沉进了浴桶里。

少顷，云为衫半个身子从水里钻出，脸色通红，她的手攥着木桶的边缘，被箍紧的桶壁在她手中咯吱作响，似乎随时要破裂。云为衫腹痛发作，如炼狱一般，眼前一片恍惚，所见之物似乎都在受烤冒烟，她每时每刻都备受煎熬。

云为衫心里暗暗思考："半月之蝇这两天还可勉强压制，可半月之期到了，到时我要怎么做……"

翌日，宫子羽带着金繁来到角宫门口，直接往宫内走。十日之期已到，他倒要问问宫尚角，谁是杀害月长老的凶手，当时他夸下的海口如何兑现？

正在门口花坛边修剪枝叶的上官浅拦下了他们两个："羽公子，请留步，容我向角公子禀报一声。"

金繁脸色一正，命令他："叫'执刃'！"

上官浅愣了一下，不但没叫，反而挺了挺身子，眼神里也闪过一丝挑衅的意味。

金繁突然抬起刀，挥手把刀鞘按在上官浅肩膀上，巨大的力量灌注双肩，压迫得她双膝一软，不由得下跪："叫'执刃'！"

上官浅的膝盖还未着地，突然一双手搀着她的胳膊，把她提了起来。

上官浅回头，看见了宫尚角冷冰冰的一张脸。

宫尚角问："这么急着让人叫'执刃'，三关都闯过了吗？"

金繁有些畏惧，他看向宫子羽。

宫尚角看看金繁的刀，冷冷地说："还想要这把刀的话，就赶紧撤开。"

宫子羽冲金繁点了点头，他立即撤了刀，之后跟着宫尚角进了屋。

宫尚角一脸淡定，仿佛刚才的事根本没有发生过，视宫子羽为无物，只是静静地坐在案前。旁边的宫远微却负气，目带轻视，眉结仇恼，狠狠地瞪着他们。

宫尚角饮口茶，淡淡地说了声："晦气。"

宫子羽质问道："你当初夸下海口，十日之内找出无名，如今期限已到，按理说应由角公子到羽宫来'向我汇报'。但我怕角公子真相未破，无颜见我，所以特来询问进展。"

宫远微哼了一声，说："不是无颜见你，是不想见你。我哥早就有眉目了，正准备去长老院汇报呢。"

宫子羽有些意外："是吗？"

宫尚角不慌不忙："无名的身份已经排查清楚，我原想着与长老们一同商议，既然羽公子'亲自登门'，那我不妨先告诉你，只是不知羽公子能否承受。"

宫子羽心中一凛，沉默了片刻。

宫尚角起身，继续说："可疑目标有三：一是黄玉侍卫的首领，二是长老院的管事……"宫尚角走到宫子羽面前，"但这两者都已经暂时排除了嫌疑，所以只剩下第三个嫌疑人。"

"你到底想说什么？"

宫尚角看着宫子羽，一字一顿道："雾姬夫人。"

金繁听得眉头一皱，他没想到宫尚角如此直截了当。

宫子羽则愤怒地与宫尚角对视，嘴里却尽量冷静："被逼急了，想胡乱栽赃，是吧？"

宫远微插嘴道："是有理有据。"

宫子羽冷笑道："你们在长老院质疑我血脉的时候，一样振振有词、有理有据，脸被打得还不够痛，是吗？"

宫远微说："正因为够痛，所以才不会让你得意第二次。这次正好也想让你尝尝被打脸的滋味。"

宫尚角说："我们分别审讯了当晚轮岗警戒的所有侍卫，然后得知，月长老出事那晚，只有他们三人的行踪无人做证，而这三人都可以轻易地接近月长老。"

宫子羽问："那你凭什么单单锁定雾姬夫人？你的别有用心，都不稍微掩饰一下吗？"

宫远微笑道："你急什么，还没说到重点呢。"

宫尚角说："按宫门规矩，下人和侍卫皆从旧尘山谷中挑选，山谷里的百姓大多世代居住于此，基本不会武功，很难出现无锋细作。黄玉侍卫的首领和长老院的管事都是来自旧尘山谷。"

"仅凭这一点就排除嫌疑，未免太武断了吧？宫尚角，这可不是你的做派啊。"宫子羽反唇相讥。

宫尚角继续说："你说得很对。所以，按照我的作风，我自然是又派人仔细调查了这两人的身世背景。黄玉侍首领金云峰，本姓钱，家里开跌打铺，因为身骨好，七岁时被选进宫门作为玉阶侍卫训练培养，赐姓为金。管事胡海，祖上是木匠，十年前，他从长老院的厨房帮工做起，一路摸爬滚打才升到现在长老院管事的位置。他们二人家中世代都是旧尘山谷的人，而雾姬夫人就不一样了……"

宫子羽意识到宫尚角接下来要说的话是什么，脸色变得越来越难看。

宫远徵看着宫子羽："雾姬夫人是兰夫人的陪嫁丫鬟，一个明显的外来者，当然最可疑。更可笑的是，她连丫鬟的身份也是假的，雾姬根本不是姑苏人氏。进入杨家之前，她的身份、来历查无可查，"宫尚角边说边紧紧盯着宫子羽，仿佛一只已经牢牢锁定猎物的鹰，"有意思的是，雾姬进入杨家成为兰夫人的丫鬟那一年，正巧是老执刃、你的父亲宫鸿羽在杨家附近遭遇无锋袭击的那一年。"

一直默默在旁静立的上官浅神色微微变了，但无人察觉。

"臆测而已，我也可以说你是因为先前对姨娘威胁不成，怀恨在心，所以故意泼她脏水。你要指认姨娘就是无名，就请拿出实在的证据，你自己说过的，口舌之争最是无趣，这样只会显得你公报私仇，气量狭小。"

宫远徵说："当然是有人证才这么说的。"

金繁和宫子羽的脸色都变了。

宫尚角说："金云峰和胡管事在月长老被行刺当晚都不在场证明，唯独雾姬夫人无人可证。她说自己年纪大了，睡得早，冬夜里怕寒，不希望开门开窗漏进寒气，所以专门吩咐下人们无事不要打扰她。"

"姨娘说得没问题啊。人无法证明自己没有做的事情，你如果要指认她，那得你提供证据——人证，还有物证。"

"你放心，证据会有的。只要我继续查，证据就一定会有。"

宫子羽提高音调："可是十日之期已到，你已经无法兑现承诺了。"

宫远徵冷笑道："你也没有突破三域试炼啊！你剩下的时间也不多了吧？再继续游手好闲，执刃的位子可都要被你玩儿丢了哦。"

宫子羽被撑，顿了顿，决定不与他们过多纠缠："好，既然彼此都没有实现承诺，那就扯平了，希望你下次能找到确切的'证据'，否则不要再浪费时间纠缠姨娘了。"

"我要怎么查，不需要你教我。倒是你，怎么过后面两关，需要我教吗？"

宫子羽冷哼一声，站了起来，与金繁离开。

等宫子羽他们离开，宫尚角靠在椅子上，轻轻揉着自己的眉心。很显然，他感觉到了宫子羽的变化，是强者的气息。宫子羽越来越懂得克制，越来越稳重，尽管还说不上如何老练、沉着，但与原先的纨绔性情大不相同，给人以隐隐的威慑感。

这时，上官浅走了过来，她看着宫子羽离去的背影，又看了看脸色不好的宫尚角。

上官浅开口说道："公子最近劳累，睡眠不好，听下人说这几天经常看见公子凌晨起夜点灯。我们老家有一种可以安神的枕头，是用黄杨木做的，里面再塞入用首乌藤汤汁煮过后晒干的香叶，能宁神助眠，若是有机会去市集上给公子寻来，公子夜里大抵能好梦一些……"

宫尚角抬起眼睛，意味深长地看了看上官浅，语气倒是淡淡的："已经入了宫门，就别老想着外面的事了，真有什么缺的，让下人去买。"

上官浅意识到自己主张太过，一时间有些慌乱，调换语气轻声回答："当然，当然……宫门新娘是不允许随意进出的，我知道规矩。我只是想说，徽公子正好在这儿，就想问问能否去医馆看看有没有这几样东西……"

宫远徽说："你快去吧，正好我有事要和哥哥说。"

"是。"上官浅低垂着头退了出去。

"哥，雾姬夫人这么狡诈，骗过了我们的信任，如果她不再犯案的话，想要再找到证据——"

"她不可能不犯案，因为她的任务还没有完成。"宫尚角虽然语气轻柔，但态度不容置疑。

"哦，哥哥知道她的任务吗？"

"不知道，但肯定不只是刺杀月长老这么简单。"

宫远徽有些兴奋："那就等她再动手吧。哥哥已经调整过宫门的警戒分布，还增加了那么多隐形的暗岗夜哨，只要她再杀人，就必然会露出马脚。"

"可是我决不允许她再杀人了。宫门族人的每一滴血,都不允许外人践踏。十年前我咬碎牙齿吞下的誓言,我说到做到。"

宫尚角沉默起来,脸陷在阴影里,显得深不可测。

日上枝头,商宫的厨房里传来噼里啪啦的声音。

小黑看见厨房里浓烟滚滚,不断冒出呛人的黑烟,赶紧跑了过去。他先在门口探头探脑一番,发现厨房里只有宫紫商一人,才走了进去。

"大小姐,你怎么又一个人在忙活?这商宫的下人呢?完全不拿你当大小姐在伺候啊,太无法无天了,要不要我帮你去敲打敲打他们?"

"你拿什么去敲打他们?手里的铁锤吗?你只是一个木匠,赶紧老老实实地去检查哪块屋顶漏水吧。"

小黑不断用手扇浓烟。浓烟里,宫紫商穿着围裙正忙上忙下,熏得一脸黢黑。

"你这是在做什么,杀伤力这么大……"

宫紫商端着一个碟子转身,只见她捧着的碟子里装着几片黑黢黢的不明物体。

小黑兴奋地搓手:"大小姐厉害,这是最新研究出的暗器吗?"

"这是给金繁做的糕点……"

小黑摇摇头:"金繁做错了什么,罪不至此……"

"闭嘴!"

小黑走到宫紫商面前,语重心长道:"大小姐,你真的要收收心了,你已经很久没有与我一起搞研究了。研究这种事呢,需要持之以恒,不能被其他事物分心,特别是男人。不要靠近男人,那样你会变得不幸……"

"那你靠我这么近干吗?"

"我——"小黑一时语塞。

宫紫商挑眉道:"难道你女扮男装?"

"我七尺男儿,如假包换!休要侮辱人!"

宫紫商没有理会小黑,将碟子装入食盒,就要跑出厨房。

小黑一把拉住了宫紫商:"你看看你,这么急不可耐!女孩子要温婉如山泉、矜持如磐石,你这风吹杨柳骨头软,你让金繁怎么想你?"

宫紫商戏瘾上身,有些做作地自怜自艾:"你话语如刀,切割我心。"

小黑掏出一块绢帕给宫紫商擦她那张被熏得黢黑的脸:"而且你看你脸上脏的,花容月貌都被乌云遮盖了。"

311

宫紫商嘴角忍不住上扬："小黑，你不仅贴心，还很有眼光。"

宫紫商闻到帕子上的香味，忍不住抽了抽鼻子，嗅了嗅："你这手帕什么味道？"

小黑边擦边说："你也很有眼光，这帕子用蜡梅浓汁浸过，又用小火煮了一整晚，熏香无痕，沁人心脾。"

"你一个臭男人，这么讲究，你有问题。"

"谁……谁臭了？我虽然是个工匠，但我讲究卫生，洁身自好！"

"好好好，听你的。不要靠近男人，会变得不幸。"说完，她一溜烟儿跑开了。

"哎，你别单听这一句啊……"

看着宫紫商远去的背影，小黑低头看看手里的手帕，叹了口气，然后把手帕收进了怀里。

医馆外，一个人影走近。

上官浅刚刚走进医馆院落，就看见云为衫被侍卫拦在医馆门口。

"云小姐，没有徽公子的同意，不能进入。"

"生病了，找大夫看病也不行吗？"云为衫义正词严。

"看病可以，请云姑娘先回府，一会儿派大夫前往您的住处，为您诊脉开药，稍后药材会打包送到羽宫。"

云为衫无话可说，只能回头，正好看见了笑意盈盈的上官浅。

侍卫立即招呼道："上官姑娘。"

侍卫的语气在云为衫听来，分明带着讨好。

上官浅轻声道："我奉徽公子的命令，前来取些药材。"

"徽公子的命令？"

"是啊，不信你可以派人去问他。谁敢冒领徽公子的命令啊，惹谁都不要惹这个小少爷，大家都知道啊。"

侍卫有些为难："嗯……"

上官浅掏出宫尚角的令牌："而且宫二先生也给了我他的令牌，让我来取药。"

侍卫立刻站直了身子："上官姑娘，请自便。"

上官浅收好令牌，走进医馆。她回头，看到云为衫不甘心的表情，轻轻笑了笑，不置可否。但云为衫看懂了眼神后藏着的情绪——既有炫耀，也有报复；

既有指示，也有威胁。

上官浅拿着到手的药材，离开医馆往回走。刚走了几步，她就看见前方小路上的三块石头，那是云为衫留下的指路标志。她四下看了看，转身走近箭头所指的方向。那是一条白日就有些昏暗的小巷。

走进小巷，她就看见前方等待自己的云为衫。

上官浅笑了："烈火灼心，想取药取不到了吧？"

云为衫不置可否，只是沉默着。她知道，上官浅要卖关子。

"我倒是拿到了，可以分你一点。"

云为衫有些意外，疼痛的记忆使她一时难以把持，下意识伸手要去接。

但上官浅把手上的篮子换了个方向，轻巧躲开了，她淡淡地说："别急啊，姐姐，陪我走走。"

说完，上官浅拎着篮子婀娜地朝前面走去，云为衫只能跟上。

上官浅问："果真是亲生的？"她自然还记恨上次医案的事。

云为衫答："对。"

"看来，在宫子羽血脉身份这件事情上，宫尚角很难再有突破口了。"

"如果宫子羽能够顺利通过三域试炼，他的执刃之位就无可撼动了。"云为衫说道。

"你表面配合，把那半份医案给了我，实际上暗地里与雾姬联手，让宫尚角在长老院里丢尽了颜面，同时也在宫子羽那里博尽了好感。姐姐还是厉害啊……"上官浅语气轻柔，娓娓道来，却夹着怨恨之气。

"各凭本事。"

"这也叫各凭本事？你也不怕牵连我？"

"你逼我讨要医案去博宫尚角欢心的时候，也没有考虑过我的处境啊。"

上官浅脸色一变，冷笑一声，突然出手袭击云为衫。云为衫运气抵抗。两人迅速过招，然而，很快，死誓的毒让云为衫经脉逆行，一时间脚步不稳，再次浑身如被火烧，胸腹抽痛。而上官浅看样子也好不到哪里去，尽管面上强忍着，但还是不禁捂了捂自己的心口，然后对着云为衫冷笑。

两人分开站定。

上官浅说："你内力紊乱，半月之蝇的灼烧不好受吧？"

云为衫冷笑："我的内功为至阴之功，和灼烧之毒彼此对冲，难受也只是内力紊乱而已。但你修炼的是至阳心法，你连基本的内功运气都不敢，否则就

313

是火上浇油。我想，你比我更难受吧？"

"但现在药材在我手上，你要么就听命配合我做事，要么就等着慢慢被折磨。"

云为衫不以为然："这些药材只能暂时压制毒性，半月之期一到，还是必须离开宫门找接头人领取解药，否则照样是死，早死晚死而已。"

"我一定会找到出去的办法。"

"这话你自己都不信，不是吗？在宫尚角眼皮底下，没那么好受吧？尾巴都不敢露一下。"云为衫毫不客气，直接揭穿了上官浅的处境。若论环境宽裕与否，阴沉沉的宫二先生怎么能与宫子羽相提并论呢？想到这里，云为衫底气更足，眉眼为之一展。

上官浅被云为衫打中七寸，陷入沉默。

"你把东西交给我，我替你去交换解药。我已经有出宫门的方法了。"

上官浅颇为诧异："你说什么？"

云为衫走近上官浅，在她耳边低语了几句。

上官浅愣了愣，然后低头思考了一下，笑了笑，点头："谢谢姐姐。"

"可以把药分给我了吗？"

"可以，但是这些药材不够。"

"你反悔了？"

上官浅笑盈盈地说："小瞧人了，姐姐，我做事从来不反悔，再跟我去一趟医馆呗。"

两人重新回到医馆取了药，上官浅和云为衫各自拿着一个放满药材的篮子从医馆走出来。

门口侍卫再次行礼。

上官浅淡然一笑，说："麻烦侍卫了。你看我这记性，忘记了还要拿一些药材，幸亏云姐姐提醒我。"

"恭送两位姑娘。"

两人走到医馆外的小道上，上官浅从怀里掏出一个薄薄的布包，递给云为衫。

"帮我给寒鸦柒。"

"这是什么？"

"宫远徵的暗器，我已经画下了结构草图，也取了碎片，可以让无锋分析上面淬的是何种毒药。"

云为衫好奇:"宫门暗器,在外面明码标价就可以买到,就凭这个可以换解药?"

上官浅哼了一声,说:"宫远徵的暗器囊袋,你都没打开研究过吗?我还以为你至少会打开看一看。"

"我要是有时间打开研究,等我送回你那边时,你估计已经被关进地牢了吧?"

上官浅笑了笑:"也是……确实得多谢你。宫远徵自己使用的暗器和外面能够买到的普通宫门暗器可不一样,杀伤力大多了,结构也精妙,简直是工匠的艺术品。我之前一直以为宫门人人内功深厚,暗器迸射力道惊人。结果你猜怎么着?"

"什么?"

"火药。"

"火药?"

"小小的暗器里有撞针,有火药匣,碰撞之后产生爆炸,将染毒的金属刃片二次迸发,力道甚至可以打穿甲胄。"

"那看来,你应该可以换得到解药了。"

"你呢?地图画得周全吗?"

"还缺很多,不过大有收获。无锋之前的方向弄错了。前山根本不是重点,宫门最重要的地方是后山。"

上官浅、云为衫刚走不久,便有医馆的人去往角宫。他走进宫尚角房间,行礼过后走到宫远徵面前,小心翼翼递上两张药方。

"徵公子,这是刚刚上官浅姑娘的药方。"

"两份?"

"她还帮云为衫姑娘抓了一份。"

宫远徵回头看向宫尚角。

宫尚角不动声色,懒洋洋地对下人抬了抬下巴:"你先下去。"见医馆的人走远,宫尚角才轻声问宫远徵:"药方有什么问题吗?"

宫远徵看着手里的药方,皱着眉头:"看起来像两份清热去火的药膳……"

宫尚角有些意外:"药膳?……"

315

与一向冷清的角宫比起来，羽宫热闹了许多。下人们正在往屋檐廊角下挂一些彩灯和香炉。五彩灯罩、五彩丝带让人眼前一亮，精心配制过的香料在香炉里燃烧着，袅袅白烟飘出，笼着屋檐，如云似雾，令人闻之心旷神怡。

宫紫商偏又与这个环境格格不入，一个人坐在亭子里生闷气，石台上放着一个半开的食盒。

云为衫走过来，笑着关切地问道："怎么了这是？"

宫紫商嘟哝着："还能怎的，金繁呗，欺辱我。"

"欺，还辱……你用字会不会有点重啊……我看金侍卫不是那样的人。"

"哼哼，知人知面不知心。"

云为衫看了看面前的食盒："这是什么？"

"我想着今天是上元节，打算给他做一盒精致的糕点，从早上到现在忙活半天，结果……他一口都没吃。"

云为衫看了一眼食盒里的东西，看上去确实有些不尽如人意："金侍卫也许是因为吃素，所以才不吃烤肉饼呢。"

宫紫商瞪大了眼睛，瞳孔颤抖着："你……烤肉饼……这是桃花酥！桃花酥！"

"能'酥'成这样，确实不一般哪！"

"……杀人诛心啊，妹妹。"

云为衫连忙安慰道："我一会儿去教育金繁，无论这是什么，都是你的一片心意。"

宫紫商拿起一块黑乎乎的桃花酥："我用真心换绝情，也罢，自己吃。"说完张嘴就咬，然后哇的一声吐了出来……

宫紫商和云为衫面面相觑。

云为衫刚要开口，就被宫紫商截住了。

宫紫商心如死灰道："别说了！"

云为衫失笑："看到紫商姐姐做点心，我就想起小时候，每年上元节，街上都会卖许多精致的糕点，有枣泥糕、桂花糖、龙须雪花糕，还有金沙馅的汤圆呢。"

宫紫商眼睛一亮："这么多？那旧尘山谷的集市上应该也有吧？"

云为衫点点头："除了边塞一些地方的风俗有异，上元灯节在各个地方都很热闹啊，江南塞北、巴蜀江流，到处都有花灯呢。'弦管千家沸此宵，花灯十里正迢迢'说的就是上元夜啊。大小姐……上元灯节，你没有出去逛过吗？"

宫紫商眼睛里都是失落："没有……长这么大，还没出去过呢……"

"有一首诗是这样写的：'缛彩遥分地，繁光远缀天。接汉疑星落，依楼似月悬。'说的就是人们在节日之夜尽情地观灯赏月、歌舞游戏，年轻男女都会在这个浪漫的日子互相表达爱慕之意……你看过那么多话本，里面没写吗？"

宫紫商眼睛一亮："写了！"

"每年上元节，女孩子们都会打扮得格外漂亮，因为传说中在这一晚最容易遇到自己的天定良人。"

"天定良人？"

云为衫点头："是啊，灯火阑珊，人头攒动，若是还能遇到心动之人，岂非缘分天定？你知道刚刚那首诗的最后一句是什么吗？是'别有千金笑，来映九枝前'。我已经可以想象到你站在火树银花前光彩照人的样子了。"

宫紫商不知想到了什么，听得心动不已，异常兴奋："火树银花？火药吗？那我可擅长了……那还等什么！"

云为衫微微叹息，言外有意地对宫紫商说："可是我们出不去啊……"

羽宫庭院内，疏影横斜，宫子羽与金繁边走边商议。

"宫尚角对姨娘的怀疑只会加重，不会减轻，只是苦于没有实际证据。以他的性格，一定不会善罢甘休，你继续盯紧他们。"

"是。"

迎面传来下人的行礼问安声："雾姬夫人。"宫子羽和金繁抬起头，见雾姬夫人提着一篮香火冥纸走了进来。

"姨娘这是要去哪里？"

"今日十五，我去后山祠堂，为你父兄诵经祈福。"

"姨娘有心了。怎么不带几个随从？"

"触景生情，人生哀事。我自己一个人就好，还能说说心里话。"

宫子羽听了有些难受，轻声说："姨娘……"

"你快忙正事儿去吧。"

目送雾姬夫人的身影离去，宫子羽才转过头来，盯着金繁说道："宫门之内你查了许久也没有线索，看来要出宫门试一试了。"

金繁诧异道："出去？"

"宫尚角和宫远徽一直针对羽宫，如今又把矛头指向雾姬夫人，我们处处

317

被动。贾管事在山谷中采购药材，多少会留下些线索，若是能掌握他们勾结贾管事害死我爹的证据，就能抢占先机。"

"你想出旧尘山谷，去镇上查？可是这些年，宫门外部的事务都是宫尚角在处理，他在山谷中眼线众多，肯定会被他发现吧？"

"那就得想出掩人耳目的办法呀。"

这时，宫紫商远远地跑了过来，云为衫紧随其后。宫紫商像有了什么重大发现，边跑边喊："宫子羽！宫子羽！"

宫子羽猛地皱了一下眉，待回头瞧见云为衫时，又忍不住笑了，金繁却不由得摇头。

"不知道的人还以为你内功深厚千里传音，你嗓门儿也太大了。"金繁看着周围的树木，愁苦地说，"最近院子里鸟都变少了……"

宫紫商一溜烟儿就来到宫子羽跟前，顺便朝着金繁眨了眨眼："知道今天是什么大日子吗？"

"上元节？"

宫紫商食指摆了摆："嗯嗯，再猜。"

"你是不是想说今天是你和金繁的大日子……"

宫紫商用手肘顶了宫子羽一下："儿女私情！莺歌燕语！不务正业！我是那种人吗？"

"这还用问？你不是——谁是？"

"我呸！今天是庆祝你成功闯过第一关的日子！"

金繁纠正道："是前天。"

云为衫刚要说些什么，便被宫紫商打断道："不管哪天，总要庆祝！好饭不怕晚，好女不偷懒。"金繁听得直皱眉，"为了庆祝你旗开得胜，我们今晚就去市集上玩玩，"宫紫商大手一挥，"火树银花，皆为你狂欢！"

宫子羽立刻与金繁对视一眼，但表面上还是故意说道："这种时候出宫门怕是不合适吧……"

宫紫商立刻把云为衫推上前："云姑娘也说想去！"

宫子羽柔声问云为衫："你真想去啊？"

云为衫想了想，点点头。

"好，那就去吧。"

宫紫商看着宫子羽，一脸的难以置信："宫子羽，这么痛快，装都不装一下吗？哎呀，害得我还要编找那么多理由。哎，金繁，你看你，连个点心都不敢吃。"

金繁还是有些犹豫："云姑娘作为外来的新娘……长老们应该是不会允许她出宫门的……"

云为衫说："若是会给执刃带来不便，那就算了……我留在这里一个人过节也行。你们去好好庆祝一下。"

宫子羽看见云为衫难掩失落之色，便粲然一笑道："不一定要请示长老们的，偷偷出宫的密道，我还是知道的。"

入夜，一行人来到漆黑的巷道里。
宫子羽按开墙上的那两块砖，前方的石门再次打开。
宫子羽对云为衫伸出手："里面很黑，不好走，把手给我。"
云为衫伸出手，宫子羽带着她走进密道。
宫紫商紧随其后道："好黑，好冷，好害怕，如何是好？金繁，拉紧我！"
"我也很害怕。"金繁后退一步。
"所以要拉紧我呀！"宫紫商紧跟一步，一把攥住金繁。
"那更害怕了！"金繁甩了一下手，却被宫紫商抓得更紧。
四人吵闹着走进了密道。

远处，两个执岗的侍卫看见四人消失在密道中。
其中一个侍卫问："要……要禀告上去吗？"
另一个侍卫回答："他是执刃啊，禀告给谁？"
那个侍卫沉默，挣扎着，两人都不敢说话。
最终，那侍卫说："宫门之外，归角公子管……禀告给角公子吧。"

第十四章 衣不如新

长街灯火璀璨,人头攒动,吆喝声此起彼伏,浓重的烟火气弥散开来,与宫家的高墙深院形成对比。各式各样的花灯映得街道流光溢彩,像流动的彩虹。衣着光鲜的男男女女徜徉在灯河花海中。水道里漂着各种河灯,船上载满了鲜花和缤纷鲜果。

金繁在前面带路,他紧握手里的刀,眼神警惕着四面八方。宫紫商丢开金繁,拉着云为衫左顾右盼,一路眼花缭乱。宫子羽在两人身后跟着,看着她们笑闹,心中像点着了烟花。

云为衫压低声音对宫紫商说:"好多才子佳人同游赏灯,成双成对呢……"

宫紫商看着街上的年轻男女,回道:"可不是嘛,你的羽公子目光粘在你背上就没离开过,啧啧,牛皮糖都没他这么黏……这种良辰美景,最是应该独处。你们赶紧独处独处,我一会儿也让金繁来找我……"

"大小姐想做什么?"

宫紫商靠近云为衫耳边,与她耳语了几句后,耸耸眉毛小声暗示:"天赐良缘。"

云为衫听完,捂嘴微笑,不停地点头。

宫紫商走着走着,找准时机往拥挤的人群中一蹿,不见了人影。

宫子羽四处张望:"哎,这人突然跑哪里去了?"

云为衫说:"大小姐说是去那边买只花灯。"

宫子羽突然朝金繁使了一个眼色,说道:"宫紫商一个人太不安全,金繁,你快去把她找回来。快呀!"

金繁有些犹豫:"那执刃这边……"

"我没事,不走远,况且还有云姑娘陪着。"说完,宫子羽凑近金繁,小声交代,"找到宫紫商后,你们去贾管事家里查一下。"

金繁应了一声,立即转身走进了人群。

宫紫商提着一只小小的花灯,边走边念叨:"只愿心上人,读懂手中灯……"好巧不巧,这话刚说完,宫紫商就看到手中花灯灭了,她气得一跺脚,低头骂灯:"无语!晦气!……"

正好,她身边就有一辆贩卖花灯的巨大推车。

宫紫商说:"老板,买灯!你们这里最亮的灯,在人群中一眼就能看到的那种,有吗?"

老板客气地招呼道:"姑娘是与意中人有约吧?月色照佳人,风吹树影深……"然后了然于心地拿了只小兔子灯出来,"这个娇俏,很多姑娘都喜欢。"说着又从柜台底下拿出一只大一点的山鸡灯,又说,"这个呢,更亮更大一点,但是有些重,大多数姑娘都——"

话还没说话,宫紫商单手接了过去。

老板:"……提不动。"

宫紫商单手拎着兔子灯,接着又提上山鸡灯,左右旋转,可转了几圈仍觉不够显眼。

老板点点头:"姑娘,你手里的东西不少了……"

宫紫商说:"是不少,但也不多。"

老板皱眉正经道:"明白了,既然这样,客官看看这个如何?"

突然,他从柜台底下拿出了一只巨大的狮子头灯笼。这灯笼甚大,差不多有一人多高,极为笨重。

"这个非常醒目,绝对整条街你最亮。但一般呢……这个是用来挂在家里大门口……"

宫紫商完全没听老板在说什么,她喜滋滋地研究着这只狮头灯,扒拉着:"大是大,但大街上人潮汹涌,我还是担心他看不见……"

老板有些怀疑人生:"姑娘……你的意中人今年高寿啊?眼神很不好吗?"

宫紫商大手一挥:"别说了,你整个摊位,我都买了。"

"姑娘,您真是美若天仙。成交了。"

不远处,跟着宫紫商一路走过来的金繁在转角等着,没有靠近,但他听得见他们的对话。他眉头紧皱,嘴里骂着宫紫商败家,可心里一阵发酸,酸里分明又带着甜。他想过去,可回头看看宫子羽的方向,终究没动。

老板一边收银子,一边说:"姑娘这车可很重哦,你推着会不会太勉强了啊?"

"不勉强。我故意和他走丢,就是想让他能顺利找到我。街上这么多人,他都能找到我,自然就是'缘分天定'了。"

老板笑了:"可姑娘买下整座灯车岂非有作弊之嫌?这缘分可就是人定了啊。"

宫紫商理直气壮道:"古人有云,人定胜天。"

老板叹气:"别的都成,可缘分这东西啊……只要心意相通,自然会长长久久,姑娘无须过于执着。"

宫紫商突然黯然神伤,但还是倔强道:"我偏要执着。天定的、人定的,我都要定了。"

金繁远远地听着这一切,脑子里嗡的一下,眼睛里全是各种花灯的光点,闪动如泪花。

人头攒动的街道上,人来人往,宫紫商把巨大的灯车停在街道中央,所有路过行人都绕行,纷纷侧目。

宫紫商神采飞扬道:"来吧,金繁。"此刻在周围人群的围拢下,宫紫商更是成了焦点。

金繁站在角落里,静静地看着宫紫商,叹了口气。他在暗处等着,没有过去。

宫紫商等了半天不见人,很快就失落起来,感觉自己就像灯火过后的灰烬,弱得禁不住一阵风吹。

之前的老板走过来,看着她孤零零的样子:"意中人还没来吗?"

宫紫商倔强道:"会来的。"

街道上人流涌动,灯车体形巨大,被人碰来碰去,蜡烛东倒西歪,熄灭了不少。

宫紫商小心翼翼地护着灯笼,"哎哎,别撞,别撞","哎哟又熄了"……

最终,灯笼里的蜡烛陆续都灭了。

金繁远远地看着这一幕,表情有些变动,眼神却越来越亮,但依旧没有现身。他甚至嘀咕了一句"笨蛋"。到底谁笨呢?是宫紫商还是自己,连他自己也分不清楚了。

灯车上所有的灯笼都熄了,宫紫商蹲下来,眼睛红红的,有些不知所措。

她抬眼看见花车上还剩下唯一一只没有熄灭的小灯笼,她拿下来,提着小灯笼,转身走进一条人流很少的小巷里。

宫紫商提着这只小灯笼,走累了就在路边的台阶上坐下来,她此刻真感到了累,是挫败的累,疲惫不堪。

她把灯放到地上,结果里面的蜡烛晃了一下也熄灭了。

宫紫商喃喃自语:"最后一只灯也没有了……金繁应该找不到我了……"

小巷子比起灯火通明的大街,要昏暗许多。

两个年轻公子提着花灯,路过小巷时看见了独坐的宫紫商。

其中一名公子说:"小姐的身影如此落寞。"

另一名公子问:"是否与人走散了,和我们一起赏灯如何?"语气中充满了轻薄之意。

话音未落,刀刃出鞘的声音传来,刀光一闪,两个年轻男子提着的灯笼断成两截,掉在地上。

金繁不知何时已经站在宫紫商前面,他没有开口,但眼神中的杀气和气势把那两人吓得直哆嗦。

一名公子:"走……走了……"

另一名公子还想捡灯笼,但被直接拉着一路跑远了。

宫紫商霍的一下站起来,大笑一声:"金繁!你果然找到我了,那句诗怎么说的来着,什么什么的姻缘,什么什么的灯火阑珊……"

金繁叹气:"你真是……"

宫紫商已经被喜悦冲昏了头:"天定的姻缘!哎呀,可惜没有灯!"

金繁犹豫了一会儿,从怀里掏出一个用竹子编织的小小灯球,递给宫紫商。

灯球只有拳头大小,是竹篾制成的,裹着清透的纸,而里面是闪烁的萤火虫。

宫紫商震惊了:"萤火虫……你亲自抓的?你什么时候悄悄准备好了礼物啊?"

金繁老实地指了指远处:"那边有卖的,十枚铜钱一个。"

宫紫商还是很高兴,拿着萤火虫灯球翻来覆去地看:"这是你第一次送我东西……"

323

金繁故意装傻，转身就走："那边还有很多好玩儿的，还有捏面人儿、猜灯谜……"

上圆月满，人群熙攘。

宫子羽满面春风，举着两个小面人儿走在前面，他看着手里两个一男一女面人儿，忍不住把两个小人儿摆成面对面的姿势，互相靠得很近。随着脚步的迈动，两个小人儿时不时亲下嘴，每亲一下，他心跳就快一下……他忍不住回头，偷偷看云为衫，但云为衫没有看他，而是四处张望着。宫子羽失望之余，不仅心疼起她来，好不容易走出宫家大门，却还在担惊受怕。云为衫刚开始还能一心二用，边找接头人边应付宫子羽。但她的心越来越急，只顾快速搜索着灯市上的各种人……人群里完全没有寒鸦肆的影子。

"云姑娘。"

云为衫突然听到宫子羽叫自己的名字，愣了愣。宫子羽停在一个挂着小兔子灯笼的地方，指着兔子灯道："这灯笼有点可爱哦。"没等云为衫说话，宫子羽已经走向了摊贩，掏出钱袋。

"不好意思，这位公子，我们这个灯笼是奖品，不能直接买。若是公子喜欢，可以猜灯谜，猜中三个灯谜就可以拿走了。"

摊贩一指，一块牌子上果然写着猜灯谜的详细规则。

一排悬挂的灯笼上都绑着红纸，上面写着灯谜的谜面。

宫子羽朝着第一只灯笼走过去，拿起那张纸念了起来："'出自幽谷，迁于乔木'？"宫子羽颇感为难，有些尴尬地离开那只灯笼，又朝后面的灯笼走去。

宫子羽再次念出谜面："'少时衣衫绿，老来着黄衣'？"

宫子羽想了想，看着云为衫轻轻一笑："这个简单，是香蕉。"然后将那张谜面的纸扯了下来，拿到手里。

两人继续猜，宫子羽手里只拿了两张谜面。

宫子羽看着面前的一只灯笼："'二小姐'……大小姐我知道，是宫紫商。这二小姐可让我头疼了，宫家的老二可是个天天冷着一张脸的大男人。"

云为衫笑了笑："姿。"

"嗯？"

"姿态的姿。"

宫子羽喃喃自语："……啊……次女！"

云为衫看着他懊恼的样子，轻声笑了。

宫子羽少年不服的心性起来了，他随手又拉着一只灯笼的谜面："那这个呢？'久旱未逢雨，只闻打雷声'，打一字。"

"'田'。"

宫子羽有些吃惊。

云为衫用手在空气里比画着："只打雷，不下雨，田嘛。"

"你这么聪明，方才却一直不说话，看我笑话嘛……"

"他们都说执刃不爱念书，我想看看传言是不是真的……"

宫子羽假装生气，摆脸色："请注意你和执刃说话的态度！"

云为衫忍不住笑了："好的，执刃大人，小女子错了。"

云为衫扬头看向宫子羽，此刻的他哪像执刃，分明是个顽皮的孩子。他眼中的笑意在灯火的照亮下，温暖了整个街道，仿佛这满城的人都是亲人，这满城的灯都积攒着暖。她不由得回忆道："从前我常常跟妹妹玩猜字谜的游戏，妹妹出题，我来回答，久而久之，就明白了里面的关窍。"

"你还有个妹妹？我怎么没听你说起过。"

"义妹啊……我记得和公子说过的。"

"哦，对……晚上唱曲儿给你听的那个。"

云为衫的笑意突然淡了下去。

另一边，宫紫商一直看着手心里的灯球，嘴角持续上扬："我要把它们带回去养着，还要给它们起名字。"

金繁边往回走，边认真地泼冷水："萤火虫只能活三五天。"

宫紫商跟上去缠着他："那我不管，我把它们放飞到宫门的山谷里，然后让它们繁衍，虫又生虫，子子孙孙无穷尽也……"

"发亮的都是公虫……"

"唉，上梁不正下梁歪。宫子羽不读书，你也不读书，萤火虫不管公的母的都发光，先生都没教过你吗？"

金繁挠了挠头，"哦"了几声。

"连名字我都想好了，我的名字、你的姓氏，就叫它小金紫吧！"

金繁瞳孔地震："还是小金商吧……"

"好，起名字这种大事，还是听你的……"

金繁听完快步加速朝前走。宫紫商追了上去。

"你刚刚说那边还有捏面人儿、捞金鱼的？你老实交代，是不是都把路探好了，想跟我手牵手逛灯会？"

"真的没有，骗你是狗。"

宫紫商痛心疾首道："你宁愿当狗，你也——"

正说着话，两个人路过卖萤火虫灯球的摊位。

摊位小哥看着宫紫商手上的灯球，笑呵呵地对金繁说："你看，公子，我没有骗你吧？我就说，送给心仪的姑娘，她准保喜欢。"

宫紫商喜上眉梢，问摊位小哥："他是说买给自己心仪的姑娘？"

金繁的脸更红了，他支支吾吾对心花怒放的宫紫商说："我……被他拉着强硬推销……只能买下一个赶紧脱身。"

"哎，小哥，你别啊，你当时可不是这么说的啊？是你自己说的啊，你说，这灯不会被风吹灭，挺好的……"

宫紫商正想嘚瑟，一把被金繁拉走了。

宫紫商却有些依依不舍："你别这么快去跟宫子羽会合，你给他们小夫妻一点独处的时间啊……"

"明明是你自己想……想……"

"想什么？"

金繁没好意思把后半句话说出来，轻咳了一声，说："我们不是要去会合，而是执刃交代了任务给我。"

宫紫商听了，突如其来地兴奋："这么刺激吗？"

热闹的上元夜与角宫无缘。这里，即便是节日，也弥漫着肃杀气，回廊没有彩灯，门前也无香炉，一如平常的漆黑、肃静。唯一不同的是，后院回廊里多了一点点火光。宫远徵兴致颇高，提着一只精美的龙形花灯，兴高采烈地朝宫尚角房间走去。

快走到门口时，他遇到了一个下人。

下人忙问安："徵少爷，好漂亮的花灯啊。宫二先生属龙，应该是给宫二先生的吧？"

宫远徵心情好，脸上少有地带着笑："我哥不喜欢这种无用之物，但我想着，上元灯节房间里亮堂喜庆一些总是好的。"

"少爷亲手做的？"

宫远徵没说话，但笑得有些得意，他看着宫尚角的房间问下人："我哥呢？我来陪他一起吃饭。"

"宫二先生正在和上官浅小姐一起用晚膳。刚刚下人们在后院廊亭里生了些炭火，他们应该是在那里。"

宫远徽的笑容突然消失，就像灯里的光焰中突然冒出一阵烟。他看着手上的灯，又抬头望了望院中，脚步僵在地上。然后，他长出一口气。

"徽少爷要一起用晚膳吗？我现在去通报一下宫二先生？"

"不用了。"

宫远徽低头看着自己手里的灯，默不作声。他慢慢转过身，又回头望了望，像是想起了什么，又仿佛是丢了什么。

曲折栈道通往湖面，湖心一座凉亭。

湖面上漂荡着各种花灯，水面上空还飘着几只用绳子拴着的天灯，被风吹着在夜色里晃来晃去，湖面被照得波光粼粼。

廊亭周围生着几个炭火盆，让冬夜的室外不那么寒冷。

桌子上摆着精美的菜肴，上官浅有些意外。

"角公子平日里都是独自一人，怎么今天突然邀请我一起用膳？"

"今天是上元灯节，本该热闹喜庆。我想，你之前应该都是和亲朋好友一起逛街看戏，赏星赏月赏花灯，对吧？"

"我小时候身体不好，其实也不太常出门。"

"宫门里的上元节是有些冷清，我想着，你可能不习惯，正好我今日的事务也处理完毕，就陪陪你。嫁入宫门受苦了。"

"嫁入宫门也许会苦，但嫁给宫二先生一点都不苦。"

宫尚角没说话，帮她倒了一杯酒。酒线入杯，溅起一片酒花。

"其实公子不喜欢热闹吧？"

"不喜欢。"

上官浅低头笑道："那我也不喜欢了。"

"喜欢还能改吗？"

"当然。喜欢都是后天的，没有谁生下来就喜欢谁。"

宫尚角"哦"了一声，说："但仇恨可以是先天的，有些人生下来就带着恨。"

"是啊，世间没有无缘无故的爱，却有无缘无故的恨。两个没有见过面的人也可能有生死世仇。"

"宫门的仇人宿敌有很多，有很多没见过面，也有很多是天天见面。"宫尚角吸了一下酒气,"千古者,唯'情仇'二字。"

上官浅看了看宫尚角:"角公子的仇人,就是我的仇人。"

宫尚角目光深深地看着上官浅:"你很会说话。"

"不是吗?"

"你刚说的是'角公子的仇人,就是我的仇人',而不是说'宫门的仇人,就是我的仇人'。"

上官浅问:"有区别吗?"

宫尚角看着她,笑了:"嗯,没有区别。"

宫远徵回到了自己房间。他看着手里的两份药膳配方,把药膳上的每一味药都单独写在一张纸上。

此刻,他的书案上放着两排药膳配方。那是上官浅和云为衫在医馆里拿的药膳配方。

第一排是云为衫的药膳配方,上面有石豆兰、地柏枝、大山玄参、棕心山栀、黑米、银杏、钩石斛、井泉水。

第二排是上官浅的药膳配方,上面有柏木、青蒿、光裸星虫、金果榄、炙甘草、冬虫琥珀、独叶岩珠、秋石、糯米、鸭血、丝瓜。

宫远徵一边摆放着,一边喃喃自语:"这是云为衫的药方……这是上官浅的药方……"

他的目光反复在这两份药方上游走,不甘心道:"不可能只是简单的药膳……这里面一定有问题……"

突然,他的目光闪动了一下。

他迅速拿起第一排的几张纸,和第二排的几张纸排列起来。

"石豆兰、地柏枝、钩石斛、光裸星虫、独叶岩珠……再加上……"宫远徵忍不住念出了声,"再加上……棕心的山栀、发芽的炙甘草、内有冬虫的琥珀……只要另外找到朱砂和硝石……剧毒……这是剧毒!"

宫远徵抓起两份药方,飞奔而出!他要告诉宫尚角,上官浅极有可能对他下毒手。

湖心烛火幽幽。

上官浅身边的石凳上有一口小锅,里面是药粥,热气腾腾,香气扑鼻。

上官浅一边盛粥,一边对宫尚角说:"我今天去药房取了些药,用老家的药膳方子熬了粥。我最近不知道为何，老是觉得心火燥热。"

"山谷里瘴气重，阴冷潮湿，你们总是烤炭火，气血浮躁了。"

"我特意加了红枣、糯米，还有桂圆干，想说有点八宝粥的吉祥意味。角公子要尝一点吗？我炖了一下午呢。"

宫尚角看着上官浅递过来的粥，她的手腕很稳，碗里的清粥一点都没有晃动。她的笑容也很轻松，眼睛笑起来弯弯的。

宫尚角看着她的手，观察了一会儿，突然开口说："你的手很稳。"

上官浅愣了一下，但面不改色："家里世代行医，小时候爹爹训练我拿秤称药，说手一定要稳，不能哆嗦。药材重量差之分毫，可能就是关系到别人的身家性命。"

宫尚角淡淡地说："哦，这样。"说完，他伸手接过粥，慢慢端到嘴边。

远处，一件暗器射来，破空声将夜色打碎，也将粥碗打碎。如果在平时，这件暗器纵然来得再凶些，宫尚角也能提前发觉。但今夜，他着实对四周放松了警惕，所有注意力都放在了上官浅身上。这个女人营造的这片温暖天地，让他多少有些沉醉。

宫尚角一惊之余，瞬间恢复冷静，捏起桌面一块瓷碗的碎片，用足内力，朝暗袭处甩去，动作快如闪电。夜色中，有人痛苦地倒地。

宫尚角凌空一跃，便到了刺客身边。待双脚落地时，他发现被自己用瓷片打伤的却是宫远徽，伤在肩膀下方靠近心口的位置。

宫远徽呼吸急促，躺在地上咬牙坚持，满脸痛苦之色，被击中的位置是一个命门。他调整着呼吸，说："哥……粥里有剧毒……怕你中毒手。"

宫尚角怒吼道："来人！"

远处传来侍卫的应答声，随即便有脚步声传来，十几个身影倏然而至。

宫尚角说："快点！把远徽送到医馆。"

宫尚角回头，望了一眼镇定自若的上官浅。她自然明白了来龙去脉，也清楚宫远徽的所作所为，却没辩解，只是转身拿起从锅里盛的另一碗粥，淡定地喝了下去。

她放下碗，坦荡地看着宫尚角："徽公子误会了。不过，兄弟情深，令人感慨，这正是关心则乱，就算有毒，能害得了宫二先生吗？"

宫尚角没有说话，目光异常锐利。

宫远徽被送到医馆，躺在木板床上，上衣被剪开。两个大夫围着他，看着他心口的那块瓷片——插得很深，都不敢摘取。

两个大夫面面相觑，其中一人神色凝重："这个位置……是经脉命门，稍有不慎……"

另一人吸了口冷气："这么深……能摘取吗……不如等宫二先生过来定夺？或者请月长老过来看看？"

宫远徵咬着牙，命令道："快……取……"他怕宫尚角看见了会自责，便嘱咐道，"我会运转内力护住经络，你们……只管……取下。"

大夫终于定下心神，吩咐下人："去拿止血的白霜粉来……"

宫远徵说："拿一根野山参……过来……"

另一个大夫急忙拿来一片山参，放到宫远徵嘴里。宫远徵咬着，脸色已经非常苍白。

大夫道："徵少爷，得罪了……"说完，把瓷片拔出。随即，鲜血四溅。大夫脸上全是血。

宫远徵咬着山参，面如死灰，昏死过去。

周围的下人全部下跪，低着头，不敢说话。

宫尚角回到自己房间，走到门前，看见了插在门上的一只依然亮着的龙形花灯。龙的鳞片清晰、精致，每一片都过精心打磨，像清澈的眼睛。

宫尚角的眼睛泛红。这只龙灯亮得极为耀目。他的记忆也一下子鲜活起来，

十七岁那年，他在庭院里独自练刀。天空飘着零星的雪，庭院里没有人。他突然转头，不远处墙角躲着的那个小人儿害怕地把头缩了回去。

他对着那个小人儿说："你出来吧。"

一个七岁的小孩儿哆嗦着从墙角探出脑袋。

"你是宫远徵，对吧？"

小宫远徵点点头。

"你跑来这里干什么？"

"我爹爹死了……没人教我练武功了……以后坏人会欺负我……"

宫尚角走过去，蹲在他面前："我教你。"

"那你不要教太难的……我怕我学不会……你刚刚的那些动作，爹爹都还没教我呢……"

"学不会也没事，以后我保护你。从今以后，你就是我的弟弟。"

"我们的爹爹不一样,我也是你弟弟吗?"

"你只要姓宫,就是我弟弟。"

"那你有自己的弟弟吗?我来了,他会不会生气呢?"

宫尚角眼睛红了:"我弟弟……去另一个地方了。"

"你不要哭了,我做你弟弟呀。你在这里等我哦,我去找一把刀来。你不要走哦,我马上就回来。"

宫尚角从尘封已久的记忆里回过神来,坐在门前的台阶上。院落无人,远方山谷里都是放飞的天灯。

他坐在偌大院落的黑暗里,拿着小小的龙形花灯,轻轻地摇了一下,龙灯里面的蜡烛闪烁了几下,熄灭了。

宫尚角抬起头,眼眶里堆满了眼泪。

山谷的夜灯长明。人来人往的街道上,宫子羽提着小兔子灯,与云为衫并肩走着,时不时就被人们议论指点一下。

一路上,别人都是姑娘家提着可爱的小兔子灯,只有宫子羽一个高高大大的男子提着只可爱的小兔子,满脸带笑,像个孩子,显得特立独行。

云为衫见了,忍不住道:"公子,小兔子灯还是我来拿吧。"

"那不行,这可是你送我的礼物。"

云为衫笑道:"猜灯谜的钱是公子给的,不能算我送的吧?"

"有些东西,是靠花钱买不来的哦。"

这时,两人走到一个编花绳的摊位前。

摊贩吆喝道:"公子、小姐,要编花绳吗?情缘花绳,能保爱情美满、夫妻和顺。"

宫子羽听了,假装随意地说:"那我就随便买个什么送你当回礼吧。"他边说,边随手拉出了几条,还拉得老长,顺势抖了抖。

摊贩提醒道:"公子编多少拉多少,我看小姐手腕纤纤,用不了那么多。"

宫子羽瞥向一边,假模假样地说:"哦,不小心拉太多了,那就编两条吧。"

云为衫觉得有些好笑:"真的一点都不刻意呢。你们都没训练过怎么说谎吗?"

宫子羽没懂:"嗯?训练说谎?"

云为衫意识到说错话了,不接话,转头去看花绳。

摊贩将花绳编好后交给宫子羽。宫子羽拉起云为衫的手，给她系上一条，然后把另一条放进云为衫手里，并晃了晃自己的手腕，暗示云为衫为自己系上。

云为衫哭笑不得："这是女孩子戴的。"

"这如同'结发'，男女各占一半。不是说爱情美满、夫妻和顺嘛，怎么能女方戴而男方不戴呢？你赶紧的。"

云为衫无奈，给宫子羽手腕戴上花绳。

宫子羽瞄了瞄两人的手，与云为衫靠得越发近了。云为衫走着走着，突然感觉到自己的手被人抓住，温柔地握在手里，一股暖流涌向她全身，整个人如浸在温泉中。她抬头看宫子羽，他则抬头看向花灯，四处张望，手却攥得更加紧了。

角宫里，上官浅朝宫尚角的房间走去。她远远地看到房间里没有亮灯，便紧走几步，待到门前时，绿玉侍金复从房间里出来，边关门边问："上官姑娘，你——"

"我来找角公子。"

"角公子去医馆了。"

"那我去——"

金复打断她道："他吩咐今夜谁都不要打扰他。"说完，金复径自离开。

上官浅目送他的背影消失在夜色里，目光变得锐利起来。她知道，此刻金复对待她的态度便是宫尚角的态度。

宫尚角坐在医馆的病床前，先给昏睡的宫远微把了把脉，确定他没有危险后，这才长舒一口气，盯住伤口看了许久。然后他又转头看向桌上的龙形花灯。花灯被重新点燃了蜡烛，此刻发着暖暖的光。宫尚角的眼睛有些发红，回忆再次翻涌到心头。

十三年前，上元节。宫门张灯结彩，仆人们四下忙碌，热气腾腾。

庭院里，他正在教朗弟弟叠着晚上要放的河灯，母亲拿着两只灯笼——一只龙灯、一只虎灯，笑吟吟地朝他们走过来。

母亲将虎灯递给朗弟弟。结果朗弟弟吵着要龙灯："我要哥哥那个，哥哥的龙灯好看！"

母亲拿他没办法，笑着摇摇头。宫尚角便把自己的龙灯递给朗弟弟。

朗弟弟十分高兴，抱着龙灯："哥哥是龙，这只灯也是龙，我就有两个哥哥啦。"

他笑了："你真是贪心，有我一个哥哥还不够哦？"

"哥哥，你天天练功，都不怎么陪我玩儿，有这只大龙灯，它就可以陪我呀。"

他宠溺地应道："好好好，让它陪你吧。"

"但哥哥不可以有两个弟弟哦，只可以有我一个。"

他说："好好好，哥哥就你一个朗弟弟。"

十二年后的上元节，宫门显然冷清了许多，一片萧索，只有一两个仆人在往屋檐下挂灯。宫尚角坐在房间里，面前的桌子上打开一个锦盒，里面的龙灯已经变得残旧不堪，他看着残旧的龙灯，睹物思人。

宫远徵进门，看见他满脸落寞，不由得看了一眼那个锦盒，若有所思。

"哥，走吗？"

宫尚角盖上锦盒的盖子："走。"

宫远徵随后跟出去，临走前忍不住又看了一眼那个锦盒……

宫尚角和金复回到房间时发现桌子上的龙灯不见了，只剩下锦盒，便问："灯呢？"

金复答："公子别急，应该是哪个不知情的下人收起来了。"

"去找！"

就在这时，宫远徵提着重新亮起来的龙灯过来了，陈旧的龙灯已经被他修补一新。宫远徵很开心，将龙灯递给宫尚角。

他充满期待而有些得意地说："哥，坏的地方，我都修好了！"

宫尚角冷冷地责问："谁允许你自作主张的？"

宫远徵愣了一下："我……我只是见这龙灯旧了，所以……"

"你觉得新的就比旧的好了？"

宫远徵不知道怎么回答，有些委屈地站在原地，手足无措，眼睛渐渐红起来。

宫尚角有些心软："你先下去吧。"

那一夜，宫远徵久久坐在门外台阶上，眼睛红红的。他觉得委屈，更觉得伤心。

金复走过去，在他身边坐下来，轻声解释道："那只龙灯尾巴上的污渍是

333

朗公子第一次学会写诗时蹭上去的墨迹，那折断的龙须是朗公子夜里做噩梦时紧紧攥着折断的。对角公子来说，那些都是朗公子留下的痕迹，是他仅存的念想了……"

宫远徽说："我知道了。旧的不修了，留着。我回头给哥做一个新的。"

"衣不如新，人不如旧。请徽公子多多体谅吧。"

"我对哥哥只有一心，无新无旧，一如既往。"

说完，宫远徽站起来，走了。

回忆里，那只被修复的龙灯与此刻的龙灯重叠在一起。

宫尚角的视线落到宫远徽手上，他的手指还包着纱布。他想起那日看见宫远徽的指尖包着纱布，上了些药，就问他："手怎么了？"

当时宫远徽专心地编制送给哥哥的龙形花灯，一不小心手指被割破了。他无视手上的痛楚，把出血的手指含在嘴里，始终没有停下来，继续编着竹条。但他并没有告诉宫尚角，只是说："弄草药的时候被晒干的硬草割破了，小伤，没事。"

宫尚角抬起手，趁眼泪掉出来之前，把泪水抹掉了。之后，他紧紧握住宫远徽的手。

上官浅房内亮着幽幽烛火。她先是生起一盆炭火，然后把房间的前窗打开。前窗对着庭院走廊，过往的仆人可以看到屋内的情景。之后，她又在被子里塞了几个枕头和几件衣服，看起来有人正在被子里睡觉。她略一思忖，再把床纱放下一半，轻纱半掩，更加看不真切。

随后，上官浅脱掉外袍，露出里面一身夜行衣。她拉起黑巾，把脸蒙上，闪身从后窗飞身出去。

山谷中，宫子羽背着手，手腕上戴着与云为衫一样的花绳。

两人一直沿着街道往前走，云为衫左顾右盼，他也左顾右盼。云为衫干脆放开了动作，在人群中明目张胆地搜寻接头人的身影，还故意嘟囔道："大小姐可真能跑，一路上都没见人。金繁也是，乐不思蜀。"

宫子羽说："这宫紫商自己偷溜得也够久了……心疼金繁。"

"我还以为你看不出来呢。"

"她那点小把戏全都写在脸上。"

"但你还是成全了大小姐啊。"

"互相成全吧。"宫子羽嘀咕道,"我这不是也有自己的小算盘嘛……"

云为衫好奇地打量宫子羽:"公子说什么?"

宫子羽轻咳一声,说:"没,没什么。"

两人走着走着,突然一个行人撞了一下云为衫的肩膀,与她擦肩而过。宫子羽一阵心疼,赶忙扶了扶云为衫,回头打量那个行人的背影,只见那人穿着普通,走得非常快。

云为衫突然一摸脖子:"糟了!我的戒指!"她急得发出哭腔,抓紧了宫子羽的手臂,"我的项链上有我妹妹的戒指!"

宫子羽眉头一皱,转头追了上去。

金复进了医馆,看见宫尚角抓着宫远徵的手腕,掌心的内力不断地输送给宫远徵。

"角公子,你给徵公子输送这么多内力,身体吃得消吗?"

宫尚角松开手,看着宫远徵的脸色比刚刚红润些了。

"没事。你找我有事?"

"刚才侍卫来报,宫子羽出宫门了。"

宫尚角眯起眼睛:"灯红酒绿、良辰美景,对他来说,不是很正常吗?"

金复点点头:"可是他这次一行四人,其中还有新娘云为衫。"

"赶紧派人盯紧她。"

"盯紧宫子羽吗?"

"不是,是盯紧云为衫。如果我猜得没错,那张看不见的网就快要收了。我这里走不开,你快去安排。"

他刚说完,宫远徵微弱的声音从病榻上传来。他虽在昏迷中,却能感受到有一股股内力传入体内,不用说,定是哥哥在帮自己。

"哥……"

"你醒了?"

"你快去。我没事……"

宫尚角有些犹豫。

"你去羽宫,等他们回来,现场和他们对峙,否则他们又要抵赖——"

"你别激动,我这就去。若有事,就发响箭唤我。"宫尚角下令:"派人严密保护医馆,没有我的命令,任何人不得进入。"

335

"放心,哥。"

山谷小巷里,宫子羽终于追上了那个窃贼。宫子羽准备一招制敌。不料这个窃贼身子滑如泥鳅,看着笨手拙脚,却接连化掉两招。宫子羽来了兴致,运用内力,掌下带风,再次出手。窃贼脸上明显多了谨慎之色,不敢硬顶,以躲闪为主,借着行人与灯车,灵活走位,一一躲了过去。

突然,暗巷黑影里的一个人轻轻吹了下手中的竹笛。笛声在热闹的街市中弱不可闻,但窃贼听得真切,不再拖延,突然下跪,双手高举一条项链。

"公子饶命!公子饶命!"

宫子羽拿回项链,检查了一下,见没有损耗,便冲他挥挥手:"今天是好日子,不想坏了兴致,赶紧走。"

窃贼赶紧起身,转进路边的窄巷。

窄巷里,寒鸦肆已经等待多时。他收起手中的竹笛,掏出一锭银子,待与窃贼擦肩而过时,不动声色地将银子递给了窃贼,动作如行云流水,外人根本看不出任何端倪。

宫子羽拿着项链跑回到方才与云为衫分开的地方,结果却不见云为衫的踪影。他心中着急,便在人群中四处寻找:"云姑娘!云姑娘?"周围只有无数花灯路过,没有云为衫的身影。

宫子羽无奈,只得纵身跃到酒肆墙上,高立远望,这才看见远方人潮汹涌处云为衫的背影,她正提着兔子灯前行。

宫子羽来不及多想,催动内力,几个跳跃穿过拥挤的人群,朝云为衫追去。

云为衫先沿着街道走,按照窃贼的指示,终于看见前方寒鸦肆疾走的背影。她快步地跟上他前行,不知道他要带自己去哪儿。虽然心里着急,她却竭力装出自然的模样,时不时向四周看看,装作迷路的样子,脚底却暗暗用力,紧跟寒鸦肆。

在她身后,远远地,宫子羽也快步跟随。

前方寒鸦肆一低头,转身进了街边的一个热闹之所。

云为衫看了看,犹豫了一下,也径直跟了过去。

宫子羽刚想呼喊她的名字,就看见云为衫转身走进了街边的一个热闹之所。

宫子羽愣住了——她竟然走进了万花楼。

另一头，宫紫商和金繁来到贾家大门口。大门紧闭，门口的灯笼也没有点亮。

宫紫商站在门外，感觉这宅子有些吓人，便紧紧地跟在金繁身后，攥着他的衣角。

金繁想敲门，刚叩了一下却发现门没关，直接就推开了。院内一片漆黑，完全没有灯火。金繁径直去了灶上，灶膛内冰冷一片，厨房里没备余柴。隔着门缝一看，室内空空荡荡。

"没人，应该是搬走了。"金繁轻声道。

正在此时，他们突然听见旁边传来动静。两人回头，看见隔壁邻居的门开了一道缝，门后面有个人在偷偷打量他们俩。看见他们回头，那个邻居立刻关门，躲进了屋内。

金繁和宫紫商互相看了一眼，心里有数了。

两人随即走到旁边另一户人家门前。宫紫商抬手敲门，过了好一会儿，才有人来应。

开门的是一个老大姐，她先把门打开，见门外有两个陌生人，又上下打量几下，发现他们穿着特别富贵，脸上立刻带着警惕之色。

"这位夫人，您找谁啊？"

宫紫商羞涩地看了金繁一眼，并没有去纠正对方的话，笑着问："请问，您隔壁贾先生一家去哪里了？"

"贾老头到底怎么啦，这几天老有人打听他……"

金繁一步上前："还有谁来过吗？"

"前几天，有个五大三粗、一脸凶相的人也来过。"

"他问了什么？"

邻居警惕地问："贾老头真出事啦？"

宫紫商立刻说："在宫门里当差能有什么事？哈哈哈。我们是老贾的远房亲戚，正好过节，来看看他，却找不着人了。"

邻居的目光在两人之间打量。

宫紫商一把挽住金繁的胳膊："这位是我的相公，他不太会说话，有些轴，你别介意。"

金繁无语，想抽却没有抽回自己的手，只能配合宫紫商表演："对，我们是亲戚，我们有钱，不是来借钱的。"

337

宫子羽走到万花楼门口,正在犹豫,就看见了街角宫尚角派出的几个侍卫。他们藏于暗处,正悄悄地盯着宫子羽。宫子羽其实早就发现他们了,只不过有云为衫在,他没有挑明而已。

宫子羽深呼吸一口气,咬了咬牙,低头从怀里掏出执刃令牌,高举在空中。片刻过后,金复带着几个侍卫一脸尴尬地走过来,对着宫子羽行礼。

"执刃大人。"

宫子羽把令牌放好,冷冷地说:"你们称呼我为'执刃',但却不听命于我。"

"执刃有令,使命必达。"

"我并没有叫你们前来,你们却来了,那这是听谁的命呢?"

"属下是为了守护执刃的安危。"

"是保护我,还是监视我?"

侍卫低头,不敢说话了。

宫子羽看他们不敢说话,便转身走进万花楼。

侍卫们互相递了个眼色,准备转身离开,回去复命。

"等等。"宫子羽突然转身,叫住了他们,"你们要去哪儿?准备回去给主人复命,是吗?"

侍卫们都低着头,不敢说话。

"都在这里等我,哪儿都不准去。"

说完,宫子羽走进了万花楼。

万花楼内,一名使女早已将云为衫带进紫衣的房间,然后转身退到了门外,顺手将门上的那块牌子翻到了盛放的牡丹那一面。

云为衫打量了一下屋内,只见一个年轻女子坐在窗边的矮榻上温茶。她专注于温茶,对云为衫的到来丝毫没有感到意外,似乎知道所有隐情,又似乎什么都不明白。

云为衫慢慢地走过去,再向前两步,果然看到了帷幔后面的寒鸦肆。寒鸦肆挑挑眉毛,冲她笑了笑,没说话。

紫衣说:"坐吧,喝点茶。"

云为衫看了看寒鸦肆,见他面无表情,便走到紫衣对面,坐了下来。

云为衫问:"你就是紫衣?"

紫衣点头:"嗯。"

紫衣为云为衫倒了一杯茶。

云为衫低头看着面前的茶水："茶就不喝了，我也不是来喝茶的。"

紫衣笑得很温柔："茶也不是只用来喝的，放着，看看也好。"

云为衫抬起眼睛看寒鸦肆，她恍然明白了这个茶杯意味着什么——

在无锋训练时，寒鸦肆经常和云为衫对坐在茶案前。寒鸦肆面前放着两杯茶。他拿起其中一杯，喝完，将茶杯反扣到桌面上。

"这个信号，代表动手。"

云为衫点头。

寒鸦肆又拿起另外一杯，把杯里的茶倒进茶案上的回流处。

"这个信号，代表撤退。"

云为衫道："记住了。"

"这是以茶为工具时的信号，加上前几天训练过的香炉、筷子、烛火，室内的暗号系统差不多就完整了。明天开始，我教你户外传递信号的方法。"

说完，寒鸦肆从衣服里掏出三颗围棋棋子。他把三颗棋子摆在桌面上，摆成了一个三角形，其中两颗挨得很近、一颗很远。

"从最简单的三点定向开始……"

云为衫回过神来，看了一眼紫衣，轻声问寒鸦肆："她也是魑？"

寒鸦肆笑着摇摇头，笑容看起来有些苦涩。

云为衫明显感到寒鸦肆有些拘束。

云为衫又问："魅？"

寒鸦肆不置可否，眉头却轻微地皱了一下。

云为衫的脸色变了："难道你是魍？"要知道，无锋只有四个魍，那是传说一般的存在，她从来没有见过。

紫衣再次温柔地笑了。云为衫感觉到这丝丝柔滑的笑意中藏着波浪与漩涡，给人一种深不可测的感觉。她的脸色变得铁青，转向寒鸦肆求助，但寒鸦肆回避了她的目光，低着头不说话。

紫衣说："你别猜了，我谁都不是，我只是帮寒鸦肆一个忙而已。"

云为衫说："你一定有身份，只是我没有权限知道而已。我不猜了，我只是来为我和上官浅拿解药的。"

寒鸦肆问："上官浅自己为什么不来？"

339

云为衫说："她出不来。"

紫衣说："她这么信任你？真不错……年轻一辈真不一样啊……"

寒鸦肆问："东西带来了吗？"

云为衫点点头，从衣服里掏出两份折叠好的油纸包，摆在桌上，又推向了寒鸦肆。

宫子羽走进万花楼，突然感到了一丝不适应。他想不出云为衫为什么会来这种地方。

迎客妈妈一见宫子羽，亲热上前，拉长了腔调。

"呀，这不是羽公子嘛，好久不见了啊……可是真不巧，今天紫衣有客人啊……"

"我不是来找紫衣的……"

迎客妈妈眉飞色舞道："哎哟哎哟，你看我，真没眼力见儿了。来来来，叫我们最近新到的几个琴棋书画样样精通的才女过来——"

宫子羽打断她："刚有一个年轻漂亮的女客人进来了，你看见了吗？"

迎客妈妈尴尬道："公子可别说笑了，女客人来我们这里干吗……"

"没有？"

"真没有。"

"行……我自己逛逛，您忙去吧。"

宫子羽到处看了看，没有看到云为衫的踪影。

"难道真是自己看错了？还是她发现自己进错了地方又出去了？"宫子羽犹豫着往外走。他走到楼梯口，看到一个熟悉的小伙计，便拉住了他。

宫子羽问："听说紫衣有客人啊……是谁啊？高矮胖瘦、年纪大小？"

小二答道："紫衣没接客人啊，刚我路过看见门牌上的图案还是花骨朵呢……"

宫子羽眯起眼睛："……是吗？"他意识到迎客妈妈没说实话，或者根本就不知情，便兀自往楼上走去。

就在宫子羽上楼时，刚刚迎接云为衫的那名使女悄悄走到角落，把墙角一根不起眼的细绳轻拽了两下。

屋内，紫衣、云为衫、寒鸦肆三个人围坐在床边茶案前。

云为衫问："宫门内部，除了我和上官浅，还有没有无锋的人——"

话还没说完，房间里突然发出清脆的铃铛声。

寒鸦肆与紫衣对视了一眼,转身跳出窗口,身影闪动,直接掠去对面屋顶。对面屋顶下方,站在门口等待的宫门侍卫们立刻被惊动,抬起头看着上方。

云为衫一阵紧张,她一直担心宫子羽会寻到这里,要是在这里相见,自己该说些什么呢?会不会引起他的怀疑?她也随即站起,准备从窗口溜走,可她刚刚站起来,便被紫衣拽住。与此同时,云为衫立即明白过来,寒鸦肆已经惊动了宫门侍卫,而这些侍卫都是宫尚角的人,一旦被他们抓住把柄,情况反而更糟。

紫衣笑着对着窗外楼下的侍卫们说:"炭火烧得太久了,开窗透透气。"

侍卫们依然没有放松警惕,抬头四处查看着。

紫衣转身对云为衫说:"从窗口走不掉了,你先躲起来。"然而根本就没有时间了,门外已经传来熟悉的脚步声。

云为衫抓起桌上寒鸦肆留下来的两份解药,迅速起身,还没来得及离开座位,宫子羽就推开门进来了。

"紫衣姑娘——"

话音刚落,宫子羽就迎上了云为衫的视线。尽管早有了心理准备,他心里还是咯噔了一下。三个人的目光对视一遍,耳朵里似乎都碰出了声响,但每个人都没说话,一齐沉默着。

窗对面的屋顶上,寒鸦肆已经趴好,他的手上拿着一张小巧的十字弩,此刻已经瞄准了宫子羽的心脏。他的视线微微挪开一些,定在紫衣手上,紫衣的手离茶杯很近。此刻,紫衣已经拿起了茶杯,随时会将茶杯翻转倒扣。

寒鸦肆眯起眼睛,等着紫衣的信号。

云为衫侧头扫了一眼,也看见了紫衣手中的茶杯。她心里猛然一抽,不由得紧张起来。

第十五章 血光再现

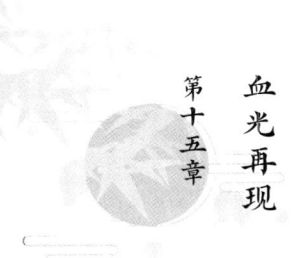

金繁和宫紫商听着贾管家女邻居的唠叨。据她所言，贾管家一家腊八节前就搬走了，之后也有两个人过来打听他们的下落。

金繁眉头一紧，低声对宫紫商道："腊八之前……看来是老执刃遇害之前，贾家就搬了，这更说明其中必有隐情。"

宫紫商紧接着问那女邻居："他们还有什么往来亲密的亲朋好友吗？"

女邻居再次摇头，神色异常，欲言又止。

宫紫商掏出一块碎银子塞到她手里："你只管说，其他的不用操心。"宫紫商这么说着，又瞧了一眼金繁，感受到了他眼神里的赞赏。

女邻居叹了口气，说："唉，贾老头老来得子，高兴得很。两年前，他儿子得了重病，谁都治不好，差不多就要给娃备棺材了，没想到，最后被宫门的大夫治好了。这娃病是好了，却变得十分古怪……"

"怎么个古怪法？"金繁问。

"这娃突然就有了一身蛮力。比如一群小孩子玩闹吧，他一推，就把人家小女娃娃推了一丈多远，脑门都磕出血了，吓不吓人啊？别说女娃，就是个壮汉也经不住呀。接二连三之后，大家都觉得这孩子中邪了，一来二去，都跟贾家疏远了。"

宫紫商和金繁听到此处，都露出沉思和困惑的表情。

紫衣房间内，三人依旧沉默着。但沉默又各有不同。

紫衣沉默更多是冷眼旁观，她想看云为衫如何应对、宫子羽怎样反映；宫子羽沉默是因为尴尬与愧疚，他不想云为衫了解自己的过去，更不想在紫衣面前同她回首过往；而云为衫沉默原因最为复杂，她既担心行踪暴露，又害怕宫子羽深究，更恐惧寒鸦肆痛下毒手，她因为忧急、纠结，竟一句话也说不出来。

最终，还是宫子羽先开了口，他先看着紫衣："你们认识？"

紫衣答："当然不认识。"

宫子羽又看向云为衫："你认识紫衣？"

云为衫直面宫子羽，尽量控制自己的呼吸。然而，宫子羽的眼里没有怀疑，没有责备，有的只是愧疚。瞬间，云为衫有了底气，自信如潮涌一般，连带着应对之策都冒了出来。

宫子羽对紫衣道："他们和我说你有客人……我本以为……结果你的客人是……是云姑娘……"

紫衣没说话，只是不动声色地拿起茶杯，把茶一饮而尽。云为衫心跳如雷，震得耳膜一阵轰鸣。果不其然，紫衣笑了笑，把茶杯翻转过来，准备轻轻地倒扣在桌面上——这是射杀宫子羽的信号。

对面屋顶上，寒鸦肆毫不犹豫，抬起弓弩，瞄准宫子羽的心脏。

就在此时，云为衫轻移一步，挡在窗前，拦在弓弩与宫子羽中间。

紫衣冲她抬抬下巴，一语双关地提醒道："云姑娘莫乱了方寸，辜负了人家一片心。"

云为衫冲她点点头，又瞄了瞄对面的宫子羽，嫣然一笑道："心如明镜，不敢欺瞒。没错，紫衣小姐的客人就是我。"

紫衣的表情是饶有兴趣，宫子羽则是意外，他刚说了声"云姑娘"便被云为衫打断："我听紫商姐姐说，公子平日经常跑出宫门，来得最多的地方就是这里。就算前执刃发脾气，也阻止不了你来见一个人。我实在是好奇，想来看看到底是谁……我猜，她一定知道很多我不知道的事，我想更了解你，就一路打听着过来了……"

紫衣接过话来："是啊……刚听到有女客找我，我还很惊讶。后来，下人说是宫少爷带着逛灯市的姑娘，我就知道了……所以我也就请云姑娘来房间里坐了坐喝会儿茶，聊聊你平日里来找我做什么。"紫衣说到这里，低头笑了笑。

宫子羽面红耳赤："我……我啥也没做啊……"

紫衣说："紧张了？我还是第一次看见你如此紧张一个人。你别担心，我并没有为难她，甚至在你来之前，我们还相谈甚欢呢。"说完娇笑一声："是不是，云姑娘？"

"紫衣姑娘和我说了很多你们的事情。"

宫子羽额头直冒冷汗:"我们哪有很多事情……"

紫衣轻笑道:"是啊,也就那点事情……"

宫子羽窘迫万分,恨不能原地消失。

紫衣挥手娇笑道:"好了,我这地方灯红酒绿,云姑娘这种清白人不好多留,公子快领回去吧。"说完,她抬手拿起案上另一杯茶,跷着兰花指,轻轻把茶水倒在回流槽里,"我这儿茶也凉了,就不留公子了。"

云为衫看见她把茶倒掉,这才暗出一口气,一直剧烈的心跳终于平缓下来,背后冷汗早已打透了里衣。她不由得上前一步,将手按在宫子羽臂上,冲紫衣轻轻施了一个礼,恨不得与宫子羽一步跨出房屋。

对面屋顶上,寒鸦肆收起十字弓弩,沉思片刻,身影掠动,消失在屋顶远处的暗影里。

宫尚角接到宫子羽私自外出的消息后立即来到羽宫。眼前一片黑暗,整个院落竟然都没有灯火。他心里暗哼一声,感觉太过蹊跷,径直朝着宫子羽的房间走过去。刚走了几步,他便感觉有些异样,一股血腥味扑鼻而来。

"血?"他推拉开宫子羽的房门,略一定神,抬脚小心地往里面走。刚走两步,脚踩到了碎片,发出清脆的声音。

他走到角灯边上,拿起旁边的火折子,吹燃,点亮灯火。房间被光照亮,房间内,桌椅都倒在地上,桌面上的茶壶茶杯碎裂一地。宫子羽的那副狐狸面具也掉落在地上,似乎被人不小心一脚踩碎,变成了几块凌乱的碎片。

墙面上赫然是和之前一样的无名血字:"弑者无名,大刃无锋。"

奇怪的是,"锋"字的最后一笔没有写完!

万花楼大门口,盯梢的侍卫久久不见宫子羽出来,有些急躁,转了几圈,连问金复:"怎么办?一直等吗?云为衫已经不见了啊……"

金复也觉得不正常,遂咬了咬牙关:"不管了,发响箭!通知角公子,新娘疑似逃脱,询问是否下令派侍卫全城搜捕。"他说完,金复取出响箭,对空放箭。响箭迅速升空,发出尖锐的啸叫。

响箭刚放毕,金复的手还未放下,就被突然过来的宫子羽一把抓住。金复回头,见宫子羽脸色铁青,大声质问:"你们这是干什么?!"

金复脸色苍白,一时间支吾起来:"属下以为云为衫姑娘……逃走了……"

云为衫上前一步,站到金复面前,笑着问:"逃走?我为什么要逃呢?"

金复当下臊了个大红脸，回答得支离破碎："哦，不，不是逃，是走……走丢了……怕人丢了……"
　　宫子羽气得咬紧牙关，一把甩开金复的胳膊。金复整个人一趔趄，呆呆地看着天空中不断炸响的火光。
　　此刻，正在贾管家门外的金繁和宫紫商被响箭惊动，立刻意识到出了意外，生怕宫子羽出事，迅速返回。

　　宫门之内，上官浅一袭夜行衣，步履匆匆，神色凝重，因其走神，步伐不再轻盈，脚下草丛发出窸窸窣窣的声音，且没有注意到迎面飘然而来的小黑。她本想出手了结对方，待见他一身下人打扮，不想多事，便旋身躲避。不料小黑立刻追上去。两人展开近身缠斗。
　　交手之下，两人都吃了一惊，没想到对方明显比自己想象中厉害很多。
　　"你是谁？宫门里没有你这样武功的女人！"小黑沉声喝道。
　　随着第一支响箭响起，天空中，越来越多的响箭陆续发射升空——从山谷小镇到宫门大门，然后到宫门内部的岗哨。
　　在这一声声刺耳的响箭声中，上官浅心神不稳，招式露出一个破绽。小黑出掌，打在她肋骨上，上官浅发出一声惨痛的呼声。她忍着疼痛，借着对方的掌力，拼命一跃，跳过一道墙，消失在夜色里。
　　小黑不愿暴露本来面目，见惊动了侍卫，只得转身离去。

　　上官浅回到房间，关上窗户，拉下面纱，觉得脏腑内翻江倒海，嗓子眼儿一股腥甜，将满口鲜血吐到盆里。
　　她浑身一颤，脸色惨白，摇了两下，终于晕倒在地上。

　　羽宫里，宫尚角朝着那面写着血字的墙壁走过去，刚走近一些，他的脸色就变了。饶是宫尚角冷静、理智，眼前一幕还是让他吃惊不小——离墙壁不远处的角落里，雾姬夫人倒在一大片血泊中！
　　"雾姬夫人！"宫尚角走过去，伸手探向她的鼻息，不禁震惊：雾姬夫人几乎没有了呼吸！
　　窗外传来刺耳的响箭声，一声高过一声，仿佛追命的鬼魂在整个宫门上空啸叫。
　　怎么可能？宫尚角有意识地松了松双肩，让自己放松下来。惊诧归惊诧，

345

但他的大脑在高速旋转，想在错综复杂的事件中找出线索。

等宫子羽几人返回宫门时，看见灯塔再次变成了红色的。一队队负责戒严、搜寻的黄玉侍卫队正快速地穿行。

有一黄玉侍卫禀告："请执刃大人速到长老院。"

金繁问："发生什么事了？"

"禀执刃，雾姬夫人遇袭，已经被送去医馆急救……凶手无名，再次现身了。"

宫子羽一听，立刻变了脸色，命令金繁先护送云为衫回羽宫，然后请宫紫商去医馆看雾姬夫人，他则立即奔向长老院。

云为衫和金繁刚刚走进羽宫，就听见庭院里传来喧闹声。数个侍卫正在羽宫内巡查，他们的手上赫然佩戴着黄玉。

其中一个黄玉侍卫说道："奉花长老之命，前来搜查。我们要搜查的是各宫女眷，看有没有伤者。"

云为衫忙问："为何要找受伤的女眷？"她此刻一问，只是因为紧张，并非要什么确定答案，因为她的怀里揣着寒鸦肆给的半月之蝇的两个解药包，着实有些没底。幸好，这队黄玉侍卫并没有立即搜查她。这让云为衫稍宽了一下心。

另一队黄玉侍卫来到上官浅的房门外。为首的黄玉侍卫拍了拍上官浅房间的门，迟迟未见里面有任何动静，一时间紧张起来。

急促的敲门声将上官浅从昏迷中惊醒，她悚然一惊，强忍着伤痛，将茶水倒入盆中将盆洗净，再把水泼到窗外，然后，她将铜盆放回木架上。但因为匆忙，她并没有注意到，之前吐血的时候溅了一滴在木架上。

黄玉侍卫正在起疑，宫尚角一声不吭地走了过来。

"怎么了？"

黄玉侍卫答："回大人，奉花长老之命在各宫搜查是否有受伤的女眷，还请劳烦让上官浅姑娘开门。"

宫尚角走到门边敲了敲："开门。"

宫尚角的声音不大，上官浅却听得清清楚楚，她不禁打了个冷战，加快动作，换掉身上的夜行衣，并且往香炉里放进大量的熏香。她为加速燃香，对着香炉吹了两口气。随即，便有一股浓香升起。上官浅又环视一周，检查有没有

346

留下蛛丝马迹。

见房内依然毫无反应，黄玉侍卫与其他侍卫对视了一眼，看着宫尚角，欲言又止。

宫尚角下了命令："破门。"

正当黄玉侍卫要破门而入的时候，房门突然嘎吱一声，上官浅在里面把门打开了。她身上穿着白色水衣，披着一件外衣，睡眼惺忪，头发披散，并无异常："角公子，发生什么事了？"

宫尚角从脚底开始打量了上官浅一番，问："为何迟迟没有开门？"

"我感觉身体有些发热，怕是惹了风寒，所以喝了安神汤药，早早睡下了，梦中听到敲门声，这才起来。"

"得罪了。"说完，黄玉侍卫头领和一众侍卫走了进去，四处搜查。

而宫尚角一进房间就微微蹙眉，他侧眼看到房内熏香很浓，忍不住摸了一下鼻尖，而浓郁的香味中还夹杂着难以察觉的异样的气味。

上官浅有些变了神色，微微低下了头，用余光观察着宫尚角。

宫尚角问："你睡觉点这么重的香？"

上官浅答："近日有些失眠，所以可能香料放得重了些。"

宫尚角走到香炉边，揭开盖子，看了看里面未燃尽的香料，并无异常。香炉边架子上放着一个铜盆，此刻铜盆里空空如也。宫尚角似乎放心了，却在转身时发现了蛛丝马迹，用手轻轻抹了一下架子边，不知碰到了什么，拇指和食指摩挲了一下。

上官浅屏住呼吸，直直地盯着宫尚角的手指，仿佛他指间拈的不是一滴血，而是自己的一颗心，但愿他可以误判。可随着宫尚角转身，上官浅提着的心又急坠，摔得一地稀碎。

"你很聪明，知道我对血腥味敏感，故意点了这么浓的熏香，只可惜……百密一疏。"

"我不明白公子在说什么。"上官浅脸色苍白，依然嘴硬。

宫尚角抬起手，把他的拇指和食指指头松开给上官浅看，他的指尖有未干的浓稠血迹："你告诉我，这是谁的血？"

此刻，熏香的烟雾已经淡化。一套带血的夜行衣和一双染血的轻便软底鞋也被搜出来，放在宫尚角面前。

宫尚角拿起那双黑色的鞋子，看见鞋底粘着一块碎片。他冷然一笑，若有所悟地动了动眼神，立即想起在宫子羽房间看见的地上的狐狸面具碎片。宫尚角面无表情,指尖轻叩桌面,发出"笃笃"的声音,没有人注意到他轻轻的叹息声。

议事厅气氛凝重,两位长老脸色铁青。无锋细作再次在他们眼皮子底下刺杀雾姬夫人,不管从哪个角度说,都是对宫门的挑衅。

雪长老问:"上官浅就是无名?她为何要对雾姬夫人下手?"

宫子羽摇了摇头:"不,她要下手的目标不是姨娘,而是我。姨娘是在我房间中遇害,可以推测,上官浅计划袭击的人并不是姨娘,而是我……"

这时宫尚角迈步走了进来,接话道:"只是晚上羽公子刚好偷溜出宫门了,恰好雾姬夫人去找羽公子,这才连累了雾姬夫人。"

"姨娘待我如亲人,遭此血光之灾,我比任何人都难受。上官浅是你角宫女眷,你难辞其咎。"

宫尚角与他针锋相对:"是我管理疏忽,让恶人趁机行凶,自要领罚。但宫子羽你无视宫门规矩,带着云为衫擅自离开宫门,又该当何罪?我只是无心疏忽,但你是明知故犯。你明知一旦成为执刃就不能离开宫门——"

"是不可以离开旧尘山谷,你不要狡辩!作为执刃,我有权带新娘出去。我爹曾经带我娘去看过灯会。"宫子羽气呼呼地说道。

"你爹是执刃,自然有权力带妻子出游。你尚未完成三域试炼,也敢大言不惭地自称执刃。而且云为衫还没有被你正式迎娶,怎么能算你妻子?"

"早晚的事。"

听到此处,花长老似乎无法再忍受,高声呵斥道:"够了!"他冷冷地看向宫子羽,"你现在坐在执刃的位置上,就应该明白执刃应守的规矩,未请示长老院就擅自带云为衫出宫门,还诸多狡辩,实在令人失望!"

宫子羽听到花长老如此责备自己,立刻感觉如坐针毡,脸唰地红了。

花长老说:"坏了规矩就要领罚,哪怕是执刃。待会儿就请执刃去长老院的禁闭室面壁思过!"

雪长老轻咳了一声,把话题拉回来:"现在不是追究执刃对错的时候。"他看向宫尚角,"眼下最重要的是确定上官浅是否真是无名。"

宫尚角说:"确有嫌疑,但还须好好审问才能确定。"

宫子羽皱紧眉头:"月长老遇害,角宫承诺找出无名,其间一直怀疑羽宫内部藏有凶手。但现在疑犯出自角宫,还是宫二先生亲自挑选的未来的妻子。宫尚角,你就没什么话说吗?"

"上官浅已经被押送地牢,我自然会好好审问。"

"之前你怀疑姨娘，现在姨娘命悬一线，你应该为此道歉吧？"宫子羽不断追问，想从气势上彻底压住宫尚角。

　　宫尚角云淡风轻道："现在说道歉为时尚早，上官浅未必就是无名。"

　　宫子羽愣了一下，大怒道："人证、物证样样确凿，你还想包庇她？"

　　花长老挥了挥手袖，阻止宫子羽，转看向宫尚角："尚角，你是不是还有别的发现？"

　　"有。"宫尚角答，"有两点让我疑惑。第一，这次无名留在宫子羽房间墙上的血书明显是匆匆落笔，最后一笔还没写完，他就已经离去。从我进入羽宫到走进雾姬夫人房间，全程没有看到任何可疑的人影，听到任何异常声响。能在我面前不动声色地全身而退的人，放眼天下，没几个。上官浅的轻功没有那么了得，可以肯定她不是写下血字之人。"

　　宫子羽见他顺势为上官浅开脱，不禁冷笑一声，说："难道行凶之人可以凭空消失不成？"

　　宫尚角轻声慢语："写下血字的人，要么轻功绝顶，要么就根本没有离开房间——"

　　宫子羽听到这里忍不住了："荒唐透顶，你自己说房间里只有姨娘和你，那你难道是在指认自己才是无名吗？"

　　宫尚角没说话，而是轻轻地发出了一声讥讽之笑。

　　宫子羽听明白了，声音里带着怒意："你还在怀疑姨娘？真是荒唐。"

　　月长老这时出声："角公子，我很想认同你的猜想，但是我已查看过雾姬夫人的伤。她伤在后背，切口极其精细，必然是有人从身后偷袭她，一剑刺入，绝非自己可以完成。雾姬夫人的伤口极深，窄如细线，可见凶手用的乃韧性十足的薄剑，是无锋惯常使用的武器。"

　　宫尚角说："错了。现场只有一把带血的软剑，藏在腰带之中，而这条腰带属于雾姬夫人。"

　　月长老又问："那不就更奇怪了吗？雾姬夫人用自己的剑刺伤自己吗？"

　　宫尚角答："月长老别急，因为第二个疑点更奇怪。"

　　"是什么？"

　　"大家应该还记得，月长老遇害时，议事厅内整齐干净，绝无凌乱之象，以月长老的实力，能够被一剑封喉，足以说明无名的武功之高。然而武功寻常的雾姬夫人遇刺，房间却因为打斗而变得一片狼藉。如果上官浅连对付雾姬夫人都尚且吃力，又有何能力将月长老一招毙命？之前我们推测，能在长老院轻

349

易接近月长老的人一定是月长老熟悉的人。上官浅是个新进宫门的新娘，怎么可能自由进出议事厅？即使她有理由接近月长老，月长老也不会毫无防备。"

大厅中，众人都沉默了。连宫子羽都明白，宫尚角分析得有道理，不得不暗自佩服他的冷静和犀利，自己与他相比，确实还有差距。

花长老沉吟片刻，说："那上官浅为何会穿着夜行衣出没？为何要去羽宫？"

宫尚角答："目前不清楚，但很快就能知道答案，我一定会给长老们一个交代。"他看着花长老问道，"不过还有一事，我有些好奇……为何花长老会知道黑衣人是女子并且受了伤，因此下令搜查各宫？"

花长老有些闪烁其词："嗯……是我……是我身边的黄玉侍遇到了形迹可疑之人，打斗中从对方的声音和身形判断出是个女子。"

宫尚角一笑，冲花长老点点头说："原来如此。"

月长老说："既然上官浅已经被打入地牢，现在就等她的审问结果了。"

牢房里，上官浅的双手双脚都被锁在刑架之上，她低垂着头，几缕发丝垂下。她身上已经受过酷刑，衣服上渗出血痕，嘴角也有未干的血迹。

一双熟悉的靴子出现在眼前，上官浅抬起头，对上了宫尚角的目光。一刹那，两人的眼神都颤了一下，这种微妙的感觉带给上官浅的，不是安慰，而是恐惧。她最想看到的是宫二先生冷酷无情的目光——此时此刻，上官浅感觉自己像块冰，角公子冰冷到底，自己才会保持完整。因为，只有他始终冷静，才能相信自己的话。

宫尚角走到旁边的桌子旁，那上面摆满已经沾了血的刑具。光线下，那些刑具泛着寒冷的幽光，刑具边上还有一排精巧的酒杯，杯中液体色泽各异。

宫尚角拿起其中一杯酒："看来，还没有进行到这一步。"他放下酒杯，饶有兴致地拿出一把类似铲刀的东西，那刀刃锋利无比，仿佛还残留着干涸的黑色血迹。

"你已经熬过了鞭刑和夹棍，但这只是开始。我手上的这把剃刀刀片韧而锋利，是宫门用锻造暗器的工艺锻造而成的。此刀名为蝉剃，能将每片肉都剔得薄如蝉翼，光是一条腿，就能剔一天一夜，令人生不如死。"

宫尚角又拿起一副狰狞的面具："这个是蝴蝶面具，戴在脸上，从上方浇入滚烫的热油——"

他还未说完，嘎啦一声锁链响动，很明显，上官浅的身子缩了缩，露出了惊恐的眼神。

宫尚角走到上官浅面前，抬起她的下巴："这么漂亮的脸，真是可惜……还有那一排小小的酒杯……前面这些剃刀和面具，在远徽弟弟的毒酒面前，都不值一提……"

上官浅的呼吸急促起来，听起来像是带着哭腔，但她依旧沉默。

"相信我，你扛不住的。你只要说实话，我保你不受苦。"

上官浅眼睛一亮，却气若游丝："能不能保我不死？"

宫尚角深呼吸，顿了顿，重复道："我保你不受苦。"

"我若是说了，公子会信吗？"

"你说你的，我自会判断。"

上官浅抬起头，说道："我不是无锋的刺客，更不是你们说的那个无名。但我……我确实不是上官家的女儿。我是孤山派的遗孤……进入宫门，只求自保。"

宫尚角有些意外："孤山派？"

"是……当年清风派的拙梅与我小叔叔相爱，遭到清风掌门点竹的强烈反对。为了逼孤山派交出小叔叔，当时已经投靠无锋的点竹带着无锋刺客，将孤山派灭门了。"说到此处，上官浅的眼神中充满了恨意。

"孤山派满门尽灭，未曾听说留下后人。"

"我爹将我藏入密道，我才侥幸活了下来。后来我流落在外，无家可归，幸被上官家所救，又被抚养长大。上官家不愿意把女儿送进宫门，为了报答上官家的抚养之恩，也为了我自己，所以我冒充上官浅，替她出嫁。我立下誓言，一定要为父亲和族人报仇。那年上元夜我遇到匪徒，是你救了我，所以我萌生了进入宫门寻找依靠的计划，只有借助宫门的力量，我才有可能报仇雪恨。"

"那这和你去刺杀宫子羽有什么关系？"

"我并非要去刺杀宫子羽，我的目标是雾姬夫人。"

宫尚角有些意外："为何？"

"因为那日听到你怀疑雾姬夫人有可能是无名，而每一个无锋之人都是我的仇人。……我去羽宫，发现雾姬夫人正在宫子羽的房间里。我在窗外偷偷观察，结果看见雾姬夫人手里正拿着一把软剑，那剑薄而韧，与无锋惯常使用的武器无异。她站在墙上的血字前面，我更确定雾姬夫人就是无名，但我也被雾姬夫人发现了，她的武功在我之上。"

宫尚角问："既然她的武功在你之上，那为何她又会被你刺伤？"

"雾姬夫人是自己撞上来的，她故意让剑脱手，被我抢到，然后撞向我手

351

里的剑……"

"你说她是故意被刺？"宫尚角一皱眉，突然出手，扣住了上官浅肩膀上的伤口，原本已经结痂的伤口再次冒出血，迅速染红了上官浅的衣服。

上官浅发出一声闷哼。

宫尚角露出阴狠的神情，又问了一次："你说的都是实话吗？"

上官浅气若游丝道："实……话……"

"你就这么希望我继续对你用刑？"

上官浅强打精神，抬起头："我的话句句属实，不怕公子用刑。"

宫尚角脸色苍白，他压抑着内心的情绪，转身拿起一杯毒酒。

上官浅突然开口："我有证据证明我是孤山派的人……解开我手上脚上的镣铐，我给你看。"

这次轮到宫尚角迟疑了。

上官浅轻轻哼了一声，说："我已身受重伤，角公子如果连这样的我也怕，那你配不上江湖中的威名。"

宫尚角放下毒酒，上前为她解开枷锁。上官浅立刻身体一软，倒在冰冷的地上。她挣扎两下，艰难地背过身子，解开了上身的衣服。衣服缓缓落到地上，宫尚角眯起眼睛，看见上官浅右侧的蝴蝶骨处有一个显眼的红色胎记。

上官浅仿佛气力用尽，昏死过去。

宫尚角见过孤山派的档案，知道这种胎记，由此推测上官浅的话不无道理。此外，她也不能死，他还需要她。于是，他立刻从衣襟中掏出一个精致的陶瓷小瓶，倒出一粒药丸，送入上官浅口中。

宫紫商回到研究室，发现桌面上研究用的器具还摆在那里，然而小黑已经不见了踪影。桌上有一张字条和一只镶嵌着金箔片的风筝。字条上有留言："无名再次出现，雾姬夫人遇袭，宫门戒严，近日我不便再来找你，归期未定，未完成的研究等我回来继续。若有急事，可把此金箔风筝放到空中，我看到就立刻来找你。切勿挂念……小黑。"

宫紫商放下字条："喷，谁会挂念你啊，你又不是金繁——不过，小黑好像也不黑呀！"

羽宫里，云为衫在庭院里徘徊良久，想等宫子羽回来，却迟迟不见他回来。雾隐夫人被刺，让云为衫感到不安。

金繁走了过来:"刚刚下人通知,说执刃被长老罚去禁闭室闭门思过,今夜不会回来了。执刃叫我转告云姑娘,让你早些歇息,不用担心他。"

"若不是我提议出宫门——"

"云姑娘不必自责,出宫门也是执刃自己的决定,哪怕被罚,他也是情愿的——我只是转述他的原话,不代表我个人的看法。"

云为衫看着金繁:"羽公子不会怪我,但你心里怕是对我有怨言。"

"云姑娘确实不该四处乱走,不仅让执刃担心,还徒添是非。"

"抱歉。"

"你对我无须道歉,我只是一介绿玉侍卫,承受不起。我只希望云姑娘日后不要辜负执刃。他……是个很天真的好人。"

云为衫沉默了,一时间不知道该怎么回答金繁。

"云姑娘早些歇息。"金繁告辞。

"好。"云为衫说完,突然又叫住金繁,"对了,今夜搜宫要找的受伤女眷,找到了吗?"

"抓到了,是上官浅。"

云为衫面露惊讶之色,心里卷起狂风巨浪,杀手怎么可能是上官浅?她为什么要杀雾姬夫人?又怎么能杀得了夫人?既然被查,重刑之下,会不会累及自己……

第二天一早,宫尚角便来到医馆看望宫远徽。

昨夜他几乎无眠,审完上官浅便再次查阅了与孤山派相关的卷宗,又探看了雾姬夫人,吩咐人务必严加守护。雾姬夫人被刺之事,使他更加小心,生怕宫远徽也会遭遇不测,早早便来探视。

宫远徽喝完哥哥喂过的汤药,撑起身子,倚靠床头,看起来脸上的血色已经恢复了很多。

宫尚角放下手中的空碗:"好些了吗?"

"哥,我没事。上官浅那里问出什么了吗?"

宫尚角沉默,一时没有回答。

"哥,你快告诉我啊,上官浅招了没?虽然之前的粥里她没有下毒,但我始终觉得她不可信,果不其然——"

"她告诉我,她不是无锋,更不是无名。"

宫远徽颇感意外,愣了一会儿,才又问:"哥,你这么相信她吗?"

"上官浅身上有孤山派的胎记。这种胎记乃孤山派血脉相承,他们的族谱中对此有清晰的记录。孤山派虽已灭门，但留下的相关卷宗存放在宫门内，我已经查阅核实过了……"

"孤山派后人也有可能加入无锋啊。这些年来，自甘堕落加入无锋的武林正派还少吗？"

"确实如此。所以，等雾姬夫人苏醒之后，我还要听听她的说辞，毕竟还有那么多疑点依旧没有解开。"

"我不信任上官浅，我更不信任雾姬夫人，她的话，哥哥，你也别信……"

宫尚角不置可否，只拍了拍宫远徽的肩膀。

这时候，医馆的下人来报："徽公子、角公子，雾姬夫人醒了。"

宫远徽撑起身子："走，哥，我跟你去！"

宫尚角一把将他按回枕头上，轻声说："你先养好身子再说。不管是上官浅还是雾姬夫人，我都自有安排。"

宫远徽靠在床头，看着离去的宫尚角，眼神呆愣，欲言又止。

宫子羽在禁闭室整整坐了一夜，天亮后也没有离开的意思。听说雾姬夫人醒来，他才出来，带着宫紫商赶到雾姬夫人的房间。

雾姬夫人倚靠在床头，面色苍白、虚弱，云为衫在她旁边伺候喝药。

宫子羽走到床边，轻轻唤了声"姨娘"。他像儿时那样，坐到床边，抓住雾姬夫人手臂，一脸惭愧："姨娘，您可醒了。唉，无名要袭击的对象其实是我，是我……连累了您。"

雾姬夫人摇着头："昨晚你不在才是万幸。我一把年纪了，去了也就去了，但你肩负着宫门的未来……"说着，雾姬夫人忍不住咳嗽起来。

宫紫商关切道："夫人不要激动，好在昨夜已经把无名抓起来了，正在审问，也算给夫人报仇了。"

雾姬夫人有些错愕："抓到无名了？"

宫子羽答道："抓到了，是上官浅。"

雾姬夫人一脸错愕，似乎难以相信。她抬头看了云为衫一眼，云为衫冲夫人点点头，却没有说话。

沉默中，门外响起脚步声，众人回头，见来人是宫尚角。

宫尚角远远地施了一礼，说："听说夫人醒来，特前来看望。"

雾姬夫人回道："有心了。"

宫尚角问："敢问夫人，昨夜的情形，可还记得？"

云为衫说:"夫人刚醒,还不是很清醒——"
宫尚角打断她:"清不清醒,大夫说了算。"
云为衫不再说话,退后两步。
出乎宫尚角的意料,宫子羽竟然没有维护云为衫,也没有冲他发火。宫尚角有些好奇地看向宫子羽。
静思一夜,宫子羽不断反省,他再次感受到了宫尚角的冷静与决断,告诫自己保持头脑冷静,绝不可轻易冲动。故而,他今天不但保持着克制,还问出了宫尚角想问的问题:"姨娘,昨夜的情形,您还记得吗?我也想知道具体发生了什么……"
雾姬夫人抬起眼睛,缓了缓,说道:"前些天外面送来了几张狐皮,晚上,我便想着拿去给子羽挑一挑做一身大氅,结果子羽不在……刚才子羽和我说了,已经抓到了上官浅,没想到,她竟然是无名……"
宫尚角说:"她不是无名……"
众人诧异,雾姬夫人的表情也有些异样。
宫子羽问:"她若不是无名,为何深夜潜入羽宫,还刺伤了我姨娘?"
宫尚角答:"上官浅说她白日里听到了我们的谈论,所以想来刺探一下雾姬夫人的虚实,看看夫人是不是无名。"
宫子羽反问道:"你不觉得荒唐吗?"
宫尚角拿出腰带里的软剑,摆在雾姬夫人面前:"这是雾姬夫人的腰带吗?"
"是。"
"你是为这把藏在腰带里的软剑所伤吗?"
"是。"雾姬夫人说,"我到羽宫,发现墙上的血字,还没来得及叫人,上官浅就来了。她不由分说就对我动手,我只能抽出软剑迎敌。但我打不过她,被她夺走了软剑,刺中后背。"
宫尚角说:"但上官浅说,她不敌夫人,是夫人自己故意撞到自己这把软剑上的。"
宫子羽霍地站起:"够了。上官浅人赃并获,你不怀疑就算了,却轻信这个狱中垂死挣扎满口胡咬之人。宫尚角,这不是你该有的脑子。"
宫尚角看着他,并不理会他的指责,只是淡淡地说道:"白日里我刚刚怀疑雾姬夫人有可能是无名,夫人当天晚上就被无名刺杀,这一切,你难道不觉太巧合了吗?"

这时，一直沉默不语的云为衫突然说："其实这把软剑反倒可以证明雾姬夫人不是无名。"

宫尚角身子一震，盯向云为衫："什么意思？"

云为衫说："月长老的伤口既薄又窄，但这把剑的剑刃宽度明显超过了月长老伤口的宽度，所以，这并不是杀害月长老的武器。我想，无名没有理由杀人的时候故意更换武器吧……"

宫尚角沉默下来，他看着虚弱的雾姬夫人，又瞧瞧那把软剑："你说得没错……只是，你是怎么知道月长老的伤口有多窄的呢？除非你对我们一直没有找到的杀害月长老的凶器非常熟悉……"

云为衫脸色发青，但没再说话。

雾姬夫人咳嗽一声，说："是我和她说的……你们来之前，我和她就在讨论这个事情。我和她说了，月长老是为无锋的薄剑所杀。"

云为衫与雾姬夫人配合得天衣无缝，可谓滴水不漏。宫尚角看了宫子羽一眼，眼神颇为复杂：身旁两个女人如此精明，男人很少能不改变，要么更愚蠢，要么更有智慧。

宫门议事厅里，众人再次齐聚，讨论雾姬夫人被刺一事。

宫尚角申明自己的观点："上官浅的确是孤山派的遗孤，血脉的胎记无法作假，况且加上之前的推论，足以说明，她不是无名。"

雪长老问道："她既不是无名，那墙上的字到底是谁留的？"

宫子羽看了宫尚角一眼，推测道："恐怕真正的无名还躲在暗处，故意留下血字，混淆视听，意图让我们互相猜忌，引起更大的恐慌。"

"上官浅虽刺伤雾姬夫人，但情有可原，她在牢里受尽酷刑，也算是应得的惩罚，是不是可以将她放出来了？"宫尚角看看大家，毫不避讳这个话题，显得底气十足。

月长老叹了口气，说："这上官浅的身世实在可怜。两位长老可有什么意见？"

雪长老回忆道："当年孤山派的老掌门忠肝义胆，行侠仗义，而且是江湖中少有的一直力挺宫门的帮派。但他最终惨遭清风派与无锋的屠戮……既然这当中有误会，我看，就先把她放出来吧。"

花长老顺水推舟："上官浅是你角宫的人，就由尚角你自己处理吧。"

这时候，雪长老突然想到了什么，又与花长老低声商量："现在这无名依然逍遥法外，藏在暗处，恐会继续制造恐慌，这有如芒刺在背，让人烦心。我们是不是可以考虑启动无量流火来威慑无名，以保宫门上下平安？"

宫尚角大受震动，平日里一向冷静的他突然大声脱口而出："不可！"

殿内瞬间安静下来。

宫尚角自知失了仪态，立刻稳住声音，低头沉声道："不妥，此举绝非上策。"

殿内长老们的表情都有些复杂，似乎也在思考，除了宫子羽。

宫子羽第一次听到"无量流火"这四个字，忍不住有些好奇地问："雪长老，你口中的无量流火是指什么？为何我从未听过？"

花长老立即沉默，只与雪长老对视一眼，两位长老对此讳莫如深。

宫子羽还想再问，宫尚角打断道："等你闯过三域试炼，当上执刃，自会知晓。"

月长老看向宫子羽："是啊，这第二域试炼，执刃确实应该抓紧了。"

宫子羽咬牙点头，没有说话。有什么可说的呢？自己算什么执刃，连自家的秘密都不清楚，岂不是个笑话？

云为衫捧着一个锦盒走进角宫的庭院，刚走了几步，就被侍卫拦了下来。

云为衫说："我来看望上官浅姑娘。"

侍卫让她等待片刻，自己前去通报。

庭院深处，宫尚角房间里，医馆大夫正恭敬地垂手站在一旁，低头禀报："回角公子，上官姑娘伤势颇重，但所幸都是外伤，我开了些外敷内用的药，休养半个月也就好了。"

"嗯，退下吧。"

坐在一边的宫远徽说："看来哥哥手下留情了。我调配的那些'佳酿'，终究没用上啊。"宫远徽虽然还没有痊愈，但行动已然无碍，迫不及待地加入了追查无名的行动。

"总会用到的，不急。不是现在，也不是上官浅。"宫尚角说话的语气极淡，却总是那么耐人琢磨。

宫远徽还想说什么，侍卫在门外禀报："禀公子，云为衫姑娘来了，她说想探望一下上官姑娘。"

"嗯，让她去。"

侍卫刚准备走，宫尚角又叫住他："云为衫可带什么东西来？"

"有，一个锦盒。"

宫尚角抬起眼睛，目光亮了一下："检验。"

云为衫被侍卫领着来到上官浅的房间门口。

宫远徽轻抬了一下手臂，说："近日宫门内血光频现，角宫戒严，哥哥有令，任何出入角宫之物都需要查验。云姑娘，请把锦盒打开。"

云为衫打开锦盒，里面是一棵人参。云为衫将人参取出，递给宫远徽。宫远徽戴上手套，接过人参，端详了一会儿，发觉没什么问题。

云为衫拿着空盒子，准备转身进房间，再次被宫远徽叫住："也把锦盒留下。"

云为衫神色有些变了，她把盒子倒过来，给宫远徽看个清楚："只是个空盒子而已。"

"留下。"

云为衫深呼吸了一下，到底还是把锦盒交给了宫远徽，转身进了房间。

门外所有动静，上官浅已隔着门缝看清楚了。她靠在床头，虚弱中带着一股怅然。

云为衫在她床边坐下，轻声问："没事吧？"

"皮外伤，不要紧，劳烦云姐姐挂心了。"上官浅说着，眼睛却往门外窗外使了个眼色。

云为衫立刻环顾四周，见窗纸上有人影一晃而过。

云为衫抓起上官浅的手道："上官妹妹这手如此冰凉，看来还是气血虚弱，我带了人参过来，已经交给下人了。"说着，她握紧上官浅的手，将解药塞到了上官浅手里，"那是上好的人参，有助于你'恢复身体'，记得吃。"

"多谢云姐姐。"

"没想到上官妹妹竟然是孤山派的遗孤。"

云为衫说话的同时靠向上官浅，暗暗对她打起手语。她询问的意思是："雾姬夫人真的是无名？"

上官浅与云为衫对视了一眼："是啊，和云姐姐真是颇有渊源呢，听说云姐姐的师父正是拙梅。"说话的同时，上官浅同样打手语回复："你在羽宫，跟雾姬夫人相处时间最久，我不相信，你就从来没有怀疑过她。"

云为衫没有用手语回应。

"的确有缘，现在又一同在宫门，很是巧合，希望日后可以与姐姐常常来往。我家族被灭，一个人孤苦，这些年连个知心的可以说话的人都没有……"上官浅边说话边继续打着手语："我不管你是真不知还是装傻，反正无锋的细作彼此互不干涉。"

"妹妹不嫌弃的话，以后都可以跟我说。我就不多打扰了，你好好休息，改日再来看你。"云为衫起身离去。

上官浅的手则缩进了被子里。

宫远微拿着那个锦盒回到房间里，见宫尚角依旧愁眉不展，便关切地问："哥还在忧心无名的事吗？"

宫尚角点头："无名留在那墙上的字，未尽的那一笔，明显是因为发现有人来才停住了。若他真能当着我的面来无影去无踪，恐怕他实力甚强，整个宫门都难敌……"

"云为衫的锦盒，我拿过来了。她带了人参过来，我已查过，没发现什么问题。"

"再细查一下。告诉暗哨，盯紧一点，不要放过任何蛛丝马迹。"宫尚角嘱咐道。

羽宫极静，雾姬夫人躺在床上。下人伺候她服下药后，便尽被遣散。雾姬夫人抚着自己的肩膀，后背的伤让她有些疼痛，疼痛又让她陷入了回忆。

上元节当夜，雾姬夫人拿着狐皮进了宫子羽的房间。

见四下无人，雾姬夫人把狐皮放好后，坐在凳子上。她抽出腰间的软剑，抬起自己的手臂，用软剑在手臂上划出了一道伤口。软剑割破衣袖和血肉，鲜血汩汩地冒了出来。

雾姬夫人用手指蘸着自己的血，在墙上一笔一画地写上几个血红大字。待写到"弑者无名，大刃无锋"的"锋"字最后一笔时，她突然听到窗外传来了动静。

暗处，一个蒙面黑衣人正在窗外窥视着她。那人正是上官浅。

雾姬夫人察觉到了人影，猛地回头。

"谁在那里？"

上官浅原本想走，却见雾姬夫人轻功十分了得，一个纵身来到她身后，提着领子将她扯住，一个劲儿地往房间里带。上官浅回身进攻，瞬间过了三招。雾姬夫人武功高强，上官浅很快落了下风，然后被雾姬夫人一把扯开面罩。

"上官浅！"

两人停下动作，上官浅看着墙壁上未写完的血字，说道："你果然是无名。"
　　雾姬夫人一笑，没有回答。
　　上官浅对雾姬夫人的行为早已猜透："你是眼看宫尚角怀疑你，生怕他步步紧逼，于是自残身体，打算用苦肉计洗掉无名的嫌疑？"
　　"你很聪明。"雾姬夫人道。
　　"我觉得蠢透了！"上官浅语带嘲讽。
　　"无锋后辈现在都这么狂妄吗？你来得正好，我正好缺一个替罪羔羊！"
　　上官立即明白了雾姬夫人的用意："你太冒险了，若是你我同时暴露，就是两败俱伤。"
　　"若是你我都暴露，你说他们是信我一个二十几年来都循规蹈矩的夫人，还是信你这个刚入宫门但形迹可疑的新娘？他们没有证据，能奈我何，你还是想想被怀疑之后如何自保吧。"
　　上官浅不疾不徐道："你又怎知我没有脱身之计？不过，无锋前辈的作风，我算是领教了。为了自保而牺牲同门，果真够狠。"
　　"那只能怪无锋的后辈一代比一代无用！"雾姬夫人说着，便挥动手里的软剑攻向上官浅。
　　上官浅用无锋最常用的擒拿术去夺雾姬夫人的手中剑，然而雾姬夫人突然松了手，软剑落在上官浅手里。只见雾姬夫人得逞似的一笑，后背朝上官浅撞了过去，上官浅来不及撒手，软剑便刺中了雾姬夫人的后背。
　　上官浅一惊，立刻丢下软剑，从窗口逃走。而雾姬夫人摇摇晃晃，倒在地上，很快便昏了过去……

　　淡淡的月光透窗而过，雾姬夫人回过神来，脸上的表情被窗帘的阴影遮盖，一片斑驳。

　　深夜，宫子羽正在书桌前专心致志地研究地图，琢磨着如何布防。金繁想了想，还是敲门而入。
　　"夜深了，执刃早些歇息吧。"
　　"时间不多了，在去闯第二域之前，我得把这个弄完。"
　　金繁凑近，看到宫子羽执笔在一张宫门地图上画来画去。
　　"这是宫门新的布防图？"
　　宫子羽点头："羽宫主内，我掌管宫门这么久，一直都没有管过这些事，越想越惭愧，现在应该肩负起这些责任了。"宫子羽搁笔，拿起布防图，吹了吹上面未干的墨迹。

"希望不会再有人出事了。"宫子羽似想到了什么，忍不住道，"别人都说，逝去的亲人依然会在天上看着他们关心的人……你说，爹能看到我的努力吗？他会不会欣慰一点？"

金繁诚实道："老执刃看没看到，属下不知，但属下看到了，很是欣慰。"

"你不安慰我也就算了，还占我便宜！"宫子羽对着金繁笑道，"明天我就去后山，云为衫会跟我一同前往。无名还未被抓到，我看宫尚角依然盯着姨娘不放，我不在的时候，你得保护姨娘，不要让别人有机可乘，再去污蔑姨娘。"

"是。"金繁问道，"执刃还有什么要交代的吗？"

"你去贾管事家有收获吗？"

"贾管事的妻儿都已经搬走了，就在老执刃和少主被毒死前一个月。"见宫子羽皱眉，金繁又说道，"更可疑的是，据邻居说，有人在我们去之前也找过贾管事的妻儿。"

"难道是宫尚角的人？"

金繁点头："我感觉是。而且还有一件怪事……"

"什么？"

"据说，贾管事的儿子曾经得过重病，最后被宫门的大夫治好了，痊愈之后，他变得力大无穷……"

宫子羽若有所思道："这是个线索，继续查下去。"

房间里，上官浅躺在床上，床边的凳子上放着药碗和云为衫送来的那棵人参。

上官浅试图用受伤的手端起碗喝药。她的手指因为受过拶刑，满是青紫伤痕，且无法伸直。此刻，她忍不住，发出"咝"的一声。

脚步声由远及近，宫远徽推门走了进来。

"徽公子。"

"不是我哥，很失望吗？行了，不必在这里装可怜，我哥又看不到。"

"徽公子说笑了，你看我身上这些伤，哪一点像是装的？"

宫远徽扫了一眼上官浅惨不忍睹的手："你是不是想着，若是被我哥瞧见你这副惨兮兮的样子，他就会怜香惜玉？"

上官浅低下头，幽幽道："我有自知之明，我伤了这么久，角公子也未曾来看过我。"说着她抬头看了宫远徽一眼,"哪像徽公子受伤的时候,角公子寸步不离。"

"我是他弟弟,这从小到大的情分,你羡慕不来的。"

上官浅叹了口气,说:"若能有一天,角公子待我有待徽公子的千分之一,我也满足了。"

宫远徽看着上官浅:"我看你并不是这么容易满足的人,你眉间、眼角都写着两个字。"

"贪婪?"上官浅问。

宫远徽冷笑着摇头。

"野心?"上官浅再猜。

宫远徽再摇摇头,说:"是'无锋'。"

上官浅脸色变了,刚想辩解,却见宫尚角从门口进来了。

宫尚角看向宫远徽:"远徽,我听下人说你来了这里。"

上官浅立刻道:"角公子不用担心,徽少爷没有打扰我养伤,他只是过来关心一下我的伤势。"

宫尚角道:"我没有说他打扰你。"

宫远徽说:"我也没说我是关心你。"

两兄弟的表情,一个冷漠,一个讥诮,好像是早就商量好的。

上官浅低下头,不再作声。

宫尚角见上官浅床边药碗里的药还一口未动,不禁皱眉:"怎么不喝药?"

上官浅抬起头,柔柔地看向宫尚角,没有说话,只是从被子里伸出红肿的双手,颤抖着捧起药碗。宫尚角见状,快步走过去,一手接过药碗,一手扶着她,慢慢将药喂到她嘴边。

"多谢公子。"上官浅低头喝完药,抬起眼睛,轻轻地看向宫尚角身后一脸寒霜的宫远徽。

宫尚角放下碗,低声唤道:"远徽。"然而没有回应,房间里早就没有了宫远徽的身影。

宫子羽和云为衫进了后山大门。走出密道,两人耳边传来风声。风里夹杂着旷野的气息,让人心头一宽。

蒙着眼睛的云为衫摇摇宫子羽的手臂,问道:"已经是野外了吧?"

同样蒙着眼睛的宫子羽牵着她的手走在她前方:"嗯。有草木的清香,风中还有水汽,我们应该已经离开密道了。"

侍卫提着一只灯笼走在前方的深草丛中。月光下,高高的野草在风里起伏。

侍卫道:"执刃大人,我们到了。"

宫子羽和云为衫摘下蒙着眼睛的布条,眼前的景色让两人有些意外。

此刻两人站在水边,远处是高耸的山崖,山崖中间有道窄缝。此刻,一叶扁舟正缓缓地驶来,船尾一个船夫,船头一个白衣男子。船头挂着一只黄色的灯笼,柔和的烛光照出他的面容,是月公子,也就是现任月长老。

船缓缓靠岸,月长老肃然而立,等着两人。

云为衫朝月长老行礼,宫子羽点头致意:"月长老。"

"这里不是前山,所以,叫我'月公子'就好。执刃大人,请随我来。"

小船驶进峡谷,渐渐往深处去。水流进入洞穴,变成地下暗流。周围一片昏暗,只能听到暗流涌动的声音。

船正在缓缓靠岸。

宫子羽问道:"月公子,第二域试炼的内容是什么?"

"不急,眼下我有几个问题,想要先问一下云姑娘。"

宫子羽有些反应不过来:"问她?不是考我吗?"

云为衫也一愣,只好道:"什么问题,月公子,请说。"

"船靠岸了,我们上岸再说。执刃请。"月长老做了上岸的手势。

宫子羽下船,迈步上岸。船上的船夫突然将竹竿轻轻一撑,跳到岸上,船随着竹竿的反作用力瞬间离岸而去。

宫子羽听见身后有风声,急忙回头,却见船夫抛向自己一把竹刀,又迅速从竹竿里拔出另一把竹刀,开始进攻。船夫刀法密不透风,攻防有度,显然,他是后山训练有素的高手,水平应在绿玉侍之上。

与此同时,船上的月长老也向云为衫出手了,转身挥掌,直击咽喉,动作相当迅疾。云为衫反应极快,伸手格挡,同时步子移动,身形后撤。如果是在陆地,云为衫应对非常得当,然而这是在船上,空间狭小,脚下不稳,以至于她在拆招时失了重心,露出破绽,被月长老一把掐住了脖子。

宫子羽听见船上云为衫的惊呼,便跃出缠斗圈,转身看见月长老手指锁紧了云为衫的脖子。而云为衫面色涨红,几乎快要断了呼吸。

第十六章 试言之草

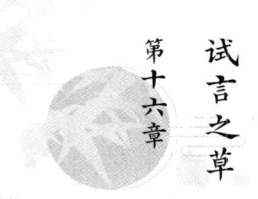

突然的变故让宫子羽乱了方寸，他见云为衫被挟制，情急之下，施展开了拂雪三式中的第二式——霜冻。

宫子羽内力激发，水面上突然卷起森然的白色寒气，如一条巨蟒朝船夫席卷而去。船夫被迎面刺骨之寒的刀风冲撞，气息一窒。宫子羽趁机将他踢飞。船夫竹刀落地，手上佩戴的黄玉显现出来。

果然是黄玉侍。来不及多想，宫子羽立刻拾起竹竿撑竿借力，朝已经漂远的小船飞掠而去。腾空之时，宫子羽挥出两道寒气刀风，朝月长老的背心攻去。

听见身后的风声，月长老只好放开云为衫，转身从腰间摸出两件小巧的暗器，从手心射出。暗器打断了宫子羽借力的竹竿，宫子羽空中一跃，踏了一下断竿，继续朝小船飞去。

被松开脖子的云为衫立刻从背后袭击月长老，然而月长老仿佛瞬间看透了云为衫的招式，用一个独特的动作扣住了云为衫的手，掐住了她的脉门。

云为衫心下大惊，暗想道："无锋？！"她突然想起，这套动作与当时在房间雾姬夫人扣住她脉门时使用的一模一样。她太熟悉了，因为这正是无锋的招式——点脉手。

当年在无锋时，寒鸦肆与她训练，她刚出手，寒鸦肆便用一个独特的动作瞬间扣住了她的脉门。

寒鸦肆说："这是无锋独创的点脉手，近身搏斗时非常好用。"

云为衫大受震动，一时间思绪纷飞，失去了抵抗力。

而空中的宫子羽带着寒气的刀锋已经凌空劈下，电光石火间，月长老扯过云为衫的胳膊，自己闪到云为衫身后，将云为衫作为肉盾，挡在自己身前。宫子羽只能紧急改变刀风，刀风分叉，劈向小船两边的水面，溅起巨大的水花。

月长老另一只手突然抬起，掌心捏着一粒暗红色的药丸，他抬手捂住了云为衫的嘴，将药丸送进她嘴里。然后他以迅雷不及掩耳之势控制了云为衫的牙关，迫使她张开嘴，扬起她的头让她咽了下去。

月长老松开了云为衫。云为衫呛到之后剧烈咳嗽了两声，此刻已经无法将那粒药丸逼出。而宫子羽已经飞身到船上，上前扶住云为衫，厉声呵斥："月公子，你这是干吗？你逼她吃了什么？"

"毒。"

宫子羽难以置信："什么？！"

云为衫也露出不解的表情。

月长老此刻才笑了一下，不疾不徐道："解此剧毒，正是羽公子需要闯过的第二域试炼。"

三人沿着水面上的栈道前行，摇晃的水面反射出无数碎银般的光，照耀在石壁上，像一片澎湃的思绪。

月长老走在前面，宫子羽和云为衫走在他身后。宫子羽一直握着云为衫的手，发觉她的手冰冷刺骨。

云为衫没说话，她低下头，看见手腕上两个人的花绳紧紧靠在一起，但是自己雪白皮肤的手腕上多了一条暗黑的血管般的痕迹。

月长老说："此毒药名为'蚀心之月'，第二域试炼，闯关者必须在毒发之前制作出解药，否则，中毒者会受尽折磨而死。"

宫子羽紧紧皱眉："多久发作？"

"可能是三天……"

宫子羽听到这里，呼吸一滞，立即瞪大了眼睛。

月长老接着说："也可能是一个月。就看你能不能找出所中之毒究竟是何物了。"

谈话间，三人走上了阶梯。阶梯上是一个堆满书籍的书架。

月长老说："这里是月宫收藏的所有毒谱和医书，随时供你查阅。羽公子天资聪颖，相信一定可以参破蚀心之月的奥秘。"

云为衫感到胸腹渐渐生起刺痛感，宫子羽看见云为衫痛苦的样子，握紧她的手。他实在不理解这种考验方式的必要性在哪里，为什么不直接针对自己呢？云为衫明显感觉到了宫子羽的情绪波动，安慰他道："我没事。你要把心沉下来。"

宫子羽打量四周，除去几乎堆满四周的书籍和竹简，书架旁边放着一张大长桌，桌子上摆放着研钵和一些制药的工具。

月长老说："书架下方专研体内痛症，中间则专研体外伤症，最上层专研毒症以及配毒解毒之法。"

宫子羽不由得皱起眉头，这无异于大海捞针。

"关于毒症的书籍这么多，探得解毒之法有如大海捞针，月公子有什么建议吗？"

月长老觉得有些好笑，但还是忍不住答道："出于交情，我提示了这里的藏书分门别类，已经替公子节省不少时间了，再说下去就真有舞弊之嫌了。"

"那你告诉我，蚀心之月是寒毒还是热毒？"

月长老摊了摊手："我不如直接把解药给你？"

宫子羽再无话可说，只能转身，走上楼梯，在书架前来回徘徊，眼瞅着如山的书籍沉思起来："既为试炼，就说明这个任务必定可以完成，然而这么多藏书，绝无可能在短时间内看完，所以蚀心之月绝不可能是短期烈性剧毒，至少能让试炼者有足够的时间研究和配制解药，所以，那就是……"宫子羽指着书柜上的标签"慢性毒药"，回头对月长老说，"这里？"

洞穴内已经没有了月长老的身影，而云为衫已经晕倒在地上。宫子羽心中焦急，急忙抱起她，放到旁边的软榻上，先前的判断已经开始动摇：看来，这药未必就是慢性毒药啊。

角宫，宫尚角回到房间里，看见宫远徵坐在桌前独自喝着闷酒。

"为何独自喝酒？"

"酒又不是药，当然自己喝，难不成要别人喂着喝吗？"宫远徵明显在生气，生气哥哥当着自己的面喂上官浅喝药。

宫尚角忍不住觉得有些好笑："这也值得生气？"

宫远徵不回答，闷头又喝了一杯。

这时，金复拿着一封密信走了进来："公子，谷中据点送来了消息，是关于上元节当晚那个窃贼的。"

金复所说的"窃贼"，就是盗窃云为衫项链的那个窃贼。

宫远徵接过信封，拆开密信，看了两眼后轻哼道："哥哥猜得没错，那个窃贼偷走云为衫的东西果然不是巧合，确实是为了引开宫子羽。"

金复点头："那个窃贼是旧尘山谷里的惯犯，据他招认，是紫衣姑娘指使的。"

宫远徵疑惑道："紫衣……云为衫竟然跑去见她？不嫌脏啊……"

宫尚角问："查过紫衣吗？"

金复答："查过了。紫衣原名叶晓，父母兄长原是江南富商的家奴，后来被送到了朳场……"

宫远徵问："朳场是什么？"

金复答："是权贵闲暇时的游戏之所，将人放进林子，当作动物狩猎，以此寻乐。"

宫远徵露出厌恶的表情。

金复继续说："她的父兄都死在了朳场，于是人牙子把她卖给了万花楼，取名紫衣。"

宫尚角幽幽说道："这么看，也是个可怜人。"

宫远徵问哥哥："所以，那晚云为衫去跟紫衣见面就是为了争风吃醋？"

"当然不是。如果只是为了争风吃醋，没必要演这么一出遇贼遭抢的戏码支开宫子羽。而且，云为衫作为宫子羽名正言顺的待娶之妻，为了宣示主权，更应该带着宫子羽一同前往质问。"宫尚角给自己和宫远徵各倒了一杯酒，然后对金复说，"送两块'玉'去万花楼吧，这个地方咱也得'打赏'一下，好生看着。"

"是！"

万花楼一派热闹，浪子高喝，娇娘媚笑，笙歌阵阵，香气似潮。在紫衣房内，气氛反倒有些肃杀。她靠窗坐着品茶，时不时瞟一眼对面坐着的寒鸦肆。

紫衣见他沉默不语，便倒了一杯茶，刚递过去，就有一只手从窗外伸进来，夺过那杯茶，仰头喝了下去。

寒鸦柒翻窗进屋，落地时悄无声息。

寒鸦肆拿起茶案上的信封，递给寒鸦柒："你训练出来的那个魅，能力出众，才貌双全，可惜连消息都送不出来，最后还是靠着我那个可怜的最低阶魍帮忙，你才能拿到这个东西。"

寒鸦柒接过信封，无所谓地耸耸肩，笑了笑："游戏刚开始，日子长着呢，你急什么？"他扬了扬手中的信封，问，"这里面是什么？"

"宫远徽的暗器残片样本和结构图纸。"

寒鸦柒歪了歪头："无功无过，不惊不喜。你呢？你那个神通广大的魍给你送出什么了？"

"你不用知道。"

"不公平啊，你都知道我的了，我还不能问问你的内容？"

寒鸦肆笑了："谁让你的手下技不如人呢？下次，如果是她帮忙把东西送出来，你就能知道我拿到什么宝贝了。"

紫衣对着寒鸦柒笑起来："你这么逗弄其他寒鸦大人，不好吧？"

"无所谓，"寒鸦柒耸耸肩，跳上窗口，准备离开，走前像是想起了什么，回过头来，"对了，你们楼下好像多了两条'狗'，看起来会咬人哦。"

紫衣不屑地说："那是宫门的玉阶侍卫，乔装成仆人来盯梢。我早就发现了。"

"那你还留着他们？"

紫衣笑笑，低头喝茶，不回答。

寒鸦柒略做思考，笑了："懂了。还是紫衣姑娘厉害。看来，宫门里有人要被狗咬咯，真倒霉，哈哈哈——"

寒鸦柒的笑声随着他的身影远去。

窗外，夕阳西下，暮色四合。

月宫里，云为衫躺在床榻上，面色惨白，双眼紧闭，眉心紧皱，额头上渗出细密的汗水，毒药之苦又勾起了她的噩梦。

梦中是无锋长长的走廊，云为衫与义妹云雀都身中剧毒躺在床榻上。她们仿佛浑身被灼烧，云雀还不断呕吐，两人翻滚着，痛苦不已。

寒鸦肆看着面容扭曲的云为衫："半月之蝇会让你全身都像被烈火灼烧，苦不堪言，如果迟迟不解，烈毒就会攻心，一旦侵入心脏，就无药可救。"

云为衫突然从梦中苏醒，喘着粗气坐在床上。她已经分不清此刻是白天还是黑夜，甚至分不清楚这里是在无锋还是宫门。黑暗的洞穴内只有点点烛火闪烁，偶尔会发出一声轻微的蜡油炸裂声。她从床榻上起身，感觉咽喉处发痒，便捂着胸口咳嗽了几声。

云为衫下床，寻着一路散落的书籍，看到了专心致志的宫子羽。此刻他正挨着书架捧看着一本药典。云为衫打量着宫子羽认真读书的样子，一时间觉得心头静谧、安闲无比，身上的疼痛竟消散了好多。

云为衫拿起一旁的披风，轻轻给宫子羽盖上。

"你醒了……怎么不叫我？"宫子羽抖一下书卷，转头问道。

云为衫笑笑："这月宫潮气重，入夜又凉，你小心，别受风寒。"

宫子羽看看身上的披风："哎，反倒让你照顾起我来了……你感觉如何？变得更难受了吗？"

"难受倒没什么，只是我发现这毒会让内力紊乱，只要运功，毒气攻心的速度就越快……"

"那你尽量不要运气，有任何事情都与我商量……你现在感受到最明显的症状是灼烧之热，还是刺骨之寒冷？"

"是冷……四肢最明显，类似赤脚在冰上站久了，发麻的刺痛感……"

"没有打扰二位吧？"不知道月长老是何时来的，他看着地上堆满的书，又看看宫子羽憔悴的面容，问："这些你都看完了？"

宫子羽点点头："嗯，粗浅地看完了。"

"哦，有收获吗？"

宫子羽答："蚀月的特点，我已经查到了。"他低头在面前的书堆里翻找了两下，然后拿起其中一本，翻开自己折起来的部分，"这本典籍上记录了一种毒药，其症状以月相时辰为始末，周期变化，以半月为期，损益现象层层递增。而且这种毒药非常有趣，可以根据中毒者自身体质和内功自动变化成两种截然不同的毒药——灼热的烈毒或者阴冷的寒毒，因此解法也不同……你们为了增加试炼的难度，篡改了这个毒药的名字，给了它一个听起来很唬人的新名——蚀心之月，其实这个毒药真正的名字叫'半月之蝇'——"

云为衫大惊道："半月之蝇？！"她受到的震撼太大，不由自主地后退半步，脸色为之一变。随即，她意识到自己失态了，赶紧用手捂住腹部："半月，是不是时间只有半个月？羽公子千万不可太过着急，熬坏了身体！"

宫子羽只道她是为自己担心，安慰她道："对，所以我的解毒时限是半个月。但你放心，我有把握。"

月长老点点头："不错，只用一天就知晓此毒为何物，你是目前为止用时最短的人。看你捧书苦读的模样，真是令人肃然起敬。"

宫子羽说："多亏月公子提醒。"

月长老一摆手，正色道："我可没有提醒你，不要乱说。"

宫子羽看了眼手中的书页，继续念道："半月之蝇需包裹熬制成丸，直接吞服才有成效。由七蛇花、尸虫脑、僵蚕和关键药引——"

宫子羽念到一半，突然停了下来，冲月长老翻动了一下书页，只见书中的后一页已被人撕去。

"这书倒好，关键的药引被人撕去了。"

月长老也看到了，他笑了笑，说："不然呢，若全部让你看了去，那还考什么？"

"药材种类繁多，浩如烟海，你撕掉这一页，岂不是让蚀心之月变得无解了？"

月长老意味深长地笑了笑："能够解开无解之毒才是挑战。"

云为衫站在宫子羽身后，欲言又止，表情复杂。

宫子羽想了想，朝月长老伸出手来："那我得问月公子要个东西才成。"

"哦？"月长老有些疑惑。

"我想问月公子再要两粒蚀月，方便我研究缺失的成分，这不算违规吧？"

"当然不算。"说完，月长老从腰间拿出两粒封蜡药丸，递给宫子羽后，拿起书架上他看完的其中两本书，"这两本书还讲到了不少药材的药性，你都吃透了吗？例如芜姜——"

宫子羽接过月长老的话茬："芜姜，性平，味苦，有治咯血之功效。"

月长老的眼神露出赞许之意："嗯，那解茅呢？"

"性热，味辛，主治心腹冷痛。"

宫子羽答完，忽然觉得月长老眼神有异，忍不住观察起来。

"怎么了？"

"没事，执刃真是过目不忘。我就不再打扰了。"

月长老走后，宫子羽和云为衫继续翻查书籍，讨论着书上的内容。

"尸虫脑为剧毒，会造成内力乱行、武功尽废，待毒血到达心脉后就会暴毙而亡。"

"僵蚕服用后会气血不顺，呼吸不畅，通体发寒。七蛇花则会导致心腹绞痛……这些症状，我都出现了。"

"……那被撕掉的最后一味药引会是什么呢？"

宫子羽想了想，走到桌边。这张桌子是宫子羽伏案的工作桌，上面有纸笔，还有月长老给他提供的各类制作解药的器具，桌子不远处还有只煎药的小药炉。此刻，桌子四周还堆着宫子羽翻看过的不少书册。

宫子羽坐在桌边，戴上了金丝手套，小心翼翼地捏开蚀月外层的封蜡。他将蚀月凑到鼻间闻了闻。

宫子羽喃喃自语："清苦之味……这个味道有些像苦心草，难道缺的成分是苦心草？"

他立刻从身边成堆的书册里抽出一本，翻到某一页，上面记录的正是苦心草的信息。

宫子羽照着书上念道："苦心草毒性微弱，服用后虽会导致咯血，却有清除体内瘀寒、瘀血之效。"随即，他皱起了眉，小声呢喃，"这蚀月既是毒药，应该不会含有解毒类的草药吧，而且你也没出现咯血的症状……"

宫子羽有些不确定，一转念突然想到了什么，又翻出两本不同的药典对比查看。他边看边喃喃自语道："这解茅对症的正好是心腹冷痛……"

宫子羽回忆起刚才与月公子的对话，突然意识到月公子话中有深意，他其实一直在提醒自己。回过神来，宫子羽不由得低呼："芜姜有治咯血的功效……我知道了！"

他兴奋地回头，发现云为衫已经睡着了。

宫子羽喃喃自语："可是……可是依然缺少最后一味关键药引，到底是什么啊……"

这时，他突然听见云为衫在梦中低语。他回头，见云为衫皱眉闭眼，似乎在梦中也备受毒药的煎熬，口中念念有词。

宫子羽听不清楚，不由得走近一些。

"云姑娘，你说什么？"

云为衫还是没有醒，她依然反复重复着那几句话。

宫子羽开始有些疑惑，仔细听了几遍，猛然震惊。因为他听清了云为衫一直重复的梦话："虫卵……关键药引是虫卵……跀骨之蝇的虫卵……"

宫子羽震惊，他回到案前，拿起黑色的药丸，用力捏开。

药丸破裂，一颗又一颗半透明的虫卵掉落在油纸上。

宫子羽呼吸有些急促，他回头，看着睡梦中依然喃喃自语的云为衫，手因激动而不住地颤抖。他迅速起身，抓过一张纸来，抄笔蘸墨，奋笔疾书。等心气稍定，他又工整地誊抄了一份，然后径直走到藏书阁门外，将一张药方递给等候在藏书阁的栈桥边的下人。

"松蓝花、栀山归、银香附、解茅、芜姜……照这个方子拿药材吧。"

"是。"

"对了，我还需要一些寒刀石。"

"哦，是洞穴里蛇虫鼠蚁太多吗？要不要帮公子换新的被褥？"

宫子羽笑了："不用。你也学过医术，知道寒刀石可以驱虫？"

下人答："月宫的人多少都懂一些吧？让大人见笑了。我取药去了。"

深夜，医馆亮着灯，宫远徽走进药房，迎面撞上金繁拿着一兜药往外走，便将他拦下，问道："你来做什么？"

"替雾姬夫人取药。"

"为何不让下人来取？"

"宫门内乱，执刃不放心，让我亲自照顾。"

"让我看看药包。"

金繁毫不避讳，将手上油纸包好的药材递给宫远徽："徽公子请便。"

宫远徽打开纸包，发现只是平常药材，没有看出异常。但他直觉金繁另有目的，只是伪装得好罢了。

"徽公子还有别的吩咐吗？"金繁语气里带着反讽之意。

宫远徽侧退了一步，很夸张地摆出一个"请便"的姿势。待金繁离开两步时，宫远徽注意到了金繁衣袖上的厚重灰尘，不由得皱起了眉头，若有所悟，赶紧走进诊疗室，扫向一排排的架子。很快，他就发现顶层的大夫出诊记录册子被人翻动过，有灰尘被擦过的痕迹。

宫远徽勾起半边嘴角："原来是查医案……"

羽宫里，雾姬夫人房门外，宫紫商端着空碗从雾姬夫人的房间走出来。

金繁问："雾姬夫人喝完药了吗？"

"嗯。你医案查得怎么样了？"

"根据医馆的出诊记录，两年前并没有大夫出诊。"

"那贾管事的邻居为什么要说谎呢……"宫紫商说，"我感觉她说的都是真的。"

金繁接过宫紫商的话茬："也可能是出诊记录被人修改了……"

"唉，线索又断了……"

金繁沉默地点了点头，他越来越感觉事情没那么简单。

宫远徽找到宫尚角，告诉他这个新发现。

"哥，前几天你刚让我查过大夫去旧尘山谷出诊的记录。结果今天我去医馆，就发现金繁也在查这件事。"

宫尚角向后一靠，他的脸立刻进了阴影里："这么巧？看来，宫子羽的脑子越来越好使了。"

"哥，我现在也不是很清楚，通过出诊记录能找到什么线索呢？"

"在查贾管事。"

"贾管事？"

"谷中据点之前送来了消息，说贾管事的妻儿失踪了，至今他们母子下落不明。"

宫远徽有些不解："那金繁为何要查这个？"

宫尚角说："贾管事的儿子得了重病，据说是在两年前被宫门的大夫给治好的。我猜，他们想查这里面有没有可疑之处。"

宫远徽看了眼宫尚角放在书桌上的书册，那是一本精装的《医典》。

"哥，你翻看医书，也是因为这个？可疑之处在哪儿呢？"

宫尚角点头："将死之人不但突然起死回生，还变得力大无穷，确实可疑啊。"

宫远徽突然想到了什么，但欲言又止。

"你想到了什么？"

"没啥，我刚刚想多了，没可能的事儿……治病只能对症，解除病灶而已，不会突然力大无穷的，这都是民间传说中才会有的。"

宫尚角沉思道："看来有必要找个时间去后山问一问月长老了。"

宫远徽一听，立刻说："哥，你去后山……可以顺便打探一下宫子羽闯第二域的进度。"

宫尚角意兴阑珊："打不打探，也改变不了结果。"

"哥，你就不担心他吗？"

宫尚角站起身来踱了两步，说："他如果是个废物，何必担心？倘若他真有本事，那也无须担心。"

宫远徽看着宫尚角，似懂非懂。

月宫藏书阁里，宫子羽接过下人递过来的一大包药材，将其一一摆在桌面上。突然，他皱起眉头："不对。"

下人问:"有何不对?"

宫子羽拿起一块药材瞅了瞅:"这是胆木,不是芜姜,两者外形近似,但芜姜内芯为棕色,且有点状皮孔。"

下人施礼笑道:"恭喜执刃。"

"……你在考验我的辨药能力?"

"小人哪敢造次。用胆木冒充芜姜是月长老对执刃的突击小考。恭喜执刃顺利通过,这是您要的芜姜。"

下人说完,毕恭毕敬地递上一包芜姜。

"月公子呀,处处是坑啊。"宫子羽边嘀咕着,边开始动手煎药。

一个时辰后,他终于煎制出一碗冒着热气的黑色汤药,嘴里依然念念有词:"松蓝花、栀山归、银香附、解茅、芜姜……半熟之水熬制,赭石做药引……"

月长老早就来了,一直看着他忙乎,见他满脸喜色,不禁摇摇头,刚要开口提醒时,宫子羽一挥手:"等等,还没完。"说着,宫子羽从旁边的纸包里拿出几颗寒刀石,丢进碗里。

月长老眼睛一亮,不由得笑道:"子羽真是聪明,知道要用寒刀石。你是怎么猜到药丸里面有虫卵的?"

宫子羽本想实话实说,但还是改了主意,犹豫一下,决定保密,遂说:"秘密。"

月长老也笑了:"好吧。我就不再问了。但能看到药丸中的虫卵,足见子羽眼光独到。"

宫子羽端着汤药凑近,给月长老看:"月公子,这个解药对吗?我过关了没?"

月长老说:"对与不对,服下便知。"

宫子羽愣在原地:"还得服用?"

"这是当然。"月长老见宫子羽犹豫,又提醒道,"你用的这几味药,药性都非常猛烈,搭配在一起更是凶残,可能会比蚀月更折磨人……别怪我没提醒你。"

"我还以为之前……"宫子羽的声音低下来,"你是在给我透题呢……"

月长老挑眉问:"你说什么?"

宫子羽叹了口气,说:"没什么,是我误会了。我把这场考验看轻了。"

宫子羽黯然地在云为衫床沿坐了下来,瞧了瞧面容憔悴的云为衫。因受毒

374

痛折磨，她只是迷糊着睡去，睡眠很浅，呼吸甚轻。

宫子羽忍不住抬起手，轻轻地抚着云为衫的脸，从额头到眼角，然后又点着她的眉心，抚平了她梦中紧锁的眉头。然后他的手继续往下，握住了云为衫的手腕，翻过来一看，上面的黑线已经蔓延到手臂上。

他想起月长老的提醒，这几味药药性都非常猛烈，搭配在一起可能会比蚀月更折磨人……万一这份虎狼之药比毒药更甚，那云为衫就要承受双份折磨，自己便会把她变为猛药的试验品，变"救治"为"杀害"。他脑海中立刻出现了云为衫痛苦挣扎的画面。不行，绝不可拿心爱的人冒险，哪怕是一点点。

宫子羽垂下眼睫，把云为衫的手放回被子里，起身回到案前。他低头看着桌上制作出的解药，没有说话，脑海里闪过方才所有的记忆，一个新的想法涌上心头。

他问月长老："我在服食过百草萃的情况下吃了蚀月，还会中毒吗？"

"百草萃对蚀月无效。你若是吃了蚀月，一样也会中毒。"

宫子羽不由得怔了一下，他有一丝不解，甚至很想同月长老讨论一下为什么百草萃不敌蚀月之毒，但时间紧迫，云为衫正在受苦，他只能按自己的思路行事了。

送走月长老后，宫子羽收敛神思，从腰间拿出剩下的那粒蚀月毒药，张开嘴吞了下去。很快，体内的蚀月开始有了轻微的反应，胸腹的疼痛让他的脸越来越惨白，额头冒出虚汗。他翻开自己的袖子，果然看见手腕上出现了明显的黑线。

随后，宫子羽的手颤巍巍地端起那只药碗，他咬了咬牙，仰头把汤药一饮而尽。

药碗掉落在地上，摔得粉碎。

宫子羽蜷缩在地上，他的脸和脖子上都出现了被烧灼一样的红晕，而他抓着桌沿的手指节泛白，整个身躯微微发抖。蚀月的毒性加上解药的药性强烈冲撞，使宫子羽痛苦得咬紧了牙关。

这些声响惊醒了云为衫，宫子羽失去意识前一瞬间看到了云为衫焦急地跑向自己的身影。尽管肉体极其痛苦，他的内心却是骄傲的，他亲身测试药效，他要保证最爱的人少受伤害。

宫子羽迷迷糊糊地醒来，发现身上正盖着一件披风。云为衫正跪坐在他身边，眼含笑意地等待他醒来。

云为衫起身去端茶，宫子羽则缓缓舒展了一下四肢，发觉身体似乎没有了疼痛的感觉。他脸色一喜，略怀期待地翻开自己的衣袖，然而，手腕上那条黑线并未消失，这说明他体内的蚀月并未解除，之前配的解药无效。宫子羽的表情即刻冷了下去。

这时，他听到了云为衫走近的脚步声，便放下衣袖，强打精神抬起头。云为衫端着早膳走到了近前，将餐盘放到桌上。

"公子的脸色怎么这么难看？刚才晕倒，估计是思虑太过，用功太过，要注意休息啊。"

宫子羽装傻："是吗？兴许是研究解药太忘我了，没休息好所致。"

云为衫定定地看着宫子羽，越看越觉得不对劲，猛然想起来什么，突然伸手抓起他手臂，掀开了袖子，只见他手臂上赫然露出一条中了蚀月后的黑线。

云为衫顿时愣住，眼睛里百感交集，却强力忍住："为什么要骗我？为什么要毒自己……"

宫子羽缩回手："你不用在意，我这么做只是为了能尽快通过第二域试炼。毕竟，要想解毒，必须先体会中毒的滋味，只有体验到最真实的中毒感受，才能尽早配制出解药。"

"你撒谎——"云为衫呢喃着，一脸茫然，"这样做，值得吗？"

"当然值得。你是我最……最重要的人。"

"以后不准再骗我了……不管发生什么事情，我们一起商量，一起决定，不要一个人逞强，好吗？"

"好，我发誓今后绝不骗你。就算我做了错事，做了傻事，你可以骂我打我，甚至拿刀杀我，我也不会再骗你了。"

云为衫幸福地笑了，笑中带着一丝苦涩。

"那你呢？"

云为衫愣了愣："什么？"

宫子羽那双泉水般清澈的眼睛里是炙热的深情："你会骗我吗？"

云为衫沉默了，心像在擂战鼓，面前分明就是生死战阵，她在这震耳欲聋的鼓声中一骑绝尘。最后，她目光灼灼，轻声说："我对公子，绝无二心。"

宫子羽开心地笑了，一把抱住云为衫，用力地将她搂进自己的怀抱。

云为衫靠在他的肩头，再也不用忍了，眼泪尽情滚落，凝成一串串水晶之花。

时间匆匆流逝，宫子羽仍然在坚持寻找解毒药方。他的咳嗽开始加重，用手帕捂着嘴时，能看出咯出了不少血沫。他遵循着"对症治疗"的思路，翻书查找对治咯血症的药物……

白日，藏书阁内，宫子羽目不转睛地翻阅书籍，地面上全是整理出来的书册卷轴；晚上，圆月倒映在水面上，闪出粼粼波光。

石穴内，宫子羽躺在床上，额上冒着细细密密的汗水，五脏六腑的剧痛让他在床上不断弓起身子，颤抖不已。

床榻旁边放着水盆，云为衫一边咳嗽，一边细心地替宫子羽更换额头上的巾帕。她伸手摸了摸他的额头，一片滚烫，他满面通红，无疑正在受着毒药的煎熬。

月长老走进来，看见宫子羽抱着云为衫，两人依偎着睡着了。墙角有他们咳嗽时留下的染满鲜血的手帕。看见送来的饭菜几乎未动，月长老叹了口气，悄悄走到书架前，拿出几本书，轻轻地放到书案上，转身离开。

夜空的满月又瘦弱了一点，而宫子羽的左腿似乎出现了麻痹的症状，他只能坐在椅子上轻轻敲着自己的腿。一旁摊开的书册上便是类似"致麻性"的字眼，书册里偶尔还夹着一些草药。

宫子羽喃喃自语："腿脚麻痹……"

云为衫用手捂着嘴小声咳嗽，然后她走到宫子羽身边坐下，端起粥喂了宫子羽一口。

月落日升，藏书阁内，宽大的桌上是一个又一个药碗，碗底下分别压着各类药方，一张张药方上打满了圈圈叉叉……眼下，宫子羽又为自己配了一服解药，拖着一条腿一瘸一拐地走向书桌，端起桌上最末尾的药碗，没有丝毫迟疑，仰头喝了下去。然后他拉起自己的衣袖，不由得一阵失望——清晰可见的黑线已经快要延伸到手肘窝了。

不知过了多久，天色又暗下来。宫子羽疲惫不堪，累得趴在桌子上睡着了。云为衫坐在宫子羽身侧，时而冷静、时而激动地看着他，脑海里的思绪纷乱。

她先是想起了上官浅跟自己说过的话。

"宫子羽这个人呢，心软，多情，还是统领整个宫门的执刃。若你只是寻常女子，能嫁给他多美满啊，你说，是吧？"

377

"我要说什么?还是,你想听什么?"

"我想听你的真心话。一个位高权重的男子年轻英俊,捧着一颗炽热的心对你嘘寒问暖、用心良苦,你会不会因此动情?"

看着上官浅试探的眼神,她说:"无锋只训练我们如何动手,从来不会教我们如何动情。"

上官浅意味深长道:"动情不需要教,也教不会。"

"那就是,不会。"云为衫十分坚决。

"嗯,这样最好,一个细作若是爱上了她的目标,下场真的会好惨。我记得无锋以前有一个痴情的傻刺客,简直可以用'不得好死'来形容……"

上官浅加重了"不得好死"这四个字的语气,云为衫听完,不由得身子一震。

上官浅换上比方才严肃得多的神情:"别动情,这是我对你的忠告。希望你真的可以控制自己,免得害了人也伤了己。"

继而,云为衫又想起了与寒鸦肆在无锋训练室里与自己对话的画面。

"你知道身为女细作最致命的弱点是什么吗?"

"与男子力量的悬殊。"

寒鸦肆摇头:"不是。不是武功,也不是意志和恐惧,而是这里……"说完,寒鸦肆手指向云为衫的心口。

寒鸦肆用警告的神情盯着云为衫:"细作最忌讳的就是动心。女子从来都比男子痴情。"

记忆飘散,思虑加重,云为衫不但头疼,呼吸也变得急促,她拿起桌上的纸笔,写下:"墨旱莲、女贞子、寒水石……"

清晨,送早膳的下人还未走上台阶,就被云为衫拦下来。云为衫接过下人手中的食盒。

"执刃大人还在睡觉。给我吧。"

"是。"

云为衫递过去昨夜写好的单子:"麻烦帮我抓这些药来。"

下人拿过去一看,低声说:"墨旱莲、女贞子、寒水石……云姑娘,这些都是大寒之物啊,你中的就是寒毒,可不能吃这些……"

"快去！"

下人低头，无奈地走了。

就在下人身影消失的地方出现了一个傲然的身影——宫尚角站在木船上，缓缓驶入月宫。

上官浅房间里，大夫正在替她把脉。

"姑娘的伤势已经没有什么大碍了，再服几服药，消肿化瘀就行。"

上官浅掀起袖子，露出手臂上鞭刑留下的难看伤痕，结痂未退，十分明显："我这满身伤痕着实难看，大人为何不把金龙胆草加入我的药方？"

"上官姑娘不愧是名医世家，金龙胆草能促进伤口愈合还不易留疤，确实最适合姑娘的伤势。只是前段时日徵公子受伤，用掉不少，药房里余下的那点金龙胆草都被羽宫的下人拿去给雾姬夫人了——"

这时宫远徵走进来，调侃道："怎么，这么急着祛疤，是担心被我哥嫌弃吗？"

上官浅笑笑："角公子可不是以貌取人的肤浅之人。"

宫远徵暗讽道："那我哥看上你什么，心灵美吗？"

"等徵公子长大了，自然也就明白了。"

宫远徵语塞，有些尴尬地看着行过礼后离开的大夫。

上官浅理了理自己的袖子，反问："徵公子怎么这么好心，把药房里的金龙胆草都给了雾姬夫人？"

宫远徵笑了："羽宫有令，谁敢不从？那可是执刃大人。"

"你可从来没服过这个执刃大人。"上官浅话里带刺，"不过还是多谢徵公子专程来看我。"

"我是来告诉你，这几天我哥不在，你好好养伤，不要乱跑。"

"角公子去哪儿了？"

"后山。"

上官浅诧异道："宫门还有后山？"

宫远徵突然意识到自己说漏了嘴："一个外人，问那么多干什么？"说完，他便转身离开。

上官浅看着宫远徵的背景，不由得得意地笑了笑。不可否认，自从她刺伤雾姬夫人，宫远徵对她的忌惮越来越深了，这是她的胜利。而今天，宫远徵又失了态。人不能失态，失态便是失败的开始。

山谷之外，无锋总部，一向阴森森的环境多了一点欢快的气氛。

戴着帽子、看不见眉眼的寒衣客与寒鸦柒、寒鸦贰聚在一起，他们的面前摆放着云为衫传回来的部分宫门云图以及上官浅传回来的宫远徽的暗器图纸和残片。

寒鸦柒道："十年前，我们就是因为不熟悉宫门地形，吃了大亏。"

寒衣客语气果决："只待云图完整，宫门必破。"

"宫门的暗器果然独步江湖，宫远徽的专属暗器更是独辟蹊径，精巧绝伦。现在虽然有了图纸，但要锻造出样品尚需时日。"寒鸦柒尽力按捺自己的语气。

寒鸦贰语气里充满信心："那暗器上淬有四种奇毒，每种皆是世间罕见，目前已经解出其中三种。还有最后一种，相信也快了。"

"那宫远徽就废了。"寒衣客满意地点头，冷冷地哼笑了一声。

羽宫的亭子里，金繁合上一本医书，低头沉思。他知道宫子羽在试炼闯关时遇到了麻烦，未免替他担心。

宫紫商推过来一小碟点心。老实说，这些日子她是无比开心的，整天都能跟金繁待在一块儿，虽然他话少，恰是这种神态令人着迷。

宫紫商说："我近日眼皮直跳，好像是不祥的预感。"

"哪边？老话说，左眼跳财，右眼跳灾。"金繁问。

宫紫商托腮，疯狂眨着双眼，像两把剪刀发狂："两边。"她见金繁眉头又要皱起来，赶紧换了话题，"你说，会不会宫子羽闯关遇到了什么困难，把他们两个人都难住了？这么长时间了，也没点消息！"

"你把我难住了。"金繁明显看穿了她的伎俩。

"迎难而上啊！"

金繁没憋住，一口茶喷了出来。

藏书阁里冒出药材的气味，宫子羽满面憔悴，披着外套坐在桌前，云为衫正为他煎药。煎制完毕，她从药锅里倒出了一碗汤药，味道浓烈，颜色混浊。

宫子羽接过汤药，闻了闻，皱起了眉头。

"这是什么药方？"

"我在那边的医书上看到的，虽然解不了蚀心之月，但是可以大大降低你被热毒折磨的痛苦。"

宫子羽没有任何怀疑，仰头服下，轻轻放下药碗，作势感受着呼吸和脉络的变化，长长地嗯了一声，说："确实好受了很多……"

云为衫哭笑不得："哪儿那么快，你少哄我。"

这时，台阶下响起了脚步声。月长老满脸严肃地走过来，看见了宫子羽面前的空碗，以为他又在为自己配制新的解药："执刃，你再胡乱尝试就要毒上加毒了。"他看着一桌子的空碗，啧啧连声，"你的胆子是真大，亲身试药，作为执刃，当真一点也不爱惜自己的身体。"

宫子羽笑笑："神农还尝百草呢，我这又算得了什么？"

月长老提醒道："其实，执刃既为宫门之主，拿别人试药也是无可厚非的，我也曾用过'药人'。"说到此处，月长老顿了顿，似乎恍了一下神，然后才继续说，"在此前的试炼中，也是死伤者无数，只要试炼者开口，宫门之内自有愿意献身试药者。只要能够配出解药，些许牺牲、些许代价也是允许的。"

宫子羽摇摇头："我不想拿无辜的人试药，没有哪个人的性命是草芥，即便是蜉蝣朝生暮死，也无须为了我本该承受的试炼之苦而牺牲。我不怕死，我怕的是我心爱之人因我而死。其实我很喜欢你给这个毒药取的名字——蚀心之月。看着心爱之人受苦，确实如同心被侵蚀。"

云为衫看着宫子羽看向自己的灼热目光，不禁低下了头。

月长老见他目光坚定，露出欣慰的神情："既然如此，我想告诉执刃，这一域——"他话未说完，便被人一声"月长老"打断。

众人大感意外，回头，却见宫尚角乘着小船已经驶进了月宫。

宫尚角的出现，绝对不是偶然，众人尽管不知道其来意，却必须多加小心。

宫子羽小声对云为衫说："你留在这里。"说完，宫子羽和月长老一同走下楼梯。因为中毒的缘故，宫子羽行动不便，走路一瘸一拐。

宫尚角看见宫子羽瘸腿的样子，表情一怔，他自然清楚其中原因，没想到这家伙居然亲自试毒，而且看样子还饱受折磨，在冷眼相看的同时，心底竟涌起一丝钦佩之情。

宫子羽眼带揶揄，提高声调问道："宫二先生，稀客，你来做什么？"

宫尚角答："自然不是来找你的，我有要事请教月长老。"

就在宫子羽与月长老谈完话出来时，从藏书阁内传出了云为衫剧烈的咳嗽声。

宫子羽一阵心疼，对月长老道："云姑娘咯血咯得厉害，我去拿些补血的药给她。"

月长老点点头，没有多想。

宫尚角却眉头一皱："等一下！羽公子啊，这天下事真是有意思。虽然不是来找你的，没想到有了意外收获……"宫尚角说完，不等宫子羽反应，快步走上栈道，朝洞穴内走去。

宫子羽与月长老对视一眼，月长老似有所悟，脸上露出了担忧的表情。宫子羽不明白宫尚角要干什么，但意识到他会对云为衫不利，立刻一瘸一拐地跟了上去。

隔间里，云为衫正用帕子捂着嘴咯血，突然看见宫尚角走了进来，心中一惊，起身后撤，与宫尚角拉开距离，满眼提防地看着他。

宫尚角看见云为衫行动自如的样子，不由得得意地哼了一声，更是验证了自己的想法。

"看来你行动自如啊。"话未落，身形动，他一把抓住了云为衫。

云为衫此时甚是虚弱，毫无抵抗之力，被他抓住之后，也只是捂着胸口不住地咳嗽。

宫子羽这时拖着一条腿与月长老一起走过来，见此情形，眼中冒火，一边上前扶住云为衫，一边斥责宫尚角："宫尚角，你疯了？"

月长老也是满脸诧异，问宫尚角："这是怎么回事？"

宫尚角只看向月长老："禀长老，我现在要将云为衫带回前山审问。"

宫子羽怒瞪宫尚角："你抽什么疯？凭什么带走云姑娘去审问？她现在中毒，我们还在试炼中。"

"因为她是无锋的细作！"宫尚角一字一顿地说道。

"什么？"宫子羽以为自己听错了。

云为衫脸色瞬间惨白，用错愕的眼神看着众人。

"我经历过三域试炼，很清楚这蚀月的毒性。先是内力尽失，间歇性胸腹疼痛，随后开始咯血，当咯血结束，就会从一只脚开始，四肢逐渐麻痹。"宫尚角指着宫子羽的腿，"我说得没错吧？"

宫子羽点头，承认他的说法。

"但云为衫一直停留在咯血的阶段，刚才闪躲的时候也是手脚灵活，完全没有麻痹的迹象，所以，很显然……"宫尚角紧盯着云为衫，仿佛猎鹰发现了猎物，"云为衫根本没有中毒，她有抗药性！"

云为衫不由得轻蹙了一下眉头，听宫尚角继续说下去："所有无锋之人，过去十几年里，为了对抗宫门的毒药，都经历了非常严格且残忍的抗药性训练……普通人家的女儿绝对不可能受过此等酷训！"

宫子羽不由得看向云为衫，心里不禁暗想："我确实比云姑娘晚了几天服食蚀月，而我的左脚早已麻痹……"

云为衫回视宫子羽，眼神真挚、无辜，立即又让宫子羽打消了脑海里一闪而过的怀疑。他遂反问宫尚角："这又能说明什么？每个人的体质不同，中毒的症状也有所不同，就像云姑娘中的是寒毒，我中的是热毒。"宫子羽怕宫尚角不信，转而求助月长老："月长老，你说，是吗？"

月长老点点头说："体质不同，确实会有不同的症状，可是……"

"月长老直说无妨。"宫尚角说。

"可是麻痹的症状是一定会出现的……但云姑娘迟迟没有出现此症状，那要么就是如角公子所说，她本身受过毒药抗药性的训练，要么就是她很清楚这种毒药，已经自行解了……"

宫子羽突然想起了睡梦中的云为衫一直重复的梦话："七蛇花、尸虫脑、僵蚕……关键药引是虫卵……跗骨之蝇的虫卵……"还有云为衫昨夜写好的药单，上面都是大寒之物，并且云为衫告诉自己，虽然解不了蚀心之月，但是可以大大降低被热毒折磨的痛苦。她怎么会如此熟悉？

宫尚角看着明显发愣的宫子羽，说："所以，真相究竟如何，让我带走审问便知。"

宫子羽冷哼一声，立刻挡在云为衫面前："让你带走，她还会有命吗？我不准！"

"为了整个宫门的安危，恐怕你不准也得准了。"说着，宫尚角就要强行带走云为衫。

宫子羽想要护住云为衫，奈何此时的他因为服了蚀月，已经没了内力，再加上左脚行动不便，在宫尚角面前，宛如羔羊，没有一丝抵抗能力，只得大声呵斥："月长老在此，你还打算如此放肆，无视执刃的命令吗？"

"第二关都没过，你哪儿来的脸面自称执刃？而且，你为了一个女人，拿整个家族的性命去赌，你配得起'执刃'这两个字吗？"宫尚角从神色到话语，充满了鄙夷之情。

"她在羽宫生活这么久，我相信我看到的她。"

宫尚角冷哼一声，说："我只相信我自己的判断。"

就在宫子羽不顾一切，准备全力扑向宫尚角的时刻，月长老突然开口："两位无须争执，我有办法，很快就能分辨。"

很快，月长老手拿一个白瓷瓶走到近前，然后从瓶里取出一粒药丸，丢入茶壶。四五息的时间，那粒药丸溶解在茶水中。他取来一个茶杯，将茶水倒入杯中，端给云为衫。

宫子羽有些坐立不安："月长老，这药——"

"放心，此药名为试言草，服下者所言皆真，便对身体无碍。这草只会短暂地控制服药者的心神，让人无法说谎。"

云为衫接过茶杯，脸色苍白，但也很平静。她看了眼宫子羽，抬手一饮而尽。很快，她感到一阵眩晕，眼前的人和物都仿佛有了重影。恍惚中，她又回忆起了在无锋的往事。

无锋训练室里，寒鸦肆和云为衫跪在地上，他们中间是一具盖着白布的尸体。

云为衫晃了晃头，寒鸦肆的声音仿佛从远方传来。

"这就是暴露身份的下场，所以，最后关头必须自尽。若不能当机立断，则会受尽折磨，死也无门。"

恍惚中，云为衫又听见耳边响起了宫尚角冰冷的声音："可以问了吗？"

月长老点头。

云为衫四处观察，看了看宫尚角腰间的配刀，又看了看月长老腰间的佩刀，还有案上切割中药材的匕首……她摇摇晃晃地朝桌案上的那把匕首走去，却被宫子羽伸手拦住了。

"怎么，你还想包庇她？"宫尚角问。

"云为衫是羽宫的人，也是我的新娘，要盘问，也是我来盘问！"

"好吧，那就请羽公子问仔细了！"

宫子羽站到云为衫身前，伸手扶住她的肩膀，让她看向自己。云为衫眨了眨眼睛，努力把注意力集中到宫子羽身上。此刻，云为衫的精神异常恍惚，目光几乎呆滞。

宫子羽看着云为衫的眼睛，问道："你会伤害我吗？"

云为衫回答："不会。"

宫子羽心头一热，他松了一口气，接着问第二个问题："你会伤害我的家人吗？"

云为衫依然回答："不会。"

宫子羽的神色缓和，他显得很高兴。

宫尚角却看不下去，起身道："别总是问些无关痛痒的问题。如果你不敢面对，那么我来帮你直接切入重点。"说完，他走到云为衫面前，拉开宫子羽，直接问道："你是不是无锋的人？"

云为衫瞳孔发散，眩晕的感觉更强烈了。她又想起了自己在无锋对抗毒药的训练……

一缕白烟持续从香炉中升起，石室内烟雾缭绕。

云为衫双手捂着自己的头，看上去异常痛苦，她眼前的画面不断出现重影，耳鸣让她很快神志不清。

一个模糊的人影在重影中出现。那是寒鸦肆，他用一张浸湿的布捂住云为衫的口鼻，声音沉闷："告诉我，你是谁？"

云为衫在神志不清的时候依然扛住了拷问，喃喃自语道："我是……云家小姐云为衫，与无锋没有关系……"

云为衫晕了过去，模糊中，似乎一只手臂接住了她。

一盆冷水泼醒了云为衫，刺骨的水浇透了她全身，躺在地上的她浑身血污。

"做得很好，你是唯一能撑满两个时辰没有松口的人。"寒鸦肆给云为衫披上了一件御寒的披风。

云为衫已经失去了部分意识，瑟瑟发抖。

寒鸦肆轻轻拍着云为衫的背，声音越来越小："没事了，都过去了……"

迟迟等不到云为衫的回答，宫尚角再次厉声问："你，是不是无锋细作？"

云为衫晃了晃脑袋，看了眼站在一边满脸担心的宫子羽，又把头转向宫尚角，看着他，斩钉截铁地回答："不是。"

宫尚角皱眉，静默了三秒，又问："你是谁？"

"梨溪镇……云为衫。"

宫尚角沉默了，皱着眉头看了看宫子羽，又注视月长老片刻，猛地转身，一言不发地走了。

月长老轻轻叹了口气，对宫子羽说："药效一刻钟之后就会消失，你好好照顾云姑娘吧。"

云为衫的视线依然模糊，目光呆滞，她体内的寒毒又发作了，全身开始发抖。宫子羽轻轻地把自己的外袍披在她身上，从背后紧紧地抱着她。

宫子羽轻声说："以后谁都别想再欺负你。我会永远保护你的。"

说完，宫子羽突然想起什么，他脸红红的，有些害羞地走到云为衫面前跪下来，看着她的脸，有些不好意思，但又带着隐藏不住的期待，一字一句地问："你，喜欢我吗？"

云为衫怔了一下，眼神空洞、茫然。她停了很久，然后轻轻地开口回答："不喜欢。"

第十七章 云遮月掩

湖面波光粼粼，映衬着明亮的月色，风吹来不知何处的花瓣，落英缤纷，美不胜收。然而宫子羽坐在水边的栈桥上，神情落寞，双眼通红，身影在风里竟然显得孤独而肃杀。

云为衫端着一碗药，缓缓走向宫子羽。

"公子，先把药喝了吧，不然你身上的热毒又该发作了……"

宫子羽没有回头，依然低头看着水面。

宫子羽硬撑起笑容，但眼里的红血丝清晰可见："若是没有试言草，我怕是一辈子听不到你的真心话……"

"就算没有试言草，我对公子说的也都句句出自真心。"

宫子羽不想再听下去，站起身，转身离开了。他跛着脚，一瘸一拐，背影看起来既凄凉又滑稽。

藏书阁内，宫子羽拿着杵臼在研钵里发泄似的用力捣，沉闷的撞击声不断回荡，显得更加沉闷。

月长老来到他身后，叹了口气，说："执刃啊，你别把我的研钵捣坏了。"

宫子羽更用力地捣了几下："坏了我赔你就是……月长老，你的试言草，会出错吗？"

"你希望听到什么答案？"

"我要听真话。"

"你几次救她于水火，又亲身试药，后悔吗？"

"我努力研制解药，不光是为她，也是为我自己，为了通过试炼成为执刃，保护族人。我虽然不喜欢宫尚角，但他的话没错，如果我心里只有儿女私情，连家族血脉的性命都不顾的话，我根本配不起这'执刃'二字。"

"羽公子年纪轻轻，心怀仁厚，是宫门之福。但心大了，装的事情就多，心难免就沉。人的心就像一间很大很大的空房子，千金万银装不满，绫罗绸缎也填不够，但只要有一点光，就一点，就可以把整个心房填满。心敞亮了，暖了，就不沉重了。"

宫子羽捣药的手慢了下来，渐渐停住，他抬头看向月长老。

月长老问："你可知'情'字的写法？"

"自然知道，情之起始……"

宫子羽的眼睛红了，喃喃念道："心上一点，点上一心……"

月长老在宫子羽面前放下一盏油灯："人的心上有一点光，总是好的。"

月长老轻步离开了。

宫尚角从月宫回来后，心情似乎轻松了不少，不再那么沉郁。这一日早上，他在院中喝茶，唤上官浅在身边伺候。

宫远徽带着一身晨露，从外面走了进来。

上官浅看宫远徽肩膀湿湿的，问："远徽少爷身上这么重的晨露……又去侍弄花草了？"

宫远徽瞥了她一眼，没有回答，径直走到宫尚角身边坐下："哥。"

宫尚角有些心疼弟弟，给他倒了一杯茶。

上官浅上前，接过宫尚角的茶壶轻轻放下，又问："是什么奇花异草值得远徽少爷亲自照看啊？"

宫远徽也不谦虚："说出来怕你也不懂。出云重莲，听过吗？"

上官浅微微吃惊："书上看过，说出云重莲乃世间奇花，更是神药，但早已绝迹了，不是吗？"

宫远徽说："只可惜这世间奇花给他人做了嫁衣。"

宫尚角看着迷惑不解的上官浅，说："弟弟种出了出云重莲，但被当时还是少主的宫唤羽拿去用了。"

上官浅问："为何要给他？"

宫远徽叹了口气，说："那时候宫唤羽在练玄石内功，迟迟无法突破，后来老执刃就提出把出云重莲给他服用。果不其然，奇药之下，内功即成。要不是老执刃的命令，我怎么可能把出云重莲给他？这是帮我哥种的。"

上官浅淡淡一笑:"我看老医书上说出云重莲极其珍贵,习武者可以功力大增,就连患病之人也可以起死回生。老执刃这也太偏心了。"

说者无意,听者有心,当宫尚角听得"功力大增""起死回生"时若有所思,猛然坐直了身子。

这时,一个丫鬟缓缓走来,对宫尚角行礼道:"雾姬夫人听说上官姑娘缺金龙胆草,特地让奴婢过来告诉姑娘,夫人可以匀一些给姑娘用。"

上官浅想了想,说:"夫人真有心,本就是误会一场,我也该过去给夫人敬个茶道个歉。"

那丫鬟却也机灵,顺口应道:"奴婢这就去回复夫人。"

上官浅点头,目送那个丫鬟离开,然后回头看宫尚角和宫远徽。

宫远徽低头喝茶,没有理会上官浅,宫尚角却对她摆摆手:"去吧。"

上官浅有些意外,但她没有多问,起身离开了。

宫尚角看上官浅走了,于是问宫远徽:"远徽弟弟,我有件事情想问你。这个试言草到底是怎么回事?"怕宫远徽听不明白,宫尚角又把月长老使用试言草测试云为衫的情况简述一遍。

宫远徽抱着怀疑的态度:"试言草?要说配药解毒,月长老不在我之下,如果是他亲自配制,那必然可信。但我不信云为衫没问题。"

"我也不信,可是月长老也没有理由帮一个无锋细作隐瞒身份啊。"

宫远徽想了想,说:"那贾管事儿子的病,月长老怎么说?"

宫尚角靠在椅背上:"月长老答应去查。不过——"

宫远徽心急,追问道:"不过什么?"

"也没什么。"宫尚角显然没有考虑成熟,所以不愿轻易出口。

宫远徽虽然不明白,但也没多问,转头泡茶。

宫尚角又翻开桌面上的医书看起来。耳中上官浅的话话同书上的字迹重叠了起来:"出云重莲,包治百病,起死回生……"

羽宫,下人带着上官浅走进雾姬夫人的房间。雾姬夫人伤愈大半,起居基本如常,正在桌边小坐,见她走过来,便招呼入座,支开下人,亲自倒一杯茶。

"上官浅,你很聪明,不仅有脱身之计,也有进退之术,知道什么该说、什么不该说。"这句话发自雾姬夫人内心。上官浅确实精明干练,没有提到夫人在墙上题字、两人对话细节等核心内容,只是全力强调自己是孤山派传人,不仅保住了自己,也保住了雾姬夫人。

"为前辈吃点苦、背个锅也是应该的，总好过两败俱伤。不过……"

"你想说什么？"

"无名成功潜伏了这么多年，为何突然激进地行动？"

"你是问无名，还是问我？"

上官浅笑了："别演了。"

雾姬夫人突然意识到眼前这个女人比她预想中还要厉害，便反问道："你不也一样？无锋的细作理应接近执刃，你却整天纠缠在宫尚角身边。"

上官浅只喝茶，不说话。

"难道说，宫子羽身边另有其人？"

"魑魅魍魉，暗夜独行，不问来去，不问姓名。前辈这是离开无锋太久，忘了规矩吧，我怎么可能知道别人的任务？"

"那你的任务呢？接近宫尚角？"

上官浅想了想，说："如果说，我们的目的是一样的呢？"

雾姬夫人突然莫名地说："七月流火。"

上官浅补充道："无量功德。"

雾姬夫人紧紧盯着上官浅，然后轻轻一笑，拿起桌面上的一包药材，递给上官浅："这些金龙胆草，你先用着，日后需要，再来找我。"

上官浅接过那包药，一语双关地笑道："分量不轻啊。"

月宫之中，月长老心事重重。这些日子，他看到宫子羽与云为衫相依为命，颇有感触，往事历历涌上心头，不禁怅然若失。他回到自己的房间，走向一面墙。墙上挂着一幅画，画上是一轮明月，月亮边题着四句诗。

他走到画前，端详片刻，抬脚踩中一块砖，只听咔嚓声响，画一侧的墙壁打开了一道暗门，出现了一间密室。

这只是一间普通的石室，阴冷潮湿，室内放置着床铺和一些家居物品，打理得十分干净。月长老坐到床边，从怀里取出一只手镯，轻柔地抚摸起来。

往事不再尘封，眼中黯然神伤，月长老一声长叹。

天又黑下来，宫子羽抱着研钵一边捣药，一边不停向门口张望。看到云为衫走进来的身影，他才松了一口气。眼见着云为衫朝自己走来，他又立刻收回目光，装作没有注意到她的样子，自顾自捣着药。

"公子找我？"

宫子羽假装不经意地问："怎么自己一个人在外面，你身上的毒还没解，若是突然肢体麻痹，倒在外面，都没人知道。"

"刚才公子自己走了，我想，是公子暂时不想看见我吧，于是我就留在外面了。"

"我只是要告诉你，我已经知道如何配出蚀心之月的解药了。"

云为衫眼睛一亮，颇为意外。但这个喜悦的念头只是一闪而过，她并不抱太大期望，无锋的剧毒，解药方子没那么容易得到。

但宫子羽似乎十拿九稳，还让下人把这话传给月长老。

月长老一脸好奇地走进藏书阁，只见宫子羽坐在桌边，云为衫站在一旁煎茶，气氛有些微妙。

月长老坐下。宫子羽给月长老倒了杯茶："月长老，请用茶。"

月长老端起茶杯，闻了闻，而宫子羽的表情突然有些不自然，显得紧张。月长老抬眼看了眼他，又把茶杯放下，意味深长地笑了一下："听说解药已经做出来了？"

宫子羽回头看了看不远处正在煎煮药材的炉火，说："正在煎煮，等你喝完这杯茶，应该就可以查验了。"

月长老点头，喝下杯中的茶："好。那我就等你的解药。"

眼见月长老把茶水饮尽，宫子羽和云为衫交换了眼色，松了一口气。

宫子羽往月长老的茶里放了一粒试言草。这粒药丸是他捡来的。当时月公子给云为衫倒药时，有一粒恰巧落在地上，宫子羽不动声色地用脚挡住，之后捡起来，此刻进了月长老的肚里。

月长老放下手中的茶杯："茶我喝了，执刃的解药应该差不多了吧？"

宫子羽看了看桌上的空茶杯，起身，朝着月长老深施一礼："月长老，对不住了……"

月长老瞬间神情大变，不再言语，低垂视线，看着桌上仍在烹煮的茶壶，没有说话。

宫子羽又待片刻，轻声说道："月长老，告诉我蚀心之月的解药配方。"

月长老沉默了一会儿，缓缓抬起头来，眼神变得茫然，认真答道："半夏一升、贝母半两、白及一两、莲山籽十颗……还有最重要的三味药，其中，芜姜三两、解茅三两，这两味药我都曾经暗示过你。当时我说，这两味药中间缺了最关键的一味……"

说到这里，月长老不说了。

宫子羽和云为衫都攥紧了拳头，有些紧张地等待最终答案。

月长老目光恍惚："……最关键的一味是须臾草……"

宫子羽云为衫对视一眼，压抑着激动，又向月长老深施一礼："月长老，惭愧惭愧，有劳有劳。"

宫尚角独自穿过回廊，来到庭院，但见月光如水，墙角一枝杜鹃随风摇曳，如刚被洗过一般，散发着朦胧柔和的光。他不由得仰望明月，呆看了多时。不经意间转头回望，瞧见上官浅的房间亮着灯火，他便走了过去。

上官浅刚煎完药，此刻坐在桌边，将放入金龙胆草熬煮的汤药服下。她刚放下碗，宫尚角就推门进来了。

"金龙胆草够用吗？"

"够的，雾姬夫人给了好多，我怕留了疤痕，角公子不喜欢。"

"你可以直接问我要，一味药材而已，不用委曲求全地去道歉。"

上官浅一笑，眼中流露出些许风情。

"没有委曲求全哦。"

宫尚角觉得上官浅话中有深意，挑了挑眉："是吗？"

"我知道公子仍在怀疑雾姬夫人，所以我才去缓和关系，方便日后替公子继续打探。"

"是替我，还是替你自己？"

上官浅靠近宫尚角："替你，就是替我自己。我和公子，不分彼此。"

她的手慢慢向下移动，见他神色未动，便以小指钩起了宫尚角的左手，之后两只手紧紧握住他的整只手："我们都想找出无名，更应同心协力才是。"

宫尚角眉尖微动一下，认真地看着上官浅："你变得有些不一样了。"

上官浅笑道："也许这才是真正的我。既已被公子发现了我的真实身份，我也就坦诚相待了。"她微笑着，面容中少了之前的温婉、害羞，多了妩媚、自信，"公子可喜欢？"

宫尚角看着旁边含苞待放的杜鹃花，幽幽说道："应该快要开了，很快就知道我喜不喜欢了。"

月宫藏书阁里，宫子羽正仔细查看下人拿来的药材，他叫住下人，问道："这须臾草怎么只有一两？这只够做一份解药。"

下人满脸为难地回道:"库房中须曳草紧缺,整个月宫只有这一两。"

宫子羽不信:"这么巧?我不信。月长老该不会是因为我用试言草骗取药方,生气了吧?"

下人摇头:"月长老生不生气,我不知道。我只知道这须曳草本就稀有,冬长夏短的年份于雪峰绝岭之处方可采摘,去年雨水丰沛,夏日漫长,库存就紧缺了。"

云为衫问:"那前山的药房会有存货吗?"

下人紧答:"宫门内所有的药材都优先供给月宫,若是月宫库房没有,前山更不会有。"

宫子羽皱眉,云为衫凝重地看着眼前的药材。

很明显,下人撒谎了。在月长老的桌面上,摆着一大袋须曳草。他漫不经心地看了两眼,便收好束口,然后吩咐下人:"把这袋须曳草收好。这么珍贵的药材,可别弄丢了。"

"是。"下人接过,退下。

月长老走到书案前,提笔写下:"青丝何寄,叹子无衣。不羡天地,危云织雨……"书写完毕,他放下笔,意味深长地自言自语:"就看这对小情人要如何选择了。"

庭院里水面波光粼粼,宫子羽正裹着一袭厚衣弹琴。琴声悠扬,却带着一丝忧郁的气息。天空中挂着半轮朦胧的月亮,又飘着零星的小雪。仿佛这雪花便是碎掉的月光,衬托得整个天际更加深邃。雪花落入湖水,水面映着虚月,真可谓镜花水月,亦真亦幻。

云为衫走了过来,静立一旁,宫子羽压住琴弦,天地间突然安静了。

"怎么不过来?"宫子羽问道。

"怕打扰公子弹琴。"

"不打扰。你来。"

云为衫却没有动。

宫子羽回头看向她:"我已经到了双脚麻痹的阶段,无法行动,不然我就去你身边了。"

云为衫的心像被针扎一下,她这才动了动脚步,慢慢走到宫子羽身边,坐了下来。

在她身后，下人托盘端着两碗汤药过来，在两人面前放下，轻轻指点："这碗是给羽公子的，缓解热毒。这碗是云姑娘的汤药，缓解寒毒。"

下人离去。宫子羽看着面前的汤药发呆，他知道，真正的解药只有一份。

云为衫打破沉默："没想到公子还会弹琴。"

宫子羽故意道："紫衣教的。"

云为衫沉默下来，宫子羽观察着她的神色，轻声道："'山有木兮木有枝，心悦君兮君不知'……'高墙深院流浪客，居无定所心却安'……只不过紫衣说，我是男子，弹这种曲子未免太过痴情。"

云为衫开口道："我妹妹曾经问我，想做猫还是想做狗。"

宫子羽安静地看着她："怎么突然说这个？"

"闹市街边的小猫有自由，但它们流浪无定，没有归宿；高墙深院里的狗有容身之地，但一辈子都要低头。她问我，怎么选。"

宫子羽知道她的意思，也低头沉默了。

云为衫不等宫子羽回答，低头伸手拿起眼前的汤药，准备饮下。

但宫子羽叫住了她："等等。"

云为衫放下药碗。宫子羽从怀里拿出一个药瓶，递给云为衫："解药，我已经配好了。你不需要再喝那个东西了。"

云为衫摇头："我知道解药只够一人解毒，这药我是不会喝的。"

"我答应过你，一定会救你，我决不会食言。而且你也说过，嫁入宫门就是想寻求保护，过安稳的日子。我必定如你心愿，保你安全。"

宫子羽将药瓶递给云为衫，云为衫不接，两人动作僵住，都没说话，连时间似乎都凝滞了。

半晌后，宫子羽伸手拉起云为衫的手，一个指头一个指头掰开，将药瓶塞到她手里，之后又将她的手掌按住。

云为衫突然出手，将宫子羽的手反拧到他身后，捏住他的下巴，拔掉瓶塞，将药瓶里的汤药全部灌到宫子羽嘴里，然后捏紧他的嘴，抬起他的下巴，逼他咽下。

宫子羽说不出话，但眼圈泛红。云为衫别过脸，慢慢松开手。

宫子羽抹了抹眼泪，问："为什么给我？你不想活下去吗？"

"公子是执刃，没有人比你重要，如果你死了，宫门也不可能让我活。"

不知云为衫的话是真是假，宫子羽神情复杂地看着她。云为衫不敢看宫子羽的眼神，她拿起桌上那碗已经冷了的汤药，仰头喝掉，然后转身离开。

"云姑娘！"

云为衫回头，却看见宫子羽笑了，他的眼睛红红的，涌出了热泪。

"我和上天打了一个赌，我赌你喜欢我，赌你愿意把生的机会让给我。我赢了。"宫子羽温柔地笑着，他的笑容在飘零的雪中显得苍白而伤感，"我和老天爷说，如果我赢了，就让我喜欢的人活下去。"

云为衫看着他，刚开始还面带疑惑，很快，她就明白自己喝下去的才是真正的解药，不禁脸色大变，痴痴地看着桌子上那只空碗发呆。

云为衫的心像在暴风中挣扎了很久的门扉，突然被撞开了。她再也坚持不住了，她的眼泪大颗大颗地涌出来，她喉咙里第一次出现仿佛小动物般委屈的呜咽声，她含混不清地反复说着："你怎么这么傻……你怎么这么傻……"

她飞快地朝宫子羽跑过去，用力抱住他。这是她第一次紧紧拥抱宫子羽，她靠在宫子羽的肩头放声大哭，毫无顾忌。

宫子羽却开心地笑了，像一个得到全世界最好的礼物的孩子，开心地笑了。他用力紧紧地拥抱着她，像要把她揉碎。

然而很快，他就感受到云为衫在抽搐。

"云姑娘？……云姑娘！"宫子羽将她从自己肩头扶起，眼前是大口大口往外吐鲜血的云为衫。云为衫的目光在宫子羽面前迅速地涣散，之后她昏迷了过去。

宫子羽心急如焚，抱起云为衫，想要去找月长老，但他麻痹的双腿让他立刻跌倒，云为衫滚落台阶。

宫子羽艰难挣扎着，朝昏迷的云为衫爬去，他紧紧地抱住她，在大雪里嘶吼："月长老！！！你为什么要用假解药害她！！！月长老！！！"

旁边的下人似乎早就料到有此一幕，目睹了宫子羽的声嘶力竭，眼瞧他昏迷倒地，之后不慌不忙把他们抬到床榻上。

床榻上的宫子羽在睡梦中呼吸急促，眉头紧皱，仿佛被梦魇困住一般。

梦境凌乱，都是月长老的声音——

"这两本书还讲到了不少药材的药性，你都吃透了吗？例如芜姜……"

"那解茅呢？"

"……还有最重要的三味药……芜姜三两、解茅三两……这两味药中间缺了最关键的一味……须臾草……"

一个激灵，一身冷汗，宫子羽猛地睁开眼睛。眼前明亮的烛光照亮了整个石穴。

宫子羽挣扎着爬起来，他握了握拳，意识到自己的手脚已经不那么麻痹了。他准备冲出去找月长老和云为衫，但经过书案前，他看见了自己当时思考药方时写下来的两竖行字：

解　芜
芽　姜

中间空着一行。他脑海里电光石火般闪过很多碎片。他急忙拿起旁边的笔，在中间空白的那竖行写下了"须臾草"。

解须芜
芽史姜
　草

宫子羽脱口而出："芜须解……无须解！"

云为衫睁开眼睛，她从床上坐起，摸了摸自己的心口和胸腔，已经没有明显的刺痛感了。她捏了一下自己手臂，丝丝痛楚传来，才明白这不是梦境，一脸的难以置信。此时，外面传来悠扬的琴声。只不过，这一次琴声不再忧伤，而是带着春日般的温暖。

云为衫循着琴声走到庭外，看见宫子羽独自在院落中抚琴。

宫子羽听见云为衫的脚步声，回头，起身朝云为衫走过去。他一边走，一边脱下自己身上的外袍，披到她身上。

云为衫看见宫子羽脚步轻便，有些意外。

"公子，你手脚的麻痹都好了？"

"你也不再咯血了吧？"宫子羽轻声问道。

身后传来月长老的声音："恭喜云姑娘，恭喜执刃大人。"

"你叫他'执刃大人'？"云为衫怀疑自己听错了。

"是的，羽公子成功通过第二域试炼，在我心中，他已经是名副其实的执刃了。"

云为衫的脸上露出无法掩饰的激动和开心，眼泪再次流淌而出，如果不是月长老在，她一定会开心地扑到宫子羽身上。

"所以公子已经解开我们身上的蚀心之月了，是吗？"云为衫再问。

"没有。"月长老笑着摇了摇头。

云为衫有些意外，也有些困惑。

宫子羽问云为衫："你还记得月长老提示我们的三味最重要的药材吗？"

云为衫点点头："芜姜、须臾草，还有解茅。"

"这是月长老和我们玩的藏头诗。"

云为衫喃喃道："藏头诗……芜、须……解……无须解？！"

宫子羽点头："对，蚀心之月的毒，根本就不需要解。"

云为衫侧着耳朵听着，还是将信将疑，要知道，无锋用它给自己添加了怎样的痛苦啊，那可是无边无际的绝望。

月长老说："执刃大人曾经第一天就脱口而出，说蚀心之月是无解之毒，当时我还吓了一跳，想说执刃大人未免天资过人。"

这时，云为衫才忆起，那日宫子羽无意中说出："药材种类繁多，浩如烟海，你撕掉这一页，岂不是让蚀心之月变得无解了"这句话。

就是这句话，着实让月长老吓了一跳。

宫子羽笑了："现在终于明白，月长老口中的无解，不是无法解，而是无须解。"

云为衫说："所以我吃下的根本不是毒药……"

宫子羽解释说："对，它不但不是毒药，还是一剂非常珍贵的补药，这就是百草萃对蚀心之月无效的原因。"

月长老点头："没错，蚀心之月虽会让身体感到痛苦，但只要能熬过去，所有中毒症状都会自行消除。"

说完，月长老拿出典籍里被撕掉的那页内容，递给宫子羽："这是撕掉的那一页，其实执刃大人猜得很对，里面确实有苦心草……"

宫子羽接过书页，低声念道："……蚀心之月，其为烈性补药，服后可使内力大增，强身健体，延年益寿。初服会有损伤，根据服用者内功心法不同而引起体感热燥或者酷寒，伴随内力隐弱，手腕血管处出现瘀血，心肺受灼而立即现身痛，继而咯血、吐血。后为手足僵直，瘀血向手臂呈黑线状蔓延，并伴随五脏六腑痉挛、剧痛，进而四肢麻痹……"

月长老的手指有节奏地轻轻敲打着桌面，他饶有兴致地听着宫子羽念。

宫子羽念完，叹了口气："杀敌一千自损八百的良药啊……"

月长老看向宫子羽："虽说执刃大人算是通过了试炼，但我还是想考考你。七蛇花、尸虫脑和僵蚕都是有毒之物，为何成了补药呢？藏书阁里那么多医书，过目不忘的执刃大人能回答这个问题吗？"

宫子羽笑了笑，说："七蛇花会导致心腹剧痛、经脉逆行，僵蚕亦有剧毒，会导致运气阻滞、行动僵直，然而……七蛇花与僵蚕同服会致手脚麻痹，以毒攻毒反成奇效。"宫子羽似是想通了关窍，越说越顺，"因为正是封住了四肢经脉，内力运气只能在心肺之间，反而加快了循环，内力运转从大周天变为小周天，更容易突破奇经八脉，所以才能让内力快速大增。"

月长老听了，满意地点点头，然后又说道："但尸虫脑主脉经，有剧毒，手腕上出现黑线就说明毒性确实开始游走全身……这一点，执刃大人也想通了吗？"

宫子羽有些迟疑了。

月长老提醒道："尸虫脑通常都是生服，或直接捣碎做成剧毒药……"

宫子羽思索片刻，脑中灵光一闪："难道是……水煎法？"

月长老点头："不错，尸虫脑受温度的影响，水煎过后会大大降低毒性，反倒有了增长功力、突破极限的奇效。因为尸虫脑在世人印象里一直是一味见血封喉的剧毒，所以人们忽略了它的药效。只是，哪怕已经降低毒性，在服用的过程中仍然会暂时失去内力。"

"至于最后那味苦心草……我原本就闻出了苦心草的味道，但我否定了自己。因为苦心草本是解毒灵药，我完全没想过它会被配进毒药之中。现在想来，从一开始就加入苦心草，就是为了让服用者慢慢解毒，只是与三味以上的剧毒混合后，苦心草也需要一定的时间，差不多半个月才能发挥作用，将毒排净，所以蚀月以半个月为期。"

"正是。等毒排净了，你们的功力自然就恢复了。"

宫子羽咬着牙："所以我中间各种配药各种煎煮，你一直都在看我笑话，是吧？"

月长老笑道："不敢不敢。一切都是对执刃的考验而已，而且在这个过程中，执刃阅读了大量的医书，药理知识也算是精进了很多。试炼者除了拥有精通药理的本事，还必须有以身试药的决心和坚毅。在执刃愿意服下蚀月以身试药那一刻，其实已经通过了这关考验。"

"我知道，之前月长老应该差一点就要宣布我试炼成功了。"宫子羽转而看向云为衫，"只是当时遇到了突发状况。"

"是，刚巧角公子来访，就耽搁了。"

宫子羽看着月长老："但我还是有一个疑惑不解。"

"哦？"

"那跗骨之蝇的虫卵又是怎么回事呢？这绝对不是什么对人有益处的药吧？"

"执刃大人果然目光如炬。跗骨之蝇，也是这种药最关键的地方……"

云为衫的神色突然动了一下，她专注地听着月长老的解释。

"跗骨之蝇进入人体，会附着在奇经八脉之上，不断产生刺激，让人们不由自主地运行内力进行抵抗，所以等于让寄生者十二时辰不间断地运功运气，再勤勉之人也不可能做到这个程度……"

"也就是说，这东西逼着你时时刻刻都得练功，睡觉吃饭时也不能偷懒？"

月长老哭笑不得："你硬要这么说的话……就是这个意思……但蚀心之月也有一个非常严重的弊端……"

云为衫忍不住问："什么？"

"其他的病症可以通过服药得到缓解，唯独内功的丧失无法解决。也就是说，每半个月，执刃你会有两个时辰处于完全没有内力的状态，这也就是你的至暗时刻、月蚀之时。"

"那如果有人要在那个时候行刺我，岂不是易如反掌？"

云为衫的脸色变了，她担心地看了宫子羽一眼。对于江湖中人而言，生死对决，慢一个呼吸都会丧命。特别是被无锋盯死的宫门掌门，两个时辰没有内力，可谓是个死穴。

"所以你有两个办法。"月长老提醒道。

"快告诉我。"宫子羽迫不及待。

"第一，在月蚀之时，尽量找一个绝对安全的地方独处，或者有绝对信任的高手陪伴左右。但这个办法也不是绝对安全。所以要再加上第二个。"

"是什么？"

月长老从怀里掏出一个信封，递给宫子羽。

"这是蚀心之月的配方，你回到宫门前山后自己调配制作，然后重新选择一个日子服用，不要告诉任何人。这样，就没有人知道你的月蚀之时了。"

宫子羽面色沉重地接过那个信封。

云为衫忍不住再次确认："所以，月长老，半月之蝇——哦，不，蚀心之月的毒，确定不用解，对吗？只需要熬过最痛苦的时候就行？"

"是的。"

云为衫听到这里，表情极其复杂。她沉默了一会儿，开口道："我还有一事想要问月长老。"在得到月长老允许后，她的表情有些古怪："那试言草可是当真——"

月长老表情微妙地看着云为衫，还没回答，就被宫子羽打断了："对啊对啊，那试言草又是怎么回事？你明明喝了剩下的试言草，但你还是要了我啊，和我说什么须臾草……根本就不需要什么须臾草……"

月长老轻哼："试言草既然是我研发的，我自然知道破解之法。"

宫子羽佯装生气道："而且故意把须臾草藏起来……"

"我这么用心良苦，你还抱怨？解药只有一份的情况下，你才会看到云姑娘的真心，不是吗？人说的话会有假，但做的决定不会骗人。"月长老看了看云为衫，继续说道，"你为云姑娘做了这么多，连唯一的解药也愿意给她，云姑娘的心就算是石头做的，也应该开出花了吧？就像险峰峻岭的冰山悬崖之上也会长出须臾草一样。生死面前，她愿意把解药让给你，把生的机会留给你，这才最珍贵，不是吗？"

宫子羽有些脸红，掩饰不住嘴角的笑意，有些不好意思地打岔："喀喀，月长老，那你为什么要帮我们？"

在宫子羽看来，那天如果月长老不用试言草，云为衫一定会被宫尚角带走。果真那样的话，不但云为衫会陷入危险，自己能否试炼成功也在两可之间。

月长老闻言，眼神一暗，突然有些酸涩地说："我只是希望有情人终成眷属。"

宫子羽突然受到触动，冲月长老施了一礼："月长老真是有心了。你不应该叫月长老，你应该叫月老。"

月长老眼神又暗了暗，语带自嘲："我确实也像月老，牵起世间无数姻缘，唯独自己始终形单影只。我一生精通医术，却解不了'情'字之苦。医者不自医，度人不度己。"

宫子羽听着月长老的伤感独白，看着云为衫的纤丽身影，一时陷入沉思……

天上乌云散去，朗月挂在夜空之中，倒影在波光之间，连虫鸣听起来都温柔了许多。

"再歇两日，我们切磋一下武功，看看你内力长进多少。"月长老拍拍宫子羽的肩膀，悄然而去。

两天后，月宫庭院里，宫子羽和月长老切磋武艺，不分上下。果不其然，宫子羽内力又有精进，月长老不敢有丝毫怠慢。

就在宫子羽和月长老在半空中对掌时，一只手镯从月长老衣服里滑落，掉在地上，发出"铮"的一声。两人点到为止，收招停手。云为衫手里拿着一件披风过来，顺手捡起了地上掉落的手镯，脸色倏地一变。

月长老落定，若无其事地走到云为衫面前，伸手拿走手镯："多谢云姑娘。"

宫子羽问道："蚀心之月已解，我们的身体也恢复得差不多了，差不多要回前山了。"

"执刃大人还不能走。"

"为何？"

"你闯过第一关的时候，是不是学了一套拂雪三式？"

"对的，当时还骗我说刀法秘籍在寒冰莲池底，要我去捞。"宫子羽把那段经历当成笑话讲。

"第一关虽说是考验内力，但传授拂雪三式才是目的。只是如果没有扎实的内力作为支撑，是无法学会拂雪三式的。同样，蚀心之月看似考验的是制毒解毒的本领，最终目的还是为了让闯关者的内功突飞猛进，以便掌握更高深的宫门刀法。"

宫子羽有些意外："你也有刀法要传授给我？"

"'斩月三式'，朔月起手，望月缠斗，残月收割。"月长老转头看向云为衫："所以，云姑娘，请先回前山，带回执刃已经通关的好消息吧。"

宫子羽看着云为衫，有些舍不得，安慰她道："你先回去，我很快就回来。"

云为衫点点头，有些伤感道："万千相思万千绪，步出西阁凭言说……那我在羽宫等你。"

宫子羽通过第二域试炼的消息已然传到角宫。金复走进宫尚角的房间，对屋内的宫尚角和宫远徵禀报道："云为衫回了羽宫，看来羽公子已经闯过第二域了。"

宫远徵立刻皱起了眉头，脸上露出一股不平之色，忍不住小声哼了哼。

宫尚角听到后平静如常，虽略有些意外，但看起来神色并不厌恶。"他真让我有些刮目相看了……"宫尚角顿了顿，又问，"雾姬夫人那边有什么异常吗？"

"雾姬夫人每天都待在羽宫，初一、十五，她会去后山祠堂为老执刃念经，除此之外，没有别的走动。"

宫尚角皱了一下眉，踱步沉思着。

401

"哥，你还是怀疑雾姬夫人吗？"

"放不下……"宫尚角摇摇头，"我总觉得她有问题，不到水落石出，难以平我心疑。"

宫远徽点点头："明白了，那就继续监视雾姬夫人。真有问题，她早晚会露出马脚。"

金复说："是。"

这时，一个丫鬟端着一个衣盒进来禀报："公子，这是你吩咐的为上官姑娘准备的新装，请角公子过目。"

"不用了，送过去吧。"宫尚角挥了挥手。

待丫鬟和金复都离开后，宫远徽忍不住上下打量宫尚角，像看一个陌生人似的。

宫尚角看他一眼："有话就说吧。"

宫远徽深吸一口气，还没开口，宫尚角又摆摆手："你还是别说了。"

宫远徽吃瘪，气呼呼道："我——"

"我明白，你的话全都写在脸上了。"

"哼。"宫远徽索性一转身，气呼呼地走了。

宫紫商将装有草药的暖炉放在雾姬夫人的腿上，幽幽的熏香飘满了房间。金繁守在一旁，云为衫就坐在雾姬夫人床榻旁边的椅子上。

雾姬夫人关切地看着云为衫："你刚回羽宫就急着叫你过来，真是有些过意不去。"

"哪里，夫人也是对执刃挂念心切。"

宫紫商忍不住，说："他赶紧回来吧，我也急死了。宫子羽不在的这段时间，金繁一张大脸，每天都苦大仇深好几回，我看着真是很压抑。"

云为衫微微一笑："大家不用担心，公子很好，他已经闯关成功了，晚些回来是因为还要跟着月长老学习刀法。"

雾姬夫人说："那就好，那就好。"

宫紫商装作老泪纵横地抹了抹眼角，靠近金繁："看来我的左眼皮战胜了右眼皮，左眼跳财嘛，是喜兆！下回它再跳的时候，应该就是喜上加囍、双喜临门了吧？哎哟喂，我把自己说害羞了……"

金繁有些疑惑："你明明一直说右眼跳得厉害嘛！"

宫紫商不再理金繁，而是抓起云为衫的手："还有没有什么特别的事，说来听听。"

云为衫想了想，说："中途角公子来了后山一次……"

雾姬夫人一听这个，脸色陡然变了。宫尚角在这个时候去找月长老，一定有要事办理，她更加仔细地听着云为衫的讲述。

宫紫商咬牙切齿道："这个宫尚角，找碴儿都找到后山去了！我就说吧，我这不祥的预感是对的！金繁，你这回信了吧？"

雾姬夫人也有些后怕："还好有子羽和月长老，否则恐怕你已经……"

云为衫说："月长老已经消除了角公子对我的疑虑，想必今后他不会再为难我了吧？"

雾姬夫人提醒云为衫："他觊觎执刃之位已久，为难你，不过是为了抓到子羽的把柄，好取而代之。此人城府极深，你和子羽都要时刻提防才是。"

月长老房内，飘着茶香。宫子羽和月长老坐在桌边，品茶聊天。

"有件事，我很好奇。"宫子羽拿起茶杯，喝了一口，"当初宫尚角试炼时，是谁吃了蚀月？"

"他的手下。"

宫子羽问："金复吗？"

月公子听到宫子羽的问题，露出意味不明的一笑："不是金复，另有其人。"

"哦？"

"角公子几乎没有花太多的时间思考就也把蚀月吃下去了。为了一个侍卫，能够以身试药，足以说明角公子虽然有固执的坚守和无情的严苛，但也足以说明他是个重情重义的温柔之人。"

宫子羽有些意外，神情复杂地思考了片刻。

"他对我这个执刃就不太温柔了，三番五次为难，对云姑娘也不放过，所作所为，都像仇敌一般，格外冷酷无情。"

"我虽然不赞同他的一些做法，但我能理解他。无情未必真绝情。"

"对他，你也能共情？"宫子羽话里带些酸涩的味道。

"其实，站在他的立场，只是希望执刃之位能者居之。也正因如此，执刃大人更要好好地闯过三域试炼，做一个让人心服口服的执刃。至于他怀疑云姑娘是奸细，要抓住她的把柄，无非是担心她对宫门不利罢了。你没听过一句话吗，叫作'慈悲生祸害，方便出下流'。有些时候，冷酷反倒是最好的选择。"

宫子羽放下茶杯，陷入沉思，喃喃自语："他究竟是个什么样的人……"他似是突然想到了什么，看向月长老："不如……把你的试言草借给我用用，让我也好试试他究竟是好人还是坏人、跟我父兄的死有没有关系。"

月长老轻微一怔，表示反对："执刃是整个宫门权力的中心，将来要面对无数形形色色忠奸难辨之人，辨识人心靠的是敏锐的洞察力，怎么可以依赖他物？"

宫子羽被月长老撑得回不了话，识趣地抿了抿嘴。

月长老又说："而且，就算有了试言草又如何，云姑娘说的话，执刃不也是拒绝相信吗？"

宫子羽倒吸一口冷气："我说，你这双眼睛可真尖啊，什么都逃不过你这双——"

宫子羽把后面两个字吞了。

"我知道你想说的是'狗眼'。"

宫子羽正色道："即使没用试言草，我也是愿意相信她的。"

"'愿意相信'和'相信'，是两回事。"

宫子羽一愣，脸上露出了一丝复杂的神情。

雾姬夫人房内，丫鬟同样捧来两个衣盒，衣盒里放着给夫人和云为衫的春装。这是宫子羽入山前就已经安排好的。

宫紫商忍不住好奇，不敢看雾姬夫人那件，只好翻看云为衫的新衣服："云姑娘，执刃送的衣服真好看啊，羡慕死我了。"

雾姬夫人见宫紫商这副样子，笑起来："你堂堂的大小姐，有什么好羡慕的？"

丫鬟赶紧回禀道："大小姐的那件新衣已经送到商宫了。"

"告辞。"宫紫商立刻起身，转头向金繁一瞪眼："金繁，你把口水擦一下，这么多外人，也不收敛一点？我换好了就给你看就是。别急哦。"

金繁脸上一阵发热，恨不得找道缝钻进去。宫紫商在大家的笑声中跑出门去。金繁一个劲儿地摇头，嘴里还叹了口气，可他没有发现，自己勾起的嘴角带着一丝幸福的笑意。

宫紫商换了新衣，揽镜自照，心情很好，像只花蝴蝶一样转来转去，随着她嘴里的碎碎念摆着各种姿势。

"宫、商、角、徵、羽……就、我、是、美、女！"

宫紫商把一支夸张的发钗插上，便快乐地要出门去找金繁。结果，她刚走到门口，突然被旁边伸出的一只手扯走了。

宫紫商猝不及防，喉咙里发出一声九转十八弯的叫声："啊？！"

宫紫商被拉进了研究室。

小黑正在捣鼓一堆器皿，乍一看简直令人眼花缭乱。

宫紫商一边拍自己身上的灰尘，一边浮夸地抱怨："你可吓死我了，我还以为遇到了歹徒，要绑架我这个可怜的无辜美艳少女呢。"

小黑连头都没抬："无辜？美艳？少女？起码去掉其中四个字。"

宫紫商双手一摊："那只剩下美女。"

小黑朝后伸出手："美女，拿点铅粉来。"

宫紫商穿着那套华丽的新装，袖口很长，她有些犹豫地提了提裙摆，又想把飘逸的袖子挽起来，生怕弄脏了。

"我这可是新衣服！"

小黑这才从头到脚打量了一番宫紫商，她这身装扮的确令人眼前一亮。

小黑老脸一红："其实，你不用特地穿得这么好看来见我……"

宫紫商顺手拿起一个很大的盆敲了敲："皮比砖厚，脸比盆大！谁穿给你看？我这是要穿给金繁看的，只不过刚换好衣服就被你强撸而来……"

小黑流下一滴汗："是强掳……"

"什么？"

"没什么。给我点铅粉，谢谢。"

宫紫商哼哼唧唧，不情不愿，但还是递给了他。随后，她便被小黑一套娴熟的操作吸引了，研发新式武器的梦想死灰复燃，由一开始的指指点点到后来的虚心请教，直到两人围着研究台研究辩论。

窗外的天色渐渐暗了下来，月亮爬上了枝头。

夜深了，月长老房里的灯时明时暗，他郑重其事地打开一只箱子，之后从箱子里取出一把佩刀。

月长老把刀递了过去："我这把刀名唤'月照'。"

宫子羽拔刀出鞘，打量了片刻，收刀入鞘的时候不小心被刀锋割伤了食指。

月长老问道："怎么样？"

宫子羽捂着自己的食指:"割了一下,不打紧。"

"我是问,我的刀怎么样?"

宫子羽愣了一下神,这才口若悬河地夸赞起来:"月长老的'月照'刀身流畅,锋若严霜,削铁如泥,的确是一把好刀……"

月长老高兴地点头:"执刃真是好眼光。"

宫子羽顿了顿,补充了一句:"就是容易误伤。我找点金创药涂一下,月长老,你先去,我马上就来。"

"这么小的伤口也要金创药?你怕不是姓宫名子羽,别号娇气?"月长老摇头苦笑,"我在月宫后门外的竹林等你,你快些。"

宫子羽看月长老走了,直接在房间里翻找起来。书架上瓶瓶罐罐很多,他边找边喃喃自语:"试言草……试言草……试言草!"

很快,他就找到了那个眼熟的瓶子。宫子羽打开瓶盖,凑近鼻尖闻了一下,闭上眼睛回忆曾研习过的草药,一个个说出了草药成分:"吴白子、玄参、落葵……奇怪,怎么都是些寻常草药?"

他来不及细想,将药瓶塞进袖子里,然后转身离开。他没走几步,突然踩到了某个地方,地面发出了微不可察的"咔嚓"声,引起了他的注意。

宫子羽好奇地蹲下,打量着地面,发现方才自己踩到的地面确实与旁边有些不同,有一道缝隙,似乎藏着一个暗格。他用手敲了敲,却是实心的。他将信将疑地站起来,看着面前墙壁上挂着的那幅再寻常不过的画,画上画着一轮明月,月亮旁还题着一首诗。宫子羽看完,继续低头研究脚下的石板。

"难道是我多心了?"宫子羽喃喃道,在刚才那个地方用力一踩,面前的墙壁竟然缓缓打开了一道暗门。

宫子羽推开暗门。见墙后是一间普通的卧房,房内设有床铺和桌椅。桌上竟然摆放着女子使用的铜镜和梳子。

宫子羽觉得奇怪:"曾有女子住在这里?"

他走到桌边,只见桌子上有一个鲜亮的匣子,打开一看,里面装着一只被擦得锃亮的手镯。

宫子羽想起,那日研武,他与月长老交手,一只手镯从月长老衣服里滑落,似乎正是眼前这一只。

宫子羽拿起手镯细瞧,注意到上面有一个云雀图案。

金繁没有等来宫紫商,便回了趟侍卫营。这些日子高度紧张,他一直在雾姬夫人处警卫，眼下执刃第二域试炼成功，雾姬夫人伤势痊愈，宫紫商又不在身边，他便想回营走走。隔得老远，他就听见一片嘈杂声。

几名侍卫围坐着推杯换盏，桌面上摆不少小菜，酒壶已经倒了几瓶。

一名侍卫看见金繁回来，招呼道："哟，金繁哥回来啦。来，来，过来喝酒。"

金繁说："大白天的就喝酒？"

侍卫甲劝道："听说执刃闯关成功了，咱们一起庆祝一下啊！"

金繁有些无奈，但兄弟们多日不见，不便拒绝，他想了想便坐下了。

侍卫乙忍不住提醒道："你少喝点，当心喝醉了晚上交班出娄子。"

"我可是千杯不倒！"

"胡说，上次你喝醉了胡言乱语，说在地牢看见一个翩翩白衣公子……"

侍卫们哄堂大笑。

金繁立刻警觉地问道："什么地牢？"

侍卫乙说："金繁哥，他上次喝醉了，迷迷糊糊，说老执刃和前少主遇害那晚，他在地牢看见了一个仿佛神仙般出尘入画的美男子从那个关押着无锋女刺客的牢里经过……"

众人哄笑。

金繁突然正色道："你说的那个年轻公子有什么特征？"

侍卫甲见金繁似乎相信自己，赶紧靠过去，说道："你看，还是金繁哥相信我。"

金繁催促他道："你说。"

侍卫甲便将那夜经历和盘托出。当夜，他趴在桌子上，睁着醉酒蒙眬的双眼，看见一个举着火把、身穿白袍之人走进地牢。白衣很漂亮，衣摆上有若隐若现的云纹。

说到这里，侍卫甲还强调："新一任月长老风姿俊逸，我瞧着跟那人就差不多……"

侍卫乙说："哎呀，越说越离谱了，你可别被月长老听到……"

众侍卫起哄，继续喝酒。唯有金繁反复想着侍卫甲的话，陷入沉思。

竹林里，密实的竹叶在风中发出簌簌之声，像人连续不断地感叹。

宫子羽来到竹林，显得心事重重。

月长老发觉宫子羽的神色有些异样，忍不住问："怎么愁眉苦脸的，是走得太慢，发现伤口已经愈合了吗？"

407

宫子羽这才恢复正常的表情，举起自己用纱布包过的食指："月长老不用担心，已经用过药了。"

"那我开始了。"

皎白的月光下，竹叶投射在地上，形成斑驳的碎影。

月长老抽出配刀，随即使出了月家的刀法。只见他身姿轻盈灵动，掉落的叶片纷飞，刀锋片叶不沾，而刀身反射月光，影影绰绰，虚实不分，刀影破空，肩落霜华。

月长老边舞着刀法，边详解："斩月三式，既朔月、小望月和残月……"

月公子起手，刀尖挑起一片竹叶。竹叶无声而落，在空中悬停一秒，只见竹叶影移，变成了两片同样大小的竹叶，原来极薄的竹叶竟被一分为二。

宫子羽精神一振，即刻被这绝妙功夫吸引了，凝神聚气，细心琢磨。

"朔月掩日，日光缺。朔月，起手制敌，刀气无形，去势无踪，只攻不守，刀走偏锋。"

月长老一个飞身，双脚踩踏竹竿，腾空而落，被震动的竹子掉落片片竹叶。

月光的反射迷人眼，增加了专注的难度。

月长老的刀游走在飘落的竹叶之间，动作大开大合，却未打中任何一片竹叶，而竹叶被刀气和内力震动，飘浮在半空中，如涌泉飘雪，迟迟没有落下。

"云幕千里，望月东穿，不止风息，无破无绽。小望月为缠斗招式，持久消耗，一钩一划，轮影刀锋滴水不漏。所谓望月，即满月前一天，月盈则满，月满则亏，所以小望月的要义是将内力保持在临界点却又棋差一步的那个微妙位置，做到动静相宜。"

月长老的速度开始变得越来越快，方才看似轻柔的身量变得刚劲有力，柔中带刚。他挥刀所到之处，碗口粗的竹竿被齐齐削平，一根接一根倒下，气势如虹。

"最后一式，残月。残月寒杀，薪火除烬，路不留行。心随神动，神形合一，干净利落，完成收割。"

月长老演示完一套刀法，稳稳地回身，刀入鞘中，旋身轻轻地落到宫子羽面前。

宫子羽被这套既华丽又威力十足的刀法震撼了。

"这斩月三式看起来可比拂雪三式厉害多了啊！"

"你看你真是不会说话……你下次要是见到雪公子，你可不能……"月长老顿了顿，又说，"彻底忘记这句话！"他又递过来一本刀谱，"这是刀法心

408

诀，但不可以带出月宫，所以，执刃一旦背熟于心就可以离开了。回去勤加练习，以执刃的悟性，必定进步神速。"

"明白了。"宫子羽认真地行了礼，"一定不让你失望。"

宫子羽连夜背熟刀法心诀，简单收拾一下。第二天一早，他就快速奔向羽宫，一路过廊檐，尽是惊喜连连的问候施礼之声，他心中挂念云为衫，皆草草答过。他先拜见了雾姬夫人，之后就直接向云为衫的房间走去。但没走几步，他就被金繁拦下了。

"我要去找云姑娘。"

"我有要事要说。"金繁神色凝重。

此刻，宫子羽才觉得自己冒失了，挂念云为衫没错，但作为执刃，如此行事太过轻浮，他便按捺住性子。

听完金繁讲述那个侍卫在老执刃遇害当夜遇见神秘白衣人一事，宫子羽沉默了很久，开口说："那个侍卫的话可信吗？"

"不好说……当时他喝了酒，但他坚称自己没醉……"

宫子羽陷入沉思，他从腰间掏出了从月长老那里偷来的试言草。

金繁疑惑道："这是什么？"

"月长老研制的一种新药试言草，可以让服用者说出真话。"

"就是它让云姑娘洗清了嫌疑？"

宫子羽点点头："嗯。"

"月长老给你这个干吗？"

"他怎么可能给我这个……我偷回来的。"

金繁无语，他不喜欢宫子羽这一点，宫门执刃竟然干这种偷偷摸摸的勾当，太失身份。

"我本意是想用来试一试宫尚角……现在我突然觉得，与其我们查来查去始终找不到有用的线索，不如直接一点。"

"这个世间真有这种能控制人心的神药吗？"金繁直勾勾地盯着宫子羽问道。

宫子羽把药丸倒了一粒在手上，他盯着药丸，喃喃道："是啊……难以置信。"突然，他猛地翻掌，一把将那粒药丸塞进金繁嘴里。

金繁瞪大了眼睛，呛得连续咳嗽好几声才吞了下去。

"执刃，你的良心不会痛吗？！"金繁一时如面对宫紫商的那种表情，哭笑不得。

宫子羽安慰道:"月长老说了,对身体无碍,你就牺牲一次配合一下。"

片刻后,金繁轻轻蹙了下眉,像有些眩晕,轻声道:"有点感觉晕了。"

宫子羽试探道:"那我开始问了?你,喜不喜欢宫紫商?"

金繁看着他,沉默不语。

宫子羽催促道:"快说啊,答案呢?"

金繁迟疑地动了动嘴,最后还是吐出:"不……不喜欢。"

宫子羽愣住:"真话假话?"

金繁叹了一口气,低声道:"这药,没有效果。"

"所以是假的?"

金繁肯定道:"假的。"

"不,我是说,你说不喜欢宫紫商是假的。那你——"

金繁顿时耳根都红了,打断宫子羽:"宫子羽!"

"好好好……你每次连名带姓地叫我,我都很恐慌。"宫子羽把目光转向药瓶,皱起眉头。

金繁提醒道:"药若是假的,那云姑娘当时说的话是不是也就不可信了?"他本意是指,云为衫说自己身份的事不可信。

然而宫子羽想到了另一句话。他问云为衫喜不喜欢自己,云为衫回答的是"不喜欢"。这是不是也可以说明这句话不可信?宫子羽突然忍不住,笑了起来,这么看来,云为衫是喜欢他的。

金繁觉得奇怪,自己分析的情况相当严峻:月长老和云为衫都有可能是无锋的细作,执刃怎么还能笑得出来?他瞪了瞪眼,严厉地质问道:"你还笑?"

宫子羽经金繁提醒,立即醒过神来,忽然又想起了宫尚角盘查云为衫的问题——

宫尚角问:"你,是不是无锋细作?"

云为衫答:"不是。"

宫尚角又问:"你是谁?"

云为衫答:"梨溪镇……云为衫。"

这同样也说明,她有可能在说谎。宫子羽笑不出来了,心像一块石,沉入无底深渊。

金繁迟疑道:"月长老被侍卫撞见去地牢见无锋刺客,云姑娘也被怀疑是无锋之人,月长老用假药替她解围……这……"

宫子羽没有回答，喃喃道："月长老的房内还有一间密室，里面有女子生活过的痕迹。"

金繁奇怪道："从未听说月宫之内有女子居住啊。"

"最奇怪的是，密室里还有一只手镯……"

金繁问道："那手镯有何特别之处吗？"

"云雀。手镯上有一只云雀。"宫子羽突然"啊"地叫出声来。

"怎么了？"

宫子羽的脸色突然变得很难看："云姑娘贴身带着的戒指上也有一只云雀……"他想起那日在山谷中从窃贼身上追回的云为衫的那条项链上的戒指，那上面也有一个云雀图案。而宫门曾经抓到一个无锋女细作，就叫云雀……往事片段，一幕幕涌到眼前，渐渐凝成一个清晰的印象，答案呼之欲出。

宫子羽表情越来越凝重，他再次问金繁："那个侍卫所说之人，确定是月长老吗？"

"不确定，他只说那人穿着白衣，衣摆上有若隐若现的云纹……"

与此同时，夜色中的宫门小道上，月长老提着一只灯笼走在荒野草丛中。他的衣摆扫过路边的野草，衣摆上的云纹若隐若现。

月长老脚步匆匆，神色间带着些许神秘。

房内，宫子羽思绪纷飞，不停地踱步，突然他呆呆地立住，眼睛一睁，又回忆起了一幕。

那日在月宫中，月长老的手镯掉出来的时候，云为衫正好过来。云为衫看见了地上掉落的手镯，眼神大变。然后她就念出了那首歌："万千相思万千绪，步出西阁凭言说……"而那首诗，宫子羽见过。

没错，就在月长老的房里，他去找试言草时看见墙壁上挂着一幅再寻常不过的画，画上画着一轮明月，月亮旁还题着一首诗。那首诗的内容正是："万千相思万千绪，步出西阁凭言说。今宵苦短何相见，袅袅白雾共待情。"

云为衫念了那首诗，最后说了一句："我在羽宫等你。"

宫子羽当时以为云为衫是说给他的，实际上，她应该是说给月长老的。

事实确实如此，当时云为衫的视线越过他的肩头，看向身后的月长老。那句"我在羽宫等你"其实是对月长老说的。

想通了来龙去脉，宫子羽大感不妙："云为衫约了月长老见面！"

411

第十八章 云雀断羽

　　角宫里有一池温泉，流水潺潺，烟气缭绕。月下温泉，更显出朦胧之美。宫尚角泡在温泉池中，头发湿漉漉地披散在身后。

　　华丽的刺绣裙摆摇曳着，从他身后款款走来。

　　宫尚角没有回头："这本是下人的事情，上官姑娘不必劳烦。"

　　上官浅端着放满水果、酒壶的托盘，在他身后露出了笑容："角公子怎么知道是我？"

　　"每个人的脚步节奏、轻重缓急、气味、呼吸……都不相同。你应该受过训练吧？"

　　上官浅愣了愣，说："我在孤山派的时候跟着爹爹学了一些简单功夫，公子说的这种训练，我倒是没有经历过。"她一边说，一边走到温泉池边，把手上托盘里的水果、酒、香熏一一放在温泉边宫尚角能够伸手取到的地方。

　　两人离得很近，宫尚角能够看出她特地化了精致的妆容，比起往日的清纯素雅，平添了一分成熟与妩媚，而眉眼间还透出大伤初愈后的一点病态，美艳中带着柔弱。

　　"身子痊愈了吗？"宫尚角问道。

　　"好像伤口都好了，没怎么留下疤痕。公子看看吗？"上官浅微微拉开衣襟，露出白皙的脖子和锁骨。她定定地看着宫尚角。

　　宫尚角眼睛里起了一层薄雾，但没动，也不接话，随着喉结滚动了一下，他把眼睛闭上了。

　　上官浅低着头，被温泉蒸腾的热气熏红了面颊，如同一朵盛放的牡丹等待着有情人采撷。她见宫尚角沉默不语，闭目养神，于是只好起身，低声说："不打扰公子雅兴了。"

她转身走了两步,却听见身后宫尚角低沉的嗓音说:"这处温泉有疗伤养肤的功效,你要不要试试?"

上官浅停下了脚步,回头看着宫尚角静默的背影,温泉水雾里,他的肩膀肌肉结实、分明。池子中两条锦鲤缠绵游动着,激起不小的水花。

宫远徽走进庭院,却被守护在外的金复拦住了:"角公子已经歇息了,徽公子明日再来吧。"

宫远徽觉得奇怪:"我哥今天怎么睡得这么早?"

金复表情有些微妙,低头,没有回话。

宫远徽看了看没有点灯的卧室,转身走了。

回徽宫途中,他远远地瞧见金繁神色有异,带着七八个佩带兵刃的侍卫疾行,行色匆匆,也未掌灯,显然不是日常巡视。他心头一动,便在暗中跟随。

宫远徽潜伏在羽宫屋顶,远远地看见金繁带队进了羽宫。金繁小声指挥布置着,身着深色衣服的侍卫们很快分散开,有些上了屋顶,有些隐入树冠,有些潜藏在庭院山石之后。

俯视着这一切的宫远徽一头雾水:"羽宫?金繁在自己的地方,干吗这么鬼鬼祟祟的?"

云为衫走进正在忙碌筹备的下人的房间。

仆人们正在忙碌,见她进来,急忙问道:"云姑娘,我们正在准备熄灯后的安神驱虫熏香。您怎么来了?"

"执刃大人和我刚刚从山里回来,山谷中水汽重,阴冷潮湿,今晚要在熏香里加一些艾草,驱一下湿气。"

"这些熏香是挂在户外的,恐怕效果不佳,不如直接在执刃房间放一盆艾草熏香可好?"

"也可以。那你去库房取一些艾草来。"云为衫支走一个仆人,又打发另一个仆人离开,让他再取一些艾香放到自己房间。

待两个仆人都离开,云为衫从衣袖里掏出一个纸包,把纸包里的粉末倒进几只熏香香炉里。

夜色逐渐深沉,羽宫内的灯火陆续吹灭。

下人取下屋檐的最后一盏灯，挂上户外香炉后，整个羽宫都就寝了。香炉里的烟雾缓缓弥漫开来，淡淡的熏香无声地融入夜色。

宫远徽嗅觉灵敏，闻到了熏香的味道，心头更加疑惑，是谁用了熏香呢？迷倒众人之后意欲何为？

他还没来得及多想，屋顶上的两个侍卫已经摔落下来，掉在庭院里，昏迷过去。提灯巡逻的仆人也歪在墙角，昏睡过去了。

一袭白衣的月长老走到云为衫门前，轻轻叩门："是我。"

漆黑的房间房门打开，云为衫看了看站在门外的月长老。

真是不可思议，云为衫竟然私会月长老。宫远徽看着眼前不可思议的一切，忍不住冷笑一声，刚转身准备去找宫尚角报信，就被金繁突袭。

"你敢和我动手？以下犯上，好大的胆子。"宫远徽怒喝道。

"你深夜潜入羽宫图谋不轨，我作为羽宫侍卫，动手理所应当。"

"你竟然没有中熏香之毒？难道你也用了百草萃？"宫远徽眼珠转动，声音阴沉，"区区一个绿玉侍，怎么可能有资格领取百草萃？！我早就说你有问题。这次新仇旧恨一并计算。这次羽宫屋顶恐怕都要被掀翻了。哼哼——"

金繁一语不发，直接出手，宫远徽不敢大意，使出浑身解数，两个人你来我往，缠斗在一起，一时难分高下。此时，宫子羽已然蹑手蹑脚来到云为衫的门外，静伏在窗下。

云为衫房间里，气氛并不松快，两人在黑暗中面对面而立，都保持着警惕。

云为衫开门见山道："你果然听出了那首诗。"

月长老接话道："对，万千相思万千绪……你用这种方式约我相见，你想问什么？"

"你为何会有云雀的手镯？"

月长老听到"云雀"这两个字，微微一怔，即使在黑暗中，也能感受到他的情绪变化。

云为衫捕捉到了月长老的表情："你，见过云雀？"

月长老的眼神飘远，似陷入久远的回忆。过了片刻，他才开口："你义妹，是我心爱之人。"

云为衫大为震惊，一时间说不出话来。月长老果然知根知底，他早就知道自己是无锋的人。

"云雀曾向我提起你，说你是这世上唯一对她好的人，她给我看过你的画像……所以初次见面之时，我就认出了你……"

云为衫犹豫了一下，问："你明知道我是无锋之人，为何还用假的试言草暗中帮我？"

云为衫的房间外，宫子羽在门口静静地站着，他能屏住呼吸，却没有办法掩饰自己发红的双眼。事情果然如自己推测的那样。有那么一瞬间，宫子羽很想转身就走。自己心爱的人和尊重的人竟然合起伙来骗自己，扎心之疼，胜过蚀月之痛千万倍。他闭上眼睛，深吸一口气，告诫自己，此刻必须保持镇定，像宫尚角那样，硬起心肠。

屋内，月长老迟迟没有回答云为衫的问题，陷入死寂。

云为衫又道："云雀是怎么死的？"

月长老眼睛里涌起泪水，声音微带哽咽地摇了摇头。云为衫也双眼通红，语带泣音。两人再次陷入沉默。

宫子羽实在忍受不了这份煎熬，站起身来，推开房门，缓缓地走了进来。

云为衫惊讶，一时不知道如何应对，小声开口："公——执刃……"

宫子羽冲她摆摆手："你是无锋之人，我不和你对话。月长老，你身居宫门高位，为何也背叛宫门？"

月长老依旧没有说话。

云为衫轻轻地点燃蜡烛："既然执刃知道了一切，就无须在黑暗中说话了。月长老，你也不必隐瞒了。"

月长老看着宫子羽："执刃大人，我从出生开始就深居后山，从未在江湖中走动。我不可能是无锋之人，我也绝无伤害宫门一族之心。但确实，我帮过无锋。事情原委，执刃大人只要愿听，我便知无不言。"

"你说。"宫子羽语调冷静。

"两年前，无锋派人潜入宫门，试图偷取百草萃，你应该还有印象吧？"

宫子羽点头："自然记得。"

"那个人，就是云雀。"月长老声音发颤。

角宫里，宫尚角与上官浅已经从温泉池出来。宫尚角穿着外袍，敞着胸膛，坐在矮案前喝茶，目光却落在上官浅身上。

上官浅湿漉漉的头发披散开来，只穿着贴身衣物，脸上带着没有散去的红晕。她拿起旁边的衣服，极其轻盈优雅地穿着。

上官浅迎着宫尚角的视线："这是公子选的衣服，好看吗？"

"我没看衣服。"

上官浅低头，羞涩地一笑："其实……我深夜前来，是有求于公子。"

"所求何物？"

"求公子为我报仇。"

"仇人是谁？"

"清风派的点竹。"

"你伪装身份潜入宫门，危机不断却总能化险为夷，以你的聪慧和本事，为何不自己报仇？"

"试过了，不止一次。"上官浅轻声道，"上官家乃医药世家，对毒药也颇有研究。宫门向江湖中流出的毒药，我几乎都收集过，而且我知道，你们真正厉害的毒药和暗器从来都是自用，绝不出售。"

"确实如此。"

"你们有一味毒药叫'送仙尘'，我用它做底，又混入几种剧毒，让其变得无药可解。两年前的武林大会，我乔装混了进去，偷偷在点竹的食物中下了此毒。"

宫尚角有些意外："当年点竹身中奇毒之事震动江湖……竟然是你？"

上官浅点头："是我。随后我便一直等待江湖上传来点竹死亡的消息。可我等了一个多月，点竹竟然完好无损地再次出现，令我百思不得其解。"

宫尚角审视着上官浅的话，突然意识到了什么："中了送仙尘，若非拿到宫门独家解药，必死无疑，更别说你还混入了其他剧毒，的确神仙难救，除非……"

"除非点竹中毒后立刻服用了宫门秘药——可解百毒的百草萃……"

宫尚角推测道："难道两年前无锋潜入宫门，就是为了帮点竹偷取百草萃？"

"正好就是那个时间。"上官浅补充说。

宫尚角有些犹疑："虽然清风派归顺了无锋，但区区一个点竹，无锋不会大费周章替她偷药，除非点竹身份十分特殊，不然，无锋绝对不会轻易招惹宫门。这个点竹到底是什么身份？"

上官浅低下了头，陷入回忆中。

两年前，无锋首领室中，寒鸦柒询问她："你这次回去看点竹，她怎么样了？"

"师父中毒很深,只能暂时用内功对抗毒性,但估计撑不了多久。我回来是替师父参加这一次的首领大会。"

寒鸦柒转身,与上官浅一起面对首领位置的那个壁龛,那个壁龛目前尚未亮起,看来首领还没到来。

"找到下毒之人了吗?"寒鸦柒问道。

"师父怀疑是拙梅……"

首领室内,其余壁龛都陆续亮起,然而等了许久,正中那个壁龛依然没有任何动静。

半月一次的首领大会,意在掌握各个门派的动向和消息,从未出过疏漏,但那一次无故取消了……

角宫温泉池旁,烛火微晃。

上官浅问宫尚角:"那无锋的刺客后来怎么样了?"

"她被用作药人试药,没多久就死了。为了威慑无锋,让他们以后不敢再轻易派人潜入宫门,刺客的尸体被挂在城门上暴晒了三天三夜。"

上官浅低下头,沉默了。

其实宫尚角并不知道实情。宫门的人都以为那个刺客的下场就是这样。

月长老情绪平复,开始平静地叙述起往事。

"两年前,云雀收到了无锋要派她潜入宫门盗取百草萃的消息。寒鸦肆让云雀利用息肌之术缩小筋骨,躲在往宫门运送药材的箱子里,潜入宫门。箱子很小,看起来完全无法藏人,宫门完全没有发觉,药箱连同其他的药材一起被堆放在医馆院子的角落。

"深夜,云雀顶开一道缝隙,见不远处的药圃边有一个人影站在那里。此人正是宫远徽,他一动不动,目不转睛地盯着一株花。药圃的土壤表层发出莹莹的蓝光,像洒入了珠光,用这奇异土壤培养的是一株透白的花朵,花瓣薄如蝉翼,十分轻盈。宫远徽用贾管事递来的海贝粉末为花施肥。

"在他们的对话中,云雀知道了这株花是早已绝迹的出云重莲,零星生长在雪山冻土层中,而宫远徽搜集到了几棵。据说此花可以医治百病、起死回生。

"当然,这是事后她对我说的。

"云雀一直等到了夜深人静,才慢慢地伸出手脚爬出箱子,之后把筋骨完全舒展开,迅速进入药房,在药斗里翻找起百草萃。她没有想到,此刻宫远徽又拿着一个小药瓶，高兴地回到出云重莲的培养花坛边。

"云雀找药时发出了动静，引起了宫远徽的警惕。就在云雀终于翻找到百草萃装进腰间时，宫远徽也推开了药房门。你们知道，宫远徽多疑，而且会用毒，他虽然没发现人，却临时配了一味有毒的熏药煮到了水壶里。烟雾蒸腾而起，弥漫了整个房间。云雀实在难以忍受，只能越窗而出。

"她刚刚落地，就遭到了宫远徽的偷袭，锁骨上挨了重重一脚。云雀吃痛倒地，装百草萃的瓶子掉落在地。她借助轻功身法逃窜，又被宫远徽暗器打伤。宫远徽拾起地上的药瓶时，便已判断云雀是来偷百草萃的，便发出了响箭。于是，云雀行踪彻底暴露，遭到整个宫门前山的围剿。

"此夜，我在雪宫庭院与雪重子、雪公子和花公子喝酒闲谈。席间，我听雪公子说，宫远徽在前山培养出了出云重莲，惹出了我的好奇。人们都说，宫远徽是宫门前山百年难遇的草药奇才……我很真想看看这出云重莲，也想会会徽公子。"

月长老说到这里，稍稍回神，表情黯然："那晚我第一次违背祖训，偷偷溜出了后山，准备去看一看宫远徽培育出来的出云重莲，结果遇到了云雀。第一次看见外面世界的我，对一切充满了好奇和善意，那时我并不知道这个受伤的少女是谁，于是把昏迷的云雀直接带回了后山。月长老把我严厉责骂了一顿，要将云雀交给老执刃发落。"

云为衫心如刀绞，眼睛通红："所以我义妹真的是为宫门所杀……"

"不是……那时，我正在研究麻药醉见血，于是我向月长老提议，是否可以请执刃允许我拿云雀作为药人，供月宫试药。"

云为衫诧异地瞪着月长老。

月长老明白云为衫的意思："我知道你觉得残忍……但如果不做药人，云雀可能当晚就死了。"

月长老重新回忆起来，继续讲述后来的事。

"云雀被我带到月宫救醒。然而她性子刚强，先是强硬地对抗，之后又想咬舌自尽。

"我一把掐住了她的嘴，告诉她：'我平生废寝忘食，研究各种解毒之法，从阎王爷手里抢命回来。我最讨厌的就是不惜命的人。死者不会痛苦，痛苦永远都是留给为你伤心的生者。寻死的人是懦夫，因为他们把痛苦转嫁给了爱他们的人。'

"因为这句话，云雀想起了姐姐云为衫的叮嘱。她出发前，姐姐对她说：

'别听寒鸦肆的话,就算失败了,也要想办法活着。要好好活着。'

"于是,云雀不再决心赴死,我也坦诚相告:'执刃许诺你做我的药人,助我试药,才会保全性命。'我要试验的是让人麻醉的止痛之药。我喜欢制作解药,喜欢救人。宫门里会做毒药的人已经够多了,不缺我这一个……此后,云雀便相信了我,而我也把她转移到了户外开阔之处。因为她从小被迫练习息肌之术,长期困于狭窄空间,所以对密闭之所感到恐惧,一旦在幽暗封闭的地方待久了,肌肉就会不自觉地紧绷,四肢僵硬,身体出现抵触。

"云雀低头,没有否认。她对我说:'我不过是一个药人,不用这么关心我。'而我告诉她:'药人也需要身心健康,我才能试药……'"

月长老的话里的温情越来越浓:"日子久了,我喜欢上她了,喜欢她坐在栈桥上看着波光粼粼的水面发呆的样子,也喜欢她的单纯善良。当然,她也慢慢信任了我,并告诉我她加入无锋的经历。"

月长老看了眼云为衫,轻声述说:"云雀是'棺材子',也就是死去的妇人在棺材中生出的孩子。她被一个老乞丐救下并养大,此后乞丐就成了她的'爷爷'。

"七岁那年除夕,他们要饭时,爷爷被几个恶霸打死,她因咬伤恶霸,也被打得奄奄一息,之后被无锋的杀手寒鸦肆救走。在无锋里,她听话,不反抗,让自己变强,不断地争夺,拼尽全力活了下来。然而,无锋的杀手都食有半月之蝇之毒,无论走得多远,都会被牢牢掌控。

"也是那时,我才知道无锋使用的半月之蝇就是宫门专门研制出来的秘药蚀心之月。

"无锋将半月之蝇做了一定程度的改造,去掉了会让人手腕产生黑线的毒性,变得更加隐蔽……虽然我不知道无锋为何能得到蚀心之月的药方,但是在我研究完云雀给我的那粒无锋死誓后,我确定那就是改头换面的蚀心之月……

"半个月之后,云雀体内的半月之蝇发作。起初,云雀并不相信我,直到我们一起熬过了痛苦的月蚀之期,她的内力一天天增强,云雀才完全信我。她告诉我,这是她此生第一次觉得可以真正摆脱无锋。"

说到这里,月长老突然笑起来,显然,他回忆到了快乐的一幕:"这丫头给我出了个字谜。那是冬夜,云雀用手接着一片又一片飘进来的落花,她身后书桌上有一张纸写着'委身与乞中'。我明白那是个'谢'字。'乞'为'讨',委'身'与'讨'之中就是'谢'。她还告诉我说,她与义姐云为衫就经常玩字谜。"

月长老回到现实中，对着云为衫道："云雀之所以肯当我的药人，一是因为有你。云雀怕她死去后，你会痛苦；二是她来宫门，除了偷药外，还有一个任务，就是寻找无名。"

回忆继续，月公子的话语中充满痛苦。

"无名是二十年前进入宫门后音信全无的魅。无锋不会允许知晓内部秘密的人脱离组织。云雀说，如果她留下来，无锋就会源源不断地派出刺客进入宫门，生要见人，死要见尸，否则她将永无宁日。

"她的话让我眼前一亮，顿时有了办法：让她利用假死脱身。我研制出的冬蝉草可以让人像寒冬中沉眠的昆虫一样，抑制呼吸，抑制心跳，血色全无，接近假死。

"随后，我向月长老和执刃提议，将云雀的'尸首'挂在宫门城墙上，在向无锋示威的同时，暗地里保全她。在她服用冬蝉草的同时，我又让她服用了用金蚕子和雪莲胚芽熬制成的灵药，此药可保她在三天三夜滴水不进的情况下也不会饿死渴死。我还往她手上涂抹了一种药膏，可避免绳子绑吊时留下疤痕。

"这丫头真信任我呀，言听计从，还把左手腕上的手镯摘下来，交给了我。
"就这样，云雀的'尸体'被用麻绳捆着，高高地吊在宫门的门楼上。

"按照预想，我会在第三天晚上去把'尸体'放下来，之后再假演一场'下葬'，这世界上就再也没有无锋云雀了，只有月宫云雀，她就可以与我厮守一生了……可是，第三天夜里，云雀不见了，城门上只有一根空空荡荡的麻绳。

"就在那晚，我心如死灰，懊悔不已，恨自己大意，恨自己守护不力，恨无锋凶残，原本漆黑的鬓角变白了。"

月长老讲完最后一个字，闭上了眼睛，脸上挂着眼泪，睫毛不停地颤抖着："后来，我就再也没有见过云雀了。"

云为衫心如刀割："我见过……云雀的尸体被送回了无锋，盖着白布，尸体血肉模糊。寒鸦肆告诉我，她被宫门的独家刀法砍碎天灵盖而死……"

宫子羽明白过来："所以我父兄遇害那一夜，你才去地牢找那个无锋刺客，是想问云雀的消息？"

月长老点头："当时我从那个刺客郑南衣嘴里得知云雀已经死了，她……她是被刀砍破天灵盖而死。宫门的人不会杀云雀。应该是无锋收回云雀尸体的时候，发现了她假死的秘密……"

庭院里，打斗越来越激烈。

金繁实际上是红玉侍卫，论实力在宫远徼之上，但他此刻有些分心，按照宫子羽的交代，他第一任务是监视和准备对付月长老，以防不测；第二任务才是护卫和警戒，而宫远徼的出现是个变数。

在和宫远徼交手时，金繁时时留心着羽宫中月长老的动向，准备随时返回，故而不能全力进攻。而宫远徼又知道金繁的厉害，在交手时格外谨慎，所以两人缠斗，僵持多时不分高下。但两个人的内力消耗都很严重，招式已经慢了下来，彼此的呼吸越来越粗重。

金繁明白久战不利，又见云为衫屋中迟迟不见动静，心里生疑，不敢再拖，遂集中精力，猛烈进击。宫远徼躲避稍慢，胸口被金繁打中，整个人倒跃出去。眼见金繁欲转身回旋，他抓住时机，突然射出两件暗器。金繁情急之下躲避不及，被一件暗器打在胳膊上。

金繁伸手拔下来，伤口冒出黑血。

宫远徼擦掉嘴角的血迹，使劲嗅了嗅，冷笑道："你果然服用了百草萃。"

金繁彻底被激怒，再度出击，催动内力，快速移位，几个虚晃，突然近身，刀背重重拍在宫远徼肩头。宫远徼吃痛，重心不稳。金繁瞅准破绽，一脚将他踹倒，踏背拧臂，迫使宫远徼扑跪在地。

金繁稍微松了口气，不料宫远徼另一只手掏出了响箭，随着机关按动，响箭呼啸着划破宫门上方的夜空。

此刻，角宫里，上官浅仍在向宫尚角提出自己的疑惑："既然云雀已死，那为何点竹还是成功解毒了呢？"

"依我的推测，说不定云雀当时丢下药瓶只是障眼法，百草萃早已被她偷偷藏在身上，最后靠着尸体带回了无锋，又或者是点竹从其他地方找到了解毒之法。不过真相究竟如何，已经无法知晓了。"

"点竹能够逃过这一劫，真是命硬……所以，如果公子能助我复仇，杀掉点竹，我愿意献出我的所有。"

"所有？"

"是，所有。"

"你还有什么？"

上官浅愣住了。正在她窘迫之时，窗外传来响箭的啸叫，宫尚角突然站起身来："远徼——"之后一个飞跃出门，匆匆往羽宫飞奔而去。

宫子羽他们也突然听见了屋外响箭的声音，纷纷来到院中，随后就听见宫远徵由远及近的怒斥声。

众人开门，却看见金繁押着宫远徵走进来。

宫远徵目光凶狠："狗奴才！放开！"

月长老一脸震惊："金繁，这是干什么？"

就连宫子羽都被这一变故惊到，低声呵斥金繁："怎么回事？你抓他干什么！"

金繁脸这才醒过神来，打就打了，把宫远徵抓回来，性质就不同了，这不但激化了宫门内部矛盾，还直接把宫子羽逼到了死路，宫尚角定不会善罢甘休，接下来必会与羽宫撕破脸。哎哟，闯下大祸了。

"刚才宫远徵在屋檐上偷听，他说要去告发月长老和云为衫勾结……执刃大人刚刚通过第二域的试炼，我怕影响大人——"金繁只得照实禀报。

金繁话还没有说完，要就听见门口传来侍卫大声的呼喊，似乎有要人硬闯羽宫。不用想，肯定是宫尚角带人来了。

宫远徵突然抬起头大喊："哥——"

宫子羽急忙上前捂住他的嘴巴，之后把一块丝帕塞到他嘴里。宫远徵喊不出声，但他脸上带着狰狞的冷笑，他知道，宫尚角马上就会找到这里。

宫子羽有些焦虑，忍不住问："怎么办？"

云为衫指指屋里，说："先把他藏起来。"

"万一他弄出些动静，立刻就暴露了。月长老，有没有什么吃了昏睡的药啊，给他来一点！"

"谁会随身带那种东西？"

"那你会点穴吗？"

"我只会医术和刀法，不会点穴。"月长老说道。

云为衫突然上前，抬手飞快地在宫远徵身上点了几处穴道。宫子羽在众人惊诧的眼神中取下宫远徵嘴里的丝帕，发现他除了干瞪眼，确实无法发出声音，也无法动弹。

宫尚角一路如入无人之境，暴怒之气加上深厚的内力，使所有的侍卫都心怀恐惧，显得脆弱不堪。他举手挥袖之间，众多侍卫瞬间便被击飞。

他脸色铁青来到宫子羽门前，抬起一脚，踹开大门。

门内，宫子羽和月长老坐着饮茶，金繁和云为衫站在一旁。

宫尚角一脸寒霜："远徽弟弟呢？"

宫子羽反问道："远徽弟弟不是一向和你形影不离吗？你到羽宫来找他，也是奇怪了。"

柜子里，宫远徽透过缝隙看着宫尚角，但是他发不出声音，也动弹不了。

宫尚角环视一圈："我听到远徽弟弟的响箭，他一定是遇到了危险。响箭声就是这里发出的。"

宫子羽笑了："哦，那你看我这里有吗？"

宫尚角沉默了。确实，他在宫子羽坦然自在的神情里看不出破绽，便转头看向不说话的月长老："月长老怎么会在这里？"

"执刃大人练习斩月三式的时候有些疑惑之处，派人问我。我觉得说不清楚，于是直接过来了。"

宫尚角不再说话，可直觉又告诉他宫远徽就在这里。他看向云为衫和金繁。金繁在宫尚角犀利目光的扫射下有点发慌，突然想到自己手臂上暗器造成的伤口，下意识抱起双臂，用手捂住暗器之伤。

然而，就是这个细小动作引起了宫尚角的注意。他目光如鹰隼，让金繁汗毛倒竖。

宫子羽生怕金繁露了马脚，提高声调说道："角公子，如果响箭真的代表徽公子遇到了危险，那我劝你还是赶紧继续找。需要的话，我可以派出羽宫的侍卫一起帮忙。哦……好像刚刚听到外面一阵一阵地惨叫，我的侍卫是不是都受伤了啊？……也不知道是被谁打的……"

宫尚角也意识到自己有些失控，如果没有找到证据，此处不宜久留，遂转身准备离开。

柜子里的宫远徽急得要死。他突然想起哥哥对血腥气十分敏感，于是拼尽全力咬啃腮帮，咬肌用力绷紧，然后使劲张开嘴作笑，大口的鲜血从他嘴里涌出来。

宫尚角突然停下来，用鼻子嗅了嗅，转身道："血？"他没有迟疑，直接冲向那个柜子。金繁上前阻拦，两招之内，直接被宫尚角挥掌击飞。

宫尚角拉开柜子，看见笑得满嘴鲜血的宫远徽。他将宫远徽搀扶出来。然而此刻的宫远徽穴道被点，无法动弹，只能跪在地上，狼狈不堪。

宫尚角怒火冲冠，两股杀气从眼中冒出，目光从宫子羽、月长老、金繁、云为衫脸上一一扫过，声音低沉，一字一句地说："立刻解开穴道。我数到

423

三，如果宫远徽还没有站起来，我保证，天亮之前，羽宫不会再有一片完整的砖瓦。"

宫子羽脸色苍白，一时间无话可说。月长老给云为衫递了个眼色。云为衫走过去，抬手解开了宫远徽的穴道。

宫远徽长出一口气，缓缓动了一下身子。

云为衫刚转身，就听见宫尚角在她身后厉声一喝："站住。"

云为衫深呼吸，转身看着杀气腾腾的宫尚角。

"云为衫，你刚刚使用的是清风派的'清风问叶手'。清风派在归顺无锋之时就交出了所有武功心法……你果然是无锋的人。"宫尚角手指着云为衫，铁口直断，不容置疑。

云为衫脸色骤变，难置一词。

宫尚角解下腰间的佩刀，侧头问身后的宫远徽："远徽弟弟，还可以吗？"

"好久没这么兴奋过了。"宫远徽不知道什么时候已经戴上了他那副薄如蝉翼却刀枪不入的手套，咧嘴狞笑，看起来像一个桀骜的杀戮少年。

宫尚角抬头看着众人，淡淡地说："捉拿云为衫。如果有人敢阻挡，除了宫子羽，其他的人，原地斩杀。"

宫远徽忍不住狂笑起来，露出一排带血的牙齿。

第十九章 山雨欲来

宫尚角身形一晃,瞬间近身,双手挥动如利爪,迅速攻向云为衫,看不出这是什么门派的招式,显然是出自擒拿手派系的精妙手法。

云为衫飞身躲闪,险险避过一击,知道不敌宫尚角,她飞快闪身后撤。宫子羽没有丝毫犹豫,突然上前,拔刀与宫尚角交锋。

宫子羽不想铺垫,直接用绝学,瞬间使出拂雪三式的第一式——新雪。宫尚角一声冷哼,拔刀出手,以一模一样的拂雪三式回击,强大内力呼啸而出,宫子羽瞬间被密不透风的寒气压迫得无法还手。

宫尚角说:"你敢在我面前用拂雪三式……不自量力……你知道自己的融雪心经和拂雪三式并不相称吗?"

月长老突然上前,衣袖卷动,拂开了宫尚角的刀风。他不再观战,也决定不再中立,坚定站在宫子羽这边。自吐露与云雀的内情以后,他在宫子羽那里看到的不是嘲讽与敌视,而是理解与共鸣。这何尝不是一种担当,何尝不是一种勇毅?在他心目中,宫门执刃就应该由这种心胸宽阔仁厚的人担任。

"执刃,宫尚角的内功心法是苦寒三川经,是最匹配拂雪三式的内功心法……你用拂雪三式是打不过他的……你带云姑娘先走!"

"想走?"话音未落,宫尚角施展轻功,再次逼近云为衫。宫子羽和月长老一同上前,这才勉强困住宫尚角。

然而,宫远微已经近身,朝云为衫大打出手。金繁见宫子羽他们暂时不落下风,再次和宫远微交手。

宫子羽趁月长老与宫尚角缠斗的瞬间,冲到云为衫面前,催促她说:"快走!去后山找雪重子!"

云为衫看着眼前难分难解的恶斗，冲对宫子羽说："来找我，我等你。"

然而，她还是晚了一步。就在她翻窗而出时，宫远微的剧毒暗器也随之破空而去。夜色中，可以清晰听见暗器打进血肉的声音和云为衫的惨叫声。

万花楼中，紫衣的房间里，寒鸦肆正靠坐在窗边，眼神漠然而幽远，脑海里忽然闪过一些久远的画面。他拎着酒壶灌口酒，抬头望向天空清冷的月亮。

紫衣看他怅然的样子，忍不住问道："有心事？"

寒鸦肆喝了一口酒："只是想到了一位故人，今天是她的忌日。"

回忆中，那些画面越来越清晰。

两年前，无锋总部。

云雀被救回无锋，寒鸦肆带着她去面见首领。一进首领室，云雀便单膝跪在地上，寒鸦肆就站在她身后，等待着首领发话。

无锋首领罩着黑色面罩，身披披风，鬼魅般闪到云雀面前："这次的任务，完成得不错。"

云雀不敢抬头，只是沉声答一句"不敢"。

"你一个魑，不仅成功潜入了宫门，拿到了百草萃，还能全身而退，这么多年来，还是头一个……虽然我们收尸的时候以为你已经死了……你受苦了。"

云雀保持冷静："能完成任务，再辛苦也值得。"

无锋首领走到云雀身边，云雀抬头，首领已经抬手，猛地发力，掌刀劈在云雀的天灵盖上。

随着头骨的碎裂声，双眼充血的云雀直直地倒了下去，瞬间没有了生息。一旁的寒鸦肆也因惊吓停住了呼吸。

"服药诈死，欺瞒做戏，真是可笑。寒鸦肆，把她的尸体抬下去。"

寒鸦肆浑身默默发抖，眼圈通红，他极力控制着自己，默不作声地抱起云雀，转身，眼泪掉了下来。

无锋首领的声音从背后传来："告诉云为衫，是宫门杀了她。"

寒鸦肆一步一步走下台阶，声音极其稳定："是。"

他把尸体抱去给云为衫看。云为衫揭开白布之后，失声痛哭。站在一旁的寒鸦肆红着眼睛，无声心碎，而他知道，这种心碎还会不停地轮回。

云为衫冲寒鸦肆嘶吼、捶打，质问是谁杀了云雀。寒鸦肆沉默。

云为衫跪在地上，痛苦不已。寒鸦肆伸手，轻轻地放在她的头顶，安慰她，像她小时候一样。

抱着白布尸体的寒鸦肆走过走廊，看着小小圆窗外的月光，突然蹲下来，蜷缩在墙角，用力抱紧云雀的尸体，浑身发抖，失声痛哭……悔痛刺心，他怪自己把云雀带了回来，如果还让她在宫门门楼上悬着，那该多好。那样的话，她就真的变成了一只云雀，在云间翱翔，自由歌唱。

记忆的画面被风吹散。窗台边，寒鸦肆的眼睛红红的，他凄凉地笑了笑，嘴里哼着一首听不出词的曲调，他的声音在夜色里显得伤感又苍凉。他将手伸出窗外，将酒壶里的酒倒出。

宫门后山也弥漫着一股凄凉之气。祠堂外，同样的月色下，雾姬夫人神色凝重，将一根红绳系在祠堂门口的老树上，老树上已经有很多根红绳了。

雾姬夫人轻声说："我来看你了。"

后山雪宫中，风雪呼啸，一阵紧似一阵。

寒冰莲池外的房间里，雪重子在熬粥，雪公子坐在桌边看书。

突然，门被撞开，风雪汹涌进屋。云为衫跌跌撞撞地走进来，猛地摔倒在地，脸如金纸，气若游丝。雪公子立刻起身，扶起云为衫，撑开她的眼皮，发现她的眼神已经涣散。

雪重子走过来："你中了什么毒？"

"宫……远徵……的暗器……"说完，云为衫失去了意识。

宫门内斗，终于被闻讯而来的雪、花二位长老制止。他们一方面迅速聚集宫门相关人等议事，一方面加强巡视，避免无锋趁火打劫。

深夜，执刃殿灯火通明，各宫人员齐聚，但却鸦雀无声，气氛格外沉闷，每个人连呼吸都小心翼翼。

大殿中央，宫子羽、月长老、金繁、宫尚角、宫远徵跪在地上，周围站满了黄玉侍卫。

花长老气急攻心，连胡须都在颤抖，他扫视着宫子羽、宫尚角等人，连声高喝："宫门之耻！"

宫尚角指责宫子羽道："身为执刃，竟然被美色迷惑，勾结无锋细作，残害同族至亲，确实是宫门之耻！更是宫门之祸！"

宫子羽反唇相讥："你还在颠倒黑白。心胸狭窄，嫉妒生恨，主观臆断胡乱栽赃，对执刃大打出手，刀兵相向，你才是宫门之耻、祸乱之源！"

花长老一拍桌案："够了！……月长老，你虽然年轻，但身居长老之位，理应深谋远虑，顾全大局，怎么和一帮晚辈混在一起胡闹？"

雪长老长叹一声，说："尚角，你一向沉稳，遇事冷静，可是……深夜携带兵器私闯羽宫，打伤十几名侍卫，刺伤执刃，无论如何，你都得给个说法，否则——"

"雪长老，说法当然有。我在角宫中听见远徽弟弟发出响箭求救，立刻前往羽宫，发现远徽弟弟已经为他们所伤，点穴后藏于木柜之中。我欲出手救人，宫子羽他们强行阻拦，不得已才与他兵刃相向。"

听了宫尚角的陈述，雪长老与花长老面面相觑，若果真如此，宫子羽难辞其咎，他们必须弄清原委。

雪长老看向宫子羽："尚角所说可是实情？执刃大人，你为何要囚禁徽公子？"

宫远徽不等宫子羽说话，便向雪长老告发："因为我撞破了月长老和无锋细作云为衫勾结密谋之事，所以他们想要杀我灭口。"

经宫远徽一说，事情性质越发严重。雪长老看向月长老，希望他能说清楚。

宫尚角不依不饶："我怀疑云为衫是无锋细作，因此前往后山，本意是要将她带回审问，但月长老阻止了我。当时他给出的理由是他研制出了一种新药叫作试言草，让服药者知无不言、言无不真。我信月长老，不疑有他……然而远徽弟弟撞见了他们的密谋。"

"这都是角公子的主观臆断，我在宫门后山出生，在后山长大，此生醉心医术，足不出山，我没有任何理由和机会与无锋勾结，我也绝无谋害宫门之心。"月长老说得坦荡，殿上不少人微微点头。

宫尚角却打算穷追猛打："既然这样，那就请月长老将审问云为衫用的试言草交出来，有没有功效，一试便知。远徽弟弟也很擅长百草药理，可以帮长老们辨别真假。"

月长老的脸色微变，但他很快就冷静下来，淡淡地回答："试言草配制困难，所用药材都非常稀少，所有配制出的试言草都已用在云姑娘身上，暂时没有存货了。"

此言一出，满堂动摇，刚刚点头的人也忍不住皱起了眉头，只有宫远徽在笑。

宫子羽清楚宫尚角的套路，他在一路穷追猛打，如果跟着他的思路走，只会被动挨打，必须要选准突破口攻击，于是开口道："长老，角公子在江湖中历练已久，自是能言善辩。若如他所说，他是在角宫中听到响箭预警，但角宫离羽宫甚远，顶多能分辨响箭的方位，他如何能确定徵公子就在羽宫？在这个方位的还有商宫，甚至徵宫也在这个方向。但角公子不管不顾，打伤羽宫一众侍卫，直接冲进来要人，这不是心怀偏见，就是蓄谋已久，故意栽赃。"

宫尚角转过头，看着宫子羽，露出诧异之色。他不得不佩服宫子羽的应变能力，这个平日冒失、轻浮的家伙不但长进极大，而且总能在关键时刻表现出惊人的镇定，自己绝对轻视他了。同时，他也痛恨宫子羽这种亦正亦邪、正经耍赖的作风。

宫子羽面容镇定，继续说道："还有，刚刚徵公子说他撞见月长老和云姑娘密谋……可否让远徵弟弟说说他具体看到了什么、听到了什么？"

"哼，还要狡辩？我当时潜藏在云为衫房间对面的屋顶，居高临下，看得一清二楚。月长老从后山来，翻越围墙，直接进入云为衫的房间。而且为了掩人耳目，他用迷香将巡逻侍卫迷晕。我准备去向哥哥汇报，结果被金繁发现，他出手阻拦，将我打伤后点穴，困在羽宫……"

宫子羽问："远徵弟弟，你说月长老从后山而来，直接进入云为衫的房间……"

"没错。"

"但你又说他放了迷香，迷晕侍卫……那他是在什么时候放的迷香？"

宫远徵一愣："……这……空气里确实有迷香……"

宫子羽讽刺地一笑："那总不能是我羽宫的人自己放迷香把自己迷晕过去吧？"

宫尚角皱起了眉头，他明白，宫远徵招架不住如此刁钻的攻击。

宫子羽看着慌乱的宫远徵，进一步逼问："而且，你说侍卫们都被迷倒了，你却没有被迷倒，那是为何呢？"

宫远徵冷笑一声，说："可笑，我长期服用百草萃，一点点迷香算得了什么。"

宫远徵对自己的回答未免有一丝得意，还没有意识到自己已经踏进宫子羽的"陷阱"。宫子羽却露出了笑容，继续问："你说金繁和你缠斗阻止了你，请问，如果有迷香，金繁为何没有中毒？金繁只是一个绿玉侍卫，也服用了百草萃？"

殿内众人也觉得宫子羽问得有理，而宫远徽难以自圆其说，情绪压抑不住，开始窃窃私语。

宫远徽满脸通红，明明自己说的是事实，他却被能言善辩的宫子羽颠倒了黑白。

然而，宫子羽并不打算就此放过他，很快补上了最后致命的一刀："而且，宫远徽弟弟，你深夜潜伏在羽宫屋顶是想做什么？"

"我……我是……"宫远徽满脸通红，无法回答，只能转头看向宫尚角，满眼求救之色。

宫尚角沉默不语，宫子羽的连续发问都打到了宫远徽的死穴，而且合情合理，无懈可击。他深吸一口气，平静一下，听着宫子羽的陈述，寻找他话语中的漏洞，同时快速整理着反击思路。

宫子羽清清嗓子，放慢了语速："我练习斩月三式遇到困惑，所以派人请月长老前来指教。金繁半夜巡逻，发现了在屋顶鬼祟潜伏之人，随即出手擒拿，想问明情况。虽然他出手较重，但情急之下如此处置，过错不算严重吧？倒是徽公子行迹败露，见逃脱不成，只能放响箭通知宫尚角。正因为宫尚角知道宫远徽来羽宫潜伏，所以他才会直接冲到羽宫要人。整件事情非常清楚，却被宫尚角和宫远徽两兄弟颠倒黑白，编造出这么一大篇漏洞百出的谎言。至于你们说的云为衫勾结月长老，更是无稽之谈，云姑娘当晚根本就不在羽宫。"

宫子羽竟公然撒谎，这让宫远徽无比气愤："宫子羽！你——"

"够了！不管如何，宫尚角动了刀刃就是犯了大忌，必须惩罚！"雪长老决计快刀斩乱麻。

宫远徽看着沉默不语的宫尚角，怕长老们怪罪哥哥，情急之下忍不住说："那我也被宫子羽打成了重伤，内伤严重，我当时满口鲜血，所有前来制止的侍卫都看见了！"

宫子羽笑了，没想到还有人急着送人头。

"远徽弟弟越编越乱，你明明是看见宫尚角持刀伤了我，怕长老们怪罪，于是故意咬破唇舌，口吐鲜血，栽赃于我。长老们可派大夫切脉查验，徽公子都是唇舌外伤，绝无内伤。谁在说谎，真假自知。"

宫远徽脸色苍白，脑袋一缩，不敢再说话了。

这时，一直沉默的宫尚角抬起了头，目光炯炯地看着宫子羽。

"看来我一直低估了你，子羽弟弟。你思辨缜密，应对自如，善于抓住一切细节来编造滴水不漏的说辞。但黑的就是黑的，任你巧舌如簧，也说不成白的。你刚刚提到的问题，我可以一一答复你。"

说完，他竟然站了起来，抖了抖长袍，愤懑之气溢于言表。长老们彼此交换了下眼色，终归没去制止。

宫子羽脸上的笑容渐渐收起来了。他也不示弱地站了起来。他意识到，眼前这个江湖上令人闻风丧胆的宫二先生也许是他一生中最难对付的宿敌。

"我从后山回来，依然没有放下对云为衫的怀疑，所以将她可以抵抗蚀心之月毒性一事禀报了长老们（雪长老沉默，花长老默默点头），因此才让远徽弟弟去羽宫，暗中监察云为衫的异动。所以听见响箭信号，我自然知道去羽宫找人。

"金繁是否服用了百草萃，很好证明。因为金繁胳膊上的伤口是被远徽弟弟的暗器所伤……"

金繁忍不住抬起手，有些不自然地想要捂住伤口。

"在场的各位应该知道，远徽弟弟的暗器上皆淬有见血封喉的剧毒，就算金繁身强力壮，天赋异禀，可以抵挡迷香，但如果想要在远徽弟弟的毒药之下毫发无伤，那必然是因为他服用了百草萃。"

金繁说："我这伤是和角公子打斗的时候被他的刀尖刺伤的……"

宫尚角笑了："是刀伤还是暗器伤，一看便知。你不需要在这么低级的问题面前抵赖。而且，如果你还要嘴硬，那我们不如赌一赌，我让远徽弟弟现在用暗器伤你，你若中毒而亡，我便一命偿一命，我角宫之主的命换你一个绿玉侍卫的命，够公平吗？你若平安无事，那就立刻自刎于殿前！你敢吗？"

金繁脸色惨白，不知道如何应对。

宫尚角接着说："不过，金侍卫是如何得到百草萃的，是偷是抢，还是另有他法，交给长老们定夺就好。本来这也不是今天的矛盾焦点，只是羽公子提到了，我就顺便反驳一下。"

宫子羽的嘴唇不自觉地咬紧了，他感觉，与宫尚角相比，自己还是稚嫩了。此外，宫尚角所行之事，虽然有偏激之处，却也不失光明磊落，与他相比，自己格局未免小了。想及此处，他的脸上又火辣辣地烧了起来。

宫尚角的神色越来越淡定，口风越来越犀利，显然，他没有打算就此结束。

"至于月长老所说的试言草是真是假，也很好验证。药用完了没关系，你把药方写下来，远徽弟弟在医术方面略有造诣，可以立刻配制。如果那试言草真有效果，那我和远徽弟弟自愿服下，供长老们审问。如果此药为假……那月长老可能就要交给我和远徽弟弟来审问了。"

月长老脸色变了，他犹豫了一下，开口道："试言草乃我心血所集，角公子突然让我把药方交给徵公子，我确实有些不舍。"

宫子羽说："是啊，宫远徵也不愿意把他配毒的方法和解药交出来吧？"

宫尚角刚要开口，就听见花长老厉声道："月长老所言怕是有些逾矩了。宫门后山雪、月、花三族历来就为前山服务，月长老的研究成果就是宫门的成果，理应共享，何谈私有！"

雪长老突然接过话茬："而且宫远徵的毒药配方都在长老院完整保存，只是不需要向所有人公开而已。"

不知道为什么，宫子羽总觉得雪长老说这句话是在暗示自己，因为他一直盯着自己。

花长老同意雪长老的意见："没错。月长老，请立刻写下试言草的药方！"

执刃殿唇枪舌剑，雪宫中气氛紧张。

雪重子为云为衫处理伤口。他用镊子将云为衫后背肩头所中的暗器取了出来，仔细辨认后不由得摇头："暗器发射后经过爆炸和撞针分裂，已经看不出原来的形状了。"

雪公子点点头："这块精钢锻造的叶片薄如蝉翼，精巧无比，确实是宫远徵的暗器。"

雪重子把泛着蓝绿暗光的带血暗器残片放在玉石托盘上，让雪公子把残片收起来。雪公子拿出厚厚的油纸，小心地将暗器包裹妥当。

云为衫早已昏迷，浑身发烫，嘴唇全无血色。

雪公子关切地问："她怎么样了？"

雪重子叹一口气，说："已经给她服下了雪莲，但最多再撑两天……宫远徵的毒药，只有他自己能解……"

"究竟发生了什么事？怎么会和宫远徵打起来？那执刃呢？有没有受伤？唉，急死人了。要不我去前山看看？"雪公子有些急切。

雪重子说："你又不是长老，你不能去前山。你再去摘几朵雪莲来……摘寒冰莲池里的……"

"这该死的破规矩。"雪公子一边絮叨一边出门，"好好好，我多摘几朵……宫子羽，你下次最好多给我带点蜜饯来……"

执刃殿里的气氛更加压抑了。所有人都在看月长老在宣纸上写试言草的配方。

月长老写完最后一个字，收笔，将宣纸递给宫尚角。

宫尚角递给宫远徵："远徵弟弟，麻烦配药，还月长老一个清白。如果试言草药效为真，那我和宫子羽一起服下，供长老们审问。"

宫子羽沉默，金繁面色沉重。

嘴角含笑的宫远徵拿过药方，看了两眼，嘴角的笑容便迅速消失了。他愤怒地放下手中那张还散发着墨气的纸笺，恨恨地说："他是故意的！"

宫尚角转头看着宫远徵，很快，他的眼神也从疑惑变成了隐怒。

宫远徵说："千灵孢絮、问佛柑、四叶鬼针草……全是难寻之物！问佛柑四年才结一次，一万株三叶鬼针草里才有一株四叶鬼针草，而且这些都不是寻常用来制毒和解毒的药材，药房里根本没有库存……更可恶的是，他写的最后一味药是……是出云重莲！"

月长老瞧他们一眼，说："所以我才说试言草制作困难，而且无法量产，绝非存心私藏。"

宫尚角冷笑道："没关系。这世上不只有试言草能让人说真话，我和远徵弟弟一样可以让人说真话。"

宫尚角的目光让人不寒而栗，他说完这句话，大殿上很多人的脸色都变了。

宫尚角大声道："大家争吵了这么久，早已离题万里，我们争论的核心是无锋细作，是云为衫！她才是最应该接受审问之人。然而眼下她不知去向。所以，子羽弟弟，你最好立刻告诉大家云为衫的去向。不然，我们只能理解为新娘叛逃失踪，那就全宫门戒严，彻底搜山！"

花长老问道："执刃，你可知道云为衫在哪儿？"

宫远徵此刻才想到这最为关键的一环，几乎是大声疾呼："云为衫中了我的暗器，恐怕很难活过明日……所以，子羽哥哥，你最好告诉我们她在哪儿。放心，为了能够好好审问她，我一定保证她不死……"

"远徵弟弟就不要再血口喷人了。晚膳后，我派云姑娘去了后山雪公子处，帮我要几株天山雪莲。此刻她就在雪宫。"宫子羽必须把这个谎圆下去，能拖一时是一时。

宫尚角冲着宫子羽摇了摇头："云为衫是否为无锋奸细，审问之后，自然知晓。之前上官浅被怀疑的时候，不也一样被打入大牢，由我亲自审问吗？希望子羽做个表率，不要徇私才是。如果云为衫真是无锋细作，就请你及时醒悟！如果宫子羽是明知故犯，被美色迷惑，置整个宫门安危于不顾，那他就不只是一个蠢货,还是宫门氏族的千古罪人!我宫尚角一心为公,我希望是前者。否则,这就是我叫你最后一声'子羽弟弟'了。"

宫子羽知道这句话的分量,不再说话。

花长老下令:"派六个黄玉侍卫前往后山雪宫,将云为衫带回来。"

宫尚角补充提议:"长老,云为衫如果真是无锋的魑魅魍魉,我怕侍卫们不是对手,不如让远徵弟弟一同前往。我留在这里,接受长老们继续审问可好?"

"远徵尚未成年,按道理不可以进入后山。"雪长老犹豫道。

宫尚角冷冷地发问:"今年宫门破例的家规还少吗?"

花长老正式下令:"奉长老之命,由黄玉侍卫陪同前往,勉强还算情理之内,只此一次。远徵,你快去快回。"

宫子羽把咬一牙:"我也一同前去。"

花长老还在犹豫,雪长老开口了:"执刃也一同去吧,有个见证,免得只有远徵一面之词。"

虫鸣声声,不知几更了。宫紫商在桌案前惊醒,她揉揉眼睛,喝了口浓茶,继续摆弄眼前的新式武器。她抬起头,抹了抹眼,竟然有些泪水。

前往后山的路上,宫远徵和侍卫们走在前面,宫紫商从旁边跑过来,挤到宫子羽身边,小声问他:"我都听说了,现在怎么办啊,急死我了!"

宫子羽低声道:"现在长老们都在执刃殿,大批黄玉侍卫也都被调离,长老院现在应该戒备不严,很好潜入。"

"潜入长老院?你不是要去后山找云为衫吗?"

"你说得没错。所以,是你要潜入长老院。"

"好你个狼心狗肺的小东西,你这么急着要拉我下水啊,我小时候陪你一起罚跪还少吗?我至今两个膝盖上都是老茧!"

宫子羽的声音里充满了担忧:"不是,云姑娘最后逃走的时候……我感觉她确实是中了暗器,宫远徵并非诈我……如果她能顺利坚持到雪宫,那么雪重子的天山雪莲还能勉强帮她续命,否则在半路就已……若要解毒,必须拿到宫远徵的解毒之法。"

宫子羽怕宫紫商听不明白自己的话,重复道:"雪长老说宫远徵的毒药配方都在长老院完整保存,只是不需要向所有人公开……我现在已然确定,雪长老是在暗示我。切记，云姑娘的命就靠你了……"

"别用道德绑架我！我就算拿到了解药医方，我也进不了后山啊。"宫紫商满脸忧急。

"别担心，我会派人来取。快去。"

宫紫商点点头，还没有反应过来，就听见宫子羽对着自己厉声呵斥，表情之悲愤、夸张，让她一时间心服口服："什么？！宫紫商，我看错你了！不愿意陪我就算了，你竟然说我是故意拉你下水？"

宫紫商的表演欲陡然上来了："对啊！我告辞了，这件事情本来就和我没关系！宫远徽弟弟，记得告诉你哥，我不站边！我和宫子羽就此割席！"说完，宫紫商愤而转身，拂袖而去。

至此，宫子羽完全卸下了心理包袱。他在执刃殿时还反复自问，自己是不是太过自私，把儿女情长放在宫门利益之上。他转念一想，又觉得自己没错。首先，云为衫虽然是无锋的人，但她自第二域试炼之后，确实想依靠宫门，为什么要把她再推回无锋呢？以她的聪慧与实力，绝对是对抗无锋的一把利刃。其次，她是自己深爱之人，如果因为门户之见、一己之私而抛弃她，枉为男人，即使坐稳了宫门执刃，又有何用？绝不能让月长老与云雀的悲剧重演。再次，宫门虽有绝学，但趋于闭门自守，大有抱残守缺之势，路子越走越窄，敌人越防越多，要想重振家门，必须持有开放包容的心态，吐故纳新，再创新风。雪长老之所以帮他，大概也有此意吧。

雪宫里，雪重子将天山雪莲熬成的药灌进了云为衫的嘴里，然后把药臼里捣碎的雪莲花瓣泥涂抹在云为衫后背的伤口上。

雪公子问："要不要去请月长老？"

雪重子摇头："这是宫远徽的毒，恐怕月长老也不一定能解——有人来了！你先把云为衫送到密室里。"

宫远徽和宫子羽同时走进雪宫庭院，身后跟随的是黄玉侍和普通侍卫。

雪重子撑着伞安静地站在庭院里，先看向宫子羽。宫子羽没办法说话，只递给他一个眼神。

宫远徽问道："云为衫在这里吗？"

雪重子皱了皱眉，顿了顿，依然对宫子羽说："执刃大人，深夜前来所为何事？"

"我派云为衫来讨要几朵天山雪莲，不知道雪公子有没有慷慨答应。"

雪重子看见宫子羽的眼色，心里明白了七八："已经答应了。知道是执刃所求，所以我让云姑娘和雪公子一起去采摘寒冰莲池中的极品雪莲了，应该很快就能回来。各位稍等片刻。"

宫远徵说："不用等了，带我们去。"

雪重子皱了皱眉头，有些犹豫，看向宫子羽。

宫子羽开口道："雪莲生长之处非常危险，不知道云姑娘贸然采摘有没有生命危险……"

"暂时没有……但确实如公子所说，非常危险。"雪重子完全明白了宫子羽的意思——制造麻烦，拖住宫远徵。

宫子羽立刻接话："那就麻烦雪重子立刻带我去找云姑娘。"

正说着，雪公子从雪重子身后过来，他朝雪重子使了个眼色，点了点头，然后看向宫子羽："执刃大人，请随我前往密室，您应该记得在哪儿吧？"

宫子羽走上前，雪公子侧身让路。侧身瞬间，他不动声色地把手中那把玉石钥匙塞到宫子羽手中，然后跟随在宫子羽身后。

宫子羽悄声问雪公子："云姑娘如何？"

雪公子低声道："中了宫远徵的暗器之毒……"

宫子羽以更低的声音说："去前山找宫紫商，她有解药。"

雪公子会意，停下脚步，说："我去为执刃和远徵公子准备一些茶水。"他说完之后躬身后退，趁众人不察，转身离开了。

宫远徵觉察身后有异，回头不见了雪公子，心虽存疑，却也没有多想，一心要见到云为衫。

宫子羽上前，走到墙上紧闭的石门面前，抬起手将那块玉佩放到凹陷处。门轰然朝两边打开。

雪重子突然开口："各位稍微往后一些，寒冰莲池寒气很重，涌出来的瞬间会伤到各位。"

众人半信半疑，但还是后退了几步。

宫子羽趁着门打开，闪身进入密室，顺手将门上镶嵌的玉佩取下。

宫远徵见状立刻飞身上前，宫子羽双掌并推，雄浑的内力迎面而来，宫远徵呼吸一窒，朝后倒跃。待他落地后站稳，抬起头时，石门已经轰然关闭了。

宫远徵回头看向雪重子："开门！"

雪重子摇摇头："刚刚执刃大人将开启密室的玉佩钥匙取下了，启动密室，需要那块玉佩……"

宫远徽怒气冲冲地吼道："再打造一把！"

雪重子恭敬道："是！雪宫有备用的玉石原材，现在就立刻吩咐下人去雕刻，还请徽公子耐心等待。"

宫远徽碰了个软钉子："你——"

寒气萦绕的洞穴内，云为衫缩在简单布置的一张床榻上，她半睁着眼睛，意识清醒，但看起来无比虚弱。听见大门打开的声音，她看向门口，瞧见了宫子羽，眼睛里立刻涌起了泪水，挣扎着坐起。

"羽公子，我已经中了宫远徽的毒，没有解药活不了多久。你趁现在把我交出去，告诉所有人，我是无锋的细作——"

"不，不行。"

"你必须交出我，保住你这个执刃的清白。"说完，云为衫呼吸急促，更加虚弱。

"我马上就可以拿到宫远徽的解毒医方了，阿云，你再坚持一下……"

"羽公子……我——"

"从我第一天选择你，我在心里就认定了你是我的新娘。你可以是无锋，你也可以不是梨溪镇的云为衫，但你就是我的阿云……我一定不会让你有事的，相信我。"

"为什么是我……"

宫子羽笑着说："我当时不是和你说过嘛……我当初就想选个好看的……"

云为衫泪光里带着笑，笑里闪着泪光。

宫子羽抬手捧着她的脸："我是你的丈夫，我必须保护你。但我也是宫门的执刃，我不能包庇一个无锋细作。"

云为衫抬起头，目光里充满了痛苦："你不用说，我都懂。"

"你愿意相信我吗？"宫子羽眼里放着光。

云为衫重重地点了下头。

"你听我说……"宫子羽低声和云为衫讲述着，时而讲述，时而做出各种手势，时而深思，时而用目光征求她的意见，似乎在解释一件非常复杂的事情。

宫紫商的研究室里，她拎着把酒壶仿佛热锅上的蚂蚁，来回踱步，走两步喝一口，叹一口气。突然，一个人影翻窗而入。

宫紫商尖叫，看见来人是小黑之后，骂骂咧咧道："你吓死我了！"

"深更半夜，你找我干吗？肯定没什么好事！"

"月黑风高，孤男寡女，当然是极其重要的事情才值得我冒着晚节不保的风险约你见面！"

"那叫名节不保……"小黑纠正道。

宫紫商衣袖一挥："一个意思！"

"你到底要干吗？"小黑问。

"陪我去偷个东西。"

"你又要溜下山去？"

"非也，我要溜上山，溜进山，再溜出山。"

"你到底要溜去哪儿？"

"长老院。"

"告辞！"小黑拱手就要走。

"站住！你如果不陪我去，我就揭发你私下研制各种禁忌武器和火药……"

小黑长叹一口气，催促道："快，快换衣服，抓紧行动。"

不多时，蒙着黑色面纱的小黑带着同样半遮面的宫紫商，在长老院中借着夜色悄声穿行。

宫紫商疑惑道："你怎么对长老院这么熟悉？"

"宫门内部我哪儿都熟，不然我天天偷摸着来和你做实验早就被抓到了。跟紧点！"

小黑一把拉起宫紫商的手，宫紫商尖叫道："下流！偷摸我的玉手——"小黑突然一把捂住宫紫商的嘴，拉到转角阴影里。一个侍卫提着灯从前方不远处走过。

小黑松开手，身形疾驰。

宫紫商喘着气："刚刚一瞬间我以为你要对我施暴——哎，你等等我啊，我还没说完呢。"她边嘟囔，边紧追气得连背影都在发抖的小黑。

长老院的大殿中，月长老跪坐在中央，按家规接受反思这一惩罚。突然，月长老的眼睛睁开了，他听见了有人闯入的声响。

宫紫商和小黑已经进入了长老殿。

小黑问："你到底要偷什么？"

宫紫商答："我要偷宫远徽的毒谱和药方。应该是藏在长老院里。"

小黑低头沉思了一下，说："那我知道在哪儿，应该是在万象阁。"

"站住！"身后传来厉声呵斥！

随后，月长老以凌厉的攻势来到他们两人身前，以迅雷不及掩耳之势，伸手扯下宫紫商的面纱，两人同时惊呼一声。三人面面相觑。

月长老默默抬起手，指了指万象阁的方向："万……万象阁……"待两人转身准备走时，月长老突然又叫住他们，"前山的药材都被宫远微看守。拿着药方去后山月宫，让他们帮你配药。"说完，他取下身上的月亮玉佩，交给宫紫商。

月长老回头看了看蒙着脸的小黑，没再说话，之后重新走到大殿正中，跪下了。

有了月长老的指点，两人很快拿到药方，回到研究室。宫紫商拿着偷出来的医书，仿佛捧着一个烫手山芋，来回踱步。

"你已经偷到了，我得回去了，不然天亮了我要被抓起来打的。"小黑说道。

"不行不行，你得留下来陪我，等他来找我。"宫紫商焦急地说道。

"等谁？"

"我也不知道，宫子羽那个浑蛋说话说半截，只说会派人来找我，可是现在哪儿有人，连个鬼影子都没有——啊——"她还没说完，就被身后一股带着冰碴儿的寒气吹得尖叫起来，随即看见雪公子站在自己面前。

"是执刃大人派我来找大小姐拿解药的，他说你这里有。"

"你是谁？"

"无名小卒，不足挂齿。"雪公子刚说完，就看见了宫紫商身后的小黑。雪公子的眼睛瞪得老大，仿佛见了鬼。小黑冲雪公子挤眉弄眼，做了个嘘声的手势。

宫紫商递出医书："解药我没有，我只有配方……这上面有四种解药，对应四种不同的毒药……你们得确定云姑娘中的是哪种暗器，否则没法对症下药。"

"没事，我按照药方把四种解药都配制出来，大不了一起吃下去……你们这里的药材库在哪儿？我现在去。"

"不行的。宫门的药材都由宫远微管理，拿不到的。"宫紫商递出月长老的玉佩，"拿着这块玉佩去后山的月宫，他们会帮你配药。"

"那简单了！"雪公子道。

宫紫商忧心忡忡，一边说，一边朝旁边的椅子走去，然后瘫坐在椅子上，说不出地娇弱："简单什么啊！宫门后山是宫氏一族的禁地，一般人根本进不去，连我，堂堂宫家大小姐，都无法踏足半步，你一个无名小卒……"

突如其来的带着冰碴儿的风又糊了宫紫商一脸。等宫紫商睁开眼睛，雪公子已经不见了。她回头找小黑，小黑也不见了。

她两眼茫然，使劲掐了掐自己的大腿："啊——"

寒冰莲池边，宫子羽和云为衫依偎在一起，靠着石壁睡着了。突然，眼前的寒冰莲池冒出水花，一个人头冒了出来。宫子羽和云为衫吓了一跳，睁开眼，就看见了水里湿淋淋的雪公子。

两个人意识到此刻彼此太过亲密，立刻脸红着分开。

雪公子一边说着"哎哟喂，我眼睛进水了，什么都没看见"，一边从冰冷刺骨的池子里爬上来。

宫子羽拉起他："这池子下面有暗道，连通外面？"

"聪明。"

"怎么样？解药拿到了吗？"

"拿是拿到了……只不过……"雪公子擦了擦脸上的水，把四瓶解药放在石台上，又掏出医书，摊开，指着上面四件暗器的图纸："宫远徽的毒药一共四种，分别涂抹在他常用的不同暗器上……得先知道云姑娘中的是哪一种暗器……"

"云姑娘身上的暗器是你们取下来的吗？对照着看一下就知道了啊。"

雪公子从腰带内封中掏出油纸，一边打开，一边说："宫门的暗器现在都由后山花宫负责打造，其中宫远徽使用的专属暗器最为复杂，会随着宫远徽的使用手法，在空中按照不同的方式爆炸，只看碎片很难说出这是哪一种暗器。"

云为衫突然开口："雪公子，可否把碎片给我看一下？"

雪公子和宫子羽都有些意外，但雪公子还是把油纸包裹的碎片递给她。云为衫看着眼前的碎片，思绪飞转，想起那日出宫门换半月之蝇的解药时帮上官浅带出去的那个布包。那个布包她打开过，里面有上官浅偷取宫远徽暗器囊袋后拆解的暗器图。那是一张绘制精准的图，由暗器解剖零件组成，所有的碎片都已经被拆解，每一件暗器由多少块碎片组成，上面都有详细的记录……

云为衫脑海里闪现出当时图纸上暗器拆解后的样子，随后指着一件花苞样的暗器:"是这个。"

石门外,宫远徵看着外面已经亮起的天空,脸色黑沉,下令道:"不等了,派人去取炸药,把这石门炸了。"

雪重子低着头不说话,自顾自煮茶。

换好衣服的雪公子从门外进来,给雪重子使了个眼色,然后说:"抱歉抱歉,忘记还有一把备用的钥匙,我刚从旧屋里找出来,徵公子,抱歉了。"

宫远徵脸色铁青,立即下令开门,之后立即带人冲了进去。

石门内,寒冰莲池边,云为衫正小心地采摘一朵雪莲。她穿着一件看起来像男装的白色长衫,面色红润,动作轻盈,看起来完全不像中过毒。

宫远徵皱起了眉,百思不得其解:"你们关在里面这么久,在打什么坏主意?"

"只是正好有两朵雪莲即将开放,所以就等待了一会儿,等花苞完全打开后再采集,药效更好。"云为衫轻声说道。

宫远徵看着云为衫:"你没中毒?"

云为衫笑道:"中什么毒?我来摘雪莲,雪公子、雪重子都知道的,又不是来偷来抢,怎么会中毒呢?"

宫远徵的眼神和呼吸都有些错乱,一脸茫然地跟着众人回到前山。

执刃殿内,雪长老、花长老依次坐在殿上。下方站满了人,这一次,雾姬夫人和上官浅也在。

上官浅对身边的雾姬夫人小声询问:"为何叫上我们?"

"听说宫尚角怀疑云为衫是无锋的细作。之前,我和你都被怀疑过,所以被一并叫来了。"

上官浅轻轻"哦"了一声,不说话了。

宫子羽大声说道:"雪长老、花长老,我已经从后山雪宫将云姑娘带回来了。如我所言,她只是去帮我问雪公子要几朵天山雪莲而已。"

宫远徵不服:"满口谎言,云为衫确实为我的暗器所伤,才逃到了后山!"

宫子羽一笑:"哦,是吗?我记得远徵弟弟的暗器和毒药天下无敌,如果云姑娘真的中了你的暗器,怎么此刻仿佛没事儿人一样站在你面前呢?你的毒药出问题了?"

宫远徵语塞:"你……"

441

宫尚角突然开口："很好解释。宫子羽把自己的那份百草萃给云为衫服用了，所以她百毒不侵。"

宫子羽说："双方各执一词，只能交给长老们分辨了。"

宫尚角突然再次开口："言语可以骗人，但身体不会。毒药可以立刻解除，但伤口不会立刻愈合。"

宫尚角转头问宫远徽："远徽，云为衫所中暗器的部位是哪儿？"

宫远徽勾起嘴角："后肩。"

"麻烦云为衫姑娘让大家检查一下后肩是否有暗器伤口。而且远徽弟弟的暗器乃宫门为他专门打造，伤口独一无二，谁在说谎，一看便知。"宫尚角语气确定，不容置疑。

云为衫和上官浅的脸色都变了，互相看了一眼。

宫子羽也有些急了："云为衫是我的妻子，虽然我们没有拜过天地正式成亲，但她早就是我心目中的执刃夫人。你要让她当着这么多人宽衣解带，只为了你的一面之词，成何体统！"

宫尚角道："我当然知道女子名节至关重要，所以，让侍女们带到旁边检查就行。"

一直没有开口的雾姬夫人突然说话了："不用叫侍女了，我来吧。云姑娘，麻烦你跟我到旁边来。"

说完，雾姬夫人看了看宫子羽，不动声色地朝他点了点头，然后拉着云为衫朝旁边走去。

宫尚角又说："等一下。雾姬夫人之前也被怀疑过是无锋之人，所以，为了免去猜忌，上官浅，你也陪同吧。我知道子羽弟弟不喜一面之词，那就三人一起，彼此做证，可好？"

上官浅点头："是。"说完，朝云为衫走了过去。

宫子羽面色一沉，脸色变得异常难看。

偏殿里，三个女人坐在三把不同的椅子上。云为衫没有说话，雾姬夫人冷着一张脸，只有上官浅挂着淡淡的笑容。

上官浅道："如果宫家人知道他们派了两个无锋的人来验证另一个无锋的人是不是无锋的人……怕是脸都要被打疼了吧？"

雾姬夫人说："云为衫，你命大，遇到我和上官浅，否则你今日就是死路一条。"

云为衫施礼:"多谢前辈。"

上官浅叹了一声,说:"别谢了,在这里,多一个自己人,活下去的概率也大一些。你整理一下表情,我们差不多就出去了。"

云为衫点点头,正准备起身,上官浅却道:"帮你可以,但我有个条件。"

"你说。"

"告诉我你是怎么解开宫远徵的暗器之毒的。当初我只是拿到了宫远徵的暗器结构,如果还能知道他暗器上分别是什么毒以及如何解毒,那我可就好几个月都不用受半月之蝇的折磨了。"

"因为宫子羽把他的百草萃给我了。"云为衫轻声道。

上官浅愣住了:"就这么简单?"

"就这么简单。而且宫尚角已经猜到了,不是吗?"

上官浅还是不罢休:"那宫子羽为什么要把自己的百草萃给你?他自己为什么不吃?"

"因为试炼第一关需要短时间内提升内力,我要让他服下激发内力的毒药才行,但有百草萃在,毒药就起不了作用,所以他那段时间停服的百草萃都给我了。"

上官浅听着云为衫淡然的解释,苦笑着摇头:"你运气真好。"

"我们差不多。"

雾姬夫人开口了:"在宫门,运气总有花光的一天,你们俩好自为之。"

雾姬夫人走在前面,身后跟着云为衫和上官浅。三人回到执刃殿。

上官浅低头行礼道:"回长老,刚刚查看了云姑娘的后肩,确实没有——"

雾姬夫人突然开口:"徵公子确实没有撒谎,云为衫的后肩上有明显的暗器伤口,至于是不是为徵公子的专属暗器所伤,还请长老们定夺。"

云为衫和上官浅互相看了一眼,满脸皆是震惊之色。

突如其来的变故让宫子羽、金繁和宫紫商异常错愕。

宫子羽失声叫道:"姨娘……"

雾姬夫人看着宫子羽:"孩子,你被她骗了……"

花长老当场拍板:"来人,将云为衫关进地牢,交由角公子审问。"

牢房里没有常见的刑柱、铁链和手铐。云为衫静静地坐在一把椅子上。在她对面,坐着宫尚角。宫尚角的旁边有一张桌子,桌面上并排摆放着一杯接一杯颜色各异的毒酒。

"长老们说，没有确凿证据之前，不可以用刑致死，也不可以造成永久性的身体损伤，也不可以让容貌损毁……看来，宫子羽在长老面前废了不少口舌……"

云为衫依旧保持沉默。

"不过，在满足上面三点的同时，让你痛不欲生、求死不得并不难。远微弟弟的每一杯酒都足以让你后悔来这世间走这一趟。"

"你想问什么？"云为衫道。

宫尚角直视她："你是无锋之人吗？"

"我是。"

宫尚角嘴角的笑容僵住了，显然，他没有料到云为衫会如此轻易地承认。

此时，牢门外的走廊上，金繁拎着一个食锦盒走到地牢门口："奉执刃大人之命，给云姑娘送餐。"

侍卫有些犹豫。

"执刃的命令，你们也敢不听？"

"金侍卫，您把东西先放在这里，稍等，我们进去通报。"

牢里，宫尚角铁青着一张脸，掐着云为衫的脖子，看着云为衫太阳穴渐渐暴起的血管，盯着云为衫不断变化的眼神，思考着她说出来的话。

侍卫进来，向宫尚角禀告："大人，金繁侍卫在门口，说是奉执刃大人之命送鸡汤给云为衫小姐。"

宫尚角松开手，云为衫则剧烈喘息着。

"鸡汤……哈，是百草萃鸡汤吧？"宫尚角看着云为衫，"宫子羽可真爱你，怕我用毒逼供，宁愿自己冒险，也要把百草萃给你。可惜……"

得到指示的侍卫重新回到门口，他有些害怕，低头对金繁说："金侍卫，实在抱歉，宫尚角大人……不准送食……"

金繁咬了咬牙，转身离开。

雪宫中，雪公子和雪重子坐在湖边石台上喝茶。天空中零星的雪缓慢而轻柔地落下，像若有若无的心事。

雪重子问："你是不是偷偷去前山了？"

雪公子摇头。

雪重子抬头看了雪公子一眼，犀利目光中带着一点嘲讽。

"是的，我是去前山了。"雪公子承认。

"家族有禁令，除非遇宫门紧急情况，否则绝对不可以踏出后山。你把家规都忘在脑后了，是吗？"雪重子诘问。

"执刃有难，算不算宫门紧急情况啊？"

"强词夺理！"雪重子语气中带着责问。

雪公子叹了口气，说："行了，我知错了。"

"……前山好玩吗？"雪重子立即换了个口气。

"不太行，比起冰雕玉砌的雪宫来说，差远了。"

雪重子又看了雪公子一眼。

"其实很好玩。前山非常大……我差点迷路，感觉很有意思……"

"……不知道执刃大人有没有危险……"

"执刃大人那么聪明，应该都能化险为夷。"

雪重子第三次瞪了雪公子一眼。

"我感觉，执刃大人此刻一定遇到了危险，需要我们的帮助。"雪公子嘀咕道。

雪重子起身，那张冷脸突然露出了微笑："不装了，走，去前山！"

两人雀跃而起，蹦蹦跳跳的背影消失在雪宫入口——他们愉快地犯规出后山了。

宫子羽听了金繁的禀报，仍然不信："鸡汤也不让送？"

金繁答："宫尚角猜到了里面有百草萃。"

宫子羽一言不发，在屋中来回踱步，眉头时不时紧皱一下。

金繁又说："宫远徽的毒药那么恶毒……不知道云姑娘能不能承受得住……"

"你这不是废话吗？多少铁骨铮铮的江湖豪杰，受得了千刀万剐，但都扛不住宫远徽的锥心之毒。不行，我要劫牢。"

"劫牢？就我们俩？别说那么多侍卫看守了，光是一个宫尚角就——"

"听说你们缺人手？"

宫子羽回头，见从窗口跳进来两个白色身影——雪公子笑着，雪重子故意冷着一张脸，假装看向别处。

宫子羽惊喜道："你们……怎么来前山啦？"

雪重子哼了一声，说："当年有一个小屁孩儿骗我说，要带我去宫门外面看花车，放天灯，看火树银花美好世界……"

雪公子笑嘻嘻地接着说："多年之后，虽然那个男人没有兑现诺言，但我们还是因为他，走出后山啦。"

宫子羽大笑，与他们一一击掌："走！大闹一场吧！"

金繁揉揉眉头，欲言又止，叹了口气，提刀起身。

宫子羽对金繁道："出发之前，你们先去找宫紫商。"

金繁眉头皱得更紧了："找她干吗？你不会是想带上她吧？你带着她只会添乱。"

宫子羽："我不带上她，但要问她借一点火药用用。你们先去商宫等我，我准备点东西，然后去找你们会合。"

地牢外，本该戒备森严的关卡显得异常冷清，所有的侍卫都已经昏迷在地，连他们自己都不清楚是如何人事不省的，空气中残留着迷香的味道。

牢房里，有百草萃护体的宫尚角却毫不知情，他有太多疑惑未解，偶尔会瞅着昏迷的云为衫，接着沉思在自己的世界中，以致忽视了外边的异常。

一个黑衣人轻手轻脚地走进地牢，越过地面横七竖八躺着的侍卫，直到进了牢房。宫尚角突然感觉到了身后的异动，迅速转身，抽刀出鞘，将冰冷的刀尖抵着黑衣人的喉咙。

黑衣人并不慌乱，缓缓拉下黑色面纱。

宫尚角极少露出如此震惊的神情："……是……是你？"

第二十章 亡骨归来

研究室外,宫紫商拿着一种新式兵器,这兵器看起来像一个圆筒,她正在和小黑试验这种武器的威力。她按动机关,筒口立刻射出两颗黑铁球,黑铁球打到旁边山石上,立刻爆炸,火光四溅,碎石乱飞,威力巨大。

"不错不错。"宫紫商收了动作,满意地看着手里的新兵器。

"感觉还有进步的空间。"小黑语气里还略有遗憾。

他们正说着,突然传来脚步声。宫紫商转身看见来了两个白衣飘飘的帅哥,正欲眉飞色舞地打着招呼。小黑却脸色大变,转身想跑,被雪重子叫住了:"花公子。"

宫紫商大吃一惊,转身看着小黑,一脸被欺骗的愤怒表情:"什么?你竟然是花花公子?"

"是花公子,后山雪、月、花三大家族的花公子。"雪重子解释道。

花公子被揭穿身份,有些气恼:"雪重子,你不在后山养雪莲,偷溜到前山来,这可是坏了后山规矩。我要是告诉雪长老,你就完蛋了。"

"雪长老温文尔雅,顶多骂我几句,罚我面壁思过。但花长老脾气暴躁,武功高强,要是被他知道你屡次、数次、一次又一次地偷溜到前山来——"

花公子觉得头疼:"行了行了,咱们互相不说,扯平了,好吗?告辞!"

雪公子拦住他:"那可不行。我们正好来找紫商大小姐帮忙干一件大事,而这件大事正好缺个打手……不如你随我们去。"

宫紫商问:"找我?找我干吗?"

雪重子道:"大小姐,执刃大人让我们来问你借一点火药。"

地牢里，宫远徵将纸包里的粉末递给侍卫："把药粉倒入水中，往地牢里喷洒。"

侍卫领命，拿出器具，开始搅拌，然后喷洒。

宫远徵看着满地昏迷的侍卫："他们是中了迷香，抬回侍卫营，随后我让药房将解药送过去。"

地牢看守被人用迷香晕倒，问题相当严重，可见家贼是如何猖獗。宫远徵在愤怒之余，突然感到一种莫名其妙的恐慌。他朝地牢深处看去。宫尚角静静地站立着，似乎在思考，又像是出神，既如忍辱负重，又像是遗世独立。在宫远徵的印象中，哥哥从来没有过这种神态。

宫远徵犹豫片刻，还是朝他走过去。

此时，地牢外的一片荒野里出现了几个黑乎乎的身影。

宫子羽、金繁、雪重子、雪公子、花公子各自抱着一麻袋炸药，在半人高的荒草丛里快速前行。

花公子问："我们这是要去哪儿？"

宫子羽向前一指："地牢背面的外墙。"

"去干吗？"

宫子羽说："我已经买通里面的一个侍卫，问过云为衫牢房的位置，我们把外墙炸开，劫牢救人！"

花公子听后二话没说，转身就跑，却被雪公子一把抓住衣领扯了回来。"花长老会打死我的——"夜色里，花公子可怜兮兮地惨叫道。

地牢内的两人丝毫未察觉到外面的异样，重新布防的侍卫恢复了之前戒备森严的状态。

宫远徵看着宫尚角沉默不语的样子，有些担心地问："哥哥，云为衫招认了吗？"

宫尚角没有点头，也没有摇头，甚至像没有听见，表情因复杂至极而变得简单、平淡。

"哥哥是不是遇到什么难事了……需要我去配药——"

宫远徵还未说完，地牢深处，突然轰的一声——云为衫的牢房外传来剧烈的爆炸声。

宫尚角眉头一皱，立刻飞奔而去。

"哥！"宫远徵正要追过去，宫尚角回头吩咐："去带侍卫来！快去！"

黎明时分，东方天空渐渐变白，一群人施展轻功，在草叶间飞速地朝前方狂奔。陷入昏迷的云为衫由金繁背着，宫子羽和雪重子、雪公子断后。

众人身后，一个身影凌空而来。宫尚角身随影动，长袍翻飞，在晨曦中如同鹰隼展翅。

宫子羽和雪重子、雪公子各自使用拂雪三式中的一式，合力围攻宫尚角。三人配合默契，三式刀法同时施展，竟然将宫尚角困住了。

然而，金繁和花公子的前方，寒光爆射而至。花公子拔出金繁腰间佩刀，挡开暗器。

宫远徵从树梢落下，出手便是猛烈的进攻。金繁拼命躲闪，堪堪避开暗器袭击。云为衫从背上跌落下来，金繁情急中顾不上她，直接和花公子与宫远徵缠斗。

花公子得空扶起云为衫，往前逃。

上官浅披着睡袍，将桌上草药包里的月桂干花摘出来，放到一个装着香油的碗里。

她想起那日给宫尚角研墨时，宫尚角一边写字，一边轻声说："这月桂墨香竟让人心静心安。"在一边磨墨的她说："那我以后常伴左右，为公子磨墨伴读。"

回想当日情况，上官浅抬起头，她的脸上第一次出现困惑的神色。

她提着灯笼朝门口走，路过值岗的侍卫时问道："角公子还没回来吗？"

"回上官姑娘，还没有。"

"我去门口等他。"

上官浅刚走到门口，大门砰的一声被撞开。浑身是血的宫远徵跌跌撞撞地冲了进来，然后跌坐在地，气息紊乱。

上官浅大惊失色，上前道："远徵弟弟，你⋯⋯你怎么浑身是血？"

"这不是我的血⋯⋯是哥哥的⋯⋯"

宫远徵挣扎着，指着门外："快去救哥⋯⋯快点⋯⋯快点！"

侍卫和上官浅出门，看见瘫倒在台阶上、嘴里止不住地往外涌出鲜血的宫尚角。

449

精致的铜炉内香气袅袅，宫尚角依然昏睡在床榻上。一旁照顾他的宫远微脱去自己的上衣，对着铜镜，正艰难地给后肩的刀伤上药。

"我来帮你吧。"上官浅推门进来，正好撞见。

宫远微扯起外衣，将裸露的上身遮蔽起来，一脸的紧张与警惕。

"在我眼里，你就如同我的亲弟弟，我都不害羞，你怕什么？"上官浅很自然地拿起药膏，仔细地涂抹在伤口上。

宫远微紧皱的眉头这才稍微舒展开一些，但话语里依然带着敌意："一晚上不睡，你来干吗？"

"角公子身负重伤，我怎么睡得着？"上官浅语带关心，手上动作更加仔细。

宫远微冷哼："虚情假意。其实我早就知道你是谁了。"

上官浅看着宫远微，手上的动作慢了下来，在听到他说"孤山派后人，嫁进宫门只是为了寻求保护，你根本不爱我哥"时才松了口气，但她在宫远微身后，宫远微看不见她的表情。

"原来角公子都告诉你了。看来，他真的很信任你。"

"当然。"

"你们和宫子羽本是亲兄弟，彼此之间为何下这么重的手？"

"宫子羽为了保云为衫，不惜同族相残。哥哥一直担心宫门内斗分裂，被无锋乘虚而入，如果真的因此导致宫门四分五裂，宫子羽就是宫门千古罪人。"

上官浅的眼神有些兴奋，她继续问道："以我对角公子的了解，就算是被宫子羽和金繁他们围攻，也不至于受这么重的伤啊。"

"要不是我哥内功突然出了问题——"宫远微似乎意识到了什么，突然闭上了嘴。

"什么问题？"上官浅问。

宫远微不再说话，转身拉起衣服，冷冷地说："药已经涂好了，这里有我守着，你回房间歇着吧。"

上官浅放下药罐，低头道："辛苦远微弟弟。"

宫远微目送她离开，目光闪烁，表情复杂。

上官浅离开病房，径直来到角宫的厨房。此刻厨房内正在准备早餐，一片热气腾腾。

上官浅对仆人说："帮角公子熬些白粥，里面加一些人参提气，记得把人参都捣碎了。"

"是。"

"对了,平日里角宫都有侍卫,今天怎么不见了?"上官浅问道。

"每隔一段时间,微公子就会遣散所有下人,只他自己守在角公子身边,说是角公子在修行内功心法,不能被人打扰。"

"哦,每隔多久啊?"

"差不多半个月吧……"

"哦,这样啊……"上官浅恍然有所悟。

上官浅回到房间里,躺在床上,回想着那一天与雾姬夫人的对话。

雾姬夫人问她的任务是不是接近宫尚角。

而上官浅回答:"如果说,我们的目的是一样的呢?"

雾姬夫人突然莫名地说:"七月流火。"

上官浅应道:"无量功德。"

得知两人目标一致,雾姬夫人告诉上官浅:"那若是我说,你想要的,我能给你,如何?"

"那得看你问我要什么。"

"我要你杀了宫尚角。"

"夫人真是说笑了,宫尚角和死去的宫唤羽都是通过三关试炼的执刃接班人。在整个宫门,数他们俩的武功最高,真要论实力,魑魅魍魉里的魍都不一定拿得下他们,你指望我?"

"那如果我告诉你,每半个月他都会内力大幅消退,甚至有两个时辰内力全无呢?杀一个毫无内力之人易如反掌吧?"

上官浅立刻追问:"哪一天?"

雾姬夫人不接话了。她转开话题,淡然一笑:"你想要的那件东西就藏在后山。等你真的杀掉了宫尚角,我就告诉你具体地点。"

"我怎么信得过你?"

"你可以赌。"

记忆飘远,上官浅从床上坐起来,脑海里飞快转动着:杀了宫尚角?

她莫名有些犹豫,又想起寒鸦柒问过她的话:"你进了宫门,会不会爱上宫门的人?"那时的她信誓旦旦:"绝无可能。"

太阳升起，光影入窗，将窗棂上的云纹清晰地投在地上。云为衫迷迷糊糊地醒来，发现房间里只有月长老。

"你之前中了迷烟，现在才醒。"

"我怎么在这里？"

"执刃炸了地牢，把你救了出来……"

云为衫坐起来，面色不由得一阵紧张。

"是的……执刃为了你，可以和整个宫门为敌……所以你知道，你不能再留在宫门了吧……"

"我知道，我是无锋杀手，虽然非我本愿，但我确实满手血腥，杀人无数。宫门不会允许我这样的人做羽公子的执刃夫人。你放心，我一定会走，不会让他为难。"

"为了你自己，你也得走。你和云雀很像……当时，我因为自私，自作聪明地想要留下她，结果断送了她的性命。我不想执刃和我一样痛苦……其实每次剑刃落下之时，我都会想，人活着，不过就是一口气，生死瞬间，苦楚不过须臾，有何可怕。可后来云雀死了，我才知道，其实不是的……"

云为衫想到妹妹，声音有些哽咽："生与死隔开的是山花烂漫之时却再无人并肩相看，是雨夜窗外鸟悲啼却再无人抚慰，是三世同堂之乐，是白头偕老之情……而我亲手斩断了世间的念与爱，我身负之罪，此生都无法赎清。"

月长老道："可是你已经自由了……半月之蝇是假的，你可以离开无锋了。找个僻静的地方，找个踏实之人相守一生。"

云为衫笑着摇摇头："我答应无锋潜入宫门，就是为了获得自由，我不想再害人了……找个僻静的地方可以，但相守一生之人就不找了。"

说到这一句，她脑海里浮现的全都是与宫子羽相处的画面——在雪宫里，宫子羽在房间里帮她煮粥。那时云为衫看着他的背影，双眼通红。她心里明明想着："我早就找到他了……"可她却红着眼睛，淡淡地说着让自己心如刀割的话。

月长老又问："你打算什么时候走？"

"做完该做的事，我就走。在这之前，我想再陪陪他。最后的日子，我想留下些念想……去支撑以后的日子……"

另一边，宫子羽的房间里，宫紫商焦头烂额，来回踱步。她看着雪重子和雪公子，不停地数落："怎么闹得这么大！你们俩下手也太重了！说好只是救人啊,又不是为了杀宫尚角!现在怎么收场?!"

雪公子小声辩解:"我们也没下多重的手,只是没想到三个人各使一招拂雪三式,联合起来威力会这么大——"

宫子羽补充道:"仓促中失了轻重,而且宫远微的暗器实在无法对付……"

金繁提醒道:"执刃大人,我先把雪公子、雪重子和花公子送回后山吧,否则被长老们发现了,数罪并罚,恐怕——"

雪重子突然开口:"不,不回后山……我们去找长老。"

宫紫商瞪眼:"看热闹不嫌事大,是吗?你还想火上浇油啊?"

宫子羽突然眼睛一亮,指着雪重子道:"我懂你的意思了。"

雪重子点头,继续说:"我和雪公子去找雪长老自罚领责。花公子,你去找花长老请罪……这样一来,长老家族都出了问题,会先行内部责罚,雪、月、花三族在自己触犯后山禁令的前提下,也就没立场对执刃过于严苛……"

宫子羽接着说道:"而我,需要立刻前往后山开始第三域试炼。按宫门家规,任何人不得打扰或阻拦正在参与三域试炼之人……所以,就算要处罚我,那也得等我试炼结束,而我一旦通过试炼——"

宫紫商喜上眉梢:"那你就是名正言顺的执刃了!处罚执刃,可就难了。"

雪重子做出安排:"执刃大人,天已经亮了……你尽快动身……我们现在就去长老院帮你争取时间。花公子,你去找你……爹。"

花公子抚着额头,愁眉苦脸地叹气,无奈地点了点头。

"好……但云姑娘……"宫子羽有点纠结。

宫紫商道:"放心吧,交给我照顾。而且有月长老在,不会有问题的。"

宫子羽皱着眉头点了点头:"她醒了之后,你告诉她,养好身体,等我回来。"

雪公子和雪重子径直来到长老院。正在喝茶的雪长老看见走进门的雪重子和雪公子,目瞪口呆。

"你们……你们来这里干什么?!"

雪公子和雪重子互相看一眼,然后一起跪地低头……

长老院的走廊上,花长老正在训斥跪地低头的花公子,声色俱厉:"你太让我失望了!"

花公子低着头,不敢言。

花长老继续唠叨:"你本来就没什么天赋……还要天天浪费时间和宫紫商

混在一起！之前我睁一只眼闭一只眼纵容你，你现在竟然——你要气死我！"

花公子听到这里，露出被刺痛的表情："爹，这么多年来，花宫都没有再研制出厉害的武器，无锋势力一天比一天大，我只是想和宫紫商一起锻造出更强的武器守护宫门！"

"住口！不自量力，不知轻重，花家因你而蒙羞！"

花长老说完，拂袖而去。

花公子看着花长老远去的背影，神色黯然，喃喃道："我是想让你为我骄傲……父亲……"

宫子羽临行前，又与金繁来到父亲宫鸿羽的书房里。毕竟，这次行动与上次不同，他想在这里安静片刻。

金繁整理好箱笼，却不见了宫子羽，走进卧房，看到宫子羽在翻找东西。

金繁问："该出发了，你还缺什么吗？"

"之前和宫尚角打得太激烈，刀有些卷刃了，我记得父亲有一块上好的砥石……噢，找到了！"

宫子羽拿起砥石，发现下面有一个新的锦囊，和之前那个一样。他有些诧异地打开，里面是一张字条："朔月息万定，望月惊气海，残月重归元，斩月神自生。"

金繁问："这是什么？"

宫子羽握着锦囊，有些感慨："是父亲留下的斩月三式的心得体会……"

"看来冥冥之中，老执刃一直都在护佑你。"

"嗯。"宫子羽嘴里应着，心里突然想到了什么，嘀咕道，"冥冥之中，冥冥之中。"

宫子羽收拾停当，正要出发，在门口遇见了雾姬夫人。

雾姬夫人凝视着宫子羽："我刚从祠堂回来，听闻你们半夜炸地牢救云为衫的事情……现在整个宫门上下一团乱，子羽，你为了云为衫，值得吗？"

宫子羽犹豫了一下，开口说道："姨娘，我不愿骗您，但此刻我也不能对您说实话。日后我再全部告诉姨娘，好吗？"

雾姬夫人叹了口气，伸手摸了摸宫子羽的头："你长大了，有自己的主意了，既不愿说，我自然不会勉强。你们父子俩啊，可真像……"

她面前的年轻人与他父亲很像，虽然还不够成熟，但那坚毅的眉眼与她记忆中那个人的眉眼几乎重叠在一起。

雾姬夫人回忆中又现出宫鸿羽，他的刀尖顶着自己的脖子，逼问道："你是魅？"而她咬着牙，硬是没有回答……

见雾姬夫人突然发呆，宫子羽问："姨娘，怎么了？"

雾姬夫人回过神来，眼中充满了欣慰与慈祥："等你从后山回来，姨娘也有话要告诉你。"

宫子羽好奇："哦，也是此刻不能说的话吗？"

雾姬夫人点头："等你回来。就像你小时候那样吗？吃着冰糖葫芦，和姨娘有说不尽的话。"

"那等我归来，一定和姨娘好好聊聊，还要吃您做的冰糖葫芦。"

"姨娘果然最疼我了。"宫子羽像孩子般抱住雾姬夫人，然后施礼告别。

雾姬夫人看着背着箱笼的宫子羽，久久站立，感慨万千。

宫远徵在宫尚角处守着。他听到宫子羽要去后山的消息，异常气愤，把手中的茶杯往地上一摔，看着面前来禀报的侍卫，大吼道："这个时候，他去闯关试炼？！"

身后床榻上传来宫尚角虚弱的声音："远徵……"

宫远徵走过去，站在宫尚角榻前，正在服侍宫尚角吃药的上官浅往旁边挪了挪。

"哥，宫子羽一旦进入后山，我们就拿他没办法了。我现在去阻拦他。"

"别去……他已经学会了拂雪三式和斩月三式，你打不过他……"

"光明正大地比武，我可能赢不了他。但我的暗器，我不相信他能躲得过。"

"你看看和他一起劫地牢的人都是谁……雪公子、雪重子、花公子，还有之前帮云为衫掩盖身份的月长老……虽然不知道宫子羽用什么方法收买了他们，但他现在有整个宫门后山撑腰……长老们虽然更属意我，但他们一定不想看见宫门内讧，我们现在不能和宫子羽硬碰硬……"

"那怎么办？难道就让他大摇大摆地当上执刃吗？"

"不，云为衫的存在就是宫子羽最大的软肋……所以，你需要和上官浅合作，按照我的计划行事……"

宫远徵回头看向身边的上官浅，挑眉："上官浅？！她值得信任吗？哥，你有什么计划，告诉我就行了，我一定帮你做到。"

"有些事情，只有她做得到……"

宫远微忍着心里的怒气，回头看向上官浅。

上官浅心中喜悦，表面平静，坚定地说道："赴汤蹈火，在所不辞。"

宫子羽很快来到后山的花宫，那是第三域试炼的地方——花宫刀冢。

在领头黄玉侍卫的提醒下，宫子羽摘下蒙眼巾，看见眼前是一个巨大的地底洞穴，他前方是一条大道，大道两边矗立着宫门七个家族的代表雕塑，每个雕塑上都刻着家族的字——商、角、徵、羽、雪、月、花……奇怪的是，在这七个雕塑的后面还有一尊残损风化的半截雕塑——其中六尊雕塑上各自插着一把刀。道路尽头是一座被巨大枯树树根缠绕的佛塔，佛塔内部好像有一个佛龛，里面存放着什么。

道路尽头站着两个人——花长老、花公子。花长老满脸怒气，花公子哭丧着一张脸，显然刚刚被教训过。

宫子羽疾步上前施礼："花长老……"

"你很聪明，知道立刻来后山。"

宫子羽低头肃立，不敢说话。

"我要提醒执刃，第三域可不像前两域那么容易……"

宫子羽心里嘀咕："前两域也不容易啊……"

"……多少宫门的杰出英才都败在了第三域。"花长老语重心长，既像在对宫子羽说话，又像在自言自语。

宫子羽听花长老这么说，立刻认真回答："行百里者半九十，花长老放心，我不会掉以轻心的。"

"第三域试炼的内容，由小儿交代给你。执刃，我先走了。"说完，花长老飘然离开。

"花公子……"

花公子给宫子羽行礼："执刃大人。"

宫子羽回礼，意味深长地说："花公子真是气宇轩昂、样貌非凡，与我印象中的仆人打扮全然不同。"

不再是仆人小黑的装扮，一身锦衣的花公子尴尬地干咳一声，小声提示："我爹还没走远……你小声点……"

宫子羽回头看看，同样小声询问："你这么怕你爹？"

"废话，你不怕你爹吗？"

宫子羽的脸上突然闪过一丝难过，眼神中流露出一丝愧疚。

花公子知道自己说错话了，立刻转移话题："时间紧迫，闲话别聊了……喀喀……现在就由我来为执刃介绍第三域试炼的内容。你看到这些刀了吗？"

宫子羽走过去，仔细端详，他拔出其中一把，拿在手上。

花公子介绍道："你真有眼光，这是我最喜欢的一把刀，我们花家族把它称为'云织羽'，因为它太轻太薄，如同用云朵编织成的羽毛……"

宫子羽低声默念："云织羽……我如果做了执刃，能拥有这把刀吗？"

"你要是能通过第三域试炼，这里的每一把刀都是你的。"

宫子羽摇摇头："我就要这一把。"他喜欢这把刀，更喜欢它的名字，它叫"云织羽"，既有云为衫的"云"，也有宫子羽的"羽"，寓意美好，说中了他的心事。

羽宫云为衫的房间内，她正躺在床上养伤，忽然见雾姬夫人手里拿着一个锦盒进来。

云为衫赶紧坐起："夫人……"

雾姬夫人将手里的锦盒放到桌上，上前扶住云为衫的肩膀："好好躺着，别动了。来之前，我见了子羽，他面上不说，但我知道他心里难受……"

云为衫没有说话，同样难受。

雾姬夫人看着她，替她理了理发丝，叹息一声，说："没想到，你和我走了一样的路。"她边说边坐到床边，"既然选了，就坚定地走下去吧。"

"您当时后悔了吗？"

雾姬夫人笑了："从来没有。"

"您知道半月之蝇吗？"

雾姬夫人摇头。

"那夫人很幸运，你们那一代，无锋还没开始用半月之蝇控制手下，您从未尝过半月之蝇的煎熬之苦。若是夫人曾饱受身心折磨，也知道一旦背叛就必死无疑，您还会坚定不移地选宫门吗？"

雾姬夫人笑了："你怕死吗？每个人都有一死，死得其所，心就安宁。我们怕的只是不知因何而死。就算重来一次，我也不会改变我的选择。我想，你也不会。"她沉默片刻，拍了拍云为衫的手，说，"子羽是个值得托付之人，我看着他长大，心里早就把他当成我的亲生儿子，所以我希望你不要负他，让

457

他伤心。"

云为衫定定地看着雾姬夫人："那您呢？您打算什么时候告诉他，您就是无名？您一直隐瞒，不也是伤害他吗？"

雾姬夫人垂下眼帘："等他通过第三域的试炼，我自会跟他说明一切。"

两人又聊了几句，雾姬夫人起身，准备离开，经过桌边时，指着锦盒道："这是老执刃当初要留给他儿媳的礼物，我现在交给你了。好好想想我方才说的话，不要辜负真心待你的人。"

雾姬夫人转身离开，留下那个意义颇大的锦盒。

云为衫盯着那个锦盒发呆，不知道为什么，她竟然涌起一股莫名其妙的恐惧。过了许久，她终于慢慢从床上起身，走到桌边，抚摸着锦盒，慢慢打开。

只听见盒中传来极为细微的一声"咔"，云为衫意识到不对劲，但为时已晚，半开的锦盒竟然飞出三件暗器。云为衫立刻闪身躲开，其中两件暗器射到身后的柱子上，剩下那件正打在云为衫的肩膀上。

云为衫十分震惊，看着肩膀流出黑血，迅速拉开衣柜，从里面取出藏起来的百草萃，立刻服下。之后她悄悄唤来一个信得过的下人，让她找到宫紫商，立即请月长老过来一趟。这个下人是宫子羽临行前给她安排的，绝对可靠。

过了一会儿，月长老快步走了进来，一眼就注意了云为衫的肩膀。

云为衫放下按着肩膀的手，只见伤口的血已经发黑："我已服下了百草萃，可是毒并没有完全解除……"

月长老面色凝重："谁伤了你？"

"雾姬夫人。"

"我去找她，我需要知道你中的是什么毒，才能帮你解。"

"她不在房里……我刚去找过她……下人说她拿着一些冥纸、蜡烛出去了……夫人行事，神龙见首不见尾，太难琢磨了。"

"我试试……如果我解不了，那就只能去求另外一个人……"

宫远微坐在院子里暗自伤心，他抬起头，才发现不知什么时候天空已经飘起了零星的雪。他这才发现角宫种植的杜鹃已经抽出不少花苞，白色的花骨朵含苞待放，楚楚可爱。他用一把短柄小刀割下一朵，慢慢剥开紧紧包裹的外皮，白色的稚嫩花瓣便在他掌心散落，喃喃道："他最喜欢白花……"

上官浅轻步走来："我记得公子以前说过他不喜欢花草，那他为何会单独中意白花？"

458

"哥哥确实不喜欢……喜欢白花的是朗弟弟。"宫远徽眼神中透着淡淡的忧伤,"曾经我以为,在哥哥心中,我必须要让位的只有一个宫朗角,没想到,现在又多了一个你。"

"徽公子说笑了,我怎能跟你和朗弟弟相比?"

宫远徽又低头割开一个花苞:"说的也是,如果朗弟弟还在,我们谁也不能和他比。"

宫远徽手一抖,锋利的刀刃划过花骨朵,直接割开了他自己的手指,一滴鲜血滴在雪白的花瓣上。

血红花白,格外扎眼。

"在哥哥心中,活着的我们永远比不上死去的朗弟弟。"宫远徽慢慢说道。

"朗弟弟是怎么死的?"

"哥哥没跟你说过?"

"之前你提醒过我不要主动提及朗弟弟,公子不说,我就不问。"

宫远徽摊开手掌,白色的花瓣被风吹散,他抬起头,回忆道:"朗弟弟死在十年前那个改变宫门的冬天……"

十年前,与宫门联盟的苍东霹雳堂为了躲避无锋的追杀,向宫门寻求庇护。宫门破例让霹雳堂全家十六口进入宫门,哪知那竟是无锋的阴谋……他们全都是无锋高手假扮的……

宫门大门前后,无锋与宫门的人混战。

宫流商一手握着刀,一手抓住霹雳堂堂主的毛皮领子大喊:"为什么要骗我?!"

霹雳堂堂主表情扭曲,含着愧疚和疯狂:"我没的选!"说完,他挥起手中的武器劈向宫流商。宫流商被对方砍中腰椎,倒在地上。

就在霹雳堂堂主准备向宫流商痛下杀手时,满身是血的宫鸿羽出现,击倒了堂主。他回过头,发现宫流商下半身已经无法动弹,鲜血染红了地面。

宫流商自此成为废人。

宫远徽告诉上官浅:"在那次袭击中,宫门死伤惨重。父亲一辈,除了宫鸿羽和宫流商捡回一条命,其他宫主和成年男子大多数都战死了。"

那些回忆过于沉痛,宫远徽说着,目光慢慢暗淡下去,变得茫然,眼中似有一场风雪飘过。

459

上官浅好奇地问:"宫门女人和孩子呢?"

"都躲进后山的密道里了。"

"那为何朗弟弟会……"

宫远徵叹了一口气,继续回忆十年前的事情。

无锋的寒衣客一脸血,笑着走上宫门高高的台阶,台阶上七零八落地躺着侍卫的尸体。

寒衣客来到角宫,见到了从房间里拿着刀跑出来的宫朗角。宫朗角勇敢地抽出刀,指向他。寒衣客笑着走向宫朗角,抬手挥刀。泠夫人跑过来,尖叫着上前抱住宫朗角,死命护住。刀锋划过,鲜血喷涌。

等宫尚角一身重伤地赶到角宫时,看见了母亲和朗弟弟的尸体。而宫朗角手中还握着宫尚角送的那把刀。

宫尚角瞬间崩溃……

所幸,无锋对宫门地形不熟,被暗堡机关困住,久攻不破,只能被迫撤退,但是宫门也付出了巨大的代价。

始终让宫远徵耿耿于怀的是,因为他最后一个进入密道,官道大门重新打开,宫朗角才能趁机偷偷跑出来去拿哥哥送他的心爱短刀。本来该死的是宫远徵,结果变成了宫朗角。

无锋撤走后,一场大雪落下。宫门台阶两边悬挂着白色灯笼,上面都贴着黑色的"奠"字,地面和空中都滚动着纸钱。

七岁的宫远徵坐在台阶上,不哭不闹,只是静静地看着自己手上正在流血的伤口,他的手是被父亲棺材上的钉子扎破的。

两个打扫的下人看着平静的宫远徵,低声碎语起来,议论着宫远徵冷血,说他喜欢虫子不喜人,连父亲死了都不哭。

突然,一只大手拉起宫远徵正在流血的手,将药瓶里的粉末倒在他流血的手指上,然后温柔地包扎起来。

宫尚角问他为何不哭。宫远徵说,流血的伤口不用也不能由别人分担。宫尚角把宫远徵的手握在他手心里,告诉他,或许伤口可以结痂,而难过和伤心永远无法愈合。

此后,宫尚角把朗弟弟的那把刀送给了宫远徵,把他当成弟弟,让他跟着自己学武。

宫远徵问:"你送了我礼物,我需要送你什么礼物吗?"

宫尚角抱住宫远徵，告诉他："你已经给我最好的礼物了。"

回忆，让宫远徵变得沧桑。

"虽然哥哥把曾经属于朗弟弟的短刀送给了我，但我知道，没人能真正代替朗弟弟……那又如何，现在我就是他的弟弟，我就要比其他人做得都好。"

上官浅突然觉得有些悲伤，她抬起手，轻轻覆上宫远徵的肩膀："你已经做得很好了。"

"不好……如果真的够好，哥哥的脸上早就应该每天都挂满笑容了。"

上官浅说："我和你一样，我努力做了各种事情，也只是想看到他露出微笑，但好像我从来不知道他真正想要的是什么。"

"我哥哥他自己都不知道自己要什么。他眼里有江湖道义，有家族重担，有宫门荣辱……唯独没有他自己。我和他从小一起长大，他好像从来没有为自己追求过什么……直到遇见你……我很羡慕你，也很感谢你，因为你让哥哥第一次有了自己想要追寻的东西。"

上官浅沉默了一会儿，叹息着摇了摇头："是吗……可是我觉得，我从来没有看清楚过他……"

"人们靠近一棵大树，总是赞美它枝繁叶茂、硕果累累，人们只会看见它的参天之姿，却从来没有关注过它庞大却沉默的树根。树根埋在阴冷黑暗的泥土里，无怨无悔地深深扎进坚硬的大地，正是这些无人看见的根系支撑起了所有向上的力量和枯荣。在我心里，宫门就是那棵众人羡慕的大树，而我哥就是从来不说话的树根。我养虫养草，经常挖开泥土寻找药材，我每次挖开大树的根，都像是看见了它的心……"

宫远徵说着宫尚角，脑海里也全是宫尚角。他曾经看见过宫尚角独自站在深夜无人的庭院里孤独的背影，也曾看见过宫尚角独自在落叶萧索的庭院练习刀法，还曾看见屋内宫尚角痛苦地在地上蜷缩、挣扎……

商宫里传来宫流商不悦的沉吟，折磨他的不仅是残废的身子，还有精神上的痛苦。他听说连昔日的纨绔子弟宫子羽都坐上了执刃的位置，而自己这个曾经寄予厚望的女儿却活成了一个笑话。

宫紫商唯唯诺诺地走到父亲床边。床幔被放下，看不到宫流商的样子，只能听到他呼哧的喘气声。

"父亲，您找我……"

突然，一个杯子从幔帐里砸出来。宫紫商不敢躲，被杯子砸中了脑袋，脸上都是汤药，湿淋淋，黑乎乎，不人不鬼。如果金繁和小黑在面前，不定该怎么嘲笑她的狼狈相呢。

"天天混在羽宫，到底哪里才是你家？别人都说商宫是羽宫的跟班，你就认了？有这些时间，不如照看你弟弟。"

宫紫商赶紧跪下："爹爹，我错了。"

宫流商起身，掀开床帘，他面颊消瘦，但目光如炬，怒气之下，更显可怖。他捶着自己的下半身，狰狞地大笑起来，可那声音听起来又像是哭声："可惜，我已经是个废物了，什么都做不了⋯⋯"

"父亲，您还有我，有任何事情您都可以吩咐——"

"女流之辈能做什么？商宫只能等你弟弟长大再重振辉煌⋯⋯明明是宫门第一宫，如今却沦落成众人眼里的笑话⋯⋯"

宫紫商痛苦地低下头，她很想告诉父亲，自己一直在努力，而且武器研发也大有进展。可她又怕父亲追究自己炸地牢的事情，话到嘴边又咽下了，眼泪大颗大颗地夺目而出，同脸上的汤药一并滑落。

宫流商看着伤心的女儿，咳嗽了几下，顺了顺气，口气明显缓和下来，问道："你方才说，宫子羽已经通过第二域试炼了。"

宫紫商低着头："回爹爹，是的。"

"嗬，不简单呀。可惜⋯⋯最后一域，他是过不去的。"

"他前两域过得都很顺利。而且，宫子羽特别得人心，雪公子、雪重子、月长老都跟他走得很近——"宫紫商又絮叨起来。

宫流商打断她："前两域和第三域不一样，我当年就是在这一域败给了自己的软弱⋯⋯用自己的贴身侍卫做人祭，我都做不到，你觉得心地柔软的宫子羽能做到吗？"

宫紫商两眼发直地盯着父亲："用侍卫做人祭？父亲，人祭是什么意思⋯⋯"

宫流商大笑起来，也不知道是嘲讽还是认可："自古名器藏英魂，昔有干将莫邪用自己的鲜血献祭铸剑，世间绝世宝刀自有其刀魂，而祖宗认为这魂是活人祭刀后附着其上的信与念，冥冥之中会让刀产生一股强大的力量。佩刀本就用来斩敌护主，所以，贴身侍卫之魂最能代表斩敌护主之意⋯⋯"

宫紫商愣住了，难道金繁也会舍身祭刀吗？她的眼泪顿如泉涌，在脸上冲出一道道白痕。

花宫祠堂内，花公子正在详细介绍第三域的试炼内容。

"第三域的试炼就是用千年玄铁铸出一把新刀，然后我会在这六把刀中选择一把，用它与你交手。你若能用你铸出的刀砍断它，就算试炼成功。"

宫子羽抬头看了看雕塑上的六把刀："需要砍断六把？还是只需要砍断其中任意一把就行？"

花公子背着手："六把？执刃未免太小看这些刀了……"

"刀虽然厉害，但也得看持刀的人是谁吧……我大概知道你的本事……我感觉你打不过我。"

"古话说过，英雄赤手空拳，难敌莽夫神兵利器……我一会儿偷偷告诉你每把刀的弱点。知己知彼，百战不殆，到时候你挑一把你觉得能砍断的就行了……"花公子凑到宫子羽跟前小声说，"以前的试炼者都是盲选，我看在宫紫商的面子上才帮你，够意思了吧？"

"你这番话也就骗骗宫紫商……你是怕我过不了试炼，回头被长老们追责处罚的时候，你也逃不掉。"

花公子哭丧着脸："我的爷啊，你可一定要过啊，跟我来，有一物要交给你……"

两人来到花宫祠堂，花公子将一个盒子交给宫子羽。宫子羽接过，这盒子远比他想象中沉重。盒子打开，只见里面存放着一块黑色的玄铁，玄铁表面光滑如玉，闪动着晶莹的光泽。

"这就是铸刀要用的千年玄铁啊，果然不同凡响……"

"你需要带上一人助你铸刀，此人最好是你的绿玉侍，速速前往铸刀之所。"

宫子羽一听就皱起了眉："绿玉侍……"

"金繁啊。"

"可他发过誓，此生不再踏进后山。"

"我已经申请过了，为了这一域的试炼，他可以跟你进后山。长老院已经派人通知了他，此刻他应该已经在来花宫的路上了。"

宫子羽大感意外："这也是因为宫紫商的面子吗？你这么照顾我，看来我必须要说一声'谢谢'了。"

花公子脸上笑容倏地消失，取而代之的是肃杀之气。他沉默了好一会儿，才低声说："等你铸刀完成，希望还能说得出这一声'谢谢'。"

宫子羽看着他突然凝重起来的表情，心里也暗生惊愕，第三域试炼没有那

463

么容易过，否则他们不会把金繁找来。

花宫深处，花公子领着宫子羽来到一个洞口。宫子羽身背玄铁，望着洞口出神。身后传来脚步声，宫子羽回头，见金繁背着个箱笼走了过来。

"执刃大人，我来晚了，我备了这几日所需的食物、水，你看还需要带什么吗？"

宫子羽迎前一步，拍拍金繁的肩膀，喜形于色："哈，你到底是来了。"

金繁站在洞外，立刻闻到了一股特殊的酸味："这气味……是硫黄？"

花公子答："整个后山只有花宫拥有一眼水质特殊的熔岩之泉，能够融化玄铁，熔铸玄刀。两位，第三域试炼开始，祝你们好运。"

宫子羽与花公子挥手作别，和金繁并肩踏入洞中。

花公子望着两人的身影渐渐消失，喃喃道："宫子羽，希望你成功，也希望你失败……"

走出洞口，来到室外，花公子突然发现空中亮起了奇怪的光芒，远远看过去，似是一只风筝，只是这只风筝反射着金灿灿的光芒，特别耀眼。

花公子挠了挠头："金箔？宫紫商喊我。我的老天爷啊，又要犯家规了！"

后山大门前，宫紫商一边擦着眼泪，一边焦急地看着天上的风筝。她听说金繁要祭刀，急忙拿了特制的风筝跑出来，她需要小黑帮忙救金繁。

"喂！"花公子突然出现在她身后，拍了拍她的肩膀。

宫紫商突然松手，风筝飞走了。

"啊，我的风筝……"花公子有些惋惜。

宫紫商完全没有管风筝，立刻抓着花公子："这风筝真管用呀，我还以为你骗我呢。"

"我不是说了有急事才用吗？"

"当然急！我都要急死了！"

"那你快说吧，又想要去炸哪儿了？"

"后山。"

花公子一口血差点喷出来："你要炸后山？"

"不是不是，我要你带我去后山。"

宫紫商强忍着泪水，看起来和之前一样没心没肺，笑容满面。

花公子看着她脸上残留的泪痕，心里立即明白是怎么回事了，猛一跺脚：

"我带你去……"

很快，花公子带着宫紫商来到一座石桥上，指着前边说道："你身后那个分岔路口……右边那条通往祠堂，左边那条道通往宫子羽第三域试炼的地方，不管是打扰到祖宗的清静还是打扰宫子羽的试炼，都不好，记住了吗？"

宫紫商的眼泪忍不住掉下来了，她拼命点头："记住了记住了！"

"我只能送你到这儿了，被人发现了可千万别说是我带你来的啊……"

宫紫商没等他说完，已经跑掉了。

岩穴深处，宫子羽和金繁面前地面出现了一些小洞，里面喷出滚烫的白气，像飘忽的白绢。

洞穴尽头是一个不大的熔岩泉池，尽头的石壁上有一只燃烧着的火炉，火炉上下方各开有一个长方形炉口。旁边的空地上有一张用来锻打刀具的石台，石台上面摆放着各种铸刀用的工具。

宫子羽仔细观察，发现一块立在熔岩泉水不远处的石碑，黑色的石碑上刻着两行用行书写就的小字。他凑近石碑，待看清上面的字后，脸色瞬间苍白，只见石碑上书写着——

祭重要之人

铸无双之刃

宫子羽嘴里喃喃道："祭重要之人……"他脑海里立即闪过许多画面——

那一年，他哥哥宫唤羽通过了三域试炼，他兴冲冲地跑进哥哥的房间祝贺，却注意到哥哥身边的绿玉侍卫换了副新面孔，原来的侍卫金盛不在了。等他询问金盛去哪儿了时，宫唤羽脸色一沉："金盛他……在闯第三域的时候出了意外，没能跟我一起回来。"

宫子羽又想起了月长老曾经和自己的对话。他曾问月长老当初宫尚角试炼时是谁吃的蚀月，可是他的侍卫金复？月长老却说，不是金复，另有其人。这说明，闯过第三域的宫尚角也用原来的侍卫祭刀了，所以后来贴身侍卫才换成了金复。

宫子羽抬头看着沉默不语的金繁，呼吸格外沉重。

宫紫商一心念着金繁，转身朝分岔路口跑去，她一边跑，一边喃喃自语："右边是祠堂，左边是宫子羽试炼的地方，走左边！"

然而，她忘记了，刚刚花公子和她说的时候，她是背对路口的，现在面对路口，应该选反方向。

宫紫商一路往前急走，等路边树影遮挡退去之后，祠堂的大门出现在她面前。

宫紫商立刻跺脚敲头："啊？祠堂？错了。"就在她转身想原路返回，却看到远远地迎面走来一个身影，她害怕被人发现，立刻警惕地侧身躲了起来。她立即认出来人是雾姬夫人。雾姬夫人神色异常，走到祠堂门口时没有直接进去，而是四处观望了一阵，这才走进祠堂。

宫紫商本来想要赶紧走的，可看雾姬夫人的神色，又感觉祠堂里还藏着其他人，万一自己前脚刚走，祠堂里的人再追出来，可就坏了大事，不如稍等等，探听一下祠堂里的动静，确保消除隐患，否则自己一味慌慌张张，极有可能适得其反。

她轻手轻脚移动两步，透过门缝向里看了一眼，发现祠堂里果然有个黑衣人背门而立，等着雾姬夫人。

宫紫商静悄悄地躲在祠堂门厅暗处，听着雾姬夫人和那黑衣人对话。

"宫子羽已经闯到第三域了吧？"

"是，他今天和金繁进了花宫。"

"一直以来，多谢夫人相助。如今还有最后一件事相求……"

"什么？"

黑衣人突然出手袭向雾姬夫人，将一团毒粉撒向她。雾姬夫人的眼睛立刻被毒粉腐蚀，发出一声痛叫，两手抓脸，异常痛苦。

黑衣人沉声说道："求你一死。"

雾姬夫人忍痛后退一步，立刻抽出腰上的软剑，侧脸相向，听声回击。打斗声越来越激烈。

宫紫商发觉情形不对，再次贴近门缝观瞧，正看见一个黑衣人与雾姬夫人交手，雾姬夫人眼睛被伤，明显处于弱势，浑身上下已然伤痕累累。几招之后，黑衣人闪身躲过软剑，进身探爪，一把捏住了雾姬夫人的脖子，手上用力，发出喉咙碎裂的声响。雾姬夫人拼死一搏，猛地拉扯他的衣服，露出黑衣人后脖颈上一块暗红色的胎记。

宫紫商头脑一片空白，身体僵住，赶紧捂住自己想要尖叫的嘴。片刻后，她立刻快步后退，等稍远离祠堂后运功奔跑，终因紧张，脚下发软，重重摔倒，发出"扑通"一声。她赶紧爬起，拼命奔逃。

蒙面黑衣人听到响动,一个跃身出了祠堂,清楚地望见了宫紫商的背影。

岩穴中,金繁背对着宫子羽,沉默地收拾工具,把那块玄铁从盒子里拿出来。宫子羽走过去阻止:"金繁……"

"执刃大人,准备好了就随时开始吧……大家还在前山等你。"

宫子羽的眼睛发红:"这刀,我是不会铸的……"

"不,你必须铸,这是你的使命。我也有我的使命。"

"这不是你的使命,这是你的命!你清醒一点!"

熔岩泉边是长久的沉默,只有岩浆蒸腾的气息在宫子羽和金繁之间流转,热气扑面,让人感到有些窒息。

"为了公子能铸出无双之刀,我愿意牺牲。"

"可我不愿意!"

"你必须愿意!只有铸出这把刀,你才能当上宫门执刃。"

宫子羽转头打量了一圈山洞,换了一种语气:"金繁,那你说说,祖宗定下这样荒唐的试炼规矩是在试炼什么?"

"我不知道……但祖宗定下这样的规矩必然有他们的深意,或许,他们认为,只有为了达成目标,对己对人都足够残酷、足够坚定之人,才能当好宫门的领导者吧?"

"我不认同。"宫子羽走到石台前,拿起那块玄铁,抚摸着,"我已经想好了,我要用自己的方式当上执刃,带领宫门走不一样的路。对不住了,列祖列宗,我一定要铸刀;金繁,绝不会祭刀!"

宫子羽说完,毫不犹豫地把那块玄铁扔进了熔炉。熔炉立刻溅出金灿灿的星火,瞬间点亮了宫子羽明亮而坚定的眼睛。

祠堂外的路上,宫紫商一边回头一边疯狂逃跑,没料到迎面撞上一个人,吓得尖叫一声。抬头看时,正是花公子,她大哭起来,回头指着后方的宫家祠堂。

"你搞什么?被鬼追了?"

宫紫商拉着花公子,哭着说:"不不不,你快跟我来!"

宫紫商带着花公子回到祠堂。几乎与此同时,十几个黄玉侍出现,布控搜索祠堂周围。

祠堂内台阶上,雾姬夫人躺在血泊中。花公子蹲在她旁边,摸上她的手腕，查看她的脉搏，发现她还活着。宫紫商面露惊喜之色，焦急地向跑进来的医馆人员招手。雾姬夫人被抬到担架上，宫紫商跟在雾姬夫人旁边，大声道："雾姬夫人，你挺住，我们这就去找月长老！"

一个黄玉侍来到花公子面前："花公子……祠堂里又搜到……搜到了一个人……"

那是祠堂后院一个很小的堆放杂物的房间，地上堆满了食物残渣和肮脏的排泄物……一个身材消瘦、只穿着里衣的人困在里面，他满脸污浊，长长的头发蒙住脸部。

花公子走近这个奄奄一息的人，蹲下来，慢慢凑近，拨开了他的脏发。在认出那人面目的一刹那，花公子的手顿在了空中，露出惊愕的表情，久久没有回过神来。

"少……少主？！"

这个头发纠结、骨瘦如柴、满脸污垢的人，竟然是"死去已久"的宫唤羽。

宫唤羽使劲睁开呆滞而混浊的双眼，喉咙里发出痛苦的喘息声。

第二十一章 困兽之斗

熔岩泉边，宫子羽穿着半袖贴身水衣，已是满身大汗。他挥舞铁锤，一下下敲击着已经现出雏形的刀面，每锤打一下，火星四溅。

金繁站在炉旁鼓风，时而看刀，时而看宫子羽，眼神复杂。而宫子羽专心致志，黑亮的眼眸里仿佛燃着两团烈焰，浑然忘却了洞外之事。

后山气氛陡然紧张起来，一群黄玉侍提着灯笼进入月宫、雪宫和花宫，搜查可疑之人。就连前山也不消停，所有宫门院落之中，仆人们分排站立，露出脖颈，绿玉侍依次检查有无红色胎记之人。

宫尚角、宫远徵佩带武器，神色严峻地守在医馆外。这一变故，让宫尚角心惊肉跳。一直以来，他怀疑雾姬夫人，而今雾姬夫人被害，说明另有无锋高手潜伏在宫门，此人来无影去无踪，能在祠堂中轻松重伤雾姬夫人，其功力之深、谋算之精，堪称劲敌，他丝毫松懈不得。

诊疗房内，一群医馆大夫、仆人，还有月长老，正围着床上躺着的宫唤羽忙碌。他的长发依然蓬乱，身上脏污的衣服被换下，仆人们端着水帮他清洗肮脏的手脚。

医馆另一间房内，雾姬夫人瘫卧在床，伤口已经过处理，渗出血丝的纱布包裹着她的双眼。

经过几日忙碌铸炼，熔岩泉边，宫子羽握住玄铁刀柄举起，一把漆黑锃亮的玄刀已在眼前。

铸刀完成，宫子羽和金繁高兴地走出洞口，看到了等在外面的花公子。宫子羽举起刀向花公子炫耀，不想花公子一脸严峻地看向他："执刃……"

听花公子讲述完毕，宫子羽和金繁直接奔向医馆，却见黄玉侍守在门口，拦住了他们。

金繁问道："执刃在此，你们也敢拦？"

黄玉侍立刻向宫子羽行礼，并道："羽公子见谅，长老吩咐，任何人不可入内。"

"放肆！羽公子也是你们叫的？！不称呼执刃，当受重罚！"

侍卫们吞吞吐吐，欲说还休。

宫子羽向前望去，只见医馆内三步一岗、五步一哨，大量的黄玉侍卫警戒森严。

房间内，三位长老和宫尚角、宫远徽正围在床前，病床上奄奄一息的宫唤羽已经换上了干净的衣服，头发也梳理整齐。他吃力地侧了侧头，声音沙哑："外面的可是子羽？快让他进来……"

宫子羽走进房间，一眼看见了脱相的宫唤羽，再三端详，瞪大眼睛，一时间难以置信，惊唤了一声："哥——"

原本已经死去的宫唤羽此刻正活生生地坐在那里，只是面颊消瘦、脸色苍白，但他的笑容温柔如昔，有气无力地唤道："子羽。"

宫子羽这时才反应过来，眼泪夺眶而出，他激动地喊道："哥！哥！……"

听着隔壁传来宫子羽呼喊着哥哥的哭声，雾姬夫人一阵激动，开始挣扎，喉咙里只能发出含糊的声音。此时，她伤势惨重，已经口不能言、目不能视，裹眼的纱布隐隐有鲜红血液渗出。

守着她的金简见状，急忙走近，仔细分辨她喉咙里发出的声音，听起来像是"……嘘"，又像是"……余……"，这个音节一直反复。

金简疑惑道："虚？……余？……云？……"

雾姬夫人的喉咙持续重复着嘶哑的声音，然后她的身体开始颤抖起来。金简看见她的手指用力滑动着，反复比画，像在写字。

金简拿起砚台，让她的手指蘸上墨水，然后拿出一张纸放在床上。雾姬夫人艰难地、歪歪扭扭地在纸上写下了一个又一个凌乱不堪、难以分辨的"刃"字。

宫唤羽在激动之下不住地咳嗽，吐着血沫子。月长老用金针在宫唤羽身上轻扎了几个穴位，替他缓解痛苦。

花长老这才对宫子羽道："我儿在花宫祠堂后院暗房内发现了唤羽，他一直被人囚禁其中……"

雪长老补充道:"唤羽被发现时浑身是伤,饥饿,虚弱,刚刚才醒。"

"他已被折磨很久,而且囚禁他的人将他全身的武功都废了……"月长老拈着银针说道。

"怎么会这样?哥,到底是怎么回事?"宫子羽急切问道。

宫唤羽拍了拍宫子羽的手,安慰道:"哥哥还……还能活着见到你,已是万幸。"他这么说着,眼中又流出泪来。

宫子羽心疼地看着宫唤羽:"哥……究竟是谁如此伤你?"

宫唤羽艰难地说道:"是无名……"

宫子羽愤恨道:"又是无名!无名,他到底是谁?"

宫唤羽歪头看了眼宫子羽,满脸痛苦,嘴唇发抖:"是……雾姬夫人……"

宫子羽难以置信,声音都在发抖:"哥……这……"

花长老叹了口气,说:"少主亲口指认,断不会错!"他情急之中,没有改口,依旧呼宫唤羽为"少主"。

宫唤羽道:"弟弟已是执刃,不能再叫我'少主'了……"

雪长老拍了拍宫唤羽,示意他休息,之后缓缓对宫子羽道:"子羽,你来之前,唤羽已经告诉我们所有的来龙去脉。雾姬夫人与假扮郑二小姐的无锋间谍里应外合,杀害了前执刃,囚禁唤羽!我们当时看到的唤羽尸体是雾姬夫人的障眼法。"

宫唤羽又激动起来,断断续续告诉宫子羽:"她……废了我的武功,把我囚禁起来……之后,每隔一段时间……就假借为父亲上香……来祠堂看我,每次来……扔下一点吃食便离开。"

"可……姨娘她为什么要这么做?"

一直默不作声观察宫唤羽神色的宫尚角终于开口:"是啊,为什么雾姬夫人没有杀你,要费这番功夫囚禁你?"

宫唤羽抬眼,视线扫过宫尚角及三位长老的脸:"她想要的,自然是花宫里的那件东西。"

宫尚角及三位长老听了,脸色一沉,都陷入了沉默。

宫子羽好奇地看向三位长老:"那是什么东西?"

三位长老对视了一眼,没有回答,反而转开了话题。

月长老问宫唤羽:"那她为何杀害月长老?"

"她无法从我这里逼问出答案就威胁,若我不说,她就把宫门之人一一杀尽……"宫唤羽苦笑着解释着，"我知道其中利害，自然不会松口……是我害死了月长老……"

宫子羽仍然不愿相信这个事实，尤其是面对一个亲近的人揭露另一个亲近之人，难以接受，脑袋一阵阵刺痛，嗡嗡作响。他双手抱头，使劲地揪着头发，发出痛苦的呻吟。

宫尚角看着宫子羽，又盯着宫唤羽，面色越发凝重，眼珠时不时转动一下，露出犀利的光芒。

雪长老拈拈胡须："少主无须太过自责，无锋向来狠毒。只不过，如果雾姬夫人是无名，那袭击她的又是谁呢？"

宫唤羽惊问："她被人袭击了？"

花长老道："无论如何，无名被除，对宫门总是好事，但到底是何人所为，着实令人费解。"

雪长老扫视众人，最后看向宫尚角："会不会早已有人怀疑雾姬夫人的身份，但迟迟找不到确切的证据，决定先斩后奏以绝后患？"

"我重伤卧床，自身难保，雪长老不用看我。"宫尚角哼笑一声，说，"有理由对雾姬夫人痛下杀手，事后还迟迟不敢站出来的，只会是另一个无锋。"

宫唤羽震惊道："宫门内怎么会有这么多无锋？"

"对，另一个潜入宫门的无锋细作。"宫尚角不着痕迹地瞥了一眼宫子羽，"她们也许是因为某件事情没有谈妥，起了内讧，又或者是雾姬夫人的存在对她有了威胁，所以她才杀人灭口。"

宫尚角说话的时候，一直盯着宫子羽。

宫子羽没有理会，低头沉思片刻，忽而抬头："为什么不直接问姨娘是谁对她下的毒手？姨娘她还好吗？"

月长老叹了口气，说："雾姬夫人身负重伤，凶手捏碎了她的喉咙，伤到了气管，虽然被救了回来，但只是吊着一口气……"

宫子羽瞬间悲愤交加，无可奈何地甩了甩手，想去探视一下姨娘。正在此时，金简从门外进来，递上书写潦草的白纸。

"禀告长老，禀告执刃、少主，雾姬夫人生命垂危，但她一直挣扎着写下了这些字。小人不敢自作主张，特来禀报。"

金简摊开手上的纸，上面是歪歪扭扭的好多个"刃"字。

宫唤羽看了看，眼神有些哀伤："这么多'刃'字，看来她临终还是念着老执刃对她的好……我想，她的内心应该充满愧疚吧？"

宫尚角没有说话，只是拿过来那张纸，认真地端详起来。

花长老问："她可说出杀害她的人是谁？"

金简回复："有……但我不确定她说的是什么……她一直在重复一个字：'嘘……余……嘘……'"金简只能被动地模仿雾姬夫人的发音。

花长老有些烦躁："这到底是什么？！"

"云，"宫尚角放下纸，冷冷地说，"这是'云'。"

宫唤羽有些疑惑："云？宫门内没有姓云之人啊……"

宫子羽看了宫尚角一眼，作厌恶之状。

从宫唤羽病房出来后，宫子羽在众人注视下走向隔壁病房。

宫尚角冷哼一声，提醒他避嫌，保持清白为好。

宫子羽摇了摇头，似是自言自语，又像是对众人说："嫌可以避，情不可避。如果为避嫌疑而舍亲情，那样的清白又有什么意义？"

他让金繁守在房间门口，自己毅然走到了雾姬夫人床边。此刻，床上的雾姬夫人差不多已到弥留之际，奄奄一息。

宫子羽看着浑身是伤的雾姬夫人，如锥刺心，轻轻开口："姨娘……姨娘，我是子羽……"

雾姬夫人没有动，连头也没有转向宫子羽，但她裸露在纱布外的手指轻轻颤抖了几下，表明她还能听见，还有意识。

宫子羽握住了雾姬夫人的手："姨娘，哪一个孩儿看见母亲这样遍体鳞伤能不痛心？……我早就在心里将您视作母亲了……我从小被您养大，您爱我、护我；我病了，您昼夜不休地照顾我；我和父亲闹脾气了，您两边哄着；每年生辰，您都给我做长寿面，冬天给我做冰糖葫芦……因为身边一直有您，我很安心……可现在我才知道，原来我从来没有看清过……"

雾姬夫人内心激动，但喉咙里只能发出一些含糊的声响。

宫子羽凝视着她，继续说着："……宫尚角总说您就是无名，我不信。可现在连唤羽哥哥都说您是……我……我……"

宫子羽声音哽咽了，雾姬夫人的身体微微挣扎着，手在不停地颤抖。

宫子羽低下头："那日姨娘说，我通过第三域试炼，您有话要跟我说……我不知道姨娘是不是打算跟我坦白一切……可能这个答案我永远都无法知晓了吧？"

雾姬夫人满是血痕的嘴唇微微颤抖，却没有能力吐出半个字。

473

宫子羽的鼻子开始发酸，声音哽咽："人非草木，您用心待过我，您的好，我会念一辈子。可您也害死了我的父亲，伤害了我的兄长，他们都是我至亲之人，叫我怎么去原谅您啊……姨娘……"他顿了下，又轻轻地叫了声，"娘……"

宫子羽说到这里，雾姬夫人内心深处已然卷起巨浪，冲撞着残破的病体，喉咙里发出"呜呜"的声音，仿佛怒吼，又像哀泣，两行血泪从蒙眼的纱布里淌下。

宫子羽不忍再看，背过身离开。等他走出房间时，只见一个黄玉侍正端着药碗站在门外等候，身后跟着几个绿玉侍，金繁也在其中。

金繁轻声道："月长老带队搜了后山，从老执刃的牌位后搜出了杀害月长老的凶器。"说完，金繁递上手中的一把无锋薄剑。

宫子羽没有伸手，没有说话，看着黄玉侍卫手中的药碗，心中一阵刺痛。

侍卫们向宫子羽行礼后，走进了雾姬夫人的房间。

金繁说："他们是奉长老之命来处死——"

宫子羽红了眼眶，挥了挥手，打断了金繁的话，离开医馆。暮色中，他的背影麻木而僵硬，仿佛一下子老了几十岁。

宫子羽推开门，瘫坐在桌边，一抬眼，看见桌子上摆着一个大盘子，盘子里有一串串鲜亮的冰糖葫芦。

他去后山之前说想吃雾姬夫人做的糖葫芦。此刻，他真的吃到了冰糖葫芦，他嚼了一口，泪水奔流，等这一口嚼碎咽下时，他再也压抑不住，捶胸顿足，号啕大哭。

窗外，山谷里，一只孤零零的白色天灯飘上了天空。

金繁站在门外，双眼através红。他的手用力地握着刀柄，半个身体都在颤动。

病房内，侍卫粗暴地扶起雾姬夫人，撑开她的嘴，将手里那碗毒药灌进去。床上的雾姬夫人挣扎着，带着痛苦的呜咽咳嗽起来。渐渐地，她的呼吸变得沉重，意识开始涣散，一幕幕往昔像走马灯一样浮上她心间。

那一年，雾姬十岁。

隐秘的山野间，雾姬和弟弟正在院子角落踢竹蹴鞠。

院落中，他们的父亲茗雄背手而立，看着单膝跪在眼前的黑衣人。黑衣人似乎是一名剑客，他说："茗家之剑薄如蝉翼，分纸断发，但求一把，了却心愿。"

茗雄回答:"内人因我所铸之剑而死,我已发誓不再铸剑,请回吧。"

茗雄叹了口气,转身牵走儿子,却没有牵雾姬。雾姬只好跟在他们身后,见父亲抚摸着弟弟的头,十分宠溺。

父亲转身关门,雾姬被关在门外。父亲的声音清晰传来:"我教你弟弟铸剑,你不要跟来。"

半夜,父亲喝醉,伏在院中的石桌子上。雾姬拿起毯子,走过去给父亲披上,结果惊醒了酒醉的父亲,被他怒气冲冲地赶走了。

雾姬蜷缩在床脚哭泣。弟弟过来,看见哭泣的姐姐,抬手帮她擦掉眼泪:"姐姐不要哭,我长大了会做一把最厉害的剑,永远保护你。"

第二天天亮,雾姬醒来,却发现人去楼空,父亲和弟弟都不见了。

雾姬满院子找,哭喊着:"爹!弟弟!爹……别不要我……别丢下我……"

慌乱中,她跌倒了,额头流出鲜血。

之后,被抛下的她被寒鸦贰带到了无锋。

雾姬长大,变成了无锋训练井中一脸冷酷、一身黑衣、额头流着鲜血的年轻女子。地上都是被她打败之人。雾姬转身,看着身后的寒鸦贰,他满意地点头。

寒鸦贰说:"收到消息,宫鸿羽出现在江南一带。这次由你带队。"

雾姬根据情报,跟踪宫鸿羽到一片竹林里。

竹林中,宫鸿羽用刀抵着兰小姐的脖子,警告道:"我不杀你,但你需要忘掉今日之事,忘记见过我。"兰小姐惊魂未定,瘫软在地上。宫鸿羽扬长而去。

这一切都被躲在暗处的雾姬看到,她换好路人的打扮,走到兰小姐身边,热心扶起她,背着她离开。

兰小姐感激道:"谢谢你……我要怎么感谢你?"

雾姬说道:"我叫茗雾姬,我父母去世了。如果小姐不嫌弃我年纪比你大的话,可不可以让我跟着小姐,做你的丫鬟,有个归宿?"

那日之后,雾姬就进了兰小姐家,成了她的贴身丫鬟。

在兰家,她听到下人议论:兰小姐因相中一个穷书生而惹老父亲发了火,为打消女儿嫁给穷书生的念头,兰家答应了宫门,送兰小姐去选亲。

雾姬听到此,眼神一动,决计长久潜伏在兰家。

475

后来，兰夫人嫁入宫门，因为一直郁郁寡欢，宫门执刃宫鸿羽以为她孤独，便让雾姬进了宫门伺候。

兰夫人总是郁郁寡欢地坐在院子里，而年幼的宫子羽便一个人在旁边玩耍。小宫子羽摔倒了，只有雾姬立刻上前抱起他、哄他。

某一天深夜，雾姬身着夜行衣潜入执刃的房间。关上房门后，她却被刀尖抵住了喉咙。

宫鸿羽看着雾姬："魅？"

她被宫鸿羽识破了身份，却没有立即被杀。

雾姬被绑在凳子上，宫鸿羽拿了餐食来看她。

"要杀要剐悉听尊便，不用这么虚情假意。"

"我派人调查了你的身世。"

雾姬有些意外。

宫鸿羽继续说道："你以为自己被父亲和弟弟抛弃，而无锋对你有养育之恩，所以你替无锋卖命。但无锋才是罪魁祸首，你父亲和弟弟没有抛弃你，是无锋抓走了他们。"

雾姬惊讶地抬头看着他。

"你父亲茗雄曾是天下第一铸剑师，无锋想将他收归己用，但你父亲不肯。于是无锋将你父亲绑走、囚禁，并用你的性命威胁他们替无锋铸剑！"

当初求剑的那名剑客其实就是无锋的寒鸦贰。

雾姬眼睛里已经涌出泪水，但她还是倔强地说："父亲心里只有弟弟，怎会为了我……"

宫鸿羽拿出一个锦盒，交给雾姬："这是在你们当年居住的竹屋内找到的，也算是你父亲和弟弟的遗物。"

"遗物？"

"你音信全无后，所有人都以为你死了。无锋失去了你这个人质，你父亲再也不愿为无锋铸剑，他和你弟弟自尽身亡……"

雾姬含着眼泪打开锦盒。里面有雾姬小时候最喜欢的玩具竹蹴鞠、珠钗、拨浪鼓等，还有一幅母亲茗夫人的画像。她展开画像，上面的女人和现在的雾姬十分相似。

"或许你父亲对你冷淡、疏远，只是因为你与你母亲长得太过相似，心伤情更怯，他无法面对自己心底的痛……"

雾姬从茫然到愧疚，再到眼含恨意，双目圆睁，泪流满面，咬牙切齿。

476

"你只是被无锋蒙蔽,并非恶人。你对兰儿和子羽真心相待,我都看在眼里。"宫鸿羽低头与雾姬对视,"所以……我愿意给你一个重新选择的机会。若你弃暗投明,我保证此后再无人知道你的过去。"

雾姬震惊地看着宫鸿羽,含着泪水的眼睛里有什么正在动摇、融化。

最终,她做出了选择,她选择了正途。

雾姬将年幼的宫子羽哄睡后,关上房门,走到庭院里,和宫鸿羽在月下喝酒、闲谈。

"之前我向无锋传出了消息,透露了宫门下次选婚的时间,以无锋的手段,他们定会有所部署,需要我想办法去套出无锋的计划吗?"

宫鸿羽摇摇头:"你选择了宫门,就是我的家人。在这里,你只须简简单单地生活,无须再背负任何重担。无锋那边,我会想办法的,你不要担心。"

雾姬十分动容,看着宫鸿羽的眼神有感动,也有爱慕。

春去秋来,岁月匆匆,许多年过去了。

雾姬已经视宫门为最终的归宿,而她也对宫子羽视如己出。

直到后来,宫门为少主宫唤羽选亲。

雾姬夫人从吵吵嚷嚷的庭院回到自己的房间,突然发现桌上放着一把簇新的剑,那是一把薄剑,剑上有无锋的标志,剑下压着一封密信。

雾姬打开密信,上面写着:"宫鸿羽做戏欺瞒,你父亲和弟弟尚在人间,这把新剑就是证明。若想营救,听令行事,找到无量流火。"

雾姬拿起手中剑,抚摸剑身上的年号,喃喃自语,掉下眼泪:"丙午年……这是新打的剑……父亲和弟弟还活着?……"

那夜,雾姬提着一把血刀站在宫鸿羽的书房内。而宫鸿羽身上中刀,已经躺在地上一动不动。郑南衣的尸体也倒在一边。

这时,一声呻吟传来。雾姬转过头,发现另一边倒在地上的宫唤羽还没有死。

雾姬立即提刀走上前,走向宫唤羽。

…………

脑海里的一切变得越来越模糊了,躺在床上的雾姬夫人吐出一口鲜血,再没有气力回忆过去,黑暗向她袭来。

477

窗外的月色冰冷，像一张冷酷的脸。

宫子羽似乎已经感知到了雾姬夫人的去世，举头望月，久久呆坐在庭院里。云为衫走过来，把一件斗篷披在他身上，然后在他身边坐下来。

"公子不要太难过了，对于雾姬夫人来说，死，是惩罚，也是一种解脱。"

宫子羽转头，望着她的眼睛，问道："无锋到底是个什么样的地方？无锋的人又是什么样的人？"

"无锋教人冷酷无情、断情断爱……因为有爱，就有软肋，就会产生恐惧……无锋不允许我们有恐惧。我们心里只有使命，没有其他，连自己都没有。"

"不会痛苦吗？"

"会……但也会习惯。你知道为什么我很羡慕宫门用刀，但无锋只用剑吗？"

"为何？"

"因为刀是单刃，护己斩敌，但剑有双刃，伤己也伤人。"

宫子羽心疼地握住云为衫冰凉的手："你现在是宫家的人了，我教你用刀。"

云为衫低头不语，雾姬夫人的死带来了更多谜团，也带来了未知的变数，这让云为衫深感不安。

"那你心中有……有恐惧吗？"宫子羽问。

"我知道，你是想问我心中有没有爱……

"用试言草的时候，我问你喜不喜欢我，你那时候说不喜欢……

"那时，我只是一个没有未来的无锋棋子，我从未奢望过有一天自己可以被人爱、被人保护……我那样答，是怕让你满心欢喜，最后却注定要伤你、负你。我不忍心。"

"所以，你撒谎了，对吗？"

云为衫低头不答。

宫子羽从衣襟里掏出一个小纸包，摊开，是几颗黑色的糖。

"这是什么？"

"这是月长老配制的试言草，这次不是假的了，你吃一颗，我再问你。"

云为衫将信将疑，拿起一颗放在嘴里，尝到一股甘甜，笑了："你又骗我，这明明就是最普通的甘草糖。"

宫子羽却没有笑,他认真地看着云为衫的眼睛,问她:"你喜欢我吗?"

云为衫沉默了很久,认真地说:"喜欢。"

宫子羽低头吻了下去。

云为衫闭上眼睛,但很快她又挣扎着推开宫子羽,一脸通红:"你干吗……干吗抢我的糖……"

宫子羽嚼着嘴里的糖,看起来有点坏,但又很认真地说:"因为该我了,现在我吃了试言草,换你问我问题了。"

云为衫的笑容渐渐收起,她低着头,不敢看宫子羽的眼睛:"你现在已经知道我确实是无锋之人,你真的不会鄙弃我,会坚定地选择我吗?"

"我会坚定地选择你,过去、现在、未来,我的选择只会是你。只要我还活着,我就会义无反顾地选择你,不让你再受一点委屈,更不会让任何人伤害你。"

云为衫的眼泪掉了下来。

"你相信我吗?"

"相信。"

"但这不是试言草。"

云为衫笑了:"我当然知道啊。"

"这是誓言草,是发誓的誓。所以刚刚的都是我的誓言,海枯石烂,绝不违背。"

云为衫眼里涌出泪水。

宫子羽握了握她的手:"你看,你的手已经热了。我很早就告诉过你,'能焐热的',记得吗?"

"就算一个人的心是冰做的,被你这样呵护,也早就融化了。"云为衫轻声说道。

宫子羽的眼神突然暗了下去:"如果当初我跟姨娘再亲近一点,再关怀她一些,是不是一切都能不一样了?"

"雾姬夫人的心早就融化了,她对公子的好正源于她内心的柔软,否则她不会一次又一次地护着你,冒着生命危险和宫尚角对抗……我曾经和她聊过,她也准备向你说出一切真相……只是晚了一步……"

宫子羽定定地望着云为衫:"不管以后发生什么,你会坚定地选择我吗?"

云为衫的眼神闪烁了片刻,为了不让宫子羽看见,她抱住宫子羽,眼泪大颗大颗地掉下来:"我会,而且我知道该怎么做。"

479

研究室里，宫紫商坐在一大堆凌乱的工具和矿石中间，呆呆地掉着眼泪。

金繁拿着一件披风走了进来，给宫紫商披上披风，没有说话，转身走近旁边的炉子，加了一些炭火，然后把窗户打开一道窄缝通风。

宫紫商看着金繁，眼泪掉得更厉害了："我差点以为见不到你了。"

金繁沉默着在她身边坐下来。宫紫商把头轻轻靠在金繁的肩膀上。金繁稍微动了一下，但没有拒绝。

"我偷跑进花宫，原只是害怕你会被献祭，没想到撞破了雾姬夫人……我还记得每次去羽宫，夫人都会为我准备好吃的，她待我和宫子羽都可好了，难道……这都是骗人的吗？"

金繁没有回答，只是轻轻抚摸着宫紫商的后背。

夜凉如水，万籁俱寂，山谷中寒鸦悲鸣。

云为衫躺在床上，听见头顶的瓦片响起了一阵有规律的声音。她缓缓起身，打开窗户，然后走回桌子旁，拿起茶壶倒水。片刻之后，她就听见身后传来甜美的声音。

上官浅微微一笑："姐姐，我来看看你。"

"看我？来看我死了没有吗？"

"姐姐说笑了，谁不知道如今整个后山雪、月、花三大家族都为你撑腰，我以为这一次你的身份必是暴露无遗，不想宫子羽竟然如此护你，姐姐好手段。"

"你偷偷摸摸地过来，不是只为了夸我几句吧？你想要什么？"

"我想要出宫门的办法。你现在已经被软禁在羽宫里严密监视，我和你总要有一个人把信息送出去吧？毕竟半月之期又要到了。"

云为衫犹疑着看向上官浅。她想起前一晚靠在宫子羽肩头和他说过的那番话——

"对了，我突然想起半月之蝇……我在想要不要把这个秘密昭告天下，这样无锋就再也无法胁迫你们为之卖命了。"

"半月之蝇只是无锋威胁江湖的手段之一。无锋最大的筹码是秘密。"

"秘密？"

"无锋掌握着各大门派的秘密，以此作为要挟。"

"那就先按兵不动，等待时机成熟，再把他们一网打尽，让无锋再无翻身之日。"

"那上官浅呢？要不要告诉她？"

"上官浅心机太深，令人捉摸不透……再等等。"

回过神来，云为衫想了想，走到自己的衣柜前，取出了一件衣服，然后拆开衣服的内衬，露出一个暗袋，从里面掏出了几张图纸，展开："这是出宫门的暗道，上面标记着关闭暗道内机关的位置。"

"上次上元节，宫子羽带你下山的时候，你记下来的吗？"

"嗯。"

上官浅接过图纸，笑了笑："谢谢姐姐。我一定帮你带解药回来。"她按着云为衫的图纸，成功潜出了宫门。

旧尘山谷小镇河边的悬桥下方，上官浅和寒鸦柒接头，并立河边。

上官浅伸出手："解药。"

寒鸦柒也伸出手："信息。"

上官浅和寒鸦柒对峙了一会儿，对寒鸦柒道："我找到无名了。雾姬就是无名。"

寒鸦柒痞痞地笑了："要拿解药，这个信息可不够。"

"那宫尚角的弱点够了吗？"

"宫尚角的弱点不就是宫远徽吗？"

上官浅一笑："除了宫远徽，他的身体还有一个致命的弱点。"

寒鸦柒眼神一亮："哦？"

上官浅得意道："宫尚角每半个月都有两个时辰内力全无。"

寒鸦柒的眼睛放出光来，从怀里掏出一个纸包放在她手里。

"未时至申时。"上官浅又说，"还有，无量流火的藏匿之地就在后山花宫地堡。"

"无量流火的所在是宫门的最高机密，你竟然可以探知？"

"自是费了不少功夫。"上官浅叹了口气，眼波婉转，"这一次我可牺牲不小，等事成之后再慢慢与你说。"

寒鸦柒笑了笑："感觉你快要变成我的上级了。"

寒鸦肆回到万花楼。紫衣不在，房间内，寒鸦柒悠闲地品着自己杯中的茶，寒鸦肆的脸色则有点难看。

"上官浅竟然能找到宫尚角的弱点？"寒鸦肆问道。

"魅就是魅，厉害多了。云为衫不仅一无所获，还暴露了身份，目前被软禁在羽宫中，连消息都送不出来，要靠我的魅来拿解药。"

寒鸦肆皱着眉头："你的魅之前不也一样出不来吗？得意什么？而且你怎么知道，云为衫不是故意暴露，另有打算？宫门新执刃对她死心塌地，撕裂宫家只是早晚的事。"

听到这句话，寒鸦柒闪过刚才与上官浅接头的画面。

他问官浅道："云为衫竟染挑起了宫门内斗？"

"她本事不小，把宫子羽迷得晕头转向，宫门上下拿她没办法。如今她虽然被长老们要求软禁在羽宫中，但是没人能动她分毫。"

寒鸦柒笑道："宫子羽若真能坐上执刃之位，宫门离覆灭怕是不远了。"

"那不如帮他们一把，让宫门毁得更快一些。"

"哦，怎么帮？"

"趁宫门内乱，召集精锐，在宫尚角最虚弱的那天攻入宫门，一网打尽。"

"就算宫尚角没了内力，要打进宫门也非易事。"

上官浅笑了，凑近寒鸦柒耳边，低声密语。寒鸦柒的表情渐渐舒展。

寒鸦肆并不知道寒鸦柒在想什么，只听到寒鸦柒不屑地回应："你对云为衫的判断越来越不理智了。我劝你，不要玩火。"

寒鸦肆握紧茶杯，从窗口望向宫门的方向，眼里尽是担忧。

羽宫庭院，宫子羽和金繁并肩而行，自从经历第三域试炼，他们之间更加亲密了。

"阿云呢？这几日怎么老见不到她。"宫子羽问道。

"大小姐近日一直来羽宫找她，她俩近日都在一起。"

"宫紫商又在打什么鬼主意？你管管她！"

金繁脸红了："……我，我怎么管她？不说她了。有件事情我怎么也想不明白……"

"什么事？"

"无名已经死了，唤羽少主……前少主，也已经被成功从后山救出，但为何没有人追究我们炸毁地牢救云为衫的事情呢？如果说长老们因为自家后人参与了这次行动，不便主张，但为何宫尚角也完全不提，像这件事情没有发生过一样?按照他从前的性格,一定会闹到天翻地覆,我感觉他必定又在打什么坏主意……"

宫子羽没说话,沉默着。

正在这时,庭院里传出了响动。

金简带领几个下人抬着一架轿辇进了羽宫,轿辇上坐着宫唤羽,一路行到宫子羽的房间外,下人们才放下轿辇。

宫子羽问道:"哥哥怎么了?"

"无妨,此前在暗房待得太久,有些不适应强光了。我想到羽宫里有一个存酒用的地窖正好不见光线,适合我将养,所以让他们抬我来,把地窖收拾一下,准备搬过来。"

宫子羽听了,有些不自在:"怎么能住地窖呢?哥哥回来了,我自是应该搬回原来的房间。"

宫唤羽摇头:"子羽,你懂事、有分寸,哥哥心里明白。只是我一身伤病,见不了光,又不喜人打扰,所以才搬去地窖。况且,现在你已是执刃——"

宫子羽心里有些不是滋味:"可这执刃本来该是哥哥才对……等哥哥身体好了……我把这执刃的位子还给哥哥。"

宫唤羽轻轻一笑,一副无所谓的样子道:"说什么傻话呢,兄弟之间不分彼此,何来借、何来还?这执刃,谁当都一样,保护好宫门族人就行。而且我已经武功尽废,没有资格再当执刃了——"

"哥——"

"子羽,就别再说了,我可要生气了。"

宫子羽还是有些局促:"好……金繁,你去多安排些人手,把地窖打扫干净,务必住着舒服。"

"是。"

宫子羽吩咐完金繁,转头看到金简手中端着托盘,托盘上放着纱布、药膏。

"我来替哥哥换药吧。"

宫子羽一直跟到床边,待宫唤羽躺下后,便小心翼翼地除去宫唤羽的上衣,给他后背皮开肉绽的地方上药。宫唤羽身体极为虚弱,强忍着痛。宫子羽见他如此,十分不忍,尽量放轻了手上的力道。药膏涂抹脖颈时,在新伤口的旁边还有一道陈年的旧伤疤。宫子羽看到时,愣了一下,心里更是难受。

"哥,这伤疤还是你为了救我留下的呢……"

"是啊,你小时候贪玩,老爱爬高,要不是正好被我路过接到,你可就直接摔到尖锐的太湖石上了。"

就在这时，门外响起了脚步声，大大咧咧的宫紫商直接推门而入。

"宫子羽，完了完了，长老说我私入后山，要罚我跪冰窖，你得帮我求求——"

宫紫商一边嚷嚷着一边闯进来，才看见宫子羽正在给宫唤羽上药，正对上宫唤羽裸露的后背，声音骤然停了下来。

"……情……"

宫子羽不满道："你怎么还是这么莽撞？哥回来了，你以后记得先敲门。"

宫紫商有些不好意思地连声说着："是，是，我敲门，我敲门。"她边说边灰溜溜地往外退，但忍不住朝着宫唤羽的裸背看去，脸色变得越来越难看。

她脑海里闪过杀死雾姬夫人的那个黑衣人脖颈后那个红色印记，呼吸变得急促，心跳如雷，手足无措。

宫唤羽回过头，轻轻抬起眼睛，看了她一眼。

角宫中，上官浅随侍宫尚角身边，她看向宫尚角，见他正闭着眼睛，时不时眉头微皱一下。

上官浅问："公子在想事情？"

宫尚角没有睁开眼睛，依旧沉默着。雾姬夫人虽死，但那个"无名"却在他脑海中更加活跃了。宫尚角日夜都在脑海中盘算、计划，回忆着每个细节，结合每一份新情报，预想着每一个新情况。

"我与公子心意相通，可以猜一猜公子在想什么。"上官浅又说道，似乎话中有话。

宫尚角这才睁开眼睛，看她一眼："你猜猜看。"

"宫子羽一旦通过三域试炼，就要稳坐执刃之位了，公子有些担忧……"

"他能在这么短的时间内走到这一步，的确令我意外。但恐怕他离'稳'还差一步。"

"哪一步？"

"他虽铸刀成功，但这把刀能否助他'执刃'犹未可知。"

"若是连那最后一步羽公子也成功了呢？公子当如何？"

宫尚角淡淡地说："我自会承认他，还要为他举行正式的执刃继位仪式。"

上官浅闻言，眼神一动："是吗？"她不动声色地从宫尚角背后轻轻搂了上去，脸庞轻轻靠着宫尚角鬓角，"公子可是真心？"

宫尚角侧过脸，表情讳莫如深："你不是说与我心意相通吗，你以为呢？"

上官浅走到宫尚角面前，俯身拥抱他，将耳朵贴在宫尚角的胸前。片刻后，她轻笑着抬起头："公子的心告诉我，你一切皆以宫门为重，所以坐上宫门执刃的人是谁都可以，重要的是那个人能否真正扛起宫门的重担。而你处处针对宫子羽，是因为他明知身边有无锋细作却屡次包庇，欺上瞒下，将宫门安危置于身后，只是苦无证据。"

上官浅从衣袖里取出一物，递给宫尚角，斩钉截铁道："这是云为衫作为无锋细作的铁证。"然后缓缓展开，画满宫门各处密道、岗哨、各宫方位的图纸展现在宫尚角面前，"她暗中画下了宫门各处的密道、岗哨以及后山雪、月、花宫的具体位置。"

宫尚角审视着上官浅："做得很好。不过，我也好奇，这样关键之物，你是如何得到的？"

上官浅不疾不徐道："我在她的房间里发现的。天冷了，我本想借一件衣服，结果发现衣服夹层里缝了个暗袋。"

宫尚角接过图纸，仔细地看了看："没错，上面所画与宫门的布局完全吻合，但这又如何证明是云为衫所画？"

上官浅将图纸翻转过来。

宫尚角扫了一眼字迹，不由得神色一凝。

宫子羽这一夜睡得很不踏实，早早起身，走出房间，却见云为衫正背着手站在树下，抬头望着树梢。他觉得有些奇怪，走了过去。

"纸鸢卡在树上了，我够不到。"

宫子羽觉得奇怪："你不是会轻功吗？"他这么问着，还是纵身跃起抓住了下纸鸢。结果，随着纸鸢一起掉下来的还有纷纷扬扬的白色花瓣，宛如霜雪，散落在宫子羽身上。

宫子羽忍不住笑了，他看向云为衫，只见花瓣落在云为衫的发丝上。他抬手，轻轻地为云为衫一一摘去。

"云为衫的名字，是以云做衣裳的意思。现在我是云为羽，做你的翅膀。之前我在月长老的房间看到他写下的几句诗，我觉得好喜欢：'青丝何寄，叹子无衣。不羡天地，危云织雨。'我把最后四个字改成了'唯云知羽'。"

"'唯云知羽'……这么土的情话你也说得出来。"云为衫打趣。

"你搞的这个纸鸢下雪不比我这个还土？"

"就这招我都想了半天呢，我做字谜没我义妹厉害。"

宫子羽突然调皮地一笑："那我考你一个。"他突然出脚绊住云为衫，然后伸手拉她，两个人一起跌倒在地，云为衫跌落在宫子羽的怀抱里。

"这叫什么？"宫子羽笑问。

云为衫有些害羞，挣扎着，但宫子羽不让她起来。

"不知道。"

"这叫翻云覆'羽'。"

云为衫抬起手捂住宫子羽的嘴，不让他继续说下去了。

"那这叫什么？"

宫子羽开不了口，只能摇头。

"这叫'我捂羽'（我无语）……"

宫子羽笑得都咳嗽起来了。云为衫看见纸鸢被他压在身下，赶紧拉他起来："你可别把这纸鸢压坏了。"

宫子羽起身，看见纸鸢上写满了字，用眼神询问云为衫。她答道："很早之前就为公子备下的，给公子通过试炼的贺礼。"

"我虽然铸了刀，但还没有正式通过试炼呢……"宫子羽他挠了挠头，"我铸刀之时并未按要求献祭至亲至信之人，不知道长老们会怎么想……不管他们怎么想，我都不认同这么残忍的家规，这种毫无来由的血腥迷信根本就不应该存在。而且，我也不知道这刀到底行不行……"

"公子……我可以说一句吗？"

"你可以说千百句，我能听一辈子。"

"你以后要是再这么突然没头没尾地说这种肉麻话，我就只能'无语'了哦。"云为衫神色一变，进入正题，"其实你仔细想一想，一路闯关到现在，每一关考验的其实都不是表面所说的。比如第一关，让你潜入池底取铁盒内的刀法秘籍，其实是考验你的内力。第二关让你解毒，其实是考验你的勇气，让你的内功突飞猛进，从而学习第二套刀法。所以，这第三关，我想，肯定也不仅仅是考验你所铸之刃能否砍断其他宝刀。"

"确实如此……宫门有商宫和花宫，他们锻造兵器、暗器的技艺早就炉火纯青，没有这个必要让我来亲自锻造，我也不可能在这么短的时间内变成一个铸刀神匠……那到底要考验什么呢？"宫子羽边思索，边用手指摩挲着纸鸢上的留言，忍不住小声念出来："'从此作鸿雁高飞，命格无双，岁月无恙……宫唤羽……'这是哥哥留的？"

"我昨日去找大哥,他新写的。"

宫子羽继续念道:"'不复无名,天下识君,乱世逢花……雾姬……'"读完这句,宫子羽的手轻轻停在"无名"两个字上,略微颤抖。

云为衫低声道:"这是雾姬夫人在你去后山试炼的时候写的。她还帮你做了冰糖葫芦。"

说起雾姬夫人,云为衫恍然想起雾姬夫人给她的那个礼盒,她一打开便被暗器打中了肩膀,所幸躲开了先前两件,所幸有百草萃和月长老……否则难逃此劫。

看到云为衫出神,宫子羽问:"那你写的内容在哪里?"

云为衫把手背在身后:"我没写呢。"

宫子羽微微一笑,深情款款地靠近云为衫,伸手虚虚抱住她的肩膀。云为衫不自觉地闭上眼睛,结果宫子羽只是将手一路向下,去拿她背着手藏在身后的东西。宫子羽抢过,发现是一条红线。

宫子羽取笑道:"我只是想看看你身后藏了什么,你为何闭眼睛?"

云为衫有些害羞,却故作高冷地说:"是这风眯了我的眼睛。"

宫子羽扬了扬手腕,笑:"这红线是什么?你我不早就被红线绑住了?"

云为衫神神秘秘道:"你跟着这红线走,自然就知道了。"

宫子羽轻收着红线,跟着红线的线头走到一座石台上,只见红线的那头绑在石台上的一个长方形锦盒上。

宫子羽笑着打开锦盒,里面有一个锻造精致的刀柄。锦盒里还有一张字条,正是云为衫写给宫子羽的:"白羽不动,风送西东,行云无定,相逢相送。"

"公子还喜欢这个礼物吗?"

宫子羽垂着眼睛:"这些天老不见你,原来你和宫紫商在搞这个……你知道我刚铸好了刀,正好缺刀柄,这么细心,我自然喜欢,只是我不喜欢最后一句……"宫子羽抬起头,"好不容易相逢,就不要相送了,这辈子都不送了。"

这时,又一阵风吹起花瓣。云为衫的眼神再次变得落寞,仿佛离别来临之际的悲伤。

宫子羽捕捉到了她的表情,觉得奇怪:"你给我准备的惊喜,我已经'喜'了,为何你却闷闷不乐?"

云为衫摇摇头,重新笑了起来:"这把配刀,公子会随身携带,有了这个刀柄,将来……就好像我随时陪在公子身边一样。"

宫子羽突然想起自己在后山问花公子要的刀:"我也有一把刀要送给你,

487

但是得我成功闯过第三域才成……"

"你一定可以的。"

宫子羽抚摸着刀柄："情似眉间刃，人如心上霜，这把刀就取名为'心上霜'，如何？"

云为衫握住宫子羽的手："好。但'心上霜'听起来好孤冷。"

"那就叫'心上糖'。"

"我无语。"

云为衫笑了，宫子羽突然抓起她的手腕拉向自己，低头吻住了她的手心。

风吹起满地的花瓣，仿佛落雪，在他们周围纷纷扬扬。

欢愉总是短暂的。宫子羽被长老们唤去议事，而羽宫内外似乎也多了不少双眼睛。云为衫干脆躲入屋中，再不出来。直到夜深人静时，云为衫才换过衣衫，悄悄离开羽宫，独自走向宫门的密道。所过之处，过往的一切历历在目，仿佛昨日重现。

她入宫门第一天，宫子羽把自己的斗篷脱了下来，将她的红色嫁衣罩起来，然后从腰后拿出一副面具盖到她的脸上。他带她逃脱，而她按住面具，摸到了他的手——有力、年轻、稳定，而且像后来每一次那样温暖。

可她必须要走。

月长老说过："你知道……你不能再留在宫门了吧……"

她说："我知道……你放心，我一定会走，不会让他为难。"

有一次，她差点离开宫门，可宫子羽的声音从她身后传来。她看见宫子羽向她直直地奔过来，转眼间，他来到她面前，然后紧紧地抱住她。

可这一次，再也不会有人朝她奔来了。

她对月长老承诺过："我答应无锋潜入宫门，就是为了获得自由，我不想再害人了……找个僻静的地方可以，但相守一生之人就不找了……"

她已经将她的全部念想留给了那个人。

他送她花绳，祈求着夫妻和顺、爱情美满。她送他刀柄，盼他无论如何都要好好活下去。

"这把配刀，公子会随身携带，有了这个刀柄，将来……就好像我随时陪在公子身边一样。"

"…………"

思绪尽数散在风里，云为衫离密道入口越来越近。这段路，她并不陌生，却走得十分慢。

密道入口就在眼前，云为衫踟蹰了片刻，便加快脚步走了过去。

云为衫按动墙上机关，石门打开，却见宫远徽微笑着从里面走了出来。

云为衫脸色苍白，不由得倒退几步。她抬起头，不知何时，高墙上已经出现了数十名侍卫。她身后更多的侍卫现身，将她围堵在密道入口。

云为衫神色一变，瞬间明白了是怎么回事。

第二十二章 四方之魁

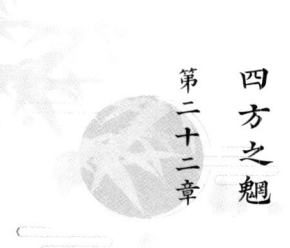

夜风吹拂，密道之外火光憧憧。

云为衫被绑住双手跪在地上。宫远徽一脸得意，眉角溢着杀气。宫尚角手持图纸，站在云为衫面前。

"这是你绘制的宫门云图，没有错吧？"宫尚角顿了一下，"上面有你的笔迹，否认也没用。"

"这宫门云图确是我所画，只是因为初入宫门，我不知方向，不辨东西，宫门地形复杂，为了方便进出随手记录而已。"云为衫辩解道。

宫尚角冷笑道："随手记录？那这背后的字，你又要如何解释？"他将图纸翻面，只见背后同样是云为衫的字迹，书写着："宫门上下共四十七道岗哨，警戒日夜不断，辰时、申时、子时三岗轮转。宫门内有两条密道，一条密道通往后山，另一条密道可通旧尘山谷，无锋可部署精锐，由此潜入。"

宫尚角一字一句念完，长老们的目光都不再犹疑了。

宫尚角说："确实是为了方便进出，只是方便无锋进出而已。"

云为衫低头，无话可说。

宫远徽问："事到如今，还要狡辩吗？"

花长老厉声发话："哼，无锋细作绝不能留，即刻就地处死。"

花长老手持一把大刀，刀刃锋利，正是花宫祠堂六把刀中的一把。他一步步走向云为衫，准备亲手将她斩杀。

云为衫绝望地闭上眼睛。

花长老的大刀直直地朝着云为衫而去，就在刀锋即将砍中云为衫脖颈的时候，一道金石相击的声音响起。所有人看到另一柄刀挡住了花长老手中刀的攻势，而持刀的人正是刚刚赶到的宫子羽。

宫子羽抬手，挥刀斩断了捆住云为衫双手的绳索，将她扶起。

云为衫开口："执刃不用帮我，是我骗了你，我的确是无锋的细作！"

"阿云……你……你为何要走？"宫子羽问道。

宫远徽说："她要出去通风报信，当然要走。"

花长老手下用力，再次朝云为衫斩去。宫子羽为了护住云为衫，不得不拼尽全力格挡，花长老毫不相让，两人立刻你来我往地过起招来。

突然，花长老使出全力，拧身直接朝云为衫砍去。宫子羽情急之下用力回击，只听见铮的一声巨响，刀刃的火星飞溅，宫子羽竟然把花长老手里的刀斩断了。

断刀掉落在地，所有人都有些意外。宫子羽也震惊地呆愣在原地。就在他们打斗之时，云为衫已然飘身远去。

云为衫已经站在密道之内："从此以后，就当世界上没有我这个人了。保重。"

宫子羽的心一下子揪紧，同一时间，机关已经被云为衫按下。密道的门瞬间关闭，把所有人隔绝在外面。

月长老叹息一声，闭上了眼睛。

宫尚角下令："立即派出侍卫封锁旧尘山谷，不许任何人出谷，立即追杀云为衫！"

宫远徽咬牙道："跟我追！"

宫子羽却拦在密道入口，霸气地转身："我看你们谁敢动！"

宫远徽说："你放走无锋刺客，现在还敢阻拦？就凭你？"

宫子羽红着眼睛厉声呵斥："我现在以宫门执刃的身份命令你，退下。"

"你说什么？"

"执刃的命令，只说一次！"宫子羽沉声说道："刚才花长老的刀是花宫刀冢六把刀中的一把，已经被我斩断。我现在正式通过了三域试炼，是你们名正言顺的执刃！"

宫远徽气急，刚要发作，却被宫尚角拦了下来。

花长老与雪长老对视一眼，雪长老抢先说："执刃之命，当然听从。"

宫子羽持刀而立，眼神果决："任何人不得再追捕云为衫！"

金繁环视众人，高声喝道："执刃的命令只说一遍！"

所有侍卫跪地领命，齐齐行礼："是！"

长老们虽然没有下跪，但都低头行礼。宫尚角沉默片刻，最终单膝跪地。宫远徵痛叹一声，无奈跟着哥哥跪地，双眼通红，充满不平之色。

远处，躲在暗处的上官浅将一切看在眼里，冷冷一笑，转身消失在夜色中。

羽宫庭院冷寂一片，一片白色落花在空中飞舞，最终落在一个人的掌心。宫子羽伸手接住那片落花，合上手掌。

宫子羽独自站在树下，肩上点点落花，像点点泪花。月长老缓缓走近，看着宫子羽落寞的背影，一声叹息。

宫子羽没有回头："花瓣零落，蕊尽香销，古往今来，人们为落花吟诗赋曲，伤心感怀。可世人或许从未想过，也许落花随风自由来去才是它的心愿和归宿。"

月长老安慰道："执刃……别太难过了。"

宫子羽攥着花瓣，眼睛红红的："我不难过，我是在为她终获自由而高兴……"

旧尘山谷宫门入口，热闹更胜往昔，船来船往，络绎不绝。云为衫站在岸边，目及之处皆是自由的山河，天地虽大，却也给人无所归依之感。

云为衫回头，再次看着宏大的宫门，转头上船。小船缓缓离岸，只有船夫苍凉的歌声回荡在山谷中。

走出旧尘山谷，眼界为之一宽，医馆驿站庭院里依然是人声鼎沸，云为衫更觉心里空空荡荡。

院落门口停着马车，六个送货郎嚷嚷着。

"这是赶着给万花楼送货的。"一名送货郎说着，掀开货车上的遮雨布，"瞧，都是些胭脂水粉和绫罗绸缎。"

另一名送货郎说："这里面都是药材，再加上你们这里的，就齐活了。"

云为衫低声自语："万花楼？"她心下起疑，好奇地一边观察，一边走近院落，发现这六个人虽然乔装成了送货郎，但脚步沉稳有力，动作干脆利索，个个目光犀利，明显都是功夫高手，且脚上无送货赶路的泥巴，甚至连裤腿都十分干净，哪像送货郎？

云为衫抬头，见马车上是一个身形高大、低头不语的男子。

廊檐阴影下，静坐着一个头戴黑色斗笠、穿着破旧僧袍的人。

屋檐顶上蹲着一个身材瘦削、面色阴暗之人，他像是感应到云为衫的目光，突然回头看向云为衫，诡异地一笑。

云为衫辨认着面前三人，脑海中浮现出一个个画面。

在无锋训练室，寒鸦肆跟她讲述——

"魑魅魍魉，逐级增强。一般平日里行动，都是魑、魅两阶，而'魍'发音近似'王'，且一共有四个，所以，在无锋内部，'魍'也称为'四方之王'：东方之魍，悲旭；南方之魍，司徒红；北方之魍，寒衣客；西方之魍，万俟哀。四人互不干涉，各霸一方，独立管辖。"

"那'魉'呢？"

"'魉'自然有两个。只是没人知道他们的名字和身份，甚至没有人知道是否真的有'魉'存在。"

"连你都没见过？"

"我只见过三个魍。"

"哪三个？"

寒鸦肆摊开面前的卷轴，上面有四个画像，前三个男人有样貌，最后一个女子没有面容。

"东方之魍，悲旭；北方之魍，寒衣客；西方之魍，万俟哀。"

云为衫收回思绪，定睛再看，没错，此刻面前那三个人正是画像中人。

"魍！"云为衫心里大惊，脸色变得苍白。

她耳边回荡着月长老说过的话："你一定要走，而且，走了就不要回来。就算为了宫子羽……宫门经不起再一次的浩劫了……"

云为衫思索了片刻，还是决定转身离开。但她刚刚转身，就看见方才屋顶上的那个瘦削之人出现在她面前，拦住了去路。

万俟哀轻轻一笑："带路。"

"你在说什么，我不认识你。"

万俟哀忍不住笑了："别装了，走，带我们去万花楼。"

宫子羽心神不宁地来到花宫入口，抬头就见花公子正在等他，问道："你找我，还是花长老找我？"

自从云为衫走后，宫子羽几乎足不出户，除探望哥哥唤羽外，都待在屋里，不出门，也不见客。

"我听说云姑娘的事了……"花公子叹了口气，转而道，"我还听说，你几招就把老头子的刀砍断了。"

宫子羽苦笑："……没想到我的心上霜这么厉害。"

"最强的刀从来不是杀敌之锋，而是守护之刃。挥刀之时，你所护之人一定对你十分重要。"

宫子羽颔首："不是十分重要，是最重要……无论如何，我都要守护她……当初在铸刀之时，我就在想，第三域的考验一定不是冷血的牺牲。那石碑上所刻之字是假的，放弃献祭才是真。"

"你猜对了。宫门执刃的首要职责就是守护宫门之内的每一个人、守护旧尘山谷的每一个百姓。如果为了赢得胜利就随便牺牲他人，如此自私、冷血，是不配成为宫门领袖的。"

"可是，当年那些闯关之人，包括我哥哥和宫尚角，最终都是独自离开了花宫。如果没有献祭，那他们的侍卫去了哪里？"

"那些侍卫都被留在后山，被授予更高的武学，作为红玉侍重点培养。"

"原来如此。"宫子羽如梦方醒。

花公子从怀中拿出一本秘籍，抛给宫子羽。宫子羽翻看了几页，发现是"镜花三式"的刀法秘籍。

"镜花三式？"

"自己体会哈……"

宫子羽以为自己听错了："自己体会？你应该会亲自教我吧？"

"我不会。"花公子很干脆地说道。

"你该不会是想偷懒吧？雪重子和月公子可是亲力亲为！"

花公子摇摇头："我说我不会，是我自己都没有学会……不是不想教，是爱莫能助啊。"

宫子羽诧异道："你不会？"他忍不住上下打量花公子。

花公子忍不住白了一眼："你的眼神真是写满了鄙视和嘲讽……我可太伤心了。"

"在后山待了那么多年，你都没有学会镜花三式？"

"你知道雪、月、花三种刀法是层层递进、越来越难的吧？"

"知道，深有感触。"

"那镜花三式就是所有刀法中最难的三式。拂雪三式的难度，你觉得是几分？"

"五分。"

"那斩月三式呢？"

宫子羽歪头想了一下，答："九分……吧……"

花公子挑挑眉："所以啊……"

"那看来这镜花三式……就是十二分的难度了……"

"我感觉应该是五十七分的难度……所以，这么难的刀法，我要是能学会，就不至于天天被老头子骂得那么惨了，唉。"

"……那当初哥哥和宫尚角闯关成功之后学会了吗？"

花公子还是摇头："都没有，宫唤羽和宫尚角都只学会了第一式，老执刃参透了第二式的要义，但仅止步于此……"

宫子羽有些惊奇地翻看秘籍，目光如炬，神情严肃，格外认真，仿佛能看懂。

花公子却忍不住打断："别装了，搞得好像你能看懂一样，回去慢慢领悟吧。"

宫子羽赶快合上秘籍，佯装镇定地说："好的好的……对了，那把'云织羽'我得拿走。"

花公子瞪他一眼："刀我给你存起来了，先把重要的事办了再说，赶紧收好秘籍，跟我走。"

宫子羽跟着领路的花公子，心里一路嘀咕，搞不懂他葫芦里卖的是什么药，搞得这么神秘。

宫子羽再次来到放着七尊雕塑的刀冢地穴，然而，这次三位长老都在，而且神情肃穆。

宫子羽有些吃惊，赶紧施礼。

"你既已通过三域试炼，是时候告诉你宫门最大的秘密了。"花长老停顿一下，娓娓道来。

"百年前，宫门初代执刃与雪、月、花三个家族来到此处，立下血誓，子子孙孙守护后山……"

宫门之后，群山巍峨、连绵，地貌独特且艰险。山间却隐隐传出异常诡异的嘶吼，令人胆寒。

当年，宫门初代执刃与风、花、雪、月四个家族的长老分别用刀划破手心，所有人的刀柄交握，立下重誓，就是为了守住这个关乎全天下安危的秘密。

"其实在宫门后山深处存活着非常可怖的异化之人……守住后山，就是守住天下苍生……

"后山雪、月、花三宫建成之后，初代执刃在前山兴建了商、角、徵、羽四宫，分管兵刃、暗器、毒药和内外事务。江湖人只知宫门前山强大，却不知核心是后山雪、月、花家族的支持。三族不断秘密研发出更上等的兵刃、暗器、毒药、机关、武功心术、刀法绝学，使宫门在武林中名声大振，无人来犯。若说前山是宫氏一族的血肉之躯，那后山就是宫门的心脉所在。所以宫门才有了现在的结构，旧尘山谷隐没在四面环山之中，宛如一个闭合的世界。

"后山雪、月、花三族利用山谷中从天而降的陨铁研制出了神武'无量流火'，目的是如果有朝一日控制不住后山异化之人时，就和他们同归于尽。但无量流火的威力太过巨大，一旦落入野心险恶之人手中，后果将不堪设想。所以当时众家族一致决定中止无量流火的研究，将无量流火封印，若非宫门存亡之际，绝不启用。"

这便是宫门最大的秘密。

听完这一切，宫子羽表情凝重。

"原来这就是你们说的无量流火……难怪无量流火如此厉害，却一直没有用来对抗无锋。"

"正是如此。无量流火毁天灭地的力量是用来对付后山异化之人的，而不应该指向人间。"

"但后山深处为何会有那些异化之人？他们到底是什么？"

长老们摇摇头。

雪长老道："无人知晓。总之，祖上流传下来的规矩就是要守住后山。"

"这也是后山严防死守的秘密。"月长老道。

雪长老拈拈胡须，提高音调："你现在既已是宫门执刃，切记不能依靠一己的好恶做出裁决。启动无量流火是事关苍生的大事，你务必要谨守祖宗的遗训。"

"子羽明白。"宫子羽忽然想起了什么。怪不得雾姬夫人没有杀死宫唤羽，而是要囚禁他，目的是想要那件东西。

"难道姨娘……"宫子羽有些难受地顿了顿，改口道，"雾姬囚禁哥哥的缘故就是想要逼问哥哥，从而得到无量流火？"

花长老点头："不错。"

宫子羽觉得奇怪："可她又是如何知道无量流火的？"

"恐怕是她诡计多端，蒙蔽了老执刃，从老执刃口中套出了这个秘密……"

宫子羽想到父亲惨死的情形，眼神黯然："父亲……"

雪长老问："你还记得毒害老执刃的那支发簪吗？"

宫子羽说："自然记得。"

"当时唤羽从发簪里搜出的就是有关无量流火的信息，所以他才着急地将发簪和郑二小姐带到老执刃面前，想要问出她是从何处得知无量流火的存在的，不想原来一切都是谋害老执刃的计谋……现在想来，定是雾姬告诉郑南衣的。"

宫子羽问："原来是这样……那宫尚角当时连夜离开宫门也是为了追查此事？"

雪长老点点头："正是。"

花长老说："你与尚角的种种误会、矛盾皆因此而生，如今已知晓一切，切不可再起冲突。尚角虽然苛刻、严厉，但他全无私心，皆为宫门。他对雾姬和云为衫的怀疑，如今也都一一证实。你们是血脉同族，手足情深，以后还应同心协力。"

宫子羽不语。

雪长老道："还有一事。云为衫既已离开，在你的继位大典上就要重新选婚，执刃不可无妻无后。"

宫子羽一时难以接受："雪长老，我——"

月长老突然开口："就定在五日之后吧。五日之后，五星连珠，日月合璧，是吉兆……"

众人正说着，突然听到外面传来巨大的爆破声，头顶簌簌落下一些尘埃与碎石。

所有人露出吃惊的表情。片刻过后，黄玉侍匆忙来报。

"禀长老，禀执刃，宫紫商大小姐的研究室发生了爆炸。"

气氛阴沉，所有人都被命令在医馆外等待。

宫子羽看着仿佛丢了魂魄的金繁，金繁则倚靠着门发怔。他下意识地举起自己的手，只见袖子上满是被烧黑的痕迹，手上伤痕累累。

宫子羽催促金繁："你先去包扎一下吧。"

金繁摇摇头，喃喃道："刚刚我抱着她的时候几乎感觉不到呼吸了……她……"一向铁骨铮铮的汉子，此刻竟然双眼通红，泪积在眼眶里，像个孩子，双手也不自觉地轻颤。他内心的痛苦可想而知。

宫子羽拍拍他的背，安慰他，也是安慰自己："别人都说没心没肺的人福大命大，紫商姐姐一定会没事的。"

大家一直等到天黑，月长老终于打开了医馆的房门。

金繁立刻冲进房间，俯身到宫紫商床边。宫紫商浑身都包扎着纱布，像被埋在白色冰雪里，没有一点要醒来的迹象。

金繁半跪在床边，想伸手又不敢碰，忍不住轻唤一声："大小姐……"

宫子羽轻声问月长老："怎么样？"

月长老神情一暗："大小姐很聪明，在爆炸的时候用水浇湿了全身，然后用布匹裹住了头部，所以皮肤烧伤的地方不多，但连续的爆炸造成了猛烈的冲击，她的头部、心肺都有不同程度的震伤，所以才导致昏迷。外伤已经用生肌的药膏敷了，心肺也已用银针护住，只是……她什么时候会醒、会不会醒……就要看她的造化了……"

"就没有其他办法吗？"

月长老叹气，摇头："之后我会每日来为她施针调理心脉，至于你们，也可以多跟她说说话……"

金繁听完月长老的话，这才放开声音道："大小姐，你能听到我说话吗？"他嘴里说着，眼睛红透了，一滴眼泪落到宫紫商手上。

宫子羽看见这一幕，不禁愣住，他还是第一次看见金繁落泪。看来，这个木头一样的汉子同样有着侠骨柔情。想着想着，他鼻头酸了一下。随后，他和月长老默默地退了出去，把门关上，留下金繁和宫紫商单独在一起。

金繁痛苦地说道："有些话，我想了很久，始终没有向你开口。你一直问我，每天问我……我不是不想，我是不敢……从我成为绿玉侍那天起，我就只为守护宫子羽而存在，生死都不由自己决定……我没有资格接受你的心意……可是现在……我后悔了，若是能早些把我的心意说出来，该多好……"

宫子羽回到羽宫，情绪低落，在房间独坐，等着研究室爆炸的真相。

月长老推门进来："废墟的明火已经扑灭，满地狼藉，长老院的人还在废墟里调查，宫尚角也去了……"

"突然起火爆炸，实在可疑。可查到非常之处？"

"询问过几个下人,他们都说在出事之前见到宫远徵跟宫紫商起了争执。"

"宫远徵?"宫子羽不禁深思道。

月长老点点头:"因为云姑娘的事。"

原来,几个时辰前,宫远徵一脸愤怒地找到宫紫商,气势汹汹地责问她包庇云为衫。宫紫商也不甘示弱,当场下了逐客令,气氛瞬间剑拔弩张。

宫远徵冷哼一声,说:"你和宫子羽一样,包庇无锋,他不配做宫门的执刃,你同样也担不起商宫宫主之位。"

"是好是坏不是以身份判断的,是用心,你懂吗?云姑娘从未害过人!你这个人没有心,自然不懂!"

"笑话,你们都被无锋细作迷了心窍。如果她是好人,又怎么会暗地里绘制云图,要引无锋攻入宫门?"

"云姑娘和我一起出过宫门下过山,她若有心,这云图早就到无锋手里了,还能被你们搜出来?云姑娘早就弃暗投明,一心向着宫子羽……"宫紫商咬着牙,手指向宫远徵,"她是被你们逼走的!"

宫远徵气急败坏,眼神带着凶光:"蠢货,怪不得你爹那么讨厌你。"

宫远徵说完转身就走,宫紫商的眼泪唰地掉了下来,她抄起桌上的器皿朝他的背影砸去。

…………

月长老说完,从腰间拿出一块用布包裹着的残片,依稀能分辨出是爆炸后被烧焦的金丝手套的碎片。

"这块金丝手套碎片是在库房的废墟里找到的……"

宫子羽皱眉道:"赤金丝……这是宫远徵专用的金丝手套……"

月长老放下残片,继续说:"爆炸的中心是库房,这块残片正好是在库房废墟周围找到的……"

两人正说到这里,宫尚角带着上官浅推门而入,冷声责问:"仅仅是找到一块手套碎片就断定是远徵弟弟下的手?有可能是两人争吵间无意落下的,也有可能是栽赃陷害,执刃大人是不是太过草率了?"

"角公子不是一向公正严明、绝不徇私嘛,怎么到自己弟弟身上就诸多包庇?"

"口舌之争最是无用,等宫紫商醒来自然可以真相大白。"

499

宫子羽盯着宫尚角的眼睛，郑重道："好，等紫商姐姐醒来，一定会揭发凶手的恶行！"

一旁静立的上官浅突然说："那要是紫商姐姐醒不过来呢？"

"若是她醒不过来，我也绝不会放过害她的人。"宫子羽厉声说道。

宫尚角不再说话，转身离去，大有与宫子羽势不两立的姿态。

角宫庭院，宫远徽抱着手愤愤不平："我那副手套之前就遗失了，我派人找了好久。没想到他们借此栽赃，宫子羽如此算计，真是恶毒！"

上官浅打量着宫远徽和宫尚角："想必是因为两位公子逼走了云为衫，所以他才借口咬着不放。他们这样冤枉徽弟弟，公子一定不会坐视不理的。徽弟弟，你就别生气了。"

宫远徽也把目光投向宫尚角。

宫尚角说："他们手里没有实质性的证据，不能拿远徽怎么样。宫子羽的执刃继位大典已经定下时间，他成为执刃已是定局，在这个节骨眼儿和他直接对抗只会多生事端，于我们宫门无益。"

上官浅眼神一动："继位大典？"

宫尚角望向上官浅的眼睛："嗯，五日之后。"

宫远徽突然震惊道："五日之后？为何偏偏选在——他们选这个日子，就是故意的！哥，这太欺负人了！"

上官浅垂下眼睛，眼神里的某种情绪一闪而过。

只有上官浅知道为何是在五日后，因为这个日子正是她让云为衫提的。

那日，在云为衫房间，上官浅和云为衫秘密对谈。

"你去告诉宫子羽，十日后有五星连珠的天象，让宫子羽把继位大典仪式选在那一日。"

"为何？"云为衫不解。

上官浅笑，但笑中透着威胁："你不用管原因，照做即可。"

云为衫低头想了想，说："告诉宫子羽没有用，而且太刻意了，容易引起怀疑，让长老来说比较自然，也没人会反对。我想办法说服月长老吧。"

所以，当雪长老提出要在继位大典上重新选婚时，月长老突然提议将日子定在五星连珠那一日，且说日月合璧是吉兆。

宫远徵很是担忧:"宫子羽当上执刃,那不是以后都得听命于他?"

"愿赌服输,当初是我们与他定下约定,三个月内他能闯过三域试炼,我们就要奉他为执刃。"

宫远徵无话可说,但还是闷闷不乐:"我不服。"

上官浅煽风点火道:"我也不服。"

旧尘山谷,万家灯火。万花楼内,莺歌燕舞。紫衣房内,暂不接客,东、西、北三魁,还有寒鸦肆、寒鸦柒,齐聚一堂,充斥着一股暴戾之气。

东方之魁悲旭坐在主座。他环视四周,淡淡地问道:"何时开战?"

寒鸦柒答:"五日之后。"

悲旭看看寒鸦柒,哼了一声,说:"为何要特意等待五日?"

"宫门内的魅阶无锋上官浅送出的消息。"寒鸦柒道。

万俟哀看了一眼寒鸦肆,略带讥讽:"说到这儿,寒鸦肆,我们在半路上遇到你的魅阶手下云为衫了。你要不要好好和她聊一聊?"

云为衫此刻蜷缩在一角,看着悲旭和寒衣僧、万俟哀,不自觉地有些发怵。

寒鸦肆转头问云为衫:"你怎么会碰到他们?"

万俟哀提醒道:"你应该问她为何会离开宫门。"

"我的身份……暴露了,不得已,只能先逃出宫门。"云为衫轻声解释。

万俟哀吐了口瓜子皮:"那你本事挺大的,无锋打了十几年打不下来的宫门,竟能让你随意进出?"

云为衫看着眼前诸人,心中已有决定。

"我确实愚笨,身份已露,再继续行动,只怕是会给诸位拖后腿。我只想拿到半月之蝇的解药——永久的那种。"她边说边看向寒鸦肆:"这是你之前答应我的,只要我完成任务,就放我自由。"

寒鸦肆深深地看着云为衫,低声问她:"你真的想走?"

悲旭突然开口:"不管想不想,她都不能走。"

云为衫和寒鸦肆的脸色都变了。

万俟哀接过悲旭的话:"你随我们一起进宫门,将功赎罪,才算真正地完成任务。到那时,一定放你自由。"

"我有什么罪?"

万俟哀似笑非笑:"每个人都有罪。"

云为衫沉默了片刻,说:"如果我不答应,这半月之蝇的解药,你们恐怕是不会再给我了吧？"

寒鸦柒说："当然。"

云为衫咬牙，装出隐忍的怒意。

宫紫商已被从医馆挪回自己的房间，她身上的纱布已经拆掉不少，脸上只贴着一块纱布，手臂上、脸上的烧伤没有之前那么可怖，破损的肌肤重新生长，但身上仍有淡色的疤痕。

宫紫商人还未苏醒，仍安安静静地躺在床上。

金繁推门进来，坐到宫紫商床边。他从袖口里拿出一个极其清透的琉璃瓶，只见瓶里面是几只萤火虫。这些日子，他天天守着宫紫商，从寡言少语变成了一个话痨，仿佛是宫紫商附身。

金繁将瓷瓶放在宫紫商手心里，念叨道："你看，这是我昨夜在林子里看见的萤火虫。我想着，这些萤火虫或许就是你之前放飞的萤火虫的后代，忍不住给你抓来了。我放在瓶子里，等到晚上就会亮，像灯一样。"

宫紫商依然没有任何反应。

"以前的你啊，口无遮拦，什么都敢乱说，实在是让人左右为难。只不过许久没有听你的唠叨，竟还有些想念……"

金繁伸手摸了摸宫紫商的额发，又喃喃道："只要你醒来，你说什么，我都听着，绝不反驳，好不好？"

那个装萤火虫的瓶子被金繁紧紧握在手里，他幽幽地叹了一口气，没有注意到宫紫商的手微不可察地动了动。

突然，金繁身边响起了一道熟悉的声音。

"那我要你娶我，好不好？"

金繁大吃一惊，抬起头，见宫紫商还是闭着眼睛躺在床上。他摇摇脑袋，之后又起身走到门口左顾右盼，可能是连日疲倦，怕是出现了幻觉，他抽了自己一个嘴巴，继续看着手里的萤火虫。

"喂，你怎么不理我？说好我说什么，你都绝不反驳的。"

金繁猛地转头，竟看到宫紫商坐在床上看着自己微笑，他一时激动，蹿上前去，抱紧了她。

宫紫商浑身伤痛，发出惨叫。

金繁赶紧松开，刚准备说话，宫紫商就对他说："你去帮我把宫子羽叫来，快点。"

"这么急？"

"嗯。对了，不要告诉任何人我醒了。"

羽宫里，一声轻咳从宫唤羽的地下房间传来。宫唤羽倚靠床头，身后垫着软枕，宫子羽将汤药端给他。

"你现在已经是执刃了，这些事让下人来做就好。"

宫子羽低声说："现在哥哥回来了，其实这执刃之位理应由哥哥来当。"

"这就是傻话了，我现在……"宫唤羽似乎动一动都虚耗力气，"已经没有能力当好执刃了。"

"哥……"

宫唤羽露出轻松的表情，勉强一笑："弟弟，哥求你一件事，可以不？"

"哥，你说，任何事情，只要我办得到，我一定答应。"

宫唤羽攥紧宫子羽的手："你办得到。现在只有你能办到……启动无量流火。"

宫子羽愣住："无量流火……"

宫唤羽有些激动，忍不住咳嗽："难道父亲的仇你不想报吗？十年前无锋屠戮宫家满门，我亲生爹娘惨死……后来幸得大伯收养、教导，待我如己出，我也慢慢改口称呼你父亲为爹爹，可是他也死在无锋之手……"宫唤羽说到激动处，咳嗽起来，"喀喀……此仇不能不报！！！"

"无锋之仇，当然要报。但无量流火威力太强，一旦落入恶人之手，天下必定生灵涂炭，血流成河……"

"然而无锋一日不除，江湖中的血光就不会停止，这天下、江湖、众生又怎会有安宁之所？他们一样日日生活在被无锋控制的恐怖阴影之下。铲除无锋不仅是私仇，更是大义。大义当前，牺牲在所难免。"

宫子羽犹豫道："……哥，你先好好休息吧，你养好身子，我们从长计议。"

宫子羽扶着宫唤羽躺好，替他盖上被子。

宫唤羽看着宫子羽，沉默片刻后缓缓说道："子羽，你长大了。"

宫子羽扶着他躺下。宫唤羽侧身面向墙壁，叹息着睡去。

宫子羽把旁边的灯吹灭，只留下一小盏，刚准备起身，便有侍卫来禀报事情。

侍卫怕吵醒宫唤羽，小声道："执刃大人，大小姐醒了。"

503

宫子羽激动极了，起身道："快带我去。"

此刻，面墙而眠的宫唤羽慢慢睁开了眼睛，亮得出奇。

夜已深，万花楼的喧嚣声也小了，往来的客人都有了归处。

云为衫起身要走，却被紫衣拦住："你不在这里住下吗？"

云为衫淡淡地说："这里人多眼杂，很多人认识我，我住在这里不合适，万一被宫门的人发现，反倒破坏了你们的计划。"

说完，她转身离开了。

寒鸦肆看着云为衫的背影消失在门外，眼神有些隐忍，没有说话。

倒是寒鸦柒突然开口："你们真的放心她吗？这么多年来，能从宫门全身而退的只有一个云雀……云为衫不会是下一个云雀吧？"

寒鸦肆说："她比云雀聪明，她知道自己要什么，不会那么傻。"

紫衣眼神发冷："她确实聪明，也确实知道自己要什么……只是不知道她想要的是不是我们想要的。总之，盯紧一点吧。"

寒鸦肆点头："我会的。"

寒鸦柒笑道："出了乱子，我可以帮忙。"

寒鸦肆瞪他一眼："不需要你帮忙。"

寒鸦柒歪起嘴角："我的意思是，你舍不得下手，我可以帮忙。哈哈哈。"

旧尘山谷早已没了上元节的热闹，小镇又恢复了往日的清静，甚至有些萧条。云为衫走在大街上，一阵怅惘。令她想不到的是，她和宫子羽买花绳的那个摊子竟然还在。云为衫朝摊位走了过去。

摊贩认出了云为衫："哎，姑娘，我记得你。你身边的俊俏公子呢？没和你一起来？"

"我们分开了……我辜负了他。"

"别骗人了，姑娘，你这手上不还好好戴着我编的花绳嘛，哈哈。看得出你还是没放下啊，你们一定是有误会了，快去弥补吧，我看他可喜欢你了……"

"那你愿意帮我送一封信进宫门吗？我想弥补……"

"啊……这……我们这些小摊小贩的东西，一般送不进去啊……"

云为衫脱下自己手上的花绳："你把这条花绳和信一起送进去，他看到了信物和信，一定会原谅我的。你牵了红线，可要负责啊。"

摊贩一时陷入犹豫中，抓耳挠腮，颇为纠结。

"我买下你所有的花绳。"

摊贩立刻同意了:"送!我现在就去送!"

远处的寒鸦肆将这一切都看在眼里,但他没有移动身形,只是在暗中看着摊贩消失在夜幕中。

新执刃继位大典在即,宫门一片忙碌,从内到外洋溢着一股喜气。下人们四处奔走,紧张筹备。受礼的地方铺着红毯,两边是战鼓。执刃殿前的广场已经被布置过,沿途看去,一路张灯结彩,挂着旗帜和徽记。

执刃殿中,雪、月、花三位长老站在厅中的高位旁。

花长老捧着一个托盘,上面放置着一套尊贵的衣服,他递给宫子羽:"大典事宜已经一切就绪,明日正式即位,这是执刃服。"

宫子羽庄重地接过那套衣服,沉声道:"是——"

雪长老嘱咐:"继位大典之后,你就是宫门的一家之主,务必肩负起守卫宫门、保护族人的重任。"

"我知道。我一定会向父亲看齐,努力做一个好执刃——"

就在这时,门外响起了脚步声,宫尚角和宫远徽进了议事厅。

宫远徽看见宫子羽端着执刃服,似笑非笑道:"恭喜羽公子。"

宫子羽轻笑一声,将执刃服递给身边的金繁:"过了明日,远徽弟弟记得要改口称我一声'执刃'。"

宫远徽闷哼一声,不接话。

这时,宫尚角对宫远徽和诸位长老表示:"此次前来是有秘事向长老们汇报,很抱歉,一直隐瞒各位。"

说完,宫尚角和宫子羽竟然并肩走上前,低头鞠躬,默契十足,向长老们行礼。

众长老愕然,他们从未见过两兄弟如此亲热过,不由得瞪大了眼睛,巴不得听他们的下文……

很快到了继位大典当日,宫子羽正式穿上了执刃服,华丽的衣袍衬托着他坚定的面庞。

后山中人也在紧张准备着。

雪重子和雪公子似乎在把什么东西装进一个眼熟的铁盒。

而花宫里,花公子神秘莫测,指挥下人将烟花筒一排排放置在一只木箱中，并指示抬往前山。

花公子站在花宫的庭院里，遥望着前山的方向，喃喃道："你能在这么短的时间里通过三域试炼，老执刃泉下有知，一定非常骄傲吧……我什么时候才能让父亲骄傲一次呢？"他从小生长在这里，有着远大的志气，却从未得到过认同。

花公子的脑海里闪过一帧帧儿时记忆。

那一年他才十岁，在花宫石壁旁玩耍，无意中听到了父亲与月长老的对话。

父亲和月长老说："你收养的那个孩子六岁就已认得所有奇珍异草，虽然不爱说话，但看着就机灵，反观我这个……唉。"

月长老说："孩子还小，你再多给他一点时间。"

父亲却摇摇头："三岁看老，这孩子天资不够，不可能有多大的成就……"

听到父亲这样说，他由笑容满面变成满眼泪水。

花公子从回忆中回过神来，握紧手里他与宫紫商一起研制出的"山摧"："希望我的努力能在今日派上用场，真正帮到大家。山摧，靠你啦。"

宫门前院，宫子羽身着执刃服，在黄玉侍的护卫下朝羽宫大门走去。如此庄严的仪式中，谁也没想到，宫子羽又抽空瞅了瞅掌心的字条。

那是几天前云为衫托旧尘山谷卖花绳的小贩送进宫门的。宫子羽看到花绳那一刻，心中悸动。那封信上写着她传给他的消息——

"无锋将在五日后进攻，四方之魃中除了最神秘的南方之魃司徒红没来，其他三个都已经到达旧尘山谷。东方之魃，悲旭。北方之魃，寒衣客。西方之魃，万俟哀。他们即将兵分三路，同步推进。目标：无量流火。"

与此同时，宫门大门口，一艘艘装点好的船运送着七个新娘抵达宫门码头。

云为衫混在新娘里，再次身披嫁衣从船上下来，走上高高的台阶。她的脑海中闪过那日万花楼中的谋划。

五日前，万花楼里，众人已有决策。

悲旭说："那就五日之后攻打宫门。按照云为衫绘制的这份宫门云图，为了避免宫门力量集结，我们兵分三路同步推进，逐个击破。"

万俟哀笑道："兵分三路可以，但别忘了我们最重要的目标可是无量流火哦。"

云为衫默记于心。

紫衣说："据确切情报,执刃大典上,宫子羽会重新选择新娘。不如让无锋再派七个魑和魅将新娘全部拦截、替换。"

寒衣客点头："虽然魑、魅没什么大用,但是牵制住宫子羽并在前山制造混乱问题不大,她们吸引侍卫们的注意,多少能为我们兵分三路赢得时间。"

悲旭认可道："宫门内部错综复杂,能打乱他们的布局、节奏总是好的。"

寒鸦柒点头："不错。云为衫,反正你做过一次新娘了,再做一次轻车熟路。而且宫子羽看见你,肯定不忍心下手,你绝对可以牵制他。"

寒鸦肆有些担忧地看向云为衫,又恨恨地瞪了一眼寒鸦柒。

云为衫一时犯难,低头不语,目光晦暗,看不真切,但她最终服从了安排,保证道："没问题。"

寒鸦柒又对宫门的形势做出分析："宫门内目前实力最强之人为宫尚角,无锋内部判断他的实力应该和魑持平,但上官浅已经获知他的命门,也就是五日之后他会处于内力衰竭的状态。上官浅设法成功让宫门选择这一日举行执刃继位大典,宫尚角必须死守这个秘密,不让任何人知道,所以他不能公然反对,但肯定不会冒险出席。"

万俟哀说："无锋之人都害怕宫尚角,那就让我来对付他吧。我的飞镰可以远程收割。宫尚角使刀,近战在我面前没有任何优势,再加上他内力衰竭,必定不是我的对手。"

宫门大门台阶两边,仆人们正在做装饰,挂上喜庆的红色灯笼和红绸缎。

羽宫里,宫子羽眼中并没有多少喜气,仍然沉浸在云为衫的那封信的内容里。

"为了牵制前山,将有七个魑和魅假扮成新娘进入宫门。

"三个魑会分成三路,分别进攻宫尚角所在的角宫、后山月宫,还有花宫刀冢地堡。负责进攻角宫对阵宫尚角的是西方之魑万俟哀,他双手使用的飞镰诡谲无比,难以近身,务必警惕。"

旁边还有云为衫的提示："宫远徵善用暗器,可以牵制同样使用远程武器进攻的万俟哀。"

角宫里,不但没有喜气,反而弥漫着一股硝烟气,一派静肃。宫尚角盘腿坐在床上，屏息运气。

宫远徽在宫尚角房间内仔细检查过门窗，放下新增的横闩，确保门窗牢不可破。检查完毕，宫远徽才走出房间，锁好门，站在大门口，寸步不离。

很快，无锋的七名新娘就上到台阶高处，站在高耸的宫门大门前。

盖头下的人脸全都看不见，红色盖头在风中飘荡，只露出一点红唇。围观的人群看着这群新娘子，想象着她们的模样，眼中生出羡慕之情。

…………

轰隆隆的响声传来，宫门的大门开启了，露出延伸向宫门的大路。

云为衫和其他新娘排成队列，缓缓走进去。

天朗气清，阳光灿烂，宫门却被波谲云诡的氛围笼罩着。后山中，宫紫商看着月宫新鲜的环境，四处打量。

金繁守在宫紫商身边，寸步不离。

"连执刃大典都不让我参加，还把我转移到月宫来，真不知道宫子羽葫芦里卖的是什么药。"宫紫商小声抱怨着。

金繁看她一眼："前门水路已经被切断、封死，只留下后门竹林的那个出口，我去竹林外面守着你。"

"你不去看宫子羽穿执刃服啊？要是错过了，你肯定后悔一辈子。"

金繁笑了笑："我也想去啊。但执刃大人吩咐我留守月宫保护你，原话是'寸步不离'，执刃的命令，我哪敢不听？"

宫紫商笑了，指着自己和他的距离："寸步不离？那你别去竹林了，就待在我身边吧。"

金繁没好气地看她一眼，站着没动。

宫紫商蹭过来："这可不只一寸，都快一尺了。你还不过来一点？不然我朝执刃告状，说你拒不执行他的命令。"

金繁面红耳赤地靠近了一点。

宫紫商之所以被宫子羽安排进月宫，同样也是因为云为衫在信中的提醒。

"第二路为北方之魁寒衣客，此人出手狠毒、精准，他的武器是改良后的子母弦月刀，环锋带刃，可绞断对方的兵器，同时他的玄月刀中蕴含磁石，能吸附、拉扯对手的兵器，切记提防。寒衣客修行的内功为极寒心法，可让对手内力停滞、手足僵硬，拂雪三式对他几乎没有作用。因此，他们派出寒衣客前往后山，清杀雪宫。所以你必须让雪重子和雪公子放弃雪宫，前往月宫躲避，同月长老会合,最好让金繁一同守护。"

七名新娘已经进了宫门,云为衫在盖头下看着脚底的路。这条路,她格外熟悉,然而此刻她的心沉沉地跳动,用不了多长时间,脚下这条路将是一条凶险之路。虽然她给宫子羽送去了消息,但无锋众人计划周密,战力极强,就算宫门有所准备,也不敢保证完胜,这让她感到不安。

耳边还在回荡着五日前他们的话——

寒衣客大包大揽:"雪宫就交给我好了。他们的拂雪三式在我面前就是儿戏,处理完雪宫,我就去清扫月宫。我看地图上两个地方离得不远,我就辛苦一些,一并代劳了吧。"

悲旭说:"雪宫无所谓,重点是月宫。"

寒衣客道:"我当然知道,月宫里面有百草萃,这个东西,无锋一直都想要。"

寒鸦柒说:"月宫里还有出云重莲……"

云为衫被一阵号角声拉回了神思,前方不远处露出广场的一角。她调整了一下步伐,稳稳地向前走去,头上的钗环也随着她的步态摇曳生姿。她的手端庄地放在身前,腰带处除了精美的珠花,内里还暗藏玄机。

行走中,脑海中依然回放着无锋们的声音——

万俟哀:"软剑已经藏在新娘的腰带中,发钗、珠花也都是剧毒暗器。"

寒衣客:"宫门内部戒备森严,每一处的守备都经过缜密的计算,各方支援非常迅速。我们的行踪一旦暴露,响箭信号一响,宫门前山的人必定会直奔花宫,守护无量流火。"

悲旭:"所以你们几个必须完成任务,让我可以在后山花宫刀冢里玩得尽兴。"

寒鸦柒:"无人见过无量流火的图纸,要如何分辨其真假?"

悲旭:"无量流火的设计图被雕刻在独特的玄铁之上,用刀剑敲击会发出特殊的声响。"

万俟哀:"这种声响如悲鸟鸣祭,如秋雨淅沥,如玉女嘤咛,如帝王哀戚,独一无二,难以伪造。"

终于,新娘们听到了止步的命令,她们站在自己的位置上,如同尘埃落定，谁也没有再动。

花宫地穴中，花公子指挥着下人把一只又一只木箱搬进旁边的一间小密室，谁也不知道那间密室里有什么。

花公子回头，看着存放无量流火玄铁图纸的壁龛，神色紧张，担心守护力量不够。

此时，三名红玉侍疾步走来："奉执刃之命，红玉侍前来供花公子差遣。"

根据云为衫信中的提示——"最后一路是四魍之首的东方之魍悲旭，他是江湖中排名第一的剑客，至今无败绩。所以，他的目标是直奔花宫刀冢，夺取无量流火图纸。"

花公子对红玉侍点头，目光再次投向存放无量流火玄铁图纸的那个壁龛。他内心暗暗发誓，一定会守护住自己重视的一切。

很快到了约定时辰，宫子羽走到羽宫门口，收起了手中的密信。

他抚摸着云为衫送他的刀柄，喃喃道："谢谢你……阿云，你一定要保护好自己。因为你透露了无锋的全部计划，我们准备完毕，并且已经将真正的无量流火的图纸藏在了安全之地。"

几日前，在寒冰莲池密室，宫子羽让雪重子和雪公子把图纸放进铁盒，并嘱咐他们："花宫刀冢里的无量流火图纸是假的，这才是真正的玄铁图纸。你们把它放到寒冰莲池底部，然后迅速抛弃雪宫，前往月宫和月长老、金繁会合。寒衣客就算来到这里，看见已经被放弃的空屋，必然不会想到我们会把真正的无量流火留在一个无人看守的地方。"

门口侍卫的声音打断了宫子羽的思绪："执刃大人，时辰到了。"

宫子羽看着渐渐暗下来的天空，火烧云仿佛烈焰，汹涌无边："终于到了，这是最后一战。"

执刃殿前的广场上，一排排侍卫整装而立，号声传遍整个宫门乃至旧尘山谷。

长长的红毯从执刃殿前延伸到广场外的高台上，雪长老身着长老制服站在高台上，花长老和月长老却不见身影。

宫子羽穿着执刃服，腰上悬挂着自己的配刀，拾级而上。他所到之处，两旁的侍卫纷纷拔出刀，刃上有炼油，刀身燃火，侍卫举起火刀致敬。

执刃殿中角宫的位置上,那把本该由宫尚角坐镇的椅子此刻空着,只有上官浅伫立在椅子边。在她对面,徵宫宫主的椅子也空着,宫流商坐在商宫宫主的位子上,面色非常虚弱。

宫子羽慢慢走完台阶,来到高台上,向雪长老行礼。

上官浅问身边的侍卫:"为何不见宫尚角大人?"

侍卫答:"听说角公子身体抱恙,在房间休息。"

"那徵公子呢?"

"徵公子陪着角公子。"

上官浅沉默了,内心一阵窃喜。果然,宫尚角此刻失去了内力,需要调养、恢复。

雪长老从黄玉侍举着的宝盘之中拿起执刃大印,交给宫子羽:"此乃执刃大印,今授予你,你当为宫门尽心竭力。"

宫子羽双手跪接执刃大印:"宫子羽愿为宫门鞠躬尽瘁,死而后已。"

宫子羽接过执刃大印,拂袖转身,朝着高台下举起大印。

底下所有人已经会聚到高台下,一齐朝宫子羽再次行礼,声音震耳欲聋:"参见执刃。"

远远地听到宫子羽的声音,云为衫内心有些激动。她深爱的男人此刻就站在那里,成了宫门的掌舵者,也将成为无锋的覆灭者。她深吸一口气,挺起胸膛,一股莫名的自信涌起。

雪长老宣布:"请执刃开始选新娘。"

云为衫盖着红盖头,和其他选婚新娘一起缓缓走上执刃殿前的广场台阶。

一片喜庆的颜色中隐隐透出肃杀的气息。

宫子羽眯了眯眼睛,面前新娘们的红盖头微微被风吹起一角,仿佛能看见她们的朱唇透出的冰冷笑意。

宫子羽站在殿前广场上,表情肃穆,分明是等待着一场厮杀。

最前面的两个新娘即使低着头,也掩盖不住她们的出众气质和婀娜身姿。

宫子羽缓步上前,揭开了云为衫身边那个新娘的盖头,虽然他已有准备,但还是在揭开的那一刻愣住了:"紫衣?"

紫衣看着宫子羽,巧笑盈盈,但眼神冷峻而高傲,仿佛对一切都无所谓,即使知道眼前的人早有防备,也毫不在意。因为他们的计划比宫门知道的更加深不可测。

五日前，万花楼中。
云为衫离开紫衣的房间，寒鸦肆起身，追着云为衫出去后，寒衣客皱着眉头苦笑："演了这么久，真是累啊。"
寒鸦柒有些意外："什么意思？"
万俟哀笑了："不会真的以为刚才那些是我们真正的计划吧？那只是说给云为衫和寒鸦肆听的而已。"
寒鸦柒问："那真正的计划是什么？"
三个魖彼此看了看，没有说话。
寒鸦柒觉得不寒而栗："好了，我不问了……我不配知道。无论如何，只要悲旭你成功拿到无量流火图纸就行。"
悲旭："他们只要将宫门各股势力牵制或者歼灭，那我必然能扫平花宫。"
寒鸦柒："那前山的宫子羽呢？真的不用担心吗？毕竟他也是闯过三关试炼的人，只凭几个魖、魅新娘，万一牵制不住他，他前往后山增援了怎么办？"
紫衣："不会以为新娘里只有云为衫吧？"
寒鸦柒："还有谁？"
紫衣："还有我。"
悲旭接过话："有她在，我绝对放心。"
寒鸦柒："紫衣姑娘，你到底是谁？你的身份肯定不简单。不然悲旭大人怎么对你如此放心。"
寒衣客："也难怪，年轻一代的寒鸦确实都不知道你。毕竟你是这么多年来唯一成功杀掉上一任南方之魖的后起之秀啊。"
寒鸦柒声音发抖："紫衣……是魖？"

面前的人眉目不复温柔，眼角血光迸射，再也不是万花楼那位妩媚的紫衣姑娘。
宫子羽说："紫衣，你怎么会……"
紫衣笑着，依然用温柔的声音说："我其实不叫紫衣，倒是这身新娘的红衣比较适合我。羽公子，我真正的名字叫司徒红。"

第二十三章 终焉之战

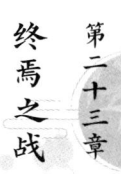

宫门处处都暗藏着杀意。

零星的雪花从天空飘落。一双布鞋缓缓地朝雪宫走去。

万俟哀身后的飞镰闪着寒光,飞镰上的铁链叮当作响。他抬起头,看着石台上留下的茶具和前方的庭院,嘿嘿笑了两声。

宫远徽听见不知何处传来了钟声。

角宫院落栏杆上,寒衣客单脚蹲立,保持着一个极难的平衡姿势。他身挂佛珠,一身洗旧的悲悯之气地看着完全没有察觉到自己到来的宫远徽。

悲旭走在花宫刀冢的入口,在他身后,地上已经倒下四五具侍卫的尸体。他的一头乱发在风里飞舞,像一团毒蛇。

殿前的台阶上,人影纷乱。紫衣的身手极快,薄剑如闪电一般,宫子羽根本来不及提防,眼看快要中剑时,一把同样的薄剑从侧面快速刺来,格开了紫衣的剑刃。

另一个新娘揭开了盖头,是云为衫。

"阿云!"

"公子小心!"

紫衣淡然道:"我猜得没错,云为衫,你果然背叛了无锋。"

"我和无锋有约在先,一旦完成任务,我就是自由之身。以前我身不由己,但现在我可以选了。"

"你真可怜,还是没明白,入了无锋就再也没的选。"

云为衫用同情的目光看着对方,仿佛在看过去的自己:"可怜的是你。"

云为衫和宫子羽联手对付紫衣，发现紫衣武功极高，别说制服对方，连维持平手都相当困难。

与此同时，金复带领侍卫和其余的五个新娘作战，始终将五个新娘围困在台阶平台上，不让她们有机会逃走，进入宫门内部。

突然，金复做了个手势，早就埋伏好的几个侍卫出现在屋顶上。他们摘下隐藏在红色丝绸上的烟花筒，从烟花筒中取出铜管暗器，手持瞄准。

原来，当忖花公子让下人搬的那堆箱子、那无数的烟花筒正是他和宫紫商共同研制出的新暗器山摧。他们把这些山摧都送到了前山，藏到屋檐下，守护执刃的安全。

新娘魅们见状，都有些惊异。

紫衣冷笑一声，说："原来早有埋伏！"

宫子羽说："今日自是要无锋有来无回。"

黄玉侍们在屋顶瞄准，呈包围之势，山摧的火药口对准了所有新娘。

所有人都没有察觉到，此时上官浅悄悄离开了殿前广场。突然，她听见了身后无数女子的尖叫声，紧接着是连环爆炸声。她回头，只见烈焰浓烟，土石飞扬，新娘们早就变成了一片腥火。她只是犹豫了一下，还是果断离开。

月宫外，一片荒野之地上，草木枯败。

万俟哀的肩头还落着一些雪，但天空已经没有了雪花。他低头拍拍身上的雪，猛然回头。从远处奔跑过来的雪公子和雪重子出现在他面前。

雪公子诧异道："你是……北方之魍寒衣客？"

万俟哀笑了："看来云为衫真的把消息送进来了啊……"

雪重子看着他手上的一双飞镰，低声对雪公子说："不对……他不是寒衣客，他是西方之魍万俟哀……"

万俟哀微微一惊，很快淡定下来："看来这双飞镰比我有名。"

雪公子问："你是怎么找到我们的？"

万俟哀说："人可以藏，脚印不好藏。你们两人中，有一个人的轻功不过关哦。"

雪公子咬牙，低头沉默，有些内疚。

万俟哀露出嘲讽的笑："看来就是你了。"

雪重子将雪公子拉向身后。

"雪宫内有积雪，有脚印供你辨认，可离开雪宫就是荒草漫野，何来脚印之说？"

"还真是死脑筋啊。只要跟一段脚印的方向就不难看出，你们要去的方向就是月宫，所以我只需要在月宫的必经之路上等你们就好了。只是我轻功比你们好，先到一步而已。"

雪公子问："你怎么会对后山各处如此熟悉？"

万俟哀扬了扬手上的地图："地图上都写着呢……还得多谢云为衫姑娘啊。没想到，传闻中的宫门后山竟然是由小孩子守护。"

雪重子问："既然你们知道寒衣客的苦寒内功心法对拂雪三式有压制作用，那为何寒衣客不来？"

万俟哀说："那是因为拂雪三式和斩月三式都是近战刀法，宫门刀法独步天下，寒衣客就算可以压制拂雪三式，但如果你们躲去了月宫，面对斩月三式，一样是苦斗。但我就不一样了，有这双飞镰，你们根本无法近身，大名鼎鼎的拂雪三式和斩月三式在我面前都是无用之物。而且，寒衣客当然是去对付和他有缘之人……"

万俟哀不再说话，双手取下飞镰，伸展双臂，凌厉出击。

雪重子和雪公子互相看一眼，拔刀迎战。

所有人打得难舍难分的时候，角宫显得格外清静。

宫远徵站在庭院警戒。宫尚角盘腿在床上禅定静思。

宫尚角听见异响，睁开眼睛，发现一阵风突然进了房间，风中竟夹杂着一些碎雪。随着风雨，有身影一晃，寒衣客已经站在房间里。

四目相对，宫尚角立即认出了寒衣客——此人正是当年杀害母亲和朗弟弟的凶手！

宫尚角目眦欲裂："是你！"

寒衣客注意到宫尚角怒视的目光，微微一怔，回忆起了十年前的那一幕，不由得大笑起来："十年前没能送你与家人团聚，想必那孩子还在下面等着你，他一个人多寂寞，可别叫他等太久了。不必强作挣扎了，你此刻内力尽失，就让我送你一程，黄泉路上，我念经为你超度。"

突然，身后有暗器射来。寒衣客伸手一晃，他的金刚轮划出一道金属光泽的弧线。宫远徵的暗器消失在这道金属弧光中。

宫远徵震惊道："怎么回事……为什么……"

寒衣客看着被金刚轮牢牢吸住的暗器，再催动内力一震，暗器叮叮当当掉

515

落在地。

宫尚角提醒说:"他的兵器里有陨铁,可以吸附暗器和兵刃,小心。"

"哥哥,他是谁?"

"就是他,杀死了朗弟弟。"话音落,刀锋至,宫尚角突然出手袭击,划破了寒衣客的衣服,差一点砍中他的身体。

寒衣客皱起眉头:"你的内力为何还在?"

宫门陷入混乱,四处无人驻守,上官浅趁机偷偷溜进了月宫。她拿着手上的地图,喃喃自语:"看地图所示,如果不从水路进入月宫,那就要从月宫的后门进入,前方应该是一片竹林……"

她面容冷静,目标明确,脑海中闪过一些画面——

那日,角宫走廊。她见宫远徽步履匆忙,便问他去哪里。

宫远徽得意道:"出云重莲开了。我新培育出了三朵。哥哥一朵,我自己留一朵。"

"那还有一朵呢?"

"还有一朵,我现在送去月宫做研究。"

见她难掩失望的神色,宫远徽笑道:"怎么,你也想要啊?出云重莲珍贵至极,确实很有诱惑力。但我劝你还是别打它的主意,若是为了它做出什么不轨的举动,惹怒哥哥,神仙也救不了你。"

"我不需要什么神仙,不管发生什么,你哥哥都舍不得让我死,你信不信?"

宫远徽仿佛看白痴的眼神看着她:"天还亮着呢,就别做梦了。"

"说到梦,我想起来了,"上官浅说,"你送哥哥的那床碧玺墨竹交错编制的床席真是温润养人,我这些天感觉气色好了很多。"

宫远徽妒意生起,气得五官变形。

上官浅回神,看着前方的一片竹林,笑了:"果然……"她刚要继续往前,忽而听到有人说话,立刻找到一个隐蔽处躲起来,见月长老、宫紫商和金繁走了过来。

宫紫商满脸担忧:"不知道宫子羽他们现在怎么样了……"

金繁说:"为了诱敌深入,前山现下定是一片混乱,执刀担心你不方便行动,才提前把你送来月宫。你莫要辜负他的苦心,这里有我和月长老守着,你快回去月宫里面，安心等消息就好了。"

月长老说："一切都在计划之中，不用担心。而且雪重子和雪公子他们马上就会来月宫和我们会合。"

暗处的上官浅眉头一皱，默念道："计划之中？"

很快，执刃殿前的广场已经一片狼藉。到处都是硝烟，连屋檐都被熏黑了。

无锋的五个新娘都已经倒地，模样惨不忍心睹。紫衣也没料到宫门火器如此厉害，如果不是她功力深厚、轻功极高，此刻怕也难免受伤。她看着身边倒了一地的魑、魅，还是问了一句："你们早有预备？"

宫子羽目光坚定。

紫衣又看向云为衫："你也参与其中？"

云为衫平静地看着紫衣，没有否认，也不屑否认——自从那日她身份被道破，在寒冰莲池时就已经做出了最后的选择。

当时在寒冰莲池畔，宫子羽跟她说："我是你的丈夫，我一定会保护你。但我也是宫门的执刃，我不能包庇一个无锋的细作。"

云为衫抬起头，看着宫子羽。

宫子羽问："你愿意相信我吗？"

云为衫点头。

宫子羽说道："月长老曾经和我说过，就算云雀一直留在宫门，但只要无锋存在，她依然会一辈子活在恐怖的阴影里。所以，如果我和你要长相厮守，就必须除去无锋。我独自一人做不到，我需要你——"

"任何事情，我都愿意为你去做。"

"我需要你和我里应外合……我会做出偏帮你的假象，引发宫门内斗，让前山、后山不和。我们联手演一场大戏，欺骗上官浅，让她感受到宫门已经内忧外患，即将分崩离析……再让她把这个消息传出去。"

所以，之后，宫尚角和宫远徵才会当着上官浅的面，表达对宫子羽的不满，并且顺利地让上官浅出了宫门，让她将消息告诉寒鸦柒。

"十年之前，宫门浩劫，但对无锋来说也是重创。在那之后，无锋蛰伏了好多年，与其等到无锋羽翼丰满再次大举来犯，不如我们主动设局，请君入瓮……"宫子羽吞吞吐吐，有些不好意思地说，"在这之后，可能还需要你受些委屈，在执刃继位大典那一日，我要重新选婚。"

517

云为衫一愣，低下头去。正当宫子羽要解释时，云为衫又抬起头，笑得灿烂："公子此举是想让无锋倾巢而出，对吧？"

这一切，都是他们早就合谋设的局。

紫衣问云为衫："所以，你的身份也是故意暴露的？"

"是。"

宫门云图后面那几行亲笔字，也是云为衫当着宫子羽和宫尚角的面写的。

"我不暴露，如何能让你们安排魅阶无锋扮演待选新娘进来，再一网打尽？"

宫子羽说："为了好好迎接你们，我们也是特意选了一个'良辰吉日'。"

饶是紫衣艺高胆大，此刻也不由得脸色骤变。

角宫里，宫尚角举着刀指向寒衣客，步步紧逼，杀气凛凛："今天就是送无锋上黄泉路的良辰吉日。"

寒衣客突然明白过来："所谓的半月之期、至暗时刻……也是你们故意让上官浅查到的吧？"

"费尽心机潜伏多时，总要让你们有所收获才是。"

"角公子真是好算计。"

"我也想被你夸奖，可惜算计好的人不是我。"

宫尚角说的是实话，真正会算计确实不是他。

多日前，关押云为衫的地牢里，一个黑衣人迷晕守卫，神秘现身。他缓缓地拉下黑色面纱。

宫尚角无比震惊——黑衣人露出面纱下的脸，却是宫子羽。

"我让金繁送来的鸡汤盒子里有无色无味的迷药。"

"你是不是忘了我也服用百草萃？"

"当然没有，所以我只是为了迷晕守卫，但不是来救云为衫。"

"那你的目的是？"

"只为了和你好好谈一谈。"

宫尚角收起刀。

"你一定很奇怪雾姬夫人为何会揭穿云为衫身上有伤，其实那是我要她这么说的。"

宫尚角眯起眼："你这么做，就是为了让云为衫告诉我，上官浅也是无锋细作？"

怪不得他拷问云为衫时，云为衫直接轻易地承认她就是无锋细作，并且告诉他，上官浅也是。

宫子羽回答他："没错。我相信你一直对上官浅有所怀疑，只是没有实证吧？"

宫尚角低下眉眼，没有说话。

"我曾以为你觊觎执刃之位，不择手段，甚至不惜谋害父亲……当我亲历三域试炼，我才明白，能够通过这重重考验的必是已经舍下自我，将守护宫氏一族、守护旧尘山谷放在心中首位之人，是有担当、有仁慈、心怀正义之人。虽然不想说这样的话，但……"他直视着宫尚角，"我确实小看了你……我欠你一声'抱歉'。"

"我好像也看错了你。这声抱歉，彼此就都不说了吧？"

"我需要的不是你的道歉。"

"你要什么？"

"陪我演一场大戏。"

地牢的火光并不明亮，宫子羽的眼睛在阴影中闪着光。

后来，他们一行人开始劫地牢，雪公子、雪重子和宫子羽故意围攻宫尚角。之后，宫远徵再把"昏迷不醒、浑身是血"的宫尚角抬回角宫，故意让上官浅看见，坐实了宫门内斗。

然而上官浅并不知道的是，假装昏迷的宫尚角悄悄睁眼，和宫远徵对看一眼，彼此忍不住露出笑意。

宫尚角对寒衣客继续说道："宫门内乱不过是做戏，入戏太深而不自知的只有你们无锋而已。宫氏一族的刀尖从来就不会向内，只会向外。"

他和宫子羽连成一气，并且已经向长老们汇报了一切。宫门中人众志成城，坚不可摧。

彼此交底，实力相搏。宫尚角刀光一挥，直向寒衣客，从室内打到了屋外。宫尚角、宫远徵合力，一正一侧，明攻暗袭。寒衣客身形轻盈无比，游刃有余，他内力迸发，加上圆环之刃吸附暗器和兵刃，两兄弟不但无法贴近寒衣客，有时还会被他逼得苦不堪言。

数个回合过后，宫尚角瞅准时机长刀突进，寒衣客突然转动圆环，内力汹涌而出，竟把宫尚角的长刀绞断，叮当叮当，掉落一地。

寒衣客手中圆环闪动光芒，径直攻向宫尚角的咽喉。宫远徽救兄心切，用手去挡环刃，戴着金丝手套的右手自然无事，而没戴手套的左手已然鲜血直流。

宫尚角趁弟弟为自己争取到的瞬间，抓起掉落的残刃，插进了寒衣客的心脏。

寒衣客临死前聚焦全部内力，一掌攻向宫尚角的心脉，同时转动环刃，宫远徽没有戴金丝手套的那只手鲜血飞溅。

寒衣客倒地，双眼圆睁，死不瞑目。

宫尚角被击飞，后脑撞在柱子上，口中涌出大量鲜血，昏迷过去。

宫远徽用衣摆死死缠住自己冒血的双手，跌跌撞撞地朝哥哥爬去，他眼里泪水奔涌："哥……哥！"

后山花宫，悲旭小心翼翼地朝着被树根缠绕的佛龛走过去，结果发现原本搁置无量流火图纸的地方空无一物。

花公子的声音从他身后传来："镜花水月，徒劳之物。"

悲旭回头，看到拖着一把长刀的花公子出现在他身后，威风凛凛。

"我已等候你多时，你比我想象中来得慢一些。"

"我不是来找你的。"

花公子调侃道："哦，对！你是来找无量流火图纸的！怎么办？它听说你们要来，害怕得躲起来了。"

宫子羽早就令雪公子和雪重子把刻有无量流火图纸的玄铁片放入铁盒，把图纸藏在寒冰莲池中，想要得到它，就需要抵抗千年池水的刺骨之寒，从而消耗大量的内力，就算拿到铁盒，也别想有能力走出宫门。

"说出无量流火的所在，可以让你活命。"

花公子故作沉思道："事关生死啊，你得让我好好想想……呃，图纸现在可能在前山……也可能在宫子羽手里，也可能在我身上。"

悲旭脸上露出狰狞一笑："你挺有意思。"说完，便出剑进击。

花公子举起刀，迎接悲旭的攻击，两人一路打出去，打到七座雕塑所在之处。

悲旭越战越勇，花公子节节败退，一个交手，手中的刀竟被对方的剑砍断。

"好厉害的剑……"

悲旭脸上露出一丝伤感，像是无敌天下后的落寞："厉害的不是剑，是人。剑术高手不滞于剑。飞花落叶、新竹旧衣皆可为剑,手中有剑,心中无剑。手中无剑,心中有剑。"

"我没你那么高的境界。我这个人不厉害,但我这里的刀很厉害。这是我们祖祖辈辈锻造的心血,我要用它们将你斩杀于此!"

"可惜。"

"并不可惜。刀断了再铸就是,无锋一日不除,花家就将永远铸刀。"

"你还是没听懂,我从来不会可惜刀剑,天下万物在我眼中皆是刀剑。我可惜的是你这个人。问你一个问题:你死了,有人会为你伤心吗?"

花公子沉默了。

执刃殿前的广场同样笼罩在一片血色之中。

紫衣平日的温柔优雅荡然无存,她面露凶光,用锋利指甲刺破自己双臂,两股鲜血顺着雪白的臂膀流了下来。她双手染血,从头发上拆下一支发钗,她将发钗上的珍珠一颗一颗掰下,握在手心。

还没等对手回过神来,紫衣裙衫飘动,她飞掠上屋顶,双手挥舞,染血的珍珠向四面八方射出。屋顶上手持山摧的侍卫纷纷滚落,嘴唇死黑,七窍流血。

云为衫挡在宫子羽前面:"公子小心,她的血有剧毒。"

宫子羽一将把云为衫拉到身后:"我有百草萃,是你要小心。"

紫衣飞身落下,站到二人面前:"我时常在想,你云为衫一身本领,玲珑心思,怎么能只是个魉呢?"

云为衫说:"魑魅魍魉,越往上,手上染的血越多。"

紫衣举起自己的手,笑了:"可我染的是自己的血——"话未落,人已飞身扑来。

云为衫用剑,宫子羽用刀,紫衣直接空手接剑刃,全然不介意,血越多,她就越兴奋。

云为衫感到头晕目眩,胸口有压迫感:"空气中的血腥味越来越浓了……我……羽公子,她是故意受伤的!"

宫子羽的刀在紫衣的肩头留下一道非常深的划痕,血喷涌而出。紫衣的手掌抹过刀口,沾上大片鲜血,继而徒手扯过宫子羽的刀背,沾满鲜血的手击中宫子羽的胸口,宫子羽被打倒在地。

宫子羽想要立刻站起来,瞬间觉得浑身无力,继而浑身有如被灼烧。

"你……怎么会!我为什么会中毒……"

紫衣狂笑："不是毒……这是蛊。"

云为衫焦急道："公子，你怎么样？"此时宫子羽剧痛难耐，说不出话了。

云为衫有些颤抖，愤怒地以一个起手势剑指紫衣，但是紫衣双手沾满剧毒，每一滴血都是暗器，稍不注意，就会被袭。紫衣杀性正浓，已近疯魔，痛下杀手，云为衫几无招架之功。

危急关头，寒鸦肆突然从斜刺里出现，一剑刺向紫衣。紫衣为了躲避寒鸦肆这一剑，只能收掌，她的掌风堪堪地擦过云为衫。

云为衫看向寒鸦肆，惊讶道："你为什么要来……"

她的心仿佛被刀扎了一下，心中五味杂陈。

五日前那一夜，云为衫离开万花楼。明明寒鸦肆跟着她出来了，看到了她交给小贩带进宫门的密信，却没有出手阻拦，最终在一条小巷中叫住了云为衫。

小巷中空无一人，只有云为衫和寒鸦肆对立。

寒鸦肆问："你想好了？"

"想好了。"

寒鸦肆沉默了很久，眼睛竟然红了。

"那你走吧。"

云为衫大感意外："你放我走？"

"我放你走，是因为你面前还有路可以选，而我已经没有了……我能选的就是不阻挡你的路。"

云为衫抓住寒鸦肆的手臂："你也可以选……"

寒鸦肆不语。

云为衫告诉寒鸦肆："半月之蝇根本就不是毒药！"

寒鸦肆怔了一下，但很快恢复如常。

云为衫接着道："你没有了性命之忧，就无须再被无锋胁迫，你也可以走！"

"寒鸦只属于冬天，它们明明知道黑暗的丛林中有猎手有陷阱，却永远无法朝向阳之处飞去。它们从小啃食的是肮脏的老鼠、糜烂的腐肉，它们连叫声都透露着令人恐惧的狰狞，它们只能在寒冬里、落日下以及阴暗处生存，它们不配渴望光明，它们只配活在苦寒的长夜……你走吧。"

"可是再漫长的黑夜也会结束。你记得我和你说过吗，这世上没有任何一堵高墙可以阻挡太阳升起。"云为衫临行之际，把这句话留给了寒鸦肆。

寒鸦肆看着云为衫的背影，喃喃自语："我和你一起看了那么多场日落，也许这次我可以陪你看一次日出了。"

寒鸦肆不但放走了云为衫，还要用生命护住云为衫。

昨夜，寒鸦肆彻底未眠，他体内的鲜血与手上沾满的无数人的鲜血一起沸腾，让他这台杀人机器轰鸣不止。一切都该结束了，让黑暗归于毁灭，让希望向阳而生，他愿化为腐土，滋生出新的生命。这不是背叛，而是救赎。

"快走！"寒鸦肆对云为衫嘶吼，冲向紫衣。

云为衫咬咬牙，带着宫子羽离开了广场。

寒鸦肆义无反顾，迎接着紫衣的无情攻击，吐出一口黑色的毒血，浑身经脉尽断。

"你知道打不过我，却不留生路，只为你的云为衫争取一线生机？"紫衣双手如利爪，掏向他的心口，"蠢，还可怜。"

寒鸦肆口齿带血，牢牢抓住紫衣，突然大笑起来，雪白的牙齿间满是鲜血。

紫衣疑惑，低下头，看见寒鸦肆手里竟然握着一个山摧……

远处，扶着半昏迷宫子羽的云为衫突然听见一阵爆炸声。她没有回头，但是对一切已经心知肚明，眼泪大颗大颗地掉下来。

高大的台阶上，尸骨遍地。

紫衣跌跌撞撞地走下台阶，最终还是倒下了。

满脸是血的寒鸦肆跪在台阶的高处，他抬起头，正好看见汹涌的晚霞朝他涌来。阳光铺洒在他的脸上，柔和，模糊，他的嘴角勾起一丝没来由的笑意。

生命即将结束的这一刻，往事历历——

不记得过了多少年，他总是日复一日地重复着残酷的日子。

无锋总部，少女们的训练结束了。日暮降临，寒鸦肆领着一群少女离开冰冷的石室。走廊里，石壁高处有一扇不大的窗子，对着一方天空。

寒鸦肆每次走过都会慢下脚步，看一眼小方窗外的天空。每次都恰是日暮时分，流光是灰黄色的，光暗影残，云烟萧瑟。

彼时，云为衫只有十岁。

有一次，走在最后的云为衫停了下来，问："你每次路过都会朝窗外看，看什么？"

寒鸦肆一向严肃、冷峻，沉默片刻，终是回答："太阳。"

云为衫没有寒鸦肆高，透过窗口只看见一抹暗色："哪儿有太阳？"

寒鸦肆笑了笑，抱起云为衫，将她举高。

云为衫说："马上就要落了，有什么好看的？"

寒鸦肆抱着她，不像杀手，反倒像一个亲切的哥哥："就因为快要落了，所以才多看几眼。"

云为衫不是很懂，但她还是陪他安静地看了一会儿。

灿烂的阳光把黑暗的无锋照亮出一个小小的区域，也照亮两个人的面容。

在训练井时，云为衫浑身鲜血，手持滴血的刀刃孑然而立。

寒鸦肆问她："这次考验你获得了第一，按照规矩，可以给你一个奖励，你要什么？"

云为衫要的是和寒鸦肆面朝窗外并肩而坐。

"这就是你要的奖励——看日出？"寒鸦肆问。

"你总是看日落，但日落后的世界是冷的，是黑的，所以我想带你看看日出。日出后的世界是热的，是有希望的。"

"可是，无论如何，日出之后就是日落，总是会归于黑夜的。"

"可是黑夜再长，也一定会有日出。这世上没有任何一堵高墙可以阻挡太阳升起。只要你愿意等，就能等到。"

"我等不到了，但也许你可以。如果有一天你可以离开这里，你一定要坚定地往前跑，用尽全身力气，不要回头，不要停步……我属于日落，但你也许可以等到属于你的日出，记得不要停步，不要回头……"

宫子羽跌倒了，云为衫扶起他，继续前行。云为衫终是像寒鸦肆说的那样，没有停步，也没有回头。

她同样记得那些画面，同样觉得，日出照亮了天空，灿烂的云霞笼罩着两人，那是她为数不多感到轻松的时刻。

云为衫说："日出时的天空五颜六色，真好看。"

"那些绚烂的，不是天，是云，五颜六色的，像云做的衣裳。云为衫，是个好听的名字。"

云为衫笑了笑:"好听是好听,可是又不是我的名字,都是假的。"
"有什么关系?我一直叫你'云为衫'……"

寒鸦肆回光返照,看到天边涌动的云仿佛是七彩的,澄净、明亮,比往日任何一次霞光都要壮丽。

"云——为——衫。"寒鸦肆带血的喉咙里发出模糊而沙哑的声音,他无声长笑,在漫天绚丽的云霞中轰然倒地。

荒野里,枯叶飞舞。

雪公子、雪重子苦苦应对万俟哀的飞镰,渐渐处于下风。

万俟哀一个假动作,寻到时机,飞镰攻向雪重子的要害。雪公子立刻挡在雪重子身前,生生受下了这一击。镰刀刺进他的胸膛,他用血肉之躯牢牢抓住万俟哀的飞镰:"快!"

雪重子痛苦地大喝一声,念动心法,飞掠近身,刀光闪动,直奔万俟哀。飞镰已被雪公子牢牢抓住,万俟哀只好撒手。

失去武器的万俟哀战力大减,被雪重子的拂雪三式斩杀,他在地上挣扎片刻就气绝身亡了。

雪重子脚步不稳,跌跌撞撞地走向雪公子,忧伤地抱起他,只觉得他的身体很软,还有些冷。

雪公子嘴角渗血,依然露出一个和煦的笑容,他缓缓开口道:"我不想葬在家族的墓地里,那里太冷了,帮我……帮我寻一个别的地方……"

雪重子咬牙道:"你别说话了,我去取雪莲,你等我。"

雪公子一把抓住他,嘴里冒着血沫:"不用了……没用了……你别走,你送送我……"

雪重子失去了冷静,眼泪大颗大颗地掉下来,像个无助的孩子。

"别哭了……记得把我葬在离你近一点的地方……你如果胆子大,不害怕,就把我葬在庭院的湖底,我继续陪你石炉敲火、吹雪试茶……还有并肩站在廊檐下看纷飞的大雪。"雪公子想起他们坐在庭院湖心的那块巨石上喝茶、下棋的日子。

"廊檐庭前也不错,阶前滴雨,庭下化雪……"雪重子说道。

"离你近的地方皆可……也别立墓碑了,看着太悲凉、孤寂了些,种一棵雪松吧,四季常青,却可以覆雪白头。后山的雪永远不会化的……"

雪重子听到此处已经泣不成声。雪公子到底丢下了对他的承诺。

那一年，雪宫里，误入的小宫子羽离开后，他们并肩走在路上。
雪公子好奇地问："外面真的像他说的那样好吗？有机会，真想出去看看。"
雪重子说："你是不是觉得在这里不好玩，想走了？"
"这里确实很无聊，冰天雪地的，终年一日。但你放心好了，只要你不走，我就不走，我会一直陪着你，一起无聊。"
雪重子知道，今后没人再陪自己一起无聊了。

月宫里，宫子羽已经嘴唇绛紫，面色苍白，他被云为衫搀扶着，踉踉跄跄地冲进了竹林。
月长老、金繁和宫紫商闻声而来。
宫紫商着急道："宫子羽怎么了？！"
金繁看到宫子羽的样子，紧张道："执刃中毒了？怎么会中毒？"
月长老切过宫子羽的脉搏，迅速说道："是蛊。快扶执刃进去。"
房内，月长老盘坐在宫子羽身后，将内力尽数输给他，脸色已经苍白如纸。
云为衫说："月长老，你的内力……"
"必须用内力先将蛊毒压制，否则蛊血运行全身，攻入心脉，就无力回天了。"月长老放下双手，虚弱地坐下来。
他对金繁说："金繁，你去我的房间取来出云重莲……"
金繁起身，直奔月长老房间。不料等他推开房门时，正碰见上官浅，而她手中拿的就是装出云重莲的匣子。
上官浅先是一愣，继而笑道："你也想要这个？给你——"她知道金繁武功高强，先佯装递匣，接着反手出招，直取要害。
金繁早有提防，躲开攻击。上官浅却趁这个空当，越窗而出。
出云重莲迟迟不至，宫子羽再次吐出黑血。
宫紫商快急哭了："这要怎么办？怎么办？"
月长老脸色苍白："必须再次用内力封住执刃的经脉，不让毒血运行！等金繁拿出云重莲来！等我休息一下……我内力不够了……"
还没等月长老说完，云为衫立刻盘腿坐上床，将宫子羽扶着坐起，解开他的前襟，点了几个穴位，然后接着输送内力。
这时，云为衫、月长老和宫紫商都听到了远处刀剑相斗的声音。

宫紫商急了："金繁呢，为什么还不回来？是不是万俟哀杀过来了？"

月长老起身，对云为衫说："听着，执刃中的是蛊毒，内力只能压制毒血蔓延……你若是真想救他……你就……你就……"

"我当然想救他！"

月长老听着外面的声响，说："如果我拿不回出云重莲的话，要救执刃，就只剩唯一的办法……把蛊血换到自己身上……"

上官浅狂奔，金繁一路猛追，追进了竹林。

突然，一把薄刃加入了战局。寒鸦柒二话不说，猛烈进攻，在上官浅和寒鸦柒联手之下，没拿武器的金繁处于下风。

正当金繁快要被击败时，落叶纷飞，斩月三式的刀光飘然而至，月长老现身。

金繁接过月长抛来的兵刃，单挑寒鸦柒。月长老单挑上官浅。

上官浅知道月长老的实力，面露恐惧之色，但几招之后，她就露出了得意的笑容："你的内力去哪儿了？哈哈——"

上官浅展开迅猛的攻势，月长老内力虚弱，渐渐落败。

月宫内，云为衫已经开始给宫子羽运功换血。她用刀尖将自己掌心划开，然后划开宫子羽的掌心。

宫紫商把宫子羽扶起来，云为衫和他面对面盘腿而坐，将他的双手覆盖在自己的掌心之上，内力源源不绝输入宫子羽体内，鲜血从两人的指缝中流出。

宫子羽猛然睁开眼睛，却见云为衫发丝凌乱、满头冷汗，显然正在受非人的痛苦煎熬。方才受伤之事，忽然忆起，他不由得开口道："阿云……"

云为衫见宫子羽醒了过来，又惊又喜："公子？"

"疼吗？"

"不疼。"

"看来誓言草没用，你说过不再骗我的。"说完，宫子羽反转手心，将云为衫的手心翻到上面。

云为衫挣扎道："公子，你不要乱来……内力已经乱了……你快停下来……"

两人内力转换之间，云为衫突然察觉到不对劲。两人身上的真气竟开始融合，再也感觉不到方才的痛苦，反而自然地调和，周身一片舒泰。

527

"不对……真气竟然开始融合了？"

宫子羽也察觉到了异样，眼神一凝，但他知道这是好现象。两个人运功调息，身上均是怪异的真气。

宫紫商站在一边，又是担心又是惊诧地看着两人。

花宫的六尊雕塑已经破了五个，只剩下最后一把刀。

花公子抹掉嘴角的血，丢下手中的断刀，将最后一把刀从雕塑中抽出来，喘着粗气道："可惜山摧都被搬到了前山。"

"确实可惜……你知道你没有机会赢我吧？"

"我知道你只用了不足五成的功力。"

"三成。"

花公子无赖地一笑："我管你几成！"

"你的能耐用尽了，我的耐心也用完了。"说完，悲旭的攻势变得非常凌厉。

花公子本就身负重伤，而且已经战斗多时，力气消耗殆尽，瞬间被击飞。

悲旭剑锋即将落下，突然被一把长刀架住。花长老现身，挡在花公子面前。

"苍老之躯，垂死之暮。"悲旭完全没把花长老放在眼里，全力攻击，连刺数剑。花长老奋力抵挡。悲旭催动内力，变换身形，佯出破绽，之后出其不意制敌，刺中了花长老的心脏。一剑穿心，剑尖刺透了花长老，从他后背穿出，热血瞬间染红了花长老的胸膛。

花公子挣扎起身，一把抱起花长老，悲痛地喊道："爹！！！"

花长老在花公子怀中鲜血直流，难以置信地看了看自己胸口的伤口，接着又吐出一口鲜血。

花公子颤抖着手去擦，却擦抹不尽，眼中泪如雨下："爹，爹……你还没有看到我的山摧的威力，你别死……我想让你为我骄傲啊，爹爹……"

花长老虚弱地说道："傻……傻孩子，你……早就是我的骄傲了啊……"

花公子从来不懂的是，他并不是不被寄予厚望的孩子。

那一年，花长老跟月长老说："这孩子天资不够，他以后在铸造上不可能有多大的成就……"

听到这番话，花公子转身而去，满脸泪水。

然而他不知道，他走了以后，花长老的脸上带着一些期盼，他跟月长老继续说道："尽管如此，我这个孩子有着其他孩子难得的品质。"

"哦？"

"聪明的孩子常有，但心怀正气、坚忍不拔的孩子不常有。我第一眼见到他，只觉得他爽朗、开明，日子久了才知道他不屈、倔强。"

月长老笑了笑，说："你这么严格，日后他要吃多少苦头才能让你骄傲呢……"

其实，孩子早就是父亲的骄傲了，那浓浓的父爱无处不在。

春天，花宫外花瓣飘舞，花公子趴在桌子上睡着了，桌子上的书乱摆着。花长老露出宠爱的笑容，帮他把书收拾起来，摆放整齐。

夏天，烈日高照，花公子大汗淋漓地在捶打刀面。花长老路过，看在眼里。过了一会儿，就有下人搬了好多冰块过来，堆放在花公子身边。

秋天，秋叶飘零，花公子在庭院里看着新制好的暗器，他叹了口气，说："不够好，爹爹不会满意的。"说完，他就随手丢掉了。而花长老派人把他丢掉的暗器偷偷捡起来……

此刻，花长老从怀里掏出那件曾经被花公子丢弃的暗器："我应该早些夸奖你，儿子，你一直都做得很好，你一直都是我心中的……骄傲……"

花公子认出了花长老手中的暗器，哭红了双眼，而花长老在他的怀里闭上了眼睛。

花公子放下自己父亲的尸体，决绝地说："我就算把无量流火图纸毁掉，也不会让你得逞！"说完，他便冲向旁边的密室。

悲旭早有准备，晃动身形，紧跟而入。花公子也预判了悲旭的预判，立刻关闭了密室大门。

身后断龙石放下，已无出口，悲旭定睛一看，周围早已布置了火药。他转而看向花公子，盯着花公子手上的火把，冷冷地说道："若是爆炸，你也走不了。你吓唬不了我，赶紧交出来吧。"

花公子说："我本来就没打算走。"确实，他早就抱定了必死之心。

当时，宫子羽曾经略带担忧地问过他："能守住吗？"

他从未有过一丝退缩，回答得掷地有声："执刃放心，定让那魍有来无回！"

"这么有信心？"

"绝对的!"

随着花公子脑海里的思绪飞散,火药点燃,石门震动,尘埃四起,轰响连声。

很快,一切归于平静,花宫刀冢里只剩破碎的雕塑、满地残破的刀身碎片和花长老的尸体。尘埃落定的角落里,满脸是血的花公子眼睛渐渐失去焦点。恍惚中,他看到了父亲,看到了童年的自己,看到了父亲欣慰自豪的笑容。

微笑和骄傲,永远地停留在花公子脸上。

月宫内,金繁和上官浅缠斗。刚开始时,上官浅对付月长老。但为了抢到出云重莲,金繁全力攻击,使出杀招,伤了寒鸦柒,来战上官浅。月长老则利用熟悉地形的优势,以退为进,一边引开寒鸦柒,一边恢复真气。

上官浅手里还拿着出云重莲,这关系到宫子羽的性命,所以上官浅打得游刃有余,金繁却因为怕弄坏出云重莲而束手束脚。

突然,上官浅把手里的匣子往空中一抛。金繁立刻去抢,他不顾一切接住匣子,打开一看,里面竟然是空的。

眨眼间,上官浅趁金繁走神,一剑刺穿了他。

金繁丢掉匣子,手紧紧地握住上官浅的剑刃,用力折断,一口鲜血喷出,死死抓住上官浅的衣服。

"还不放手?"上官浅抬手,再次将断刃刺进金繁心口,"是你逼我的。"

金繁抓着她的手不松开,死死抵抗,却因为失血过多,渐渐失了力气。上官浅大笑,抬起另一只手,举掌朝金繁的天灵盖击落。

这时,一只手抓住了上官浅的手,用力将她甩开。上官浅定睛一看,竟然是宫紫商。

上官浅蔑笑道:"就凭你也敢来挡路!"

她正要攻向宫紫商,不承想宫紫商手里突然多了一个金属筒,里面发射出两颗黑铁球。上官浅避之不及,被爆炸的黑弹击中,翻身倒到一边。

"你敢伤了金繁,我要把你炸成碎片!"宫紫商一边喊,一边按动手柄的开关,发射出威慑力极强的铁球。

上官浅只能不断躲避,爆炸声此起彼伏,她再次被炸伤,只能起身逃走,仓皇中,怀里的出云重莲掉落。

宫紫商看上官浅逃走,转身冲过来抱住金繁,撕心裂肺喊叫着:"金繁!"

金繁努力想要抬起手擦去宫紫商脸上的泪水,却看到手背被鲜血染红的绿玉，他莫名其妙地勾起嘴角，笑了。

宫紫商见状："你还笑？你笑什么笑！"

金繁说："我这一辈子心里都留着一个遗憾，就是我再也成不了红玉侍了。没想到，这血最终还是把绿玉染成了红玉，也算了了我的心愿……"他再也支撑不住，垂下了手，闭上了眼睛。

宫紫商崩溃道："金繁！！！"

远处，击败寒鸦柒的月长老浑身带血地走过来，看见崩溃的宫紫商，沉默不语。

受伤的上官浅逃出月宫，发现了躺在地上奄奄一息的寒鸦柒。

寒鸦柒嘴里冒着血，喊着她的名字："上官浅……"

上官浅看了看他，犹豫了一下，最终停下来，想要拉起他一起走。

寒鸦柒笑了，摇头垂目："你自己走……"

上官浅眼睛里竟然有了眼泪。她也摇头，两个人谁也不听对方的话。

寒鸦柒笑了，咬碎牙齿。上官浅听见他牙齿咬动的声响，继而看见寒鸦柒牙齿间涌出绿色的液体，知道他要服毒自尽。

寒鸦柒笑着："我叫你，就是想看看你会不会为我停下来……我知道答案了，你现在……可以走了……你要好好活着……"

上官浅放下死去的寒鸦柒，抹把眼泪，转身离开。

月长老和宫紫商把金繁扶进月宫，此时宫子羽和云为衫已经快要运功结束。

宫子羽的脸色恢复了不少，他看见伤势严重的金繁，紧张道："金繁怎么了？"

宫紫商从怀里拿出金繁用性命护住的那朵出云重莲，递给宫子羽，纯白的花瓣已经染上了他的鲜血。

"这是金繁用性命抢来给你的……"

宫子羽探了探金繁的脉息："给金繁！把出云重莲给金繁！快呀！"

所有人都看向宫子羽。宫紫商眼里放着光，但呼吸急促。月长老为难，与云为衫对视了一眼："这……"

"阿云方才替我运功疗伤，不知为何，我们的毒已经解了，我没有大碍了，不需要再用出云重莲。"宫子羽看向云为衫，给她使眼色："是吧，阿云……"

531

云为衫有些为难，但决定不拆穿他，冲众人点了点头。

月长老说："可是出云重莲极其珍贵，无论如何，都该为执刃留下来，以防万一——"

宫子羽说："金繁总说，他是我的侍卫，要对我誓死效忠，即便是心里有心悦之人，也压抑着，不敢回应。他总说，我的命比他的命重要，他生为侍卫，随时都可以为我而死。但他不知，在我心中，他早已是我的亲人，他的命和我的命一样重要。"

宫子羽拿起出云重莲，递给宫紫商："快，喂他服下。"

宫紫商犹豫着接过，点点头，热泪盈眶。

宫门里四处飘散着硫黄的气味和阵阵黑烟。风中还夹杂着血腥气。

夜色彻底降临，此时安静下来的黑暗反而给了人们一种难以言说的安全感。一部分侍卫仍在搜寻残敌，扫灭隐患；一部分侍卫打开密道的大门，将女眷和小孩儿带出来。

所有劫后余生的人都聚集到执刃殿。

宫远徽、宫尚角、雪长老……他们看着同样伤痕累累的宫子羽一行人，彼此眼中都透着悲伤。

月长老从前门进来，对宫子羽说："金繁的性命保住了。"

花公子的贴身侍卫走进来，手上捧着一把刀。正是宫子羽曾看中的那把云织羽。

宫子羽心里难受，接过刀，抚摸片刻，递给云为衫："你曾说剑有两刃，伤己也伤人。这把刀送你，我不会再允许有人伤害你了，连你自己也不行。"

云为衫接过刀："这把刀叫什么名字？"

"叫云织羽，编织的织，是云织成的羽毛。"

"我可不可以改一个字，改成知道的知？"

"云知羽……"

宫子羽笑了，伸手想要拥抱云为衫，突然觉得脚步发虚，身子微微一晃。云为衫立刻扶住他。

月长老察觉有异，一只手搭在宫子羽的脉上，然后脸色一变："执刃，你……"

宫子羽轻笑道："毒没有完全排出，只是暂时被压制住了。"

宫紫商一跺脚，说："宫子羽，你干吗骗我们？！"

"不这么说，你肯定不会让我把出云重莲给金繁用，你再爱他，也会挣扎、纠结的吧……"

宫紫商不知道说什么，眼泪掉出来了。

月长老问："这究竟是怎么回事？毒既然没有排出，为何你的伤势又好转了？"

宫子羽解释道："刚才阿云替我疗伤时发现了一个奇怪的现象。"

云为衫接过宫子羽的话："我和执刃的心法竟然能相互融合，相辅相成。"

月长老诧异道："融合？你所练的是何心法？"

"是清风派的云锦心经。"云为衫答道。

雪长老骤然起疑："你使给我看看。"

云为衫一边用手指比画着剑法，一边将口诀念了出来："神行有实，实有太虚，欲气则再冥……"

雪长老看着云为衫的剑法，神色惊疑："能与执刃的心法结合，你使的是……是'风送三式'！"

月长老疑惑道："这不是清风派的清风九式吗？"

雪长老解释道："清风九式就是风送三式，是曾经后山中陨落的风家族所使的刀法。'人间难得花雪月，清风相送勿离别……'"

宫子羽问道："风家族？后山不是只有雪、月、花三个家族吗？"

雪长老解释道："曾经的后山并非只有三个家族，而是有风、花、雪、月四个家族，而风家族所练的正是风送三式。所以宫门后山刀法也不是你们所知道的九式，确切来说，一共有十二式。雪、月、花三式都是进攻，唯独风家族的刀法是辅助。所以一般都是由执刃夫人习得，用以辅助执刃。"

所有人都沉默了，面面相觑。

雪长老继续说："雪家族和月家族的刀法之所以容易参悟，是因为这两个家族的刀法与任何心法都能匹配，只有花宫的刀法是需要花宫的独门心法来配合的，只可惜这个心法一直以来都是由花家族的族人口口相传，可现在花家的心法已经失传了，所以没有人知道，自然也参悟不了花家刀法。"

雪长老转向云为衫："你刚刚所使用的清风心法正是当年风家族修炼风送三式所需的心法，风族刀法是辅助之用，既然是辅助，自然也就学会了花宫的独门心法，所以你才能与执刃的心法相辅相成，内力互相补充，压制蛊毒……"

宫子羽大感意外："那这样一来，如果云姑娘的心法管用的话，我就能够学会最后的镜花三式了！"

雪长老说："没错，风族刀法可以和雪、月、花三种刀法中的任意一种组成双人刀法，即风雪三式、风月三式和风花三式。"

月长老说："云姑娘所学皆源于无锋……那为何无锋的人会使用风家族的招式？难道无锋里有消失的风家人？"

雪长老眉头紧皱，喃喃自语："无锋……无风……"然后摇摇头，再没有回答。

宫子羽想说什么，吸气时却不住地呛咳，嘴角流出黑血。

云为衫紧张道："公子！"

月长老神色严肃，摇了摇头："你们虽然融合心法暂时封住毒性的运行，但你还是随时有性命之危，最终会毒血攻心而亡。"

宫子羽笑了笑："能得一时是一时，金繁危在旦夕，但我还有时间，总能想到解决办法的。若非我这样做，你们也不会同意将出云重莲给金繁使用。对了，待会儿那家伙醒来，千万别告诉他真相，否则我那羽宫恐怕要被他拆了……"

宫紫商心疼道："宫子羽……你……"

"别这么眼泪汪汪地看着我，我不习惯，何况吃都吃了，还能吐出来不成？"

这时，一个宝匣递到宫子羽眼前。宫子羽抬眼，看见面前站着的是别扭的宫远徽。

"这是还你的人情。"宫远徽边说，边拍了拍腰间那个新的暗器囊袋。

这个暗器囊袋是宫子羽给他的。

那日，宫子羽来到宫远徽的房间，宫远徽正在擦拭自己的小刀。

宫子羽拿起桌子上的一杯茶喝了一口，眉头一皱："好冰。"

宫远徽不冷不热地说："执刃远道而来，就是为了喝一口冷茶吗？"

宫子羽刚想义正词严地说教一番，立刻就转了念头，放下架子："我知道你对我还很不服气，但我真心实意来提醒你，明日举行大典，宫尚角可是无锋攻击的首要目标之一，你要护好他。"

宫远徽抬眼："这不用你提醒，我自有准备。"

宫子羽说："哦？你的准备，怕是早已被无锋破了。"

宫远徽停下擦刀的动作，一脸惊诧。

宫子羽继续说："你的暗器囊袋被上官浅偷走过，你不会没发现你的那些宝贝暗器都有残片缺失吧？"

宫远徵沉默了，接过宫子羽的盒子，打开，不由得一愣，里面竟是一个新的暗器囊袋。

"里面的暗器，你要淬什么毒，你自己决定，别告诉我。"

宫子羽起身走开，边走边说："不要谢我，要谢就去谢花公子。是他给你打造了新的暗器，我只是送了个囊袋。"

宫远徵看着他的背影，心里五味杂陈，终是没有开口。

既然宫子羽送了他这个囊袋，他宫远徵就理应归还这份人情："你说让我不要谢你，但我从来不喜欢欠人情。"

宫子羽有些感动。

"你自己打开啊……我手上的筋脉都被挑断了，你指望我帮你打开吗？"

宫子羽看着宫远徵缠着纱布的手，有些触动。他接过来，打开，匣子里躺着一朵出云重莲。

柳暗花明，众人纷然，惊喜不已。

宫紫商挤开其他人："什么？我看看，竟然还有一朵！不是都吃了吗？"

宫远徵说："我身强体壮的，所以我的那朵没有吃，一直想着留给哥哥，万一哪天哥哥有性命之危……"

宫子羽说："谢——"

"不要谢我，要谢就去谢我哥。这朵莲花是我哥的，我只是送了个盒子。"

宫子羽抬起头，看见不远处虚弱的宫尚角，他点点头，微笑着，一切尽在不言中。

宫门回归了平静，只剩下少许黑烟还飘散在空气中。

这一夜，宫子羽做了一个绵长的梦。

漫天白雪中，他独自站在羽宫的庭院里。

忽而，有人在宫子羽背后拍了拍他的肩膀。

宫子羽回过头，看到宫鸿羽温柔慈祥的面庞。

宫子羽有些激动："爹！"

宫鸿羽对着宫子羽笑了笑。

"爹，我已通过三域试炼！"

535

"我知道。"

"我还击退了无锋,守住了后山!"

宫鸿羽点点头:"我看到了,你做得很好。"

宫子羽的眼眶瞬间红了:"爹……我……我很想你……"

"爹一直在。"宫鸿羽拍了拍宫子羽的胸口,"在这里。"

父子两人相视而笑。

"你长大了,要用你丰满的羽翼好好护住你的家人,护住你的爱人。"

"他会的。"

"他已经做到了。"

宫子羽听见身后传来声音,他回头,却看见是雪公子、花公子、月长老、雾姬夫人、花长老。他们都看着宫子羽,温柔地微笑着。

宫子羽的眼睛红红的,他笑了,又哭了。

漫天飞雪的庭院里,人影散去,他孤身一人伫立院中。

忽然梦醒,宫子羽留在梦里的眼泪此刻滑过他的面庞。

第二日,后山雪宫。

宫尚角、宫远徽、雪长老、月长老站在寒冰莲池边,焦急地等着。

宫子羽说:"无锋被击退,宫门危机解除,无量流火图纸也应该重新回到花宫刀冢了。"

不一会儿,雪重子从池水中冒出了头,跃上岸边。

雪重子打开铁盒,所有人凑过来,面色惊讶。

铁盒里空无一物,图纸竟然不见了。

第二十四章 唯云知羽

所有人看着空空如也的铁盒,都沉默了。所有人都在等着宫子羽的回答。

雪重子的头发、衣服还在滴水。突然,一件厚厚的毛毯裹到他身上。

他本能地惊喜回头:"雪——"但他看见给他厚毯的是云为衫。

云为衫看见他的表情,知道他想起了雪公子,轻声说:"你先去把衣服换了吧。"

雪重子摇头:"我没事,但为何图纸不见了……"

宫子羽的表情有些异样,眉头紧皱,声音透着悲伤:"我知道图纸在哪儿。"

众人惊讶,纷纷看向他。

"那你早说啊,还让雪重子下水。为了个破图纸,已经死了这么多人,就别再折腾活人了吧——"宫远徵正说得起劲,抬起头看见哥哥责备的目光,停住了话头。

宫尚角的目光移向宫子羽。

两人对视片刻,宫尚角问:"和我们预想的一样吗?"宫子羽点点头,但面上并没有欣慰之色。

宫尚角长叹一口气。

宫子羽环视众人说:"图纸,在羽宫。"

众人惊诧,只有云为衫轻轻拉住宫子羽的手捏了捏。

羽宫地下室一如既往地暗,没有灯,也没有人。

宫子羽独自朝地下室走去,他的呼吸沉重,目光幽深。他回忆起已经逝去的月长老第一次带他去后山密道送他去试炼的场景，恍如隔世——

月长老满是皱纹的手拉起宫子羽，和他慢慢地走着。

"……子羽啊，在你往后的人生里，像此刻这样在黑暗中摸索前行的经历会有很多，而且可能那时已经没有领路之人了。孤身于黑暗之中，即使再艰难，你也必须做出正确的决断，因为你肩负的不是自己的命运，而是整个宫门、全族人的未来……"

回忆远去，宫子羽走到亮灯处，他的面容在从黑暗中浮现。他轻轻擦掉眼睛里的泪水，带着微笑走到哥哥床前。

宫唤羽已经醒来。他撑起身子，关切地问道："弟弟身体可还好？"

"哥哥知道我受伤了？"

"……我昨晚听外面声响很大，感觉有争斗，怕你伤着了。"

宫子羽的眼睛又红了："昨晚，无锋的四个魍都来了。"

"大家都好？"

"雪公子、花公子，还有花长老……都遇害了……"

"……宫门发生如此的大战，我却什么忙也帮不上……实在太无用了……"

"哥哥不用苛责自己。宫门已经挺过来了。"

"无锋数十年来潜心蛰伏，一直寻找最有把握的时机，怎么会突然大举进攻，而且几乎调用了全部力量，四个魍全部出动……十年前的大战也不过如此……"

宫子羽点点头："因为他们想要夺取无量流火。"

"他们得手了吗？"

"没有。开战之前，我已经让雪重子将图纸转移了。"

"那就好。"

"但现在……图纸不见了。"

"什么？那可是大事，弟弟应该立刻出宫门所有人马，全山搜索。"

"不用，因为我已经知道无量流火图纸在哪儿了。"

宫唤羽不太懂他的意思，似乎又明白了他的意图，顿时沉默下来。

四个仆人走了进来，分别走向房间角落的四盏落地宫灯。

宫子羽说："心怀秘密之人总钟情于黑暗，因为黑暗可以掩盖他们的秘密。但有时候，至暗之时，秘密反倒会自己浮现。"

他刚说完，仆人们便一起灭了灯。

宫唤羽看着一片漆黑的房间，不是很明白："弟弟为何灭灯？"

刚说完，他就沉默了。因为他看到自己的双手此刻正发出蓝绿色的荧光。

宫子羽说：" '方庭无月天地黑，仰视别有星离离。'父亲曾经说，这天地间，总有光亮会让正义昭昭。哥，你还记得吗？"

宫子羽说最后一句的时候，声音已经哽咽，屋子里突然多了一双发出荧光的手，缓缓地移向宫子羽。随即，屋内再次亮起了灯，只是房间里不只是他和宫唤羽，而是站满了人。

那双发亮的手是雪重子的。

宫远徽、宫尚角、雪重子、月长老等人已不知不觉地站到宫唤羽床边，呈合围之势。

宫子羽继续道："我在放置无量流火图纸的铁盒上涂抹了磷石粉末。碰过铁盒的人手上会沾染粉末，在全黑的环境下会发出荧光。雪重子触摸过铁盒。哥哥，你呢？"

宫唤羽看着自己的双手："子羽，我不知道我的手为何会发亮，一定有人恶意陷害……寒冰莲池的水冰冷刺骨，若非内力深厚之人，怎么可能潜入其中拿取铁盒？我武功尽废，内力尽失，月长老亲自诊脉可以做证——"

宫子羽打断他："哥哥……"

"嗯？"

"我从未说过盒子藏在寒冰莲池底……"宫子羽的声音开始发颤。

当日，他们把装有无量流火玄铁图纸的盒子藏进寒冰莲池底时，雪重子尚在犹豫，他担心，无锋来的可是四方之魑，每一个都内力深厚，就算被寒冰莲池池水消耗，片刻之后也能恢复。把那个盒子藏进寒冰莲池底并不能彻底防住他们。然而宫子羽告诉他们，要防的，不是四方之魑，而是一个没有内力之人。

这时，宫紫商、金繁和雪长老也走进了房间。

宫子羽有些哽咽："哥，你还有什么想对我……想对我们说吗？"

所有人的表情都很沉重，小小的地下室里，所有人都心碎一地。

宫唤羽此刻终于不再装了，他缓缓地从床上坐起，穿好大氅，绾起自己的头发，神色全不慌张，仿佛变了一个人，之前的虚弱、瘦削仿佛都消失了，整个人甚至变得高大挺拔，眼神也越来越锐利。

"你是什么时候知道的？"

宫子羽十分难过，像是所有情绪都隐忍了："当初查贾管事时有太多疑点未解，一是始终找不到治好他儿子的宫门大夫，二是他儿子病好后体格大变，力大无穷。我一直百思不得其解，直到月长老提起出云重莲。出云重莲原是宫远徽种出，因此我怀疑宫尚角觊觎执刃之位，和宫远徽联手设计杀害了父亲。后来，我从月长老口中得知当初哥哥因为要练玄石内功，父亲就把出云重莲要来，给了你……哥哥被从祠堂里救出后，我就隐隐对你有些疑心，却又不敢深想……直到宫尚角告诉我他的猜测……"

那日，宫尚角对宫子羽说道："我当然怀疑宫唤羽，出云重莲就是最好的证据。"

"幕后黑手不是雾姬夫人吗？哥哥也是为她所害。"

"你以为雾姬夫人死前留下的'刃'是何意？"

宫子羽想了想，脸色突然变了。

"她其实是想写下'羽'字，只是字迹潦草，看起来像两个并排的'刃'。当时宫唤羽故意认错，说是'刃'字，就是为了不让我们对他起疑。而且雾姬夫人临死前说的并不是'云'，而是'羽'。我当时不想打草惊蛇，所以才抢先说是'云'。将死之人，不可能写的是'刃'，嘴里说的却是'羽'，雾姬夫人所写所说都是一个'羽'字。"

"……羽……"

"那你自己想想，如果是羽的话，除了你，还有谁？"

宫子羽回过神来，闭上眼睛："如果只是一个'羽'字，我还可以为你辩解。但紫商姐姐醒来后，直接指认你就是杀死姨娘和想要炸死她的真凶！"

那日得知宫紫商醒来，宫子羽欣喜地去见她。然而宫紫商看见宫子羽，一下抓住了他的手，脸上露出恐惧的表情："是……是大哥……是宫唤羽炸了研究室，他要杀我……那日在你房里，我无意中看到了他背上的胎记，与祠堂中那人一模一样……他知道我识破了他，所以杀人灭口！"

想到此处，宫子羽深吸一口气，眼神黯淡："是你把出云重莲给了贾管事，救了他的孩子，以此收买了他，并让他换掉了爹的百草萃……"

宫唤羽没有否认，他闭上了眼睛，回忆起他收买贾管事的画面——

医馆，贾管事房间。

贾管事跪在地上，感激涕零："多谢公子用出云重莲救小儿一命。"

宫唤羽伸手，递给他一个毒囊："这个毒囊藏于齿间，咬破即可让人毙命，没有痛苦。"

贾管事瞪大眼睛，最终接过毒囊，视死如归："是……"

见宫唤羽默认了，宫子羽痛心疾首道："哥，父亲和紫商姐姐都是你的亲人，这么多年的父子之情和手足之情，你全然不顾吗？"

"成大事者，当断小情小爱。自古成大业皆有代价。历代执刃泉下有知，也会理解我的苦心。"

"你的大业就是得到无量流火，称霸天下吗？"

"是，也不是。这么多年，我苦心谋事，是为了无量流火，但我并不想称霸天下。爹娘为守护宫门族人而死，血海深仇，不可不报。我们明明手握绝对的力量，却不作为，只求自保……老执刃因循守旧，我只能努力做一个好儿子、好哥哥，努力修炼武功，就是为了当上宫门的少主，有朝一日成为执刃，带领宫门走正确的路，启动无量流火，彻底剿灭无锋。只有如此，才会换来宫门永久的安宁，平息天下纷争。宫门族人本就不该世世代代卑微地活在山谷一隅，战战兢兢地活在无锋的阴影之下。"

宫唤羽确实是这样，他无时无刻不在努力。

当年他修炼玄石内功，但始终无法突破第八重。他告诉父亲宫鸿羽，自己无能，突破不了第八重。

然而宫鸿羽只是严厉地要求他，不要半途而废。

他没有放弃，每日练功到深夜。有一天晚上，他同样在蒲团上盘腿练功，脸上全是冷汗。突然，全身抽搐，骨骼发出异响，发丝里冒出白雾，眼睛充血。就在这一瞬间，他悟到了什么……

宫唤羽说："为了得到父亲的肯定，突破玄石内功的第八重，我强行运功，以致走火入魔……但错有错着，也让我参悟了玄石内功真正的奥义……"

宫尚角反驳道："那不是参悟，那是疯魔……"

"一念成神，一念成魔，天下先有强弱，后才有正邪。"

宫唤羽根本不在乎那是不是邪魔外道。他继续夜以继日在蒲团上修炼。那个时候，他的面容显得格外诡异，瞳孔时不时变得血红。直到后来有一天，他房间的门突然被敲响，是宫鸿羽给他送来出云重莲。宫鸿羽告诉他，这是问宫尚角要来的，服下之后应该对内功修行大有帮助。他表面上感谢，但他已经不再需要出云重莲。等宫鸿羽走后，他将盒子收在柜子中。

宫唤羽说："那时我内功已成，不再需要出云重莲。成为少主之后，我无数次向爹提出启动无量流火……可惜……"

宫唤羽有些恨，耳边响起了当初说服宫鸿羽启动无量流火被拒绝的声音——

"爹，我们就一直这么窝囊地待在这个山谷里吗？无锋制造了那么多血海深仇，为什么不启动无量流火除掉无锋？父母之仇，难道不报？"

"你刚成为少主不久，无须操心这些，多去学习如何管理宫门才是。"

"爹，长老们顽固不化，你也如此吗？"

"放肆！"

"对不起，爹，我不该顶撞你。"

"你最近神志有异，心浮气躁，玄石内功若是不能让你静下心来，就先不要练了。"

"是。"

就是在那天过后，一切都变了。

宫唤羽回过神来，说道："从那时候起，父亲就动了撤换继承人的心思……他让我别无选择……"

没过多久，他就在执刃的书房发现了一份镇纸压着的文书，上面写着："宫门少主宫唤羽，本为宫门大任所寄，奈其执着偏邪，无从管教，今决废之，唯宫尚角继承大任……"文书后已经盖下了执刃印章。他便知道，自己不能再坐以待毙了。

"父亲私下早已写好撤换少主的文书，一旦交到长老院，那一切就将成为定局，所以我不能再等了！"

宫鸿羽想换的人是宫尚角，所以那一夜，他特地叫来了宫尚角。那时他已经准备好了文书，准备将撤换少主的消息告诉宫尚角，只不过后来被宫唤羽进门打断。宫唤羽说，查到了刺客的身份。

宫唤羽愤声道："当年过三域试炼，我费尽心思，还许诺了宫流商，等我当上执刃，必助他重振商宫，才换得他将三域试炼的关窍泄露给我……若是父亲将执刃之位传给宫尚角，那我所有的努力都将功亏一篑……所以，我挑选了一个最没有威胁的人暂时接任执刃的位置。"

"是我……我在哥哥眼里就是那个最没有威胁的人……"宫子羽的眼睛红了。

"我在郑二小姐身上放了关于无量流火的信息，虽然是只言片语，但事关无量流火，一定可以逼迫宫尚角离开山谷，确保之后缺席继承机制可以顺利启动，让宫子羽当上新任执刃。"

因为无量流火事关重大，加上宫尚角与浑元郑家的那层关系，于是他被支离了宫门,而宫鸿羽提出了要亲自审问刺客郑南衣。

宫子羽不由得闭上眼睛:"我只是哥哥的一枚棋子吗……"

"你当上执刃,只是我计划的第一步。要想逼迫宫门长老们同意启动无量流火就必须要让宫门深切地感受到无锋的威胁,只有宫门被无锋搅得分崩离析,无量流火才有可能出世。而我恰好知道宫门内有第二枚合适的棋子。"

"姨娘……雾姬夫人……"

"没错。她虽已叛出无锋,但只要是人,就有软肋,找到软肋就可以操控。贾管事的软肋是他病重的儿子,而雾姬的软肋是她弟弟。"

宫门选婿当日,寒鸦柒曾血洗过小镇上的一个宫门据点——宫门药铺。药铺老板被寒鸦柒用剑扎入胸口,后来他诈死醒来,剑被他拔出,丢弃一旁,赶回宫门报信。而那把剑被宫门侍卫当作证物交到了宫唤羽手中。剑上有无锋的标志,宫唤羽利用这把剑,给雾姬写了一封匿名的密信。等雾姬看到信的内容,并且发现那的确是一把新打的剑,她不得不信。

"我冒充无锋写了一封密信给雾姬,骗她说,她的弟弟没死,要想弟弟活命,就必须帮助无锋找到无量流火。百草萃已换,无锋刺客被抓,雾姬可控,棋局布置得已经差不多了……"

宫唤羽说着,眼角发红,瞳孔闪过一片血光,那是宫鸿羽被害死那夜的场景——

选婿当夜,刺客郑南衣被带到宫鸿羽的书房。

宫鸿羽手里拿着从郑南衣发簪里取出的字条,厉声逼问:"你刚入宫门,怎么会知道无量流火?"

震惊之余,他突然面色一凝,看了一眼自己发黑的手指:"这簪子?"

宫鸿羽按住自己的配刀,想抽刀却发现自己手脚震颤,配刀落在地上,他完全使不出内力:"为何……我会中毒……"

郑南衣抓住时机挣脱,捡起地上的配刀,发起攻击。宫鸿羽躲了几招,但因为中毒已深,内力尽失,很快不敌。

宫唤羽加入战局,故意装作也中毒的样子,不使内力。郑南衣砍伤宫唤羽,正当她要再次砍中宫唤羽时,一个停顿,噗的一声刺穿血肉,只见刀已经刺入宫鸿羽胸膛。宫鸿羽挡在宫唤羽面前。

宫唤羽击倒郑南衣,从她手中抢过刀,面对面插入郑南衣的心脏。

宫鸿羽和郑南衣同时倒下。

宫唤羽闭上有些发红的眼睛:"爹——"

543

宫鸿羽瞪着眼睛死去了。宫唤羽缓缓蹲下，神色矛盾："爹，别怪我……"他颤抖着手臂抚上宫鸿羽的双目，让他闭上眼睛。

宫唤羽拖着重伤的身体将书桌上的东西扫落，制造了更混乱的场面，然后扑倒在地，发出极大的动静。然后，他拔出郑南衣心脏上的刀，冲着自己心口旁边的位置刺下："啊！"

门外响起了脚步声。

雾姬推开宫鸿羽的书房，一进门就踩到了宫鸿羽落在地上的配刀，上面有血。雾姬拿起血刀，定睛一看，只见宫鸿羽身上中刀，已经躺在地上一动不动。郑南衣的尸体也倒在一边。

雾姬震惊道："执刃！"她摇晃着宫鸿羽，但他没有反应。

这时，一声呻吟传来。雾姬转过头，发现另一边倒在地上的宫唤羽还没有死，正在地上微微颤动。

雾姬朝抱起宫唤羽："唤羽，你怎么样？这是怎么回事？"

宫唤羽咬牙："……无锋刺客……杀了父亲……我……"

雾姬压住宫唤羽的伤口："你撑住，我马上通知长老来。"

雾姬刚想行动，便被宫唤羽拉住："不，不……你听我说……告诉长老，他们只会避战，必须启动无量流火才能替父亲报仇！"

雾姬顿了顿，说："无量流火……"

宫唤羽眼中透着深仇大恨："……我有办法……按我说的做……我一定会为父亲讨回公道！"

雾姬微微握紧手里的那把血刀，神色莫测。

宫唤羽从记忆里抽离，目光幽深："雾姬虽然半信半疑，但因为那封无锋密信，为了她弟弟，她只能与我合作……要雾姬配合我，第一步就是利用冬蝉草助我假死……"

宫鸿羽和"宫唤羽"的出殡仪式结束，雾姬拿着元宝蜡烛进入后山大门，拖出宫唤羽疲倦的身体，将他藏身于祠堂暗房。

"出殡仪式结束之后，按照约定，雾姬来到后山，将我从坟冢棺木中救出，藏身于后山祠堂，而雾姬则在前山制造混乱，引起恐慌。我告诉她宫尚角觊觎执刃之位，命令宫远徽换掉了宫鸿羽的百草萃，所以老执刃才中毒身亡。她信以为真，为了让宫子羽抓住宫尚角和宫远徽的把柄，她将自己的无锋令牌放进了贾管事的房间，而这正中我下怀。你们内斗得越厉害，于我的计划就更有利……"

雾姬不仅把无锋令牌藏入贾管事房中，还在制造刺客入侵的假象时发生了意外……

"本来雾姬只是想制造刺客入侵的假象，结果没想到在激烈的对抗中失手杀害了月长老。这条人命也就成了雾姬彻底被我威胁的把柄。"

于是宫唤羽趁机在月长老遇害的议事厅墙壁上写下血诗，意图掀起更大的混乱。

"雾姬被人怀疑为无名之后，我告诉她，如果要洗清嫌疑，就得制造自己遇刺的假象，在墙壁上写下血字……不巧被上官浅撞破……但也因此，她们两人互相确认了无锋身份，开始合力……一切都朝我想要的方向发展……雾姬每月都会借着祭拜宫鸿羽为名，进入后山祠堂，向我报备事情的进展。当你终于来到第三域试炼，并且因为云为衫的关系，引起前后山激烈对抗时，这对我来说是再好不过的机会了……"

知道云为衫对宫子羽来说十分重要，宫唤羽将一个锦盒交给雾姬夫人。他骗雾姬说："听说子羽终于有了心上人，这是之前父亲给我让我送给妻子的礼物，如今，你替我把这个交给云为衫，也算是了却父亲的心愿吧。"

谁都没想到，那锦盒里装的却是暗器。

"云为衫既是你最珍视之人，若她遇害，还是死在无锋杀手无名手里，你定会拼尽全力为她复仇，崩溃的你应该就会启动无量流火。只可惜竟被她躲过了……"

"其实……阿云还是中了你的暗器。"

宫唤羽大感意外："那她竟然没死？"

"你竟忘了，这里是宫门，自有天才能解百毒。"

"你是说月公子？这毒他可解不了。"

"是宫远徽。"

月长老的确解不了那种毒，那时云为衫中毒很深，肩膀的血已经发黑。月长老坦言，若是他也解不了，只能求助另一个人。那个人正是宫远徽——

月长老带着云为衫来到宫远徽的房间。

宫远徽一开始还有些不情愿："我可真不想救你，但我哥已经把你们的计划告诉我了，如果你死了，我哥的计划就实现不了了。"

于是宫远徽拿出身上的匕首，突然出手刺进云为衫的伤口。云为衫和月长老震惊不已。宫远徵看着匕首上的黑血，随即又划破了自己的掌心。

云为衫喊道："等等！你会中毒的！"

宫远徵淡淡地说："我就是为了中毒啊，我得知道身体是什么反应才能对症下药。你以为制毒天才这么好当吗？"

不久，宫远徵拿着两碗汤药，一碗递给云为衫，另一碗给自己。两人仰头喝下。

虽然云为衫没死，但这影响并不大。宫唤羽闷哼一声，继续说："这不重要，也影响不了我接下来的行动……"他的眼神变得狠厉。

那一日，他身着黑衣，把雾姬约到了后山。

他说："一直以来，多谢夫人相助。如今还有最后一件事相求……"

"什么？"

他突然出手袭向雾姬，将一团毒粉撒向她。雾姬的眼睛立刻被毒粉腐蚀，什么也看不见了。

他说出了最后的要求："求你一死。"

宫子羽听到此处，气息微微不稳，质问道："你利用完姨娘，竟能狠毒到把她当弃子牺牲？就算她是无名，也没有真正伤害过我们，她也是你的义母！"

宫唤羽叹息："妇人之仁。每一个无锋手上都沾过宫门之血。"

月长老突然说："但你被救出之后，我替你诊脉，你确实全无内力，筋脉尽断，这又是为何？"

"想要修炼到玄石内功第十重，就须要自废武功，脱胎换骨才可以功成圆满。我一直找不到合适的时机，直到杀了雾姬，我意识到，时机到来。所以我自废武功之后故意在暗房中呼喊，让侍卫听见，将我救出。我让你替我诊断，也是为了让你们更加确信我已经武功尽失，所言必真。随后我对你说，我因为怕光怕风，所以想搬来这个地下室，其实是因为这里隔绝耳目，对我来说，是修炼第十重心法的绝佳之所……"

宫子羽听了，露出难过的神情。

"本来一切都按计划进行，但宫紫商误打误撞地识破了我就是祠堂里的那个黑衣人……"

宫远徵这时候问道："所以我的手套是你偷走的？"

"是，宫尚角一直是我的劲敌，我想让你和他因为宫紫商的死而决裂。宫尚角只有一个软肋，那就是你。那一日，宫紫商在研究室内心神不宁来回踱步。我潜了进去，点燃火药，同时丢下宫远徽的金丝手套，然后跳窗而去。宫紫商来不及反应。一阵巨响传来……"

宫紫商听到这里，眼泪掉了下来："我也是你的亲人……"

宫唤羽说："手握金刚刃，方显菩萨心……你们不懂……你们如果不逼我——"

宫子羽愤怒道："你为了取得无量流火，将刀冢的位置透露给上官浅，引得无锋闯入，死伤无数！难道这也是我们逼你与无锋狼狈为奸吗？"

当时，一道黑影悄悄进入了羽宫，并躲藏在暗处。

月光照在她的脸上，正是上官浅。她一边藏匿，脑海里一边浮现出一段记忆——

宫门一条狭窄的路上，宫唤羽找到上官浅。

上官浅有些意外："看来，这个宫门真正会做戏的人大有人在。"

"雾姬告诉了我你的身份。"

"我要是不认呢？"

"你不用认。我是来帮你的。"

"哦？"

"你们是为了无量流火来的，对吧？无锋为什么会知道宫门有无量流火？"

"你城府极深，我也不隐瞒了……无锋首领的确知道宫门有无量流火，似乎这对他来说从来不是秘密。"

"我的目的也是无量流火。"

上官浅笑了："你自己家的东西，你也拿不到吗？"

"我知你是孤山派遗孤，若无量流火在手，大仇自然可报。我们目的相同，又一样和无锋有血海深仇，比起宫尚角，我才是最适合与你合作之人。"

上官浅轻轻一笑，面若桃花："我本来的目标就是嫁给你。"

宫唤羽将标记地堡位置的图纸给了上官浅。

"无量流火在后山花宫刀冢，你们不需要在前山浪费力气，派几个魑、魅女子拖住宫子羽即可。但后山年轻族人的实力远超我的预料，你们可能会面临一场鏖战……"

羽宫地下室的灯光明明灭灭，像遥远云层中的隐隐闪电。

547

宫唤羽说："再大的风暴都过去了，我已经获得了无量流火，自会铲除无锋。你们知道，无量流火的使用者也无法逃脱无量流火的伤害范围，必定会一同陨灭吧？所以，就由我给一切一个完美的落幕不好吗？我本就是已死之人，让我死得其所吧，弟弟。"

雪长老说："你的罪行太多，手上都是亲族的鲜血，由不得你。"

宫唤羽淡然说："弟弟，你打不过我。你们都打不过我。我现在要从这里出去了，不阻拦我，宫门就会安然无恙，从此安宁。"

宫唤羽从枕头下抽出自己的佩刀，起身慢慢朝外面走去。

宫远徽第一个出手，但两招之内就被震飞，摔向尖锐的灯架。宫尚角一个飞身，接下宫远徽，扶住他稳稳落地。

宫唤羽拔刀，内力暴涨，刀风卷动，烛火熄灭，屋内一片漆黑。他趁机飞跃至门外，穿过庭院，拿着刀走出大门，竟然看见面前站着云为衫。

宫唤羽说："无锋之人，蝼蚁之姿。"

云为衫纠正道："我是宫门的人。"

宫唤羽叹息："我曾经也是宫门的人。"

云为衫拔刀，拦截宫唤羽。

宫唤羽说："我本就要去找你，没想你竟然送到我面前。"

即便宫唤羽赤手空拳，云为衫也应对得十分吃力，更何况他手持利刃，不消几个回合，云为衫便落了下风。

地下室内，灯光亮起，众人面前已经没有了宫唤羽的身影。

雪长老说："唉，拦不住他，他还是走了……"

宫子羽意识到了什么，喃喃自语："不对……不对……"

金繁问："怎么了？"

宫子羽眉头紧皱："他昨晚就拿到了无量流火的图纸，为何不走？为何要等到所有人来找他与他当面对质？"

雪长老说："看来他知道了……"

"哥哥知道另一半无量流火的密文心经……在我身上……"宫子羽突然抬头，"糟了！他是去找云为衫！他要用云为衫作为人质胁迫我！"

宫子羽背后的刺青文字，就是无量流火的另一半秘密所在。

宫子羽说着，准备朝外面冲！

宫尚角突然拦住他："不行！你不可以出去！"

庭院里，宫唤羽攻势凌厉，云为衫节节败退。

突然，一把刀加入战局，竟然是宫尚角将云为衫护在身旁。

宫尚角对宫唤羽说："哥，回头是岸。"

宫唤羽说："三域试炼，你赢了我，但现在你不是我的对手。"

宫尚角和云为衫两人共同对抗宫唤羽，依然无法占据上风。突然，几件暗器射来，同时拂雪三式的寒冷刀光绵延不绝地袭来。雪重子和宫远徵联手加入战局。

宫唤羽从容避过，但雪重子的刀锋划破了宫唤羽的衣襟，无量流火的图纸掉落在地。

宫唤羽和宫尚角同时争抢，不料突然从不远处的一棵高树上飞出一条丝线，丝线的一头有一小块金属。那丝线准确地射向图纸，将它粘住，然后闪电一般收走。

无量流火图纸顺着丝线飞向暗中躲在高处的人，正是上官浅。她拿着图纸飞身离开。

宫尚角抢先一步，飞身冲着上官浅所在的位置追去。

"哥！"宫远徵不放心宫尚角，立刻跟上。

宫唤羽见图纸被盗，忽然周身气体如漩涡般流动，头发飞舞，眼瞳发红，神态狰狞可怖。

雪重子摇头叹息说："果然是邪术！"

此刻，地下室内，雪长老和金繁分别坐在宫子羽身后。他们俩正在将自己的内力源源不绝地传给宫子羽。

宫子羽周身气流涌动，耳边是杂乱的声音，不断回荡着——

宫尚角："要战胜宫唤羽，你必须学会完整的雪、月、花三族的九式刀法，现在还缺镜花三式。"

宫子羽："我试过了……虽然有阿云的清风心法助我修行，但我内力不够，无法速成。"

雪长老："我和金繁可以把内力传给你。"

宫尚角："我和远徵弟弟还有雪重子为你拖延时间，执刃，宫门的存亡交给你了。"

很快，月长老在他们身后，朝各个穴位扎下银针："我将你们的奇经八脉全部解开，助你们快速传输内力……一定不要急躁，因为经脉全开，非常危险，

549

容易走火入魔……执刃，我也去了……"

庭院内，恶斗在持续，众人一连三次进攻都被宫唤羽打退。
这时，月长老突然从房中飞身而出。
云为衫问："执刃和金繁呢？怎么没出来？"
月长老低声："我们要帮执刃拖延时间。"
雪重子看向云为衫："风雪三式！"
雪重子和云为衫双刃合并，攻向宫唤羽。这三式威力强大，宫唤羽表情变了，攻势变得更加凌厉，而且目标明确。为了攻击云为衫，宫唤羽竟然不惜自己受伤，强劲内力催着刀锋狠狠剁向云为衫。眼看云为衫不敌，雪重子放弃了继续进攻，转而替她挡住刀锋，被震出内伤，连退丈远，风雪三式被攻破。
月长老替换雪重子上前。
雪重子低声道："护住云为衫！她必须撑到最后，执刃需要她。"
月长老看着云为衫："风月三式！"
月长老和云为衫双刃合并，威力更大，依然不能压住宫唤羽的势头。宫唤羽故技重施，重点进攻云为衫，月长老则处处回护云为衫。几个回合后，宫唤羽突然变了打法，佯装进攻云为衫，之后突然改变发力方向，转而攻向月长老。月长老中了一刀，同时被冲击力弹开，用刀支撑着自己单膝跪地。宫唤羽乘胜出击，调整心法，动了动手腕似乎要放大招。
云为衫注意到，忍不住大叫："小心！！！"边说边冲向前，想要营救月长老。
月长老叫道："让开！"他一把推开云为衫，抬刀接下凌空而下的刀刃。然而宫唤羽左手出掌，重击月长老胸口，月长老口吐鲜血，顿时倒地。
雪重子早已受了重伤，几乎支撑不住。
云为衫独自提刀和宫唤羽对抗。在宫唤羽的攻击下，她很快就显出了颓势。
突然，刀光翻涌，有人大喝一声："风花三式！"
宫子羽出现在云为衫面前。
云为衫又惊又喜。
宫唤羽非哭非笑："弟弟，我不想杀你。"
宫子羽沉默不语，与云为衫合力，突然改变了招式，一上一下、一左一右，使出一套看似简单却攻防兼备的招法，打得宫唤羽有些措手不及。他不禁愣了一下，心下起疑。但他很快压下心里的念头，自信道："垂死挣扎！"

550

宫子羽和云为衫继续合力迎战，铮然之声不绝于耳，他们肩并着肩，步伐错落和谐，手中刀剑缠绕，爆发出强悍的力量。宫唤羽用刀抵挡这一击，结果只听见嚓的一声，他的刀被斩断了。

雪重子和月长老都很惊讶："风花三式……这么厉害吗？"

宫子羽的攻势未停，一刀刺进了宫唤羽的腹部。

宫唤羽难以置信地瞪大眼睛，嘴角溢出鲜血："这不可能……"

宫子羽唰的一声抽出自己的刀，垂下眼睛："你手中刀锋，并非守护之刀，所以脆弱。"

宫子羽心痛地看向宫唤羽，然后出手，断了宫唤羽的筋脉，废了他的武功。

宫唤羽痛苦道："啊啊——你废了我的武功，你不如直接杀了我……"

宫子羽闭上眼睛："我不杀宫门血亲。可能你从未把我当作弟弟，但我一直把你当作哥哥……"

上官浅已经闪身进入密道，打算通过密道逃出宫门。眼看出口已经出现在视线中，突然，一道快影袭来，宫尚角掠过上官浅，飞身挡在她面前，拦住了去路。

宫尚角冷喝道："跑去哪里？"

上官浅一笑："公子都抛弃我了，我自然要走。"话未落剑已出，直取宫尚角。

上官浅自知不敌宫尚角，先发制人率先出剑，细剑发出阵阵剑光。宫尚角不敢大意，用刀迎击，细剑与刀锋不断摩擦，宫尚角的凌厉气势很快占了上风。

上官浅的动作慢了下来，她边打边道："真是男人的嘴骗人的鬼，那宫唤羽骗我合作，却想独吞无量流火，而公子和我一夜大妻，竟对我毫不留情！"

宫尚角突然用力，将上官浅逼退。他撤招静立，冷冷地说道："无锋之人，何来情？"

"可我的心不在无锋。"

"什么？"

上官浅面色平静，缓缓道："我没有骗你，我的确是孤山派遗孤，当年我从密道逃出后掉落山崖，撞到头部失去记忆。点竹把我带了回去，骗我说我是她的徒弟，将我收养，为她卖命……"

宫尚角审视着她："然后呢？"

"后来我一点一点恢复了记忆，假意继续留在她身边。我跟公子说过，两年前我曾下毒毒杀点竹，而点竹中毒后，当时无锋首领就取消了风雨不改的无锋例会。通过这两件事我才推测出，点竹就是无锋的首领……"

宫尚角大为震撼。

"所以，我才一直为无锋效命，目的是终有一日能够杀死点竹报仇。现在无量流火在我手里，我可以消灭无锋，杀掉点竹。我已经和盘托出了，公子可否放我一马？"

宫尚角点头："交出无量流火，我就放你走。"

上官浅挺了挺身子："我要是不愿意呢？"

宫尚角突然出招，一道寒影闪过，刀刃便压进上官浅的肩膀。

上官浅吃痛地闷哼一下，大声道："除掉无锋，对宫门也有好处，你为什么不愿意？"

宫尚角说："无量流火绝对不可以落入外人之手。而且，我怎么知道你会不会骗我……"

"我不会骗你，因为……"上官浅靠近宫尚角耳边，小声说了一句话。

宫尚角听完微微一怔，恍惚了片刻。他手里还保持着刚才的动作，而上官浅已经侧身离开了他的桎梏，对他轻轻一笑，捂着肩膀上的伤口，飞快地消失在过道的尽头。

这时宫远徵赶到，想要追上去，却被哥哥拦下了。

"就这样放上官浅跑了？"

宫尚角沉默，不发一言。

宫远徵问："那无量流火的图纸也被她带走了吗？"

宫尚角抬手，只见他手里拿着的正是无量流火的玄铁片。

"当然没有，否则我不可能放她走。"

宫远徵微微皱眉："放她走？"

"……让她走。"

原来上官浅靠到宫尚角耳边与他耳语时，宫尚角另一只手已经不动声色地从上官浅身上拿回了图纸。

而上官浅在他耳边轻声说的那句话是："我怀上宫家骨肉了。"

宫尚角再没有说话，呆呆地看着密道那边上官浅离去的方向。

旭日东升，光芒四射，山谷一点点被照亮，像徐徐铺开的画卷。悬崖高耸，宫门巍峨，一切又恢复了昔日的景象。

宫子羽郑重地将无量流火图纸放回原位。然后他在执刃殿中写下一份江湖通告，面前十二名传信侍卫跪着等候。

宫子羽将竹筒封蜡的信笺一一交到他们手里。

信笺上书——

"无锋猖獗，崛起数十年间，在江湖四处散播恐惧，以半月之蝇控制江湖中人，所到之处掀起腥风血雨。经查证，半月之蝇并非毒药，不会致死，只是桎梏江湖的假象。而清风派掌门点竹的真正身份正是无锋首领，点竹性情凶狠暴戾，抢夺孩童训练成无锋杀手，残忍无道，致使江湖震怒却无人敢抗衡。现宫门特发布告示，望各路有识之士和江湖豪杰都不再受无锋的威胁和钳制，还江湖和平与安宁。"

宫尚角走进执刃殿，看着宫子羽站在高位，一身新任执刃的气势，悠悠道："冰封终化春，鱼跃伏千里，鹏翼登九重。"宫尚角露出了笑容，"你终于做到了。"

宫子羽听到这句熟悉的话，却是微微一愣。那是他在父亲书房找到的锦囊里的字句，宫子羽似乎并不怎么意外。

"果然是你！"说着他从怀里取出那两个锦囊，"后来其实我已经猜到是你。只是……我很想念我爹……"

那的确是宫尚角留给他的——

宫尚角在书桌前疾书，最后一个"重"字收笔。然后他走进老执刃的书房，将锦囊放在笔架旁。之后，雾姬夫人收拾老执刃的遗物时，将锦囊一起收进了匣子。

宫子羽说："入花宫闯第三域前，那锦囊出现得过于蹊跷，墨迹也明显是刚干不久，所以定是活人所书。而放眼整个宫门，可以给我指点的人不少，但要这样偷偷摸摸假借我父亲之名来帮我的，只有强要面子的你。"

那日宫尚角潜入羽宫，听到了下人对话。

"执刃好像在找砥石，说要磨刀。"

"我记得老执刃的书房里有，已同他说了。"

所以宫尚角记下了。

宫尚角说："你劫牢救云为衫时，我与你交手，观你斩月三式漏洞百出，气息全乱，所以才想着要指点你一下。"

宫子羽讪讪道:"谢谢你。"道完谢,宫子羽转而玩笑道,"你就没想过,如果我没发现那锦囊,要花个三五年才能练成拂雪三式和斩月三式,可怎么办?"

宫尚角冷哼一声,说:"那我就真的可以把你从执刃位子上赶下来了。"

宫子羽正色道:"你可以,但你不会。"

宫尚角没说话。

宫子羽绽开笑容:"你不会,对吗?我现在才明白,若说天下有谁更希望我这朽木能早日成材,你恐怕一点都不输阿云和金繁他们。"

宫尚角眼神柔和下来:"你这块木头,我捶打得可够累的。"

宫子羽再问:"那你一开始对我诸多不满,也是装的吗?"

宫尚角不客气地说:"那都是真的不满。如今的你,再回头看看三个月前的你,可满意当时的自己?"

宫子羽回想了一下,有些难为情地挠挠头。

宫尚角又出言道:"身为执刃,既无担当,也无能力,怎么护得住宫门?你一向养尊处优、放浪形骸,若没有人逼一逼,你能对自己狠下心闯完三域吗?"

宫子羽垂眸思量了一番,起手作揖,正式道:"多谢尚角哥哥。"

宫尚角动了动眉眼,转过身去,虽然表情仍然严肃,但口气轻快了很多:"都是执刃了,要稳重一些,怎么跟远徽一样,'哥哥'来'哥哥'去的?"

宫子羽装出一副稳重的样子,点头道:"好的,尚角,你先下去吧。"

宫尚角指了指宫子羽,气得一瞪眼,欲言又止。

月宫,熹微的光线照在庭院里,祥和,安宁。

月长老站在水边,手里摩挲着一只镯子,脸上带着柔和的笑意,低头呢喃:"你姐姐现在很幸福,有爱她之人,有安宁之所,你可以放心了。"

水中的倒影不再是月长老独自一人,云雀坐在他身边。

"那你呢?现在的你,幸福吗?"

月长老仿佛注视着云雀的眼睛,笑着回答:"幸福。"

云雀听着庭院里的虫声鸟鸣,突然笑了:"小时候姐姐曾说,人死后会变成蝴蝶或者昆虫,回来看看他们舍不得的亲人或者爱人。"

"那你可别变成蜘蛛,我害怕。"

云雀被月公子逗得扑哧一声,两人相视而笑。

"你会认出我的吧？"

月长老淡淡地："嗯，一定会。"

身后有脚步声靠近，月长老回头，发现是花宫的下人。

下人端着一个锦盒："整理花公子遗物的时候发现了这个盒子，是要交给月长老的。"

下人离开，月长老打开锦盒，里面是一只精致的手镯，上面还雕刻着一弯新月。

云雀曾告诉他，镯子是衫衫姐姐送的，对她来说十分重要。所以他承诺过她："等你回来，我帮你戴上。我再去拜托宫门最好的锻造匠人花公子，让他帮我打一只新的手镯送你，我在上面刻一弯新月。"

月长老把云雀的手镯和新的手镯放在一起，突然一只云雀飞了过来，停落在那只刻着月亮的手镯上。

月长老微微一怔，然后笑了。

雪宫，又一年风雪将至。

雪重子居住的院落新种了一棵雪松，如今已经亭亭而立了。

院中炉火兀自烧着，煎茶煮雪，白烟袅袅。

一个高大的身影站在庭中，看着这棵雪松发呆，他的背影有些落寞，动作缓缓的。

下人走过来，在桌上放好茶具："雪公子，茶具已经备好了。"

那个人转过身来，是一个成年男子，俊美却落寞，嘴唇苍白，眼瞳微润，脸上有风雪染过的沧桑。

"下去吧。"

下人正要退下，又忍不住回头叮嘱："雪公子，你骤然自废了素雪心经，不再返老还童，你的身体日渐衰老，已经大不如前，屋外雪寒，我给你多添一件衣裳吧？"

他之前是雪重子，现在是雪公子。

他道："不用了。"

雪落在额上，一碰就化了，可是脑海里的记忆始终无法散入风雪之中。

他离开那日，天气也是这样灰沉沉的——

雪公子笑着，唇齿间都是血，他伸手轻轻拂去雪重子脸上的眼泪："别哭了，等到来年，你在院子里种一棵新的雪松，你把我埋在树下，这样我就可以

555

一直陪你煎茶煮雪……"

雪重子摇头:"没有来年了……你忘了我所练的素雪心经,每隔四年就会返老还童吗?来年春天,就是突破最后一层的时候了,若是我突破了,来年就会变得更加年少,身体和记忆复如新生,我就会把你忘了,忘得一干二净。"

"忘了好,忘了也好,我也舍不得让你总是记恨我……"

"我怎么会记恨你……"

"会的……你会恨我抛下了你,留你一个人孤零零地活在寂寞里……"

雪重子啜泣不止:"混账东西!那你别死啊!"

雪公子的气息渐渐微弱,眼神逐渐涣散:"不是说外面的世界总是天气晴朗、万里无云嘛,那样广阔、灿烂,我好像看见了,果然像梦里的一样……我先替你去看看……"

怀里的人合上眼睛,安详得像睡着了一样,嘴角还带着一丝宁静的笑意,仿佛在美梦的梦境里迎向令人心驰神往的地方。

雪重子有些不愿相信,轻轻摇了一下手上的人,而雪公子再也不会回应他了。

松柏香气冷冽,雪重子回过神来,拿起一只竹筒,去接雪松上滴落的露水。松枝被风吹得弯低,碰了碰他的肩膀。

雪重子转头,恍惚中看见身边拍打自己肩膀的雪公子,他笑意盈盈的眼睛里涌起了眼泪。

飞鸟低掠而过,草丛里的虫被一阵嬉闹惊动。

宫紫商和金繁站在树影下,吵吵闹闹的。

金繁抱着手臂:"你能有什么正经事?"

宫紫商神色一正:"天大的事。"

金繁再问:"只能自己一个人做吗?"

宫紫商点头:"高度机密!孤胆英雄!"

金繁说:"你自己一个人太危险了,我要跟着!"

宫紫商绞动手指:"这边不太建议呢。"

金繁皱皱眉:"要去多久?"

宫紫商想想:"差不多一个时辰吧。"

金繁忍不住又问:"不能让人远远看着吗?"

宫紫商叉腰:"你是怎么回事?!"

金繁一时语塞,脸红了。

角宫,宫尚角和宫远徵在院里喝茶。

宫紫商捧着一个盒子走过来。

宫尚角和宫远徵都有些意外,他们看向宫紫商身后,金繁站得远远的,要过来又不过来。

宫紫商放下盒子,打开,里面是一副锻造精致的金属手套。

宫远徵的表情有些惊诧。

宫紫商得意道:"这下,你们两兄弟可别再看不起我了,我虽是女流之辈,但也有工匠之才!"

宫远徵笑了:"姐姐,你放心,我从来就没把你当女的。"

宫紫商笑:"那就好。"笑完,她立刻发觉不对,品出了宫远徵话里的嘲讽,懊恼不已。

宫远徵和宫尚角看着她的神情,都忍不住笑出声来。

庭院里盛放的白色杜鹃在风中摇曳,宫尚角看到了那些花,耳边响起上官浅的声音——"我永远属于你。"他又想到了消失在密道尽头的身影,抬头望了望天。

尾声

羽宫的庭院中,处处贴着大红喜字,挂着红帘,庭院里堆着一箱箱婚礼用的物品,掌事嬷嬷正喜气洋洋地张罗着。

宫子羽张开双手,在下人的服侍下,穿上了新郎官的大红礼服。

宫紫商穿着红色喜庆的衣服,在云为衫的房门前与金繁打打闹闹。云为衫盖着红盖头,被嬷嬷扶了出来,走在铺向院外的红毯上。

宫紫商点起了红毯两旁的烟花,同时撒着花瓣,开心地笑着。

执刃殿中,宫子羽在红毯的一头等待,等着云为衫一步一步朝自己走来,盖头下垂着的流苏不断摇动,能看见云为衫露出的半张脸,带着幸福的笑意。

高堂主位坐的是雪长老和月长老,客位坐着宫紫商、宫尚角、宫远徵、雪重子,金繁站在宫紫商身后,数双眼睛看着新人进入正厅。宫子羽领着云为衫,两人之间拉着一段红绸,沿着红毯走进去。

云为衫看着眼前晃动着的流苏,想起和宫子羽经历过的点滴。

第一夜进入宫门,无锋的消息走漏,全体新娘被查。当时云为衫只想尽快离开宫门,逃跑中被巡逻的守卫发现。当守卫齐齐对自己架起武器,是宫子羽把自己的斗篷脱下来,盖住了云为衫红色的嫁衣,然后拿出狐狸面具挡在云为衫脸上。那是云为衫第一次近距离听到宫子羽的声音,他在她耳边小声但急促地说:"扶好面具。"不知为何,云为衫当即不再害怕,她下意识地抬起手按住面具,却摸到了宫子羽修长、骨节分明的手,他的手有力、年轻、稳定,而且温暖……

宫子羽带着云为衫缓步走到红毯尽头。两人面向天地位，宫子羽向云为衫伸出手，扶着她一起跪在红色的蒲团上。

记忆中，云为衫跟在宫子羽身后，偷偷藏起三粒百草萃，宫子羽突然回身朝她伸出手。当时她心里一紧，以为他看到了自己藏药的小动作，手在后背紧张地捏了起来。宫子羽却柔声说："天色昏暗，我带你走。"

云为衫仿佛触碰到了最柔软、最需要细心保护的东西，是她成长过程中一直在寻找又杳无边际的东西，是被无锋肆意践踏又摧毁的东西。是温情吗？可是从无锋出来的人，还有情吗，或者还配拥有情吗？云为衫第一次感受到一种软绵绵的酸痛。

树影横斜，风在夜色里低语。在错综复杂的重门深院里，宫子羽牵着云为衫，一灯二人，在夜色中安静前行……

嬷嬷洪亮的嗓音响起："一拜天地！"宫子羽与云为衫朝着天地位叩拜。

云为衫闭上眼睛。

"我和上天打了一个赌，我赌你喜欢我，赌你愿意把生的机会让给我。我赢了。"脑海中，宫子羽流着泪却又温柔地笑着，他的笑容在飘零的雪中显得苍白而伤感，"我和老天爷说，如果我赢了，就让我喜欢的人活下去。"云为衫明白了，在毒发前宫子羽把唯一生的机会留给了自己。云为衫的心像在暴风中挣扎了很久的门扉，突然被撞开了。她再也坚持不住了，眼泪大颗大颗地涌出来，喉咙里发出小动物般委屈的呜咽声："你怎么这么傻……你怎么这么傻……"她飞快地朝宫子羽跑过去，用力抱住他。这是她第一次紧紧拥抱宫子羽，她靠在宫子羽的肩头放声大哭，毫无遮拦……

宫子羽与云为衫来到雪长老和月长老面前跪下。

嬷嬷喊道："二拜高堂！"

两人对着长老叩拜。殿外，一只云雀飞来，停在翠绿的枝丫上。

宫子羽和云为衫拉着红绸，面对面而站。

嬷嬷又喊："夫妻对拜！"

此刻两人之间虽无言语，但宫子羽曾经说过的话还回荡在云为衫耳边："从我第一天选择你，我在心里就认定了你是我的新娘。你可以是无锋，你也可以不是梨溪镇的云为衫，但你就是我的阿云……我一定不会让你有事的，相信我。"

"为什么是我……"

宫子羽笑说:"我当时不是和你说过嘛……我当初就想选个好看的……"

云为衫泪光里带着笑,笑里闪着泪光。

宫子羽抬手捧着她的脸:"我是你的丈夫,我必须保护你。你愿意相信我吗?"

宫子羽眼里放着光。云为衫重重地点下头。

宫子羽和云为衫起身后,虽然云为衫盖着盖头,但宫子羽还是定定看着她,以至于动作顿了顿。片刻后,宫子羽深深吸气,仿佛一切都终将尘埃落定。

宫紫商突然伸头过来揶揄道:"送入洞房!赶紧入洞房!"边起哄边活跃气氛。

宫子羽靠近云为衫,安静地握着她的手。

夜深了,宫门的地牢一片潮湿。

昏暗和寂静里,突然传出一阵锁链的脆响。一个有些狼狈的人影缩在角落里移动着腿,带动粗大的锁链。

宫唤羽额头垂落几缕发丝,他立着一只手,手腕上锁着铁链,他听着地牢外传来热闹的丝竹之音,与地牢的死寂形成鲜明对比。

宫唤羽低着头喃喃:"弟弟……终于成婚了……"

数月后,羽宫屋内的小炉正在煮茶,茶香袅袅。

宫子羽抱着几个大盒子走了进来,见云为衫正在看一封信。

"看什么呢?"

"寒鸦肆竟然留了一封信,信上写了我的身世。"

宫子羽本想回避,说:"那你先看。"

云为衫笑着拦下他,接过他的东西放下:"公子不必回避,本就想说给公子听。其实我真的是云家的女儿,原来当年云家生下的是一对双胞胎。"

宫子羽回忆起来:"难怪当时宫尚角怀疑你的身份,拿着你的画像回梨溪镇的时候查不到什么,原来你的确是云家的女儿,你与你的同胞姐妹应该长得很像。"

云为衫笑了,指着宫子羽拿过来的几个大盒子,转移了话题:"夫君怎么自个儿抱着这许多东西,也不叫人帮一下。"

"不需他们帮忙。"宫子羽把盒子一个个打开,盒子里是崭新的首饰和衣服,"这些是我托人从江南购置的新衣。看看,喜不喜欢?"

云为衫很感动,但是又有些欲言又止:"……自然是喜欢的。"

宫子羽突然把这些东西都丢到一旁:"虽是我选的,但你若不喜欢,都可以不要。"

云为衫赶紧去捡,惊讶道:"你在干什么啊?"

宫子羽嬉笑着,帮忙一起捡,就在他弯腰时,看见桌子下面有个包袱。

宫子羽神色一正:"阿云,我喜欢你,只想与你一生一世,永不分离。但我也盼着你日日展颜欢悦,而不要像我母亲那样……被宫门囚困。所以,你若是想走……"

云为衫道:"怎么会是囚困?这里有你,就是世间最安宁之所。世间难得,最是心安。听过吗?"

宫子羽指向桌下:"那你还收拾个小包袱,闹我呢?"

云为衫笑道:"我只是想回梨溪镇看看……我一直以为自己孑然一身,没想过竟然还有家人……但又有些害怕……"

"别害怕,近乡情怯而已。可惜我不能陪你去了……"

云为衫点点头:"我知道,你身上有无量流火的密文,不能离开旧尘山谷。我两三天就回来了,你不用担心。"

"那我等你回来哦。你快点哦。"宫子羽说。

云为衫深情地注视着宫子羽,突然踮脚,凑近宫子羽。宫子羽下意识闭上眼睛,结果云为衫一笑,只是伸手拉起他的手:"我只是想看看夫君还在袖子里藏了什么,你为何闭眼?"

宫子羽自知被他曾经的玩笑耍弄了,跟着笑了起来。他摊开手掌,里面放着云为衫的那条花绳。

云为衫惊喜,高兴得像个孩子。

宫子羽温柔地将花绳重新系在云为衫手上:"那娘子不可以再取下来了哦。"

"好。那你也不能再取了哦。"

"我肯定不'取'了……嘿!"

宫子羽听懂了云为衫的小聪明:"不娶了。只有你一个。"

"青丝何寄,叹子无衣。"

"不羡天地,唯云知羽。"

两只带着花绳的手牢牢地握在一起。

人间景致悠远，流年烟火如常，岁月悠长。

云为衫回到了梨溪镇。她背着包袱，有些忐忑地走到云家大门外。她抬手想要敲门，结果门却被她直接推开了。

云为衫走进房间，看见了和自己有着一模一样面容的妹妹。

只是妹妹表情惊恐。

云为衫回头，发现房间尽头，一道屏风后是熟悉的无锋首领的剪影，旁边站着寒鸦贰……

一声尖叫，大梦初醒。

- 全文完 -

图书在版编目（CIP）数据

云之羽：全二册 / 顾晓声著 . -- 北京：北京联合出版公司，2023.12（2025.3 重印）
 ISBN 978-7-5596-7219-3

Ⅰ . ①云… Ⅱ . ①顾… Ⅲ . ①长篇小说 – 中国 – 当代 Ⅳ . ① I247.5

中国国家版本馆 CIP 数据核字（2023）第 212446 号

云之羽：全二册

作　　者：顾晓声
出 品 人：赵红仕　　　　　　　　　　　　出版监制：辛海峰　陈　江
特约监制：岳建雄　陆　乐　　　　　　　　产品经理：穆　晨　殷　希　谢佳卿
特约策划：韩建蕊　张靖晨　高一丹　张婷婷　责任编辑：邓　晨
特约编辑：丛龙艳　　　　　　　　　　　　营销支持：肖　瑶　刘雨稀　王凯萌
特约印制：赵　明　赵　聪　　　　　　　　美术编辑：芳华思源
封面设计：@Recns

- -
北京联合出版公司出版
（北京市西城区德外大街 83 号楼 9 层 100088）
北京联合天畅文化传播公司发行
万卷书坊印刷（天津）有限公司印刷　新华书店经销
字数 630 千字　880 毫米 ×1230 毫米　1/32　18 印张
2023 年 12 月第 1 版　2025 年 3 月第 8 次印刷
ISBN 978-7-5596-7219-3
定价：69.80 元（全二册）
- -
版权所有，侵权必究
未经许可，不得以任何方式转载、复制、翻印
本书部分或全部内容。
如发现图书质量问题，可联系调换。
质量投诉电话：010-88843286/64258472-800